el Sol y su Sombra

PIPER CJ

el Sol y su Sombra

Traducción de Ankara Cabeza Lázaro

ALFAGUARA

Papel certificado por el Forest Stewardship Council®

MIXTO
Papel | Apoyando la
silvicultura responsable
FSC® C117695

Advertencia
Este libro contiene juegos de asfixia erótica consentidos.

Penguin
Random House
Grupo Editorial

Título original: *The Sun and Its Shade*

Primera edición: noviembre de 2023

© 2023, Piper C. J.
Esta edición ha sido publicada por acuerdo con Sourcebooks LLC,
a través de International Editors & Yáñez Co' S. L
© 2023, Penguin Random House Grupo Editorial, S. A. U.
Travessera de Gràcia, 47-49. 08021 Barcelona
© 2023, Ankara Cabeza Lázaro, por la traducción
© Imágenes de interior: dariachekman / Adobe Stock

Printed in Spain – Impreso en España

ISBN: 978-84-19688-04-0
Depósito legal: B-15.688-2023

Compuesto en Punktokomo, S. L.
Impreso en Rodesa
Villatuerta (Navarra)

AL88040

Me gustaría aprovechar esta oportunidad para decirle a Henry Cavill que yo también soy una friki y dejarle mi número de teléfono en la dedicatoria.

¿Henry Cavill es Geralt?

Lo vas pillando.

Lo voy pillando.

¿Sabías que llegó tarde a la audición de *Superman* por estar jugando al *WoW*? A los dos nos vuelven locos los videojuegos.

Sí, eso sí que lo sabía.

¿Entonces me dejas mandarle un saludo?

No.

Lista de reproducción para
El sol y su sombra

Primera parte

Ballad of Terrasen	Victoria Carbol
Call of the Sea	Claudie Mackula
Shum	go_a
Heroes	The Sidh
I See Fire	Peter Hollens

Segunda parte

Anne Sophie Versnaeyen	The Path of Silence
Anilah	Warrior
Faun	Menuett
Helium Vola	Selig
Eivor	Í tokuni

Tercera parte

Song of the Witch	Victoria Carbol
Kingdom Fall	Claire Wyndham
Hard to Kill	Beth Crowley
A Taste of Elegance	Anne Sophie Versnaeyen
Start a War	Klergy, Valerie Broussard

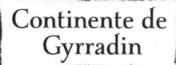

Continente de
Gyrradin

Montañas
Sulgrave

Tierra de Nadie

Estrecho
Helado

Raascot

Gwydir

Islas
Etal

la universidad

Vaimh
Reey

Stone

Bosque de
Raasay

Velagin

Farleigh

Farehold

Priory

Aubade

Templo de
la Madre Universal

Henares

Desierto de
Tarkhany

Guía de pronunciación

Personajes

Amaris: tal cual
Achard: Ácard
Ceres: Sereis
Gadriel: Gádriel
Malik: Málik

Moirai: Moirái
Samael: tal cual
Odrin: tal cual
Zaccai: Zacái

Lugares

Aubade: Aubad
Farleigh: Farley
Gyrradin: Guíradin
Gwydir: Güidir

Henares: Henaires
Raascot: Ráscot
Yelagin: Yélaguin
Uaimh Reev: Um Riv

Monstruos

Ag'drurath: Agdraz
Ag'imni: Ayimni
Beseul: Besul

Sustron: Sastran
Vageth: Váyez

Prólogo

—Canela, cardamomo, pimienta —Amaris le recitó la lista en un murmullo— y ciruelas. No debemos olvidarnos de las ciruelas.

Tomó aire como si le diese un sorbito a una copa de vino, como si saborease los delicados olores que impregnaban el ambiente. Amaris siempre había dicho que Nox olía a especias y a las dulces frutas maduras que habían tenido el gusto de probar solo en contadas ocasiones. Más de una vez le había dicho que aquel era el mejor aroma del mundo, mucho mejor que el del pan recién hecho, el perfume o el chocolate.

Se acurrucó más cerca de Nox mientras, adormilada, susurraba algo acerca de la comodidad, la seguridad y el hogar.

Los sueños eran un acto de crueldad; dolorosos recordatorios de una ausencia que nunca llegaría a suplirse. No eran recuerdos ni verdades; ni siquiera una esperanza. Eran un recordatorio de todo cuanto nunca tuvo ni podría tener jamás.

—Ojalá estuvieses aquí —dijo Nox con voz queda al tiempo que pasaba los dedos por los sedosos mechones perlados de Amaris.

Su corazón deseaba henchirse ante la presencia de la muchacha, pero no pudo sino encogerse, estrangulado al saber que Amaris no era más que una ilusión. Nox había estado desesperada por estrecharla entre sus brazos una última vez. Al percatarse de los ondulantes límites de la consciencia que solo se hacían visibles en sueños, la joven no pudo entregarse a la dicha que tanto quería sentir.

Amaris deshizo el abrazo para mirar a Nox a la cara, de manera que el pálido color violeta de sus ojos brilló bajo la luz que se filtraba en la estancia. Las sombras oscurecían levemente sus bellos rasgos. Al observarla, las cejas blancas de Amaris se encontraron para esbozar un gesto confundido.

—Estoy aquí.

—Eso es lo único que importa ahora mismo —murmuró Nox.

—No quiero hacer esto sin ti —respondió Amaris suavemente contra el cuello de la otra joven.

—Soy tuya —prometió Nox. Su corazón se quebró al pronunciar esas palabras, puesto que, en ese momento, como siempre ocurría en sueños, su subconsciente le concedía todo lo que quería oír—. Y sé que estás viva. Dondequiera que estés, sigues viva.

—¿Cómo lo sabes?

—Si te hubiese pasado algo, lo habría sentido —susurró.

—Lo estoy —afirmó Amaris con suave y somnolienta seguridad.

—¿Qué quieres decir?

—Que estoy bien.

Nox se odiaba a sí misma por haber conjurado una versión sana y cariñosa de Amaris cuando, hasta donde ella sabía, la dueña de su corazón había caído desde el lomo de un dragón a unos escarpados acantilados y bien podría haber quedado en coma. Lo único que Nox había querido era mantenerla a salvo. Cuando la arrastraron hasta el coliseo, había hecho todo cuanto estuvo en su mano para ayudar a su copo de nieve, demasiado pequeño, demasiado delicado como para enfrentarse a la crueldad del mundo.

Sin embargo, Amaris no había mostrado ninguna fragilidad. No se comportó como una muchacha desvalida. No se parecía en nada al copo de nieve que Nox había conocido y amado en Farleigh. Sus movimientos habían sido hábiles, rápidos y fuertes. Actuó con agilidad y valentía. Se había convertido en una desconocida para Nox. Era una persona distinta.

Nox no quería enfrentarse a peligros ni vivir aventuras ni superar pruebas. Prefería evitar dragones, mazmorras y asesinos. Odiaba los castillos, los guardias y los verdugones que le habían infligido las punzadas de las ramitas y las picaduras de los insectos del suelo del bosque y que le molestaban incluso mientras dormía. No quería tener nada que ver con todo aquello. Nox solo deseaba una despensa llena de tubérculos y una vida tranquila que le permitiera descansar en brazos de Amaris. Ni siquiera en sueños se atrevía a darse el gusto de soñar con nada que no fuera ese sencillo cambio. Nox había guardado sus emociones a tan buen recaudo que su subconsciente no le permitía tener anhelos.

Su corazón se agrietó, como surcos en la superficie de un lago helado, y terminó por hacerse añicos con un terrible impacto cuando el hielo en su interior se hendió y las lágrimas comenzaron a brotar.

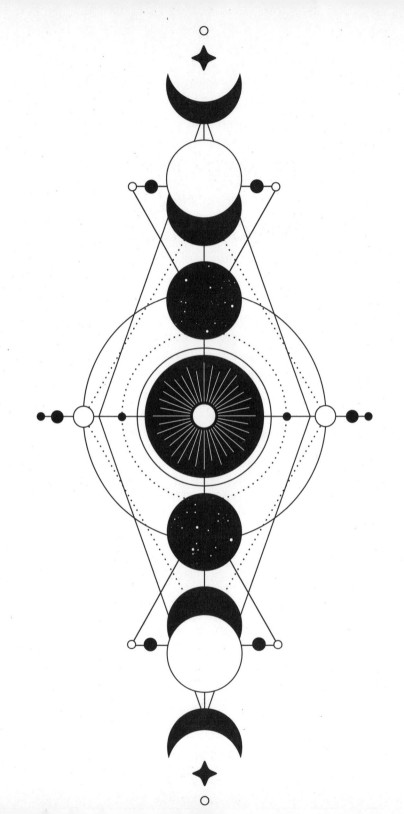

PRIMERA PARTE

Algo valioso

1

La sangre tenía cierto olor metálico, uno que Amaris reconoció al instante. El hierro, el óxido y la sal dejaban su sabor acre en el aire que circulaba en un lánguido y metódico goteo. Sabía identificar el hedor a sangre de los cuerpos sin vida cocidos bajo el sol. Reconocía el olor de ese líquido caliente e iracundo que o bien manaba de tu propio cuerpo, o bien se derramaba sobre ti con violencia. Enseguida supo, gracias a una distintiva incomodidad, que el sangriento aroma que inundaba sus fosas nasales no provenía de su interior.

Gadriel.

Tenía la mano bañada en su sangre. Le había empapado el regazo cuando pasó la noche acunando su cuerpo. Incluso ahora, sentía el picor de la sangre seca sobre la piel.

Amaris quería abrir los ojos, pero los párpados le pesaban demasiado y el cansancio le impedía emerger del mundo de los sueños. Sus extremidades habían perdido toda su fuerza y flexibilidad. Su mente ya no estaba despejada y alerta. Todo cuanto podía decir era que estaba viva. Se encontraba bien, pero ya no era una joven humana, de carne y hueso, llena de vida y alegría. Se había convertido en hielo y piedra. Era una estatua, esculpida en la losa sobre la que ahora descansaba, igual que la fortaleza de Uaimh Reev estaba tallada a partir del granito de la montaña. Un coro de voces parloteaba a su alrededor a ritmos absurdos, demasiado intensos como para que los oídos de la joven distinguieran lo que decían al superponerse. Era vagamente consciente de que, si abría los ojos, se verían atacados por una luz intensa y brillante y eso era lo último que necesitaba ahora mismo.

Una voz le llamó la atención al pronunciar una palabra concreta. «Ag'imni».

Quienesquiera que fuesen esas personas lo habían capturado. Su amigo estaba aquí y estos desconocidos lo juzgaban sin conocerlo. No habían logrado cruzar las fronteras de Farehold a lomos del dragón.

Tenía que levantarse.

Amaris forcejeó con la chispa de vida que albergaba en su interior para obligarla a despertar, pero una fuerza externa actuó primero sobre su cuerpo. Unas manos la empujaron y la colocaron de costado antes de dejarla boca arriba, más allá de la oscuridad que se extendía tras sus párpados cerrados. Sintió un repentino pinchazo en el brazo y un líquido le mojó los labios. Tiraron de ella, le frotaron la piel para limpiarla con sonidos húmedos y la envolvieron con vendas.

Estaba tan agradecida como horrorizada por lo que estaba ocurriendo.

Se obligó a superar el miedo que sentía a enfrentarse a la luz y luchó contra su cuerpo para abrir los ojos. En un primer momento, dejó los ojos entrecerrados para combatir la intensidad de la luz que la castigaba y se conformó con que su vista quedase reducida a poco más que dos estrechas rendijas.

Había muchísima gente en la estancia. ¿Qué hacían todos allí?

Varias personas charlaban de todo y de nada por encima de ella. Amaris oía sus palabras, las preguntas que formulaban y los sonidos que emitían. ¿Pulso? Sí. Los valores que le dieron a su ritmo cardiaco no tenían ningún sentido para ella. ¿Pupilas dilatadas? Sí, y también se las midieron. ¿Temperatura corporal? Demasiado baja, según decían. Uno de ellos se dio cuenta de que se había despertado y se dirigió a ella, chasqueando los dedos para atraer su atención. Su cabeza cayó hacia el lado contrario al que se encontraba el desconocido. Tras el círculo de personas que la rodeaban distinguió la maltrecha forma de un hombre alado, que también contaba con su propio público, sujeto a una mesa por medio de una serie de correas de cuero. Tenía los brazos, las piernas y la cabeza inmovilizados, asegurados a la sábana sobre la que descansaba. Aquel fue todo el impulso que necesitó.

Abrió los ojos completamente y estudió los aplicados rostros de los desconocidos que se alzaban sobre ella.

—Mi amigo… —Sintió que el esfuerzo, que por poco la volvió a sumir en la inconsciencia, le arañaba la garganta.

—Nuestra veterinaria lo está examinando en estos momentos. ¿Podrías decirme qué ha ocurrido? ¿Es el ag'imni el jinete del ag'drurath?

Otra voz más madura, mucho más potente y profunda, acalló a la primera. El segundo hombre lo regañó:

—Nuestra responsabilidad son nuestros pacientes. Contén la curiosidad que te despierta la criatura o te echaré de la sala.

—No os lo llevéis —susurró Amaris, que volvió a cerrar los ojos.

—¿Qué has dicho?

La voz grave pertenecía a un hombre que rondaría los cincuenta, aunque a Amaris nunca se le había dado bien adivinar la edad de la gente. Sonaba muy humano y eso la reconfortaba. Trató de descubrir si era amigo o enemigo con los ojos entrecerrados, a través de las pestañas, en un intento por protegerse de la luz. El hombre tenía el pelo salpicado de canas e iba vestido de blanco. Su postura, al igual que su voz, demostraba que los años de experiencia le habían aportado cierta autoridad. Apuntó a los ojos de Amaris una pequeña luz feérica y la joven se estremeció.

—Bien, muy bien. Tus pupilas demuestran una correcta función cognitiva. ¿Puedes hablar?

Era como si su voz tuviese que abrirse camino entre bolas de algodón para llegar hasta sus labios. Tenía la garganta tan seca que esa sensación era todo cuanto notaba en la boca. Trató de incorporarse, al tiempo que repetía las dos palabras de antes:

—Mi amigo…

El hombre volvió a interrumpirla.

—¿Podrías decirme tu nombre, señorita?

Amaris intentó tragar, pero, al tener la boca seca como el papel de lija, fue incapaz de producir ni una sola gota de saliva y sintió que le ardía la garganta. Pronunció su nombre con un graznido de tres roncas sílabas. Varias de las personas más jóvenes lo garabatearon en sus respectivos pergaminos diligentemente. Trató de levantarse una vez más.

—Por favor, no te muevas. La bestia está a salvo y parece encontrarse estable, aunque no tenemos los datos suficientes acerca de su especie como para evaluar su situación. Tú estabas sufriendo una hipotermia cuando te encontramos. Creemos que la criatura se golpeó la cabeza y está bastante magullada, pero, como te comentaba mi residente, la veterinaria la está cuidando en estos momentos. —Después, meditó para sus adentros con una sonrisa—: Debo decir que tener la oportunidad de estudiar a un ag'imni es de lo más emocionante. Nunca habíamos capturado un ejemplar vivo.

—Por favor, dejadlo ir —graznó Amaris, que había cerrado los ojos una vez más.

Las manos volvieron a empujarla contra la mesa y sintió un nuevo pinchazo en el brazo. El mundo se difuminó y la joven permitió que el calor de la oscuridad la consumiera.

Cuando Amaris volvió a despertar, lo hizo con plena conciencia del paso del tiempo. Se encontraba en una habitación sin ventanas, pero supo, sin necesidad de comprobarlo, que ya había anochecido. Estudió la estancia en la que se encontraba y descubrió que estaba iluminada por la tenue luz de un único farol, colocado sobre un escritorio. Una hilera de armarios, acompañados de una encimera abarrotada de utensilios y unos cuantos libros, recorría las paredes. Sentada en un rincón, escribiendo en un pergamino sujeto a una tablilla de madera, había una chica que no tendría más de dieciséis años, con el rostro afilado como el de un zorrillo y una corta melena de cabello castaño claro. Una luz feérica, enganchada a la tablilla, iluminaba sus rasgos.

Amaris la reconoció. Era la chica del bosque.

—¿Hola? —la llamó Amaris con suavidad.

La chica se sobresaltó y sus cortos cabellos le azotaron el rostro al levantar la cabeza con un movimiento brusco. La sorpresa hizo que casi se le cayese la tablilla al suelo.

—Voy a buscar al sanador.

—Espera —ordenó Amaris.

No fue su intención hacer uso del don de la persuasión, pero la chica humana reaccionó al instante y obedeció.

—Ven aquí —añadió con voz queda, y la muchacha se acercó a donde se encontraba. No estaba utilizando sus poderes a propósito, pero le estaban viniendo bien. Tenía la garganta inutilizada. Se moría por tomar un poco de agua—. ¿Eres quien nos encontró en el bosque?

La chica dijo apresuradamente que sí, que sus amigos y ella habían sido quienes los habían hallado tirados en medio del bosque. También le dijo que había sido ella quien fue a buscar al sanador y quien lo guio hasta Amaris y el ag'imni.

—Me llamo Cora. Soy estudiante de segundo año, así que, en realidad, no estoy cualificada para interactuar con los pacientes. Mi tarea es tomar notas sobre tu estado de salud para el sanador. Debería ir a buscarlo.

Amaris trató de ofrecerle un asentimiento, pero tenía el cuello rígido. Sus músculos estaban agarrotados. Sabía que, de

25

mirarse en el espejo, se vería llena de moratones al haber caído desde el dragón y haberse precipitado entre las copas de los árboles hasta impactar con el suelo.

—Dime qué le ha pasado a mi amigo.

—¿El ag'imni?

—¿Dónde está? —insistió Amaris.

—Está vivo. Lo llevamos a una habitación segura donde podremos observarlo a través de un cristal sin arriesgarnos a que nos haga daño. —Cora hizo un gesto que Amaris interpretó como un intento de mostrarse valiente. La muchacha temía al demonio que habían apresado—. Al acompañarte, entendemos que está domesticado, pero no sabemos si se mostrará tan dócil con otras personas. Nuestra Maestra de las Bestias y veterinaria jefa nos ha pedido que no corramos riesgos. La criatura todavía no se ha despertado, pero está atada por seguridad.

A Amaris se le revolvió el estómago. Se tragó la bilis que le subía por el esófago al oír los detalles. Estaban tratando a Gadriel como a un animal.

Amaris se incorporó sobre los codos, a pesar de que la cabeza le daba vueltas al enfrentarse a la incómoda sensación del movimiento.

—¿Podrías darme algún tónico curativo?

—Estabas al borde de la muerte cuando te encontramos. No deberías hacer ningún sobreesfuerzo mientras te recuperas, por favor. Lo que necesitas son horas de sueño y calor, nada de tónicos.

Amaris tosió y se llevó la mano a la garganta. Cora comprendió el gesto y se apresuró a coger una taza de hojalata de la encimera para llenarla del agua que había en una jarra.

La joven bebió con tanta ansia que un hilillo de agua se escapó por el borde de la taza y le mojó la barbilla. A medida que el agua le empapaba la garganta, sintió un ardor en el inflamado conducto.

No quería perder ni un segundo.

Bajó los pies al suelo y Amaris le dio unos instantes a su cabeza para que esta recobrase el equilibrio. Cora hizo un fútil gesto para que tuviese cuidado, pero ella la ignoró. Apoyó las manos al borde de la cama y su visión se llenó de puntitos de luz. Se detuvo un momento para que la oscuridad remitiese y el zumbido de sus oídos se acallase. Clavó la vista en la estudiante una vez más.

—¿Cómo decías que te llamas?

La muchacha respondió con tono alegre y educado:

—Me llaman Cora.

Amaris dejó escapar un suspiro resignado antes de mandar a la porra sus principios y echar mano del don de la persuasión una vez más:

—Es verdad. Cora, llévame a ver a mi amigo.

Cora sacó a Amaris de la habitación y la guio por el pasillo. El tiempo fluía con insoportable parsimonia a medida que descendían por dos tramos de escaleras de caracol para acabar en las profundidades del sótano. No habían salido del edificio de Sanación, pero parecían haberse adentrado bajo tierra, en el extremo más alejado del edificio.

Cora abrió una puerta marcada como un laboratorio que las condujo hasta una extraña sala con tres paredes de piedra y una cuarta hecha de un cristal de grosor excepcional; era una ventana que, en vez de dar al mundo exterior, se abría ante otra estancia. El cristal ocupaba tres cuartas partes de la pared, mientras que la superficie restante daba cabida a una puerta metálica. Amaris nunca había visto nada igual.

Cora se detuvo ante la barrera de cristal que separaba a los mirones del ser feérico oscuro encerrado al otro lado. En ese momento, la sala de observación estaba desierta. La noche había sumido el edificio en el silencio.

Gadriel estaba solo.

Amaris trató de abrir la puerta metálica, pero se encontraba cerrada con llave. La joven observó la silueta de Gadriel a través del cristal que se alzaba entre ellos, pero los sonidos de la puerta no parecieron alterar su sueño. Se obligó a adoptar un gesto impasible antes de girarse para tratar de persuadir de nuevo a la estudiante.

—Cora, abre la puerta.

La muchacha la miró, confundida, e intentó obedecer girando el pomo.

—No tengo la llave —explicó sin dejar de repetir el mismo movimiento.

Amaris abrió los ojos, asombrada, al ver como la chica levantaba una mano como si tuviese intención de arañarla. Amaris se vio embargada por una oleada de miedo cuando Cora deslizó las uñas por la puerta y le ordenó que parase con un grito horrorizado:

—¡Para! Deja de hacer eso. Lo siento. No necesito que abras la puerta —dijo Amaris, sobrepasada por un disgusto casi palpable—. Pero necesito que me digas cómo puedo llegar hasta él. ¿Dónde está la llave?

La persuasión era un arma muy útil, pero se le había ido de las manos. Tendría que ser sumamente cuidadosa al emplear su don. De no haberle pedido a Cora que parase, ¿habría arañado la puerta hasta hacerse sangre? ¿Cuáles eran los límites del don de la persuasión y obediencia? El terrible momento se extendió entre ellas. El rostro de Amaris se fundió en un gesto de disculpa al ver los hinchados verdugones ya visibles en las manos de la chica. Cora entreabrió los labios para pedirle que le explicara lo que acababa de pasar, pero decidió volver a cerrarlos. Parecía tan confundida como asustada, igual que Malik cuando Amaris había utilizado sus poderes con él.

Se le encogió el corazón al pensar en Malik.

Amaris cerró los ojos para obligarse a desterrar el recuerdo de sus hermanos, que la habían contemplado con impotencia desde una celda frente a la suya. Ellos eran dos de los hombres más valientes y fuertes que conocía, pero habían sido incapaces de protegerla cuando sus captores la arrastraron hasta la arena donde se enfrentaría al ag'drurath.

Con sus últimas palabras, le había pedido a Nox que los rescatara.

No podía permitirse pensar en ellos en este momento.

Gadriel era el único a quien podía ayudar ahora mismo.

Contempló el cuerpo inmóvil de su amigo a través del enorme ventanal y se fijó en que estaba sujeto a la mesa de su celda. No solo le habían inmovilizado las muñecas y los tobillos, sino que unas cinchas de cuero almohadilladas también le cruzaban el torso, el tren inferior y la frente. Daba la sensación de que la universidad no quería correr ningún riesgo al tener a un ag'imni a su disposición.

A través de la espesa barrera de cristal, Amaris vio que sus alas, que una vez fueron poderosísimas, ahora estaban llenas de magulladuras. Las impotentes plumas negras colgaban de las alas hechas jirones, que también estaban inmovilizadas bajo el cuerpo de Gadriel, de manera que recordaban a un cuervo atado a una mesa. Tenía sangre seca apelmazada tanto en sus cabellos como en las plumas. Amaris era consciente de que había sido la sangre de Gadriel la que le había inundado las fosas nasales cuando los metieron en el edificio.

¿Cómo se suponía que iba a ayudarlo desde este lado del cristal?

—Cora, ¿quién está al mando? —Amaris no dejó de inspeccionar el cuerpo de Gadriel ni por un segundo.

La chica se movió con incomodidad. Si respondió fue por educación o por miedo.

—En el pabellón de enfermería, quien manda es el Maestro Sanador. Tanto el personal médico que trabajamos a su cargo como tú estamos bajo su cuidado. En esta ala del edificio, las criaturas que enferman se encuentran bajo la supervisión de la Maestra de las Bestias. Luego, claro está, el rector coordina los siete departamentos de la universidad, desde el de Sanación,

Matemáticas y Literatura hasta el de Zoología, Cultura, Artes Mágicas y Artesanía. La especialidad del rector Arnout es la Teología. ¿No te parece de lo más interesante viniendo de un académico? Yo estoy muy centrada en la Sanación.

Cora había empezado a parlotear con nerviosismo. A Amaris no le cabía duda de que todavía seguía un poco asustada tras su extraño intento de abrir la puerta con las uñas. No hizo más que acrecentar el sentimiento de culpa de Amaris.

Amaris alejó la mano del cristal.

—¿Tienes el don de la sanación?

Cora pareció decaer un poco:

—No. Estudio medicinas, tónicos y venenos. Sé coser heridas, colocar huesos y aplicar vendajes y, para cuando salga de la universidad, les brindaré mi ayuda a los pueblos de Farehold. La salud no debería ser un privilegio de quienes nacen con dinero, ¿no crees?

Para ser sincera, Amaris no sabía qué pensar.

Todo cuanto sabía acerca de la universidad lo había descubierto gracias a los susurros que los niños intercambiaban en Farleigh. Si daba la excepcional casualidad de que un huérfano demostraba aptitudes para la magia, el embajador de la universidad no tardaba en aparecer para llevárselo, siempre y cuando la Iglesia no se lo arrebatara antes, claro. Eso solo había ocurrido una o dos veces en los quince años que Amaris pasó en el orfanato. Sus fantasiosos compañeros habían defendido que se llevaran a aquellos con habilidades mágicas para ayudarlos a dominar sus poderes. También circulaban otros rumores más siniestros que decían que la universidad tenía otras intenciones y que necesitaba capturarlos para diseccionarlos, estudiarlos y comprender la magia. Amaris se acordó de aquel terrible texto informativo que encontró en su dormitorio del reev, así como los dibujos anatómicos dibujados tras las autopsias. ¿Qué destino le estarían reservando a alguien como Gadriel?

La urgencia hizo que Amaris hablase con voz aguda:

—Cora, necesito hablar con quien esté al mando. Es importante y no puede esperar. ¿Puedes ir a buscar a esa persona?

Esta vez tampoco habló con tono autoritario. La chica titubeó, pero asintió con la cabeza y salió corriendo por el pasillo. Amaris oyó como los pasos de Cora se iban apagando. Volvió a apoyar la mano sobre el cristal y se negó a apartar la mirada de la figura de Gadriel, que estaba demasiado quieto.

Por fin estaban solos.

—Despierta —le rogó a través del cristal—. ¡Despierta! —Pero la persuasión no funcionaba de esa manera. Él era un ser feérico y no podía ni verla ni oírla. Amaris estampó un puño contra el cristal, con el rostro rojo por la ira que sentía al saberse impotente—. Joder, Gad, ¡despierta! ¡No vas a morir así! Se suponía que sería yo quien te arrancase la cabeza en el coliseo, ¿te acuerdas? ¿No crees que mi opinión cuenta a la hora de decidir cuándo vas a morir? Pues te digo que ahora no es el momento. —Con voz más suave, añadió—: Y no será así.

Una intensa oleada de emoción para la que no estaba preparada embargó a Amaris. ¿Por qué estaba al borde de las lágrimas? ¿Era por el miedo? ¿Por la impotencia? ¿Por la cólera? Amaris echó mano del compartimento hermético que albergaba en su interior para guardar todas esas emociones. No sería capaz de centrarse ni de hacer lo que debía si tenía el corazón en un puño. El último pensamiento que desterró fue el que le decía que Gadriel estaba demasiado quieto.

El compartimento se negó a cooperar con ese detalle en particular.

Una nueva tanda de emociones la embistió al recordar cómo Gadriel la había sujetado con fuerza durante horas mientras volaban a lomos del dragón, sin importar lo mucho que le ardieran los músculos o lo cansada que fuese aquella posición. Todavía sentía la conmoción de haber caído en picado, a pesar de que las maltrechas alas de su compañero habían frenado la caída lo suficiente como para proteger a Amaris y asumir los impactos de los árboles y sus extensas ramas. Amaris luchó contra un segundo brote de lágrimas al recordar la imagen del cuerpo desmadejado de Gadriel, inmóvil sobre las rocas.

Su amigo había entrado en el castillo, había recibido incontables cortes en las alas, había luchado contra un dragón y había amortiguado la caída; todo por ella.

Lo único que Amaris quería era que Gadriel siguiese con vida.

La joven hizo una mueca ante el dolor que sintió al golpear el cristal con el puño una vez más.

—No deberías haber venido a Aubade. Te dije que no vinieses.

Amaris era la culpable de todo el sufrimiento de Gadriel. Estaba inmovilizado, exánime, sobre una mesa por su culpa. Si ella no se hubiese topado en el bosque con aquella chica capaz de prever su encuentro varias lunas antes, ahora él estaría a salvo y rodeado de sus hombres. Su vida habría sido mejor si Amaris no hubiese irrumpido en ella. Aun así, la joven sintió que el corazón le daba un extraño y doloroso vuelco al considerar la alternativa.

Estaba demasiado cansada como para doblegar sus emociones. Si no descansaba un poco, todo cuanto había tratado de reprimir saldría a la luz. Su mente volaría hasta Nox. Pensaría en que Nox había ido a buscarla a la mazmorra, la había estrechado entre sus brazos y había hecho todo cuanto había estado en su mano para salvarla. Recordaría el beso que habían compartido…

Por la diosa, necesitaba echar una buena cabezadita.

Se le habían comenzado a dormir los dedos y ahora le cosquilleaban. Tenía la mano pálida de apretarla contra el cristal durante tanto tiempo. Unas pisadas resonaron por el pasillo y desviaron la atención de la joven del ser feérico en la estancia contigua. Amaris apartó la mano de la barrera que los separaba y dejó una huellita húmeda en el cristal.

La puerta se abrió.

—Hola —se apresuró a decir Amaris—. Gracias por atenderme. Siento haberla molestado a estas horas.

Cora había regresado junto a una mujer bastante anodina de unos cuarenta años, que llevaba el pelo peinado hacia atrás. Daba la sensación de que la chica había despertado a la desconocida de malas maneras. Observó a Amaris y al ag'imni tras el cristal con mirada astuta, aunque molesta. La mujer iba vestida con una chaqueta de entretiempo hecha a medida y calzado de calle, pero debajo llevaba un camisón de lino blanco. Le ofreció una mano a Amaris para que se la estrechase.

—No hay problema —respondió con brusquedad la mujer—. Soy la maestra Neele, Maestra de las Bestias y supervisora del Departamento de Zoología. Yo soy quien se encarga de atender a tu criatura aquí, en el edificio de Veterinaria. Gracias por traer al ag'imni hasta nuestras puertas. Estamos muy emocionados por contar con esta oportunidad, a pesar de la hora que es.

Amaris comprendió perfectamente lo que estaba ocurriendo. A estos hombres y mujeres de ciencia y erudición solo les interesaba lo que Gadriel podía ofrecerles: nuevos conocimientos sobre los demonios. ¿Qué importaba la hora que fuese cuando tenían a un hombre inmovilizado como a un animal?

—Sí, con respecto a eso…, maestra Neele, quería darle las gracias tanto a usted como a sus compañeros por haberse tomado la molestia de cuidarnos. Valoro mucho su interés, pero ha habido un error y necesito que me escuche con atención.

El rostro de la maestra Neele permaneció impasible mientras Amaris, con toda la pasión y seriedad que fue capaz de conjurar a pesar del cansancio, le describía a los seres feéricos oscuros y le informó acerca de los hechizos de percepción levantados entre las fronteras de Farehold y Raascot. Amaris se apresuró a decirle que Gadriel, su amigo, no era ni un ag'imni ni una bestia de la noche. Cuando terminó de explicarle la situación, Amaris aguardó expectante a que la maestra Neele mostrase algún indicio de remordimiento o comprensión.

La estoica mujer se limitó a darle una respuesta de labios apretados:

—Tendré que tratar el tema más a fondo con la Maestra de las Artes Mágicas por la mañana. Cora, por favor, lleva a nuestra paciente de vuelta a su habitación.

Amaris flexionó los dedos, nerviosa y con dudas acerca de la moralidad de la decisión que estaba a punto de tomar. Al otro lado del cristal, Gadriel estaba muriendo. No se podía creer que la mujer fuera a dejarlo así, después de todo lo que le había contado. Veía inadmisible dejarlo atado a la mesa como si fuera un monstruo.

La respiración de Amaris adoptó un acelerado *staccato* mientras trataba de mantener la calma. Dejó a un lado la aversión que sentía por su don e invocó sus poderes al hablar con un rápido tono autoritario:

—Abra la puerta, maestra Neele.

La mujer cuadró los hombros y se giró para mirar a Amaris con exasperante lentitud. Entornó los ojos con un indiscutible y oscuro desprecio antes de responder con una sola palabra:

—No.

Se marchó sin mirar atrás y sus pisadas repiquetearon en la piedra del sótano.

Amaris se quedó de piedra al descubrir la putísima inutilidad de su don. Las orejas de la maestra Neele no eran puntiagudas. Sus rasgos no mostraban la característica belleza de los seres feéricos. Era indudable que la mujer era humana. Amaris cerró los puños con tanta fuerza que se clavó las uñas en las palmas mientras, entumecida, trataba de asimilar el desconcertante intercambio. Sin pronunciar otra palabra, Cora la condujo de vuelta al cuarto en el edificio de Sanación.

Amaris sacudió la cabeza para deshacerse de la confusión que la había dejado atrapada en un silencioso debate consigo misma. Primero fue la sacerdotisa, luego la reina Moirai y ahora la maestra Neele. Consideró las limitaciones a las que se enfrentaba su poder y trató de encontrar una manera de descubrir cuáles eran las condiciones bajo las que este surtía efecto. No lograba concebir qué propósito albergaba una destreza como la suya si resultaba ser inútil cuando más la necesitaba.

Cora ayudó a Amaris a subir a la cama y la informó de que vendría otro residente a vigilarla durante lo que quedaba de noche. La chica se frotó las palmas distraídamente, como si no alcanzara a comprender por qué le dolían las extrañas magulladuras que tenía en las manos.

La estudiante le dio las buenas noches a Amaris y desapareció pasillo abajo.

Una vez estuvo sola, Amaris se levantó de la cama, abrió cada cajón, registró cada armario y estudió cada etiqueta y cada botecito de tónico que había en la habitación. La joven se topó con nombres extraños y olores desconocidos, objetos barbáricos e instrumentos diseñados para hacer incisiones, rollos de pergamino informativos y listas de terminología médica dispersos por la estancia. Cuando hubo examinado todos y cada uno de los objetos a su alcance y decidió que allí no encontraría nada de utilidad, se embarcó en el largo e insomne proceso de esperar a la salida del sol.

2

Después de que la examinaran y la sometiesen a una última ronda de punciones, pinchazos y aguijonazos, por fin le dieron a Amaris libertad de movimientos. La joven palideció al ver que le servían una ración incomible, compuesta de pollo hervido sin sal, zanahorias cocidas, una especie de pastel de maíz grasiento y una jarra de agua fresca.

—¿Me podríais dar un poco de sal?

—La sal no es buena para la tensión —le replicaron con una sacudida de la cabeza antes de irse.

Amaris echaba de menos la comida de Uaimh Reev y pensó en manzanas asadas y pasteles de carne mientras se obligaba a tragar tantos bocados de comida insulsa como fue capaz. Puso mala cara al probar el pollo sin sazonar. Hasta la comida carbonizada en una fogata humeante tenía cierto sabor. La joven se comió el pastel de maíz y jugueteó con las zanahorias en el plato hasta que alguien regresó a su lado. Estuvo más que encantada de dejar atrás los restos de aquella porquería cuando un estudiante al que no había visto nunca la condujo hasta lo que, según le dijo, sería una reunión con los maestros de la universidad.

Amaris, que estaba exhausta y en tensión, fue incapaz de fijarse en sus alrededores de camino a la cita. Abandonaron el edificio de Sanación y recorrieron numerosos inmuebles de piedra cubiertos de hiedra hasta alcanzar lo que parecía ser un pabellón administrativo en el corazón del campus. No se le había ocurrido pedir una capa, así que se frotó los brazos para entrar en calor al verse expuesta a un día frío y nublado. Era consciente de que debería estar prestando atención a las puertas y pasillos que cruzaron, al igual que a los giros que dieron antes de llegar a la sala reservada para los actos ceremoniales. Odrin y Samael se habrían mostrado decepcionados al ver lo rápido que Amaris perdía la concentración.

—Por favor, pasa —dijo el estudiante—. Te están esperando.

Sostuvo la puerta abierta con una mano y, cuando Amaris hubo pasado, la cerró a su espalda con un grave chasquido de amenazante rotundidad.

A Amaris le sobrevino una sensación de *déjà vu* al entrar en la sala.

Aunque las dos estancias no se parecían en nada, ya había participado en una reunión como aquella antes.

De nuevo, había unos cuantos humanos acompañados de un ser feérico de pura sangre sentados alrededor de una enorme mesa. Con punzante familiaridad, la joven se sintió tan asustada y fuera de lugar como cuando defendió su caso ante los hombres de Uaimh Reev. Esta vez, la muchacha hacía frente al rostro hermético e impasible de los maestros.

—Os agradezco que hayáis accedido a reuniros conmigo —dijo en una voz demasiado baja para la inmensidad de la sala.

Las luces que brillaban sobre su cabeza estaban suspendidas por medio de un inteligente diseño que ocultaba el cableado de las lámparas, de manera que daban la sensación de estar flotando. Había nueve personas en la habitación, contándose a sí misma. Suponía que se encontraba ante los jefes de los siete departamentos que Cora había mencionado, además del rector, que se sentaba en el centro de la mesa.

—Sea bienvenida a la universidad, señorita Amaris —respondió el estoico hombre de túnica negra.

Sus ropas no se limitaban a la simple negrura de la noche, sino que lucían elaboradas espirales y dibujos de lunas y estrellas bordados con un brillante hilo de obsidiana que contrastaba con la opacidad de la tela negra. El hombre tenía una mirada despierta, aunque, debido a su edad, su piel era fina como el papel. Amaris estudió los rostros de todas esas personas y confirmó que solo una de ellas era un ser feérico. Reconoció a la astuta Maestra de las Bestias a su derecha, así como a la otra única persona que había conocido la noche anterior, el Maestro Sanador, que se sentaba tres sillas por la izquierda más allá del hombre que continuó hablando:

—Yo soy el rector Arnout y, aunque las circunstancias de su llegada han sido desafortunadas, me complace presentarle al personal docente. La maestra Neele me ha dicho que pidió hablar con ella anoche sobre la criatura que la acompañaba y estamos encantados de concederle una audiencia para decidir cuáles serán nuestros siguientes pasos. —Con un magnánimo gesto, animó a Amaris a proceder—. Por favor, exponga su caso ante el consejo.

Amaris no comprendía qué tenía que exponer. El hombre no parecía albergar intenciones malévolas, pero lo que implicaban sus palabras le preocupaba. Si no conseguía persuadirlos, ¿celebrarían una votación para mantener a Gadriel encerrado? No había ningún caso que defender. Solo podía contarles la verdad.

—Antes de nada, permítanme presentarme como es debido. Soy Amaris de Uaimh Reev y estoy al servicio de los reevers.

Ese dato no pareció ser demasiado relevante para su audiencia, salvo porque uno o dos de ellos alzaron las cejas ante la mención de los reevers. Amaris tomó aire para calmar los nervios. La estancia se había vuelto más fría por lo incómodo que le resultaba acobardarse ante los maestros. Al recordar la fulminante mirada que la Maestra de las Bestias le había dedicado en plena noche cuando intentó utilizar el don de la persuasión con ella, Amaris optó por recurrir a una vía más diplomática.

—El hombre que tienen maniatado en aquella habitación es un ser feérico. No es ningún monstruo —comenzó a decir, tratando de evitar que su voz destilara un exceso de emoción—. Entiendo la razón por la que ven un ag'imni cuando lo miran. Yo también habría tomado la precaución de atarlo y encerrarlo tras una pared de cristal. —Aunque esas palabras hicieron que le hirviera la sangre al pensar en su amigo, herido y confinado, Amaris siguió adelante—: Lo que ven es el resultado de una ilusión. Un hechizo de percepción separa Raascot de Farehold desde hace veinte años. Cuando un norteño cruza la frontera del reino del sur, a este se le percibe como un demonio.

Hizo una pausa por si acaso quisiesen hacer alguna pregunta o comentario, pero ninguno reaccionó. La escuchaban sin que el más mínimo rastro de emoción surcase su rostro.

Amaris cerró los puños.

—Mi compañero es un ser feérico llamado Gadriel. Él no es ningún demonio, aunque, como ya les he dicho, entiendo que, si lo ven así, es por culpa de la maldición. No necesita atención veterinaria, sino la de un sanador. —Se le trabó la voz—. Se lo ruego, estoy muy preocupada por él. Cuando caímos, él se llevó la peor parte de los golpes contra las ramas y, al tocar tierra, impactó contra una piedra. Lo tienen atado a una mesa y no tengo forma de saber si se encuentra bien. No les pido que me crean. Sé que los miembros de esta universidad confían más en lo que pueden ver y oír que en las palabras de una desconocida. Sin embargo, si me ayudan a atenderlo como es debido, estaré más que encantada de demostrarles que no es el monstruo que ustedes creen.

—¿Desde dónde cayeron? —inquirió alguien. Esa única pregunta provenía de un hombre corpulento con bigote que medía casi una cabeza y media menos que el resto de sus compañeros.

Amaris se estremeció. No esperaba que fueran a apreciar su explicación.

—Sí... Quizá hayan visto un ag'drurath por estas tierras ayer. —Por fin, los maestros volvieron a la vida—. Viajamos a lomos de esa criatura desde la ciudad de Aubade.

La Maestra de las Bestias frunció el ceño al oírla.

—Es bien sabido que los ag'drurath se relacionan con los ag'imni. ¿De verdad espera que creamos que su «amigo» no es un ag'imni cuando afirmáis haber llegado hasta aquí con la ayuda de un dragón?

Amaris apretó los dientes.

—En realidad la criatura no se percató de nuestra presencia. Lo único que hicimos fue agarrarnos a su espinazo durante horas mientras le rezábamos a la diosa para que no se sacudiese y nos lanzase por los aires. Era una situación... complicada.

—¿Y por qué harían algo así? —intervino el rector.

Ah, sí, esa era una buenísima pregunta. ¿Qué razón había para colgarse de un ag'drurath si no era para lanzarle un desafío directo a la reina o traicionar a Farehold? Amaris no sabría decir a ciencia cierta cuánto tiempo tardaban los rumores en difundirse por el continente. Era imposible que las noticias acerca del desastre ocurrido en la capital hubiesen llegado hasta la universidad tan deprisa. Por lo menos, albergaba esa esperanza.

Al final, sin mucha convicción, Amaris explicó:

—Nos encontrábamos en una situación peligrosa y esa era la única vía de escape disponible. Tuvimos suerte de escapar ilesos. De haber tenido cualquier otra opción... —Dejó la frase a medias.

No entendía por qué los maestros no reaccionaban. No comprendía qué problema tenían para no demostrar ningún rastro de emoción o compasión.

—Dicho esto, por favor, necesito asegurarme de que mi amigo sigue con vida. —Su voz estaba al borde de la súplica—. Dudo que esté recibiendo el tratamiento adecuado, puesto que ninguno de ustedes se ha percatado de su verdadera naturaleza feérica. No dejen que una ilusión se interponga entre un hombre y la asistencia sanitaria que necesita.

El único ser feérico presente en la sala levantó un delgado dedo. Era una mujer de apariencia serena y resultaba imposible adivinar su edad: podría tener treinta años o tres mil, aunque aquel era un detalle que no marcaba ninguna diferencia en la vida de una inmortal. Mientras que el resto vestían intrincadas túnicas, las suyas eran negras y grises, hechas de espesas capas de lino. Una desagradable nostalgia hizo que, para bien o para mal, Amaris se acordase de las matronas. Aunque el atuendo era el típico de aquellas mujeres, el rostro de la maestra no se parecía en nada al de estas. Sus ojos eran de un brillante color esmeralda y eran demasiado grandes en comparación con los de los humanos. Sus orejas acababan en punta, como era típico de los seres feéricos. Su piel era del color broncíneo de las criaturas feéricas del norte y llevaba los cabellos oscuros peinados en varias trenzas tras las orejas.

Cuando habló, lo hizo con un tono tranquilo y bajo:

—Nos pide que la creamos cuando nos dice que su compañero es un ser feérico de Raascot, pero que no podemos verlo por culpa de un encantamiento. ¿Cómo es posible que usted sí que lo vea tal y como es?

El rector asintió con la cabeza.

—La Maestra de las Artes Mágicas ha planteado una excelente pregunta. Yo también siento curiosidad por oír la respuesta.

Amaris observó a los maestros y se preguntó cuántos de ellos dominarían la magia. Calculó a cuántos podría llegar a manejar con sus poderes de persuasión, en caso de que tuviese que recurrir a ellos para escapar. Decidió responder con sinceridad, si bien no dijera toda la verdad.

—Cuento con el poder de la visión. Poseo una magia que me ayuda a ver más allá de los encantamientos. Ha resultado ser de lo más útil.

Un murmullo se extendió entre los maestros mientras debatían acerca de la revelación. Le pidieron que saliese de la estancia para que los ocho pudiesen deliberar, así que regresó al pasillo y se dejó caer en el suelo, con la espalda apoyada contra la pared. Aunque había dormido como un tronco durante el periodo de hipotermia, la noche que había pasado en vela y el desasosiego que la acompañó habían hecho mella en Amaris. Cerró los ojos y descansó la cabeza contra la fresca piedra del pasillo.

Gadriel y ella estaban recluidos entre los muros de la universidad, pero Amaris no dejaba de preguntarse si sus hermanos estarían a salvo. Pensó en Nox, que había clavado sus enormes ojos del color del carbón en los de Amaris cuando esta le suplicó que salvara a sus hermanos segundos antes de verse arrastrada hacia su nuevo destino. Se esforzó por mantener los recuerdos y los sentimientos que Nox despertaba en ella en un compartimento hermético, luchó por encerrarlos a cal y canto. La relación que no llegaron a definir era como un monstruo abrumador, una especie de kraken contra el que tenía que pelear una y otra vez para encerrarlo en la jaula que albergaba en su interior, puesto que era incapaz de hacerle frente. Mientras ese monstruo estuviese preso, Amaris podía pasar días, semanas, meses o incluso años sin sentir dolor, pena o añoranza. No pensaría en Nox. No se permitiría sufrir las mordeduras y arañazos que resultaban cuando una se autorizaba a sentir.

Todas las emociones intensas de colmillos afilados acababan en el interior del compartimento. En momentos como ese, los tentáculos de la criatura golpeaban la cubierta de la jaula hasta abrirse camino al exterior. El dolor le puso la zancadilla, la detuvo en seco y la dejó sin aliento cuando las lágrimas amenazaron con anegar sus ojos.

Nox había ido a buscarla a la mazmorra. En aquel momento de desesperación, Nox la había encontrado, se había aferrado a ella, la había estrechado entre sus brazos, le había acariciado el pelo y la había liberado de su prisión. La forma en que la besó soltó las cadenas y candados que había pasado años colocando alrededor del reducto hermético de su interior y liberó al monstruo. Los labios de Nox habían roto el compartimento en mil pedazos, habían permitido que la criatura quedase libre y nadase en la sangre y los restos maltrechos de su corazón.

A Amaris se le entrecortó la respiración al recordar las palabras de Nox.

«Te quiero».

Se abrazó las rodillas con fuerza y enterró el rostro en el regazo.

Nox le había dicho que la quería hacía ya muchos años, en Farleigh. Aquella vez, Amaris no le dio mayor importancia a lo que oía. Sin embargo, en las mazmorras, por fin comprendió el peso de su mensaje cuando el monstruo marino enrolló sus numerosos tentáculos alrededor del alma de la joven e hizo presión hasta dejarla sin aliento.

«Te quiero».

—¿Amaris? —La voz provenía del otro lado de la puerta cerrada.

Levantó la cabeza de inmediato. Rezó por no tener los ojos rojos, puesto que no creía que los maestros fueran dados a la compasión. Se tragó las lágrimas, se puso en pie y volvió a entrar en la sala.

Sin dar ningún rodeo, el rector Arnout proclamó:

—A partir de hoy, el Maestro Sanador y la Maestra de las Artes Mágicas la llevarán a visitar a su amigo. Probaremos a atender a su compañero con los métodos reservados para humanos y seres feéricos durante tres días y tres noches. Si no mejora para entonces, la Maestra de las Bestias retomará el tratamiento veterinario.

Amaris se vio inundada por el alivio, pero el rector no había terminado de hablar.

—Si su compañero se recupera gracias a los sanadores, necesitaremos que demuestre que es una criatura consciente y racional antes de soltarlo. Incluso entonces, para no poner en riesgo la seguridad de los alumnos o de los miembros del personal, el ag'imni permanecerá en la sala de observación, a no ser que la maestra Fehu diga lo contrario. Si está de acuerdo con esta propuesta, Amaris de Uaimh Reev, los maestros la llevarán hasta su amigo.

Dedujo, a juzgar por la presencia de la mujer feérica, que ella era la maestra Fehu, la Maestra de las Artes Mágicas.

Amaris pensó en la cabeza inmóvil y ensangrentada de Gadriel. Recordó la sensación de su pelo apelmazado cuando lo acarició mientras le cantaba hechizantes melodías durante la frialdad de la noche. Pensó de nuevo en la manera en que Gadriel la había sujetado cuando viajaban a lomos del ag'drurath.

Gadriel no iba a morir así.

3

—No me malinterpretes. Eres un regalo para la vista, pero vas a tener que ponerte algo más práctico para viajar —le dijo Ash a Nox mientras evaluaba su andrajoso vestido.

Malik la evaluó con expresión concentrada y mirada compasiva. Tenía los brazos, las mejillas, la piel desnuda del pecho y las piernas llenos de magulladuras por culpa de los arañazos de las ramitas y las zarzas.

Malik esbozó una mueca ante las palabras a las que Ash había decidido recurrir. No le parecía bien tratar a su nueva compañera de viaje como a un objeto. Nox no solo los había salvado, sino que estaba claro que Amaris y ella se conocían muy bien.

Nox hizo un movimiento poco entusiasta con intención de cubrirse, pero luego agitó la mano, como para demostrar que el viento se había llevado su sentido de la vergüenza. Había llevado ese mismo vestido escotado de seda fina desde el momento en que la conocieron. Cuando Malik le había preguntado si todas las mujeres de Aubade llevaban vestidos tan encantadores en el castillo, ella había dejado muy claro que si se había puesto ese atuendo en concreto había sido por Eramus: «El infernal capitán de la guardia; así se pudra en su tumba». El fantasma de una sonrisa se dibujó en sus labios al referirse a él y recordar, casi con toda seguridad, el exquisito crujido de la justicia que resonó por el coliseo cuando el ag'drurath atrapó al capitán entre sus draconianas hileras de dientes antes de escupirlo y dejarlo tirado en la arena. Los reevers no sabían nada acerca del capitán, pero, gracias a Nox, suponían que este había recibido un merecido final.

Los árboles y las espinas habían desgarrado el vestido de la chica hasta convertirlo en brillantes tiras de tela, no solo al destrozar el bajo de la falda, sino también al enganchar la tela de la espalda y arrancar una de las delgadísimas tiras de los hombros. Los reevers se habían deshecho de las piezas más llamativas de sus atuendos de gala junto a los acantilados de Aubade, puesto que no se habían cambiado tras haberle hecho una visita a la reina Moirai y seguían vistiendo incómodos trajes formales. Aun así, las camisas y pantalones suponían una comodidad que los muchachos agradecían al compararse con su nueva compañera de viaje, que casi iba desnuda. Malik lamentó no haberse quedado con su chaqueta para así tener algo que ofrecerle a la joven, pero se negaba a hacerla seguir adelante en esas condiciones.

—Espera aquí —le pidió Malik desde detrás de una estructura en ruinas.

—Puedo continuar —replicó Nox.

—No, no. Yo me encargo.

Los sonidos de los animales y el zumbido de los insectos estivales surcaban el aire. Ash se rascó los brazos para espantar criaturas invisibles. El calor del mediodía hacía que el sudor les perlara los labios. Abandonaron el refugio de los árboles para ver si conseguían encontrar lo que necesitaban en una granja cercana. Ash aceptó esperar con Nox junto a un gallinero mientras Malik forzaba la cerradura del corral. No le gustaría pasar a la historia como alguien que se dedicaba a robarle a los campesinos, pero las situaciones desesperadas requerían medidas desesperadas.

Al oír un ruido en el interior de la casa, Malik se quedó paralizado en medio del corral y dejó volar la mirada entre la casita que tenía delante y el lugar donde los otros esperaban. Al no tener un lugar donde esconderse en ese patio a cielo abierto, decidió abandonar el sigilo en favor de la rapidez y volar hasta el tendedero que había al otro lado del patio. Lo único que tenía que hacer era darse prisa y volver con los demás...

Malik murmuró una disculpa al arrancar un par de artículos de ropa que se estaban secando al aire en el cordel que cruzaba el corral. Escogió pantalones, camisas y calcetines no solo para que Nox se cambiase, sino también para que Ash y él pudiesen ponerse algo que llamase menos la atención. Acababa de arrancar la última camisa hecha a mano de la cuerda de tender cuando una mujer emergió de la casa.

Su voz restalló como un iracundo trueno sobre el cielo azul.

—¡¿Qué te crees que estás haciendo?! ¡Ladrón!

Malik salió huyendo, como el zorro al que pillan en un gallinero, y voló hacia donde estaban los otros, cargando con el botín. Nox y Ash se levantaron a toda prisa para seguirlo mientras la mujer echaba sapos y culebras por la boca. El inesperado movimiento de una gallina, que cloqueó y batió las alas en medio del camino, por poco hizo que Malik tropezara. Para cuando se resguardaron tras la línea de árboles del bosque, los tres reían a carcajada limpia.

—¡Lo siento! —exclamó Malik por encima del hombro y fue una disculpa sincera. Se puso la ropa bajo el brazo y acompasó el ritmo con el de los otros dos. Los reevers no eran ladrones y, en circunstancias normales, nunca le arrebatarían nada a los campesinos.

Aminoraron el paso una vez que estuvieron seguros de que nadie los perseguía.

Nox dejó escapar una risita y se apoyó sobre las rodillas para recuperarse del esfuerzo de la huida. Levantó una mano para que Malik le diese su parte del botín.

—Aquí tienes. —Malik le ofreció una camiseta y unos pantalones a la chica, que no había dejado de menear los dedos.

Era evidente que Nox no estaba acostumbrada a correr. Cuando esta le dedicó una sonrisa de agradecimiento, Malik sintió que el calor se extendía por sus mejillas y, aunque apartó la mirada, ella ya lo había visto sonrojarse. El reever oyó a Nox ahogar una carcajada, lo cual solo consiguió intensificar más su rubor. Su risa no era malintencionada. Por el momento, nada en ella había dado indicios de serlo.

Nox sostuvo las prendas robadas durante un buen rato.

—Si no vais a comportaros como caballeros, espero que tengáis intención de pagar por el espectáculo —bromeó con tono seco.

Se apresuraron a balbucear una disculpa antes de clavar la mirada en los árboles que los rodeaban. Por si no había estado ya lo suficientemente rojo, Malik sabía que ahora sus mejillas debían de hacer juego con el granero color rubí que habían dejado atrás. Oyó los suaves e inconfundibles sonidos del vestido de seda al caer al suelo, del algodón contra la piel y del apagado susurro de sus cabellos.

No podía hablar por Ash y su autocontrol, pero a Malik le estaba costando resistir el impulso de echar una miradita. Decir que su nueva acompañante era guapa era quedarse corto. Desde el momento en que la conocieron, Nox había brillado con una etérea luz propia que nacía bajo su piel. La lustrosa melena negra que le caía por los hombros recordaba a la tinta húmeda. Tenía una mirada hechizante que animaba a todo aquel que posase la vista en ella a asomarse a las profundidades de sus ojos. Su cuerpo…

Malik se reprendió a sí mismo al darse cuenta de los derroteros que estaba tomando su mente y escudriñó los árboles en busca de cualquier distracción. Nunca sobrevivirían a un viaje con Nox si se permitían pensar en ella de esa manera. Habían pasado años junto a Amaris y ella había sido una camarada más. Nox tenía un punto en su contra por haber tratado de atraer a Ash a su telaraña en Yelagin, pero los tres habían decidido hacer borrón y cuenta nueva.

—Ya estáis a salvo —anunció Nox; en su voz se apreciaba una sonrisa burlona—. Veréis un nuevo amanecer con vuestro sentido del decoro intacto.

—Ash no tiene ningún decoro.

—¡Oye! —objetó Ash—. Es la pura verdad, pero la dama no tiene por qué saberlo.

A juzgar por el corte de la camisa y los pantalones que Nox llevaba puestos, debían de haberle pertenecido a un chico joven, pero Malik estaba convencido de que Nox tendría un aspecto arrebatador hasta con un saco de arpillera. De entrar en la ciudad vestida así, no le cabía duda de que todas las mujeres que se fijasen con envidia en Nox empezarían a llevar también camisas holgadas y pantalones a la altura de las espinillas. Prendas de vaporosa tela blanca que no ofrecía ni la opacidad ni el soporte necesarios para...

Malik volvió a regañarse a sí mismo y se le contrajo un músculo de la mandíbula al apretar los dientes para evitar maldecir en voz alta.

—¿Entonces Amaris y tú os conocíais de antes? —preguntó solo por cambiar de tema y relajar el ambiente.

Se hacía una mínima idea de su respuesta solo por lo cercano que le había parecido el reencuentro entre las dos mujeres. No estaba seguro de cuánta información estaría Nox dispuesta a compartir, pero consideró que debía ofrecerle la oportunidad de expresarse abiertamente. Quería que la chica se sintiese segura y fuese sincera con ellos.

Nox se mordió el labio.

—Sí. Crecimos juntas en el orfanato. Hacía años que no la veía cuando...

Los chicos asintieron con la cabeza. Quizá no era el mejor momento para tratar temas más profundos o hablar de amores perdidos. Y tampoco para pensar en las mazmorras o en la fuga del castillo.

—Ha pasado los últimos tres años con nosotros —le dijo Ash—. Tu amiga ahora es una reever y es bastante buena. Le ha hecho morder el polvo a Malik un par de veces.

Malik coincidió con él con un gesto. Ash no se equivocaba.

—¿Y qué hay de ti? —Nox ladeó la cabeza y miró a Ash.

Este fingió poner mala cara.

—Sí, también es mejor que yo. Es por su tamaño. Es mucho más rápida que el resto de nosotros. Puede que por eso las mujeres no hayan entrenado en el reev durante los últimos cien años, a los hombres siempre les ha dado demasiada vergüenza estar en constante desventaja.

Nox esbozó una sonrisa entre orgullosa y arrepentida.

—Me da mucha pena no haber visto nunca ese lado de ella.

Ash consideró su comentario por un segundo.

—Yo daba por hecho que siempre había tenido alma de guerrera. Cuando llegó al reev parecía llevar unas cuantas peleas a sus espaldas.

Nox perdió la sonrisa.

—¿Lo dices por las cicatrices?

Ash asintió.

—Todavía se le estaban curando cuando la conocimos. Odrin nos dijo que se las había hecho al escapar del orfanato.

Nox sacudió la cabeza.

—Supongo que desde que yo la dejé en las escaleras hasta que ella os encontró podrían haber ocurrido mil cosas.

Ash frunció el ceño en un gesto de disculpa cuando respondió:

—Lamento muchísimo todo por lo que ambas habéis pasado. No está bien. Es…

Malik vio que Nox cambiaba el peso de un pie a otro e interpretó su incomodidad como una señal para intervenir, así que dio una palmada.

—Ash, ¿qué tal si le demostramos lo mucho que lo sentimos con acciones en vez de palabras? Yo me encargaré de cazar algún ave, tú la desplumarás y prepararemos la cena. ¿Qué os parece la idea, señorita?

✦

Nox estaba llena. Se sentía a salvo. No estaba helada ni asustada ni notaba ninguna de las emociones que habría esperado sentir al ser una prófuga. Observó a los reevers y los estudió con cuidado desde el punto más alejado del fuego.

Se había esforzado por limar asperezas con Ash después del encuentro junto a la taberna del lago en Yelagin, aunque no lo culparía si prefería mantener las distancias. Malik, por su parte, se relacionaba con todo el mundo con afable calidez, como si fuese la personificación del mismísimo sol. Distraída, consideró que un hombre con ese carácter encajaba más en el papel de un rey que en el que cumplía entre las reservadas filas de los reevers, y no tardó en reflexionar sobre el motivo por el que un pensamiento tan curioso se le había pasado por la cabeza. Nox no creía haber conocido nunca a un hombre en el que hubiera confiado de inmediato antes de toparse con estos dos. Quizá era demasiado pronto para afirmarlo con seguridad, pero se atrevería a decir que no los odiaba. Era extraño.

Continuaron manteniendo una charla educada alrededor del fuego, aunque la mayor parte de las respuestas de Nox dejaba a los dos hombres sumidos en un incómodo y reflexivo silencio, y una parte sádica de la chica disfrutaba de ello. Por si su vestido no había sido prueba suficiente, Nox se aseguró de dejar bien claro que no se avergonzaba de ser una cortesana. Ash y Malik no alcanzaban a comprender que ella se aprovechaba más de su trabajo de lo que sus clientes se aprovechaban de ella, pero no se sintió en la obligación de explicárselo.

—¿Cuánto tiempo tendremos que pasar en el bosque? —preguntó Nox.

—Ay, pero así es como vamos a vivir de ahora en adelante. Con una nueva identidad, un nuevo hogar en el bosque. Bienvenida a la familia. Espero que te gusten los árboles. —Ash estaba demasiado ocupado limpiando la espada que le había robado al guardia como para mirarla a la cara al responder.

«Listillo».

Dejando a un lado el sarcasmo, comenzaron a trazar un plan para el día siguiente. Volverían a Aubade para recopilar tanta información sobre los próximos pasos de la reina Moirai como encontrasen. Como el don de la ilusión de la reina estaba un paso más cerca de salir a la luz —sobre todo después del sangriento espectáculo que había sido la huida de Amaris y de la práctica destrucción del coliseo—, no les cabía duda de que la reina estaría movilizando un destacamento para que su secreto siguiese a salvo. Tampoco les cabía duda de que, en aquellos momentos, Amaris era la enemiga pública principal de la reina.

—¿Creéis que estará en peligro? —preguntó Nox.

—¿Lo dices por la reina? —respondió Malik—. Eso seguro. Si hablamos de cualquier otra amenaza, creo que Amaris se las arreglará bien solita.

A Nox le resultaba difícil concebir la realidad de sus palabras. La dulce y delicada Amaris, protegida como un secreto bien guardado, demasiado valiosa para lidiar con astillas y trabajos físicos o para dejarse ver en el mercado, era capaz de hacerle morder el polvo a los hombres y, según la despreocupada afirmación de Malik, también se las podía arreglar solita. Nox mordisqueó los últimos restos de carne que quedaban en un hueso mientras pensaba en cómo su homóloga hecha de luz de luna no había sido la única en cambiar.

Al terminar de cenar, Ash se apartó para practicar un par de movimientos y estocadas con la espada. Los reevers todavía llevaban consigo las armas de los guardias a los que habían desarmado al escapar de la mazmorra, y Ash había comentado que quería asegurarse de estar tan cómodo con el peso de su nueva espada como con la suya de siempre. Nox evaluó sus gráciles golpes, tajos y fintas con el arma.

Malik se sentó con cautela en el tronco, al lado de la joven, y le mostró una daga.

—¿Qué tal se te dan las armas?

Nox lo miró y consideró su respuesta. Malik era alto incluso cuando estaba sentado, por lo que tuvo que levantar el rostro para observarlo. Inclinó la cabeza mientras contemplaba su respuesta; mientras estudiaba sus rasgos, preguntándose qué ocultaría. Tenía un rostro amigable. No parecía que su pelo rubio y sus ojos verdes albergasen ni una pizca de maldad, pero ya había cometido el error de pensar eso en el pasado. Estaba convencida de que los hombres nunca eran tan buenos como aparentaban ser. Nox tenía pruebas de sobra.

Hasta ahora, se había valido con la agudeza de su mente como única fuerza de destrucción. Ella misma era su propia arma. No le apetecía dar explicaciones, así que se limitó a decir:

—Supongo que nunca he usado una.

—Toma. —Malik no esperó a que Nox reaccionase para depositar con delicadeza la empuñadura de la daga sobre su palma—. Antes de nada, tienes que agarrarla con firmeza, que no es un pez muerto.

Nox cerró los dedos alrededor del arma con más fuerza.

—Bien. La forma en que la estás sujetando ahora mismo se denomina agarre natural o de martillo. Sostenerla con la punta hacia arriba viene bien a la hora de esquivar ataques. Además, en caso de necesitarlo, te permite tener un mayor alcance. Aun así, como te falta experiencia con las maniobras defensivas, te sugiero otra opción. Al cambiarla de posición —continuó Malik al tiempo que, con dedos callosos, recolocaba la daga en la suave mano de Nox y la posicionaba boca abajo—, sujetándola al revés, recurres al agarre picahielos. El impacto será mayor y te permitirá atravesar una armadura o la

53

caja torácica de tu oponente. Utiliza la fuerza de tu propio peso junto a la de la gravedad en caso de que necesites dar una cuchillada o clavarle la daga a algo o a alguien.

Nox ladeó la cabeza una vez más.

—¿Estás intentando enseñarme a manejar un arma?

—En un mundo ideal, nadie necesitaría usar estos trastos. Pero te las has arreglado para acabar en nuestro equipo y nos suele gustar meternos en líos. Si un vageth nos ataca en mitad de la noche, no permitiré que te abra la garganta, pero deberías saber defenderte, aunque solo sea a nivel básico.

Malik se levantó y extendió una mano. Nox deslizó los dedos por la palma del reever, aunque su mirada seguía estando cargada de desconfianza.

El joven la ayudó a ponerse en pie y ella lo miró casi como si fuese un perro parlante. A Nox le resultaba difícil concentrarse, porque casi no conseguía oír lo que le decía por encima de su cauteloso monólogo interno. Era consciente de las explicaciones de Malik, pero estaba demasiado ocupada pensando en lo peculiar que era la situación como para prestar atención. Le enseñó un par de movimientos básicos e hizo que Nox los repitiese, corrigiéndole la posición y la postura. La chica valoró que Malik tuviese en cuenta lo que ocurría a su alrededor, puesto que, en cuanto se percató de lo tensa que se ponía cuando la tocaba, enseguida se adaptó para mantener el contacto al mínimo.

La verdad era que Nox no sabía muy bien cómo definir el intercambio. En Farleigh, los chicos del orfanato eran todos pequeños y ninguno había sido amigo suyo. En el Selkie, los hombres eran o clientes o presas. Le resultaba curioso conocer a hombres que alterasen su percepción acerca de sus congéneres y no estaba muy segura de saber enfrentarse a esa disonancia cognitiva que le ponía la mente patas arriba. Nox recurría al escepticismo como si fuera un material con el que construir una barrera entre el juego al que él estuviera jugando y lo que ella misma tenía que ofrecer. No sabría decir cómo estaría interpretando Malik la situación, pero Nox había vivido en este mundo iluminado por la buena diosa durante el tiempo suficiente para comprender que todo tenía un precio.

Continuaron practicando hasta que llegó la hora de irse a dormir. Después de que los dos hombres apagaran el fuego, Nox se hizo un ovillo bajo la manta, aferrada a la daga.

Ya fuera por la seguridad que le transmitía el hecho de tener un arma entre las manos o de verse rodeada de reevers, no tardó en dejarse llevar hasta el mundo de los sueños. No tenía por qué estar en el bosque. No tenía por qué estar escapando de Aubade. Podía cerrar los ojos en un mundo y transportarse a otro al abrirlos. Cuando era pequeña, los sueños le ofrecían una fantástica vía de escape para alejarse de la fatiga de la vida diaria y destinar las horas de descanso a correr por campos de amapolas en un cálido día de verano sin temer a las serpientes, los insectos o las picaduras de los cardos.

También estaba ese otro tipo de sueños, los que no parecían sueños en absoluto. Cerraba los ojos en un lugar y los abría cuando su mente la llevaba junto a Amaris. A veces, los sueños no hacían sino acrecentar su sufrimiento en vez de aliviarla.

En ciertas ocasiones, los sueños se reproducían en su cabeza como si reviviese recuerdos del pasado. En otras, creaban de cero nuevos recuerdos. Una noche, Nox había soñado con la vida que podrían haber tenido juntas. Había imaginado una escena en la cocina del hogar que compartían, en la que, a pesar de que ella había quemado la cena, Amaris se la había comido de igual manera, con educación, solo para no herir sus sentimientos. Había visto la cabritilla de la que cuidaban en su casita de campo, alejadas de miradas indiscretas, vecinos chismosos y obligaciones sociales. Se había permitido pensar en cómo sería despertarse por las mañanas y, nada más abrir los ojos, ver a la joven nívea a su lado, entrelazar los dedos con los de su compañera; un cariñoso contraste de bronce y perla cuando Amaris se sumiese más profundamente en el sopor del alba. Se había visto bebiendo té con ella, haciéndose mayor con ella y pasando una vida juntas en un mundo sin burdeles, asesinos ni maldiciones.

Incluso en sueños, el anhelo no era correspondido. Nox la deseaba, pero eso era todo: un deseo. Deseaba acercarse a Amaris y esperar, con la respiración entrecortada, a descubrir si esta le daría un beso; un beso que crease un remolino de enebro y canela allí donde sus labios se encontrasen. Nox quería saber si Amaris la acercaría hacia sí para estrecharla entre sus brazos y aceptarla por lo que era, sin importar el peso de lo que no sería jamás.

Energía, aire, sed tántrica, deseos y desesperación se entretejían al cernirse más cerca, al aferrarse a ella con más fuerza. El pulso entre sus latidos fluiría por el espacio que separaba sus cuerpos. Nox dejaría claras sus intenciones, pero, para saber que Amaris sentía lo mismo, que lo que vivían no era una fantasía creada por el corazón egoísta y lleno de anhelo de Nox, debía ser Amaris quien tomase la decisión de cerrar los últimos centímetros entre ellas. Se apretó contra Amaris y permitió que la desesperación y la esperanza flotasen, tan espesas como la miel, en el aire.

Lo único que podía hacer era actuar con amor, con paciencia, con un propósito. El resto dependía del destino.

Nox se despertó con una sacudida; le castañeteaban los dientes.

Aunque era verano, las primeras horas de la mañana todavía conseguían que le doliesen los músculos. El frío la despertó del momentáneo y apacible refugio de sus sueños. Era hora de recoger sus pertenencias y adentrarse en la ciudad para encontrar la mejor manera de que dos reevers y una súcubo matasen a la reina.

4

El sanador, a quien sus alumnos llamaban maestro Dagaz, escuchó pacientemente a Amaris mientras esta le describía los rasgos del hombre alado que tenían atado a la mesa. El maestro Dagaz había respondido tal y como haría con un paciente cualquiera y seleccionó los tónicos y vendajes más apropiados para un hombre feérico. Mientras tanto, la Maestra de las Artes Mágicas feérica los observaba con esos ojos demasiado grandes sin perderse ni un solo detalle desde un rincón de la sala, donde se había sentado con la gracia propia de una estatua mientras trabajaban. Fuera de allí, la contrariada Maestra de las Bestias seguía haciéndoles alguna visita cada cierto tiempo. La mujer no se molestó en ocultar su descontento por no tener permiso para aprovechar la excepcional oportunidad de estudiar a un ag'imni vivo. Aunque la maestra Neele era un incordio, al menos no había tratado de interferir.

—No pueden tenerlo atado a la mesa de esa forma. Es inhumano.

—Bueno, es por nuestra seguridad…

—Se lo pido por favor. ¿Trataría así a un humano con una lesión en la cabeza? No podrá curársela si lo tiene atado como si fuera un perro rabioso.

Tras un largo y silencioso intercambio de miradas con la Maestra de las Artes Mágicas, el sanador aceptó retirarle todas las restricciones salvo la correa principal que cruzaba el regazo de Gadriel. Dagaz explicó que, de esa forma, el demonio tendría cierta libertad de movimientos y podría sentarse sin tener opción de volar por la sala para atacarlos sin previo aviso. Amaris sostuvo la mano de Gadriel mientras los asistentes correteaban a su alrededor y seguían todas sus indicaciones allí donde un corte o una magulladura resultaba difícil de distinguir en la piel anfibia de color gris oscuro de un demonio. Ella solo veía el apuesto rostro de su amigo, que respiraba de forma superficial, así como lo que quedaba de sus angelicales alas.

—Sé que usted quería estar presente para ayudar, pero ¿ha estado cuidando de su propia salud? Me temo que no está durmiendo lo suficiente. Sus ojeras hacen juego con el violeta de sus ojos. Mis ayudantes me han informado de que ha solicitado un tónico, pero comete un error al hacer que mis alumnos se apoyen en la medicina mágica cuando se quedan sin recursos externos. El cuerpo no requiere de la intervención antinatural cuando la única culpable de su dolencia es…

—La falta de sueño. Ya, ya. Estaré bien. ¿Hay algo que puedan hacer por sus alas?

El sanador puso mala cara ante la clara desconsideración de la chica con respecto a su trabajo.

—Muchos de los seres feéricos del norte disponen de magia para tratarse las alas, pero no contamos con ninguno de esos seres alados en la universidad. Puedo pedirle al Maestro Literato que reúna a un séquito de sus alumnos de archivística para que busquen un remedio, pero no creo que podamos prometerle nada ni a usted ni a su compañero.

Amaris tomó aire, frustrada, y dio un respingo al tener una idea. Se apartó del lado de Gadriel cuando oyó los coléricos pasos de la maestra Neele ante la puerta de la sala de observación. Amaris por poco se chocó con la impaciente mujer al cruzar la puerta, que habían dejado entreabierta como medida preventiva, suponía, en caso de necesitar escapar del monstruo.

—Maestra Neele —llamó a la Maestra de las Bestias. Si la mujer se negaba a dejarlos tranquilos, al menos haría algo útil—. ¿Hay alguna criatura en los establos con la capacidad de volar?

La mujer la fulminó con la mirada. Por lo que parecía, ahora veía a Amaris como una especie de adversaria. Antes de la intervención de Amaris, el Departamento de Zoología había estado a punto de disponer de un demonio.

—Cuento con dos especies de criaturas con alas bajo mi supervisión, sí.

Amaris asintió con la cabeza.

—¿Qué haría en caso de que alguna de esas criaturas hubiese sufrido daños en las alas?

La maestra Neele respondió con voz gélida:

—La sacrificaría para ahorrarle el sufrimiento.

✦

Gadriel se despertó.

Amaris, que hasta ese momento había tenido la cabeza inclinada en un somnoliento intento por descansar, se levantó. Tenía la mano sudorosa por no haber soltado la de Gadriel durante la noche.

Las primeras palabras que pronunció sonaron como un gruñido.

—¿Dónde estoy?

El fuego que ardía en el interior de Amaris se avivó con una alegría que casi la asfixia. Lanzó los brazos alrededor del cuello de su amigo y enterró la cara en sus plumas, en su piel y en las ropas que había llevado durante días.

—Maldita sea la diosa, demonio, como vuelvas a asustarme así, te mataré con mis propias manos.

—¿Me has estado sujetando la mano? —La voz de Gadriel sonaba apagada y por poco se asfixió con el pelo de Amaris.

La chica deshizo el abrazo y soltó a su amigo para mitigar el arrebato. Sacudió la mano y se secó en los pantalones la sudorosa prueba que la incriminaba.

—Llámalo instinto maternal. Pensaba que ibas a morir. —A pesar de esforzarse por mostrarse estoica, el alivio teñía su voz. Continuó antes de que pudiese hacer otra pregunta—: Juro por la diosa que me has dado un susto de muerte.

Gadriel se llevó las manos a la sien y se la frotó para mitigar el dolor de cabeza.

—Ándate con cuidado, bruja. Empieza a dar la sensación de que te preocupas por mí.

Amaris decidió que todo iría mejor si ignoraba sus provocaciones.

—Estamos en la universidad, Gad. Seguimos en Farehold. Deberías saberlo para que nos entendamos. Aquí todos te ven como a un demonio, así que necesito que evites comportarte como una bestia salvaje durante un par de días. Tendrás que ser la viva imagen del civismo.

Gadriel dejó escapar una risita, pero se encogió ante el esfuerzo.

—Me va a estallar la cabeza.

—Te traeré algo para el dolor.

Antes de que se alejase de su lado, la agarró del brazo.

—No es más que una jaqueca. Es lo que pasa cuando te golpeas la cabeza.

Amaris miró la mano de Gadriel, envuelta en su antebrazo, y recordó la forma en que la había buscado en el castillo de Moirai. Había sido un gesto tremendamente íntimo, lleno de esperanza por su pueblo. La mirada de Amaris voló entre el punto donde los dedos de él le presionaban la piel del brazo y sus ojos cuando Gadriel preguntó:

—¿Cuánto tiempo he estado inconsciente?

Amaris se apartó por instinto, aunque el arrepentimiento la atravesó como un cosquilleo en cuanto se soltó de su agarre.

—Un par de días. Cuando saltamos del ag'drurath…

Una nueva oleada de emociones la embargó a pesar de lo mucho que se esforzó por mantenerlas a raya. Se sacudió de encima la sensación y recuperó el control de su voz. Se dijo a sí misma que su reacción era culpa de la falta de sueño. Nada más.

Amaris continuó:

—Tú absorbiste casi todo el impacto. Un par de alumnos nos encontraron en el bosque y nos trajeron hasta aquí. Intenta no cabrearte con lo que te voy a decir, pero estoy bastante segura de que te quieren dejar metido en su zoo para estudiarte como su primer ejemplar de demonio vivo.

Gadriel montó en cólera.

—¿Cómo no me voy a cabrear?

—Me estoy encargando de ello.

—¿Igual que te encargaste de la reina y de los ataques que orquestó contra los nuestros?

Estaba segura de que Gadriel no había dicho eso con intención de hacerle daño, pero Amaris sintió todo el peso de su error en su pregunta. Le habían encargado una única tarea y había fallado estrepitosamente. No solo no había conseguido persuadir a la reina, sino que ni siquiera había contado con los recursos necesarios para pedir ayuda a los miembros de la corte, a los guardias o a cualquier criatura que pudiese haberlos salvado. Nunca se había sentido tan inútil.

La expresión de Gadriel se suavizó al ver su reacción y, cuando volvió a hablar, su voz era más amable:

—No lo decía en ese sentido, Amaris. Hemos vuelto a la casilla de salida. ¿Qué importa si sale mal? No nos vamos a llevar el gato al agua a la primera.

—¿Qué clase de psicópata inventó ese refrán? —murmuró Amaris—. Los gatos odian el agua.

—Lo que quiero decir es que, si el plan falla, siempre podemos volver a intentarlo.

Amaris hizo una mueca y se levantó para ir a buscar agua, tal y como hizo la estudiante con ella la otra noche. Salvo en los momentos serios, Gadriel casi nunca se dirigía a ella por su verdadero nombre. Le ofreció un vaso de agua al tiempo que dijo:

—Valoro tu optimismo, pero me temo que es probable que la situación sea mucho peor que antes. La reina ha declarado a los reevers enemigos de la Corona. Tú la oíste. Viste cómo azuzó a la muchedumbre para que viesen a los ciudadanos de Uaimh Reev como traidores, a pesar de haber dedicado siglos a proteger el reino del norte y del sur. No me sorprendería que Moirai lo esté utilizando como baza para lo que quiera que esté planeando una vez que se haya descubierto lo de la ilusión.

Gadriel se apoyó sobre las manos para incorporarse. Amaris lo observó cuando este se percató de la correa que lo sujetaba a la camilla. La hebilla era lo bastante sencilla como para que un ser feérico la soltase, aunque, si de verdad hubiese sido un ag'imni, tal vez hasta el rompecabezas más simple le resultase imposible de solucionar. Gadriel se inclinó hacia Amaris mientras evaluaba el estado de sus músculos. Flexionó los dedos y, luego, las rodillas. La mueca de dolor que se extendió por su rostro al intentar extender las alas fue más que evidente.

Amaris torció el gesto.

—¿Qué hacen los seres feéricos del norte cuando se hacen daño en las alas?

Gadriel cerró los ojos, tomándose su tiempo antes de contestar:

—¿Qué hacen los pájaros en el sur cuando les cortan las alas?

Amaris se desanimó. Se obligó a mantener una expresión serena, aunque no resultara del todo convincente.

—Por suerte para ti, don pesimista, estamos en la sede del conocimiento del continente. Si hay alguien que puede dar con la brillante solución que ayudará a mi demonio favorito son ellos.

—¿Ahora soy tu demonio favorito?

—Por supuesto. Eres mi demonio favorito justo después de Zaccai y Uriah. A Silvanus no lo conozco tan bien como para saber si me podría caer mejor que tú.

Llamaron a la puerta y el sanador entró en la sala de observación, acompañado de dos de sus alumnos.

Amaris asintió en señal de reconocimiento.

—Gad, este es quien se encarga del edificio de Sanación, el maestro Dagaz. Maestro Dagaz, este es Gadriel. El general de Raascot.

—Es un placer conocerlo, general Gadriel. —El hombre se inclinó ligeramente para hacerles saber que iba a acercarse a ellos.

Amaris volvió a hablar:

—Gracias a su ayuda, ahora está despierto. Antes de que os comuniquéis entre vosotros, necesito que sepáis que la ilusión afecta a todos los aspectos de la percepción por igual. No podrá fiarse en absoluto de sus sentidos, maestro. No hay una manera más tranquilizadora de prepararle para los chillidos que está a punto de oír. Pregunte lo que haga falta y yo le traduciré sus respuestas.

El Maestro Sanador volvió a bajar la barbilla. Se dirigió a Gadriel por su rango cuando dijo con tono educado:

—General, ¿sería tan amable de describirle a Amaris cómo se encuentra? Necesito saber dónde siente dolor, así como el nivel de malestar que le produce. Después de eso, procederé a hacerle un par de preguntas a modo de ensayo cognitivo antes de continuar.

Hubo de reconocer que Dagaz no se estremeció ni pareció sentir ningún temor cuando Gadriel respondió. Una vez más, Amaris pensó en el valor que estaba demostrando el maestro al mantenerse impertérrito, con una postura majestuosa, en presencia de una criatura con la apariencia de un monstruo. Se apresuró a explicarle que Gadriel sentía un intenso dolor de cabeza y que sospechaba que tenía varios huesos rotos, las costillas magulladas, el hombro dislocado y la clavícula rota. Salvo por un par de moratones, tenía las piernas intactas. El sanador asintió con la cabeza a medida que Amaris hablaba y se mostró satisfecho al saber que los tónicos parecían estar surtiendo efecto.

—Le administraremos una última dosis, solo por si acaso. No tengo manera de evaluar con exactitud la cantidad adecuada para su peso y altura dado que… Bueno, de acuerdo con la estimación que hizo Amaris, creo que podemos dar por sentado que necesitará una segunda dosis. —Dagaz le indicó a su asistente que cogiese otro frasco de cristal marrón. Le ofreció el tónico a Gadriel directamente y este se lo tomó de un trago. El maestro Dagaz continuó—: Ahora le haré unas cuantas preguntas para comprobar si sufre una contusión. Por favor, responda tan rápido como pueda mientras su compañera traduce lo que dice. ¿En qué reino se encuentra ahora mismo?

—Farehold.

—¿Cómo llegó a la universidad?

—Volábamos a lomos de un ag'drurath.

—¿Quién ostenta el trono de Gwydir?

—El rey Ceres.

—¿Qué clase de criatura es usted?

—Un ser feérico.

—¿Qué rango tiene?

—General.

—¿Qué relación tiene con esta mujer?

—Luchamos juntos en Aubade.

Amaris tradujo todo lo que le decía con rapidez, pero trastabilló con la última respuesta. Reprimió el dolor que sintió al comprender que decía la verdad, así como la inexplicable necesidad de llevarse la mano al pecho ante lo mucho que le escocieron sus palabras. Tenía razón. No eran amigos y ella no debería haberse permitido pensar que lo eran. Amaris no era más que una reever con el útil don de ver más allá de los encantamientos.

Nada más.

El maestro Dagaz le dio las gracias a Gadriel y, con su permiso, comenzó a palpar el abdomen del ag'imni. Gadriel esbozó discretas muecas de dolor, pero el maestro llegó a la conclusión de que no presentaba lesiones internas que le impidiesen levantarse o moverse durante los próximos días. En cuanto el sanador abandonó la sala, la Maestra de las Artes Mágicas tomó el relevo. A diferencia de Dagaz, ella no hizo ninguna reverencia.

La mujer de ojos esmeralda trajo consigo el olor del vino tinto y la lluvia, que inundó la sala de observación y chocó con el aroma a cerezas negras y especias que tan estrechamente relacionaba con Gadriel.

Amaris trató de apaciguar la tirantez de su voz cuando le ofreció a la maestra un discurso similar acerca de su papel como intérprete. La Maestra de las Artes Mágicas levantó un esbelto dedo para acallarla.

—Me llamo Fehu y soy la Maestra de las Artes Mágicas en esta universidad —dijo ignorando a Amaris y dirigiéndose directamente a Gadriel. Su voz recordaba al claro y agudo sonido del acero pulido—. Por favor, hábleme de usted.

Él se volvió para mirarla.

—Me llamo Gadriel. Soy el general del rey Ceres.

Amaris frunció levemente los labios, pero guardó silencio mientras contemplaba el rostro de Fehu.

—Permítame que me presente. Mi padre compartía sus alas con los seres feéricos del norte, pero mi madre nació en el sur, a pesar de ser también una mujer feérica y ciudadana de Raascot. Por desgracia, yo no fui bendecida con un par de alas. He vivido y trabajado en la universidad de Farehold durante los últimos dos siglos. ¿Le importaría decirme, general, si ha contactado con otros seres de descendencia norteña mientras se encontraba en el sur? ¿Sabe si otras criaturas con sangre norteña aparte de usted presentan facilidades para comunicarse?

Amaris la observó, perpleja.

—¿Entiende lo que dice?

Fehu le lanzó una mirada para que guardase silencio antes de volver a centrar su atención en el general.

Gadriel sacudió la cabeza.

—El primer año fue un caos. Durante los primeros meses de la maldición, mis hombres no comprendían lo que estaba ocurriendo. Una vez nos dimos cuenta de que el reino del sur nos veía como monstruos, hicimos todo lo posible por pasar desapercibidos. Mi segundo al mando tiene el don de la amortiguación, lo cual fue de gran ayuda. Siempre viajamos de noche y no hemos vuelto a intentar relacionarnos con las gentes del sur. Me temo que no puedo decirle mucho más acerca de las criaturas con sangre de Raascot que viven dentro de las fronteras sureñas.

Fehu arqueó una delgada ceja.

—¿Y, aun así, encontró a esta chica?

—Trató de atravesar a uno de mis hombres con una flecha. Tuve que intervenir.

Amaris se mordió el labio al recordar el momento en que se conocieron. Ocurrió tal y como él había dicho. Había apuntado a Zaccai con el arco y Gadriel le puso a ella una daga en la garganta. No era ninguna sorpresa que nunca pudiesen llegar a considerarse amigos. Gadriel la había tenido en cuenta por su utilidad, nada más. La había ayudado y protegido como cualquiera haría con un recurso valioso, no por su humanidad. Y ella, como una tonta, les había suplicado a los maestros que lo viesen como a una persona. Pensó en la forma en que había acunado la cabeza de Gadriel sobre su regazo y se estremeció ante el humillante recuerdo. Él no necesitaba que lo cuidase ni lo mimase.

—¿Cómo es que ahora me entiende?

Fehu inclinó la cabeza en reconocimiento a su pregunta.

—Ante mí veo el ag'imni tal y como se supone que debo percibirlo. Según venía hasta aquí por el pasillo, oía los sonidos de un monstruo, entretejidos con los de un hombre. Sospecho que mi sangre norteña me hace estar ligada a sus gentes, aunque, de momento no es más que eso: una hipótesis. Quizá no sea su presencia en Farehold lo que le hace susceptible al encantamiento, sino el simple acto de cruzar la frontera. Si eso es así, me atrevería a decir que, en caso de abandonar las tierras de Farehold, yo tampoco me libraría de la maldición a mi regreso. Mi teoría es que yo también tendría el aspecto de un ag'imni a ojos de mis compañeros. De ahora en adelante, mis alumnos se encargarán principalmente de investigar esa área de estudio, puesto que esta es la primera maldición fronteriza con la que me encuentro. Es fascinante.

Amaris decidió, con mal disimulada irritación, que la conversación no requería de su presencia. Se apartó hasta un rincón de la sala y se acomodó en una silla. Se entretuvo quitándose la suciedad que tenía atrapada bajo las uñas mientras los dos seres feéricos del norte intimaban gracias a las muchas cosas que tenían en común, así como a ese linaje tan profundo e importante que los unía de forma intrínseca.

Gadriel le contó a Fehu tanto como sabía, salvo por los detalles confidenciales de la misión, que solo Ceres y sus tropas conocían. Fehu dispuso de forma unilateral que no era necesario tener a Gadriel encerrado en la sala de observación y los otros maestros, aunque con cierta reticencia, apoyaron su decisión de trasladarlo a una habitación en condiciones.

Amaris se retiró sin miramientos mientras los dos seres feéricos conversaban. Menos de una hora más tarde, oyó a Gadriel acomodarse en la habitación que quedaba al otro lado del pasillo y se alegró de tener la puerta cerrada. Tantas interacciones la habían dejado agotada.

Amaris se sentó en la cama y contempló la pared desnuda: sin cuadros ni tapices, sin relojes, plantas o cosas bonitas, solo un vacío estéril. En un principio, su mente voló hasta los reevers. Utilizó la pared vacía como lienzo y recordó los rostros de sus compañeros cuando se la llevaron a rastras. Ash se había agarrado a los barrotes de hierro. Malik la había mirado, desconsolado al saberse incapaz de intervenir. Se preguntó si habrían logrado escapar, si estarían a salvo, si estarían con Nox.

Nox…

Amaris oyó como la puerta de la habitación al otro lado del pasillo se abría y se abrazó las rodillas, sin apartar los ojos vidriosos de la pared. No miró a Gadriel cuando entró.

—Hola —ofreció con poca convicción.

Ella hizo caso omiso a su saludo y habló con aire distraído e indiferente:

—No recuerdo haber pronunciado un hechizo de invocación.

—Las bromitas de demonios ya cansan.

Siguió con la vista clavada en la pared.

Con el rabillo del ojo, vio que Gadriel se apoyaba en el marco de la puerta y la observaba con mirada suspicaz. Incluso si no hubiese podido verle, la tensión en su voz traicionaba sus sentimientos.

—¿No vas a dirigirme la palabra? ¿Después de que te salvara en Aubade?

Amaris se volvió, furiosa, y lo fulminó con la mirada.

—¿Que tú me salvaste? Perdona, pero ¿no fuiste tú quien se quedó atrapado en el castillo? ¿No fui yo quien ideó aquella distracción? ¿No fue Nox quien envió a aquel hombre para que nos enseñase cómo rebanarle la pata al dragón?

—¿Quién es Nox?

Esa pregunta quedaba fuera de los límites. Le recordó a Amaris que se había permitido olvidar un detalle esencial: Gadriel y Nox no se conocían.

Ya no le quedaban fuerzas para ponerse furiosa o destilar veneno, pero, a pesar de enfrentarse al peso muerto de la extenuación, le respondió. Volvió a clavar la mirada vidriosa en la pared y habló con voz distante:

—Márchate, Gadriel.

Gadriel apretó los puños a cada lado de su cuerpo. Tal vez Amaris no estuviese enfadada, pero él desde luego que lo estaba. Agarró el marco de la puerta con fuerza para reprimir el ardor de la irritación. Incluso con el rabillo del ojo, Amaris vio que se le tensaba la mandíbula.

—Mis alas han acabado así por tu culpa, Amaris.

Muy bien. Si quería pelea, la iba a tener.

El rostro de Amaris se endureció cuando se dio la vuelta para quedar cara a cara con él.

—Si están destrozadas es porque le impusiste tu plan a los reevers, demonio. Si están destrozadas es por culpa de tu rey, por tu decisión como general de obligarme a abandonar mi misión en favor de la tuya. Nunca volverás a volar porque viniste al castillo de Aubade cuando te dije específicamente que te marchases. Tú te lo has buscado, Gadriel. —Apartó la mirada y bajó la voz hasta convertirla en un susurro—: Márchate.

Sus palabras destilaron un veneno que ocupó el espacio entre ellos como una tercera presencia en la habitación.

Durante un largo minuto, Amaris pensó que Gadriel iba a gritarle. Pues bien. Que gritase. No le cabía duda de que era un gran líder militar, pero ella no respondía ante él. Amaris seguía las órdenes de Samael, aplicaba el entrenamiento de Odrin y luchaba junto a sus hermanos. Había descubierto que Gadriel no era un hombre acostumbrado a que lo desobedecieran y nunca le había sentado nada bien que Amaris no se tomase en serio su rango. Pero ese era problema de Gadriel, no suyo. Le importaba una mierda que fuese un general, un rey o un puto dios.

Al fin y al cabo, ella era solo una mujer con la que él había luchado en Aubade.

Gadriel había quedado petrificado, atrapado en lo que aparentaba ser un debate interno para decidir cómo responder.

Amaris no lo miró, pero se preguntó qué sería lo que le impedía hablar. Se mantuvo inmóvil como una estatua durante unos interminables segundos. Si tenía intención de mandarla al infierno, prefería que lo hiciese de una vez y se dejase de tonterías. A lo mejor acababan gritándose. A lo mejor acababan levantándose y tirándose cosas a la cabeza y dejando que la cólera brotase como el agua de una presa, que la desilusión y la sensación de haber sido traicionados fluyese hasta que sus respectivos lagos interiores quedasen secos.

Sin embargo, Gadriel se marchó.

Pasaron varios minutos antes de que Amaris posase la vista en el lugar donde él había estado y viese las hendiduras que había dejado en el marco de la puerta tras aferrarse a la madera hasta que sus nudillos se tornaron blancos.

5

Los reevers informaron a Nox de que la última vez que entraron en Priory había sido a caballo y a plena luz del día. Ahora, si querían regresar a Aubade, primero tendrían que rodear en barco la remota comunidad costera que salvaguardaba la ciudad.

Nox encabezó la marcha. Aunque en los tres años que había pasado en Priory no había tenido oportunidad de explorar a fondo la ciudad más allá del Selkie, contaba con un conocimiento mucho más amplio de su disposición que sus compañeros.

—Solo tengo que hacer una parada primero —susurró Nox.

—¿Dónde? —preguntó Malik con expresión confundida.

—En mi… —Nox se detuvo antes de llamarlo casa.

A no ser que Millicent hubiese sacado sus pertenencias a la calle, todo cuanto Nox poseía permanecía en su dormitorio del Selkie. Aunque las prendas de granjero robadas sirviesen para vivir en el bosque, no podía arriesgarse a parecer fuera de lugar y atraer miradas curiosas en Aubade. Zapatos, capas, ropas, papeles, dinero, información y, con un poco de suerte, respuestas aguardaban en el burdel.

Sacudió la cabeza antes de contestar:

—Confiad en mí. No tardaré nada.

Las altas horas de la noche habían dejado las calles desiertas. Su única compañía eran los maullidos de los gatos y el hedor a carne típico de la congestión de la ciudad. La luna se asomó entre las nubes; aparecía y desaparecía de manera intermitente mientras recorrían la ciudad hasta detenerse en el callejón frente a la casa. Incluso desde su posición entre las sombras, Nox alcanzaba a ver la inconfundible cola de sirena de hierro que engalanaba la puerta principal del burdel.

—Esperad aquí.

—Espera —susurró Malik—. ¿Qué has venido a buscar?

—Mis cosas —respondió Nox, que sintió un cosquilleo de irritación al verse interrogada.

—¡Te conseguiremos cosas nuevas!

Los fulminó con la mirada.

—Solo será un segundo.

Malik se colocó entre Nox y el edificio.

—Parece que quienquiera que viva ahí ya se ha ido a dormir.

—En esa casa nadie duerme.

Malik torció el gesto.

—Yo entraré contigo.

—Esta vez voy sola.

Nox no esperó a que le respondiese. Estaba segura de que, para los dos hombres, su valor se basaba en ser de utilidad y lo más probable era que no supiesen cómo tomarse el hecho de que la joven rechazase su ayuda. Quizá los reevers no estaban acostumbrados a recibir órdenes, pero Nox tenía tanta seguridad en sí misma que no hubo opción de llevarle la contraria.

Nox tardó tres segundos en cruzar la calle y desaparecer en el banco de sombras que se alzaba junto al lateral del edificio. Las cortinas de la casa siempre estaban echadas para asegurar que los clientes disfrutasen de su privacidad, aunque, incluso tras la espesa y sedosa tela, el brillo de la vida que transcurría tras las cortinas debería haber sido cegador. Malik tenía razón. La casa estaba a oscuras, como si sus residentes se hubiesen ido a dormir, pero era imposible. Ese era el hogar de las criaturas de la noche.

Avanzó con cautela por el lateral del burdel y acercó el rostro a una de las ventanas. Nox cerró los ojos para concentrarse mejor. Pegó la oreja al cristal, pero no oyó sonido alguno en el interior. En la lejanía, un bebé rompió a llorar. Los cascos de un caballo resonaron al impactar contra los adoquines a un par de calles de distancia. Los gatos callejeros maullaron. Sin embargo, en el Selkie, no se oía ni un alma.

Cuando se marchó de allí, Nox había prometido no volver jamás. Al final resultó que su promesa valía tanto como el vestido destrozado que había abandonado en el bosque.

Para evitar la puerta principal, Nox recurrió directamente a las ventanas. Revisó postigos, alféizares y cristales hasta que dio con una que tenía el pasador abierto y cedió cuando metió los dedos entre el perfil y el marco. Se detuvo de nuevo y agudizó el oído en busca de cualquier indicio de vida. Metió la cabeza en las sombras, con el ceño fruncido ante la confusión que le provocaba el silencio. Cuando no vio ningún movimiento, se impulsó sobre el alféizar y entró en la casa de un salto, aterrizando de puntillas con agilidad felina.

Nunca había visto el Selkie desierto.

Había algo en su silencio que exigía la misma quietud en respuesta. Caminó con cuidado; se negaba a romper el sosiego que la envolvía. El salón estaba vacío salvo por los fantasmas de los recuerdos traumáticos que perturbaban el mismísimo aire de la estancia. Las sillas volcadas y las plumas de seda estaban torcidas. Las botellas de licor, las guarniciones, las especias y los alimentos en conserva seguían detrás de la barra del bar, aunque varios tarros estaban rotos. Había un par de pintas y una única copa de vino sobre la barra; uno de los vasos estaba prácticamente lleno. La mezcla del olor a alcohol y perfume todavía flotaba en el aire.

Allí no había nada para Nox.

Cruzó el salón con sigilo, subió por la escalera hasta los dormitorios de las chicas y se asomó por la puerta de cada una de las habitaciones al pasar, pero no parecía que hubiese nadie ni en los rincones ni detrás de las puertas. Habían dejado las camas sin hacer. En varias de las habitaciones había piezas de ropa desgarradas y tiradas por el suelo. No sabría decir a dónde se habrían ido, pero la gente del Selkie no había salido del edificio de forma pacífica.

Se dirigió hacia su antiguo dormitorio.

Nox comprobó su escritorio en busca de sus notas y allí las encontró, intactas. Ya no eran de ninguna ayuda. Tenía los bocetos que había hecho del secuestrador de Amaris grabados a fuego en la memoria. Había estudiado con minuciosidad hasta el más mínimo detalle del asesino que había visto en Farleigh y había pasado años meditando sobre el dibujo como si recitase una oración, solo para descubrir que Amaris había vivido y peleado alegremente junto a aquellos hombres… Unos hombres a los que Amaris había querido tanto que cuando se separaron sus últimas palabras no habían sido para Nox, sino para pedirle que los salvara a ellos.

No lograba encontrar una explicación para la diminuta astilla que tenía clavada en ese recuerdo. Los celos, el dolor, la pena y el arrepentimiento se le metieron bajo la piel. Cerró los ojos para apartarse del recuerdo de la súplica de Amaris, la despedida que la chica a la que amaba le había ofrecido.

Sus dibujos, sus diarios… ya no eran de ninguna ayuda.

Nox sacó una capa negra con capucha del armario, así como unas cuantas baratijas, entre las que destacaban un lazo negro con el que recogerse el pelo para que no se le metiera en la cara y un collar, por si había que hacer algún trueque. Se cambió el calzado por el par más práctico de entre los que quedaban en el armario: unos zapatos de piel planos, cómodos y acolchados.

Aunque la ciudad de la reina había quedado sumida en el caos cuando el dragón había emergido del coliseo y los ciudadanos se habían echado a las calles, no habría esperado que Priory se viese tan afectada como Aubade. La fantasmal quietud de los pasillos del Selkie llevaron a Nox a creer que ni la casa del placer ni sus chicas habían salido ilesas de los disturbios.

Nox salió de la habitación y se adentró un par de pasos en el oscuro pasillo.

De haber respuestas, quizá las encontraría en el despacho de Millicent. Si la Madre Universal mostraba especial benevolencia, tal vez la guarida de la madame, abarrotada de coronas como la de un dragón, siguiera intacta.

Nox se había dispuesto a ir hacia el despacho de la madame cuando oyó un rumor claro como el agua.

La chica se quedó inmóvil, a sabiendas de que no era el sonido de un animal.

Le dio un vuelco el corazón y se esforzó por recordar lo que de verdad había ido a hacer al burdel. Nox se pegó a la pared y buscó la daga de Malik allí donde se la había guardado en los pantalones. Envolvió los dedos alrededor de la empuñadura. Bajó la vista al arma que tenía en la mano y recordó que debería sujetarla en la posición contraria, la que Malik había denominado «agarre picahielos». Una leve sonrisa se dibujó en sus labios a pesar del miedo que sentía, dado que sabía que Malik habría estado orgulloso.

Avanzó sigilosamente hacia la fuente del sonido, sin despegarse de la pared.

Estaba segura de que había alguien en el despacho.

Mientras que el resto de la casa estaba negro como boca de lobo, el suave titilar de una vela lamía el hueco entre la puerta cerrada y la espesa alfombra del pasillo. Nox casi había alcanzado la puerta y aguzó el oído para asegurarse de que había alguien dentro.

En lo más profundo de su corazón, se había prometido matar a la madame. Si ese momento había llegado, no estaba segura de estar lista.

Agarró la daga con más fuerza, lista para asestar una puñalada desde arriba. El alboroto de quien revolvía entre los objetos y desordenaba los papeles siguió filtrándose a través de la puerta. Deslizó los dedos hasta el pomo e inspiró bien hondo para estabilizarse.

«Quieres verla muerta», se recordó. «Está en tu mano hacer que eso ocurra».

Con una última bocanada de ánimo, Nox abrió la puerta de golpe y atravesó el umbral de un salto, con la daga en ristre.

Cici dejó escapar el agudo gritito de un ratón moribundo.

—¿Cici? —La adrenalina le zumbaba en los oídos—. ¿Qué narices estás haciendo aquí?

La chica de pelo corto se llevó una mano al pecho, como para evitar que se le saliese el corazón por la boca.

—¡Casi me matas del susto, Nox! ¡Hostia puta!

Cici la observó con los ojos como platos durante un buen rato, pero el miedo la abandonó tan rápido como la invadió. Continuó rebuscando entre los cajones y los objetos que había en su interior, como si Nox no la hubiese interrumpido.

—¿Qué buscas? —Esa fue la primera pregunta que le vino a la cabeza, hasta que Nox recordó que había un detalle mucho más apremiante—: ¿Qué le ha pasado a todo el mundo?

Cici no dejó de revolver entre los papeles.

—Estoy buscando mi contrato. Quiero quemar el papel que me tiene atada aquí de por vida para que, cuando esa puta vuelva, no pueda demostrar que le pertenezco.

Si Cici estaba bien, ya solo le quedaba por comprobar que la otra huérfana estaba a salvo.

—¿Has visto a Emily? —preguntó Nox.

Cici sacudió la cabeza, estaba dedicada en cuerpo y alma a su búsqueda. Se dejó caer de rodillas para mirar bajo el escritorio y abrió todos los armarios con brusquedad mientras respondía:

—Se marchó después de que te fueras. Tú volviste cuando te pusiste enferma, pero a Em no volvimos a verle el pelo. Todo pareció ir bien durante un tiempo. Tú te recuperaste, Millicent estaba de buen humor, el negocio iba viento en popa, pero la noche en que fuiste a El Pájaro y el Poni, todo se fue al garete. Los guardias irrumpieron en el burdel a la mañana siguiente. Les faltó poco para agarrar a Millicent del pelo y sacarla de aquí a rastras.

Nox se sintió como si hubiese recibido una bofetada.

—¿Por qué?

Entonces Cici se detuvo para dedicarle por fin toda su atención.

—¿Es que has estado viviendo bajo una roca? Saquearon la ciudad. Un dragón escapó del castillo, hubo disturbios… y, bueno, me figuro que también le habrán puesto un precio a tu cabeza.

—¿A mi cabeza? —repitió Nox, segura de que Cici se había equivocado.

—Todo el mundo te vio marcharte con el capitán aquella noche. No tardaron nada en atar cabos con el Selkie. Eso es justo lo que consigues cuando eres buena en tu trabajo: notoriedad y una reputación. Por lo que parece, el capitán se rebeló contra la Corona justo después de que tú te reunieses con él. ¿Un hombre leal que llevaba años al servicio de la ciudadanía se convierte en un traidor después de citarse con una puta? Ahí hay gato encerrado.

—¿Qué dices? —preguntó Nox sin aliento.

Cici se dio un golpecito en el lateral de la nariz, como si quisiese indicar que alguien había estado husmeando en busca de pistas.

—Esto es cosa tuya, pero por mí no te preocupes. Yo no tengo vela en este entierro.

A Nox se le aceleró el corazón. Ella no lo había matado, no exactamente. Se había limitado a ejercer su influencia sobre él. No podían culparla por eso, ¿no?

—No entiendo nada.

La otra chica parecía exasperada.

—¿Lo que quieres es que nuestras declaraciones coincidan? Porque, si es así, estoy bastante ocupada. Yo lo sé, Nox. La Corona lo sabe. Todo el mundo lo sabe. Millicent y tú conspirasteis contra la reina Moirai con el capitán de la guardia. Lo hecho hecho está. A mí me importa una mierda. Me da igual a quién derroquéis o qué poderes usurpéis. Las conspiraciones son un acto de traición. Si yo fuera tú, saldría pitando de aquí. —Cici cogió una bolsita y se la lanzó, haciendo que describiese un arco por el aire—. Ten. Yo ya me he guardado dos.

El peso de las monedas tintineó en la mano de Nox cuando cazó el saquito al vuelo.

—¿Dónde están los demás? ¿Y las chicas?

Cici volvió a detenerse. Relajó la postura y, por primera vez, no pareció molesta. Dejó caer los hombros casi imperceptiblemente ante el peso de la realidad que caía sobre ellos. Miró a Nox con expresión triste y se tomó su tiempo para sopesar las preguntas, así como la gravedad de las respuestas:

—Algunas de ellas huyeron. A otras se las llevaron durante los disturbios. Éramos un burdel sin madame…, un grupo de mujeres desprotegidas en una ciudad a la que no le importa que vivamos o muramos. ¿Qué te crees que pasó?

Era una pregunta retórica.

Nox se quedó inmóvil ante semejante revelación, como un cervatillo en medio de la nieve. Su memoria filtró el recuerdo de la noche en que entró en El Pájaro y el Poni. No había sido consciente de que aquellos hombres podrían haberla reconocido o de que daría que hablar. Sí, Nox había enviado a Eramus a la arena para que se enfrentase al ag'drurath, pero ni humanos ni seres feéricos tenían pruebas que la relacionaran con él. ¿Verdad?

—Dame un segundo.

Nox salió al pasillo un momento y regresó al despacho de Millicent con el bolso de terciopelo negro que utilizaba para ir al mercado. Si la madame se había ido, Nox consideraba que tenía derecho a una compensación. La mayor parte de los tesoros de Millicent eran voluminosos, extravagantes y ostentosos, pero había un par de cosas que a Nox siempre le habían llamado la atención. Cuando Millicent le había hablado del carruaje encantado, también había mencionado otros tantos objetos hechizados que había ido adquiriendo a lo largo de los años. Aunque Nox no estaba del todo segura de qué uso les daría, se llevó todos los objetos mágicos que pudo encontrar.

Se volvió hacia la puerta.

—¿Cici?

—¿Qué? —respondió esta con una impaciencia apenas disimulada.

Nox cerró el espacio que las separaba y le dio a Cici un abrazo de despedida. La chica se puso tiesa, incómoda en brazos de la otra. Nox no sabía qué le había llevado a abrazarla. Los abrazos no eran lo suyo. Simplemente creyó que era lo que debía hacer en ese momento.

En cuanto se separaron, Nox recorrió la mullida alfombra del pasillo en un asfixiante silencio que solo se veía interrumpido por los susurros de la otra chica y sus papeles. Aparte de la capa, los zapatos cómodos y el monedero, se llevó los tres objetos que sabía que tenían poder. El primero era una vela que nunca se consumía, sin importar cuánto tiempo estuviese encendida. El segundo era un reloj de bolsillo que no marcaba la hora, pero que señalaba el lugar a donde uno quisiese ir. El tercero era una intrincada pluma negra capaz de escribir un mensaje en cualquier pergamino y enviarlo a donde se encontrase la persona que estuviese en posesión de su gemela.

Regresó a la ventana del salón y echó la vista atrás para contemplar la lúgubre estampa de la habitación con olor a vainilla.

Nox se cubrió con la capucha de la capa al salir por la ventana y aterrizó con sigilo gracias a sus suaves zapatos de cuero. La luz de dos edificios la bañó por un ínfimo segundo cuando cruzó la calle para volver con los hombres que la esperaban.

—Bonita capa. ¿A nosotros nos traes algo? —dijo Ash a modo de saludo.

—¡Pues claro que sí! Tengo un vestido de color esmeralda que le favorecería mucho a tu tono de piel. —Después, le preguntó a Malik—: ¿No crees que Ash sería una mujer preciosa?

—Se lo he dicho un montón de veces.

—Aprovecha esta oportunidad, Ash. En los armarios del Selkie te esperan cientos de modelitos entre los que elegir.

Fingió poner mala cara ante sus comentarios.

—Reíros todo lo que queráis, pero os tendréis que tragar vuestras palabras cuando veáis lo bien que me sientan los vestidos.

Retomaron su avance por la ciudad; Nox con una pequeña sonrisa en los labios. Se descubrió empezando a valorar la posibilidad de considerar a los dos reevers como sus amigos.

6

Dos hombres montaban guardia a la entrada de la ciudad amurallada de Aubade; portaban sendas corazas metálicas que reflejaban la luz de las antorchas. Nox y los reevers los observaron desde las sombras mientras los ciudadanos salían y entraban de la ciudad por el cuello de botella. Los guardias registraban a cada civil y examinaban sus documentos concienzudamente antes de dejarlos entrar en la ciudad real. Los salvoconductos siempre habían sido imprescindibles a la hora de acceder a cualquiera de las ciudades amuralladas del continente, pero no se equivocaban al suponer que habrían reforzado la seguridad a raíz de los recientes disturbios. Los hombres intercambiaron diferentes tácticas entre susurros para colarse en la ciudad sin ser vistos.

—No vais a poder entrar —intervino Nox con impaciencia.

—Deberías tener más fe en nosotros. Somos muy escurridizos.

—¿Con esas orejas feéricas? Atraeréis todas las miradas, pelirrojo. Me temo que sois los peores espías de la historia.

Ash se soltó el moño que llevaba y se atusó el pelo para que le cubriese bien las orejas. Esbozó una mueca de desagrado.

Nox puso los ojos en blanco.

—Seguidme y simulad que estáis a mi servicio.

—¿Cómo dices?

Nox ya había echado a andar hacia los guardias. Ash y Malik trotaron para seguirle el ritmo. La chica se cubrió con la capucha negra por el camino. Al llegar a la altura de los dos hombres de la entrada, se descubrió la cabeza y los deslumbró con una sonrisa encantadora. Primero miró a uno de ellos y, después, dejó que su mirada volase hacia su compañero, como si no lograse decidir cuál de los dos hombres era más atractivo.

Nox recurrió a un tono de voz dulce, que, aunque no llegaba a sonar seductor, tenía el objetivo de dejarlos desarmados y despertar en ellos cierta benevolencia.

—Vaya, hola, caballeros.

—Señorita —alcanzó a tartamudear uno de ellos.

—Espero que no estén teniendo una noche demasiado ajetreada. Últimamente las carreteras son de lo más peligrosas y no saben lo que me alegro de haber llegado a la ciudad.

Los guardias gruñeron, suponía, para coincidir con ella. Estaba segura de que los últimos días habían tenido que ser un infierno tras lo del ag'drurath y la anarquía que hubiese causado al perturbar la paz.

Nox les dedicó una sonrisa de disculpa, como si de verdad lamentase la difícil situación que habían tenido que vivir. Después, actuando como si se sintiese ligeramente importunada, meneó los dedos para dirigirse a Malik:

—Mis papeles, muchacho.

Un sincero desconcierto se reflejó en los rasgos de Malik bajo la intermitente luz de las antorchas. Los guardias desviaron su atención hacia él con expectación. Malik parpadeó confuso y levantó las manos, impotente, pero comprendió la estrategia que buscaba seguir la chica en cuanto alzó las palmas en el aire. Se palpó la camisa y los bolsillos. Abrió los ojos aún más y habló con un tono que oscilaba entre el pánico y el remordimiento.

—Lo siento muchísimo, mi señora. No tenía ni idea…

Nox se volvió a mirarlo, un destello de ira mezclado con intenso pavor.

—¿Cómo has podido? —Se detuvo con teatralidad para fingir controlar su mal genio. Se atusó la capa y se esforzó por interpretar el papel de una señorita, tratando de coger aire pese a sentir una tremenda consternación—. Me gustaría ser indulgente, pero puede que me hayas costado el acceso a la ciudad, lo cual seguro que tendrá unas consecuencias para nuestra seguridad mucho más graves de lo que piensas. ¿Es que no sabes el peligro que corremos en noches como esta? —Se giró para dirigirse a los guardias con expresión derrotada—. ¿Saben ustedes de alguien que pueda darme cobijo esta noche, caballeros? Mi tía vive dentro de los muros de Aubade y ha caído enferma. No podrá procurarme los papeles de acceso hasta mañana por la mañana. No conozco a nadie a este lado de la muralla. —Nox actuó como si una idea dolorosa y sorprendente se le hubiese pasado por la cabeza—. Bueno, mi tía me traerá los papeles si se encuentra lo suficientemente bien como para redactarlos. Ay, no… —Comenzó a retorcerse las manos.

—No temáis, señorita.

El corazón de uno de los guardias parecía estar a punto de romperse de verdad al oírla. Su rostro demostraba claramente que no se sentía cómodo dejando que una persona tan radiante deambulase, desamparada, por el lado equivocado de la muralla con los tiempos que corrían. Mientras que el otro centinela también parecía compadecerse de la muchacha, lo suyo no era nada comparado con el dolor dibujado en el rostro del primero.

«Excelente», pensó Nox. Ya solo le quedaba uno por convencer. Nox centró toda su atención en él y lo miró con los ojos indefensos de una cervatilla. No lloró, puesto que sobreactuar resultaría contraproducente. Se sorbió la nariz como si tratase de combatir las lágrimas en un intento por mostrarse fuerte. La mejor táctica en negociaciones como esa era manifestarse dispuesta a dar media vuelta y sabía que en este caso no sería distinto.

—Mi tía sabe que la quiero con toda mi alma. Sé que se mostrará comprensiva cuando le explique por qué no he podido pasar la noche a su lado.

Las sombras nocturnas y las rutilantes antorchas exacerbaron la preocupación grabada en el rostro del guardia. Sus rasgos dejaban al descubierto todas y cada una de sus emociones. No consentiría dejar fuera a la chica. El hombre se dirigió a su compatriota sin darle oportunidad de protestar:

—Esto es ridículo y lo sabes. El motivo por el que comprobamos los papeles de esta gente es para prohibirle el paso a delincuentes y espías, no a las señoritas cuyo propósito es ayudar a un familiar enfermo. Por favor, vaya con su tía.

Nox lo miró como si quisiera abrazarlo.

—Vaya, muchas gracias. ¿Sería tan amable de decirme su nombre, caballero?

El hombre se puso colorado. El centinela estaba a punto de ponerse a juguetear con los pies, dando paraditas a la tierra como un niño vergonzoso.

—No soy ningún caballero, señorita. Solo soy un centinela. Me llamo Vescus.

Nox posó una mano sobre su brazo, con el rostro iluminado por una infinita gratitud.

—Nunca olvidaré vuestra amabilidad, señor Vescus.

Cuando Ash, Malik y Nox cruzaron el portón, Vescus le dio a Malik una colleja por su negligencia. El instinto hizo que el reever, dolorido, se llevase la mano a la nuca. Nox sentía la anhelante mirada del guardia clavada en ella; el hombre contemplaba a quien sería la protagonista de una anécdota que, sin duda, contaría cientos de veces en el futuro: el amor de su vida, la chica a la que dejó escapar.

Nox le lanzó una mirada de advertencia a Malik para pedirle que no reaccionara a la cachetada. Se quitó la mano de la nuca y tanto él como Ash siguieron a Nox hasta doblar una esquina.

Una vez que se aseguraron de que los guardias ya no podían verlos ni oírlos, los dos hombres, impresionados, aplaudieron lentamente al tiempo que sacudían la cabeza, incapaces de creer lo que acababa de ocurrir. Nox hizo una profunda reverencia, sonriendo de oreja a oreja. A la chica le brillaban los ojos cuando, para quitarle hierro al asunto, se dirigió a Ash en tono burlón:

—Si te hubieses puesto ese vestido de color esmeralda, habrías podido sacar a relucir tus encantos.

—Ya habrá otras oportunidades.

—Puede que no sepa blandir una espada, pero sé cómo ganarme el pan.

—No sabes blandir una espada todavía —la corrigió Ash. Le dio una amigable palmadita de consuelo en la espalda en su camino al castillo.

◆

Mientras que los tres habían estado en lo cierto al suponer que la reina habría hecho correr la voz acerca de los reevers, dudaban de que les hubiesen proporcionado retratos y descripciones de ellos a todos los posaderos de Farehold. Ash y Malik aguardaron entre las sombras de la parte de atrás de una taberna y dejaron que Nox se encargase sola de procurarles una habitación donde pasar la noche, además de dos hogazas recién hechas de pan germinado. Para evitar levantar sospechas al viajar con sus dos compañeros, la chica alquiló una habitación individual en la segunda planta de la posada. Una vez se hubo acomodado, cerró la puerta con llave, abrió la ventana y extendió un brazo para que los reevers pudieran trepar por el lateral del edificio.

Primero ayudó a Ash a subir, que pesaba poco y era más ágil que su amigo. Cuando el chico semifeérico estuvo arriba,

Nox le dejó el trabajo de ayudar a Malik, puesto que, de haber tenido que auparlo ella hasta la ventana, sospechaba que se habría dislocado el hombro.

Encontrar refugio en el bosque era sencillo. En las ciudades de los humanos, entre la suciedad, los edificios y las estructuras, uno no podía tumbarse sin más en la calle a pasar la noche y dormir del tirón hasta la mañana siguiente. Ahora que los tres estaban a salvo bajo un mismo techo, alejados de las miradas curiosas, era el momento de trazar un plan.

—Creo que merecéis saber una cosa: la Corona también me busca.

Los dos hombres se quedaron boquiabiertos.

—¿Por qué?

—¿Os acordáis de mi amiguito el caballero que salió corriendo hacia el coliseo?

No hizo falta que respondiesen. Sus expresiones hablaron por sí solas. Sí, por supuesto que se acordaban de aquella situación absolutamente surrealista. Cualquiera de los presentes recordaría aquel cascarón estéril que corrió tras el serpentino demonio y hacia su propia muerte por petición de Nox.

—Era el capitán de la guardia. Me buscan por traición y es comprensible. De igual forma, sigo creyendo que es más seguro que sea yo quien hable con los posaderos, pero que sepáis que viajáis con una fugitiva peligrosa.

—Pues igual que tú.

—Excelente. Estamos los tres en buena compañía.

Ash y Malik se tiraron en el suelo de la posada, mientras que Nox se quedó con la cama. Arrancó la mitad de una de las hogazas y le pasó el resto a los reevers. Se sentó a los pies del lecho, con las piernas colgando, los codos apoyados sobre las rodillas y la barbilla sobre las manos.

—Incluso si no le hubiesen puesto precio a mi cabeza, no creo que mis armas de seducción me diesen acceso al castillo.

Aun así, aunque consiguiésemos entrar, ¿sabemos siquiera qué buscamos?

—Yo, personalmente, quiero recuperar mi espada —respondió Malik con la boca llena. El crepitante fuego, protegido por el hogar, ardía a su espalda. El brillo de las llamas rodeaba sus cabellos como un halo angelical—. Además, creo que Amaris estaría un poquitín más feliz de vernos si conseguimos encontrar a Cobb.

—¿Quién es Cobb?

—Su caballo.

El rostro de Nox se crispó, bajó las cejas e hizo un puchero casi imperceptible. Todos y cada uno de los detalles que le recordaban que Amaris tenía una vida completamente separada de ella —una que a Nox le resultaba por completo ajena— eran como un aguijonazo.

Ash no pareció percatarse del cambio en el estado de ánimo de Nox cuando se paró a considerar su pregunta.

—Nos enviaron en una misión del reev para descubrir el motivo por el que la reina estaba ordenando masacrar a los norteños. Según dice Amaris, la reina posee el don de la ilusión. Lo que se nos escapa es la razón por la que lanzaría una maldición en la frontera o por la que recurre a sus poderes para hacerle creer a la gente que hay un príncipe heredero.

—¿Cómo hace eso Moirai? ¿Qué clase de criatura es? —preguntó Nox.

Los reevers sacudieron la cabeza, pero fue Malik quien respondió:

—Vete tú a saber. La única que le encontró sentido a lo que vimos fue Amaris. Moirai debe de ser una bruja.

Nox se mordió el labio.

—Uno de mis clientes me contó que vio a la reina una vez y la describió como una mujer paranoica que vivía recluida en sus aposentos. No me puedo imaginar lo agotador que debe de ser reservar unos niveles de concentración tan altos en mantener un hechizo.

Ash y Malik se movieron y cambiaron de postura, como si estuviesen haciendo un esfuerzo titánico al evitar imaginar lo que suponía ser un cliente de Nox.

—Por lo que se sabe al respecto, aunque las maldiciones requieren una gran cantidad de magia, una vez que se han lanzado, ya no hay que hacer más esfuerzos —explicó Ash—. Eso sí, la ilusión del príncipe heredero debe suponer una concentración brutal, sobre todo si tenemos en cuenta que la reina no emplea su don para darle el aspecto del príncipe a otra persona, sino que lo hace aparecer de la nada. Cabe la posibilidad de que Moirai sea un ser feérico, claro, pero no tiene pinta de serlo. La reina debe de estar a punto de sufrir un colapso mental con todas las veces que lo ha hecho aparecer.

—¿Y tampoco sabemos por qué habría de conjurar un príncipe?

Malik reflexionó. Apoyó las manos en el suelo detrás de él y depositó todo el peso de su cuerpo sobre ellas.

—A lo mejor sí que hubo un príncipe. Sabemos que la hija de la reina falleció hace ya mucho tiempo y el príncipe heredero era su hijo, ¿no? La reina Moirai dirige el reino como regente al ser su abuela.

Todos asintieron.

Nox pensó en la familia real sin dejar de mordisquearse los labios.

—Para cuando yo tenía edad de que las matronas nos hablaran sobre política, la princesa ya llevaba un tiempo muerta. En el orfanato no se molestaron en colgar retratos del príncipe, así que nuestra imagen de la familia real estaba bastante desfasada. Nunca llegué a saber qué aspecto tenía.

Malik les sacaba un par de años a Ash y Nox.

—En mi aldea nunca prestamos demasiada atención a la Corona. Yo ya iba al colegio cuando la princesa se fue con la Madre Universal, así que me acuerdo de algunos detalles. Pero, antes de eso, recuerdo que los profesores celebraron el día en que el reino anunció el nacimiento del príncipe. ¿No es gracioso? Nos dieron pastel y tarta como si hubiésemos ganado algún torneo importante.

Nox guardó silencio. No le veía la gracia.

—No creo que hubiesen montado tanto alboroto si la princesa Daphne le hubiese dado al reino una niña.

«No —pensó—, el mundo nunca es tan amable con las mujeres». A las mujeres no se las celebra por el tremendo logro de nacer con algo entre las piernas. Ella más que nadie sabía que una chica debía encontrar la manera de lidiar con los peligros del mundo —ya fuese como Amaris con sus espadas o como Nox con su encanto e intelecto— si no quería que el continente la usase y la desechase.

Ash animó a Malik a continuar:

—¿Y qué hay del marido de la princesa Daphne?

Malik frunció el ceño mientras hacía memoria.

—No era de sangre real y no tenía posibilidad de reclamar el trono, si no recuerdo mal, así que no le prestaron demasiada atención después de que su esposa muriese. El hombre tenía tierras y algún título nobiliario de poca importancia. Me inclinaría a decir que se casaron para formar alguna alianza de provecho, pero yo era demasiado pequeño y la política me aburría tanto que lo he olvidado casi todo. Os garantizo que lo que fuera que ocurriera en el patio del colegio era mucho más interesante que lo que nos contaban en clase sobre princesas y enredos políticos.

—¿Cómo habrá llegado tan lejos la reina sin que nadie sepa que es una bruja? —preguntó Nox.

—Supongo que no tenían forma de saberlo —se aventuró a decir Ash—. Piénsalo. Imagina que posees el don de la ilusión. Si hubieses inventado amigos imaginarios de pequeña, las personas de tu entorno los habrían visto como seres de carne y hueso. No serían conscientes de tu poder. Y es muy posible que, durante un tiempo, ni tú misma fueses consciente de ello. Sería un don muy fácil de ocultar a plena vista. Tal vez ni siquiera supo que tenía ese don en un principio.

Nox contempló esa posibilidad. ¿Cuántas de las personas que conocía serían brujas o estarían en posesión de pequeños poderes mágicos? Nunca había considerado a Millicent más que una humana malvada hasta que la mujer se había quitado un guante largo y negro en el carruaje y le había dado el toque de la muerte. Había vivido con Amaris, había pasado quince años a su lado y nunca había adivinado que la chica a la que tanto quería —la chica a la que conocía a la perfección— veía a través de los encantamientos. Los reevers que tenía ante ella la veían como una criatura hermosa, sí, pero no tenían ni la más remota idea de que una oscura magia alimentaba su belleza. Ash era semiféérico y, en consecuencia, poseía unos rasgos elegantes y una grácil velocidad y no tendría que lidiar con los estragos del paso del tiempo igual que sus compañeros humanos. Nox suponía que ella misma tenía sangre feérica y reflexionó acerca de lo que el envejecimiento suponía para aquellos seres semifééricos que guardaban su naturaleza en secreto, de lo que influiría su parte humana en la verdadera inmortalidad. También se preguntó por un momento cuánto tiempo disfrutaría de su apariencia juvenil.

—¿Malik?

Se sobresaltó al oír su nombre.

—¿Hum?

—¿Qué enseñan en las aldeas sobre los seres feéricos y la magia? Puede que las princesas y los asuntos políticos no fueran tan importantes, pero ¿les hablan a los niños de esas otras cosas en las aldeas?

Malik frunció el ceño.

—En Farehold, lo único que se enseña en las escuelas es a desconfiar de la magia. Es un reino muy humano, salvo por unos cuantos seres feéricos diseminados aquí y allá y los semiferéricos como este mestizo de aquí.

—Mestizo y a mucha honra —intervino Ash metiéndose el último bocado de pan que quedaba en la boca.

Malik continuó:

—No nos impiden que hablemos de ello, pero no se enseña de forma oficial. No hay clases sobre magia y otras criaturas más allá de lo que nos cuentan en las de Historia. Casi todo son especulaciones.

Nox asintió.

—Parece una manera perfecta de difundir ideas falsas —coincidió él—. ¿Tú tienes algún don?

—¿Quién? ¿Yo? No, solo soy humano. —Casi sonaba decepcionado.

Ash se tragó el pan y lo reprendió:

—¿Cómo que humano? ¡Eres un reever!

Eso hizo que el joven de cabellos dorados sonriera. Tenía una sonrisa amable y sincera que le daba un aspecto encantador en casi todos los sentidos. A Nox se le ocurrió que no habría pasado una noche muy mala si le hubiesen mandado a ese chico a su habitación del burdel. Desde luego, le habría dejado vivir y, de no haber podido garantizar su seguridad, se habría negado a atenderlo, como hizo con el omnilingüista hacía ya tantas lunas. Pero no, estaba convencida de que Malik no era el tipo de hombre que frecuentaba establecimientos como el Selkie. Había una bondad en él que la hacía estar segura de que nunca había puesto un pie en un lugar como aquel. Ese detalle hacía que Nox lo valorase mucho más.

—¿Y qué hay de ti? —le preguntó Malik—. ¿Recurriste solo a tu increíble encanto para encandilar a los centinelas de la muralla o hay algún poder escondido bajo todo ese cabello negro?

—Lo hay.

Los hombres se irguieron e intercambiaron una mirada antes de observarla con expectación, pero Nox no dijo nada más.

Al comprender que era un secreto y procurando respetar su deseo de reservarse la información, Ash al final insistió:

—¿Es un poder que nos ayudará a entrar en el castillo?

Nox pensó en Eramus y su colección de armas. Pensó en los hombres de El Pájaro y el Poni y en cómo le habían dado palmaditas en la espalda al capitán de la guardia al verlo salir del establecimiento con semejante belleza agarrada de su brazo. Pensó en la armería, que olía a la sangre de todas las doncellas que habían entrado allí antes que ella, así como en el sonido que hizo la puerta cuando el hombre la cerró con llave a su espalda.

—No.

7

La piedra, la hiedra, los peñascos cubiertos de liquen y el esmeralda de sus colinas le otorgaban al campus de la universidad una tranquila belleza sacrosanta. Los enormes pinos del bosque recorrían uno de los extremos más alejados de los terrenos, de manera que creaban una barrera natural entre el resto del mundo y el remanso de conocimiento. Todos los edificios estaban construidos con la roca natural de esta zona tan al norte, lo que les daba una misteriosa uniformidad, a pesar de que cada uno tenía una arquitectura característica. En la universidad se respiraba una mezcla de pasado y presente que estaba ausente en Uaimh Reev. Aunque estos edificios no eran tan antiguos como el continente, los habían preservado de manera que atendiesen a las necesidades modernas al tiempo que respetasen la historia que empapaba la construcción.

Amaris estaba terminando de tomar otra de esas insulsas comidas en el edificio de Sanación cuando Cora apareció con una agradable sonrisa en los labios y una invitación para salir de su reducido dormitorio. Ansiosa por escapar de esa tumba sin ventanas, Amaris no dudó en acompañarla en su paseo.

El aire frío fue un grato alivio. Noche y día, la niebla traía consigo el fresco aroma de la hierba, la lluvia y las coníferas. Era un clima que le resultaba peculiar al compararlo con el gélido aire del reev, el calor de la costa sur o los días que pasó al nordeste de Farleigh.

Cora siempre había sido una compañía agradable, pero Amaris había subestimado la mente precoz de esa chica tan inteligente. Cora estuvo más que encantada de explicarle cuanto sabía acerca de la historia de la universidad, de las numerosas asignaturas, la vida de los alumnos y más. Consciente de que la chica era completamente humana por cómo reaccionó a la persuasión la noche en que había tratado de liberar a Gadriel, Amaris se interesó por cómo había acabado estudiando en la universidad.

—Mi madre mostraba una aptitud para los pequeños poderes mágicos, sí. La universidad fue a buscarla cuando tenía quince años, después de que corriera la voz de que era capaz de hablar con los metales. Los orfebres y herreros habían comentado su talento después de acudir a ella para que les ayudase a crear armaduras complejas; también para pedirle espadas reforzadas o armas intrincadas. Aunque por aquel entonces ella era más joven que yo ahora, ya conseguía doblar cualquier metal a su antojo. Era muy lista. Todavía lo es.

Cora no dejó de sonreír mientras llevaba a Amaris a visitar los distintos edificios.

Amaris destinó parte de su atención a escuchar todo lo que le contaba mientras se preguntaba si el cielo llegaba a ser azul en algún momento en esta parte de Farehold. Quizá tendría que lidiar con la desgracia de ver esas densas nubes grises mientras permaneciese en los terrenos de la universidad. Volvió a posar la mirada en su guía. Tal vez la luz interior de Cora fuese lo bastante intensa como para iluminarlas a las dos.

—Vino a estudiar aquí y conoció a mi padre —estaba explicando—. También estudiaba Artesanía, pero él es completamente humano; no tiene ningún poder. La cosa es que cualquier aprendiz de orfebre puede aprender de los profesionales de su ciudad, pero quienes vienen a conocer el oficio a la universidad buscan convertirse en los mejores. Mi padre no solo quería trabajar los metales. Quería obtener conocimientos sobre peletería, barcos y arquitectura. Estudió mecánica y manufactura; todo cuanto la universidad pudiese ofrecerle. Lo que mi padre no alcanzaba a hacer con las manos, mi madre lo conseguía con su don. Juntos fueron los creadores de mayor renombre en Farehold. Sirvieron a la reina durante veinte años como sus fabricantes. Una vez que fui lo suficientemente mayor, a pesar de no haber demostrado habilidades mágicas, me enviaron aquí para pasar por un par de departamentos y ver cuál era el que más encajaba conmigo.

—¿Entonces hay fabricantes humanos?

Cora rio.

—Los humanos y los seres feéricos tienen acceso a todas las asignaturas por igual. La única diferencia es que los humanos tienen que recurrir al sudor de su frente, mientras que los seres feéricos van por la vía fácil.

A Amaris le alegraba saber que los estudios no estaban reservados a aquellos nacidos con dones. Mientras que la universidad reclutaba a quienes demostraban aptitudes mágicas y financiaba su formación, los alumnos humanos se veían obligados a pagar sus correspondientes tasas académicas de su propio bolsillo. Cora dijo que a ella no le importaba hacerlo, pero que su madre había demostrado su descontento ante sus antiguos compañeros al considerar que la universidad estaba discriminando a los alumnos no mágicos al cobrarles las tasas.

Los humanos merecían tener la oportunidad de acceder a la universidad tanto como las mujeres merecían poder entrar en Uaimh Reev, pensó Amaris. Por supuesto, al igual que ella había tenido que enfrentarse a gran cantidad de obstáculos en el reev, no le cabía duda de que el censo humano de la universidad tendría que hacerle frente a prejuicios y dificultades añadidas, además de sentir que tenían todo en contra. Tal vez, entre todos, conseguirían esculpir un nuevo futuro, un futuro más inclusivo, granito a granito.

Mientras la mente de Amaris bailaba entre humanos y seres feéricos, a la chica se le ocurrió una cosa:

—Cora, ¿qué tal se te da dibujar?

La chica asintió en un gesto cordial.

—Me podría considerar una artista, aunque esté mal que yo lo diga. Desde que era bien pequeñita, además. Prefiero la pintura al óleo, pero dibujar es mucho más práctico. Es una pena que sea tan difícil conseguir que la creatividad dé de comer —suspiró. A juzgar por su tono derrotado, aquella era una conversación que ya había mantenido en el pasado.

Amaris frunció el ceño.

—¿Es a eso a lo que te gustaría dedicarte? ¿Al arte?

Cora sonrió, pero su expresión ya no era alegre.

—No sería pragmático por mi parte.

Los sonidos húmedos que producían sus pies al pisar sobre la hierba mojada fueron los únicos que ocuparon el espacio que se abría entre ellas mientras caminaban. Amaris comprendió que la clásica formación en el campo de la sanación era una opción realista. Era una elección segura. Y apostaba a que hacía que sus padres se sintiesen muy muy orgullosos de ella.

—¿Puedo decirte algo?

Cora asintió.

Amaris recurrió al ingenio para escoger sus próximas palabras, puesto que sabía que los detalles de lo que le iba a contar no eran importantes.

—A mí también me ofrecieron un camino concreto con el que obtener dinero. Tenía el futuro hecho y me habría ganado muy bien la vida de haberlo seguido. Me asignaron una... «profesión» sin que yo tuviese voz ni voto en la decisión.

Cora no la miró mientras continuaban con el paseo y Amaris supo que sus palabras habían dado en el clavo. Cora animó a la joven a continuar:

—¿Y?

—Y tenían razón. Estoy segura de que, de haber elegido aquella profesión, habría hecho feliz a muchas personas —dijo Amaris. Por lo menos Agnes, Millicent y una miríada de clientes habrían estado encantados de contar con ella—. Puede que se me hubiese dado genial. Puede que hubiese acabado nadando en la abundancia. Pero me habría sentido desdichada. Aunque por aquel entonces no sabía a qué me quería dedicar, estaba segura de que lo que me ofrecían no era algo que yo habría elegido.

Cora por fin la miró.

—¿Y ahora? ¿Ganas un buen dinero?

La pregunta le resultó desternillante.

—¡Qué va! —respondió con una sonrisa de oreja a oreja—. Voy con una mano delante y otra detrás, pero soy libre.

Cora resopló. Dejó la vista clavada en las verdes lomas, las rocas, la hiedra.

—¿Por qué querías saber si dibujo?

Amaris por poco había olvidado la razón por la que había sacado el tema.

—Quería saber si podrías dibujar lo que ves cuando miras a Gadriel. Yo solo lo veo como un ser feérico. Sé que al resto os parece una criatura terrorífica y creo que necesito saber qué veis, aunque sea solo por esta vez.

No le comentó que verlo como un demonio le daría una cierta sensación de retorcida satisfacción después de todo por lo que Gadriel le había hecho pasar.

La conversación decayó cuando alcanzaron un edificio descomunal. Amaris había sentido especial curiosidad por ver la biblioteca desde que el sanador había mencionado al Maestro Literato y la información de la que este disponía. Ese era el destino final de la visita. El ambiente cambió en cuanto Cora la condujo a través de unas enormes puertas hasta un atrio cerrado. Cora le preguntó a la chica de aspecto nervioso de la recepción si podía enseñarle a Amaris el archivo. Una pared separaba el lugar que ellas ocupaban en el vestíbulo de las imponentes estanterías de la biblioteca. La otra estudiante habló con una voz cargada de angustia cuando les dijo que tendrían que hablar con la persona encargada de supervisarla. Su supervisora envió entonces a otro estudiante para que le explicase la situación al Maestro Literato, de manera que se armó un buen revuelo. Amaris no alcanzaba a comprender por qué su presencia había causado tantas molestias, pero no tenía nada mejor que hacer salvo esperar.

Después de una breve y nerviosa eternidad, les comunicaron que les permitirían ver las colecciones, siempre y cuando Amaris permaneciese acompañada de algún estudiante de la universidad.

Amaris tardó dos segundos exactos en comprender la razón por la que la colección era un secreto tan bien guardado.

La muchacha abrió los ojos como platos y entreabrió levemente los labios para tomar aire cuando vio la biblioteca que se abría ante ella. Los aromas del cuero, el papel y el conocimiento la embistieron y alzó la vista al tiempo que daba una vuelta en el sitio con pausado sobrecogimiento. La parte central del suelo de la estancia era circular y contaba con un mosaico de intensos colores que dibujaba el mapa del continente y sus reinos. Sobre sus cabezas, había una vidriera de tonos amarillos, rojos, azules y violetas que ocupaba casi la superficie total del techo. Los propios archivos parecían medir siete pisos de altura y cada repisa contaba con una hilera de coloridos volúmenes con encuadernación de cuero. Algunos libros eran de un intenso color borgoña, con letras doradas, y componían colecciones de casi treinta ediciones. Otros presentaban un color verde bosque, con grabados en relieve plateados. También había libros negros y marrones, libros altos y achatados, pergaminos largos, delgados, e incluso había algunos textos que parecían estar cincelados en piedra. La colección de libros era casi tan colorida y hermosa como el vidrio artístico del techo. Libros encuadernados en piel, cuadernos de papel ajado, pergaminos, textos y todo un despliegue de información meticulosamente organizado en la colección más extensa quizá no solo del continente, sino del planeta.

—¡Vaya! —exclamó Amaris en un suspiro.

—Es impresionante, ¿verdad?

—Impresionante —repitió Amaris, que dio otra pausada vuelta para admirar la estancia, sobrecogida al contemplar la imagen de los siete pisos abalconados que se alzaban sobre sus cabezas, así como el conocimiento y los misterios contenidos en cada volumen.

Cora entrelazó las manos ante ella.

—¿Hay algo en particular que quieras saber?

Amaris parpadeó. Volvió a prestarle atención a Cora y hojeó los contenidos de su cerebro como si fuera otro más de los libros de la biblioteca para recordar qué había ido a buscar. ¿Debería investigar sobre las maldiciones? ¿No sería mejor emplear el tiempo en leer las crónicas sobre las relaciones entre Farehold y Raascot? ¿Contaría la biblioteca con algún texto que hablase sobre los reevers y la historia de la guardia? ¿Y si dejaba a un lado la investigación y buscaba una novela romántica donde un príncipe peligroso y misterioso secuestrase a una doncella, se la llevase a su castillo y la sedujese noche tras noche hasta que se enamorasen?

—¿Dónde puedo encontrar información acerca de los seres feéricos oscuros y sus alas?

Se sorprendió a sí misma al pronunciar esa pregunta. Aunque no le tenía un especial cariño a Gadriel, sus palabras le habían dolido. Amaris se culpaba por la situación en la que se encontraba. Y, aunque ella se la había devuelto a Gadriel con un comentario igual de hiriente durante la pelea, si había alguna solución para lo de sus alas destrozadas, quería saberla.

Cora la condujo hasta una pulcra hilera de escritorios de caoba. Cada una de las mesas contaba con seis cajoncitos a lo largo de la parte superior y otros seis en la inferior, así como una superficie ante la que sentarse a escribir. La chica le explicó a Amaris que cada uno de los escritorios representaba una de las asignaturas que se impartían en la universidad y que cada uno de los cajoncitos contenía el nombre de los autores de los textos disponibles, así como la referencia que permitía localizarlos. Por ejemplo, uno de ellos estaba dedicado en exclusiva a la asignatura de Culturas, así que, si una quería informarse sobre la historia y los habitantes de las islas Etal, simplemente tendría que sentarse en el escritorio de caoba correspondiente y buscar entre los nombres organizados por orden alfabético hasta encontrar el título que le interesase.

De no haber sido por la ayuda de Cora, Amaris nunca habría sido capaz de dar con la información que necesitaba porque no habría logrado descifrar el complejo sistema compuesto por números y letras por el que se regía la biblioteca. Era una tarea tediosa, pero Cora ayudó a Amaris a encontrar tres libros dedicados a los seres feéricos oscuros o los seres feéricos de Raascot, que era el nombre que se les daba en el ámbito académico. Habían encontrado otros títulos y más autores centrados en el tema, pero muchos de ellos se basaban en la especulación religiosa y el éxtasis contemplativo y Amaris quería ceñirse al rigor científico tanto como fuese posible. Cora la guio a través de tres pisos diferentes, sacó cada libro de su correspondiente estantería y lo depositó en los brazos de Amaris antes de ir a por el siguiente. La llevó hasta un pequeño escritorio de madera, colocado junto a una ventana estrecha y alargada. Una vez que hubo quedado satisfecha con su modesta colección, Cora se fue a buscar unos libros que necesitaba para su propia investigación y le aseguró a Amaris que volvería a ver qué tal iba en un rato.

—Intenta no moverte de aquí. Esta biblioteca es enorme y puede que no sea capaz de encontrarte si te vas a explorar y te quedas en otro rincón como este. ¡Disfruta de la investigación!

Una vez se hubo quedado sola, Amaris hojeó páginas y páginas cargadas de información.

El primer volumen estaba centrado en categorizar los distintos tipos de magia según la dicotomía de la luz y la oscuridad. El maestro —cuyo nombre se componía de una sucesión de sílabas impronunciables— mostraba especial interés por trazar los lazos tendidos entre habilidades mágicas. A Amaris siempre le habían dicho que el poder, a diferencia del color de pelo, no pasaba de padres a hijos. Este autor defendía lo contrario, aunque las pruebas que ofrecía eran débiles y no tenían demasiado fundamento.

El segundo texto parecía tener un carácter más histórico, estaba escrito desde una perspectiva antropológica y se centraba en la migración de los seres feéricos y la redistribución de aquellos que presentaban ciertas habilidades. El volumen era una obra colaborativa redactada por un grupo de arqueólogos y una documentalista que recogió varios testimonios de los pocos seres feéricos vivos cuya edad rondara los mil años. Ni siquiera en aquel texto la autora pudo esquivar la razón por la que se había expulsado a los seres feéricos oscuros de Farehold; a veces el poder se manifestaba de formas aterradoras. Alrededor de unos tres pasajes sugerían, con cierto carácter conspiratorio, que la migración había dado comienzo cientos de años antes de que se registraran los primeros casos de perjuicio mágico, cuando, al descubrir que el clima de lo que un día sería Aubade era favorable, se hizo el esfuerzo de trasladar a la familia real desde su hogar ancestral en las montañas hasta las costas de clima suave del sudoeste, creando así un efecto dominó con respecto a la redistribución de los seres feéricos. Ese rumor no tenía ningún fundamento y el texto no tardó en redirigir la atención hacia los dones oscuros y la protección de los dones de luz. Farehold y Raascot se habían sumido en un tira y afloja en el que el segundo ofrecía asilo a todos aquellos seres que migraban para huir de la creciente hostilidad que se extendía por el reino sureño.

Los libros parecían estar de acuerdo en dos aspectos: los seres feéricos oscuros sí que existían y, de alguna forma, su predisposición a tener alas era un rasgo genético que habían heredado de sus ancestros feéricos de pura sangre.

—Genial. Existes y no hay duda de que tienes alas —murmuró con tono seco y sin apartar la vista del libro. Había esperado encontrar alguna referencia que le dijese cómo atender y cuidar las alas de un ser como Gadriel, pero lo único que había encontrado era información acerca de unos cuantos dones relacionados con los seres feéricos del norte, categorizados como poderes mágicos oscuros y contrastados con los poderes de la luz.

A pesar del texto, el autor o la intención de la obra, el tema fundamental era el mismo: los seres feéricos oscuros del continente se habían visto obligados a trasladarse al norte hacía cientos de años. Algunos seres feéricos eran capaces de invocar la oscuridad misma, apagar velas y faroles y sumir estancias en la noche incluso a plena luz del día. Algunos seres feéricos poseían el don del voyerismo, la habilidad de ocultarse ante los demás, de manera que lo único que quedaba visible de ellos era el brillo de sus ojos. Se decía que otros seres feéricos poseían el poder del miedo y la habilidad de proyectar terrores sobre los demás. Se había documentado la existencia de cambiaformas, súcubos e íncubos, de dones que influían sobre lazos y relaciones hasta el punto de romper matrimonios o forzar alianzas, de seres que se relacionaban con los muertos y los devolvían a la vida e incluso de criaturas capaces de invadir mentes ajenas, para crear recuerdos falsos o alterar sus pensamientos y opiniones. Amaris se estremeció al leer la lista, pero reflexionó acerca de su propio poder. Estaba segura de que el don de la persuasión estaba incluido entre los poderes ligados a los seres feéricos oscuros, a pesar de que ella no fuese malvada y no tuviese ninguna intención de utilizar su don para hacer el mal.

Tal vez se pudiesen destinar todos esos poderes indeseables a fines altruistas. También era posible que el reino sureño hubiese estado en lo cierto al mandar a aquellas amenazas al norte. El texto que tenía entre manos se esforzaba por mantenerse objetivo, solo incluía información contrastada y dejaba a un lado los comentarios personales.

A Amaris siempre le habían interesado más los monstruos que la historia, pero se le hacía difícil dejar de leer. Estaba absorbiendo el tema principal de ese libro en concreto como una esponja que se empapaba de agua. Recorrió página tras página con los dedos; su piel emitió un sonido contra el papel, estéril y áspero. A pesar de los conocimientos que estaba obteniendo, recorría el texto en busca de una única palabra: alas.

En cambio, se encontró con que académicos tras académicos llegaban a una misma conclusión. Pese al tamaño y los habitantes de Raascot, de no haberse contaminado con la sangre de Farehold, los seres feéricos del norte habrían contado con un largo linaje familiar de seres feéricos oscuros y sus dones nunca habrían llegado a entremezclarse con los de luz. Por lo que parecía, eso habría conseguido que los niños feéricos presentasen poderes más y más oscuros. Y lo mismo habría ocurrido en el sur, puesto que los seres feéricos y semifeéricos de Farehold rara vez manifestaban aquellos poderes que sus compatriotas consideraban corruptos o malditos.

Amaris cerró el libro y se frotó los ojos para aliviar la presión que le crecía tras los párpados. Nunca le había preguntado a Gadriel qué otros poderes albergaba él y no estaba segura de querer averiguarlo. Aunque pasar tiempo con él no le hacía particular gracia, Amaris no creía que Gadriel fuese malvado y tampoco le tenía miedo. Eso sí, después de todo lo que había leído, quizá debería tenerlo.

Amaris dejó los libros en un carrito para que los devolviesen a sus respectivos estantes, regresó al lugar donde Cora la había abandonado y cerró los ojos para enfrentarse al torbellino de conocimiento e información adquiridos. Descansó sobre el escritorio, con la cabeza apoyada sobre las manos, hasta que Cora volvió a buscarla.

—¿Amaris?

La chica abrió los ojos. A Cora le temblaba una de las comisuras de los labios, como si luchase contra el deseo de contarle algo.

—¿Sí?

Cora se mordió la lengua un segundo más y dijo:

—En vez de estudiar, te he hecho un dibujo.

—¿En serio? —Amaris abrió los ojos como platos y extendió la mano, emocionada.

En vez de dárselo enseguida, Cora se sentó en la silla que había al otro lado del escritorio.

—Antes de enseñártelo, ¿podrías describir qué aspecto tiene? ¿Cuál es su verdadera apariencia?

—¿Te refieres a Gadriel?

Cora bajó la cabeza para ofrecer un ligerísimo asentimiento con cautela.

Amaris la observó, sorprendida, y retiró la mano. Apoyó los antebrazos sobre el escritorio yató sus emociones en corto. No quería describir a Gadriel. Tardó un segundo en comprender que si no quería hablar de él era porque seguía enfadada y no le haría ninguna gracia tener que decir que era hermoso. No se lo merecía.

Pero se encontraba en un edificio de Erudición. Aquí las mentiras no servirían de nada.

Amaris asintió.

—Claro. Sí, te lo describiré.

Exhaló, se sujetó la barbilla con las manos y se inclinó hacia delante mientras visualizaba a Gadriel. Su rostro no tardó en aparecérsele en la mente, seguido de sus hombros, su cuerpo y su media sonrisa de suficiencia. Suspiró y comenzó a hablar:

—Es un norteño, en parte se parece a la maestra Fehu. Aunque él no tiene los ojos del color de una joya, que debe de ser cosa de la sangre sureña de la maestra. Los suyos son negros como la noche. —Igual que los de Nox, pensó—. Sus alas…, bueno, ahora las tiene destrozadas, pero imagínatelas como las de un cuervo o un ángel. Con las plumas grandes y negras de un pájaro. Antes tenían una fuerza tremenda… —Se detuvo y pasó a describir otra de sus características. Tomó aire y lo dejó escapar lentamente mientras trataba de encontrar la forma de admitir sus virtudes sin sonar resignada—. Es muy guapo, claro. No podía ser de otra manera al ser un hombre feérico. Pero también es un general, por lo que es atlético, alto y musculoso, a diferencia de la mayoría de los seres feéricos, que son fibrosos y delgados. Tiene el pelo negro…, tan negro como las plumas de sus alas. Es…, es bastante atractivo. ¿Con eso te vale? ¿Necesitas que te dé algún detalle más?

Las cejas de Cora se encontraron. Frunció el ceño y sacó el dibujo, sosteniéndolo de tal manera que solo ella misma viese lo que había abocetado. Se le grabó una expresión dividida y preocupada en su juvenil rostro de muchacha cuando preguntó:

—¿Y nunca ha tenido otro aspecto para ti? ¿Es eso lo que siempre ves cuando miras a la criatura…, o sea, a Gadriel?

—Sí, siempre ha sido así —confirmó.

Cora exhaló lentamente.

—Bueno, en realidad tiene sentido. No sé cómo te habrías hecho amiga suya de ver lo que vemos el resto. —Le ofreció el dibujo a Amaris, que lo cogió con demasiadas ansias.

Sus labios se entreabrieron unos milímetros y su rostro se tensó casi imperceptiblemente al contemplar la pesadilla dibujada en el papel. Unas desgarradas alas de telaraña, muy parecidas a las de un murciélago, se unían a su espalda por medio de unas púas protuberantes. Si bien era una criatura bípeda, los brazos y las piernas del ag'imni formaban ángulos terroríficos, como si sus extremidades fuesen demasiado angulosas, demasiado rígidas para encajar en una figura verdaderamente humanoide. Cora había repasado y repasado y repasado los enormes ojos negros de la criatura con el carboncillo, como si quisiese enfatizar los pozos abismales que se abrían en ellos. Los dientes, las garras… El dibujo rezumaba un terror indescriptible.

—Tienes mucho talento —murmuró Amaris como si pronunciase un juramento—. Soy capaz de sentir tu miedo al mirarlo. Has logrado atrapar la sensación en el papel. Y… lo siento, siento que tengas que ver a Gadriel de esa manera. Espero que tus pesadillas…

—Ningún monstruo me va a dar más pesadillas de las que ya me da el estrés de los exámenes finales. Pero… ¿de verdad piensas que es bueno? Mi dibujo, quiero decir.

Amaris asintió con la cabeza al tiempo que se lo devolvía.

—¿No te lo quieres quedar? —preguntó Cora.

Amaris esbozó un gesto pensativo.

—No. Es perfecto. Maravilloso. Pero no, no creo que pueda quedarme con esa versión de Gadriel. Gracias por enseñármelo de todas maneras. De verdad.

Alentada por los cumplidos que había recibido gracias a sus habilidades artísticas, Cora recuperó el entusiasmo. Guio a Amaris entre las estanterías para llevarla hasta la salida con una sonrisa y presumió con orgullo del hecho de que todo el conocimiento del mundo estuviese contenido en la biblioteca de la universidad como si fuese mérito suyo.

—Siento que no hayas tenido suerte con la investigación —se compadeció Cora—. Es imposible que nadie sepa nada, así que la información que buscas tiene que estar en la biblioteca. No me cabe duda.

—Si volvemos, buscaré en la sección de medicina aviar en vez de en la sección de los seres feéricos. Tendremos que enfocar la búsqueda desde otra perspectiva.

Cora asintió, segura de sí misma.

—¡De estar en algún lado, la respuesta tiene que hallarse aquí! —En su camino de vuelta al edificio de Sanación, la chica hizo un movimiento con el que abarcó el edificio más alto del campus—. La biblioteca alberga el conocimiento de todo Gyrradin, mientras que la torre guarda la magia del continente.

Qué forma más alegre y frívola de decirlo.

Amaris no dijo nada cuando Cora la dejó en su dormitorio y le dijo adiós amistosamente con la mano antes de apresurarse a regresar a sus estudios.

En vez de ir a ver qué tal se encontraba Gadriel, se metió en su habitación y cerró la puerta, sin hacer tampoco intención alguna de intentar dormir.

Al quitarse los zapatos y meterse en la cama, estuvo completamente segura de que no conseguiría acallar su mente. Sus hombros, su espalda y sus piernas yacían rígidos y sin vida mientras la joven contemplaba el techo. Le ardían los ojos de cansancio, pero no logró quitarse el comentario de Cora de la cabeza. El recuerdo lejano de un valle místico y del Árbol de la Vida colorearon su visión. Rememoró las palabras de la sacerdotisa, que se hicieron eco por su mente, tan claras como el agua.

«La magia es energía. No se crea ni se destruye. Existe antes de que adquiera forma y mantiene su presencia después de ser nombrada. Si encuentras el orbe de su forma física, también encontrarás tus respuestas».

Aquello era lo que la sacerdotisa le había dicho en el templo de la Madre Universal. Cuando Amaris le había preguntado a la mujer si tenía el orbe en su poder y si sabía dónde se encontraba, la respuesta había sido sencilla:

«Está guardado donde se guardan todos los secretos de la magia. Allí lo encontrarás».

Amaris tuvo la sensación de mantenerse inmóvil durante horas mientras le daba vueltas al inocente comentario de Cora: «La torre guarda la magia del continente».

Le comenzaron a pesar los párpados mientras reproducía la conversación una y otra vez en su cabeza. El cuerpo se le relajó a medida que se le fundían las extremidades con el colchón que tenía debajo y las voces de su cabeza continuaban repitiéndose en bucle, como una nana. Cuando se rindió ante el abrazo de los sueños, se dejó llevar con la seguridad de que descansaba a un par de edificios de distancia del orbe.

8

A la mañana siguiente, Gadriel entró en la habitación de Amaris sin llamar ni pedir permiso.

—¡Oye! —estalló la chica, que se tensó al verlo—. Podrías haberme pillado cambiándome.

—Lo siento. —Gadriel clavó la mirada allí donde Amaris estaba sentada en la cama, completamente vestida—. ¿Estás desnuda?

Lo fulminó con la mirada.

—¿Qué quieres?

—Quiero que hables conmigo.

Gadriel no se sentó junto a ella, sino que cogió una silla de un rincón del dormitorio y la acercó hasta Amaris. Le dio la vuelta para que el alto respaldo quedase frente a la chica y se sentó como si se hubiese montado sobre un caballo, con los brazos cruzados y apoyados sobre el borde superior del respaldo. Su rostro dibujaba una inconfundible expresión de infinita paciencia. Aunque no alcanzaba a describir la forma en que la miraba, esta hizo que se le viniese a la cabeza el recuerdo de una matrona preparándose para hablar con alguno de sus compañeros de Farleigh.

—No alcanzo a entender qué pasó ayer, pero he hecho todo lo posible por darte espacio. ¿Qué te ha molestado, encantadora de demonios? Estás más arisca de lo normal.

Gadriel apoyó la barbilla sobre los brazos cruzados sin dejar de mirarla, expectante, a los ojos. Tenía una expresión seria pero amable. Su angulosa mandíbula cuadrada y sus rasgos sombríos convencieron a Amaris de que cualquier enemigo que se lo encontrase en un callejón se echaría a temblar nada más verlo, incluso en su hermosa forma real. Los rasgos de los seres feéricos, regalo de la diosa, no tenían ningún efecto en Amaris. Lo único que quería era que Gadriel se fuese para poder regodearse en su mal humor en paz.

—¿Te supone mi radiante personalidad algún problema? Lo siento, general, es que estoy en mi periodo lunar —refunfuñó.

—Esa es una excusa de mierda y espero que no me tomes por el tipo de hombre que se la tragaría. Dime por qué estás enfadada.

Amaris luchó contra las ganas de poner los ojos en blanco, a sabiendas de que la haría quedar como una niña inmadura. Le gustaría decirle que la había alejado de los reevers y que no había tardado en conseguir que lo capturasen y que, en consecuencia, ella por poco se había visto obligada a decapitarlo en el coliseo. Se mordió la lengua para no decirle que lo odiaba. Sin embargo, todo en cuanto podía pensar era en lo mucho que le había dolido la respuesta que había dado ante una de las preguntas del maestro: «Luchamos juntos en Aubade».

Amaris no alcanzaba a entender de qué serviría explicárselo. Lo único que conseguiría con eso sería que Gadriel se diese cuenta de que a Amaris le importaba el concepto que el ser feérico tuviese de ella. Su reacción había sido desmedida, movida por sus emociones, y era algo que simplemente tenía que aceptar; no necesitaba hablar de ello. Que Amaris hubiera malinterpretado la situación no era problema de Gadriel, sino que era ella quien tenía que asumir lo ocurrido y pasar página. Era un amargo mal trago que tendría que seguir esforzándose por superar. Lo único que curaba una desilusión como aquella era el tiempo y un buen jarro de agua fría.

Los seres feéricos de Raascot no eran amigos. Gadriel ni siquiera la consideraba una compañera. Y pensar que Amaris había comenzado a sentir… No, se obligó a cauterizar la vena que se hubiese abierto cuando su ingenuo corazón se atrevió a pensar que entre ellos había algo más. Había sido un reflejo de su inmadurez. Amaris había confundido la realidad con un momento de debilidad, de confusión, de estúpida y débil esperanza. No eran más que dos personas —o seres feéricos o semifeéricos o brujos o lo que fuera que fuesen— que, por casualidades de la vida, tenían un enemigo en común.

Amaris no le dijo nada de eso, sino que dejó escapar lentamente todo el aire de los pulmones.

—Creo que sé dónde guardan el orbe.

Esa no era la respuesta que Gadriel había esperado.

—¿Quién? ¿Los de la universidad? ¿Crees que tienen información acerca de la maldición?

Amaris miró hacia otro lado mientras le temblaban los labios en su intento por refrenar una mueca de desdén. Le dedicó un asentimiento al espacio en la pared en el que había clavado los ojos.

Gadriel siguió la trayectoria de su mirada hasta la pared desnuda, aunque volvió a centrar toda su atención en Amaris un segundo después. Parecía que la insistencia de la chica por mostrarse descontenta, hasta cierto punto, lo divertía.

—O sea que haber averiguado eso te está sacando de quicio. Tiene todo el sentido del mundo.

Amaris no alcanzaba a comprender por qué Gadriel trataba de buscarle las cosquillas. Volvió a posar la vista en él.

—Voy a encontrar el orbe —explicó sin levantar la voz—, porque Samael me encargó a mí específicamente esa tarea para que descubriese qué papel representa Moirai en la masacre de norteños y qué busca conseguir con ella.

—Para que me quede claro, ¿piensas que estás más preparada para hacer algo así que un general con más de cien años de experiencia?

No le hizo falta explicar que lo que trataba de sugerir era que la chica era joven y todavía estaba muy verde. Pero Amaris había recibido uno de los mejores entrenamientos del continente, por muy breve que resultase en comparación con la centenaria trayectoria del general.

Gadriel la estaba molestando para que reaccionase. Se le daba de maravilla, pero ella no quería pelear. Contestarle no la ayudaría a sanar o a pasar página. Amaris cerró los ojos y se resistió.

—No dudo de tus habilidades, tus conocimientos o tu valía en estos temas. Pero esta misión es mía y no tiene nada que ver contigo.

A juzgar por la expresión de su cara, cualquiera diría que Amaris le había asestado una bofetada. Gadriel se alejó del respaldo de la silla sobre el que había estado apoyado y se señaló el cuerpo, las alas. La mirada de paciencia infinita se había transformado en una de irritación.

—¿Que no tiene nada que ver conmigo? No podría tener que ver más conmigo.

Amaris volvió a apartar la mirada.

—Ya te contaré qué descubro.

—Amaris, habla conmigo.

No respondió.

—Necesito que me mires, reever.

Siguió negándose a prestarle atención. Con el rabillo del ojo, Amaris captó el mismo destello de rabia controlada que la noche anterior, cuando Gadriel se quedó junto a la puerta. No se tomaba demasiado bien las faltas de respeto.

—Amaris…

—¡Vete a la mierda!

Gadriel se movió tan rápido que Amaris ni siquiera vio lo que ocurrió. Sucedió lo mismo que en el bosque: ella había tenido la flecha lista, había estado en la posición perfecta para disparar a matar, cuando, de pronto, se había descubierto con el cuchillo de Gadriel en la garganta, sujetándola de cerca. La habilidad con la que el ser feérico la había desarmado y la injusta ventaja que le daban su velocidad y destreza la encolerizó. Gadriel le había agarrado la barbilla entre el pulgar y el índice en un movimiento demasiado rápido como para que Amaris pudiese defenderse.

—¡Gad!

La chica sacudió el cuello para zafarse de él, pero Gadriel se mantuvo firme y la observó con mirada penetrante sin dejarla desviar la vista hacia otro lado.

Los oscuros ojos de Gadriel contaban con esos iris más grandes de lo normal típicos de los seres feéricos, que le daban un aspecto tan arrebatador como terrorífico mientras la estudiaba con atención.

—Te he dicho que me mires. ¿Cómo se supone que vamos a pelear juntos o confiar el uno en el otro si alzas un muro entre nosotros? Siento cómo lo vas construyendo ladrillo a ladrillo. Puedes explicarme qué ha pasado o puedes continuar con esa hostilidad tan mezquina que has adoptado contra mí, pero, si esto es la guerra, al menos me gustaría entender el campo de batalla. Habla conmigo.

Esa era precisamente la razón por la que estaba enfadada. En momentos como aquel, Gadriel forzaba una conexión entre ellos, la engatusaba como a una tonta para que creyese que, como mínimo, se llevaban bien. Tal vez, después de pasar años con los reevers, Amaris se había acostumbrado a buscar la compañía de otros guerreros y su fe en aquel apoyo le había hecho creer erróneamente que entre ellos había algo más. Si Gadriel hubiese sido sincero y hubiese hablado con claridad acerca de lo que quería de ella —que actuase como portavoz en sus aventuras—, no tendrían que haberse enfrentado a aquella farsa.

—Tú no eres mi general. No tengo por qué decirte nada. Ve a buscar a tus hombres si lo que quieres es darle órdenes a alguien.

Gadriel mantuvo un firme agarre sobre la barbilla de Amaris. La joven esperaba que el general estuviese viendo la cólera en sus ojos, puesto que estaba poniendo todo su empeño en conseguir que cada segundo que pulsaba entre ellos lo abrasase. Lo fulminó con una mirada desafiante. Pasó un segundo, luego, dos. Sin un lugar a donde ir, la ira de Amaris creció y creció. No podía luchar. No podía huir.

Cuando Gadriel siguió sin soltarla, Amaris le escupió.

Un escalofrío de terror le atenazó el estómago en cuanto la saliva abandonó sus labios después de que un repentino torrente de adrenalina se adueñara de ella. Amaris no sabía qué le había impulsado a hacer eso. Quizá buscaba cabrearlo. Quizá solo quería que Gadriel se marchase. Pero ya era demasiado tarde. Había enfadado al monstruo.

Las diminutas gotitas de su insolencia brillaban en el rostro del ser feérico.

Una calma aterradora lo embargó al quedarse totalmente inmóvil. Gadriel soltó la cara de Amaris. La observó durante otro momento, con una expresión que no resultaba amenazadora, pero tampoco amigable. Se levantó para salir de la habitación y, gracias a su imperturbable tranquilidad, hizo que el miedo se infiltrara en la joven. Amaris clavó la mirada en la nuca de Gadriel mientras le retumbaba el corazón en el pecho, y, por si ella misma no hubiese empezado a arrepentirse de su reacción, Gadriel estaba a punto de hacer que la reconcomiera el remordimiento:

—Tienes suerte de que te necesite con vida.

—Que te jodan.

Esas palabras actuaron como las tijeras de oro que cortan el hilo proverbial.

Gadriel se le echó encima a Amaris con la velocidad y fiereza de una criatura de la noche. La rabia que lo abrasaba era evidente. No hizo ninguna intención de intimidarla, aplastarla o herirla; aunque un hombre tan intenso como él no necesitaba recurrir a métodos como esos cuando su mirada era capaz de derretir la nieve y el hielo, esta vez la había agarrado del pelo y tiraba de la cabeza de Amaris hacia atrás para que lo mirara. La agarraba con cuidado, sin hacerle daño, pero exigía un mínimo de respeto por parte de la niñata que, sin duda, Gadriel veía en ella. Habló con un gruñido cuando dijo:

—Como vuelvas a escupirme, me aseguraré de que esa boca tan bonita que tienes se quede sin lengua.

Apartó la mano del cabello de la joven y salió pisando fuerte de la habitación.

Un colérico y confuso rubor se extendió desde las mejillas hasta el pecho de Amaris. Se llevó la mano al lugar donde Gadriel la había agarrado de las raíces del pelo. Una indescriptible sensación la embargó hasta lo más profundo de su ser. Fuera cual fuese ese sentimiento, lo sintió en la punta de los pies, en los capilares, en la garganta y también como una palpitación en más de una zona demasiado sensible del cuerpo. Amaris lo detestaba. Quería darle un puntapié. Quería gritar. Quería… No. Evitó pensar en nada que se desviase de la furia que sentía. Sentía que su cuerpo la traicionaba al rebelarse de esa manera contra las convicciones de su mente.

No alcanzaba a comprender por qué le preocupaba tanto haber enfadado a Gadriel. No encontraba una explicación para lo molesto que se había mostrado ante la actitud defensiva de Amaris, salvo por la pompa que lo llevaba a exigir respeto. Para Gadriel, Amaris ya no era más que alguien con quien luchó en Aubade. Antes de eso, no fue más que un par de ojos violetas capaces de ver a los seres feéricos. Amaris estaba en todo su derecho de estar enfadada, así que abrazó su resentimiento contra el pecho mientras una hoguera de emociones ardía con tonalidades rosas, rojas y violetas en su interior.

9

Amaris había interpretado el papel de asesina, de embajadora, de gladiadora, de presa y de mercancía. El que todavía no se había ganado era el de ladrona. Si el plan de la noche salía como esperaba, podría añadirlo a su creciente currículum.

Se abrió camino entre las sombras de la parte de atrás del edificio de Sanación para llegar hasta la Torre de Artes Mágicas. Ya era bien pasada la medianoche. Su dormitorio desnudo y estéril no tenía reloj ni ventanas, pero una vez que las altas horas de la noche sumieron el edificio en el silencio, salió a hurtadillas al exterior y contempló la luna mientras esta surcaba el cielo, se escondía tras los discretos cúmulos de nubes y le revelaba qué hora era. Aunque el tiempo en la costa sudoeste era veraniego, en esta parte del reino las bajas temperaturas no casaban con las típicas de la estación. No tardó en arrepentirse de no haber cogido una capa, pero no quiso correr el riesgo de volver a su habitación. Cuando, al abrigo de las sombras, alcanzó la parte de atrás del edificio de Matemáticas, Amaris oyó un susurro a su espalda que la dejó paralizada.

Irguió la espalda y se giró para hacerle frente a las sombras.

No sabría decir si se sintió aliviada o enfadada al ver de dónde provenía el ruido.

—¿Qué narices estás haciendo aquí?

Lo conocía lo suficiente como para dar por hecho que habría sonreído de no haber estado tan harto de tener que defenderse contra la hostilidad de Amaris.

—Yo diría que estoy aquí por el mismo motivo que tú. No sé si te habrás enterado, pero el orbe que contiene la maldición de la frontera podría estar en algún lugar de este campus.

—¡Vuelve a tu habitación!

Gadriel dejó escapar una risita. No fue tan fuerte como para llamar la atención, pero sí para que el sonido que abandonó sus labios demostrase que la situación lo divertía de verdad. Quizá hacía casi un siglo que nadie le hablaba así. Amaris sabía que el ser feérico la consideraba una persona beligerante que no se dejaba impresionar por su rango. También se negaba a dejarse conquistar por las respuestas sarcásticas del general.

Enseguida descubrió que ignorarlo no era una opción. Al correr desde el cobijo de un edificio a las sombras de otro, sintió a Gadriel pegado a su nuca. Ya solo les quedaban por recorrer unos cuantos metros para llegar a su destino y no había ni un alma a la vista que pudiese delatarlos. Amaris desistió de su intento por despistarlo cuando por fin alcanzó la torre. La construcción de base circular tenía una única entrada.

Aguantó la respiración, giró el pomo y se adentró en el edificio.

Amaris se congeló. Gadriel se quedó de piedra a su lado.

No le habría resultado raro que hubiese un guardia o un estudiante vigilando la torre. Tampoco le habría sorprendido toparse con la maestra Fehu y sus brillantes ojos esmeralda, fulminándolos con una mirada de desaprobación. Ni siquiera le habría impresionado encontrar un vageth encadenado a la puerta para que hincase sus afiladísimos dientes a los intrusos. En cambio, no se toparon con ninguna medida de seguridad. Ni sabuesos del infierno ni demonios ni centinelas. Solo… magia.

Los labios de Amaris se entreabrieron en muda sorpresa y sus ojos los correspondieron abriéndose como platos mientras asimilaba el entorno. Se le secó la boca esforzándose por comprender qué era lo que veía.

El interior de la Torre de Artes Mágicas debía de ser diez veces más grande de lo que aparentaba desde fuera. Si la enorme fachada del edificio ya era imponente de por sí, la magia que expandía el espacio interior creaba un área que parecía abarcar casi el mismo terreno que el campus al completo, aunque estuviese delimitado por los muros de uno solo de sus edificios.

—Joder —susurró sin aliento—, no sabía que algo así fuera posible.

No apartó los ojos ni por un segundo de la inmensidad de la estancia. Gadriel no hizo intención ninguna de ocultar la fascinación en su voz cuando coincidió con ella:

—Es increíble.

El interior de la torre, pese a ser tan vasto, no era un espacio completamente abierto. Apenas había una distancia de diez brazos para maniobrar con libertad antes de que la enorme estancia quedara cerrada al paso. Se les permitía ver todo cuanto no podían tocar.

La pareja dio un par de pasos precavidos hacia delante para examinar los barrotes de hierro que les impedían continuar avanzando. A pesar de que el vestíbulo era espacioso, solo alcanzaba a dar cabida a una escalera que subía hacia la derecha en una leve curva, puesto que seguía el enorme perímetro de la torre encantada. Aunque la escalera los aguardaba, no fueron capaces de apartar la mirada de la imagen que se extendía ante ellos, cercada tras la verja de hierro. Las runas grabadas en cada uno de los barrotes inscribían el material con hechizos de protección. Tras las barras había una biblioteca, aunque esta, a diferencia de aquella en la que Amaris había estado, no era extravagante y colorida. El poder que contenía hacía que la oscura colección de la torre vibrara.

Mientras que las obras de la otra biblioteca habían estado colocadas en pulcras hileras a lo largo de numerosas estanterías, muchos de los libros tras los gruesos barrotes de hierro se archivaban de manera individual, como animales exóticos contenidos dentro de jaulas independientes. Un grueso volumen en el centro de la estancia, que parecía brillar con luz propia, estaba guardado dentro de una vitrina de cristal templado grabado con runas. Estas recorrían cada cara, cada canto del tomo. La resplandeciente luz que brotaba del libro iluminaba gran parte de la lúgubre biblioteca que se abría ante ellos, desterraba las sombras y dejaba al descubierto los singulares objetos de los que se rodeaba. Del volumen más cercano al primero, manaba un frío helador en una gélida neblina que caía en cascada por uno de sus laterales hasta formar un charquito en el suelo. Otra vitrina de cristal contenía una serie de tomos gruesos del color rojo de las ascuas, que brillaban como si el fuego en su interior no creciese más allá de unos comedidos rescoldos. Otro libro estaba sujeto contra el suelo para que no se moviese. Amaris vio como el volumen se debatía contra sus ataduras como una criatura viva.

El instinto le dijo que aquellos libros no eran una fuente de conocimiento. Las páginas encerradas tras la colosal prisión de la Torre de Artes Mágicas eran una fuente de poder.

A pesar de que la curiosidad le animó a echar otro vistazo a su alrededor, los ojos de Amaris regresaron al libro que descansaba en el centro de la habitación, como movidos por una atracción magnética. Su reluciente luz la llamaba para que se acercase. Ella sabía que no podía alcanzarla, que no podía tocarla. Pero, quizá, si se acercaba un poquito más…

Extendió la mano.

—¡Amaris, no!

La voz de Gadriel llegó cuando ya era demasiado tarde.

Amaris envolvió los dedos alrededor de los barrotes de hierro para aproximarse al libro y dio un salto hacia atrás con un gritito de dolor al sentir cómo una descarga la atravesaba. Un chisporroteo plateado acompañó al sonoro estallido cuando un fuego blanco la sacudió hasta la médula. Nada quedó de la ensoñación en la que Amaris había estado sumida. Gadriel la agarró por la espalda, de ambos costados, para evitar que cayese hacia atrás, pero el incidente terminó tan pronto como empezó. La mirada horrorizada de Amaris voló entre la palma de su mano y los barrotes que se habían interpuesto entre el libro luminoso y ella cuando este la llamó. Sacudió las manos y sopló sobre ellas para enfriarlas, pero ya se le habían comenzado a formar pequeñas ronchas en la piel.

—¿Qué acaba de pasar? —jadeó mirando los barrotes.

—¿Estás bien? —preguntó Gadriel.

Amaris trató de zafarse de sus manos, que le agarraban los hombros, pero él no la soltó.

—Ha sido un rayo —explicó con cautela—. El impacto te puede parar el corazón.

—Mi corazón está perfectamente. Pero mi mano…

Se dio la vuelta para mirarlo. Su respuesta debió de ser la adecuada, porque Gadriel dejó caer las manos y examinó las runas por un instante.

—El don de la artesanía es complejo y delicado. ¿Para hacer algo como eso? —dijo señalando a los barrotes de hierro—. Seguro que hizo falta la ayuda de cuatro seres feéricos, como mínimo, aunque supongo que un lugar como la universidad es el sitio más indicado para llevar a cabo una tarea como esta.

Amaris observó con atención a su acompañante, sin dejar de soplarse las ronchas que le surcaban la palma.

—¿Que hacen falta cuatro seres feéricos para qué?

Él continuó estudiando los barrotes.

—Se necesita un fabricante y alguien con el don al que se desea recurrir. Por eso, además de contar con una persona que disponga de conocimientos de artesanía y runas, seguramente hayan tenido que encontrar a un ser feérico capaz de invocar el rayo o lo que sea que haya sido esa energía estática que te ha dado una descarga hace un momento. También habrán necesitado a alguien capaz de hablar con los metales para contener el hechizo. Y un escudo feérico o alguien con habilidades de contención. Supongo que, estando aquí en la universidad, les habrá resultado sencillo buscar el apoyo de los alumnos y sus dones al hacerlo pasar por un mero trabajo de clase.

—¿Habilidades de contención? —Amaris volvió a frotarse las palmas.

—Se suelen considerar los escudos y la contención como poderes benignos. Son bastante comunes en Farehold y muy útiles en la mayoría de las cárceles. Incluso nosotros recurrimos a ellos para fabricar barrotes en Gwydir. —Volvió a mirar la mano de Amaris—. ¿Estás segura de que estás bien?

La chica se llevó la mano herida al corazón, como si así fuese a notar si el rayo le había causado daños a su órgano más indispensable. Este continuaba tronando con nerviosismo dentro de su pecho.

—Lo peor ha sido el susto. Estoy bien.

—Vamos.

Gadriel la animó a encaminarse por las escaleras, pero Amaris continuó oyendo los suaves cantos de sirena del libro. Se los sacó de la cabeza y mandó sus pensamientos lejos de los misterios del volumen cuando alcanzaron el segundo piso y salieron de la escalera para descubrir qué secretos aguardaban más allá del rellano.

Después de haber visto la magia del piso anterior, la mundana segunda planta resultó ser una decepción. Recorrieron los pasillos y registraron una puerta detrás de otra, pero solo encontraron aulas, laboratorios y despachos. En algunas salas había hileras de escritorios; en otras, lo que parecían ser encimeras abarrotadas de vasos, matraces y cuencos. Algunas salas presentaban amplias pizarras al frente y en otras las sillas estaban dispuestas de manera que formaban un círculo, orientadas hacia lo que hubiese estado en el centro de la estancia. Unas puertas dobles daban a lo que parecía ser un gimnasio. Hasta donde ellos sabían, la plataforma central elevada en el medio de la pista podría ser desde un escenario donde los alumnos demostrasen sus habilidades hasta una pista donde celebrar duelos de magia. De haber estado en Uaimh Reev, la plataforma habría sido un lugar ideal donde combatir delante de otros reevers.

Como la segunda planta no parecía albergar ningún secreto de utilidad, pasaron a la tercera.

Apenas se habían alejado cinco pasos de la escalera, cuando el frío ascendió por la columna de Amaris y la detuvo en seco. Dio medio paso atrás y se chocó con Gadriel. Con un rápido vistazo al tenso rostro de su compañero, Amaris supo que él tampoco se había librado de aquella escurridiza sensación de nerviosismo.

El tercer rellano no era más que una enorme piscina de oscuridad que parecía abarcar la enormidad del piso al completo. Ninguno de los dos se acercó al borde del océano de aguas oscuras. Amaris se estremeció cuando oyó un silencioso chapoteo, seguido de una ondulación que llegaba desde algún punto del centro del estanque. Lo poco que quedaba de las maltrechas alas de Gadriel se extendieron alrededor de ambos en gesto protector. Gadriel puso una mano en la parte baja de la espalda de la chica y la empujó, apremiante, de vuelta hacia la escalera. Estaba tan aliviada de escapar de ese siniestro océano que ni siquiera se molestó en enfadarse con Gadriel por tocarla.

Continuaron subiendo.

En el cuarto piso, había una verja de hierro parecida a la que los separaba de la biblioteca en la primera planta. De nuevo, había runas grabadas en los barrotes que les cortaban el paso. Eso, sin embargo, no les impidió echarle un vistazo a la colección de antigüedades que había al otro lado. Esa vez, Amaris ya sabía que no debía tocar los barrotes.

Mientras que la biblioteca contenía libros, esta sala estaba llena de tesoros. Objetos encantados se apilaban en cada rincón y prácticamente entonaban canciones sobre su poder. Un collar de amatista parecía reverberar desde el cuello de terciopelo negro del torso de maniquí donde descansaba. Un arpa hizo que le hormigueasen los dedos ante la necesidad de pulsar sus cuerdas. Un espejo al otro lado de la estancia, en vez de captar su reflejo, parecía mostrar a dos personas distintas. Gadriel y Amaris lanzaron miradas por encima del hombro casi al mismo tiempo, sorprendidos al ver el reflejo del espejo, para comprobar que ninguna entidad indeseada se había unido a ellos en la estancia. Desde instrumentos y herramientas hasta utensilios y muebles, la sala era un museo de objetos encantados. Pese a que algunas de las maravillas que componían la colección de tesoros prohibidos tenían una naturaleza esférica, ninguna parecía ser el orbe que les conseguiría las respuestas que buscaban.

—¿Objetos encantados? —preguntó Amaris mirando a Gadriel.

—Resultado del don de la artesanía.

—¿Y tú no sabes nada más acerca de ese poder?

—Soy un general. Dirijo a mis tropas y elaboro estrategias militares. ¿Y tú qué? ¿Cómo es que no sabes reparar techos de paja? ¿O preparar pasteles? ¿O…?

—Vale, ya lo pillo.

Gadriel había vuelto a irritarla, pero Amaris supuso que tenía razón. No debería haber perdido el tiempo buscando información sobre los seres feéricos del norte y sus alas, sino formándose sobre aspectos más útiles de la magia.

—No hay puerta —comentó la chica mientras estudiaba la estancia—. Pasaba lo mismo con la biblioteca del piso inferior. No hay puerta. ¿Cómo se entra y se sale de ahí?

—Estoy tan desconcertado como tú, aunque supongo que la ausencia de cerraduras es otra medida de seguridad en sí misma.

—¿Y si está ahí dentro? ¿Y si el orbe está entre todos esos objetos?

—¿Ves algo que parezca un orbe?

Echó un vistazo a través de la barrera y recorrió con la mirada los objetos que componían el museo vagamente amenazador que tenían ante ellos.

—No, pero eso no significa que no esté ahí.

—Sigamos adelante. Si no encontramos lo que hemos venido a buscar, siempre podemos volver en otra ocasión para que puedas colarte a robar ese collar púrpura.

Amaris estaba bastante segura de que Gadriel solo había hecho ese comentario porque las provocaciones eran una de las pocas maneras que tenía de obligarla a interaccionar con él. Hizo caso omiso a su intento de limar asperezas y le dio la espalda para regresar a la interminable escalera de caracol.

De nuevo encontraron un piso repartido en aulas, aunque esas contaban con una disposición diferente a las de la planta inferior. Amaris se preguntó si los alumnos que se veían obligados a soportar la ardua tarea de subir cinco pisos de escaleras serían los más avanzados o los que confiaban más en sus habilidades. La dedicación diaria de ascender tantos escalones y soportar la quemazón en los muslos que eso conllevaba debía de ser lo que los ayudaba a mantenerse motivados.

Cada planta albergaba algo más extraño y siniestro que la anterior. Cada poco, las curiosidades y horrores se intercalaban con pisos de aulas y despachos. Un nivel particularmente escalofriante contenía ordenadas hileras de estrechas camas vacías. Ni Amaris ni Gadriel pronunciaron palabra al adentrarse por primera vez en la estancia para escudriñar el pabellón vacío. A Amaris se le revolvió el estómago al darse cuenta de lo mucho que se parecían todos esos catres a los dormitorios de Farleigh. Las camas habían salido de un mundo de pesadilla y cada una iba acompañada de cadenas silenciosas, de las que pendían desde grilletes de hierro y cinchas de cuero hasta abrazaderas doradas y sujeciones de plata. Amaris no quería ni imaginar qué clase de horrores habrían sufrido quienes acababan inmovilizados sobre las camas de la Torre de Artes Mágicas y esperaba no descubrirlo nunca.

Ella fue la primera en darle la espalda a la habitación silenciosa para alejarlos de los recuerdos de su orfanato, de la reclusión, de lo que suponía permanecer encerrada en una habitación hasta que alguien decidiese tu destino. Amaris había tomado las riendas de su propio futuro entonces y lo volvería a hacer ahora.

Gadriel la siguió mientras recorrían piso tras piso, escalera tras escalera.

Ocho pisos. Diez pisos. Quince pisos. ¿Treinta? ¿Cien? Amaris había perdido la cuenta y su imaginación tendía a exagerar.

No sabría decir cuántos siglos de entrenamiento de combate llevaba Gadriel a sus espaldas. El esfuerzo físico de subir un piso tras otro en una interminable escalada habría supuesto un desafío, pero daba por hecho que sería capaz de superarlo dada su veteranía.

Amaris había pasado años subiendo y bajando al trote por la escarpada pared de roca de una montaña. La consolaba oír como Gadriel trataba de disimular las jadeantes bocanadas de aire que tomaba, al igual que ella, con dificultad. Había perdido la cuenta de los veranos que habían pasado desde la última vez que le ardieron tanto los muslos. Boqueó en busca de aire, con la cara roja, y se preguntó cuánto tiempo llevaba sin salir a correr. Recordó distraídamente que Ash practicaba cada noche sus movimientos junto al fuego antes de que se apagaran las fogatas y empezó a pensar que ella debería haber aprovechado también aquellos momentos para mantener a punto su resistencia.

Poco importaba que hubiesen subido veinte mil escalones o recorrido casi cinco kilómetros en vertical, el tiempo y el espacio ya no tenían sentido.

Subían y subían y subían y, de pronto, se detuvieron.

—¿Qué…?

Gadriel por poco se cayó sobre ella al dejar de avanzar. Se apoyó con una mano sobre la espalda de la chica cuando paró con una sacudida y un gruñido. Amaris se había detenido a escasos centímetros del final de la escalera, que no acababa en un típico rellano, sino en una puerta tapiada en medio del tramo de escalones. Amaris dejó la mano sobre la pared para darle un empujón, pero no cedió.

Alzó la cabeza entre jadeos y leyó la inscripción de la puerta, echando el cuello hacia atrás y esforzándose por recuperar el aliento. Era muy consciente de la presencia de Gadriel. Por suerte, tenía tanto calor que prefería que se alejase de ella. La necesidad de disponer de cierto espacio tras el esfuerzo físico ahogaba esa voz de su cabeza que rezaba en un susurro por que Gadriel se mantuviese cerca de ella.

Contempló el obstáculo con los ojos entrecerrados para protegerse del sudor que le goteaba por la sien. La puerta parecía estar hecha de una madera más gruesa que el casco de un barco y era tan antigua que casi daba la impresión de haber quedado petrificada hasta convertirse en la misma piedra de la que estaba hecha la torre. Una enorme banda de hierro formaba un arco sobre la parte superior de la puerta y bajaba por los laterales; toda ella estaba grabada con runas. Tallada con marcas profundas y rudimentarias, había una inscripción:

«Prohibido el paso. La muerte aguarda al otro lado».

Gadriel tomó aliento al leer esas palabras.

—Qué halagüeño.

Amaris se levantó la camisa para limpiarse el sudor de la frente.

—Creo que la palabra que buscas es «siniestro» —jadeó.

—Bueno, si yo tuviese que esconder la magia del continente, creo que ese sería justo el tipo de advertencia que colocaría en la puerta.

Amaris se apoyó contra la fría piedra de la pared de la torre.

—¿Podemos —resolló— tomarnos un descanso —dio otro par de respiraciones entrecortadas— antes de entrar? Ya que nuestra muerte está asegurada y todo eso. Si vamos a tener que enfrentarnos a un monstruo, necesito un minutito para prepararme.

Desde donde estaba apoyada, Amaris extendió una mano para tantear el saliente de la barricada en busca de algún cerrojo, pero la puerta no tenía pomo ni tampoco un mecanismo evidente para abrirla. Les bloqueaba el paso con la estoica ferocidad de un infranqueable centinela. Amaris se frotó las mejillas contra la piedra para que esta le refrescase la cara y le bajase la temperatura corporal.

Gadriel recuperó el aliento mucho antes que ella. Se aproximó a la puerta, apoyó una mano en el centro de esta y cerró los ojos. Mientras se resistía al deseo poco inteligente de tirarse al suelo a echar una siesta, Amaris, agotada, observó a Gadriel con curiosidad. Tenía los oscuros cabellos ondulados por el sudor. La sal húmeda brillaba en su frente y hacía que se le pegase la ropa negra al cuerpo. A pesar de que Gadriel había cerrado los ojos, Amaris pudo notar cómo los apretaba. Vio que descansaba la otra mano sobre la madera, comenzaba a mover los labios y le hablaba a la puerta como si fuera una amiga. Las alas a su espalda se estremecieron cuando Gadriel empujó la puerta con todo el peso de su cuerpo.

Al otro lado de la madera, se oyó el sonido de un mecanismo al accionarse, seguido del inconfundible chasquido de un cerrojo al abrirse. La puerta cedió lentamente con un crujido.

—¿Qué narices ha sido eso?

Gadriel parecía impresionado consigo mismo. Se inclinó hacia atrás, arqueó una ceja e intentó disimular una sonrisita de suficiencia.

—¿Con qué clase de don perverso es capaz un ser feérico oscuro de abrir puertas encantadas?

—¿Don? —Gadriel puso los ojos en blanco—. Eso ha sido más cosa de maña que de uno de mis poderes. ¿Qué clase de complejo de superioridad te da ese pelo del color de los diamantes para que te creas que tus poderes son menos amenazadores que aquellos de «los seres feéricos oscuros»? Espera a ver lo que puedo llegar a hacer.

Había dibujado unas comillas en el aire al referirse a su pueblo, exasperado, sin duda, ante la insistencia de Amaris en no referirse a él y a los seres feéricos alados de Raascot como tal. No era ningún secreto que el reino del sur miraba por encima del hombro al norte, alentados por lo que los sureños consideraban unos dones desagradables.

—Espera, lo que dijiste acerca de los fabricantes…

—¿Por qué sacas ese tema ahora, bruja? ¿De verdad crees que este es el mejor momento para hablar de fabricantes? —Dejó la mano sobre la puerta.

—Es solo que me intriga saber si sería posible hacer una llave con esa… maña tuya. ¿Serías capaz de crear algo con lo que abrir cualquier puerta, incluso las encantadas?

Gadriel sonrió.

—Vas con un poco de retraso.

—¿Ya tienes una?

—Sí, en Raascot. Como te decía, está hecha con la ayuda de un fabricante. En fin, sé que es un tema fascinante, pero ¿no tenemos una maldición que romper en la frontera?

Gadriel terminó de abrir la puerta con un último empujón y encabezó la marcha para retomar su avance por la escalera de caracol que continuaba más allá de la puerta. Amaris hizo acopio de toda su energía para seguirlo.

Con un último rellano, el infinito ascenso por la escalera llegó a su fin. Gadriel se detuvo en cuanto posó los pies sobre el último escalón y, esta vez, fue Amaris quien casi chocó con su compañero. Plantó las manos sobre su amplia y musculosa espalda, justo entre las alas y sobre la camisa empapada de sudor, para evitar chocarse de cabeza con él.

—¿Y bien? ¿Te vas a quedar ahí sin decir nada? —preguntó Amaris, que empujó a Gadriel para que la dejase pasar.

Rozó suavemente el ligamento de una de sus alas para doblársela y abrirse camino por su lado cuando Gadriel extendió esa misma ala tanto como pudo con intención de ocultar lo que fuera que se alzaba ante ellos.

Cuando Amaris se colocó al lado de su compañero, sus labios se entreabrieron en un silencioso jadeo.

Azul. Muchísimo azul. Todo era de un radiante, vibrante, cegador color azul.

En medio de la estancia había un despliegue de estanterías tan altas y extensas que Amaris era absolutamente incapaz de concebir cómo existía algo así en este reino iluminado por la buena diosa. Las estanterías no estaban dispuestas en hileras como cualquier mortal las habría colocado, sino que se retorcían hacia el techo y formaban una incomprensible espiral hueca, como si alguien hubiese cogido una escalera de cuerda y la hubiese retorcido hasta que quedase enroscada sobre sí misma. Amaris nunca se había encontrado con una forma como esa en la naturaleza. Levantó y levantó y levantó la vista en dirección a las cegadoras luces azules que iluminaban el infinito sacacorchos de estanterías.

No fueron las estanterías en sí las que hicieron que Amaris se quedase sin aliento o que Gadriel batiese las alas en un gesto protector, sino los increíbles objetos que estas albergaban.

Por fin.

Habían encontrado lo que venían a buscar.

Atrás habían quedado las lúgubres estancias de la silenciosa torre. Esa última cámara estaba iluminada gracias a los cientos de miles de luces feéricas que brillaban con el resplandor de los orbes situados sobre todas y cada una de las estanterías, a lo que parecían ser miles de metros de altura. El número de esferas no daba la impresión de tener fin, al igual que su fantasmagórico brillo azul, el cual desterraba todas las sombras al bañar la estancia con su luz y se retorcía de forma infinita sobre las baldas.

Las estanterías descansaban sobre una isla de piedra en medio de la estancia, rodeadas por un océano de vacía oscuridad. Amaris y Gadriel se quedaron en el rellano, lejos de su objetivo. La chica no habría alcanzado a comprender cuán profundo era el pozo, ni aunque el intenso azul de los orbes hubiese logrado traspasar sus encantadas profundidades.

—Debe de haber miles…, millones…

Gadriel dio un paso al frente, como si quisiese avanzar hacia los orbes, y Amaris dejó escapar un súbito grito estrangulado. Con urgencia y presa del pánico, le agarró por lo primero que alcanzó: el tendón expuesto de una de sus alas. Gadriel estaba a punto de girarse para lanzarle una mirada colérica, dolorida y horrorizada cuando sintió el tirón de la gravedad. El pozo reclamó su peso y tiró de él hacia abajo. Gadriel extendió un brazo hacia su acompañante, con la mano abierta para cerrar el puño alrededor de la tela delantera de la camisa de Amaris. Casi consiguió arrancársela antes de que ella plantase bien los pies en el suelo y echase todo el peso de su cuerpo hacia atrás para someterse, a su vez, al tirón de las escaleras.

—¡Venga!

Amaris se dejó la piel en su empeño por ayudar a Gadriel. El alarido que profirió al intentar traerlo hacia sí fue agudo y sonoro. Gadriel no se soltó ni por un segundo de la camisa de la joven, pero la confusión lo abandonó cuando comprendió lo que Amaris había visto desde un principio.

No había suelo.

Gadriel gruñó para combatir el agotamiento a medida que trataba de recuperar el equilibrio. Gracias al soporte de Amaris, había podido darse la vuelta al atravesar de espaldas el suelo y quedar medio sumergido en lo que parecía ser piedra líquida. Él pesaba mucho más que ella y sus alas eran un tremendo lastre. El suelo de la cámara de brillo azulado se había disipado como si estuviese hecho de la bruma que ahora lo envolvía.

El rugido del ser feérico reverberó contra las piedras al luchar por encontrar un punto de apoyo.

—Ya casi lo tengo, solo… —dijo entre dientes.

—¡Ni se te ocurra soltarte!

Amaris profirió gritos de ánimo sin descanso a medida que tiraba de las alas de Gadriel, aunque, a juzgar por las muecas que ponía, la chica sabía que debía de estar sintiendo cada tirón como si Amaris lo agarrase de un hueso al descubierto.

Gadriel encajó la rodilla en la piedra que ella pisaba. Una vez encontrado ese nuevo punto donde hacer palanca, Gadriel lo utilizó para impulsarse y trepar por el traicionero suelo de piedra. Cuando por fin logró salir de la bruma, rodó hacia las piernas de Amaris al regresar a la seguridad de la escalera y se sentó, una vez se hubo incorporado, con la conmoción y el dolor claramente pintados en el rostro.

—¿Qué coño acaba de pasar?

Amaris continuó luchando por respirar. Le habría gustado reírse ante la absurda combinación de alivio, terror y vulgaridad presente en las palabras de Gadriel. Le ardían las piernas, sus pulmones se habían dado por vencidos y, ahora, había dedicado hasta la última gota de sus reservas de energía para evitar que el demonio feérico se despeñase.

—¡Por poco te tiras al vacío! —Se mordió la lengua justo a tiempo de evitar llamarlo capullo imprudente.

Le había llevado un buen rato recobrar fuerzas, pero ahora que su respiración había vuelto a la normalidad, le habría gustado cruzarle la cara. Todavía estaba a tiempo.

—¿Qué vacío?

La furia contenida en sus movimientos no albergaba ni amabilidad ni compasión.

—¡Ese puñetero vacío, Gadriel! ¡El puto abismo! ¡Cómo se supone que voy a alcanzar el orbe si tengo que estar pendiente de ti porque no tienes cuidado! —Estaba a punto de echar espuma por la boca—. ¿Tanto te distraen los orbes que ni siquiera eres capaz de ver por dónde pisas? ¡Menudo general de pacotilla estás hecho!

Gadriel seguía intentando recuperar el aliento.

—¿De qué vacío hablas, Amaris?

Presa aún de la cólera, la chica hizo una pausa en su airada diatriba. Entre la mezcla de la sensación acartonada de su boca y la acidez de la descarga de adrenalina, captó el aterrador sabor de un recuerdo. Le dio un vuelco el corazón, se detuvo por un momento y, luego, bombeó al triple de velocidad para recuperar el ritmo perdido.

«¿Qué príncipe?».

La mirada de Amaris voló entre Gadriel y el oscuro vacío del abismo. Se dejó caer de rodillas y se asomó al borde de la escalera a cuatro patas. El agujero debería acabar en el suelo que se abría más abajo, pero la boca del cráter que tenían ante ellos no parecía tener fondo. La negrura era infinita y se tragaba todo rastro de luz. Arrastró las rodillas hacia atrás para alejarse del borde y, sin darse cuenta, se acercó más a Gadriel.

¿Cuántas veces interpretaría el papel de la mujer loca que señala cosas que otros no ven? Cualquiera que fuera la magia que le había dado esa altura y dimensiones a la torre también había conseguido crear un foso oculto tras una ilusión alrededor de las estanterías de orbes azules.

—Un abismo nos separa de los orbes.

Amaris se detuvo antes de preguntarle si él lo veía. Ya sabía la respuesta. Gadriel la miraba con la misma expresión que vio en el rostro de Ash y Malik cuando se arrodillaron ante Moirai en el salón del trono.

—Yo solo veo suelo —dijo Gadriel, todavía conmocionado tras el tremendo impacto de haber estado a punto de precipitarse hacia la muerte.

Amaris asintió; todavía le ardían los brazos.

—Ya me lo imaginaba. ¿Qué tal las alas?

Gadriel esbozó una mueca de dolor.

—No pueden ir a peor.

La chica permanecía bien plantada sobre las manos y las rodillas, agarrándose al suelo con todas las fuerzas que le quedaban. Aunque él no veía ningún pozo, Gadriel confió en su palabra. Ahora comprendía mejor el fatídico mensaje grabado en la entrada. La primera barrera había sido la puerta encantada. La segunda debía de ser el foso invisible que se tragaba a los intrusos que habían hecho oídos sordos a la advertencia.

—Quien consiga franquear la puerta está destinado a morir por la caída.

—Qué recurso más... — Gadriel trató de dar con la palabra que buscaba. Amaris pensó en unas cuantas opciones con las que terminar la frase por él: cruel, inhumano, retorcido. Al final, se decidió por—: efectivo.

Amaris dejó escapar una seca carcajada. Desde luego, era efectivo.

—¿Cuánto mide de ancho el agujero? —preguntó Gadriel.

Ella sacudió la cabeza.

—Yo no podría saltarlo.

—¿Y yo? —replicó él tomando aire.

Amaris lo consideró, pensativa.

—Volando sí.

—No. —Gadriel sacudió la cabeza—. Si extiendo las alas, puedo planear incluso con ellas rotas. ¿Crees que podría aterrizar al otro lado?

La joven fue incapaz de ocultar lo mucho que la sorprendieron sus palabras, pero tampoco se molestó en intentarlo. Lo observó, asombrada, con la boca abierta. Necesitaría horas y horas para explicar la compleja razón por la que le había perturbado tanto su respuesta. La sacudió hasta la médula.

La pregunta de Gadriel iba más allá de saber si podía saltar tan lejos; tampoco le pedía a Amaris que le describiese lo que veía. Lo que decía implicaba que confiaba ciegamente en ella, sin importar cuál fuese su respuesta. Si Amaris le aseguraba que el salto era viable, pese a ser mentira, estaba convencida de que Gadriel saltaría. La chica quería cubrirse la boca para expresar su sorpresa, pero buscó el brazo de Gadriel. La cólera, el dolor, la molestia de sentirse rechazada, las emociones a las que tan fuerte se había aferrado se desvanecieron al sacudir la cabeza. Cuando por fin habló, lo hizo con la mirada más suave que le había dedicado en días.

—Es un salto demasiado grande, Gad.

Gadriel evaluó el rostro de la chica.

—¿Lo dices porque de verdad no seré capaz de cruzarlo ni con el apoyo de las alas o porque la distancia asusta?

—Lo digo porque no quiero que saltes.

Quedaron atrapados en ese instante. Amaris se había abrazado durante días a su ira, como si de un cúmulo de brasas ardientes se tratase, sin importar que le provocara ampollas o quemaduras en las manos. Lo normal era soltar los objetos candentes nada más tocarlos, no agarrarse a ellos con más fuerza. Desde el momento en que Gadriel habló con los maestros y definió su relación, Amaris había dejado que la ira la consumiera. El rencor hizo que se sintiera como si hubiera bebido veneno con la esperanza de que fuese él quien sufriera las consecuencias. Solo le hizo daño a ella.

El resentimiento de Amaris, por muy intenso que fuera, no era lo suficientemente desmedido como para querer verlo muerto. Vio cómo recorría con la mirada el espacio que separaba el rellano de las estanterías, cómo medía la distancia que los separaba de las respuestas que habían venido a buscar.

—Gadriel...

—¿Crees que podré saltar si uso las alas?

Amaris cerró los ojos. Trató de aunar el poco ojo crítico que guardaba en algún lugar de su interior. Se planteó cómo respondería si aquello formase parte del entrenamiento de los reevers. Evaluó la situación como si fuera un reto para alguien entrenado para la supervivencia. Buscó ser objetiva, despojarse de toda emoción, pero no conseguía dominar ese enfoque.

Amaris abrió los ojos y escudriñó el vacío que se extendía ante ellos una vez más. Su mirada permaneció clavada en el pozo, cuando dejó escapar poco a poco todo el aire de los pulmones. Estudió cada centímetro del foso, desde donde empezaba, a sus pies, hasta donde acababa, junto a las estanterías de brillo azulado.

—No es solo un agujero profundo. Es un pozo sin fondo.

—Eso no es lo que te he preguntado.

La joven cerró los ojos una vez más, a sabiendas de que no sería capaz de responder mientras sus ojos volasen por la negrura. Volvió a abrirlos y los clavó en Gadriel.

—Yo no creo que pudiese saltar, pero tal vez tú sí. Solo tal vez. Calculo que el suelo que hay entre el borde del abismo y la primera estantería al otro lado abarca unos tres brazos. Tú mismo has comprobado el poco margen de maniobra que hay entre el último escalón y el agujero. No creo que puedas tomar la carrerilla necesaria para saltar.

Gadriel consideró sus palabras. Afianzó su posición sobre el escalón superior y se inclinó hacia delante para palpar con cuidado la zona donde la piedra del suelo se fusionaba con la ilusión. Él no veía más que una superficie sólida que se extendía entre ellos y los orbes, pero se ayudó de sus dedos para percibir lo que ocultaba el encantamiento.

—Tú misma lo viste cuando saltamos del ag'drurath. Al captar las corrientes de viento, conseguí frenar la caída. Y eso que entonces cargaba contigo como si fueses un peso muerto. Creo que puedo llegar al otro lado y ayudarte a cruzar desde allí.

Amaris lo miró, perpleja.

—¿Pretendes que atraviese el foso de un salto?

Los labios de Gadriel dibujaron una sonrisa torcida.

—Te cogeré.

Ella trató de negarse, sacudiendo la cabeza, pero su mirada no aceptaba un no por respuesta. Le dio otro vuelco el corazón. ¿Estaba dispuesta a morir por la misión que Samael le había asignado en Uaimh Reev? Gadriel parecía listo para dar la vida por su causa. Tanto su rey como su pueblo estaban sufriendo y eran incapaces de luchar contra las flechas metálicas que los hombres de la reina Moirai les disparaban día tras día por culpa de la maldición. Estaban tan cerca de encontrarle una explicación al hechizo que asolaba las fronteras que prefería morir en ese foso antes que rendirse.

Amaris no lograba entender sus emociones: tristeza, nerviosismo, miedo. No sabía decir si sentía todo eso por Gadriel o por sí misma, pero no dejó de obligarse a respirar profundamente para tranquilizarse.

—Si echas a correr, saltas justo cuando yo te diga y extiendes las alas, tendrás que lanzarte hacia el lado opuesto. Si caes con los pies por delante, no creo que lo consigas.

Gadriel asintió y se dispuso a ponerse en pie.

—Gadriel… —Amaris seguía en el suelo y lo miró desde abajo. No encontraba las palabras adecuadas.

Él le hizo frente a la mirada preocupada de Amaris con una de confianza. La chica bebió de la forma en que sus ojos refractaban el brillo azulado de los orbes. Volvió a esbozar esa sonrisa torcida.

—Resérvatelo para luego.

Amaris se levantó y sacudió las manos para deshacerse de los nervios.

Gadriel dio un par de pasos atrás y se dispuso a prepararse, relajando el cuerpo. Miró a Amaris para que le diese luz verde. La chica no podía respirar. Dejó volar la vista una vez más entre el borde del foso y el punto donde tendría que aterrizar para llegar sano y salvo al otro lado. Por fin, se giró para mirarla y ella le dedicó un único asentimiento de cabeza.

Gadriel echó a correr con poderosas zancadas que hicieron temblar los escalones.

Amaris solo tenía una oportunidad para darle el empujón que necesitaba. Se llenó los pulmones de aire, lista para gritar. Una única oportunidad y nada más.

Tres segundos. Dos. Uno.

—¡Ahora! —exclamó.

Gadriel se impulsó hacia arriba y extendió lo que quedaba de esas alas que una vez fueron angelicales. A través de los desgarrones presentes en las áreas extendidas de su envergadura, se veían destellos de luz de un blanco azulado. El tiempo se ralentizó mientras Gadriel cruzaba el vasto y oscuro abismo bajo sus pies. Sus alas ocupaban toda la caverna, Gadriel estiró el cuerpo hacia delante y se inclinó como si trazase la trayectoria de una flecha. Se lanzó contra el extremo opuesto y extendió los brazos hacia las piedras que cubrían el suelo junto a las estanterías. Aterrizó con el sonoro golpe que emite una pieza de carne al caer sobre la mesa de un charcutero, se estremeció a causa del impacto y derrapó hacia delante hasta casi chocar con las estanterías.

Lo había conseguido.

Amaris dio un salto al otro lado del abismo y gritó, aliviada. Había sobrevivido. Su corazón brincó, feliz de verlo sano y salvo, y se contoneó en un doloroso baile que amenazaba con salírsele del pecho. Sonrió de oreja a oreja pese a la conmoción y se agarró a sus propias rodillas.

—No me explico cómo narices has conseguido hacer eso sin morir.

Gadriel rodó hacia un lado y le dedicó un gesto vulgar con el dedo. Amaris se rio, presa de un alivio muy similar a la euforia.

Lo había conseguido, lo había conseguido, ¡lo había conseguido!

Gadriel se arrodilló y se dispuso a buscar el borde. Sus dedos encontraron el lugar donde el suelo daba paso a la ilusión. Se incorporó para quedar medio acuclillado, medio arrodillado, con un pie firmemente apoyado sobre el suelo.

—¿Estás lista?

Toda la cámara estaba iluminada por el intenso brillo de los orbes, pero el foso era tan negro que ninguna luz lograba abrirse camino a través de sus profundidades, oscuras como la tinta. Amaris se sentía incapaz de apartar la vista del vacío. Su corazón le recordaba a un ave salvaje al tratar de escapar de la jaula de su pecho.

El miedo perforó la burbuja de alegría, el breve momento de celebración se vio interrumpido demasiado rápido cuando la euforia se hundió hasta el suelo de piedra.

—¿Ya? Ni en broma.

—¿Es que no confías en mí?

La pregunta la dejó sin aire.

¿Confiaba en él? Buscó la respuesta en su interior.

Sacudió la cabeza como si fuera a decir que no, pero, cuando estudió el brillo que le iluminaba el rostro, se vio embargada por… una emoción. No era tranquila como el alivio. No era sombría como el entumecimiento. Era cálida. Irradiaba su propio calor. Sintió que la invadía una sensación de seguridad, por muy leve que fuese. Las mismas brasas con las que el resentimiento le había quemado las manos ahora le caldeaban el cuerpo, como ascuas en su pecho. No entendía ni cómo ni por qué se había producido ese cambio, pero lo creyó cuando dijo que no la dejaría morir.

Gadriel se mantuvo impasible. Esperó, con una mano extendida hacia ella.

El pavor hacía que le diese vueltas la cabeza.

—Deja de mirar hacia abajo —le ordenó Gadriel.

—Eres un demonio.

—Si escuchases lo que te digo, te darías cuenta de que mi único propósito es mantenerte con vida.

Amaris tragó saliva y clavó los ojos en Gadriel. La oscuridad obsidiana no desapareció solo porque ella se negase a contemplar sus profundidades. Nunca había puesto su vida de una forma tan literal en manos de otra persona.

Podría darse media vuelta. Podría regresar por las escaleras. Podría marcharse de la universidad, abandonar a los reevers, olvidarse de los seres feéricos. Podría empezar una nueva vida, cambiarse de nombre, hacerse costurera.

No tenía por qué saltar.

Amaris tomó un par de bocanadas de aire para tranquilizarse, aunque no le sirvió de mucho. Su corazón no tenía intención de hacerle ningún favor. Le temblaban las manos. También las piernas. Seguro que a Gadriel le había costado menos saltar al no ver la inmensidad del abismo que se abría a sus pies. La chica dio un paso atrás y, luego, otro.

—Es ahora o nunca, bruja. Cuanto más lo retrases, peor lo vas a pasar.

—¿Salto así sin más?

—Salta y confía en que yo te cogeré.

Se dijo que sería como obligarse a salir a correr montaña arriba. Pondría un pie delante del otro, daría un brinco con una larga zancada igual que hacía cuando los desprendimientos partían en dos el camino. Amaris imaginó las carreras diarias por los senderos de la montaña de Uaimh Reev. Recordó la primera vez que había adelantado a Malik y a Ash y revivió la alegría que había sentido al ver la sorpresa plasmada en el rostro de sus amigos.

Se preparó para saltar. Ya no había vuelta atrás.

Se dejó llevar por completo por el impulso de sus zancadas. Sus piernas recurrieron a cada tendón, cada fibra muscular, cada carrera, cada día en el estadio. Saltó con la potencia de un semental cuando se dio un último impulso sobre el borde del abismo y voló por el aire. Gadriel tenía un brazo extendido y con el otro se agarraba a la orilla del otro lado.

Cuando Gadriel había saltado, el mundo se había ralentizado.

Cuando ella saltó, todo se aceleró. Un segundo estaba impulsándose desde la escalera y, al siguiente, se precipitaba al vacío. Demasiado rápido. No había tiempo. Estaba cayendo. Caía, caía y caía a toda velocidad. La gravedad la reclamó y comprendió, con el corazón en un puño, que se había quedado corta. El abismo se la tragaba de un bocado. Vio el cambio en los ojos de Gadriel al pasar de la determinación al pánico.

Amaris ni siquiera tuvo tiempo de gritar antes de que el vacío se dispusiese a reclamar una nueva víctima.

Gadriel se lanzó hacia delante para agarrarla y batió las alas rotas para luchar contra el tirón del abismo. Cogió a Amaris del antebrazo con dolorosa fuerza y se aferró a ella con todo su ser. Aunó la tenacidad y la potencia que le quedaban en las alas y las agitó hacia atrás como un ag'drurath tratando de levantar el vuelo. Amaris tenía la boca abierta, la mandíbula le colgaba en un alarido silencioso. Se le abrieron los ojos desmesuradamente al notar el miedo que permeaba el rostro de Gadriel mientras luchaba con todas sus fuerzas por sacarla del agujero. Batió las alas con una mayor intensidad al tratar de echar el peso de su cuerpo hacia atrás. Había perdido demasiado terreno al lanzarse a por Amaris.

Gadriel gruñó, dejó escapar un sonido atronador al tirar, al asegurar su férreo agarre en torno a la muñeca de Amaris hasta casi partirle el brazo por sujetarla con fiereza.

Amaris veía la agonía en los ojos de su compañero, que aporreaba el aire con las alas destrozadas para levantarla, pero la mirada de Gadriel apuntaba en una sola dirección. Amaris sabía que él no la veía colgando bajo la repisa de piedra. No podría mirarla a la cara cuando Amaris se precipitase al vacío. Era posible que Gadriel solo viese su propio brazo, sumergido en el suelo líquido de la ilusión, así como las puntas de sus alas rotas al batirse y desaparecer dentro de las fauces abiertas del abismo.

—Gad. —Apenas fue capaz de pronunciar su nombre con voz ahogada.

Lanzó el otro brazo hacia arriba y le clavó las uñas en el brazo a Gadriel, justo donde se flexionaba. Sus alas desgarradas continuaron batiéndose a un infinito ritmo, como si se movieran al son de una canción desenfrenada: el redoble de la muerte de Amaris. No se oía ningún ruido salvo por el de la rítmica percusión de sus alas y el profundo y persistente sonido que el esfuerzo arrancaba de la garganta de Gadriel.

—Aguanta —dijo entre dientes.

Se le tensaron los tendones del cuello, le palpitó un músculo de la mandíbula al ritmo de las venas que se hinchaban bajo el brillo de los orbes. En ese momento, Amaris sintió que las tornas en la batalla por su vida cambiaban. Progresaban lentamente, pero, entre el ritmo de las alas de Gadriel y los enérgicos jadeos que este profería, Amaris supo que comenzaba a ganarle la batalla al abismo. Las frías losas le arañaron los brazos a medida que Gadriel la iba subiendo.

Con el brazo libre, Amaris se agarró al borde y clavó un codo en el suelo fresco. Gadriel continuó tirando de ella hasta que el pecho de Amaris entró en contacto con la superficie de piedra. La chica resistió el impulso de agarrarse a las ropas de él, puesto que era consciente de que estaría haciendo lo mismo que una víctima de ahogamiento al arrastrar a su salvador al agua. Apoyó el estómago sobre la piedra y ya no necesitó más ayuda para subir una rodilla al suelo.

Amaris hizo palanca contra la piedra y se arrastró hacia delante con todas sus fuerzas. Con los estertores de un último jadeo, se desplomó y boqueó contra el suelo frío. Gadriel se derrumbó con medio cuerpo sobre ella al caer justo donde había estado de pie segundos antes. Una caótica oleada de emociones en conflicto se apoderó de ella. Se debatía entre el miedo a la muerte, la gravedad de la caída, la alegría, la confianza y la gratitud. Su pecho se hinchó, como olas que rompían unas tras otras contra Amaris, como si esta fuera un acantilado. Gadriel la liberó de su agarre de hierro y rodó hacia un lado, con el dolor dibujado en el rostro. El antebrazo de Amaris ya se había puesto morado por la fuerza con la que él se había negado a dejarla ir.

Ella había confiado en Gadriel y este no le había fallado.

—¿Te encuentras bien? —Amaris recuperó la voz el tiempo suficiente para desviar la atención hacia las alas de Gadriel.

—No —gruñó. Pese a su respuesta, se incorporó para sentarse. Era evidente que el dolor pulsaba a través de sus facciones—. Recuérdame que nunca apueste por ti en una competición de salto de longitud.

Podría haberse echado a llorar después de la carcajada de alivio que se abrió paso con uñas y dientes desde su estómago mientras Amaris se hacía eco de afirmaciones increíbles y llenas de dicha. Estaban vivos. Gadriel se encontraba bien. Ella misma había conseguido cruzar. Sin embargo, tal vez tuvieran que montar una tienda de campaña y quedarse a vivir entre los orbes, porque Amaris no estaba segura de querer volver a intentar saltar. Los dos se sentaron e intercambiaron miradas desenfrenadas que mezclaban una delirante alegría con el terror de haber estado a las puertas de la muerte.

Por el momento, lo único que importaba era que Gadriel había confiado en ella y ella en él.

10

Amaris no sabía muy bien cómo se suponía que iba a seguir adelante con la misión, haciendo como si no hubiese estado a punto de precipitarse hacia su muerte. Le parecía que era uno de esos sucesos traumáticos que merecían una pausa de respeto. Quizá llegaría un día en que comprendieran que habían escapado por los pelos de un funeral conjunto, pero esos pensamientos tendrían que esperar. En algún lugar de las retorcidas estanterías que se alzaban a su espalda, encontraría la maldición.

—Vamos. —La voz de Gadriel sonó ronca cuando la ayudó a ponerse en pie.

Aunque todavía parecía estar sufriendo un inconmensurable dolor, era un guerrero tanto de profesión como en espíritu.

Con cuidado de no acercarse al borde, comenzaron a examinar la estancia. Lo primero que llamó su atención, por supuesto, fueron los millones de brillantes orbes azules. Lo segundo fue el pozo sin fondo de sufrimiento. Lo tercero en lo que Amaris se fijó fue, quizá, lo más preocupante de todo. Las estanterías no estaban marcadas ni seguían un sistema de organización. Cada orbe conformaba un mundo propio de brillo blanco azulado, y no había forma de saber con qué se correspondía cada uno. Gadriel se quedó a su lado, aunque todavía se tambaleaba un poco, como si siguiese mareado por todo por lo que Amaris le había hecho pasar. La chica abrió la boca para preguntarle si se le ocurría algo, pero él sacudió la cabeza como si se hubiese imaginado la pregunta. Ninguno de los dos tenía ni la más remota idea de cómo buscar la información que necesitaban. Amaris había esperado encontrar algún tipo de rótulo elaborado, fechas grabadas en las estanterías o algo de información.

—¿Se te ocurre algo? —Gadriel cuadró los hombros a su espalda.

No tenía ninguna pista que le dijese qué hacer o qué era lo que estaba viendo. Tras llegar a la conclusión de que por algo tenía que empezar, Amaris cogió el orbe más cercano.

Ocurrió tan deprisa que ni siquiera le dio tiempo de reaccionar.

El mundo se desvaneció a su alrededor antes de que tuviese oportunidad de recuperar el aliento. Lo último que sintió cuando el universo se puso a girar fue a Gadriel, que le rodeó la cintura con el brazo para estabilizarla, pero enseguida se desvaneció.

Fue una sensación idéntica a la de sumergirse bajo el agua. Todo cambió.

Ya no estaba dentro de la torre de piedra. El brillo mágico se había desvanecido. Ahora se encontraba ante las relucientes esquirlas de lo que podría haber sido un salón del trono hecho de resplandeciente piedra blanca, tan pura que bien podría haber sido porcelana. Amaris se dio la vuelta para registrar los rostros y figuras que se congregaban a su alrededor y respiró entrecortadamente mientras trataba de comprender lo que veía. Todo el mundo vestía con opulencia, con ropas elegantes y amplias que evocaban imágenes de laureles y bruma marina. La estancia real estaba abarrotada de rostros etéreos de piel olivácea, con distintos tonos de cabello y ojos y que irradiaban por igual la belleza angelical que solo estaba reservada para los seres feéricos. Un hombre —un humano— se arrodillaba ante el trono. Tenía la cara roja y surcada de lágrimas. Un ser feérico se alzaba entre la multitud con una corona de hojas doradas.

—Esta será la última vez que se profane la reputación de nuestro pueblo.

Amaris recorrió trastabillando el salón del trono y, aunque miró a todos y cada uno de los presentes a los ojos, ninguno le devolvió la mirada. Gadriel no había viajado hasta allí con ella. La cabeza le dio vueltas mientras se esforzaba por encontrarle el sentido a lo que la rodeaba. El corazón le latía a toda velocidad, como si hubiese sufrido la descarga de otro rayo mientras estaba presa del pánico, desesperada por comprender a dónde había ido a parar. Extendió una mano para tocar a una mujer feérica ataviada con un vestido suelto, pero las yemas de los dedos de Amaris le atravesaron el hombro como si estuviese hecha de bruma. Trató de dar un grito ahogado, pero ningún sonido abandonó su garganta. Amaris era un espectro.

Un escándalo en el centro de la estancia la obligó a prestar atención.

—Por favor —rogó el humano.

Tenía la cara sucísima. La larga barba descuidada y las ropas ajadas daban a entender que el hombre había estado encerrado en una mazmorra. Confundida, la mirada de Amaris voló entre el elegante ser feérico y el rostro empapado de lágrimas del hombre que se arrodillaba ante él.

La voz del ser feérico de la corona retumbó, cargada de furia:

—Mientras yo camine por esta tierra, dedicaré mi vida a asegurar la pureza de nuestro pueblo.

—Majestad...

—¡Os doy mi palabra! Nunca les permitiremos a los humanos repetir lo que ha sucedido aquí.

—No...

—No habrá salvación. No habrá rescate. Nadie vendrá ni a por ti ni a por tus hijos ni a por los hijos de tus hijos. ¡Búscanos cuanto quieras, insecto! Nunca volverás a percibir nuestra presencia. ¡Este es mi juramento!

El hombre lanzó un grito, el dolor le rasgó la garganta al tiempo que una luz impía brotaba de sus ojos y de su boca. La luz emanó de las yemas de sus dedos, de sus extremidades, de los dedos de sus pies. El humano se evaporó.

El salón del trono perdió su forma como los pegotes de pintura húmeda que corren por un lienzo. El eco del grito del hombre se desvaneció con el entorno. En su lugar, los orbes de vibrante color azul y los muros de piedra aparecieron poco a poco ante ella.

Amaris tomó una bocanada entrecortada de aire, como si hubiese atravesado la superficie de un estanque al resurgir de sus profundidades. Se dio la vuelta enseguida para mirar a Gadriel, sorprendida al descubrir que seguía soportando su peso. La sostenía por la espalda y el esternón mientras Amaris se tambaleaba; lo más seguro era que quisiese evitar a toda costa volver a caer al abismo. A la chica se le escapó el orbe de entre los dedos, pero la gravedad no reclamó su peso. La esfera de magia regresó flotando por voluntad propia a la estantería donde descansaban sus esféricos iguales.

Amaris quiso proferir una maldición, vomitar, gritar hasta que su voz se mezclase con el recuerdo del hombre que se había desintegrado. No dejó de jadear, al sentir todavía que acababa de emerger de las profundidades del mar.

Amaris deslizó sus finos dedos hasta el lugar donde una de las callosas manos de Gadriel la estabilizaban y se sonrojó al notar que le estaba rozando los pechos sin darse cuenta. Le apartó la mano, pero no la soltó. Gadriel tenía los ojos bien abiertos. Amaris no tenía ni idea de cómo se habría visto desde fuera el momento en que el contenido del orbe la había arrastrado.

—¿Qué acaba de pasar? —A juzgar por su expresión desencajada, Gadriel parecía haber sido testigo de un verdadero infierno.

—Era una maldición —balbuceó Amaris al tiempo que sacudía la cabeza—. Al principio pensaba que me había transportado a algún otro lugar. Pensé que… —Miró a Gadriel mientras trataba de encontrar la manera de explicar el pánico que se había apoderado de ella cuando pensó que había viajado a un nuevo lugar sin él. Tragó saliva al darse cuenta de ese detalle antes de continuar—: No sé por qué lo sé. Lo sé sin más. No…, no sé cómo explicarlo. Había un ser feérico y un humano. Por la diosa, no entiendo nada. No…, no sé lo que vi…, pero vi una maldición.

—¿La nuestra? —preguntó Gadriel; en su voz se mezclaban la esperanza y la inquietud a partes iguales.

—No. No parecían ser ni de Raascot ni de Farehold. Nunca había visto a nadie como ellos ni un lugar igual. Tenía algo que ver con… ¿profanaciones? ¿Pureza? —Le costaba encontrarle sentido al mundo, todavía no alcanzaba a diferenciar el pasado del presente, como si hubiese tenido un sueño más vívido de lo normal—. No eran de los nuestros. No tenían alas. Fue todo tan extraño. No sé qué se supone que tenemos que hacer, Gadriel. No sé cómo vamos a encontrar lo que buscamos.

—Estabas aquí —observó con cuidado— y a la vez no. En cuanto tocaste el orbe, dejaste de responder. No me dan confianza.

—Tienes razón —coincidió en tono seco—. Volvamos a casa.

—Lo que digo es que…

—Lo que dices —lo interrumpió Amaris— es que preferirías ir a lo seguro. Muy típico viniendo de un general. Pero yo no me he ido a ningún lado. No ha pasado nada. Regresé en cuanto la maldición llegó a su fin.

Su respuesta no pareció convencerlo.

La mirada de Amaris se posó sobre los cautelosos ojos de Gadriel.

—Veamos otra juntos.

Gadriel frunció el ceño, dudoso. Bajó la vista hasta el lugar donde sostenía el codo de Amaris con intención de ayudarla a mantener el equilibrio tras esa primera experiencia con las visiones de los orbes.

Amaris refunfuñó, pero comprendió que hacía bien en mostrarse precavido.

—¿Prefieres que nos sentemos?

—Preferiría seguir con vida, sí.

Amaris accedió. Se acomodó en el suelo, agarró la mano de Gadriel y la guio junto a la suya para que sus dedos rozasen el brillo azulado de un nuevo orbe al mismo tiempo.

Una vez más, le sobrevino esa sensación de zambullirse en unas profundidades heladoras que la dejaron sin aliento.

Un segundo, Gadriel le dedicaba una mirada inquisitiva en la torre y, al siguiente, se vieron rodeados por los colores y el dinamismo de un día otoñal. El aire olía a hojas muertas y manzanas. Una mujer abrazaba a un bebé con fuerza contra su pecho mientras tomaba entrecortadas bocanadas de aire con gesto de dolor. El sonido de unos cascos inundó el aire cuando unos caballos entraron al galope en su campo de visión, portando estandartes adornados con los colores y los símbolos de un reino que Amaris no reconocía. La ansiedad volvió a llamar a su puerta, pero Amaris ya no estaba sola. Miró a Gadriel y vio como su rostro se endurecía al evaluar el entorno con la expresión calculadora de un general. Amaris no estaba segura de cómo funcionaban los viajes entre orbes, pero no estaba dispuesta a dejar que la magia los separara. Envolvió como pudo el amplio antebrazo de Gadriel con los dedos. Se le partió el corazón, cargado de confusión, pena y empatía, al contemplar a la madre tirada en el suelo.

La mujer que tenían ante ellos lloraba tan desconsoladamente que los hipidos interrumpían sus lamentos y jadeos. Dejó al bebé sobre la tierra cubierta de hojas y los colores naranjas y rojos del suelo casi lo engulleron por completo. La mujer extendió los brazos hacia la diosa y gritó, con una voz espesa, rota por la emoción:

—¡Te lo ruego, mi diosa, escucha mi plegaria! Con mi último aliento, te ruego que protejas a mi bebé de los hombres. No dejes que su rey le haga daño jamás a ella o a los suyos. Bendícela con la vida que yo te ofrezco ahora.

Un resplandor brotó de la mujer al tiempo que un halo dorado descendía sobre el valle. El bebé que descansaba sobre las hojas se echó a llorar cuando su madre se desintegró en una nube de polvo metálico y reluciente.

La imagen otoñal se disipó como la lluvia en el cristal cuando la torre volvió a colorear su visión. La desconcertante sensación de abandonar el orbe y regresar al presente hacía que le diese vueltas la cabeza. Seguía agarrada al brazo de Gadriel cuando se miraron con ojos desorbitados.

—¿Eso ha sido una bendición?

Amaris, que estaba sin palabras, se limitó a observarlo a modo de respuesta. Gadriel y ella estaban igual de estupefactos.

—El primer orbe que toqué contenía una maldición feérica. El humano también se deshizo en polvo dorado. ¿Crees que es eso lo que pasa siempre que se lanza una bendición o una maldición?

Gadriel se quedó pensativo.

—No…, no lo sé. No lo creo. A lo mejor no es más que la representación mágica de la bendición o la maldición al completarse. Pero yo soy un general, no un…

—¿Fabricante?

—Iba a decir erudito de la magia, pero está claro que ese comentario se te ha quedado grabado.

El orbe ya había abandonado sus manos y había regresado a su lugar.

Gadriel dio un pasito atrás para evaluar la vasta inmensidad de estanterías retorcidas.

—No podemos quedarnos aquí y revisar todos los orbes. Nos llevaría… —No llegó a terminar la frase al verse abrumado por la enorme cantidad de orbes que había.

Si comprobaban cada bendición o maldición en la torre, bien podrían pasar dos siglos antes de encontrar el orbe que buscaban.

—No tengo ni la más remota idea de qué hacer. Yo fui quien evitó que cayésemos al foso, así que creo que mi trabajo aquí está hecho.

—¿Que tú lo evitaste?

Amaris suspiró. No quería discutir y estaba segura de que Gadriel tampoco, aunque no pudiese evitar pasarse de listo. Estaban cansados. Se sentían abrumados. Era difícil no tener la sensación de que habían estado a punto de morir solo para acabar teniendo que enfrentarse a un rompecabezas sin solución.

Decidieron dar una vuelta alrededor de las estanterías, estudiando un orbe tras otro. No importaba con cuánta atención los examinasen, no tenían marcas ni patrones que los distinguieran. Tampoco había nombres o fechas que pudiesen ayudarlos decorando los estantes. Aunque no había esperado encontrar ningún cartel que rezase «Mira aquí, Amaris», sí que había dado por hecho que habría alguna forma de identificar los contenidos de cada orbe. En cambio, no encontraron más que el fulgor cerúleo que iluminaba una esfera tras otra. Amaris tuvo el presentimiento de que, con su suerte, el orbe que buscaban estaría a cientos de metros por encima de su cabeza, en un estante inalcanzable para quien no contase con un par de alas funcionales.

Casi habían completado su infructuoso reconocimiento alrededor de las estanterías cuando una abertura entre ellas apareció ante sus ojos. Amaris comprendió que el contorno de las estanterías al enroscarse abarcaba la anchura de una casa. El túnel serpenteaba como una cueva, bajo la etérea luz submarina con la que iluminaba las facciones de Amaris y Gadriel.

La gruta era un espacio triangular, una angulosa apertura entre dos estanterías que no llegaban a juntarse. En el interior, iluminado por el brillo de los orbes, había un hombre.

Amaris se quedó sin aliento ante la sorpresa. Enseguida miró a Gadriel, pero este se había quedado inmóvil junto a ella. Nada parecía apuntar a que fuesen a encontrar vida en la torre. La presencia del hombre fue mucho más sobrecogedora que las mismísimas bendiciones y maldiciones. Amaris parpadeó rápidamente para asegurarse de que no estaba alucinando.

El hombre tenía un aspecto tan escultural como cualquiera de las construcciones que decoraban las plazas de aldeas y ciudades. El desconocido estaba sentado sobre una silla y vestía con lo que bien podrían ser los harapos de un ermitaño. Tenía una barba mucho más larga que la altura de la silla y serpenteaba hasta acabar en una punta blanca y delgada a varios pasos de distancia de donde sus pies descalzos descansaban sobre el suelo de piedra. Sus mejillas estaban tan hundidas que parecían estar hechas de papel, como si su edad superase la esperanza de vida de cualquier mortal, ya fuese humano o feérico. Sus dedos no eran más que huesos recubiertos por los delgados cartílagos que le unían las articulaciones, así como por una capa de piel envejecida. Se agarraba a un báculo, coronado por un orbe idéntico a los que formaban una espiral sobre su cabeza, en la imponente jaula donde archivaba bendiciones y maldiciones. No daba señales de estar muerto, pero tampoco de estar vivo.

Ese guardián de las artes mágicas del mundo, ligado a las maldiciones y bendiciones del reino, era completamente distinto.

Ni se movió ni pestañeó ni respiró.

Gadriel posó una mano sobre el hombro de Amaris con ademán protector para advertirle que no avanzase. Ella movió la parte superior del brazo para desembarazarse del peso de la palma de Gadriel antes de dar, cautelosa, unos cuantos pasos hacia delante.

Amaris echó un vistazo por encima del hombro y captó por un breve instante la mirada vigilante en la expresión marcial de Gadriel, que la seguía con los pasos firmes pero cautelosos de quien estaba preparado para entrar en combate de un momento a otro.

Casi habían alcanzado el centro de la estancia cuando el hombre habló.

Amaris profirió un gritito de sorpresa y, al romperse el silencio, se estremeció de pies a cabeza.

El hombre dijo:

—Habéis robado información con la torpeza de un niño. Habéis extendido los dedos para tocar objetos desconocidos y habéis sostenido entre vuestras manos bendiciones y maldiciones que vuestra mente no alcanzará a comprender jamás.

Amaris abrió la boca como si fuese a responder, pero no pronunció palabra. Se mantuvo firme.

El ermitaño continuó hablando con esa etérea voz barrida por el viento, como si se comunicase por medio de acertijos:

—Si estáis destinados a hallar el conocimiento, este saldrá a vuestro encuentro. Dad un paso adelante. —El hombre dejó la mano derecha en el aire, abierta ante él. Su báculo permaneció inmóvil en su mano izquierda.

Amaris sabía lo que el ermitaño quería. Sin preocuparse en considerar las consecuencias, avanzó hacia él.

—No. —Gadriel le agarró la mano.

En vez de detenerse, Amaris lo arrastró con ella cuando cerró el espacio que la separaba del anciano. Comprendió que estaba implícito que necesitaba tocarla. Una vez que se hubo colocado ante él, el hombre alzó los dedos extendidos y presionó la mano envejecida contra la frente de la chica.

El lacerante restallido de un rayo la atravesó.

Amaris cayó de rodillas. Un grito de dolor trató de abrirse camino por su garganta. Desde algún lugar en la distancia, sintió como Gadriel trataba de alejarla del agarre del hombre, pero la palma del anciano continuaba fusionada con la cabeza de Amaris, como una aberrante soldadura entre cuerpos. El brillo azulado de las esferas que los rodeaban hacía juego con la luz que había salido disparada de la palma del anciano después de anclarse a la frente de Amaris. El milenario guardián de los orbes permaneció inmóvil, con una impasible mirada lechosa. El lustre en los ojos y el báculo del anciano se intensificó a medida que los orbes a su alrededor parecían pulsar en respuesta.

Gadriel agarró a Amaris con ambas manos para tratar de apartarla de allí donde se había derretido contra la mano del ermitaño, pero el único alarido ininterrumpido que había proferido no llegó a su fin hasta que el guardián se alejó.

Cuando soltó a Amaris, no solo lo hizo con un movimiento físico, sino que también la liberó de su magia. La chica cayó de espaldas, pero Gadriel reaccionó rápidamente y evitó que se diese un golpe en la cabeza. Sin prestarle atención a la pareja agazapada en el suelo, el guardián alzó el báculo hacia el cielo.

Gadriel se dio la vuelta como si estuviese listo para enfrentarse al hombre, pero el ermitaño se había quedado inmóvil como una estatua.

Solo le llevó un momento comprender qué estaba pasando. Las pulsaciones de su báculo parecían estar invocando un orbe. Una esfera se liberó del estante donde descansaba a cientos de metros por encima de sus cabezas. Flotó hacia abajo con una gracia sobrenatural y la velocidad de una pluma, libre de las restricciones de la gravedad y el tiempo. El pequeño orbe azul que contenía los misterios del universo descendió hasta levitar entre el hombre decrépito y el lugar donde Amaris se había desplomado.

—Tomad la información que os corresponde y cesad vuestras indagaciones —dijo el guardián—. Marchaos de aquí, no robéis más bendiciones ni maldiciones y aceptad solo lo que estáis destinados a descubrir.

Su mensaje no fue más que el susurro del viento contra el polvo.

Lo habían logrado.

Amaris le dedicó a Gadriel una mirada de súplica para pedirle que la siguiera al tomar la maldición entre las manos. Ella extendió los dedos para tocar el orbe y él hizo lo propio.

Las luces color zafiro dieron paso a la piedra de color crema y, una vez más, tuvo la sensación de derretirse como la pintura y de zambullirse en el agua cuando el mundo se difuminó y voló del presente al pasado. Ya no estaban en la torre. Se encontraban, con los pies firmemente plantados en el suelo, entre los tonos caramelo y beige de la costa sudoeste. Gadriel permaneció al lado de Amaris mientras observaban la maldición, como meros fantasmas que flotan a la deriva por el tiempo y el espacio.

Aunque Amaris no reconocía la sala en la que se desarrollaba la visión, sabía que los tonos marrones y crema eran característicos del castillo de Aubade. Sus ojos volaron de inmediato hasta la figura que yacía en el suelo. Un ser feérico de alas oscuras tenía un brazo alzado en posición defensiva y las angélicas alas extendidas, como si quisiera ocultar algo a su espalda con ellas. Su rostro mostraba una expresión endurecida, en actitud desafiante. Habló en un furioso gruñido.

—¡No hables del desprecio que siento! ¡Tú no sabes nada! ¡No sabes…!

—¡Te diré lo que sé! Sé que hoy puedes obligarme a marcharme, Moirai, pero no podrás mantenerme alejado para siempre. Volveré día tras día, noche tras noche, año tras año. No importa qué protecciones levantes o cuántos hombres pierdas en esta batalla sin sentido. ¡No podrás mantenerme alejado para siempre!

Amaris se dio la vuelta en redondo para contemplar a la mujer que se alzaba ante el ser feérico.

La aterradora carcajada que recorrió la estancia pertenecía a una versión más joven y sana de la reina Moirai, cuyos cabellos dorados caían en suaves ondas alrededor de sus hombros. La mujer nunca fue hermosa, pero los años que había pasado sometida al estrés, la pena y el odio todavía no habían hecho mella en sus rasgos. Su risa no contenía ni una pizca de alegría. Sus palabras destilaron veneno cuando habló. Sus ojos resplandecieron con un brillo de maldad.

—¡Vuelve tantas veces como quieras! Vuelve aquí cada día. Vuela hasta ella cada noche. ¡Sin importar las súplicas, el pueblo de Farehold te verá como el demonio que eres en realidad!

El rostro del hombre mostraba una inamovible determinación.

—¡Tu odio te conducirá a la ruina, bruja! Nada de lo que digas podrá...

La reina extendió los brazos ante ella y dejó escapar un alarido que no solo brotó de su interior, sino de las mismísimas entrañas de la tierra. El coro intangible compuesto por una infinidad de gritos infernales que la desgarró por dentro dio paso a un vínculo impío. El castillo se sacudió. El hombre batió las alas para proteger a lo que fuese que se ocultaba tras él.

Acompañada de la legión de miles de voces cargadas de odio, la mujer gritó:

—¡Ni tú ni los tuyos volveréis a ser bienvenidos en estas tierras jamás! ¡Allá donde vayáis, allá donde busquéis consuelo o asilo, solo encontraréis sufrimiento! ¡La muerte que habéis desencadenado en este castillo reverberará por estas tierras, demonio!

—¿Te atreves a maldec...?

El hombre se vio interrumpido como si una espada hubiese descendido sobre sus palabras. Su rostro pasó de mostrar una expresión desafiante a quedarse petrificado cuando la reina gritó y su voz desgarró el aire. El alarido brotó de su interior y las piedras del castillo temblaron a su alrededor. El ser feérico agachó la cabeza, pero no pareció ser una muestra de cobardía. Daba la sensación de que sostenía a alguien entre los brazos y lo protegía bajo las alas.

El odio de Moirai impregnó la estancia.

—Tu pueblo asola esta tierra como un cáncer y, sin importar el precio que tenga que pagar, me aseguraré de purgar mi reino de vuestra presencia. Nunca volveréis a poner un pie en Farehold sin que otros os vean como yo os veo, ¡como un tormento que combina todas las plagas del mismísimo infierno!

Una luz dorada bañó la estancia cuando la reina y el ser feérico se desintegraron hasta convertirse en una nube de polvo de reluciente y metálica belleza.

Amaris sintió el tirón que la obligaba a salir a la superficie una última vez.

Las piedras de color crema se desvanecieron, pero los orbes azules no reaparecieron en su lugar. La húmeda y goteante mezcla de Aubade daba paso a la oscuridad. Amaris sucumbió a la sensación de estar cayendo. Voló torre abajo, por el foso, y cayó en picado hacia el suelo. Ni siquiera se le ocurrió agarrarse a Gadriel cuando el último puntito de maldiciones y bendiciones azuladas salió de su campo de visión, después de que el anciano los hubiera lanzado al vacío con una fuerza nacida de su radiante báculo y la oscuridad los hubiera engullido.

El guardián los había tirado de la torre con una increíble embestida de magia.

Caían, caían, caían.

En un abrir y cerrar de ojos, Amaris aterrizó sobre su espalda. La puerta de la torre se cerró con un portazo ante ella. El impacto la había dejado sin respiración. Boqueó en busca de aire, pero fue incapaz de recuperar el aliento. Mientras luchaba por mantener el pánico a raya, recordó todas las veces que había caído de espaldas en el estadio. Amaris se obligó a centrarse en sus sentidos. Notaba la hierba húmeda bajo su cuerpo. La luna avanzaba por el cielo entre las nubes intermitentes. Olía el rocío, la hiedra, el frío de la noche. No había caído como si se hubiese precipitado desde diez mil escalones de altura, sino que fue como si la hubiesen arrojado desde el umbral de la puerta de la torre.

Cuando por fin comenzó a calmarse, buscó en su interior hasta recuperar el aliento y se obligó a llenarse los pulmones de aire. Se había manchado la camisa de hierba. El corazón se le iba a salir del pecho. Tras tomar un par de bocanadas para tranquilizarse, rodó para mirar a Gadriel.

Él seguía observando las dispersas nubes que ocultaban la luna con expresión perpleja. El astro no ofrecía la misma luz que las esferas de las maldiciones y a Amaris le costó enfocar la vista para ver en qué estaba pensando Gadriel.

A pesar de no tener nada que ver con los innombrables horrores que habían experimentado, las sorpresas, las caídas al vacío, la magia o las maldiciones, algo había cambiado y ese cambio en su actitud vino acompañado de un escalofriante silencio.

Gadriel se puso en pie con solemnidad y le ofreció un brazo a Amaris. Ella se agarró a su mano, se levantó y esperó a que su visión se estabilizara después de que la sangre que se le había subido a la cabeza con la tremenda caída amenazase con hacer que le flaqueasen las rodillas hasta el punto de no poder andar. Llevaba semanas sin hacer tanto ejercicio como aquella noche y ni siquiera se detuvo a considerar el agotamiento mental que conllevó lo que habían visto. Los dos se dirigieron en silencio al edificio de Sanación, donde sus respectivas habitaciones los aguardaban. Amaris quería hablar con él, quería preguntarle acerca de las palabras de la reina Moirai, pero la postura de Gadriel la frenó. Caminó un par de pasos por detrás de él, sin molestarse en ocultarse entre las sombras, tomó el camino más corto desde la torre hasta los dormitorios y permitió que la luna alumbrase su recorrido cada vez que se asomaba tras las nubes.

✦

Veinte minutos de silencio.

¿Cuánto tiempo tendría que esperar antes de romper el hechizo que lo había dejado mudo?

Llevaban en la habitación de Amaris casi media hora y no habían intercambiado ni una sola palabra. Amaris no sabía qué era lo que los mantenía callados, pero la vocecilla de su cabeza la instaba a ser paciente, por mucho que tuviese mil y una preguntas. Gadriel estaba sentado en la cama y Amaris se había puesto a dar vueltas por la estancia mientras esperaba a que él hablase. No tenía ni idea de qué hora era, pero habían estado fuera toda la noche. Estaba segura de que el sol comenzaría a salir en breve.

Por fin, Gadriel habló:

—Pensé que esto nos daría las respuestas que necesitábamos. Pasé veinte años creyendo que encontrar la maldición nos diría lo que teníamos que saber para liberar al reino de su desgracia.

—¿Pero? —La impaciencia y los nervios corroían a Amaris después de haber pasado tanto rato en silencio.

—¿Cómo pudo ocultármelo?

—¿De quién hablas?

—¿Cómo espera que lo ayude, que le sirva, que participe en este tipo de misiones cuando él ni siquiera…?

Gadriel no se dirigía a ella. Estaba experimentando un tremendo torrente de emociones mientras le exigía respuestas a la misma pared desnuda y estéril que había consumido a Amaris días antes.

—¿Qué te ocurre, Gadriel? ¿Qué es lo que sabes?

—Tengo la sensación de que cuanto más sé, menos cosas entiendo. —Alzó la vista para mirarla por un instante antes de volver a centrarse en la pared—. Es como si me estuviese aferrando a la pieza de un rompecabezas sin saber cuántas faltan por colocar y sin tener una imagen de referencia del resultado que espero descubrir. ¿Cuántas llaves tendremos que encontrar antes de abrir esta puerta?

Amaris se preparó para formular la pregunta que se moría por hacer.

—Se veía a Moirai, pero sabíamos desde el principio que fue ella quien lanzó la maldición… ¿Quién era el hombre que estaba en el suelo? ¿Reconociste al ser feérico alado de la visión?

Gadriel dejó escapar un sonido ronco y carente de humor que estaba entre una carcajada y un bufido.

—Vaya que si lo conozco. Ese era mi primo, el rey Ceres.

11

Nox se pasó la lengua por los dientes, molesta. Hizo cuanto pudo por no mirar a los reevers como si fuera una madre pendiente de sus hijos. La operación de vigilancia en Aubade no era la misión heroica que los convertiría en tres astutos maestros del espionaje que habían esperado. Malik y Ash, aunque estaban bien entrenados para el combate y eran casi invencibles en el campo de batalla, no es que fueran de demasiada ayuda a la hora de infiltrarse en un castillo. Pese a que Malik estaba convencido de que podrían llegar «bastante lejos» a base de «mamporros y estocadas», Nox tenía que pararles los pies cada vez que los dos asesinos se emocionaban mientras trazaban un plan en la habitación de la posada. Consiguió dibujar unos cuantos esquemas del castillo gracias a sus propias experiencias y a las descripciones de los reevers.

—Si no tienes ningún plan mejor, no sé por qué sigues poniéndole pegas a los nuestros —se quejó Ash.

Seguidamente hizo un comentario nada sutil acerca de dejar a Nox en alguna tienda de sedas para que se entretuviese con cosas de mujeres mientras ellos se encargaban de la misión.

Nox se frotó la sien, con la cabeza entre las manos.

—No me hace falta tener mejores alternativas para saber cuándo una idea es una estupidez.

—Yo solo te veo dar más problemas, en vez de ofrecer soluciones.

Echó a los dos chicos de la habitación para que bajasen a por el desayuno mientras ella continuaba elaborando los planos. Siempre pensaba mejor si dejaba sus ideas por escrito. El posadero había estado encantado de venderles varias hojas sueltas de pergamino y un frasquito de tinta a cambio de un par de peniques. Al recordar que se había guardado una pluma del despacho de Millicent, no se molestó en comprarle una al anciano, que parecía creer que las plumas de las que él disponía costaban el triple que el papel.

Encorvada sobre el escritorio, se fijó en algo curioso.

Frunció el ceño en un intento por comprender qué era lo que estaba viendo.

Una mancha de tinta oscura comenzó a extenderse por una de las esquinas, como si brotase del mismo pergamino. Pasó el pulgar por encima de la tinta, pero su contacto no tuvo ningún efecto. Unas palabras emborronaron la parte superior del papel, como si emergieran desde el reverso de la hoja. Nox ahogó un gritito de sorpresa, levantó el pergamino de un manotazo y comprobó ambas caras, pero las palabras no dejaron de aparecer. Era una única pregunta.

«¿Por qué estás dibujando el castillo?».

La chica parpadeó rápidamente, sola en la habitación con un escritor fantasma. Su corazón dio la voz de alarma. Aunque Nox había prestado atención a Millicent, no había tenido en cuenta las consecuencias de blandir un objeto mágico. Aparte del carruaje de la madame, hasta donde ella sabía, nunca había manejado algo que albergase verdadero poder. A Nox se le secó la boca al comprender lo comprometida que era la información que había plasmado en el papel. La pluma se le escurrió de entre los dedos cuando el pánico la sobrevino. Revisó todos los papeles, releyó cada línea, comprobó cada dibujo, cada esquema para examinar si daban alguna pista de sus verdaderas intenciones. Pese a que era una colección de lo más sospechosa, no había nada tan incriminatorio como un «Estamos planeando saquear el castillo».

Nox se obligó a tranquilizarse mientras trataba de hacer memoria sobre lo que Millicent había dicho de la pluma. La madame solo había mencionado que tenía una gemela, que, en algún lugar del mundo, la pluma negra tenía una homóloga. Con el corazón todavía desbocado, Nox se preguntó si la persona que estuviese en posesión de la otra pluma estaría en el castillo o, lo que era aún peor, si sería la mismísima reina.

Devolvió la pluma negra sin miramientos a su bolsa de terciopelo negro y se reprochó haber usado el maldito chisme. Nox hizo una pelota con los papeles y tiró los esquemas —así como la pregunta fantasma— al fuego que seguía crepitando alegremente en el hogar. Seguía agachada frente a la chimenea, deshaciéndose de las pruebas, cuando giraron el pomo de la puerta de la habitación.

Los reevers regresaron con platos de comida y una bandeja para Nox. La chica se sacudió las manos metódicamente para eliminar cualquier rastro de su error en cuanto abrieron la puerta.

Malik dejó la comida sobre el escritorio.

—Come —se apresuró a decir—. Resulta que estamos de suerte. No vamos a tener que entrar en el castillo después de todo. La reina ha salido.

Nox estudió la bandeja que había traído para ella, pero no tocó la comida.

—¿Qué significa eso?

—Los rumores volaban por la taberna esta mañana. Han avistado los colores y estandartes de Raascot en un campamento a las afueras de Priory. La gente está de los nervios pensando que los del norte van a intentar invadir el reino. La ciudad entera lo está comentando.

Ash intervino antes de que Nox tuviese oportunidad de hablar:

—Si las tropas de Raascot tienen el aspecto de los ag'imni a este lado de la frontera, podemos tener una cosa por segura: quienesquiera que sean los que porten los colores y emblemas de Raascot no son norteños.

El filete de cerdo salado iba enfriándose mientras Nox lo ignoraba.

—¿Creéis que la reina vestiría a sus propios hombres con los colores del norte? ¿Por qué habría de hacer eso? —A medida que formulaba esas preguntas, comenzó a procesar verbalmente las correspondientes respuestas.

Los tres se miraron.

—No creo que su intención sea fomentar la paz.

Nox asintió con la cabeza.

—Y, tras la huida del dragón y el estallido de los disturbios, quizá considerase que la ciudad parecía más vulnerable que nunca.

—Eso es —coincidió Ash—. Sería el momento perfecto para que el norte atacase.

—Los huevos fríos son asquerosos —intervino Malik, que señaló la bandeja intacta de Nox con la cabeza.

Ella agitó la mano para que la dejase tranquila.

—No pasa nada. No tengo hambre.

—Y una mierda. Hace días que no comemos en condiciones. Cómete la magdalena por lo menos.

—No...

—Es de mora.

Nox volvió a acercarse al escritorio donde estaba la comida, pero se lo pensó mejor y se dispuso a recoger sus cosas. Se puso los zapatos de piel y la capa negra. Malik revoloteó a su alrededor y prácticamente la obligó a tomar un par de bocados del filete y los huevos antes de marcharse. Nox no probó la magdalena, y Malik la guardó, alegando que así tendría algo de comida para más adelante, cuando Nox se diese cuenta de que, como él había dicho, se moría de hambre. La chica decidió que no les contaría lo de la metedura de pata con la pluma; no volvería a usarla jamás.

El posadero les echó una ojeada al pasar, preguntándose, sin duda, qué haría esa joven tan guapa que había reservado una habitación para ella sola marchándose ahora con dos hombres. No sabía muy bien por qué lo hizo, pero esa parte de ella que disfrutaba de un buen escándalo la llevó a establecer un breve contacto visual con el posadero mientras se marchaban. Nox le guiñó un ojo, en un gesto cargado de significado, justo cuando cruzaban la puerta. No se le pasó por alto la expresión patidifusa con la que se quedó el hombre. Esperaba que lo hubiese interpretado como una confirmación de sus más oscuras sospechas y que le sirviese de cotilleo para los años venideros.

Esa mentirijilla le subió el ánimo.

Qué simples eran los hombres.

12

A petición de Nox, Ash no se bajó la capucha en ningún momento. Entre las orejas y el cabello pelirrojo, levantaría sospechas allá por donde pasase. Nox les hizo entender que merodear por la ciudad como tres siniestros encapuchados era un riesgo, porque atraería demasiadas miradas curiosas, así que ella y Malik caminaron por delante de Ash con paso seguro y a cara descubierta, como si fuesen los dueños de la ciudad. Fue un alivio descubrir que otra pareja de guardias había relevado a los de la noche anterior, así que Nox no se vio en la necesidad de explicarle a su noble salvador, Vescus, que su tía había experimentado una milagrosa recuperación durante la noche y que ya no tenía que quedarse con ella. A diferencia de lo que ocurría al entrar en la ciudad, los guardias se despedían de quienes salían sin apenas mirarlos. Los centinelas solo se preocupaban por quienes se atrevían a poner un pie en el interior de sus murallas, no por grupos que se marchasen.

Priory no era una ciudad pequeña, así que tuvieron que recorrer un buen y agotador trecho a través de las calles empedradas, la plaza principal y los callejones para atravesarla de punta a punta. Nox tenía los pies hinchados y doloridos por caminar sobre los adoquines, pero no le serviría de nada quejarse.

No se sintieron capaces de hablar con libertad hasta que no hubieron llegado a las afueras de la ciudad.

—¿Cómo se supone que vamos a encontrar a esos hombres vestidos de norteños? ¿Le preguntamos a la gente así sin más? —preguntó Malik, que frunció el ceño mientras escudriñaba el camino y daba una lenta vuelta sobre sí mismo para hacer lo propio con las chozas que salpicaban las colinas, el reluciente horizonte del mar del oeste y los árboles que crecían a su alrededor.

—Pensaba que habías dicho que estaban a las afueras de Priory.

—Ya estamos a las afueras de Priory. No sé si te has dado cuenta de que hay cuatro puntos cardinales a las afueras de Priory, aunque, a menos que queráis daros un chapuzón, supongo que podemos tachar el este de la lista. —Ash esbozó una sonrisita de suficiencia para sus adentros.

Un destello de irritación recorrió el rostro de Nox.

—¿De verdad me estáis diciendo que, a pesar de que los cotillas de la posada fueron tan bocazas como para asegurar sin ninguna discreción que habían visto a unos hombres vestidos con los colores del norte, no fuisteis capaces de sonsacarles algo más de información? ¿Pensabais limitaros a que cada uno escogiésemos una dirección y esperar a que los encontrásemos? ¿Ese era vuestro plan?

—¡Oye! Si no recuerdo mal, yo os propuse varios planes excelentes.

—¡Abrirse paso a mamporros por el castillo no era un plan excelente!

Los tres sabían que Nox tenía razón, pero los dos hombres se molestaron con ella de igual manera. Había cierta impotencia en la caída de sus hombros cuando miraron a su alrededor. A no ser que estuviesen dispuestos a dividirse y rezarle a la diosa para que los ayudase a reencontrarse cuando hubiesen obtenido algo de información, estaban perdidos.

—¡Ah! —Nox se iluminó al exclamar.

Los otros dos la miraron con expectación, a la espera de que dijese algo más, pero ella ya estaba demasiado ocupada.

Metió una mano en su bolso de terciopelo, rebuscó junto al saquito de monedas e ignoró la suave textura de la pluma y la vela cerosa hasta que sus dedos se cerraron alrededor de algo metálico. Sacó el objeto a la superficie y lo sostuvo ante ella con gesto triunfal.

La boca de Malik se contorsionó en una mueca.

—Qué reloj más bonito, Nox.

—¡No! —replicó ella ahogando una carcajada—. Este objeto… Bueno, en realidad todavía no he probado a usarlo. Vamos a ver qué pasa.

Abrió el reloj de bolsillo y estudió las tres manecillas: horas, minutos y segundos. Nox lo contempló por un momento y se sintió como una tonta de remate al hacerlo. Parecía un acto de locura. Nox cerró los ojos y se acercó el objeto a los labios. No estaba muy segura de cómo funcionaba el encantamiento, pero susurró:

—Muéstrame el castillo de Aubade.

El resultado fue instantáneo.

La manecilla más grande giró, completó tres rápidas vueltas antes de oscilar como un péndulo en la parte izquierda de la esfera, reducir su recorrido e ir frenándose hasta detenerse en un punto fijo. Los tres siguieron la trayectoria de la manecilla de las horas, más allá de la esfera del reloj, y levantaron la mirada poco a poco hasta alcanzar el castillo que se alzaba sobre un cerro a varios kilómetros de donde se encontraban. La flecha de la manecilla apuntaba directamente al castillo de la reina.

—¡Ajá!

—Qué…

Nox sonrió de oreja a oreja y agarró a Malik de la mano para arrastrarlo un par de metros en otra dirección. Le pidió que se acercara a ella en un susurro, consciente, en parte, de que el chico se había puesto colorado ante la reducida proximidad.

—Pídele que encuentre a Ash —susurró.

Se inclinó con aire conspiratorio hacia él para cerrar el espacio que los separaba y depositar el reloj sobre su palma. El objeto encantado la tenía tan fascinada que no se dio cuenta de que a Malik le temblaba la mano con nerviosismo. Si Nox hubiese podido escuchar lo que pensaba, quizá habría tenido la consideración de alejarse un par de pasos de él. Al fin y al cabo, no habría querido incomodarlo.

✦

Malik tragó saliva, con la esperanza de que Nox no se hubiese dado cuenta del sonoro movimiento de su garganta. Por mucho que se esforzara, era incapaz de evitar que el rubor de la timidez le coloree las mejillas. Por la diosa, olía de maravilla. Cuando rozó la piel de la chica la sintió como el suave tacto del terciopelo. De alguna manera, después de pasar días viajando, Nox todavía olía como la tarta de ciruela recién horneada espolvoreada con canela que se deja en el alféizar de la ventana para que se enfríe.

Sus ojos brillaban de emoción cuando le instó a centrarse en el reloj y, a pesar de que Malik no quería decepcionarla, tardó un segundo en apartar la mirada de sus oscuras pestañas, de sus labios rojos como las bayas o de su piel dorada, de una imposible suavidad.

Parpadeó un par de veces y se obligó a alejarse de ella para centrarse en el reloj de bolsillo.

Lo importante era el reloj, nada más. El objeto había vuelto a la normalidad. En los instantes que se habían tomado para adoptar esa nueva posición, el reloj daba la hora de nuevo, en vez de delatar la ubicación de Moirai y su reino. Los gráciles dedos de Nox señalaron con urgencia a su amigo pelirrojo y Malik obedeció.

—¿Me muestras a Ash? —preguntó con la voz cargada de incertidumbre.

Nox se pegó a él para estudiar el reloj con atención, dejando a Malik sin espacio para respirar. Pareció sumirse en una burbuja de fascinación en cuanto las manecillas volvieron a dar tres rápidas vueltas antes de localizar al semifeérico, que había dejado los brazos a ambos lados de su cuerpo, como si no supiera por qué lo habían dejado atrás. Malik y Nox lo contemplaron después de que sus ojos trazasen una línea desde el reloj hasta Ash. Malik había quedado con los labios entreabiertos ante las preguntas mudas que quería formular, pero Nox no cabía en sí de gozo ante el éxito de Malik. El calor que sentía se incrementó más de lo que habría creído posible al ver la desbordante emoción grabada en la expresión de la chica. Por la diosa, odiaba lo mucho que se le notaba lo que Nox despertaba en él.

Lo arrastró de vuelta junto a Ash y les explicó todo.

—La madame me habló una vez de los objetos encantados que guardaba en su despacho. Se supone que este reloj de bolsillo te muestra el camino hasta el lugar al que quieres ir.

Ash cogió el reloj dorado y le dio un par de vueltas. Volvía a mostrar solo la hora y hacía tictac con la absoluta cotidianidad de un reloj cualquiera. A juzgar por la expresión en el rostro de Ash, el chico quería mostrarse escéptico, pero las pruebas no mentían. El objeto ya había demostrado su valor en dos ocasiones.

—Es increíble —admiró en un murmullo—. Los objetos fabricados con magia son muy raros. Yo nunca había visto uno.

—¿Tienes algo más en la bolsa? —preguntó Malik con genuino interés.

—Pagué yo anoche la habitación, ¿no? —asintió, orgullosa.

Él le ofreció una mueca con la que, en parte, buscaba disculparse.

—Estoy seguro de que encontrarás la forma de hacer que te devolvamos el favor.

—También robé una vela con una mecha que nunca se acaba. Está hechizada para que no mengüe, sin importar cuánto tiempo pase encendida.

—¿Y no se te ocurrió mencionar todo eso antes?

—Para ser sincera, no tenía forma de saber si funcionaban. No me habría atrevido a asegurar que la madame no nos hubiese estado llenando la cabeza de pajaritos. La sinceridad no era una de sus virtudes.

—Eres increíble —dijo Malik, atónito.

—¿Qué haríais sin mí? —sonrió ella.

—No tengo ninguna intención de descubrirlo —respondió, demasiado serio para la ocasión.

✦

Nox le transmitió en un susurro al reloj su deseo de encontrar a los hombres vestidos con los colores de Raascot y este señaló hacia el este-nordeste, por lo que se vieron obligados a abandonar el camino y adentrarse en el bosque.

Una vez más, se encontraban rodeados de troncos marrones, arbustos, zarzas y espinas. No habían conseguido librarse de la espesura durante mucho tiempo. Había sido revitalizante pasar una noche al calor y la seguridad de una posada, pero Nox estaba convencida de que, si había sobrevivido al bosque antes, lo volvería a hacer… y esta vez llevaba el calzado apropiado.

—¿Me estoy volviendo loco o los bichos se han multiplicado? —Ash ahuyentó a un mosquito con la mano.

—Los matorrales también parecen mil veces más espesos —coincidió Nox.

—Vais a convertir cada viaje en una auténtica pesadilla como no aprendáis a disfrutar del paisaje.

—Disfrútalo tú —refunfuñó Nox sin molestarse en mirar a Malik—. Yo estoy demasiado ocupada procurando no sacarme un ojo con las ramas.

Sin preocuparse por las veces que se tropezaran o la cantidad de picaduras de mosquito que se llevaran, el reloj siguió instándoles a continuar. Tomaron un pequeño desvío cuando el artilugio los condujo de cabeza a una ciénaga y Nox se negó a moverse a no ser que la rodearan, en vez de cruzarla. Anunció con total convicción que los pantanos estaban plagados de sanguijuelas y monstruos.

Por fin, alcanzaron un claro en el bosque.

La pequeña aldea estaba, más o menos, a medio día de camino de Priory, alejada del sendero y protegida por el bosque, sin un punto de entrada o salida lógico a simple vista. Era un poco más tarde de la hora de la cena y los rayos amarillos del sol habían comenzado a adoptar el brillo anaranjado de la última hora de la tarde cuando el astro comenzó a ponerse. Priory tal vez fuese el lugar donde vivían las personas demasiado pobres para permitirse el lujo de residir dentro de las murallas de Aubade, pero, en aquella aldea, el poder adquisitivo era una, dos o tres veces más bajo. Las chozas salpicaban el diminuto claro y los tejados de paja demostraban la presencia de unos cuantos aldeanos. Los vecinos del lugar solo podían permitirse vivir en las casas que ellos construyesen con sus propias manos.

Había sido toda una sorpresa —agradable, eso sí— toparse con la aldea. Al menos, esa fue la primera impresión de Nox. A medida que se fueron acercando, empezó a dudar de su suerte. No salía humo de las chimeneas. No había gallinas cacareando por los alrededores. Tampoco rastro de caballos o de cualquier animal de granja. Ni ningún indicio de vida en las hileras de chozas que recorrían el claro, como si la aldea estuviese abandonada, como si se la hubiesen cedido a los fantasmas. La aldea no era tan antigua como para haber quedado reducida a escombros; tampoco tenía el aspecto deteriorado de llevar un tiempo vacía.

Conseguía poner los pelos de punta.

Nox miró a uno de los reevers y, luego, al otro. Se lo veía en la cara. A pesar de no tener una razón de peso, era evidente que a los tres les invadió la misma sensación de pavor al recorrer la silenciosa aldea con el objetivo de seguir al reloj allá donde los condujese.

—¿Qué creéis que habrá pasado aquí? —preguntó Nox.

Malik abrió la boca para contestar, pero un sonido casi imperceptible llamó su atención. Alguien había abierto y cerrado una ventana a toda prisa. Los viajeros se detuvieron, preparados para salir corriendo mientras trataban de descubrir de qué casa había provenido el ruido.

El rostro desencajado de una mujer se asomó por la rendija de una puerta y, con movimientos frenéticos, los llamó para que se acercasen. Por un momento, los pies de Nox y sus compañeros habían quedado clavados a la hierba que pisaban ante esa extraña imagen. Intercambiaron un par de miradas, pero la exigente premura con la que movía la mano y la intensidad de la expresión en su rostro los atrajo hacia ella.

—¡Entrad, entrad!

La campesina los guio hasta el interior de su hogar y cerró la puerta con lo que les pareció un cuidado innecesario antes de echar el pestillo. Dos niños pequeños jugaban en silencio con dos muñecas sin rostro y alzaron la vista con curiosidad para mirar a los desconocidos. La casa de la mujer se componía de una única estancia, con un burdo tabique para separar la cama de paja que descansaba sobre el suelo del resto de la casa. La chimenea estaba llena de ceniza negruzca y restos de troncos que llevaban un buen tiempo apagados.

Los ojos de la mujer, desencajados por el miedo, volaron entre los tres viajeros.

—¿Estáis locos? ¿Qué hacéis aquí? —preguntó en un susurro enfadado.

Nox no estaba segura de en qué situación demencial se habían metido, pero cualquiera que fuera la pesadilla que asolaba la aldea había dejado a esa mujer trastornada de alguna manera. No necesitó dirigirse a Ash o a Malik para comprobar lo mucho que se arrepentían de haber entrado en la casa. Habían cometido un error. Como ninguno de los tres habló, la mujer vomitó sobre ellos la información que necesitaban entre urgentes susurros.

—¡Estos bosques están plagados de demonios!

Los reevers se relajaron visiblemente. Llevaban ya varias horas viajando por los bosques y solo habían visto los árboles, las hojas y los matorrales más que típicos de un bosque. No habían encontrado marcas de garras de sustron o pruebas de que hubiese alguna madriguera de vageth cerca.

—¿Habéis visto algún ag'imni? —preguntó Ash en tono de voz normal.

La mujer los hizo callar, con un siseo cargado de paranoia. Agudizó el oído como si la presencia de los desconocidos hubiese atraído a los supersticiosos demonios que mencionaba hasta su puerta. Tras unas cuantas respiraciones entrecortadas, la mujer devolvió su atención a los tres viajeros.

—¡No! ¡Es por la araña!

Una sensación de lástima cargada de suficiencia impregnó el ambiente. Quedaron aplacados, casi como si una energía física los hubiera embestido. La inocencia que percibían en la mujer hizo que Nox y los dos hombres se relajasen ante su presencia al compadecerse por la condición en que la pobre se encontraba. Nox frunció el ceño en expresión compasiva. Le tocó el brazo a la mujer con intención de tranquilizarla.

—Gracias por preocuparte por nosotros, pero creo que podemos arreglárnoslas con unas cuantas arañas. Ahora, si nos disculpas…

La mujer se lanzó hacia delante para colocarse entre los desconocidos y la puerta.

—¡Se siente atraída por los movimientos! ¡Por lo que más queráis, por favor, no hagáis ruido! ¡Si volvéis a hablar, vendrá a por nosotros!

Habían esperado encontrar a los hombres de la reina vestidos con los uniformes de Raascot, pero, al final, habían acabado bajo el techo de paja de una loca.

—No queremos causarle ninguna molestia, señora —dijo Ash, que levantó una mano para calmarla en un intento por mostrarse diplomático.

La mujer parecía estar a punto de echarse a llorar. Aunque llevaba el pelo recogido hacia atrás, unos cuantos mechones errantes volaban en todas direcciones y enmarcaban su rostro, como para enfatizar todas las veces que, aterrorizada, se había llevado las manos a la cabeza y se había soltado el pelo del moño. Su voz estaba cargada de emoción, pese a que se obligaba a no levantar la voz más allá del volumen de un susurro.

—Os lo ruego, dejad de hacer ruido. La atraeréis hasta aquí.

No les dio tiempo a decir nada más.

Un dolor lacerante les atravesó los oídos cuando un estruendo brotó de las mismísimas entrañas del infierno.

Un grito recorrió la aldea; no era el alarido de una criatura mortal, sino el chirrido del hierro, la estrangulación, el hielo y la sangre. Fue un designio del humor divino de la diosa que se desatara semejante pesadilla justo entre una queja de la mujer y otra. Nox se sintió como si el ruido hubiese aprovechado la abertura de su oído para hacerse un hueco en el centro de su ser. Los niños se agarraron la cabeza, con la mirada desorbitada por el miedo, mientras que los tres viajeros se encogieron ante el desagradable sonido. La choza entera reverberó. No era el grito de un hombre, pero tampoco de una bestia. Era el alarido ensordecedor de los no muertos. Los dos niños pequeños se echaron a llorar y la madre luchó desesperada por cubrirles la boca con manos temblorosas para hacerlos callar mientras las lágrimas afloraban de sus propios ojos. Los tres se quedaron inmóviles, congelados ante ese sonido que les heló la sangre al recorrer la aldea una vez más.

—¡La araña! —gimoteó la mujer.

13

Atrás quedó el pensar que la mujer estaba loca. Nox sintió que la adrenalina establecía una conexión entre ellos, como si compartiesen un pararrayos.

Ash fue el primero en reaccionar. Se colocó con la espalda pegada a la pared y entreabrió los postigos de la ventana con el más leve movimiento. Frente a las puertas cerradas de los pobres aldeanos, un monstruo arañaba el suelo, con un ensordecedor paso tras otro.

La criatura que provocaba semejante estruendo al moverse por la aldea no era ningún ag'imni.

Ash palideció al ver aquel ser de pesadilla.

—No entiendo nada —susurró.

Por lo que Nox tenía entendido acerca de los reevers, habría esperado que estos lo supieran todo. Sin embargo, ahora se encontraba ante el rostro de un hombre incapaz de comprender lo que veían sus ojos. Nox se inclinó hacia delante para encontrar una rendija en la ventana y clavó la mirada en el monstruo que despellejaba la tierra. Ocho aterradoras patas, cubiertas de púas y de un desagradable líquido que les daba un aspecto húmedo, se ensañaban con una cabaña detrás de otra e iban arrancando pedazos de pared al abrirse paso entre cada hogar a toda velocidad. Su abdomen era el de una araña, pero la criatura impía, más grande que un caballo, contaba con el torso retorcido y los pechos de una mujer. Las costillas de la bestia sobresalían en una desagradable imagen bajo su piel negra como la noche. La araña tenía el pelo largo y empapado de un ser que acaba de salir a rastras de las entrañas pantanosas de la tierra. Como si las ocho patas no fuesen los suficientes apéndices, dos largos brazos humanoides cubiertos de púas nacían de sus hombros. Cuando echaba la cabeza hacia atrás para gritar, se le desencajaba la mandíbula como a una serpiente. Aunque una mujer debería tener dos ojos, la araña tenía decenas de ojillos negros y brillantes agrupados a lo largo de su rostro sobrenatural.

Nox se encontraba ante las fauces abiertas de un verdadero demonio.

Los gritos de la mujer de la aldea se entremezclaron con los de sus hijos, que lloraban a su espalda e inundaban la estancia con sus sollozos inocentes. Los alaridos apenados de los aldeanos eran los sonidos de quienes sabían que estaban a punto de morir.

—Habría preferido mil veces que hubiese estado loca —comentó Nox; estaba tan conmocionada que su voz sonaba incorpórea.

Ash miró a Malik.

—¿Estás listo?

Malik ya había desenvainado la espada y se había puesto en tensión.

—Nací preparado.

—¡Esperad! —La mirada de Nox voló, desesperada, de uno a otro hombre.

El frío reclamó su cuerpo cuando la sangre abandonó su rostro y se le acumuló en los dedos de las manos y los pies. Movió los labios resecos en vano, incapaz de darles una razón de peso para que se quedasen en la casa. ¿Es que pensaban cargar directamente contra el demonio? ¿Sin un plan? ¿Sin una estrategia?

—Está todo controlado —prometió Ash.

—¿Vais a salir ahí los dos? ¿Solos?

El chico no tardó ni un segundo en dedicarle un encogimiento de hombros.

—Saldremos los tres.

Desbloquearon la puerta y salieron antes de que Nox tuviese oportunidad de suplicar que se detuviesen.

Ella corrió hasta la ventana y, en un gesto inútil, se agarró con fuerza al alféizar. Por su parte, los dos hombres se alejaron a toda velocidad de la casita. Con el corazón en un puño, Nox vio como Malik y Ash se separaban por instinto para flanquear a la araña. Mientras que Nox apenas era capaz de respirar, de procesar lo que ocurría, los reevers ya habían pasado a la acción, listos para combatir a la creación más retorcida de la Madre Universal. La luz anaranjada del atardecer hacía que el demoniaco pelo empapado de la criatura brillase como si estuviese iluminado por las rojizas llamas del infierno. Los mechones de la mujer demonio se agitaron al girar la cabeza para mirar a los dos jóvenes y, acto seguido, lanzó una cuchillada con las púas de una mano en dirección a Malik. Con un grito, la criatura hizo tambalear las ventanas de las casas donde, sin duda, el resto de los aldeanos se escondían, aterrorizados, rezando para no ser los siguientes una vez que la bestia se hubiese comido a los hombres que tenía ante ella. Las garras del demonio habían conocido la muerte, su boca había consumido vida.

Nox se agarró al alféizar con tanta fuerza mientras observaba a sus compañeros que los nudillos se le pusieron blancos. No había espacio para el miedo en la mente de los reevers.

Malik efectuó una maniobra defensiva y saltó hacia atrás para mantener las distancias con la criatura. Utilizaron el círculo de hierba que se abría entre las chozas de los aldeanos a modo de cuadrilátero, con el monstruo en su centro. Ash aprovechó la distracción para lanzarle una estocada a una de las patas del demonio. Su espada repiqueteó contra la espinosa extremidad, como si esta estuviese hecha de metal. Ash esbozó una mueca ante el inesperado sonido y gruñó, presa de la decepción que estuviese sintiendo en las tripas. Con un movimiento aparentemente demasiado rápido para una criatura de su tamaño, la araña posó sus numerosos ojos, tan negros como el carbón, en el reever semifeérico. Ash estaba agazapado, desafiando a la criatura para que se lanzase a por él. Cuando la bestia actuó, él la golpeó en un brazo. Esta vez, la espada sí que impactó contra la piel del demonio y logró hacerle un corte en la carne ennegrecida. La araña dejó escapar un sonido enfadado y se dejó llevar por un frenesí colérico.

Aunque Ash parecía capaz de burlar a la criatura con su velocidad, no le dio tiempo a rodar para esquivar el golpe que la araña le asestó en el pecho con una mano humanoide, lanzándolo contra una de las cabañas. El cuerpo de Ash crujió al impactar con la pared y cayó desmadejado al suelo. El sonido que hizo al chocar consiguió que a Nox se le revolviese el estómago. Un sudor frío le perlaba el rostro y el pecho mientras observaba a sus amigos. Se sentía una completa inútil, indefensa ante el avance del demonio.

Al oír el repicar del fútil metal al entrar en contacto con las patas de la araña, Malik decidió evitar sus arácnidas extremidades a toda costa. El joven se lanzó con todo su peso, saltó con la fuerza obtenida tras años de experiencia y afianzó su agarre alrededor de la empuñadura de su espada cuando descargó un golpe descendente contra el abdomen de la araña. Su arma dio en el blanco, pero no atravesó la piel de la araña, sino que rebotó sobre su cuerpo con el rechinar de las uñas sobre una pizarra, como si la bestia contase con alguna especie de exoesqueleto negro y rígido.

Malik perdió el equilibrio cuando su espada se desvió hacia un lado con una sacudida. Apenas tuvo tiempo de adoptar una expresión consternada al descubrir que su hoja ni siquiera había rozado a la criatura. Nox jadeó cuando la araña giró el torso, agarró a Malik y envolvió esos dedos endemoniadamente largos y cubiertos de púas alrededor de su pecho. El reflejo del chico se repitió decenas de veces en los ojos de la araña; un número exagerado de ojos para cualquier criatura que poblase la faz de la tierra. Los senos marchitos y de un gris negruzco de la criatura temblaron como si estuviese disfrutando de lo que ocurría. La araña desencajó la mandíbula, dejó al descubierto unos dientes ennegrecidos tan afilados como agujas y se preparó para darle un bocado a Malik. Nox entreabrió los labios en un inútil grito silencioso, consciente de que la criatura lo partiría en dos de un mordisco antes de que el reever tuviese oportunidad de escapar. El tiempo corría lentamente. La araña se llevó a Malik a los labios. Ash se estaba poniendo en pie allí donde había chocado con la pared, pero no le daría tiempo a liberar a su amigo.

—No —le rogó Nox a la diosa—. Así no.

Los segundos se ralentizaron y el tiempo se dio de sí hasta quedarse en un estancamiento infinito mientras Nox era testigo de la pesadilla. Sabía que estaba a punto de ver cómo un hombre perdía la cabeza después de que una criatura se la arrancara de los hombros de un mordisco. Iba a presenciar la muerte de los reevers. La inevitabilidad de lo que estaba a punto de suceder se estiró como un caramelo masticable y espació sus respiraciones hasta hacerlas largas y desagradables. Eso era lo que sentía alguien al ver cómo la vida de otra persona pasaba por delante de sus ojos.

La sensación de un metal frío contra la piel atrajo su atención. Era la pequeña daga que Malik le había dado. ¿De qué serviría contra una bestia con piel a prueba de espadas? Si Nox se quedaba allí de pie, los dos reevers morirían en los próximos segundos. No le quedaba tiempo. Ni un minuto. Ni un momento. Como mucho, le quedaban un par de suspiros. La araña se lo iba a comer. Sin comprender lo que se disponía a hacer, Nox se alejó de la casa y dejó atrás a la temblorosa aldeana y a los dos niños que lloraban.

—¡Oye! —Nox avisó de sus intenciones a la araña.

Una ola sulfurosa la embistió al oler el fétido hedor que desprendía el cuerpo del demonio; una nube de huevos y carne podridos hizo que le dieran arcadas.

Nox se unió a las tonalidades naranjas y rojas de la última hora de la tarde como si se zambullera en las mismísimas llamas del infierno. Clavó los pies en el suelo ante la araña y reunió hasta la última gota de poder que fue capaz de fingir. Sus ojos volaron entre la araña y Malik. El reever tenía aspecto de querer gritarle que se detuviera, que huyese de allí, pero la bestia le constreñía los pulmones y fue incapaz de emitir sonido alguno. Arañó las garras que lo inmovilizaban.

—¡Mírame a mí! —le volvió a gritar a la araña con tono enfadado e intención de enfrentarse a ella.

El demonio apartó la vista de su festín y profirió una respuesta aguda y colérica. Los múltiples ojos negros y hundidos de la criatura se posaron con ese desagradable brillo en Nox. A una velocidad brutal y desatada, sin soltar a Malik, la araña cargó contra ella.

«Ay, mierda. Ay, joder. Ay, me cago en la diosa».

Nox no había preparado un plan.

Cada fracción de segundo contenía la imagen de la malévola criatura demoniaca al cerrar la distancia cubierta de hierba que separaba el lugar donde se había alzado, imponente, bajo las ascuas del atardecer y el punto donde se encontraba Nox. Las chozas desaparecieron tras la avalancha de patas de la araña y la extensión de su abdomen.

Se dice que las dos reacciones más típicas ante el peligro son la de huir y la de pelear, pero Nox se quedó congelada donde estaba, asfixiada por el hedor de los cuerpos en descomposición y la carne rancia. La araña había llegado casi a su altura cuando unas manos invisibles la empujaron hacia un lado, una fuerza inconcebible de su interior había despertado su instinto de supervivencia. Quizá no tuviese unas ganas conscientes de vivir, pero, en un lugar más profundo de su ser, algo más primario la obligaba a ponerse en marcha.

Nox se dio la vuelta y salió disparada. Corrió más rápido de lo que lo había hecho nunca. Voló a través del tiempo y el espacio, con los pies martilleando contra la hierba, los brazos impulsándola hacia delante, el corazón latiendo desenfrenado, los ojos lagrimeando al esprintar. Huyó del sol, del demonio, de los vibrantes tonos de rojo del cielo en llamas. Ni siquiera estaba segura de recordar cómo respirar.

Necesitaba ganar tiempo para que Ash liberase a su amigo.

Si conseguía que la araña la siguiese durante el tiempo suficiente para que Ash recuperase su arma y se enfrentase a la criatura, quizá Malik saldría ileso.

«¡Allí! ¡Una curva!». Sus pensamientos se agudizaron y trató de pensar solo en cada paso que debía seguir para, segundo a segundo, ir acercándose hasta el momento en que conseguirían sobrevivir.

Tomó la curva en el último momento y derrapó de lado a lado mientras serpenteaba entre las diminutas chozas de la aldea, trazando sinuosos patrones. Avanzaba con una mano extendida para equilibrarse contra la hierba, puesto que sus giros eran tan cerrados que casi avanzaba en horizontal.

Un sonido le hizo saber que Ash le había asestado otra cuchillada a la criatura. Nox apoyó la espalda contra el lateral de una casa, jadeando a causa del terror y la extenuación. Su cuerpo temblaba con tanta violencia que apenas veía la línea de árboles que se extendía ante ella. El grito que profirió uno de sus compañeros le recordó que la necesitaban.

«¿De qué me sirven esta basura de dones? —maldijo para sus adentros mientras miraba a su alrededor—. ¡No puedo seducir a la puta araña para que se rinda!».

El brillo del sol poniente al reflejarse sobre un metal llamó su atención. No se permitió descansar contra la pared durante más de un segundo. Tras una de las casas, un hacha solitaria estaba clavada en un tocón. Los restos abandonados de madera cortada en trozos y las ordenadas pilas de troncos partidos tras la casa la obligaron a centrar su atención más allá. Nox corrió hacia ella. Cogió el mango con ambas manos, pero apenas fue capaz de liberarla porque estaba bien clavada en el tronco. Pronunció un patético ruego en un gruñido para que el tocón liberase a su prisionera, pero a Nox le faltaba fuerza en el tren superior. Ella nunca se había visto obligada a someterse a un entrenamiento físico.

Otro grito de Malik se abrió paso entre las casas y Nox aprovechó una nueva oleada de energía, desesperada por liberar la humilde arma. El tocón renunció al hacha y Nox se tambaleó hacia atrás hasta aterrizar sobre el trasero, sujetando el arma con ambas manos.

Había tiempo. No demasiado, pero lo había.

No lo dejaría morir.

El cielo rojo a su alrededor proyectaba una imagen espectacular del fuego infernal desde el que el demonio, muy seguramente, había salido arrastrándose. La criatura no miró a Nox cuando Ash le asestó otra estocada. Todo cuanto el ser semifeérico podía hacer era continuar moviéndose cuando la bestia se lanzó a por él. Ya lo había cazado una vez. Lo único que tenía que hacer era golpearlo una vez más antes de deshacerse de ese incordio el tiempo justo para comerse al reever dorado. La araña no necesitaba recurrir a ningún artefacto, puesto que cada una de sus patas cubiertas de púas, cada zarpazo de sus afiladas garras, cada espantoso alarido que brotaba de su garganta eran un arma en sí. Malik tenía las manos ensangrentadas por haber tratado de zafarse a golpes de los brazos espinosos de la araña.

Mientras la bestia aplastaba a su futuro almuerzo entre los dedos, no apartaba la furiosa mirada del ser feérico que esquivaba cada uno de sus golpes y lanzaba una cuchillada tras otra. Ash había desistido en su intento por vencer a la araña; ahora se limitaba a tratar de mantener la atención de la criatura alejada de su comida.

Movida por un incomprensible brote de enajenación, Nox corrió hasta acercarse a la araña tanto como su valor se lo permitió y levantó el hacha por encima de la cabeza.

—¡Estoy aquí, hija de puta!

La araña dirigió sus múltiples ojos hacia Nox, con los cabellos húmedos volando a su alrededor como la tinta.

Nox inclinó el hacha hacia atrás y la lanzó con la fuerza de veintiún años de ira contenida al torso femenino de la araña. El arma voló por el aire, girando sin parar gracias a la inercia de alguna fuerza desconocida.

La diosa se aseguró de que diese en el blanco.

Bendecida milagrosamente por la Madre Universal, el hacha quedó enterrada en el cuerpo de la araña. La hoja, pensada para cortar leña, atravesó el esternón del demonio como si fuera cualquier tronco del bosque. Sangre negra manó allí donde el arma había abierto la piel de la criatura.

Malik se desplomó en el suelo en cuanto la araña lo soltó. Se quedó inmóvil. La criatura pareció dejar de registrar la presencia de los dos hombres cuando se llevó las zarpas al pecho con desesperación, en un intento por librarse del hacha que Nox había enterrado en su cuerpo. Mientras la araña retorcía las delgadas garras para alcanzar el arma, Ash aprovechó la que bien podría ser su única oportunidad.

Levantó su espada con ambas manos para decapitar al monstruo. A pesar de que sus brazos cedieron ante el tremendo impacto, su hoja no falló. Separó la cabeza de mujer del torso demoniaco. El brusco y agudo crujido de la carne, el hueso y la sangre se unió al alarido final de la criatura cuando la araña aprovechó su último momento consciente para lamentarse por su decapitación. La sangre negra brotó como una desagradable fuente de la cabeza y el cuello. El largo y húmedo cabello se le pegó al rostro cuando la cabeza voló desde sus hombros por la fuerza del impacto y derrapó hasta chocar con una de las chozas de la aldea, con la mandíbula de serpiente desencajada en un grito atroz. La criatura se mantuvo en pie sobre sus ocho patas por un segundo, con las manos volando en todas direcciones al aferrarse al muñón del cuello con los últimos estertores de vida. Se derrumbó con un descomunal estruendo, con las manos todavía alrededor del cuello y las patas cubiertas de púas sacudiéndose a medida que un veneno negro y viscoso manaba del golpe mortal.

La cabeza de la araña rodó hasta Nox y la chica la mandó lo más lejos del cuerpo que pudo de una patada, acompañada de un terrible sonido desagradable cuando su pie entró en contacto con el fluido negro y espeso.

Todavía no estaban libres de peligro.

Ash se encontraba ante el cadáver de la bestia. Estaba doblado por la cintura, tratando de recuperar el aliento. Nox pasó corriendo por delante del ser semifeérico para dejarse caer de rodillas junto a Malik, que seguía tirado en el suelo. Hizo rodar el cuerpo del reever hasta dejarlo boca arriba y vio la más imperceptible curva de una sonrisa cuando la sonrió. Los estertores de las respiraciones entrecortadas de Malik fueron los únicos sonidos que rompieron el silencio entre ellos. Un hilillo de sangre comenzó a brotar de entre sus labios.

—No. —Nox sacudió la cabeza—. No, no, no, no, no.

Se aferró en vano a las ropas de su amigo, como para obligarlo a recuperarse. La chica no era una sanadora, pero sabía que la criatura debía de haberle aplastado algún órgano vital y por eso la sangre manaba de su interior.

Ash se había arrodillado junto a ellos, pero Nox apenas se percató de su presencia. Vio cómo se revisaba todos los bolsillos en vano, cómo se palpaba las ropas en busca de algún inexistente tónico curativo. Ash palideció y observó a Malik, inmóvil y con los ojos muy abiertos.

Tenía el aspecto de quien hace todo cuanto está en su mano. Había distraído a la criatura, había luchado contra ella y la había decapitado. Pero no fue suficiente para salvar a su amigo.

Malik tosió débilmente y el esfuerzo le hizo escupir un poco de sangre.

—Oye —gimió—. Al menos hemos conseguido que me la lleve conmigo a la tumba.

—No vas a morir. Vas a ponerte bien. No vas a morir. —Nox sacudió la cabeza, impotente.

Sus cabellos le cayeron por los hombros, de manera que crearon una cortina negra como la noche a su alrededor cuando se inclinó para mirar a Malik a la cara, con una expresión desafiante que pretendía negarle a la Madre Universal que se llevase el alma del hombre de cabellos dorados.

Ash permaneció inmóvil como una estatua allí donde se había arrodillado.

Al estar demasiado débil para mover la cabeza y mirar a su amigo, Malik mantuvo su atención en Nox y dejó los ojos del color de las hojas de nenúfar clavados en los de ella. Sus labios ensangrentados habían quedado atrapados en una media sonrisa.

—Amaris estaría muy orgullosa de ti.

Sus palabras la estrangularon.

—No digas nada. Sssh, sssh.

Nox se echó a llorar. Se sacudió en un intento por contener los sollozos que la ahogaban. La cálida sal de las lágrimas se derramó sobre Malik mientras Nox se aferraba a la camisa del reever. Era vagamente consciente de que los aldeanos estaban saliendo de sus casas para contemplar la conmoción que se había desatado en el centro del diminuto pueblo. El color rojo del sol poniente empezaba a disolverse en la negrura de la noche y sus últimas ascuas brillaron sobre el rostro de Malik para ofrecerle el poco calor que albergaban.

Los ojos verdes llenos de vida de Malik se fueron apagando a medida que los fue cerrando.

—¡No!

Fuera cual fuese la fuerza que había llevado a Nox a alejarse de la choza para enfrentarse a la araña había vuelto a apoderarse de ella. Antes no había sabido decir qué la había poseído y ahora no era distinto. Sin comprender bien el motivo, cerró los puños en torno a la camisa empapada de sangre de Malik. El tembloroso último aliento del reever siseó al abandonar sus pulmones y Nox acercó los labios a los de él para atrapar esa exhalación final antes de que escapase.

Este no fue ningún beso.

Los labios de la chica se posaron sobre los de Malik. Con una única bocanada de aire, Nox le ofreció el destello de la magia que albergaba en su interior: una vida que no le había pertenecido. La chispa que le había arrancado al capitán de la guardia hacía ya muchas lunas se abrió paso con uñas y dientes desde la jaula que zumbaba tras las costillas de Nox y viajó desde donde había estado incrustada en su alma, iluminándole la piel. Se elevó desde su corazón, dejó atrás sus pulmones, pasó por su garganta y su lengua, más allá de sus dientes y a través de sus labios hasta los de Malik.

Le ofreció todo cuanto tenía para darle.

Una vez que hubo renunciado a la fuerza vital que nunca había sido suya, el mundo se oscureció cuando Nox se desplomó sobre el costado.

14

Estaba oscuro. No era el abismo negro que había esperado encontrar al cruzar al más allá. No era el vacío de la nada ni la oscuridad estrellada de la noche. Le dedicó un ceño fruncido a la negrura mientras trataba de entender qué estaba ocurriendo.

—¿Dónde estoy?

La voz de Nox sonó ronca al hablarle a la estancia vacía. No oía el crepitar del fuego; no se oía ni un alma. Trató de moverse, pero fue incapaz. Parpadeó para intentar discernir algo entre la negrura, pero no vio ni oyó nada. Quiso llevarse una mano al rostro, pero fue como si sus brazos estuviesen hechos de plomo. El único sonido que interrumpía el silencio de la habitación eran sus respiraciones lentas y premeditadas. A sus pulmones les costaba tomar y soltar el aire.

Un temor familiar se apoderó de ella. No era el pánico a las arañas o el terror a los hombres, tampoco el pavor que le provocaba Millicent con el brazo extendido. La terrible conclusión que había sacado tras tratar de mover las extremidades y luchar contra una ola de pánico iba acompañada de ese mismo temor. Nox se debatió por controlar los jadeos superficiales de los que se componía su respiración, que iban en aumento al esforzarse por hacerse con las riendas de su cuerpo, al igual que había hecho tras verse inmovilizada ante el roce mortal de la madame.

Entonces no se había recuperado hasta que la alimentaron con una vida, con el alma que le habían arrebatado previamente a alguien que ya no la merecía.

Almas.

Comprendía con absoluta claridad que le había ofrecido a Malik la vida que había robado.

Dondequiera que se encontrase, se le crisparon los dedos bajo unas ásperas mantas. Hizo un rápido reconocimiento de su cuerpo. Alguien le había quitado los zapatos. Aparte de eso, seguía vestida bajo el calor de las mantas. Sacudió los pies ligeramente ante la molesta aspereza de la lana. Continuó evaluando la situación de su cuerpo, en busca de cualquier herida. Cuando trató de insuflarles vida a sus músculos, estos se contrajeron, pero no se movieron. Con un mínimo alivio, comprendió que no era el cascarón vacío que fue entonces. Aunque era incapaz de levantarse o moverse, sabía que encontraría la fuerza para conseguirlo si no cesaba de intentarlo.

Era una situación diferente.

Se obligó a mantener la calma. Acabaría hiperventilando si dejaba que el pánico la dominara.

—¿Hola? —habló de nuevo, agradecida por poder articular palabra, a diferencia del tiempo que había pasado inmóvil en su jaula de seda del Selkie.

En ese momento, la puerta se entreabrió y una vela consumida brilló en el resquicio. La mujer que habían conocido en la aldea nada más poner un pie en medio del maldito grupo de chozas perdidas de la mano de la diosa se apresuró a acercarse a ella. Los ojos de la mujer con aspecto de matrona se abrieron, sorprendidos, al descubrir a Nox en semejante estado de nervios.

—¡Estás despierta! —La mujer colocó la vela más cerca del rostro de Nox. Con la otra mano, sujetaba un cuenco y comenzó a humedecerle la frente con un paño mojado—. Te dejamos aquí para que nadie te molestase, cielo. El dueño de esta casa…
—Su voz se fue apagando—. Bueno, después de que lo mata-

ran, no le hemos dado mucho uso a su hogar. Nos pareció que era un buen lugar donde dejarte descansar.

—¿Cuánto tiempo he pasado dormida?

El rostro de la mujer era amable. El miedo que la controlaba mientras la aldea había estado bajo el yugo de la araña había abandonado sus facciones. Ahora que tenía los hombros relajados y que el miedo no coloreaba su rostro, estaba casi irreconocible.

—Casi tres días, cariño. Tus amigos fueron a buscar a un sanador. Esperaba que ya hubiesen vuelto, pero imagino que, después de derrotar a un demonio, debían de estar agotados.

—La araña…

—La cortamos en pedacitos más finos que el picadillo y enterramos hasta el último cachito.

Nox la miró con atención. En su mente retrocedió un par de pasos ante el comentario. La mujer había hablado en plural al referirse a los reevers: «amigos». Eso quería decir que Malik no solo estaba vivo, sino que estaba activo y en condiciones de viajar.

Los brazos y piernas de Nox se estremecieron de nuevo bajo la sábana cuando la chica buscó la forma de recuperar la movilidad de sus extremidades. Ese movimiento fue lo suficientemente llamativo como para que la mujer le ofreciese una amable reprimenda.

—Tranquila, bonita. Trata de descansar. Os debemos la vida, créeme. Nosotros te cuidaremos hasta que regresen tus amigos. ¿Te ves capaz de comer algo?

«¿Comer ahora?». Nox no estaba muy segura de cómo se suponía que iba a masticar o tragar si apenas tenía fuerza para levantar la cabeza. Se limitó a contemplar a la mujer y movió las cejas para expresar su silenciosa pregunta.

—Te traeré un poco de caldo.

La mujer encendió una vela según salía de la casita de una sola habitación para que Nox no se quedase a solas con las sombras. La vela era pequeñita, pero, ante la absoluta oscuridad de la noche, incluso la luz más tenue iluminaba el mundo. Las sombras de la choza del hombre muerto desaparecieron al enfrentarse a la diminuta fuerza naranja de la llama que le hacía compañía en la oscuridad. Quienquiera que hubiese vivido en aquella casita se estaba descomponiendo en los jugos gástricos de la araña muerta, enterrada en lo más profundo de la tierra.

En el Selkie, Nox se había quedado a solas con sus pensamientos durante días.

Apenas dispuso de un par de minutos para clavar la vista en la vela antes de que su maternal acompañante regresara junto a la cama donde descansaba. Uno de sus hijos la acompañaba y se aferraba a la tela de su vestido. La mujer ignoró a su pequeño y le fue ofreciendo cuidadosas cucharadas de caldo a Nox, asegurándose de que el líquido no le abrasara la lengua al estar demasiado caliente. La chica no se percató de lo hambrienta que estaba hasta que no sintió calambres en el estómago al tomar el primer sorbito de caldo.

Había pasado tres días durmiendo según la mujer.

Tres días sin comer ni beber. Tres días en los que había estado muerta para el mundo. La mujer se puso a hablar, aunque solo fuese para oír el sonido de su propia voz y sustituir el lóbrego silencio con sus agradables parloteos. Se detuvo en mitad de la comida para encender un fuego en el hogar y pronunció los nombres de los muertos. La mujer retomó su alegre monólogo mientras le metía a Nox en la boca una cucharada tras otra de caldo y le limpiaba cualquier gotita que le cayese por la barbilla.

Después le contó todo cuanto sabía acerca de la araña. Dijo que nadie se explicaba qué había atraído al demonio ni tampoco por qué había decidido quedarse merodeando por aquella pequeña aldea en medio del bosque, pero, de no haber sido por el valor de los tres héroes, seguirían atrapados entre las delgadas garras del demonio.

La mujer cuidó de Nox como si la chica fuese su propia hija.

Ella estaba tan débil que solo pudo ceder ante sus cuidados. Se le encogió el corazón al darse cuenta de que nadie le había acariciado el pelo como esa mujer. Nadie le había llevado nunca cucharadas de sopa a la boca cuando estaba enferma. Nadie le había limpiado el rostro o se había sentado junto a ella en momentos de necesidad. Amaris había sido la única persona que le había hecho compañía, que le había sostenido la mano durante los días en que la piel de su espalda había estado surcada por líneas ensangrentadas. Amaris se había aferrado a ella en silencio, y Nox se había ido recuperando poco a poco, en silencio, meditando sobre ese amor. Ahora que era consciente de los dones malditos que poseía, una parte rota de ella se preguntaba si esa era la razón por la que sus cicatrices se habían difuminado hasta convertirse en líneas finas, casi imperceptibles. ¿Había bebido del amor de Amaris de la misma manera en que absorbía la fuerza vital de sus presas?

Su mente tomó otro rumbo al contemplar el cálido rostro de la mujer.

Nox no tenía madre.

Nunca le había preocupado demasiado, puesto que era sencillo pasar por alto algo que no había llegado a conocer.

Agnes había mostrado cierto favoritismo por Nox, pero la Matrona Gris de Farleigh jamás le había prestado tanta atención como aquella mujer. Agnes no le había curado las heridas ni le había preguntado cómo se sentía ni le había contado historias acerca de su familia. Era la primera vez en su vida que Nox experimentaba los cuidados de una madre y por poco se ahogó en ellos.

La aldeana pareció notar el cambio en la joven y chasqueó la lengua con suavidad.

—Venga, venga. No estés triste, cielo. Estoy convencida de que tus amigos volverán enseguida. Si la Madre Universal te dio la fuerza para sobrevivir a los ataques del demonio, seguro que se encargará de curarte y hacer que te recuperes en un santiamén.

La mujer acertó con su predicción.

Antes de la salida del sol, los reevers aparecieron ante su puerta. La aldeana se había quedado toda la noche despierta para cuidarla y, para mantener a Nox alejada del miedo y la soledad en todo momento, la arrulló con reconfortantes historias acerca de desiertos y dragones, de amores prohibidos entre reinos enfrentados y de la diosa y su misericordia. Cuando Malik y Ash irrumpieron por la puerta, Nox ya casi tenía la energía suficiente para sentarse ella sola.

Reconoció la alegría genuina que brillaba en los ojos de los reevers al descubrir, aliviados, que había sobrevivido.

Una mujer frágil y bastante bonita que tendría unos cuarenta años caminaba con paso cauto tras ellos. Iba vestida con un sencillo vestido rústico y llevaba el pelo rizado recogido en una trenza suelta que le caía por la espalda. La mujer, en su timidez, no hizo intención alguna de pasar por delante de los reevers.

Malik se colocó junto a Nox en un abrir y cerrar de ojos y le estrechó una mano entre las suyas. Le besó los nudillos laxos y, aunque ella trató de cerrar la mano alrededor de la del chico, no fue capaz de encontrar la fuerza necesaria para hacerlo.

—Bendita sea la diosa, Nox. Me salvaste la vida —dijo Malik, que le llevó una mano al pelo. Fue un gesto cargado de gratitud, de afecto.

Malik solo se sentó junto a ella por un momento antes de ponerse en pie de nuevo y animar a la pequeña desconocida a tomar su lugar al lado de Nox.

Pese a la conmoción que se produjo en los siguientes minutos, le explicaron que habían conseguido encontrar a alguien con formación en el campo de la sanación bastante rápido, pero que el primer sanador solo estaba especializado en la vía médica. Dado que la aflicción de Nox parecía ser de carácter mágico, dieron todo de sí mismos para localizar a una persona bendecida con el don de la sanación, en vez de una que estuviese limitada a contar con conocimientos sobre plantas medicinales y vendajes. De no haber sido por el reloj de bolsillo y sus manecillas encantadas, nunca habrían dado con la mujer de mediana edad que ahora los acompañaba. Le contaron que la sanadora se había asustado cuando dos asesinos armados que aseguraban ser hombres de Uaimh Reev habían interrumpido la cena que compartía con su familia, pero que enseguida había aceptado acompañarlos.

La sanadora colocó una mano sobre la frente de Nox y frunció el ceño. Coincidió en que lo más seguro era que la dolencia de la joven tuviese un carácter mágico. La mujer no hablaba mucho, sino que se limitó a esbozar leves muecas de consternación a medida que exploraba a Nox, haciendo presión y palpándole el cuerpo. A raíz de su contacto, Nox fue capaz de recuperar parte del movimiento en brazos y piernas. Las líneas de expresión alrededor de los labios y las cejas de la mujer se hicieron más pronunciadas al concentrarse para emplear una magia profunda. La sanadora no estaba recurriendo a la cicatrización o a las propiedades regenerativas de las células, sino que, en un murmullo, afirmó buscar una ausencia, lo que fuera que faltase en el interior de Nox.

No estaba presa de una maldición, dijo. No había ninguna herida. Solo había un vacío.

La sanadora dejó de presionar la cabeza de Nox y apartó las manos. Esta se esforzó por incorporarse, pero seguía siendo incapaz de sentarse.

—Otra cosa —murmuró la sanadora al tiempo que se volvía a mirar a los reevers—, ¿es este su aspecto de siempre?

—No —respondió Ash, objetivo—. Está diferente, pero no sabría describir de qué manera. Sus cabellos han perdido el brillo. Antes eran negros como la tinta. Su piel brillaba… de alguna manera. Ahora tiene un aspecto cetrino. No tenía una mirada tan vacía.

—Era hermosa y lo sigue siendo —apuntó Malik en voz baja.

—Hum. —La sanadora profirió un lento sonido inquisitivo cuando sus ojos volaron desde Nox a Malik. La sanadora se dirigió a los reevers cuando dijo—: ¿Os importaría probar una cosa?

Ninguno de los dos hombres ocultó su sorpresa. Nox estaba bastante segura de saber cuál sería su respuesta. Por supuesto que harían cuanto les mandase. Al fin y al cabo, habían viajado durante días para encontrar a la sanadora. Una reconfortante voz en su cabeza le aseguró que, si la sanadora se lo pedía, estarían dispuestos a arrancar flores de jardines prohibidos, a buscar antídotos contra criaturas malvadas o a sacrificar a cuantos cisnes hiciera falta ante la Madre Universal.

Sin embargo, lo único que pidió la mujer fue lo siguiente:

—¿Os importaría quedaros con ella? Dadle la mano. Volveré enseguida.

Sin esperar más explicaciones acerca de la sorprendentemente sencilla petición, Ash se colocó junto a sus pies y apoyó la barbilla sobre su pierna. Le dio a uno de sus pies un apretón tranquilizador. Malik se colocó mucho más cerca del rostro de Nox y le cogió la mano, tal y como había sugerido la mujer. El verde bosque de sus ojos brilló con una infinidad de emociones difíciles de discernir.

—Me salvaste —repitió en un reverente susurro.

La luz tras la mirada de Malik ahora refulgía con la efervescencia robada que Nox una vez poseyó.

La chica sintió una presión en el pecho al contemplar al reever. Nunca se había parado a estudiar sus rasgos. En realidad, no había tenido la oportunidad de descansar en silencio y observar a sus amigos hasta ahora. Malik todavía estaba en la veintena, aunque sospechaba que se acercaba más a la mitad o al límite de la década. Una barba incipiente le cubría el mentón y la mandíbula y captaba el resplandor del fuego que habían encendido en la pequeña estancia. La miraba con infinita amabilidad.

Era verdad que Malik era una buena persona.

A sus pies, Ash la contemplaba con los tonos ocres y rojos del otoño. Sus ojos siempre habían contado con un brillo dorado y sus cabellos eran como las oscuras ascuas de un fuego moribundo y olvidado. Siempre que se acercaba a él, Nox captaba un ligero aroma a manzanas y tenía curiosidad por saber si ese era un don de los seres feéricos. Ash era el amigo de Amaris, su compañero fiel. Luchaba junto a Malik y protegía a sus seres queridos. Nox sabía que Ash habría luchado por ella si hubiese sido necesario. Sabía que habría luchado por ella con tanto ahínco como lo había hecho por el reever, los aldeanos y las fuerzas del bien cuando había derrotado a la araña. No le cabía duda de que Ash estaría dispuesto a enfrentarse al peligro una y otra vez si eso hubiese sido lo que le exigía el honor.

«¿Quién narices eran esos hombres?».

No entendía qué beneficio sacaban de tenerla como amiga. Habían luchado y entrenado con Amaris y la consideraban una hermana de armas, así que no era de extrañar que hubiesen arriesgado su vida por ella como una reever más. Como la amiga de Amaris, estaba segura de que a Nox le habían concedido el beneficio de la duda, pero nada más. Había forzado la cerradura de sus celdas en las mazmorras del castillo de Aubade…, cabía la posibilidad de que esa dedicación que sentían fuera el resultado de considerarse en deuda con ella por haberlos salvado.

Nox encontró la fuerza necesaria para incorporarse, contonearse hasta apoyarse sobre los codos y dejarse caer sobre las almohadas. Malik la ayudó y le colocó un segundo almohadón a la espalda al tiempo que ella se sentaba. Nox les ofreció una débil y amarga sonrisa.

Con el rabillo del ojo, vio que la sanadora estaba apoyada contra el marco de la puerta. La mujer tenía una sonrisa triste pero satisfecha en los labios.

—Justo lo que suponía —susurró.

15

Gadriel, que seguía recostado sobre la cama con la cabeza apoyada contra la fresca pared, dormitaba plácidamente junto a Amaris. El constante ritmo de su respiración la calmaba tanto como el sonido de la lluvia contra una ventana.

Tras lo sucedido en la torre, se habían mantenido conscientes el tiempo necesario para regresar al edificio de Sanación. La conversación no había durado demasiado antes de que cayesen en brazos del cómodo arrullo del sueño. Se sentían débiles, tenían mil cosas en las que pensar y cargaban con un confuso torbellino de encontronazos con la magia y la muerte. Eso era todo cuanto podían hacer para no derrumbarse.

Amaris abrió los ojos lentamente y miró a su alrededor con somnolencia. Su vista tardó un momento en aclimatarse mientras parpadeaba para quitarse las telarañas del sueño de los ojos.

Se había hecho un ovillo como un gato contra su almohada. Tardó unos segundos en reconocer la habitación aburrida y estéril que contaba con un escritorio y unos cuantos armarios, pero que carecía de los elementos decorativos necesarios para que alguien la considerase un hogar. Levantó las piernas con una sacudida y se dio cuenta de que sus pies habían descubierto la calidez del regazo de Gadriel durante la noche. Avergonzada ante la vulnerabilidad de su posición, se apartó tan rápido que no le dio tiempo a mantener el control sobre sus extremidades. Con las prisas por incorporarse, por poco no le dio una patada a Gadriel en sus partes blandas.

Este se despertó ante el sobresalto.

—¿Qué? —Abrió los ojos de golpe y, al estirarse, su rostro reveló un nuevo nivel de dolor y rigidez. En voz baja y manteniendo el malestar bajo control, gruñó—: Ay, joder.

Amaris se sentía agarrotada por la incomodidad de haber dormido mal y completamente vestida. Se aclaró la garganta y, cuando habló, lo hizo con una voz que la hacía parecer sumida en una especie de trance:

—¿De verdad ocurrió todo lo de anoche?

Gadriel había dejado caer la cabeza entre las manos.

—Una parte de mí desearía que no.

Amaris se levantó de la cama. Había pasado el tiempo suficiente revisando su dormitorio en el edificio de Sanación como para saber que los armarios estaban bien provistos de gasas limpias, desinfectante, analgésicos para el dolor y tónicos curativos. Cogió un par de viales de los dos últimos, regresó a la cama y le ofreció a Gadriel los frascos. Aceptó el tónico curativo, pero rechazó con un gesto de la mano el analgésico.

Amaris se tomó uno de cada y se levantó a tirar los frasquitos vacíos.

Antes de regresar a la cama, sirvió dos vasos de agua.

—Y yo que pensaba que si te habían nombrado general se debía a que eras el más fuerte y valiente de los tuyos. No esperaba que tu rango fuese fruto del nepotismo.

Gadriel aceptó el vaso que Amaris le ofrecía y se lo bebió de un trago con un sonido satisfecho. Un hilillo de agua se le escurrió por la barbilla y se la limpió con el dorso de la mano. Las ropas negras que se le habían pegado al cuerpo por culpa del sudor seguían amoldadas a sus músculos, puesto que la sal les había dado la forma de los cráteres y curvas que conformaban su parte superior. Amaris apartó la mirada del cuerpo de

Gadriel al darse la vuelta para rellenar el vaso. No era lo que se esperaba de ella, pero el movimiento le dio algo que hacer con todos esos nervios.

—¿No consideraste importante mencionar que el rey Ceres es tu primo?

Gadriel tardó un buen rato en responder.

—Es un buen hombre, ¿sabes? —murmuró Gadriel—. Estoy seguro de que has oído los rumores sobre su reputación. Sobre su… estado mental. Todo el mundo está al tanto de ello. Pero, durante cientos de años, Ceres fue un rey benevolente y justo, hasta que un día todo cambió.

—¿Hasta que Moirai lanzó la maldición?

Amaris le acercó otro vaso lleno al ser feérico alado.

Gadriel apretó los labios. Dio un sorbo del segundo vaso de agua y consideró la pregunta.

—Ceres es un buen hombre —reiteró.

Amaris regresó con él a la cama y apoyó la cabeza contra la pared. Tenía los ojos sequísimos, agotados por haber pasado la noche en la torre. No sabría decir cuánto tiempo habían dormido, pero no debían de haber sido más de una o dos horas. Le dolían todas y cada una de las fibras del cuerpo tras haber escapado por los pelos de las garras de la muerte.

—¿Qué ocurrió?

Gadriel agachó la cabeza. Sus cabellos seguían ondulados allí donde la lucha por la supervivencia de la noche anterior se los había alborotado. Siempre había sido consciente de lo grande que era, pero ahora que estaba sentada a su lado en la diminuta cama de la habitación de los sanadores asimiló por completo lo imponente que era su figura. Incluso si lo hubiesen despojado de sus alas, Gadriel seguiría siendo enorme. Tenía los hombros y el pecho amplios. Sus piernas eran fuertes. Pero, contando con sus alas, Gadriel acaparaba todo el espacio a su alrededor y hacía que Amaris se sintiese diminuta en su presencia. Su orgullo la habría obligado a ponerse en pie, a caminar de un lado para otro de la habitación para sentirse más grande, pero el cansancio la mantenía pegada a la cama. El espacio era demasiado pequeño para que ambos lo compartiesen con comodidad, pero ninguno de los dos tuvo fuerzas para moverse.

—Se enamoró —se limitó a decir Gadriel.

El romanticismo implícito en esa frase la dejó sin palabras. Era una idea tan hermosa como terrible. Aunque era una respuesta satisfactoria, también daba pie a todo un nuevo aluvión de preguntas. Amaris pensó que, de haber sido otra persona, alguien que todavía viviese en Farleigh, una joven guapa y desamparada que viviera por y para los cuentos y aventuras que otros le contaban, esa frase habría sido suficiente. Ahora no podía quedarse sin oír los detalles solo para satisfacer su ideario romántico. Amaris tenía una misión. Sin comprender la motivación de la reina, ¿cómo pretendía entender la maldición? ¿Cómo iba a interceder en las masacres a los ciudadanos de Raascot que se sucedían en el sur?

Gadriel tenía suerte de que Amaris estuviese tan cansada, puesto que era lo único que evitaba que sintiese auténtica irritación. Frunció los labios al sentir como la cabeza comenzaba a palpitarle de dolor.

—Gad, te has guardado información sobre tu misión en el sur. No debería haberme enterado de que Ceres es tu primo por la maldición. ¿Hay algún detalle más que pueda ser relevante? ¿Algo más que deba saber?

Gadriel la miró, presa de una emoción que Amaris no supo definir. Una parte de ella le dijo que lo que veía era tristeza, aunque no entendía muy bien por qué.

—No puedo contarte nada más. —Apartó la mirada.

—Gadriel —pronunció su nombre lentamente, a la espera de que los ojos oscuros del ser feérico se posaran sobre los suyos.

Si el sudor y la incursión de la noche habían dejado en ese estado el cabello de Gadriel, el suyo debía de dar una imagen penosa. Necesitaba doce horas más de sueño y un baño caliente y jabonoso para deshacerse del olor del sudor, de haber subido diez mil escalones y de casi haberse precipitado al vacío. No disponer de un espejo en la habitación quizá era una ventaja. Amaris no tenía manera de confirmar hasta qué punto debería sentirse avergonzada por su aspecto.

Gadriel, que seguía atento después de que su nombre hubiese abandonado los labios de Amaris, aguardó con expectación.

Ella escogió sus palabras con cuidado.

—Sé que no he sido la persona más agradable del mundo últimamente.

Gadriel se rio entre dientes. Fue una única exhalación divertida y agotada.

Amaris hizo cuanto estuvo en su mano por ignorar esa carcajada y tomó aire por la nariz.

—Lo que quiero decir es que puedo cumplir mi papel en la misión, sea cual sea, sin necesidad de que me caigas bien. Samael me dio un propósito cuando él y los reevers me acogieron. Antes de que él llegase (antes de los reevers), no tenía nada por lo que vivir. Mi cometido parecía simple cuando me enviaron al sur para reunirme con la reina Moirai, pero ahora…

Se detuvo para darle efecto a sus palabras y estudiar el rostro de Gadriel. Se estaba mordiendo el labio inferior y lo fruncía en una mueca casi imperceptible. Sus cejas se encontraron al oírla. Amaris pudo formular una última pregunta.

—¿Qué es lo que no me estás contando?

El suspiro con el que Gadriel respondió no fue exagerado, pero perturbó la calma de la estancia.

—Soy consciente de que tus reevers juran no servir a ningún rey. Vuestra organización igualitaria no es un ejército. No espero que entiendas por qué hay ciertos detalles que he prometido mantener en secreto. Sería un acto de traición. Soy el general de Ceres. Si el líder del ejército del rey se fuese de la lengua, bueno... Cuando revelas información clasificada, te acaban encarcelando después de someterte a un juicio.

Hizo un gesto como si su séquito estuviese en la habitación. Hacía ya un tiempo que Zaccai no estaba a su lado. Amaris se preguntó distraídamente por dónde andaría el compañero alado de Gadriel.

—Está claro que mi intención no es espiaros, Gadriel. No voy a vender vuestros secretos o señalarte como traidor. Si se supone que debemos trabajar juntos... —Amaris insistió. Él tenía razón, no entendía cómo algo podía tener un carácter tan confidencial como para no poder compartirlo con ella.

Gadriel no la estaba mirando, pero tampoco desviaba la vista. Sus ojos apenas estaban enfocados en la distancia, perdidos entre los recuerdos.

—Puedo hablarte de él —murmuró.

—No te pido más.

Su mirada se mantuvo desenfocada mientras permaneció sumido en sus pensamientos.

—Ceres es mi primo y mi rey. Crecimos juntos. Él solo había nacido treinta años antes que yo y, para nosotros los seres feéricos, eso es casi como ser gemelos. —Rio con suavidad—. Fuimos como hermanos durante prácticamente toda nuestra juventud. Jugábamos juntos, entrenábamos juntos, bebíamos juntos. Incluso recorrimos juntos las tabernas durante un tiempo en busca de mujeres.

Gadriel sonrió, perdido en el recuerdo morboso que hizo que las comisuras de sus labios se elevasen. Le permitió que se recrease en ese pensamiento de mal gusto hasta que continuó:

—Ceres nació para reinar, y lo digo en el más estricto de los sentidos. Yo prefería luchar. Me gustaba la estrategia y el combate, mientras que él era la persona más diplomática que había conocido nunca. Siempre veía las cosas tal y como eran. A Ceres no se le pasaba nada. Era paciente y tenía una perspicacia divina. Se tomaba su tiempo para escuchar de verdad a los demás. —Gadriel se frotó los ojos—. No sé cuánto sabrás acerca de la historia del continente, pero Raascot sufrió mucho cuando el sur cerró sus fronteras por primera vez. Los ciudadanos del norte padecieron el peso de la discriminación sureña mucho antes que el reino en sí. Cuando Ceres ascendió al trono, predicó con el ejemplo. La oscuridad era algo que cada uno expresaba, no una característica intrínseca en nuestro interior. Imagina el poder que tuvo ese mensaje durante los doscientos años que pasó animando a su pueblo. Al fin y al cabo, los poderes de Ceres representaban todo cuanto los sureños temían. Fueran cuales fuesen los poderes corruptos o malvados de los que los ciudadanos del sur hablaban, Ceres contaba con ellos. Demostró que los dones a los que se recurriría para hacer el mal podían utilizarse para hacer el bien.

Amaris abrió la boca para preguntar cuáles eran sus habilidades, pero se detuvo. Agradecía que Gadriel le estuviese confiando toda esa información tras su discursito sobre el secretismo militar. De interrumpirlo, se arriesgaba a sacarlo del trance en el que se había sumido.

—Era un líder muy implicado, así que no resultaba raro encontrarlo de viaje. Yo me movía con mis tropas para visitar los campamentos militares y supervisar las fuerzas del reino, hacía mi trabajo y vivía mi vida. Mientras tanto, Ceres se dedicaba a visitar las ciudades de Raascot, se reunía con los alcaldes de los pueblos e incluso se embarcaba en misiones diplomáticas sin molestarse en llevar escoltas. Siempre veía el lado bueno de las personas. Era lo suficientemente poderoso como para que nadie se preocupase por él. Es duro de pelar.

Gadriel hablaba con la energía lánguida y abatida de quien cuenta una tragedia. Amaris reconocía esa cadencia gracias a los libros que había leído y al tono que empleaban las matronas que habían congregado a los niños para contarles cuentos clásicos hacía ya muchos muchos años. Se escribían novelas, poemas y canciones con esa característica inflexión intencionada y gradual que Gadriel utilizaba para hablar sobre su primo con inmenso cariño y tristeza.

La narración comenzó a diluirse, adoptó un ritmo más inconsistente y el mensaje se convirtió en poco más que divagaciones al alcanzar su inquietante final.

—Ni siquiera supimos qué había ocurrido hasta que ya era demasiado tarde. Ninguno nos dimos cuenta. Estaba bien. Magnífico, entero, inteligente, rápido. Ceres era el mismo de siempre. No trajo a nadie consigo tras su visita a Farehold. No era raro que viajase hasta allí. No había nada fuera de lo normal. Ceres se ausentaba con regularidad durante semanas. No sabría decir con cuánta frecuencia dejaba su trono y suponíamos que iba a visitar pueblos colindantes o a reunirse con la nobleza, cuando, en realidad, estaba con ella. No sé durante cuántos meses o años se estuvieron viendo. Debería haberlo sabido. Un general debería saber esas cosas sobre su rey.

—¿Con quién se veía? —La pregunta de Amaris no fue más que un susurro. No quería romper la energía onírica de la habitación. Ni siquiera estaba segura de haberla formulado en voz alta.

El silencio se alargó más de lo que le habría gustado. Gadriel se detuvo durante un periodo incomprensiblemente largo antes de volver a hablar. Cuando su boca se abrió de nuevo, sonaba como si estuviese a punto de llorar.

—No lo sé. Cuando regresó, se había venido abajo. Algo se había roto en su interior. Llevo años sin reconocer a Ceres.

—¿No te contó nada?

—Ya no era él.

—¿Cómo es eso posible?

De no haber estado muerta de cansancio, Amaris se habría mostrado impaciente. La joven quería hacerle miles de preguntas, quería arrancarle la información que le estuviera ocultando, pero lo único que podía hacer era esperar. Volvieron a caérsele los párpados cuando las respiraciones de Gadriel se convirtieron en una especie de nana. Prestó atención al sonido del aire al entrar y salir de los pulmones del ser feérico y permitió que sus párpados revolotearan hasta cerrarse. Era tan rítmica. Tan regular. Olor a cuero, pimienta y cerezas negras mezclado con el del sudor. Acompasó las inspiraciones y espiraciones de Gadriel al sentir que se iba quedando dormida.

Ya casi se había sumido en la inconsciencia cuando Gadriel volvió a hablar.

—No sé qué pasó. Nadie lo sabe. Lo que sí sabemos, sin embargo, es que el amor lo destruyó. Lo único que nos ha contado es que su hijo vive en el sur. Estaba convencido de que Moirai lo tiene preso. Poco importaban nuestros contraargumentos o lo que el consejo tuviese que decir al respecto. Incluso a solas, le rogué que hablase conmigo, pero ya no era el mismo de siempre. Lo que fuera que se hubiese roto en su interior se había encallecido, había curado mal. La sensación de que alguien a quien quieres está levantando muros a su alrededor y no puedes hacer nada para impedirlo es… insoportable.

Amaris se estremeció y se preguntó si una mínima parte de él estaba hablando de ella.

—Durante los últimos veinte años, nos ha fallado a todos al no haber ejercido su papel de rey. Raascot va a la deriva. La misión de todos sus hombres es encontrar a ese hijo que, si confiamos en lo que dijo esa sacerdotisa tuya del templo de la Madre Universal, puede que ni siquiera exista. No está ayudando a su pueblo, no cuida de sus tierras. El norte ha caído presa de la anarquía por su dejadez. Lo único que podemos hacer es seguir adelante con su loco sinsentido y acabar condenados a morir mientras busca a su hijo. Casi parece creer que el niño traerá de vuelta a su madre.

—¿Estás seguro de que la mujer a la que amó está muerta? —Gadriel hizo un gesto de impotencia—. ¿Cómo puede ocurrir algo así? ¿Cómo es posible que el amor lo destrozara?

Gadriel la miró y sus ojos volvieron a enfocarse.

—Yo he amado, pero nunca he estado enamorado. No de esa manera. Al verlo así… me pregunto si para que el amor sea verdadero debe tener el poder de destruirte.

Amaris tragó saliva, inquieta ante el giro que había dado la conversación.

—¿Por qué dices eso?

Él inclinó la cabeza ligeramente.

—¿Lo preguntas porque crees que no sé qué es el amor?

—Si nunca has estado enamorado…

—¿Alguna vez te han roto el corazón?

Amaris se puso rígida. Había restringido todos sus pensamientos con respecto a Nox; los había cazado al vuelo y los había guardado en el compartimento hermético de su interior. Nox no le había roto el corazón. De hecho, la constancia de Nox había sido su mayor guía. No, a Amaris nunca le habían roto el corazón.

A no ser… Había un recuerdo que la reconcomía.

—Sí. No fue en un sentido romántico, pero hubo un momento en que pensé que había perdido a los reevers. Creí que había perdido a mi única familia.

—¿Y? ¿Lo manejaste bien?

«No».

La respuesta resonó en su cabeza tan clara e imparable como el agua. Había hecho un ridículo espectacular al tratar de mantener el contacto desesperadamente, al temer que la abandonaran, al necesitar que su familia siguiese unida. Se había roto, aunque solo hubiese sido por un momento. Por suerte, ella no había estado a cargo de un reino destinado a soportar el peso de lo que ella creía haber perdido.

Su silencio fue todo cuanto Gadriel necesitó.

—Los miembros de tu familia también te pueden romper el corazón cuando los quieres. Joder, un puñetero caballo podría rompértelo al fallecer si le tenías mucho cariño. Así que no sé. Quizá no sepa nada sobre el amor. Quizá ninguno tengamos ni la menor idea. Pero, con Ceres como rey, es un tema que me lleva rondando por la cabeza desde hace décadas… —Dejó la frase inacabada cuando su mirada volvió a desenfocarse para quedarse de nuevo a media distancia, exhausto—. Parecen conceptos opuestos, ¿no crees? Las garantías y el amor. Puedes escoger seguridad, distancias prudenciales, sexo, diversión, compañía, pero el amor siempre implica una vulnerabilidad.

Amaris estaba demasiado cansada y sentía la vida como un gran peso sobre los hombros. No alcanzaba a procesar sus palabras o a comprender la razón por la que compartía esas ideas con ella, más allá de que había sido testigo de la caída en desgracia de su primo, su rey. La prueba más terrible que confirmaba el corazón roto del monarca era la destrucción que había dejado a su paso en Raascot.

Esa era la amarga responsabilidad con la que Gadriel cargaba. Esa era la desgracia que pesaba sobre sus imponentes hombros. Ahora por fin comprendía la tarea que el rey medio loco que tanto había querido y venerado durante años le había encomendado. Un incontable número de seres feéricos del norte habían perecido bajo las afiladas flechas de los sureños mientras Ceres recorría aquellas tierras en busca de su hijo, sin darle importancia a lo que Farehold viera, sin darle importancia a la maldición ag'imni de las fronteras, consumido por la sola necesidad de reunirse con lo que fuera que quedase de su amada.

—¿Y qué pasa si ese niño no existe?

La pregunta le resultó insultante después de todo lo que le había contado, pero Amaris necesitaba hacérsela.

Cabía la posibilidad de que, en otras circunstancias, hubiese interpretado la bocanada de aire que Gadriel tomó como una carcajada, pero ahora no estaba sonriendo.

—No creo que importe mucho.

Amaris se paró a considerarlo. Si el rey del norte de verdad había perdido la cabeza, poco importaban las vidas que se hubieran sacrificado. Como el agua que empapa una tela lentamente, la situación de Gadriel fue cobrando sentido en la mente de Amaris. No fue inmediato, como si hubiese abierto una cerradura en su cabeza, y tampoco debía dar por sentado que era obra de su empatía. La lenta conclusión a la que llegó aclaró por completo sus ideas. Gadriel había estado dispuesto a agarrarse al más mínimo rayo de esperanza en cuanto tuvo oportunidad. Se había topado con Amaris en el valle y, por primera vez, sintió que, aunque no hubiese un heredero, aunque la misión no tuviese sentido, aunque el desconsolado rey continuara condenando a sus hombres a la muerte, quizá una persona fuese capaz de ayudarlo a ponerle fin al derramamiento de sangre.

Gadriel continuaría buscando al hijo del rey, existiese o no. Cumpliría con su deber hasta exhalar su último suspiro. Amaris, sin embargo, podría ser capaz de utilizar sus dones incluso para mantener a unos cuantos de sus hombres con vida. Pensó en las emociones que habían pasado por los ojos del ser feérico —una esperanza muy cercana a la desesperación— cuando este le había agarrado del rostro en el castillo, antes de conocer a la reina.

«Nunca hemos tenido una esperanza como esta».

Gadriel había visto la más mínima posibilidad de que no enviasen a morir en la frontera a sus tropas, a su familia, a sus compatriotas y amigos.

Reflexionó acerca de todo lo que había descubierto, no solo gracias a Gadriel, sino también a la reina Moirai, a su don de la ilusión y al orbe y su maldición. Había pasado días hirviendo de rabia por culpa de Gadriel. Se había visto embargada por la amargura que le suponía saber que el ser feérico no la había considerado una amiga, sino un simple medio para alcanzar un fin. Al contemplarlo ahora, comprendía el valor que debía de tener para él cualquier recurso que pusiese fin al imparable derramamiento de sangre. Amaris encontró la mano de Gadriel allí donde este la tenía apoyada. Se atrevió a tocársela con delicadeza.

—¿Qué puedo hacer para ayudar?

Gadriel bajó la vista hasta el lugar donde los dedos de Amaris le rozaban el antebrazo y, de ahí, pasó a mirarla a los ojos. El fantasma de una sonrisa cruzó sus labios cuando preguntó:

—¿Estamos pactando una tregua?

—Puede que me haya cansado de pelear.

Quizá fue cosa del cansancio o de la emoción descarnada de la historia que había contado, pero Gadriel levantó el brazo que Amaris le había tocado y lo pasó alrededor de la cintura de la chica como si quisiera abrazarla. El movimiento fue totalmente inconsciente. Amaris respondió gracias a un familiar instinto que había olvidado hacía ya tiempo y se acurrucó en el espacio que quedaba entre el brazo y el cuerpo del ser feérico. No se dio cuenta de lo que había hecho hasta que una ola de sal, cuero y pimienta la embistió, pero Gadriel ya se había relajado, listo para volver a dormir. Amaris podría habérselo quitado de encima de una sacudida, podría haberse contoneado hasta liberarse de su abrazo, pero era… agradable.

Era mucho más que agradable.

Se le cerraron los ojos una vez más. Sintió una especie de revoloteo en el estómago. Y algo más. Un flujo de sangre, una pulsión, una palpitación, un deseo que le recorría el cuerpo y se entremezclaba con los embriagadores aromas tan característicos de él. Amaris estaba demasiado cansada como para luchar contra esa emoción, aunque sabía que no quería experimentar ninguna de esas sensaciones en absoluto. Estaba demasiado cansada para combatir los fogonazos que le recordaban cómo se había agarrado a ella cuando Amaris casi se precipitó al abismo. La fatiga le impedía bloquear la imagen de Gadriel tirándole del pelo para que lo mirase. No quería admitir lo mucho que ese gesto la había hecho que se sonrojase. Estaba demasiado agotada para reprenderse a sí misma por no controlar la traicionera reacción que se había detonado en su interior y que se aferraba a ella, más abajo de su estómago.

Ahora no era el momento de analizar lo que estaba experimentando. Ahora tenía que dormir.

Los ojos de Gadriel permanecieron cerrados cuando inclinó el rostro hacia el techo y apoyó la cabeza contra la pared. Se limitó a sacudir la cabeza.

—No sé cómo podrías ayudar exactamente, bruja, pero sé que está en tu mano arreglar la situación. Estoy convencido de que tú representas algún papel en todo esto. Si volvemos a Raascot, creo que podrás ser una mayor ayuda para Ceres de lo que piensas. Quizá seas la única persona a la que esté dispuesto a escuchar.

Amaris evaluó las piezas del rompecabezas, aunque tenía el cerebro demasiado embotado como para tratar de ensamblarlas para formar una panorámica coherente. ¿Serían capaces de resolver el enigma después de dormir un poco? Por el momento, no tenían ninguna imagen de referencia, más allá del colérico rostro de la reina sureña. Moirai dominaba el poder de la ilusión. Le había lanzado una maldición al rey por haberse adentrado en el sur. Había estado conjurando la imagen de un príncipe heredero. Todo giraba en torno a Moirai.

Pero ¿por qué?

Un terrible presentimiento removió la mente de Amaris. La pinchó una y otra vez hasta que se vio obligada a dedicarle una parte de su atención a pesar de la somnolencia que la embargaba. Casi fue lo suficientemente fuerte para despejarla del cansancio que amenazaba con hundirlos una vez más.

—Gadriel —habló despacio, a la espera de que él profiriese algún sonido para hacerle saber que seguía despierto—. Necesito que pienses con detenimiento lo que te voy a preguntar.

Gadriel bajó la cabeza para mirarla, a pesar de que el sueño estaba a punto de atraparlo entre sus redes.

A Amaris le sobrevino un lánguido bostezo al formular su pregunta:

—¿Cabe la posibilidad de que la amante del rey Ceres fuese la princesa?

16

Había llegado la hora.

Mientras charlaban, Amaris y Gadriel habían decidido que la universidad ya no era lugar para una reever y un general. Tras caer desde el lomo de un ag'drurath, la institución había sido su salvación. Se habían recuperado de sus heridas y habían hecho más descubrimientos de los que habrían esperado. La magia de la universidad les había dado llaves con las que abrir puertas cuya existencia desconocían. Sin embargo, cuantas más cosas averiguaban, más preguntas les surgían. Si querían tener una mínima esperanza de resolver las incógnitas que los asolaban, primero debían volver a Raascot.

—¿Cuándo partimos? —preguntó Amaris. No se le ocurría otra cosa que decir mientras se aferraban a los límites de la consciencia.

—Tan pronto como podamos. Pero, al estar en Farehold, tendremos que viajar de noche.

—Ah, claro. Por lo de los ag'imni. —Chasqueó la lengua, somnolienta y con los ojos cerrados.

Gadriel esbozó una mueca.

—Duérmete.

—Creo que deberíamos despedirnos. —Había vuelto a abrir los ojos. El peso del brazo de Gadriel era de lo más reconfortante—. Nos han ayudado tanto...

—Dormiremos durante el resto del día, les diremos adiós y prepararemos las cosas para el viaje.

Durmieron.

Amaris se despertó antes que Gadriel. Después de que su mente y su cuerpo tuviesen la oportunidad de reconciliarse, la joven volvió a sentirse mortificada por lo íntima que era la posición en que se encontraban. A lo mejor echaba de menos la sensación de hacerse un ovillo junto a Nox cuando se habían dedicado a perder el tiempo, escondidas en despensas o acurrucadas en los catres del orfanato. Quizá había subestimado esa cercanía —un brazo a su alrededor, un hombro sobre el que apoyarse, una comodidad pura y consistente— y era algo que su subconsciente había buscado mientras dormía. Pero Gadriel no era Nox. Se estiró para abandonar esa vulnerable posición y se alejó del hombre mientras este seguía durmiendo. Tenía que darles las gracias a los maestros antes de partir. No quería ser maleducada.

Primero recorrió las distintas plantas del edificio de Sanación. Una estudiante se la encontró por el camino y le dijo que lo más seguro era que encontrase al Maestro Sanador en la biblioteca, en la zona de los textos médicos, así que se encaminó hacia allí. El fresco aire de la tarde hizo que se sintiera revitalizada al hacer contacto con su piel. El sol brillaba por primera vez desde que llegaron a la universidad. Deambuló por cada uno de los siete pisos de la biblioteca en busca del Maestro Sanador. Al no encontrarlo, regresó al pasillo.

Una delgada figura esperaba junto a la puerta y le bloqueaba el paso con una entereza silenciosa y paciente. Amaris se sorprendió al descubrir que la maestra Fehu la estaba esperando a la entrada del edificio de Sanación, vestida todavía con unas sencillas ropas de lino gris que le recordaban demasiado a Farleigh y las matronas.

La mujer tenía una apariencia más imponente que nunca. De alguna manera, nunca había visto moverse a la Maestra de las Artes Mágicas. Sus hombros no subían ni bajaban con cada respiración y sus cabellos ni siquiera se agitaban con el viento. La mujer era un óleo viviente. A juzgar por su postura, estaba claro que estaba esperando a Amaris, que, una vez más, se habría visto embargada por una combinación de aromas, una especie de mezcla de petricor con intenso vino tinto.

—Hola, maestra Fehu…

—¿Te importaría venir conmigo, por favor?

La petición de la mujer feérica no era negociable, pese a la forma en que la había formulado. La maestra se apartó del lugar donde había esperado, inmóvil, frente al edificio. Amaris miró más allá de las puertas cerradas, donde Gadriel, con suerte, seguiría disfrutando de un sueño reparador. Sin saber muy bien cómo proceder, tomó la única decisión que veía posible en ese momento y siguió a la maestra. Aunque la Maestra de las Artes Mágicas no había hecho nada que diese pie a las sensaciones que despertaba en Amaris, la mujer tenía la tendencia de incomodarla, como si estuviese siempre al borde de recibir una regañina por haber cometido un crimen del que ni siquiera estaba al tanto.

La maestra no pronunció palabra mientras la guiaba por el campus. El largo paseo a través de las verdes zonas de césped, entre las piedras y el musgo de los edificios, se hizo más y más fatídico con cada paso que daban. El tiempo era el más agradable desde que habían llegado a la universidad, así que sabía que no era culpa del día soleado que los escalofríos le recorrieran la columna. La maestra Fehu no se detuvo hasta que alcanzaron el edificio de Artesanía.

—Os vi salir de mi torre anoche —dijo con tono afilado e imperturbable.

De nuevo, no era una pregunta. Una pequeña parte de Amaris sabía que hacía bien en sentir cierto miedo y, aunque se puso rígida, permaneció prácticamente inmóvil.

No respondió.

A la maestra no pareció importarle que permaneciese en silencio. La mujer continuó, serena:

—No sé qué os habrá revelado la magia, pero sospecho que, en caso de deber estar al tanto, ella me habría confiado la misma información que a vosotros por decisión propia.

La maestra Fehu extendió una mano ante ella y abarcó los terrenos de color verde musgo hasta alcanzar el edificio más alejado, en el límite del campus. No le había resultado difícil acostumbrarse al escarpado verdor de la universidad durante su estancia. Los bosques de Farleigh nunca habían dado cabida a las montañas. Aubade era una ciudad seca y costera. Aquí era donde se criaban los pálidos zorros de las zonas montañosas. La tierra era un deslumbrante ejemplo de la agreste belleza esmeralda del continente.

—Tú y yo tenemos una conversación pendiente —anunció Fehu—, pero, primero, hay algo que debo enseñarte.

—¿Aquí? —preguntó Amaris con la vista clavada en el edificio.

Evadió el comentario de Fehu con incomodidad. Quizá se había metido en un lío más gordo por haber entrado en la Torre de Artes Mágicas de lo que las palabras de la maestra habían dado a entender. Amaris se mordió el labio y contempló el edificio de Artesanía. Cora no le había mostrado el interior durante la visita, así que no sabía qué esperaba encontrar dentro de sus muros. Aunque no tenía forma de justificar sus emociones, al entrar en aquel edificio desconocido con Fehu, se sentía como si fuese la protagonista de un cuento con moraleja y estuviese a punto de meterse en la guarida de una bruja con intención de cocinarla en un caldero.

—El Maestro Artesano quiere enseñarte algo.

La maestra Fehu condujo a Amaris por el edificio, dejando atrás el olor a metales fundidos, vidrios soplados y varios hornos. Volvió a pensar en Cora y en su madre, que era capaz de comunicarse con el metal. Su mente voló hasta el padre de

Cora, que era humano y se había matriculado en la universidad para aprender a crear gracias a los avances y la tecnología que les eran ajenos a los humanos del continente. La Madre Universal los había reunido como almas gemelas.

—¿Sabes una cosa? —comenzó a decir la maestra mientras guiaba a Amaris a través de calurosos pasillos, pasando por delante de una serie de salas donde creaciones inimaginables emitían explosiones de energía heladora—. Ostento el cargo de Maestra de las Artes Mágicas desde hace doscientos años y nunca he entrado en la Sala de los Orbes.

A Amaris se le congeló la sangre en las venas. Entre la enorme puerta, su siniestro mensaje y el foso sin fondo hecho de sombras pensado para atrapar a todo aquel que entrase en la estancia, las bendiciones y maldiciones del reino eran secretos muy bien guardados. Conque la maestra lo sabía todo. Amaris no imaginaba cómo habría adivinado sus tejemanejes, pero estaba al tanto de todo. La voz de Fehu no albergaba ni un ápice de emoción cuando continuó:

—La magia nunca ha tenido motivo para revelarse ante mí. Imagina mi sorpresa cuando veo que dos desconocidos que apenas llevaban unos días en la universidad han conseguido franquear las bendiciones y maldiciones que yo nunca he sido capaz de desentrañar.

La maestra no dejó de caminar; sus pies no hacían ningún ruido al entrar en contacto con el suelo de piedra.

Fehu se detuvo ante una puerta de hierro cerrada.

—Quizá no sea algo que un ser feérico como yo deba descubrir.

Amaris torció la boca en un gesto inútil antes de ofrecer:

—Yo soy medio feérica y Gadriel es un ser feérico puro.

Se sintió tonta al abrir la bocaza bajo el peso de la mirada de la mujer.

La Maestra de las Artes Mágicas arqueó una ceja de forma inquisitiva, lo cual fue mucho más revelador que cualquiera de las expresiones que su impasible rostro hubieran dibujado hasta el momento. Si a Amaris se le hubiese dado mejor leer los rostros, tal vez se habría dado cuenta de lo que la mujer estaba expresando cuando las comisuras de sus labios se curvaron hacia arriba.

—Ah, ¿sí? —Amaris arrugó el rostro ante su críptica respuesta y, antes de abrirle la puerta e indicarle que pasase, la maestra Fehu añadió—: Te llamaré más tarde para continuar con la conversación.

Detrás de un escritorio, el hombrecillo bajito y corpulento que había hablado durante la reunión con los maestros le sonreía de oreja a oreja. La mesa resultaba demasiado grande para su estatura; la estancia era demasiado amplia para su constitución. Su despacho ejemplificaba el estereotipo de profesor distraído, puesto que había pilas desorganizadas de libros y cachivaches por todos lados. El hombrecillo bajó de su silla de un salto y recibió a Amaris con un apretón de manos y una voz rebosante de entusiasmo.

—¡Por fin has venido, querida!

—Maestro Artesano —lo saludó Amaris educada al darse cuenta de que no conocía su nombre. Había esperado que el hombre le ahorrase el momento incómodo y se presentase, pero, por desgracia, no fue así.

—¡Cuánto me alegro de que hayas venido! Hay algo maravilloso que debo enseñarte. ¡Acompáñame!

Amaris trató de sonreír, pero estaba tremendamente confundida.

—Lo siento, pero no creo que sea de gran ayuda. Apenas sé nada acerca de la artesanía.

—¡Ah! —Sacudió una mano al cruzar el umbral de la puerta—. Hay muy poca gente instruida en la artesanía. Estás en buenas manos. No te preocupes. Yo tengo conocimientos de sobra para compensarnos, así que ¡adelante!

El alegre hombrecillo condujo a Amaris y a la maestra Fehu unas cuantas salas más allá. Continuó charlando animadamente mientras Fehu permanecía tan estoica como siempre. Con un repiqueteo metálico sacó un pesado llavero y abrió una cerradura. Fueran cuales fuesen los secretos que se ocultaban tras esa puerta, eran dignos de permanecer guardados a buen recaudo. La puerta se abrió lentamente y los tres cruzaron el umbral para adentrarse en una estancia iluminada por una tenue luz rojiza. Cerca del centro de la estancia, había un artefacto que exhibía una tela que no alcanzaba a comprender. Era un artilugio de madera que estiraba un tejido de un extremo a otro de la estancia en un tenso despliegue. ¿Qué era lo que estaba viendo?

Los ojos del maestro volaron rápido entre la tela y la reever, centelleando a pleno fulgor. El Maestro Artesano sonreía de oreja a oreja.

—Es muy ocurrente, ¿no crees? ¡Adelante, tócalo! Siente su tacto por ti misma.

Amaris extendió la mano y tocó el material con las yemas de los dedos. Se permitió acariciar la tela al descubrir una extraña sensación. Ante ella tenía algo firme y suave al tacto estirado al máximo. Le recordaba a la seda, aunque su textura no era exactamente la misma que ella recordaba. No había tocado nunca nada igual. Amaris se maravilló ante el curioso rollo de tela.

El maestro resplandeció, complacido por su propia astucia al ofrecerle a Amaris un cuchillo que sacó de alguno de sus múltiples bolsillos.

—Haz los honores.

Aunque a la chica no le pareció adecuado, estaba bastante segura de que lo que el maestro quería era que clavase el cuchillo en el material membranoso. Miró al fabricante y a la maestra Fehu, pero ambos inclinaron la cabeza hacia la tela con mirada expectante.

Con infinidad de dudas, Amaris hizo lo que le pedían. Levantó el pequeño cuchillo y trató de enterrarlo en el sedoso tejido. La hoja hizo una diminuta muesca antes de desviarse como una gota de lluvia sobre un cristal. Confundida, Amaris intentó atravesar el rollo de tela extendido ante ella una vez más. De nuevo, el cuchillo fue incapaz de perforar el material.

—¡Absolutamente brillante! —exclamó el Maestro Artesano, admirando su propio trabajo—. He estado a cargo de este proyecto en particular durante años, ¡pero nunca habíamos tenido la ocasión de probarlo como ahora! Unos cuantos de mis alumnos se ofrecieron a saltar desde la torre —rio ante la idea—, pero no se me ocurren mejores personas para probarlo que nuestros invitados.

Amaris lo miró, extrañada. Tenía la sensación de que le estaba ofreciendo la tela a ella, aunque no alcanzaba a comprender por qué.

—Por supuesto, el proceso de fabricación está recogido en nuestros registros, querida. Hemos replicado este material en numerosas ocasiones para asegurarnos de que no nos estamos deshaciendo de algo demasiado valioso. Dudo que seáis capaces de recrearlo ni aunque se lo vendáis a los ingenieros más inteligentes del continente. En cualquier caso, si consiguieran semejante hazaña, ¡desde luego que se merecerían disponer de ese conocimiento! ¡No es moco de pavo! ¡Adelante! ¿Qué opinas?

Amaris sacudió la cabeza.

—¿Sobre qué?

—¡Para sus alas! —El Maestro Artesano levantó las manos con aspecto ligeramente ofendido—. ¿Qué te parece utilizar este material para las alas de tu compañero feérico?

✦

Amaris conocía la felicidad. Había visto la emoción en el rostro de una niña de cuatro años cuando una familia la sacó del orfanato para darle un nuevo hogar, lejos de la triste vida en Farleigh. Había contemplado el resplandeciente rostro de

Odrin cuando Amaris había ganado a Ash por primera vez en el estadio, al igual que la noche en que había prestado juramento. Había llorado contra el rostro empapado en lágrimas de Nox a través de los barrotes de hierro de la prisión cuando la chica la había estrechado entre sus brazos con cada fibra de su ser tras haberse reencontrado por fin. Aun así, jamás había presenciado una dicha tan desenfrenada e inocente como la del rostro de Gadriel cuando batió las alas una vez reforzadas. Voló hacia el cielo y descubrió que el material no solo le fijaba las alas, sino que también las hacía más fuertes, más rápidas, mejores en todos los sentidos.

Habían trabajado a una velocidad impresionante, haciendo uso del arte y la ciencia de la maravillosa artesanía en manos tanto del maestro Dagaz, que supervisó la adhesión quirúrgica del tejido, como del fabricante que manejó el material. En un abrir y cerrar de ojos, Gadriel había sido un hombre totalmente nuevo.

No coincidía del todo con la textura y la coloración de la piel que quedaba de sus formidables alas angelicales, pero la tela era iridiscente como los arcoíris de tinta contenidos en las negras profundidades del petróleo. No era difícil apreciar los espacios donde se le habían roto las plumas o se le habían arrancado por completo, pero ahora los cortes y áreas vacías estaban reforzados por una capa de reluciente e impenetrable esperanza.

Gadriel se lanzó hacia el cielo, fortalecido por la nueva vida que le habían insuflado. Por la energía que desprendía, al mismo tiempo, parecía haber disfrutado del sueño más reparador de su vida, haber bebido el vino más delicioso del continente y haber recibido una respuesta afirmativa ante una propuesta de matrimonio. Ya no estaba estresado. Los problemas habían desaparecido. Todo estaba bien. Gadriel hizo piruetas y giró como un pájaro al que acabaran de liberar de una jaula, surcando el cielo azul. Era un ángel recortado contra el sol, un eclipse diminuto contra el luminoso y cálido orbe que los bañaba con su dicha. Amaris casi se puso a aplaudir por la felicidad que el ser feérico alado le transmitía al ascender hasta los cielos para caer en picado hacia la tierra y desligarse de la gravedad cuando casi estaba a punto de tocar el suelo. El Maestro Artesano y la Maestra de las Artes Mágicas permanecieron a su lado mientras vigilaban la desenfrenada muestra de puro éxtasis de Gadriel. El Maestro Artesano aplaudía sin ningún reparo, fervoroso ante lo orgulloso que estaba de su trabajo.

No había una estampa igual.

Amaris sabía que los maestros veían la figura demoniaca de un ag'imni y sonrió para sus adentros al pensar en lo ridículo que debía de resultar ver la terrorífica silueta del demonio más espantoso registrado en los bestiarios elevándose y bailando en el aire con un desenfrenado regocijo. De haber estado con los pies en el suelo en vez de con las alas extendidas, hubiera dicho que Gadriel estaba retozando.

El joven se lanzó a por Amaris y la cogió en brazos. La levantó del suelo antes de que ella se diese cuenta de lo que ocurría. Dejó escapar un gritito involuntario ante el inesperado movimiento cuando salieron disparados hacia el cielo, hasta que la tierra desapareció bajo sus pies. El estómago se le salió del sitio y le subió hasta la garganta antes de caer en picado una vez más cuando el ser feérico desafió las leyes del cielo y la tierra. Gadriel dio una vuelta de campana y el equilibrio de Amaris se contoneó con la luz de las estrellas. Una ráfaga de aire, cargada de un aroma a pimienta, le robó el aliento. Después de un rápido y estrecho abrazo, Gadriel la devolvió al suelo y retomó su eufórico vuelo por el campus. Amaris luchó por recuperar el equilibrio mientras él continuaba demostrando la excesiva alegría que lo embargaba.

Era un espectáculo casi cómico.

El rostro del Maestro Artesano brillaba de orgullo y satisfacción al ver el milagroso uso que Gadriel le estaba dando al resultado de su meticuloso trabajo. Incluso la maestra Fehu parecía estar reprimiendo el fantasma de una preciosa sonrisa tras sus ilegibles facciones.

Gadriel había recuperado sus alas.

Por un maravilloso instante, nada más importó.

17

Gadriel solo necesitó un día para ejercitar y batir sus nuevas alas y adaptarse por completo a ellas. Mientras él recorría los cielos, Amaris contó con el tiempo necesario para despedirse. Los maestros, por su parte, se mostraron divididos ante su partida.

La maestra Neele se sentía claramente resentida porque nadie había hecho ningún esfuerzo por detener al ag'imni y no se despidió de Amaris y Gadriel. El maestro Dagaz se mostró agradecido por haber tenido la oportunidad de demostrarle a sus alumnos lo que era «sanar a ciegas», puesto que había sido capaz de procurarle los cuidados y medicinas necesarias sin evaluar la situación del paciente como era debido. El Maestro Artesano seguía resplandeciente de júbilo al haber logrado hacer que su magnífico invento hubiese pasado de ser un mero prototipo a una realidad en las alas extendidas con las que Gadriel se impulsaba y planeaba por el cielo; el hombrecillo estaba encantado de ver que le daría buen uso a su hermosa creación. Los miembros de la universidad no formaban un grupo particularmente dado a la sensiblería, así que, una vez que se hubieron despedido sin demasiada ceremonia y después de que la gran mayoría les desease que tuviesen un buen viaje, se dispersaron por el campus.

Gadriel y Amaris se llevaron la cena a la habitación y se prepararon para aprovechar una buena última noche de sueño antes de que, sin duda, tuviesen que volver a dormir en el suelo del bosque, con la suciedad, las fogatas y las agujas de pino. La universidad los había salvado de más de una manera. Habían disfrutado de unos días de descanso, recuperación e introspección. Gadriel volvía a contar con sus alas. Ambos habían sido testigos del nacimiento de la maldición de la frontera. Se hallaban perdidos en sus pensamientos mientras esperaban a que el sueño los reclamase en sus respectivos dormitorios esa noche.

Un suave golpecito a la puerta de su habitación llamó la atención de Amaris.

Pese a que era tarde, la maestra Fehu apareció ante su puerta, seguida de la ráfaga de aire de una tormenta a punto de desatarse y el rico aroma del vino recién servido. Había algo en los seres feéricos y en los perfumes innatos que los acompañaban que era encantador, casi cautivador, pero el particular olor a lluvia y vino de la maestra puso a Amaris en un estado de alerta tan agudo como en el que se sume un cervatillo cuando oye el sonido de una ramita al partirse entre la maleza.

—Buenas noches, Amaris. —La joven había dejado la puerta entreabierta por si acaso Gadriel la necesitara, pero la maestra se lo tomó como una invitación para entrar en su habitación sin pedir permiso—. Me preguntaba si podríamos hablar.

Aunque durante el día eran los candiles y las cegadoras luces feéricas las que iluminaban la estancia, ahora solo había tres velas titilando sobre la mesilla de noche, puesto que ofrecían una luz más suave que buscaba calmar la mente al final de la jornada. Su brillo la había tranquilizado mientras estaba sola, pero ahora, con la maestra delante, el romántico ambiente que creaban las tres velas casi resultaba inapropiado.

Si hubiese tenido un momento para prepararse, habría encendido un candil.

Como no fue así, Amaris se limitó a asentir con la cabeza y animarla a que se sentara con un movimiento de la mano.

—Por supuesto. —Amaris puso a prueba los límites de la maestra con precaución—. Quizá aprendamos algo la una de la otra antes de que se nos escape la oportunidad.

Los ojos verde esmeralda de la maestra Fehu refulgieron.

—¿Tienes alguna pregunta que hacerme?

Amaris no sabía muy bien por dónde empezar. Podría preguntarle por el clima o por lo mala que era la comida, pero la trivialidad de las charlas sin importancia se le antojaba demasiado transparente. Decidió comenzar preguntando por algo inocente, algo irrelevante con lo que poner en marcha la conversación.

—¿Por qué el rector es el Maestro de la Teología? ¿Acaso es esta una institución religiosa?

Fehu esbozó una sincera sonrisa divertida y sus ojos brillaron como piedras preciosas.

—¿Alguna vez has oído esa cita que dice que la teología es la reina y la filosofía su sierva? —Amaris nunca la había oído—. Lo que implica es que la magia, la literatura, las matemáticas…, todo se puede entender si comprendemos la naturaleza de lo divino. Es el centro de todos los misterios y por eso exige el máximo conocimiento e investigación. El maestro Arnout es un académico secular, pero también es un diligente estudioso del poder del continente. Sospecho que estaría muy interesado en que te quedases con nosotros en la universidad.

—¿Yo?

Fehu ladeó la cabeza en un gesto que parecía tan inquisitivo como depredador. Amaris empezaba a pensar que dar pie a la conversación con esa primera pregunta no había sido una opción inteligente. Luchó por encontrar una segunda cuestión, ansiosa por cambiar de tema.

—Hay algo que he notado un par de veces y siempre me ocurre cuando estoy cerca de algún ser feérico. Con Gadriel, mi amigo Ash, incluso contigo…, es una especie de perfume. Un aroma. Es…

—Sí.

Fehu no explicó nada más.

Quizá Amaris debería haberse limitado a preguntar por el tiempo. Si Fehu pensaba darles respuestas crípticas y breves a todas sus preguntas, entonces sería mejor que tuviesen relación con los cielos encapotados y el pollo hervido. Amaris dio unos golpecitos rítmicos sobre el colchón para aliviar la incomodidad que sentía.

La sencilla habitación en el edificio de Sanación era estrecha y parecía ser un escenario poco apropiado para alguien tan atemporal y elegante como Fehu, pero la maestra había tomado asiento y observaba a Amaris con esos ojos de enormes iris. La mujer feérica sostenía sobre un pañuelo un pequeño colgante con una amatista sin tallar. Se lo ofreció a Amaris.

—Me preguntaba si podrías mirar este collar y decirme qué ves.

Amaris frunció el ceño y extendió la mano para aceptar el pequeño objeto. Cuando la maestra se lo dio, Amaris lo levantó del pañuelo para estudiarlo y darle vueltas sobre la palma de la mano. Lo movió entre sus dedos y examinó la gema. No tenía ninguna inscripción, ningún tipo de ornamentación, nada que destacara. Ni la amatista ni la cadena pesaban demasiado. La joven sacudió la cabeza, sin saber qué decir.

—No me queda muy claro qué se supone que debo buscar.

La maestra Fehu extendió la mano y cogió el pañuelo antes de envolver el colgante con él. Amaris no se había dado cuenta de que la maestra había evitado tocar la joya directamente a conciencia.

—¿Qué es?

La maestra Fehu no mostró ningún interés al contestar:

—Un objeto maldito. Tenía curiosidad por saber si tu don para ver más allá de los encantamientos te daría alguna pista acerca de las propiedades mágicas de algo inanimado. Quería comprobar si tus ojos, con tu dominio de la visión, serían capaces de identificar objetos así desde lejos. Parece ser que tu don no tiene tanto alcance.

Amaris se mostró entre preocupada y ofendida.

—¿Por qué me has dejado tocarlo? ¿Ahora estoy maldita?

—Es poco probable. —La maestra desestimó sus preguntas con un manotazo al aire—. La maldición está pensada para anular los poderes de aquellos seres feéricos que tocan el colgante.

—¿Habrá inutilizado mis poderes entonces?

La maestra Fehu la observó. La mujer era indescifrable, su rostro estaba cincelado en delicada piedra. Había algo tras esa falta de expresión que Amaris casi identificó como una emoción en sí, pero no fue capaz de poner en palabras lo que veía.

—Estás perfectamente, te lo prometo. —La maestra dio el asunto por zanjado antes de dejar que sus pensamientos tomasen otro rumbo—. ¿Qué otras habilidades has descubierto?

—¿Puedo hacerte primero una pregunta?

—Adelante —aceptó Fehu con una ceja arqueada.

—¿Por qué estás tan interesada en mí? ¿En nosotros?

Quedó muy claro que la pregunta le resultó aburrida.

—Si no eres capaz de ver lo única que es la posición en la que te encuentras, entonces no sabría por dónde empezar a explicártelo.

—Hay cientos de seres feéricos en la universidad. Seres feéricos, humanos con pequeños poderes, brujos quizá…

Fehu rio en silencio.

—Las personas dicen cosas muy extrañas, ¿no crees?

—¿Qué significa eso? —preguntó Amaris, confundida.

—Lo que quiero decir es que estudiar sería para ti un tremendo beneficio. De recibir una educación adecuada, tu vida prosperaría. Nadie tiene la culpa de ser ignorante, pero, una vez que eres consciente de esa carencia, la decisión de no ponerle remedio sí que es reprochable. ¿Es esa la elección que estás dispuesta a hacer con la conciencia tranquila?

Esos eran los rumores que había oído en Farleigh. La universidad se quedaba con cualquiera que demostrara habilidades, ya fuese para estudiar o que lo estudiasen. Amaris seguía impactada por que la maestra hubiese corrido el riesgo de dejar la gema púrpura sobre su piel desnuda, independientemente de que los efectos de su contacto fuesen temporales o no. Fue una forma muy grosera de comprobar la teoría que hubiese estado cociéndose en la mente de la maestra acerca de los límites del poder de Amaris. La joven no se dio la oportunidad de darle vueltas a la semilla de desconfianza que había plantado en su interior, puesto que tenía otra pregunta que contestar. Pasó a centrarse en ella y se planteó contarle la pura verdad.

La luz de las velas danzó y la creciente cautela que sentía se adueñó de su estómago. No lograba darle nombre a esa inquietud.

Fehu rompió el silencio con una pregunta directa:

—¿No me vas a responder? Es decir, ¿no vas a decirme qué sabes acerca de tus habilidades?

La luz y las sombras de las velas continuaron danzando sobre las facciones de Fehu mientras la maestra aguardaba con estoicismo la respuesta de Amaris. La acuchilló con la mirada como si sus ojos fuesen una afilada hoja y tuviese la intención de hacerle un agujero en el cráneo para arrancarle la respuesta del cerebro.

Amaris no sabía cómo evadir a una persona tan perspicaz como la Maestra de las Artes Mágicas, así que respondió con tanta sinceridad como fue capaz.

—Cuando era pequeña, yo no sabía que tenía poderes. Tenía quince años cuando descubrí mi primer don y fue por accidente. Estaba en una reunión con los reevers y, sin ser consciente de ello, los obligué a aceptarme y permitirme entrenar con ellos. Samael, el ser feérico que dirige Uaimh Reev, fue quien identificó mi don, puesto que no funciona con los seres feéricos. Por lo que parece, solo afecta a quienes son exclusivamente humanos.

—¿Qué quieres decir con eso?

—¿Con qué?

—¿Fue él quien identificó tu habilidad para ver más allá de los encantamientos?

«Vaya».

—Dispongo del don de la lengua de plata. Así fue como lo definió Samael, nuestro líder…

—Conozco a Samael.

Amaris no estaba segura de contar con el tiempo o la energía de preguntar de qué o por qué razón conocía la maestra Fehu al líder feérico de Uaimh Reev, pero, como no tenía demasiadas ganas de prolongar la conversación con otra pregunta, siguió adelante.

—Puedo hacer que aquellos que son completamente humanos sigan cualquier orden que les dé. No era consciente de lo que hacía hasta que no hubo un ser feérico presente para explicarme lo que ocurría. Me refiero a Samael. Él fue quien me ayudó a comprender mis habilidades y quien me enseñó que podía usarlas para hacer el bien… o, al menos, intentarlo.

—Le atribuyes una pureza de sangre a los humanos afectados por tus poderes. ¿Por qué?

—Parece que los humanos nacidos con pequeños poderes presentan cierta resistencia a la persuasión —respondió Amaris con el ceño fruncido.

—Humanos con pequeños poderes —repitió Fehu para sus adentros, en una reflexión coloreada con lo que bien podría haber sido un ligero tono divertido—. ¿Cómo has llegado a esa conclusión?

Fehu era todo lo que Amaris habría esperado de una científica. Las preguntas de la maestra no estaban cargadas de curiosidad, sino que recordaban al contrainterrogatorio de la profesora que rebate cada una de las afirmaciones de sus alumnos.

Amaris decidió recurrir a la única persona que tenía en común con la Maestra de las Artes Mágicas: la maestra Neele. Explicó, con cierta vacilación y permitiendo que una cantidad apropiada de remordimiento tiñera su voz, que había tratado de persuadir a la Maestra de las Bestias para que abriese la puerta de la sala donde encerraron a Gadriel aquella primera noche en el campus y que la mujer se había limitado a fulminarla con la mirada, como si supiese que Amaris había tratado de manipularla. Estaba evitando con sumo cuidado recurrir a cualquier ejemplo que la señalase como la traidora al trono de Farehold que era.

Su instinto de cervatillo permaneció en un nervioso estado de alerta bajo la atenta mirada de la maestra. No lograba identificar la amenaza velada que suponía y se esforzó por tranquilizarse a sí misma diciendo que solo se sentía así porque había pasado muchos años aislada del mundo. Lo más seguro era que la mente le estuviera jugando una mala pasada o que el escaso trato que había tenido con los seres feéricos tuviese como resultado una tendencia inconsciente a desconfiar de ellos.

No, decidió que no era porque Fehu fuese feérica ni tampoco porque no tuviese sangre de Raascot. Amaris no se sentía de esa forma cuando estaba con Gadriel, ni siquiera cuando se enfadaba con él. Samael la intimidaba, pero no le tenía miedo. Tampoco se había sentido así nunca con Zaccai. Y siempre había querido a Ash y jamás desconfiaría de él.

Lo que sentía ahora era distinto.

Los labios de la maestra Fehu se curvaron en una sonrisa casi imperceptible.

—La maestra Neele no tiene ascendencia feérica y tampoco posee lo que tú llamas pequeños poderes.

Amaris se sorprendió.

—Pero no hay otra explicación.

Volvió a ver una chispa de emoción en la maestra.

—El hecho de que estés tan segura de ello me dice que tienes alguna otra experiencia similar. ¿Te importaría compartirla conmigo?

Fehu formuló la pregunta con la inocencia de una mente curiosa. Era una manera muy inteligente de obtener información. Exigía pruebas de lo que Amaris decía con la máxima educación. Le ponía los pelos de punta, como todo en ella. El cervatillo en el interior de Amaris se tensó, preparado para salir corriendo en sentido contrario, hacia la línea de árboles.

Trató de evocar un ejemplo que no revelase su intento de derrocar a la Corona, uno que incluía un valle frondoso, una cascada y una mujer hermosa. Amaris pensó en el Árbol de la Vida y en cómo había vibrado de energía.

Escogió sus palabras con cuidado una vez más:

—Hace unas cuantas semanas, mis compañeros de viaje y yo visitamos el templo de la Madre Universal. Teníamos motivos para creer que allí podría haber un poderoso objeto que nos ayudaría a comprender la maldición que afectaba tanto a los norteños como a mi misión. La sacerdotisa del templo dio a entender que, como la magia es energía que ni se crea ni se destruye, esta continuaba existiendo en forma física una vez nombrada. Dijo que había un orbe con ese mismo poder y es el que encontramos aquí, en la torre. Hice lo que consideraba necesario para cumplir con mi misión. Le ordené a la sacerdotisa que me lo diese y ella se rio. No tuve ningún efecto sobre ella.

La más sutil de las sonrisas se dibujó en los labios de Fehu, pero no llegó a alcanzarle los ojos. Levantó un brazo hasta dejarlo lo suficientemente vertical como para que el tirón de la tierra actuase sobre su amplia manga gris. Dejó la parte superior del brazo paralela al suelo, con el codo doblado para que el antebrazo quedase en perpendicular. Un brazalete de plata rodeaba la muñeca de la mujer feérica; era tan ancho que casi abarcaba la distancia entre un dedo índice extendido y un pulgar y le cubría la parte más estrecha del antebrazo. La pieza tenía un aspecto bastante simple desde donde Amaris se encontraba y reflejaba el suave brillo de cada una de las cálidas llamas de las velas. Si había runas grabadas en su superficie, no alcanzaba a verlas bajo la escasa iluminación.

—Sospecho que has estado tratando de utilizar tus habilidades con personas lo suficientemente inteligentes como para protegerse de la influencia de la magia mental. —Fehu habló con tanta despreocupación que Amaris casi se sintió avergonzada. Daba la sensación de que ese era un detalle que debería haber sido obvio para ella—. Esas protecciones, claro está, poco pueden hacer contra la magia física o elemental... A no ser, por supuesto, que se cuente también con un escudo. Un objeto encantado como este no protegerá a quien lo lleve de ahogarse en una inundación o de quemarse en un incendio, pero, sin duda, evitará que alguien como tú lo persuada.

—Eso no tiene ningún sentido. —Amaris sacudió la cabeza mientras reflexionaba sobre sus experiencias—. No tenían forma de saber que yo contaba con esta habilidad.

La maestra lució su decepción como una corona. Esa fue la primera emoción explícita que Fehu mostró sin reparos.

—Te suplico que aplaces tu viaje para que dediques un poco de tiempo a formarte, niña. El mundo está lleno de cosas que escapan a los límites de tu mente. No deberías sentirte orgullosa de ser tan egocéntrica como para creer que tu magia es la única de la que otros deberían protegerse.

La reprimenda de la maestra cumplió su cometido e hizo que Amaris se sintiese avergonzada.

La maestra Fehu continuó:

—¿Sabes lo que es un invocador del miedo? —No había oído nunca ese término, aunque sabía un par de cosas acerca del miedo—. El poder de invocar el miedo suele manifestarse en el linaje de los llamados seres feéricos oscuros o en aquellos con ascendencia norteña. Quienes disponen de esa habilidad no necesitan conocerte para descubrir tus más profundos miedos. Es algo innato. Ese don no solo les da acceso a tus miedos, sino que les permite proyectarlos ante sus víctimas. No necesitan más que unos pocos segundos. La víctima creerá que se encuentra de verdad cara a cara con su fobia, ¿sabes? Las alucinaciones que consiguen crear pueden tener consecuencias terribles. Hace décadas, cuando la maestra Neele todavía estudiaba en la universidad, uno de sus compañeros empleó ese don contra ella. La maestra no se ha quitado sus protecciones desde hace más de treinta y cinco años. Las protecciones son caras, difíciles de encontrar y de elaboración compleja. Además, presentan muchos inconvenientes. Sin embargo, para alguien como Neele, no hay nada en el mundo que pueda convencerla de quitárselas.

La historia fue breve y simple. Quizá había recurrido a la anécdota de Neele para explicar lo que era experimentar ese miedo o cómo se había utilizado en su contra. El suceso en sí no tenía importancia, a diferencia del resultado. Amaris debía comprender que la Maestra de las Bestias había adquirido aquellas protecciones tras un terrible enfrentamiento y desde entonces no se las había quitado.

Probó a hacerle otra pregunta.

—En caso de que la sacerdotisa o la maestra Neele no hubiesen tenido sus protecciones consigo, ¿mi persuasión habría tenido efecto?

—Como representante de una institución centrada en el pensamiento y la educación, me siento inclinada a informarte de que, efectivamente, habría sido muy probable, e incluso lo esperado, que tu poder hubiera cumplido su función. Las protecciones pagan un precio cada vez que absorben el impacto de la magia, así que es normal que vieses una reacción en sus portadoras. La carcajada divertida de la sacerdotisa y la mirada de descontento de la maestra no fueron más que dos maneras de reaccionar al descubrir que las protecciones habían parado tu golpe. Sin embargo, tu pregunta implica una cierta ambigüedad moral, Amaris. ¿Necesitas recurrir a ese don y por eso te gustaría que no llevasen las protecciones?

Amaris se sonrojó. Parte de ella desearía poder confiar en la maestra Fehu. Pensó en lo útil que sería aliarse con la mayor fuente de información mágica de Farehold al tratar el tema de la reina Moirai y sus malvados poderes. Quizá su situación no parecería ni la mitad de abrumadora si los maestros de la universidad se uniesen a la causa. No obstante, jamás le pediría a nadie que cometiese un acto de traición. No se arriesgaría a dejar los delicados detalles de la misión en otras manos que no fuesen las de Gadriel y las suyas.

—Supongo que solo trato de entenderme mejor.

—Eso es algo a lo que todos deberíamos aspirar.

—Los poderes de la mente… no tienen efecto sobre otros seres feéricos, ¿verdad?

Fehu arqueó las cejas.

—¿Por qué lo preguntas?

Tenía la sensación de estar equivocándose una y otra vez con sus comentarios, con sus preguntas. La mera réplica de Fehu implicaba que Amaris había cometido un error, aunque no sabía muy bien cómo.

Torció la boca hacia un lado mientras reflexionaba antes de encogerse de hombros.

—En Uaimh Reev, Samael me dijo que mis poderes de persuasión no funcionaron con él porque era un ser feérico. Escogieron a mi compañero de entrenamiento porque, como medio humano, podría oponer cierta resistencia a mis poderes.

Fehu consideró sus palabras.

—Entonces es posible que tu don presente esa limitación, aunque no sabría decirte por qué. Eso no se aplica a todas las manifestaciones de la magia de la mente. Depende de lo poderosas que sean las habilidades de la persona, pero un ser feérico podría ser tan susceptible como un humano a muchos de los dones de la mente. Es por eso por lo que yo, a pesar de ser del todo feérica, llevo una protección.

Los enormes ojos esmeralda de Fehu continuaron recorriendo el rostro de Amaris y la estudiaron, como si la maestra buscase algo en ella.

—¿Por qué no lleva todo el mundo una? —preguntó Amaris.

Fehu asintió con la cabeza.

—Habías mencionado que sabes muy poco acerca de la artesanía. Es algo bastante común. Cada objeto encantado, cada artilugio mágico, cada obsequio, cada protección, cada invento fabricado en este mundo requiere que, como mínimo, dos personas se involucren en el proceso, aunque suelen ser más. Una de esas personas debe contar con un don de la diosa y estar formada en el arte de la artesanía, mientras que la otra debe contar con el poder que buscan insuflarle al objeto.

—Así que, en caso de querer crear una barrera...

—Necesitarías contar con un fabricante y alguien que pueda crear barreras de forma natural. Ese tipo de colaboraciones, de formación, de estudios, al igual que el periodo de fabricación que se requiere para crear tales objetos, se caracterizan por requerir tiempo y destreza. Muchos se niegan a compartir sus dones. Si tuvieses el poder de comunicarte telepáticamente y crear una infinidad de objetos con los que otros pudiesen comunicarse en secreto sin mover los labios, ¿no crees que sentirías que tu propio don se devalúa? Algunos incluso tachan a los fabricantes de ladrones, porque se hacen con fragmentos de un poder que no debería ser de nadie.

—Suena bastante egoísta.

—¿Eso crees?

Fehu permitió que otra incómoda pausa se extendiese entre ellas, interrumpida solo por la luz de las velas que iluminaba las paredes desnudas mientras la maestra observaba atentamente la forma en que Amaris se retorcía bajo el peso de su mirada. Amaris quería que se marchara. Era de noche y aquella sería su última oportunidad de descansar en una cama de verdad. Su malestar creció con el titilar de las velas. Se dio cuenta de que no había dejado de apretar los dientes desde que Fehu había entrado en su habitación hacía ya quince minutos, aunque no sabía cómo pedirle educadamente que la dejara sola.

—¿De qué otras maneras has tratado de emplear tus habilidades?

Amaris se quedó confundida ante la pregunta. A la maestra Fehu se le daba de maravilla conseguir que se sintiese como una tonta de remate.

—¿Qué quieres decir?

La maestra era la viva imagen de la paciencia.

—Justo lo que he dicho. ¿A qué pruebas o ejercicios has recurrido para comprender mejor tus habilidades?

—¿Pruebas?

—Pruebas —repitió Fehu, traicionada por una cortante impaciencia.

Amaris parpadeó unas cuantas veces.

—Pues… ninguna.

Si antes le preocupaba haber decepcionado a Fehu, ahora sus sospechas se habían confirmado cuando esa intensa emoción se marcó en las líneas de su perfecto rostro atemporal. La pregunta de Amaris no se había acercado lo más mínimo a resultar satisfactoria. La voz monótona de Fehu borró de un plumazo cualquier rastro de duda: se sentía decepcionada.

—Te topaste de casualidad con tu don de la persuasión porque un hombre feérico te dijo de lo que eras capaz y, años después, descubriste que tenías el don de la visión porque, de nuevo, otro ser feérico te informó de ello. ¿Es eso correcto?

La incomodidad del inexplicable bochorno y el sudor acompañó al hormigueo de la vergüenza. Se sentía tremendamente expuesta ante la Maestra de las Artes Mágicas, como si casi no se conociera a sí misma. No habría aprendido a luchar o a defenderse de no haber sido porque otros se encargaron de entrenarla. Desconocía la existencia de las protecciones y no sabía de lo que los seres feéricos eran capaces. No conocía los límites o el alcance de los poderes de los brujos.

Amaris sacudió la cabeza.

—Esta conversación me ha servido para confirmar lo que necesitaba saber, niña. Careces de educación. No has testado tus habilidades, no has demostrado tu valor. Te quedarás aquí y te entrenarás con nosotros.

Amaris se quedó pálida ante lo absurda que era la conclusión a la que había llegado la maestra.

—Lo siento, maestra Fehu. No puedo hacer eso.

Su instinto no se equivocaba. Desearía haberse esforzado más por hacerle caso, puesto que le había confirmado que la Maestra de las Artes Mágicas se traía algo entre manos.

Fehu insistió:

—Te presentaste en la universidad no con uno, sino con dos dones extraordinarios. Es esencial que te centres en el bien común y dejes de pensar en ti misma, que sopeses la razón por la que debes quedarte en la universidad y probar tus habilidades. El destino te ha traído hasta la cuna del conocimiento por un motivo, niña. Tu edad no es más que un parpadeo frente a los siglos que vive un ser feérico, así que puede que te cueste ver la situación con perspectiva. Mientras estudies bajo mi tutela, el Maestro Artesano estará agradecido de contar con la oportunidad de seguir supervisando su invención para que pueda perfeccionarla. La Maestra de las Bestias también se beneficiaría enormemente de observar y examinar a un ag'imni de cerca, aunque no sea más que una ilusión. La ayuda que tu general feérico podría brindar al continente entero gracias a ese acto desinteresado sería incalculable. Aunque respeto a Gadriel y la tarea que tendría entre manos, eres tú quien de verdad requiere la disciplina y la práctica que solo la universidad puede ofrecerte. Yo seré tu supervisora.

Amaris supo con angustiosa certeza que no había sido el destino lo que los había traído hasta aquí.

El ag'drurath huido y la servicial chica de dieciséis años que los había encontrado en el bosque fueron quienes los trajeron hasta la puerta de la universidad. El destino no le había exigido que se entrenara, aunque cabía la posibilidad de que el tiempo que había pasado con los reevers fuera lo que la llevó hasta el orbe. Pese a la sabiduría y poder que ostentaba la maestra que tenía ante ella, Amaris estaba bastante segura de que era la codicia, no la providencia, lo que hacía que la mujer ardiese en deseos por que la joven se quedase en la universidad. ¿Cuántas oportunidades de examinar y evaluar a una persona con dones únicos se le presentarían en la vida? Samael le había dicho una vez que el poder de la persuasión era un don tan extremadamente raro que nunca había conocido a nadie que lo poseyera.

Amaris por fin había descubierto que las capas y capas de impasividad construían una meticulosa máscara con la que la mujer ocultaba lo ansiosa que estaba por tener a Amaris bajo su control. La joven contempló su propio reflejo en el brillo de esos siniestros ojos de color esmeralda. Comprendió que se moría por tener no solo a Amaris, sino también a Gadriel bajo su techo. Así, además de conseguir a la persona capaz de ver a través de los encantamientos, tendría a alguien cuyo aspecto permanecía oculto.

Amaris había hecho bien en no confiar en ella.

Además de haberle enseñado a escribir y a rezar, las matronas de Farleigh le habían inculcado el valor de la simpatía. Discutir con la maestra no le ayudaría a ganar la distancia que quería poner entre la mujer y ella. Mantuvo una expresión controlada para evitar mostrar la cólera que bullía en su interior. La sensatez le decía que aquel no era momento para actuar con imprudencia. No podía arriesgarse a darle a Fehu una razón para vigilarla mientras daba sus próximos pasos. Amaris sabía que tenía que ser lista. Tenía que apaciguarla. Desarmarla.

—La verdad es que desconocía la existencia de tales pruebas. ¿Cómo se llevan a cabo? ¿Cómo son los entrenamientos?

Fehu se relajó ligeramente. Permitió que un cauteloso silencio cayera entre ellas antes de que un ansia sutil tiñese su voz:

—Las clases tendrían lugar bajo mi supervisión, por supuesto. Los humanos, como bien dices, por lo general no presentan más que un único don si están bendecidos con lo que tú llamas «pequeños poderes»; sin embargo, en el continente hay criaturas no humanas, tales como los seres feéricos, que parecen ser capaces de canalizar la fuerza como conductores de poder. En las criaturas no humanas, los dones van saliendo a la luz con el tiempo, la concentración y una buena dosis de esfuerzo. Hasta ahora, tú simplemente te habías topado con los tuyos. Los que te queden por descubrir se revelarán a base de puro esfuerzo.

—¿Por qué hablas de «criaturas no humanas»? ¿Por qué no dices «seres feéricos»?

Los labios de Fehu se curvaron; no llegaba a ser una sonrisa, pero tampoco una mueca.

Amaris retomó el numerito y volvió a intentarlo:

—¿Comenzaré a entrenarme ya?

Fehu relajó los hombros un poco más.

—Me gustaría reunirme contigo en mi despacho mañana, con la novena campanada, después de que hayas desayunado. Por favor, ven a verme al primer piso de la Torre de Artes Mágicas. Si lo prefieres, puedo enviarte a uno de mis aprendices para que te acompañe.

Amaris sacudió la cabeza despacio, armándose de estoicismo.

—No hace falta, ya he estado en la torre. Iré a buscarte tras el almuerzo de la mañana.

—Me alivia oírte decir eso.

Satisfecha, Fehu se puso en pie con la gracilidad de un cisne. Inclinó la cabeza lentamente, en un gesto de reconocimiento que hasta ese momento solo le había dedicado a Gadriel.

Amaris esbozó una sonrisa contenida cuando la mujer salió del dormitorio y, luego, esperó. Si actuaba demasiado deprisa, se delataría a sí misma. Contó hasta cuarenta y cinco antes de ponerse en pie y empezar a sacar los tónicos curativos y las vendas que encontró en los armarios. Recurrió a la funda de la almohada para hacer un saco improvisado en el que guardarlo todo y lo dejó sobre la cama antes de recorrer el pasillo a hurtadillas hasta la habitación de Gadriel. Estaba despierto y arqueó las cejas en gesto inquisitivo al verla.

—Tenemos que irnos esta misma noche.

✦

Al igual que ocurre con los acontecimientos fantásticos de la historia, sin duda nacerían canciones, poemas, rumores, cotilleos y mentiras descaradas de los labios de los alumnos de la universidad que hubiesen visto, oído o hablado entre susurros de los sucesos ocurridos durante los días venideros. Se lo pasarían en grande hablando de cómo los inteligentes maestros habían dado por hecho que los dos desconocidos que acogieron en la universidad aceptarían la generosa oferta de protección, formación y contención que les habían hecho, pero que, en vez de eso, habían huido.

Algunos alumnos aseguraron que Fehu y Neele habían estado esperando a la entrada del edificio de Sanación, mientras que otros juraban haber visto a los siete maestros a caballo. Otros tantos decían que la Maestra de las Artes Mágicas había invocado sus poderes de protección, que había levantado unos escudos tan verdes como sus ojos para atrapar a los desconocidos y que había lanzado ráfagas de impacto pensadas para derribar a un murciélago en el aire, tan estruendosas que habían despertado a los alumnos al hacerlos pensar que la universidad estaba siendo atacada. Durante meses se debatió sobre el rumor de que la Maestra de las Bestias había recurrido a sus tres vageth adiestrados, feroces sabuesos del inframundo ligados a la maestra por medio de la magia, para que atrapasen y redujesen a quien ella ordenara. Una parte de los involucrados a los que solían acallar cuando contaban aquellas versiones recordaban poco más que una desagradable conversación airada.

Los alumnos hablarían del demonio ag'imni que había salido volando y surcado el cielo a toda velocidad con las espantosas alas extendidas. Se sumirían en una ensoñación al recordar cómo la luz de la luna se había reflejado sobre la argéntea Amaris al agacharse, rodar y correr. Nada entretendría o cautivaría más a los alumnos de la universidad que los relatos sobre el dúo que recorrió el campus con astucia durante su intrépida huida a medianoche. Quizá alguien escribiese una balada para que se cantase sobre los increíbles acontecimientos de la noche y la leyenda volase de taberna en taberna de la mano de bardos y laudistas. El clímax de la balada llegaría a su fin cuando el rector Arnout, con la negra túnica al viento, irrumpiese en escena como un caballero de antaño para silenciar a los maestros con una descarga de magia tan tremenda que detuviese el mismísimo tiempo y transformase los segundos en meras esquirlas de cristal que recogería para darles una nueva forma a su antojo. La canción trataría sobre la libre elección, la corruptibilidad, los héroes, las doncellas, los asesinos y la sed de poder, de manera que la veracidad de la historia importaría poco. La narración buscaría impresionar a quienes pensasen en el rector y asustaría a aquellos alumnos que se atreviesen a ir en contra de los deseos del profesorado.

Quizá llegase un día en que Amaris y Gadriel escuchasen su leyenda en una taberna, en boca de algún marinero borracho que le contase la historia de dos héroes y su lucha contra la magia a una embelesada audiencia. Cabía la posibilidad de que la historia se pusiese del lado de sus captores y pintase a los maestros como los adalides del conocimiento, mientras que a ellos los retratasen como los dos desgraciados indignos de confianza que saquearon el campus y se fugaron con conocimientos robados. Sí, no cabía duda de que pasarían a la historia y, quizá, algún día la leyenda llegase a oídos de Gadriel y Amaris, pero hoy no sería ese día.

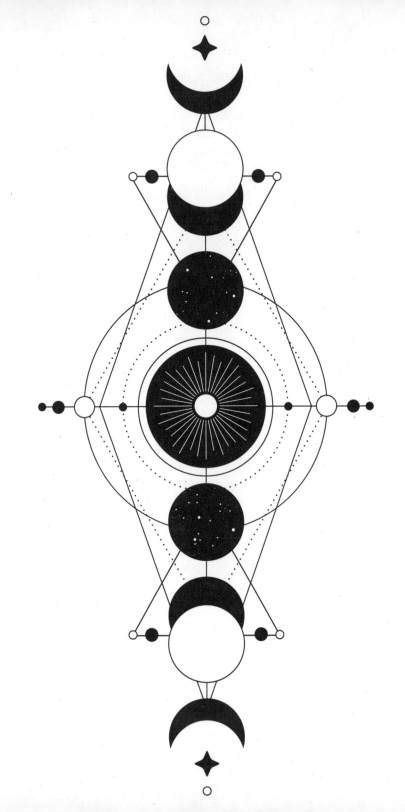

SEGUNDA PARTE

El terrible don del saber

18

—¿A cuántos ves?

Nox miró a los dos hombres que la acompañaban mientras vigilaban con ojos entornados a la partida acampada abajo.

—No sabría decirte —susurró Ash, que clavó su mirada de semihumano en los hombres del valle—. Podemos dar por hecho que, de media, en un campamento militar, habrá... ¿cuántos? ¿Cuatro soldados en cada tienda? Sería más fácil hacer una estimación que intentar contar las siluetas que proyecten las fogatas.

Deberían estar alerta, mostrarse serios, adustos, estoicos, actuar como todo guerrero que se precie, pero el entusiasmo vibraba entre ellos. Nox nunca había tenido el placer de escabullirse del orfanato para explorar lugares abandonados cuando era pequeña, pero, en cierto modo, colarse en el despacho de Agnes o deambular por los establos al caer la noche le provocaba la misma sensación. La situación transmitía una cierta solemnidad que no estaba del todo dispuesta a sujetar con ambas manos.

—Entonces lo normal sería que hubiese dos docenas de hombres, pero, si duermen seis en cada tienda, habrá treinta y seis soldados —dijo Nox al agazaparse entre los matorrales junto a los reevers.

Sus ojos se adaptaron enseguida a la oscuridad cuando escudriñó la hondonada. Se habían aprovechado del refugio que ofrecía la espesa maleza en la cumbre de un cerro, desde donde veían el pequeño valle en que los hombres que portaban los colores y estandartes de Raascot se ocultaban de miradas curiosas. El refugio de sus colinas permitía que las fogatas pasasen desapercibidas. De no haber sido por el reloj de bolsillo, Nox y los reevers no habrían encontrado a la unidad.

—Menuda agilidad con los números, cuervo.

—¿Por qué me llamas eso?

Malik sonrió.

—Tiene algo en contra de dirigirse a la gente como Dios manda. Creo que nunca ha llamado a Amaris por su nombre.

—¿Y a ti qué apodo te ha puesto?

Malik se dio la vuelta para mirar a Ash.

—Buena pregunta. ¿A mí por qué me llamas por mi nombre?

Ash se encogió de hombros.

—Siento que tu nombre te pega.

El ambiente se calmó cuando volvieron a centrarse en las tropas.

Nox nunca había visto el símbolo de Raascot hasta ese momento. A los alumnos que preguntaban por el reino norteño en Farleigh siempre los atizaban en la mano con la regla y nunca había coincidido con un norteño en el Selkie. La ausencia de habitantes de ese reino en particular siempre le había llamado la atención cuando le tocaba atender en el salón, puesto que era habitual que hubiera algún extranjero de paso. Ahora que sabía que los seres feéricos de Raascot tenían el aspecto de los ag'imni, comprendía perfectamente por qué ninguno se había dejado caer nunca por el burdel.

Las banderas que ondeaban en el campamento eran del color del óxido y un símbolo negro engalanaba el centro. El emblema contaba con un escudo que presentaba una elaborada brújula sobre una especie de esfera metálica, con las alas extendidas de un cuervo a cada lado del escudo. Era del color del bronce, como la piel de sus habitantes, supuso; las alas eran el rasgo que todos ellos tenían en común y lo que los separaba del sur y sus prejuicios. Los hombres bajo las banderas, por supuesto, no eran verdaderos norteños. Estaban al servicio de Moirai.

El reloj de bolsillo primero había guiado a Nox y los reevers hasta la carretera que conectaba los dos extremos del continente y, después, las manecillas giraron de nuevo hasta apuntar al bosque. Los había hecho seguir un camino tan inconsistente y problemático que habían estado convencidos de que se había roto. Una vez hubieron encontrado el campamento, admitieron que habían hecho mal en dudar del reloj.

—¿Por qué estaban yendo por la carretera principal si iban a acabar volviendo al bosque? —preguntó Malik.

—Para que los viesen.

Nox comprendía las reglas del juego. Estaba familiarizada con la manipulación. Sus piezas de ajedrez se habían movido en un tablero mucho más pequeño hasta entonces y practicaba el juego de la seducción en partidas uno a uno. Los juegos entre reinos no tenían por qué ser distintos. Cada cambio de estrategia albergaba un propósito.

No tendría sentido que los hombres hubiesen salido sin más de la ciudad real, así que Nox suponía que o llevaban un tiempo escondidos en el frondoso bosque o simplemente se habían puesto el uniforme negro y cobrizo del norte cuando hubieron puesto suficiente distancia con la reina. La teatralidad del engaño era tanto un arte como una ciencia.

Horas más tarde, Nox y los reevers seguían teniendo preguntas sin resolver.

—¿Dónde estamos ahora?

Malik miró a su alrededor desde la cima del cerro. No había ni pueblos ni aldeas cerca. Se habían adentrado en el continente y estaban casi a un día a caballo de la carretera principal. Si lo que esos hombres querían era hacer una demostración de fuerza en el sur, ¿por qué vendrían a una localización remota?

Nox y Ash se encogieron de hombros. El reloj de bolsillo los llevaba hasta donde ellos querían, pero no daba ninguna indicación sobre cuál era el destino exactamente.

—No lo entiendo —dijo Nox—. Si su objetivo es dejarse ver, ¿por qué no se dedican a asaltar aldeas o saquear pueblos para que se tache a los de Raascot de villanos? ¿De qué les sirve esconderse en el bosque? Si lo que la reina quiere es instigar al pueblo, ¿no deberían centrarse en violar y expoliar?

—Solo para que me quede claro, nos alegramos de que no estén violando y expoliando a la gente, ¿no?

El rostro de Nox se ensombreció, arrepentida de haber utilizado esa palabra. Dejó que sus párpados aletearan hasta cerrarse. Era un asunto delicado. La situación en general era delicada.

Ash hizo un ademán medio divertido.

—Quizá deberíamos regresar al castillo y preguntarle directamente a la reina Moirai qué se trae entre manos. «Hola, majestad, ¿qué tal? Gracias por atendernos. Me llamo Ash. Puede que me recuerdes del día en que tu dragón campeón arrasó la ciudad. En fin, estos son mis compañeros. Nuestra amiga de pelo blanco, que, como bien recordarás, es todo un encanto, nos ha dicho que podrías haber lanzado una maldición en la frontera, que no tienes un heredero y que has mandado a tropas vestidas como los norteños a que pululen por el reino. ¿Te importaría darnos más detalles?».

—Qué buenísima idea. Ve a preguntárselo. Malik y yo defenderemos el fuerte con uñas y dientes desde aquí. Por favor, mantennos informados según vayas averiguando cosas.

Los tres sonrieron, aunque ninguno llegó a reírse.

Los momentos en que bromeaban reconfortaban mucho a Nox. Las chicas que vivían bajo el techo del Selkie eran amigas porque no les quedaba más remedio, no porque hubiesen escogido esa amistad. Aunque se habían visto obligadas a sufrir a los mismos clientes y habían tenido a la madame como enemiga común, pocas fueron las oportunidades de crear lazos recurriendo a mecánicas más simples, como las charlas fluidas o las bromas entre amigas. Nunca habían reído juntas. Nunca se habían compenetrado. No era porque no pudiesen o no fuesen inteligentes, divertidas o perfectas, sino porque el trabajo era el trabajo. Todas tenían que levantar barreras en la vida para sobrevivir.

—Me temo que no me sentiría cómodo dejando a Malik a solas contigo. Al pobre deja de responderle el cerebro en cuanto te tiene delante.

—¡Oye! —protestó Malik, que se estaba poniendo colorado.

Estaba claro que había tenido la esperanza de que hubiesen llegado al educado acuerdo de no mencionar ese tema nunca.

Nox esbozó una sonrisa, aunque estaba teñida con una pizca de culpa. Era consciente del efecto que tenía sobre los hombres.

—Me temo que eso es culpa mía. Seguro que Ash me encuentra menos atractiva porque tiene sangre feérica. No hay otra explicación, porque soy maravillosa.

—Sí, como ser feérico, yo me quedaré con la bruja —coincidió Ash antes de fulminarla con la mirada—: No creas que me olvido de la vez que trataste de matarme en Yelagin, por mucho que poseas el beso de la vida. Ve tú a hablar con la reina, Malik. Pero no seas tú mismo. Si le demuestras lo encantador que eres, querrá casarse contigo y tendremos un nuevo rey en Farehold.

Los reevers no le habían pedido a Nox que les hablase sobre sus poderes y ella tampoco les había ofrecido ninguna explicación. El primer contacto que habían tenido con sus habilidades fue a raíz del encontronazo con la araña, cuando Malik había caído al suelo; la veían como una heroína y no como alguien que hacía negocios con las almas de otras personas. No estaba segura de querer que supiesen más. La consideraban una buena persona. No se veía capaz de soportar ver el cambio en la expresión de los reevers al comprender lo que en verdad era.

Bromas aparte, necesitaban entender los planes de la reina para dar su próximo paso.

—Voy a acercarme un poco más.

Malik y Ash la miraron con ojos entornados, como si no captasen el chiste. Su sentido del humor se había complementado bien con el de ellos hasta ese momento. Tras un instante, comprendieron que no estaba de broma.

Ash no tardó en descartar la idea.

—Si alguno de nosotros va a entrar en el campamento, será alguien que esté entrenado para el combate.

Nox sacudió la cabeza con firme seguridad.

—No, si alguien va a acercarse a ellos, será la doncella del bosque que se había adentrado en la naturaleza con la inocente intención de recoger leña para su familia. —Meneó el hacha que descansaba a su lado.

Los aldeanos la habían sacado del esternón de la araña mientras Nox dormía. Antes de abandonar la aldea, la chica la había cogido del tocón donde la había encontrado. Seguía cubierta de manchas de ponzoñosa sangre negra. Los aldeanos sentían una gratitud tan tremenda hacia los tres desconocidos que les habrían dado todo cuanto les hubieran pedido. Un hacha era un obsequio del que se habían desprendido con facilidad.

A Ash no le gustó la idea. Malik la aborreció. Pese a que los dos dejaron bien clara su posición con respecto al plan, Nox vio en su rostro que lo aceptaban, si bien a regañadientes. La ventaja era que la chica podría negar cualquier acusación que le hiciesen con total credibilidad y los reevers sabían que era una decisión sensata.

—¿Y si tienen… malas intenciones? —La voz de Malik estaba bañada de genuina preocupación.

Nox esbozó una sonrisa, pero esta no le llegó a los ojos. Malik era un buen hombre por preocuparse por su seguridad en todas sus facetas y seguiría siéndolo mientras no descubriese lo oscuros que eran sus poderes.

—Si se da el caso, mis intenciones serán igual de malas.

No le pidieron más explicaciones.

Nox se puso en pie y echó a andar en el tiempo que los reevers tardaron en comprender que la conversación había llegado a su fin. La chica no tenía intención de presentarse sin ningún reparo en el campamento militar. No era tan tonta. Su único objetivo era comprobar si sería capaz de averiguar algún detalle sobre los impostores mientras descansaban alrededor del fuego. Siempre había algo por descubrir, alguna pieza del rompecabezas por colocar. En su cabeza, imaginaba que tenía que reconstruir una carta escrita a mano hecha pedazos para poder leer la información que contenía. El mensaje estaba ahí, pero todavía no lo había desentrañado.

Quizá su tendencia al sigilo se debiera a la sangre de ser feérico oscuro que le corría por las venas, o tal vez a sus años como cortesana, que la obligaron a mantener en todo momento la atractiva gracilidad que le exigía su trabajo, pero a Nox se le daba de maravilla moverse sin hacer ruido. Por desgracia, el campamento no le dejaba demasiadas opciones para acercarse sin ser vista. La posición que habían adoptado no solo les daba ventaja al ocultar la luz de las fogatas, sino que obligaba a quien se aproximase al campamento a pasar por alguno de los dos cuellos de botella del valle. Si algún enemigo descendía por la ladera, era fácil de cazar y derribar con una flecha antes de que llegase al asentamiento.

Nox se tomó su tiempo para rodear el lado opuesto del cerro antes de seguir el pequeño arroyo que antaño le había dado forma al valle. Era poco profundo y fluía lentamente, pero las aguas eran turbias y no animaba demasiado a bañarse en él.

Lo miró con el ceño fruncido.

Nox no les tenía miedo a los hombres, a las cámaras de la muerte, a las dueñas de los burdeles, a los orfanatos, al mal genio o a los reyes. No temía a las serpientes, a los insectos o a los espacios reducidos. Lo único que la hacía temblar era la idea de que a Amaris le ocurriese algo malo y las aguas en las que no se podía ver el fondo.

Sabía que el arroyo era inofensivo. Era tan pequeño que no debía de haber ni peces. Era poco profundo. El agua estaba en calma. Apenas había rocas en el fondo. Había tantos juncos a lo largo del arroyo que, si Nox se mantenía agazapada y avanzaba despacio, nadie se fijaría en ella. Podría acercarse a la orilla y pasar desapercibida.

Percibió los sonidos de una conversación mucho antes de ser capaz de discernir los rasgos de los hombres. Había algo en sus voces que sonaba terriblemente mal. No eran profundas ni tampoco contundentes. Su forma de hablar, así como el tono de sus riñas, recordaba más al de unos matones de escuela que a unos soldados que discutían. Entre las espadañas y por encima del borboteo del arroyo, Nox mantuvo la mirada clavada en las siluetas que se movían por el campamento. Cuanto más se acercaba, más sentido cobraba la situación. No eran hombres, sino niños.

Algunos de ellos quizá eran un poco más mayores, parecían estar en los últimos años de la adolescencia o haber acabado de cumplir los veinte, pero otros eran tan pequeños, tan enclenques, que no podían tener más de doce o trece años. La armadura que llevaban les quedaba grande y emitía ruidos metálicos por no ajustarse a su figura. Moirai había reunido un pelotón de niños soldado. Todos parecían muy pequeños, muy frágiles al verlos metidos en aquel estrecho valle, con los dos enormes cerros a cada lado. Deberían estar en casa con sus respectivas madres o en los campos, recolectando maíz. Ninguno de esos niños debería estar en el valle.

Su edad no ofrecía la suficiente información. Tenía que acercarse más.

El riachuelo siguió adelante por un canal tan estrecho que a Nox solo le quedaron dos opciones: o cruzarlo corriendo y atraer la atención sobre sí misma, o atravesarlo caminando con tranquilidad. Nox se quitó los zapatos planos de cuero y los sujetó con la mano libre. Se subió las perneras de los pantalones por encima de las rodillas y contempló las lentas y turbias aguas durante más tiempo del necesario. Su rostro se contorsionó en una mueca desdichada al meter los pies en el agua. Como no murió en el acto ni tampoco la engulló un tiburón, consiguió tranquilizarse lo suficiente para seguir adelante. Habría sido incapaz de explicar con palabras lo desagradable que fue descubrir que sus pies no tocaban piedras o arena, sino que se enterraron en el fango del fondo del riachuelo. Un escalofrío la recorrió de pies a cabeza cuando le sobrevino una arcada de repulsión.

El agua le llegaba por debajo de las rodillas. Se encogió al hundirse más en el arroyo y quedar en una firme posición vertical. Se dijo a sí misma que no, era muy poco probable que cada masa de agua estuviese plagada de anguilas carnívoras de dientes afilados o peces monstruosos. Debía mantener la calma y seguir los juncos que había a lo largo del extremo más profundo del riachuelo. Nox se apoyó el hacha sobre el hombro, consciente de que la imagen que daba al ir armada y con el agua hasta las rodillas desmontaría la excusa de que había salido a recoger leña.

—No es más que una bañera —murmuró para sus adentros, clavando la vista al frente—. Una bañera de agua fría, sucia y sin jabón... que podría estar llena de sanguijuelas, y algas, y demonios.

Continuó luchando contra la voz de su cabeza que le hablaba de los horrores, cocodrilos y monstruos que se morían por hincarle el diente a los dedos de sus pies. Se apoyó en la necesidad de encontrar la información que había ido a buscar y dejó que la impulsara hacia delante. Las ondulaciones del arroyo cubrían los suaves sonidos que hacía al moverse. Se aseguró de mantenerse tan pegada a la orilla como fue capaz, con la esperanza de que su silueta pasase por un trozo grande de alga entre las espadañas. Nox deseó que los niños no viesen más que un tocón entre la maleza. Nox era bruma. Era invisible. Era una con las rocas, las algas y los cangrejos.

Aunque sus orejas no eran puntiagudas como las de los seres feéricos, siempre había tenido un oído más agudo que sus compañeros humanos. Se detuvo entre los juncos al oír la parte final de un comentario de la mano de una joven voz masculina.

—Podríamos ir esta noche —decía.

Nox por fin se encontraba lo suficientemente cerca como para entender lo que decían por encima del borboteo del arroyo. El que hablaba era uno de los mayores. Sería un joven de unos diecisiete o dieciocho años. No era fácil distinguir sus rasgos desde los juncos.

—Deja que esta noche descansen. Partiremos mañana y llegaremos a la cascada al anochecer. —La segunda voz sonaba un poco más madura; el chico rondaría los veinte años.

A Nox no le cabía duda de que les habían concedido sus respectivos rangos de forma arbitraria, dependiendo de la edad que tuviesen. ¿Cómo iban a actuar esos niños grandes como los líderes de los niños más pequeños? Los reevers también contaban con miembros jóvenes entre sus filas, pero, hasta donde Nox sabía, ningún otro ejército del mundo permitiría que un hatajo de adolescentes pasase por años de agotadores entrenamientos y preparación antes de que alcanzasen la madurez, como le había ocurrido a sus compañeros. Uaimh Reev era la excepción que confirmaba la regla. En el campamento, estaba claro que los más jóvenes se limitaban a acatar órdenes, mientras que los mayores se encargaban de liderarlos.

—Los chicos están nerviosos. Preferirían zanjar el tema cuanto antes.

—Las familias reciben una buena compensación. La diosa lo entenderá.

—Esto no está bien.

—¿El qué? ¿Ganarse el pan? Lo que no está bien es que los más desfavorecidos se mueran de hambre. La reina, que la diosa la guarde, les ha dado la puta oportunidad de su vida. La diosa lo entenderá.

—No está bien —repitió el primero en voz baja.

¿Qué horrible tarea les habrían encomendado para que su compatriota tuviese que repetirle una y otra vez que la Madre Universal los perdonaría? El chico mayor no dijo nada más. Quizá trataba de convencerse a sí mismo en vez de al otro.

En ese momento, Nox lo sintió. El monstruo del río, la terrorífica serpiente, los demonios del agua, todo lo que había temido al hundir los dedos de los pies en el cenagoso arroyo. Algo la iba a arrastrar a las profundidades. Le iban a comer los pies hasta las espinillas. Estaba segura de que moriría ahogada en esa tumba de agua.

La hidrofobia que tanto se había esforzado por combatir salió a la superficie en un momento que escapaba a su control. Sintió el involuntario gritito escapar de su garganta antes de que fuese consciente de lo que estaba haciendo; el pánico a lo desconocido bajo la oscura y húmeda superficie del agua le había ganado la partida justo cuando se fijó en la tortuga que le había rozado la pantorrilla, que ahora pasaba nadando despreocupadamente junto a su pierna.

Era demasiado tarde. La habían visto.

Cerró la boca y los ojos con fuerza y soltó un improperio por tener un estúpido corazón tan cobardica y por rendirse ante la debilidad. Una maldita tortuga había hecho que descubriese su posición. Iba a acabar decapitada en medio de un campamento militar lleno de niños porque una tortuga la había asustado.

En vez de dar la voz de alarma, el chico mayor levantó una mano para ordenarle a su compañero que se quedase quieto. Nadie más parecía haber oído el suave sonido proveniente del riachuelo y ninguno de los niños le prestó ni una pizca de atención a su compañero cuando se acercó con paso sigiloso a los juncos. El resto siguió jugando, empujándose y contando historias en el campamento. El joven avanzó, con una sencilla espada en ristre.

Nox no quería que la atrapasen con un arma encima. Dejó el hacha lentamente entre los juncos, consciente de que el peso del objeto impediría que se alejase flotando. Lo mejor era que la encontraran desarmada si quería tener la oportunidad de hacerse la inocente. El sexismo benévolo era un mecanismo de defensa bastante efectivo. ¿Qué amenaza suponía para ellos una pobre doncella desarmada?

El corazón le martilleaba en el pecho, se obligó a calmar la respiración y abrió los ojos con el objetivo de prepararse para su adversario. Levantó las manos en señal de sumisión, con las palmas bien abiertas. No estaba muy lejos de ellos y el joven soldado no tardó en llegar a su altura en la orilla para observarla desde arriba. El rostro de Nox era la viva imagen del remordimiento y la preocupación y sus manos vacías transmitían inocencia. Su mente trabajaba a toda velocidad. Comenzó a prepararse un discurso para contarles que había oído un estruendo mientras caminaba por los bosques cerca de su casa y que se había acercado a la hondonada para investigar. Tenía la esperanza de que la dejasen tranquila para que así contasen con otra civil más que fuese diciéndoles a los aldeanos que Raascot estaba invadiendo el reino. Lo tenía todo preparado, tenía la conversación entera en la punta de la lengua, hasta que se dio cuenta de quién tenía delante.

El pelirrojo pecoso, de rasgos más marcados que antaño, miraba a Nox, que seguía agazapada en el arroyo. El joven bajó el arma poco a poco al reconocer a la chica.

—¿Nox? —Su nombre fue una única palabra, una mera pregunta cargada de incredulidad.

—Hola, Achard.

19

Había pasado casi una década desde que ese abusón y sus amigos habían irrumpido en la despensa y habían intentado llevar a Nox y Amaris a ver al obispo por la fuerza. Era un recuerdo tan surrealista como aterrador. Achard y sus secuaces habían abandonado el orfanato antes de que implementasen los latigazos y nunca habían vuelto a verlos o a saber de ellos hasta ahora.

Tenía la cara más delgada, demacrada de tal modo que daba a entender que el paso del tiempo no lo había tratado bien. Era tan joven como Nox. Envuelto en esa armadura demasiado grande, Achard extendió un brazo para ayudarla a levantarse del arroyo. Ella aceptó su mano y, cuando el barro liberó sus pies, dejó escapar un desagradable ruido de succión. Nox tuvo cuidado de no descubrir el lugar donde había ocultado el hacha al moverse.

Achard habló primero.

—¿Qué haces aquí?

Sus rasgos demostraban que había abandonado cualquier intención que hubiese tenido de interpretar el papel del capitán fuerte ante su tropa. Se volvió para dirigirse al chico de diecisiete años que aguardaba órdenes y agitó la mano para despacharlo, pero el soldado más joven no obedeció. Se acercó a Achard y Nox y adoptó una expresión confundida al ver a la chica, descalza y con los pies llenos de barro. Seguía siendo una criatura tan hermosa como siempre, pero no había una forma lógica de explicar su presencia en el riachuelo junto al campamento.

Achard se dirigió a su compañero.

—Es una amiga de la infancia.

Nox no estaba segura de que el joven la considerase de verdad una vieja amiga, pero supuso que no era el mejor momento para llevarle la contraria.

—¿Y qué hace una amiga tuya de la infancia en nuestro campamento?

—Yo me encargo.

Dejando la falsa declaración de amistad aparte, su relación no tenía ningún peso a la hora de explicar por qué se encontraba allí en esos precisos momentos. El más joven parecía mostrarse reacio a separarse de la hermosa muchacha, pero acabó por alejarse. Aturullado por las hormonas, recorrió el cuerpo de la joven de arriba abajo con una mirada que le revolvió el estómago. Una vez se hubo marchado, Nox aprovechó para hablar:

—Supongo que podría hacerte la misma pregunta. ¿A dónde fuiste después de marcharte de Farleigh? —Decidió que la mejor defensa sería un buen ataque y recurrió a una táctica que le había funcionado bien en el Selkie.

A los hombres les encantaba hablar.

Un soldado de verdad habría mantenido un aire de cierta entereza. Un guerrero no habría abandonado la posición de firmes. En cambio, con el peso del continente sobre los hombros, Achard se sentó en la orilla del arroyo. Su decisión fue tan sorprendente como inesperada. Daba la sensación de que el chico pecoso estaba hastiado del mundo y eso le hacía parecer mucho más mayor. Su rostro ya no lucía la desagradable mueca de un abusón, sino el cansancio de alguien que ha hecho y visto demasiadas cosas. Nox daba por hecho que el chico era duro de pelar y que sus compañeros confiaban en él, pero, al ver a Nox en el riachuelo, la ola de nostalgia que lo invadió fue tan intensa que volvía a ser un niño de nuevo. Era asombroso para Nox pensar que tenían más o menos la misma edad. Sus clientes en el Selkie solían estar bien entrados en la madurez. Quizá por eso tendía a ver a los hombres jóvenes por todo lo que les quedaba por vivir y eso chocaba con el fatídico minutero que pendía sobre la cabeza de Achard.

Nox se sentó junto a él en la orilla. Metió los pies en el agua y se limpió la suciedad y el barro que se le había adherido a los dedos y los tobillos, procurando evitar el cenagoso fondo del arroyo. Esta vez no había ninguna tortuga para delatar su posición.

Casi había olvidado que le había hecho una pregunta cuando Achard respondió.

Sonaba como si llevase mucho mucho tiempo sin recordar o mencionar lo ocurrido.

—Nos fuimos sin más, Nox. No sé qué pasó. Nos marchamos, echamos a andar y nunca volvimos a parar. Dormíamos en graneros y robábamos en los mercados. Vivimos en la calle durante varios años. Geoff no aguantó más de un año a la intemperie. Se hizo un corte en la pierna y se le puso caliente, putrefacto, verde. No sabíamos dónde encontrar un sanador y tampoco nos podríamos haber permitido uno de haberlo hecho.

Nox siempre había pensado que algo debía de haber devorado a los tres chicos. Nunca había imaginado un futuro en el que hubiesen sobrevivido, ni siquiera aunque su número se hubiese visto reducido.

—Estábamos prácticamente asilvestrados cuando encontramos a un granjero que nos acogió en su casa junto a su mujer si trabajábamos para él. Llevo ya un par de años viviendo en una aldea llamada Valkov; está a unos dos días de camino de Yelagin. Es pequeña, pobre y me hace echar de menos el orfanato, aunque no te lo creas.

Nox escuchó el borboteo del arroyo, los susurros de las espadañas, los cantos de los grillos en la distancia. Se aseguró de que Achard hubiese acabado de hablar, antes de responder:

—Si te hubieses quedado en Farleigh, tu destino no habría sido mucho más halagüeño. En el orfanato subastaban a los niños, Achard. Seguramente te habrían acabado vendiendo a un granjero de igual manera.

El chico reflexionó.

—¿A ti te vendieron?

A Nox se le cayó el alma a los pies.

—Así es —susurró.

—¿Y cómo has acabado con el barro hasta las rodillas ante mi campamento?

Sin darse cuenta, el chico le había dado la excusa que necesitaba.

—Estaba escapando de mi dueño y me pareció oír los sonidos de una aldea. No tenía ni idea de que me estaba acercando a un campamento militar. Esperaba encontrar un pueblecito entre las colinas. ¿Y qué hay de ti? Has dicho que trabajabas para un granjero, no para el ejército. ¿Cómo has acabado formando parte de un campamento como este?

Dejó escapar una amarga carcajada. No estaba muy segura de saber por qué Achard no parecía tener ninguna prisa, pero una parte de ella entendía que el tiempo que estaba pasando sentado en la orilla con ella era prestado. Había algo en el campamento, en la noche, en la tarea que se le había encomendado que no lo animaba a apresurarse a regresar.

—El dinero —se limitó a contestar. Lo dijo con una carcajada seca y carente de humor—. Es lo que hace que el mundo gire, ¿no? Todo dinero es poco, pero lo poco siempre se queda corto.

Nox reflexionó con expresión ceñuda acerca de sus próximos pasos. Quería sacarle información al joven, pero la diosa la había bendecido al haber sido descubierta por un conocido.

La probabilidad de que ocurriese algo así era de uno entre… cualquiera que fuera el número de habitantes en Farehold. Podrían haberla cogido del pelo como a una mascota y haberla arrastrado hasta el campamento para que entretuviese a los hombres. Un sargento cruel podría haberla matado allí mismo con la esperanza de ganar poder y notoriedad entre sus compañeros. Sin embargo, allí estaba, poniéndose de nuevo los zapatos de cuero empapados y contemplando los rasgos de una persona demasiado joven para el peso que cargaba sobre los hombros.

—¿Puedo hacerte una pregunta?

Nox habló en voz tan baja que no logró sacar del todo a Achard del trance de tristeza en el que se había sumido. La chica sabía cómo controlar la voz y era consciente del encanto de los recuerdos y de su importancia. Las habilidades que su oficio requería la habían preparado para mucho más que una vida en el Selkie.

Achard no asentía con la cabeza en dirección de Nox, sino en la de los juncos de la otra orilla. Sus ojos no encontraron los de ella cuando su mirada se volvió vidriosa una vez más. Comprendió que se había perdido entre los recuerdos de las adversidades, en los furibundos años que había pasado sin tener un techo, luchando por sobrevivir en un mundo frío y hambriento. Nox no se hacía una idea sobre todo aquello por lo que el chico habría pasado y tampoco tenía la sensación de que abrir esa herida fuese a ayudar a ninguno de los dos. Aunque muchas cosas podían sanar, otros traumas era mejor dejarlos tranquilos hasta que quedasen cubiertos por una costra infectada.

Habló con tanta suavidad como el arroyo que fluía ante ellos.

—Siento mucho haber venido hasta tu campamento. No esperaba encontrar uno aquí. Pero, Achard, ¿has desertado para unirte a Raascot?

Cualquier ciudadano preocupado por Farehold haría una pregunta como esa. Moduló ligeramente la voz como si le importasen la reina y la Corona. Recurrió a un tono cargado de preocupación por el chico descarriado.

Achard sacudió la cabeza.

—No puedo decirte por qué vamos vestidos como norteños, pero tenemos nuestras razones.

Nox se mordió el labio y miró al chico hasta que este le devolvió la mirada. Pasó un tiempo observándola antes de relajar la expresión. Quizá Nox ya no tenía un brillo tan intenso como el de antes de enfrentarse a la araña, pero sabía que no había perdido su encanto y belleza sin igual. El joven soldado la miró a los ojos durante tanto rato que Nox fue capaz de apreciar cómo se le partía el corazón y comprendió que no se sentía bien al jugar con él. Tenía en mente qué decir y qué piezas mover, pero la partida tenía una cierta crueldad que no sabía definir. Quizá el chico estaba pensando en lo mal que la había tratado años atrás y ahora se arrepentía de ello al comprender lo hostil que podía ser el mundo. Achard ya no era el chico que conoció en Farleigh.

—Achard, si tus hombres y tú estáis luchando para el norte, os guardaré el secreto.

—Hombres —resopló en respuesta. La intención de Nox era que se hubiese centrado en el punto cardinal de su velada acusación, pero el desdén en la voz del chico lo llevó hasta otro detalle concreto—. Son niños, Nox. Son niños desesperados que necesitan comer, que necesitan aferrarse a la esperanza. Los soldados que nos reclutaron vinieron solo a los pueblos más pobres. Se llevaron solo a los indigentes más desesperados que encontraron por el camino.

Nox probó suerte e intentó encontrar un equilibrio entre el papel de damisela confusa y amiga comprensiva, sin importar cuánto le doliera hacerlo.

—Entonces ¿los soldados de Raascot se aprovecharon de la pobreza de Farehold?

El chico sacudió la cabeza.

—Tienes que marcharte, Nox, y no me refiero solo a este campamento. No te quedes aquí. No vayas ni al sur ni al norte. Ve a Tarkhany y búscate un nuevo hogar en el desierto o móntate en un barco en dirección a las islas si tienes que ir al oeste sí o sí. Ya sé que me porté fatal contigo y con tu amiga, pero, por favor, acepta este consejo como mi oportunidad para compensártelo. —Se levantó y se sacudió la hierba de la ropa—. Adiós, Nox.

No fue una despedida emotiva. No le dio más explicaciones. Solo se oyeron las pisadas húmedas de la chica cuando le dedicó un asentimiento, se dio la vuelta y se alejó del campamento por la orilla empapada.

No esperó a que Achard tuviese oportunidad de pensárselo mejor.

20

Nox los vio en cuanto alcanzó la cima del cerro. Pese a la alegría y el alivio que coloreaba el rostro de los reevers, la expresión de la chica no reflejó las mismas emociones.

Malik fue el primero en hablar.

—¿Qué ha pasado? ¡Vimos cómo te capturaban!

Irritado, Ash le lanzó un puñetazo que impactó justo en el centro de la parte superior del brazo.

—No sabes lo que me ha costado mantener a este payaso a raya para que no descubriera nuestra posición. Estaba preparado para enfrentarse a tantos soldados como hiciese falta cuando pensábamos que te habían capturado. ¿Cómo te pillaron?

Nox sacudió la cabeza, pesarosa.

—He perdido el hacha.

Los otros dos la miraron con el ceño fruncido.

—¿De qué hablas?

—He tenido que dejar el hacha en el río. Se quedó ahí mirándome mientras me marchaba, así que no pude cogerla. Sigue en el agua.

—Nox. —Ash la observó, seguramente anonadado por la incapacidad de la chica para distinguir la gravedad de haber perdido la herramienta de un granjero y haber sido capturada por el enemigo. Permitió que se mostrara incrédulo, pese a no estar de acuerdo con la opinión que su compañero tenía acerca de aquella arma maravillosa que les había salvado la vida. Ash continuó—: Te conseguiremos una nueva. ¿Quién se quedó mirándote? ¿Qué ha pasado? ¿Cómo te encontraron? ¿Cómo conseguiste escapar?

Malik ignoró al pelirrojo y tiró de Nox para atraerla hacia sí y aplastarla en un abrazo.

—No te vi hasta el último momento, cuando identificamos a dos soldados dirigiéndose hacia el río. Ninguno de los dos nos imaginábamos cómo te habrías infiltrado en el campamento hasta que fue demasiado tarde.

—Malik —jadeó Nox.

—¿Sí?

—No puedo respirar.

El reever la soltó enseguida y dio un paso atrás para que recuperasen sus anteriores posiciones. Nox se unió a ellos entre la espesura que los ocultaba. Los reevers apoyaron la espalda contra un árbol. Malik no abandonó su postura protectora y Nox no se esforzó demasiado por resistirse a la atención que le brindaba. Era una sensación agradable. Se recostó contra Malik en busca de calor y se envolvió con la capa oscura que llevaba.

Pese a sus preguntas, la única respuesta que obtuvieron de la chica era que tenía frío, que estaba triste y que echaba de menos el hacha.

—Me encontré con alguien de mi pasado. Más o menos, me dijo que Moirai se está dedicando a cazar a los más desfavorecidos…, aunque no mencionó su nombre, claro. Los hombres del valle no son soldados. Son niños.

—¿Moirai tiene un ejército de niños? —repitió Malik con el rostro contorsionado en una mueca de dolor.

—No sé qué irán a hacer, pero, sea cual sea su plan, sonaba como si pensasen llevarlo a cabo mañana por la noche. Dijeron que «preferirían zanjar el tema cuanto antes», lo cual me lleva a pensar que la misión está a punto de llegar a su fin.

—¿Eso te lo han dicho ellos?

Nox sacudió la cabeza. La delicada suavidad de sus cabellos le rozó las mejillas con el movimiento. Los mechones negros lograban que se confundiera perfectamente con la negrura de la maleza. Lo más seguro era que sus respiraciones llamasen más la atención que cualquier otro movimiento que hiciese en la oscuridad.

—Intenté acercarme al campamento siguiendo el río, pero me vieron.

—¿Y te dejaron ir así sin más? No creo que tu poder de convicción llegue a esos niveles —sentenció Ash.

—El chico que me descubrió era alguien a quien no veía desde hacía unos… ¿ocho años? Estuvo conmigo en el orfanato.

—Vaya, menuda… suerte.

—Sí y no. La lástima que me corroe por dentro no me hace sentir afortunada. Lo único que he podido averiguar es que esos chicos y sus respectivas familias están recibiendo un dinero a cambio de lo que sea que vayan a hacer. No paraba de decir que «la diosa lo entendería», así que algo me dice que sea cual sea su cometido, sea lo que sea lo que les han pagado por hacer, es una verdadera atrocidad.

—¿Qué podemos hacer?

Caviló durante unos instantes, controlando la respiración para superar la pesadumbre que le atenazaba el corazón.

—Tenemos que conseguir otra hacha.

✦

El rostro de Nox se crispó de irritación.

Soñar en un momento como aquel era una molesta y decepcionante muestra de falsedad.

Una buena parte de ella odiaba los sueños. Los anhelantes remolinos de su subconsciente no eran más que crueles recordatorios de todo cuanto nunca ocurrió ni podría ocurrir jamás. Nox estaba convencida de que, en el mundo real, no se encontraba en una habitación tallada en granito e iluminada por un fuego en el hogar, sino en una ladera, desde donde vigilaba a una partida de guerra. La suave luz anaranjada que se filtraba por la ventana parecía corresponderse con las primeras luces del alba. Era un sueño de montañas y remotos lugares fantásticos. El único detalle que reconocía del espacio en el que se encontraba era el denominador común en sus sueños más agradables.

—Hola —saludó con voz triste al espejismo nacarado de la chica.

Amaris ya tenía los ojos abiertos y había encontrado su mirada. Tomó las manos de Nox entre las suyas y depositó un beso sobre sus nudillos. Aquel gesto sorprendió mucho a Nox. Aunque no estaba especialmente contenta, sus labios se curvaron para esbozar el fantasma de una sonrisa.

—Alguien está de buen humor.

Amaris asintió.

—De vez en cuando, las cosas salen como yo quiero y me encuentro con amigas preciosas en la cama.

Nox se hundió un poco al oír esa palabra. Eran amigas; las mejores amigas, en realidad. No estaba segura de saber por qué su mente insistía en machacarla con ese detalle en sueños una y otra vez. Era una puta crueldad que su subconsciente no le permitiese disfrutar del refugio liberador con el que se entretenía al darse el gusto de vivir una relación que había anhelado durante años. Quería que sus sueños se convirtiesen en una aventura donde la ropa acabase hecha jirones, los dedos de una recorriesen la piel desnuda de la otra y su respiración diese paso a jadeos y gemidos. ¿Por qué no se le estaban encogiendo los dedos de los pies al arquear la espalda? Incluso su mente dormida alentaba su sufrimiento. Tenía la sensación de que, hasta en lo más profundo de su ser, dudaba de que Amaris llegase a quererla nunca como Nox la quería a ella, y quizá no era malo. Quizá sus sueños le hacían un favor al repetir la realidad de la que ella ya era consciente.

—No eres real, ¿sabes?

—Qué comentario más… raro.

Nox se encogió de hombros.

—Supongo que tu respuesta no importará demasiado, pero ¿te puedo hacer una pregunta?

—Si la respuesta no importa, entonces no pierdes nada en preguntar. Nada puede decepcionarte si no tienes expectativas.

La sonrisa de Nox creció al oír aquello. Incluso en sueños, Amaris era muy lista. Nox se preguntó si serían imaginaciones suyas o si su cerebro habría recopilado recuerdos verdaderos del ingenio de la chica y su habilidad con las palabras.

—¿Eres feliz? —preguntó al fin.

Amaris se encogió de hombros.

—Supongo que sí. Aunque no sé si cuento con ese lujo todavía. He tenido una vida dura, pero estoy progresando. Ay, diosa, tengo tanto que contarte. Ni un paso atrás, ¿no? ¿Y tú? ¿Lo eres?

—¿Feliz?

Amaris inclinó la cabeza, a la espera.

Nox frunció el ceño ante la ilusión de Amaris. Quizá debería estar agradecida por el avance terapéutico que suponía ser capaz de hablar con su propio subconsciente.

—Si te soy sincera, no tengo ni idea. Hay muchas cosas que me gustaría cambiar. En algunos aspectos, mi vida ha mejorado. En otros, se ha vuelto mucho peor.

Amaris, comprensiva, hizo un puchero.

—La fiebre siempre alcanza su punto álgido antes de desaparecer.

—Pero ¿por qué tenemos que enfermar siquiera?

Se miraron la una a la otra mientras prestaban atención a los apacibles sonidos quedos de su respiración al mezclarse con los reconfortantes chisporroteos del fuego. Nox se sentía agradecida por disfrutar de aquellos brevísimos momentos de consuelo mientras dormía y se entristecía al pensar en aquellos que no soñaban y mucho más al recordar que otros sufrían terrores nocturnos. Los sueños de la chica, tranquilos y sin incidentes, eran los pocos momentos de paz durante los que podía reunirse con Amaris, lejos del mundo que insistía en arrancarla de entre los brazos de Nox.

A lo mejor no tenían que hablar.

A lo mejor no necesitaba que fuese real.

A lo mejor podía rendirse ante la ilusión.

La chica alzó una mano para apreciar lo morena que parecía la piel de sus dedos esbeltos en contraste con la de la preciosa amiga con quien compartía la cama. Acunó la mejilla de Amaris y esta sonrió, se apoyó contra su mano y giró el rostro para depositar un beso en la palma de Nox. Acarició su piel con los labios e hizo que una ola de emoción recorriera la columna de la chica. No había ni un solo segundo en que Nox no quisiese arrastrar a Amaris hacia sí para besarla. Ansiaba reclamar los pálidos labios rosados de la joven iluminada por la luz de la luna. Una y otra vez, sus sueños siempre alcanzaban ese momento culminante. Nox había abierto la boca para hablar con su fantasma favorito cuando algo húmedo le impactó contra la frente, luego contra la oreja y, por último, contra el cuello.

21

No fue la calidez de la luz de la mañana lo que los despertó, sino las delicadas gotas que se colaban entre las hojas que pendían de los árboles bajo un cielo gris. Nox parpadeó al sentir el agua de lluvia y descubrió que se había quedado dormida apoyada contra Malik. Confundida y desorientada, se incorporó hasta quedar sentada y se limpió el agua de la cara. Malik se revolvió al sentir que Nox se movía y se despertó con un parpadeo. La lluvia esporádica comenzó a caer de forma constante y cada gota tenía el tamaño de un guijarro. Los tres se despertaron con sendas quejas por el tiempo, dieron varios bocados de pan rancio antes de que quedase empapado por la lluvia y se prepararon para dar comienzo al día mientras los cielos les escupían.

Al principio, la lluvia no fue más que un incordio. Los tres se resignaron a permanecer calados y abatidos, puesto que no había nada que hacer.

El sonido de la lluvia al caer sobre las tiendas de campaña también había despertado al variopinto grupo de soldados falsos que dormía en el valle con la primera luz grisácea de la mañana. Nox y los reevers se esforzaron por mantener el estoicismo de los buenos guerreros, pero la chica se acurrucó bajo su capa mojada como si tratase de desaparecer en su interior. Ya no le interesaba ser una espía. Quería estar en una cama calentita, junto a un fuego crepitante, con los pies cubiertos por calcetines secos y con un tazón enorme de sopa.

Tenía frío. Estaba incómoda. Se sentía como si estuviese sumida en la más profunda miseria.

Vigilaron el destacamento con evidente preocupación mientras levantaban el campamento. Era la hora de partir y los soldados no pospondrían su misión por un poco de lluvia.

Había una cierta desorganización en la forma en que desmontaron las tiendas y se pusieron en marcha. Quienes se movían por el valle no eran ni soldados entrenados ni guerreros impávidos. Los chicos vestidos con uniformes norteños tenían un único cometido: avanzar, hacer lo que Moirai les ordenase y dejarse ver con los colores del norte.

Ash y Malik estaban acostumbrados a entrenar en condiciones poco favorables. Le explicaron a Nox que los habían obligado a subir y bajar una montaña corriendo bajo tormentas traicioneras y a entrenar en el estadio, lloviese, nevase o hiciese un calor de mil demonios. Se mostraron orgullosos de haber sostenido espadas a temperaturas mínimas. Habían corrido con rayos y truenos. Habían luchado en un combate cuerpo a cuerpo mientras el viento soplaba con la intensidad de un vendaval. Los elementos no tenían un menor impacto sobre los reevers porque fuesen más fuertes que los humanos o los seres feéricos en general, sino porque los habían sometido a años de pura terapia de choque y las penurias ya no tenían ningún efecto sobre ellos.

—Me alegro por vosotros —murmuró Nox—, pero yo no soy una reever.

✦

Malik miró con mala cara el pequeño ovillo de sombra húmeda de cuya capucha escapaban unos cuantos mechones de pelo empapados antes de volver a centrarse en estudiar el valle. Tanto él como Ash vigilaron a los chicos, que habían acabado de

271

recoger el campamento cuando alzaron los estandartes del norte y echaron a andar para salir del cañón.

—Vamos, Nox.

Malik extendió una mano hacia ella, que seguía agazapada contra un árbol y se protegía el rostro de la lluvia con la capucha.

—¿Por qué no esperamos? Aunque sea hasta que la lluvia amaine un poco.

Malik la miró con expresión comprensiva, así que fue Ash quien puso los ojos en blanco y respondió:

—Dime que estás de broma o te echo del equipo.

Mientras se ponía de pie, Nox farfulló entre dientes que ella nunca había pedido formar parte del equipo en ningún momento o algo parecido.

En vez de desviarse hacia la carretera o encaminarse hacia el bosque, el ejército impostor siguió el río. Fue todo un reto medir el paso del tiempo a lo largo del día, puesto que el cielo plomizo y la terrible incomodidad de la lluvia hicieron que cada minuto fuese eterno. Los tres compañeros avanzaron por el bosque y las cumbres de los cerros que se alzaban a ambos lados del río. Así, pudieron seguir al otro grupo sin descubrir su posición. Los chapoteos húmedos del diluvio ahogaban cualquier sonido que hiciesen mientras seguían el rastro de los chicos.

Gracias a la información que Nox les había proporcionado, sabían que la partida de guerra aspiraba a alcanzar su destino cuando cayese la noche. ¿Cómo distinguirían cuándo era de noche si el cielo había tenido el mismo tono gris a lo largo del día? El reloj de bolsillo había sido su salvación en aquellos momentos. En repetidas ocasiones, lo sostuvieron bajo la capa para protegerlo del dañino efecto del agua cuando comprobaban la hora. Aunque lo habían hechizado para que tuviese propiedades mágicas, hoy su uso más mundano había demostrado ser también el más útil. Solo se habían detenido a mirar la hora un par de veces a lo largo del día, puesto que les daba pánico empapar el precioso tesoro. Tres horas después del mediodía, Nox se había vuelto insufrible.

Había muchas formas de describir a la chica. Se había mostrado tenaz y amable durante días. Era encantadora, lista y fuerte. Nox había salvado a Malik y había demostrado una incomparable valentía al tener que enfrentarse a un demonio. Desde luego, era mucho más agradable a la vista que los dos reevers, lo cual era una novedad que agradecían tras viajar durante tantos años junto a la hermandad de asesinos. Por desgracia, sus virtudes se tornaron irrelevantes bajo la lluvia torrencial. A pesar de sus muchos atributos positivos, Nox dejó bien claro que odiaba la lluvia y estaba más que dispuesta a hacer que todos sufriesen sus molestias. Retomaba sus preguntas, quejidos y protestas cada vez que el irritante peso de su última intervención abandonaba los hombros de los reevers. Les resultó increíble descubrir que una persona tan encantadora como ella fuese capaz de hacer que quisiesen lanzarla por el barranco.

—¿No podemos detenernos bajo alguna roca?

—No, no vamos a parar —respondió Ash.

—¿Y por qué no seguís vosotros mientras yo busco una cueva?

Ash le lanzó una mirada a Malik.

—Yo voto por dejar que se marche y que encuentre la cueva para que se quede a vivir en el bosque. Te lo digo en serio.

—Déjala tranquila.

—Vale, pero te toca a ti lidiar con ella —refunfuñó Ash.

—¿Eso es un sí? —Nox levantó la voz para que la oyesen por encima del azote de la lluvia; caminaba detrás de ellos y se resbaló con una piedra al tratar de mantener el equilibrio.

—Por aquí no hay cuevas y si te separas ya no nos volverás a encontrar. —Malik trató de mostrarse paciente. No echó la vista atrás para ver lo mucho que Nox se esforzaba por mantener el ritmo.

—Tengo frío.

—Si no te detienes, pronto entrarás en calor.

—Antes le quitasteis hierro enseguida, pero la tormenta no para de empeorar. Tengo la sensación de que no nos hemos parado a buscar ninguna cueva. ¿Por qué no buscamos una, encendemos un fuego y luego le pedimos al reloj de bolsillo que nos diga a dónde han ido los soldados?

—En estos cerros no hay cuevas. No presentan la topografía adecuada.

—¿Y por qué no os adelantáis y le pido al reloj que me lleve hasta vosotros dentro de un rato, cuando haya encontrado una cueva?

—Nox, aquí no hay cuevas. Estos cerros no están hechos de las rocas necesarias para la formación de cuevas.

—Tengo los pies empapados. Me siento muy incómoda.

—Todos estamos igual.

—Echo de menos mi hacha.

—Te conseguiremos una nueva.

—Me siento fatal.

—No eres la única.

—Me muero de hambre. ¿No podemos pararnos a cazar y preparar algo de comer?

—Va a ser imposible encender un fuego con la lluvia.

—El agua está haciendo que me rocen los zapatos.

—Se te acabarán secando.

—Quiero…

Malik llevaba días sospechando que, en un cierto nivel abstracto, estaba enamorado de la hermosa joven de pelo negro, independientemente de que los encantos de Nox influyesen sobre su sangre humana o no. Le dio las gracias a la diosa por su benevolencia divina al enviarles la lluvia para que pudiese recobrar la cordura y romper el hechizo que Nox le hubiese lanzado sin querer. Los otros solían olvidar que él era el mayor, que les sacaba varios años a los dos y Malik era consciente de ello. Hacía tiempo que no recurría a la carta de la autoridad que le proporcionaba su edad. Tras pasar horas intentando aguantar pacientemente las quejas de la chica, el hombre de cabellos dorados por fin se dio la vuelta para enfrentarse a la mujer que había ido arrastrando los pies para dejar bien claro su descontento. Malik no albergaba ni una sola gota de malicia o violencia en su interior. El entrenamiento que había recibido como reever se basaba en la furia y el poder de la paz y la justicia. En ese preciso instante, la mayor injusticia que lo separaba de su misión era la compañera, quejica y cabezota, que arrastraba tras él.

Tras haber tenido los puños apretados durante más de una hora en un intento por combatir la irritación, alzó las manos en un brusco movimiento y clavó la mirada en Nox a través de la cortina de agua. Le bajó la capucha para obligarla a mirarlo y la boca de la chica se abrió en una sorprendida mueca de protesta. Nox entornó los párpados para protegerse de la tormenta y contemplar el rostro de Malik. Parecía tan sorprendida como desconcertada por su reacción. Tal vez era culpa del exceso de confianza de la chica, pero Malik siempre había sentido que Nox era más alta de lo que era en realidad. Nunca se había cernido sobre ella como en aquel momento. Estaba a escasos centímetros de su rostro y sus ojos centelleaban con la indignación de un padre decepcionado.

—Como no dejes de lloriquear, Ash y yo te dejaremos aquí para que pases el resto de tu vida en el bosque. ¿Es eso lo que quieres?

Nox jadeó, interpretando el papel de la niña que recibe una regañina. Arrugó la nariz en un gesto testarudo. De no haber sido por la lluvia que le azotaba el rostro, lo más probable habría sido que hubiese continuado retándolo durante mucho más tiempo. Para protegerse los ojos de la molestia del agua, tenía que bajar la mirada, así que clavó la vista en sus propios pies. El pelo empapado se le pegó al cuello y a los hombros.

—No.

—¡A nadie le gusta la lluvia, Nox! —continuó Malik sonando casi como un padre enfadado—. Ash odia mojarse; a mí no me gusta caminar por el bosque con las botas encharcadas, y ninguno de los soldados de ahí abajo están viviendo su mejor momento bajo esta maldita tormenta. No eres la única que lo está pasando mal. O dejas ya de protestar, o maduras y aceptas que empaparse bajo una tormenta durante una misión que parece no tener fin no es plato de buen gusto para nadie.

Esperó en un silencio candente hasta que Nox volvió a levantar la vista para mirar a Malik, cuyos ojos centelleaban mientras la lluvia le corría por el cabello, la mandíbula y los hombros. Alzó aún más la mirada para encontrar los ojos del reever y los labios de la chica se entreabrieron en su presente conmoción hasta que volvió a cerrarlos para no ahogarse. De haber tenido una afición por las apuestas y a juzgar por la expresión de la chica, Malik se habría aventurado a asegurar que nadie había hablado a Nox de esa forma antes. Se dio la vuelta y retomó la marcha.

Los reevers siguieron adelante, pero Nox tardó unos instantes en recomponerse del atónito silencio en que Malik la había sumido.

Junto a él, Ash luchaba por reprimir una sonrisa. Por poco se le atragantó la sorpresa y la lluvia que le salpicaba el rostro se encargó de ocultar su risa. Malik estaba bastante seguro de que su amigo nunca le había visto recurrir a esa aura autoritaria.

Malik no se detuvo y caminó encorvado por la irritación que despertaba en él su terca compañera. Estaba convencido de que, de echar la vista atrás, vería que la expresión enfadada de Nox no habría cambiado. Sin embargo, gracias a la Madre Universal, la chica no volvió a abrir la boca y los siguió durante casi cuatro horas más bajo el dichoso diluvio.

Los cielos se descargaron con más virulencia sobre ellos y los cegó el aguacero. Respiraban entrecortadamente como si se ahogasen en litros de agua. Apenas alcanzaban a ver sus propios brazos extendidos y mucho menos al destacamento que avanzaba junto al río. La cortina de agua hacía que los árboles se tornasen invisibles. El valle bien podría haber desaparecido tras el muro gris de lluvia. Mantuvieron el límite de la colina a un lado en todo momento para asegurarse de que no dejaban de seguir el río, incluso a pesar de que era prácticamente imposible ver nada.

Para bien o para mal, todo tiene un fin, incluyendo las tormentas, los viajes o la vida.

La lluvia comenzó a amainar después de que diesen las seis y, para cuando fueron las siete, había disminuido hasta convertirse en una llovizna uniforme. Tenían la ropa empapada y sus ánimos estaban tan encharcados como sus zapatos, pero habían conseguido completar un día entero de viaje pese a las inclemencias del tiempo. Para cuando la llovizna pasó a ser poco más que un calabobos, la tormenta había amainado del todo y por fin fueron capaces de ver el bosque y el mundo que los rodeaba. Como el tiempo había reducido su visión durante más de doce horas y el sonido de la tormenta había bloqueado el resto de sus sentidos, ninguno de los tres tenía ni la más remota idea de dónde se encontraban y tampoco contaban con ninguna pista de hacia dónde habían estado caminando. Ahora empezaba a caer la noche y el bosque se había quedado en silencio, por lo que los tres oían el sonido lejano de algo similar a un trueno.

Cuanto más aguzaron el oído y más avanzaron, más evidente resultaba que el trueno había cedido ante una clara consistencia. Aunque ya no llovía, el sonido no cesaba. No era ningún trueno. No se acercaban a una tormenta, sino a una cascada.

Malik llegó a la conclusión de que no tendría tiempo de explicarle el origen del sonido a Nox en cuanto lo identificó. Ella nunca había caminado por aquellos bosques y no entendería lo que implicaba, pero, en los últimos y oscuros momentos de la solemne luz del día, Malik adivinó con un nudo de terror en la boca del estómago exactamente dónde se encontraban.

Los soldados se dirigían hacia el templo de la Madre Universal.

22

Se habían quedado mucho más rezagados de lo que habían esperado.

Valiosísimos segundos, minutos e incluso una hora entera se habían desvanecido, se habían escurrido entre los dedos de los tres compañeros, perdidos en mitad de la tormenta que les había impedido darse cuenta de la inesperada distancia que la partida de guerra había puesto entre ellos y sus perseguidores. Cabía la posibilidad de que el valle le hubiese dado una ventaja directa al pelotón, aunque también podrían haber ganado un par de kilómetros mientras Nox retrasaba a los reevers al comportarse como una niña quejica. Para cuando los tres compañeros fueron conscientes del rugido de la cascada, empezaron a oír los sonidos metálicos de las espadas al entrechocar en la distancia. En cuanto aquellos ruidos llegaron hasta sus oídos, supieron que no llegarían a tiempo.

Era demasiado tarde.

Nox no tuvo que preguntar. Ash y Malik salieron corriendo a toda velocidad, esquivando las ramas y los empapados troncos caídos. La chica los siguió tan rápido como pudo. Por primera vez, al balancear los brazos para impulsarse y tratar de seguirles el ritmo, se alegraba de haber dejado el hacha atrás. Una raíz que sobresalía del suelo hizo que se tropezara y cayera sobre la tierra resbaladiza. Se deslizó por el terreno húmedo y acabó con los brazos y una mejilla cubiertos de barro negro.

Ash y Malik volaron por los bosques como un par de conejos perseguidos por un zorro y desaparecieron de su vista entre los troncos lejanos. Tendría que cuidar de sí misma esta vez.

Nox se miró las manos y se las limpió contra la capa mojada mientras se reponía. No necesitaba saber qué estaba ocurriendo para comprender que algo iba muy mal y no podía permitirse el lujo de aclimatarse a la urgencia del momento.

Obligó a sus piernas a moverse para echar a correr de nuevo. Se le había caído la capucha y le colgaba a la espalda. Tenía el cabello pegado al rostro y se le mezclaba con el barro que le manchaba las mejillas. La adrenalina fluía por sus venas a medida que recorría el bosque.

El cielo se oscurecía más y más a cada segundo. A pesar de su habilidad para adaptarse a la noche y las sombras, mantener el equilibrio se convirtió en todo un reto al quedarse sin los últimos rayos de luz del día gris. Lo único que podía hacer era esquivar los troncos de los árboles y saltar las rocas desplegadas en posiciones peligrosas por el bosque. No tuvo éxito. Se llevó un fuerte golpe con una rama en el hombro y el impacto la desestabilizó. Nox volvió a caer y su visión se nubló al golpearse la espinilla contra una piedra saliente. El dolor hizo que ahogase un grito y enseguida supo que un cardenal del tamaño de un huevo de ganso colorearía de púrpura su pierna. Se agarró la pantorrilla y se dejó caer de espaldas con un gruñido.

Los rugidos de la cascada y los penetrantes sonidos metálicos del acero crecieron más y más con cada paso renqueante que daba. No era el momento de dejarse vencer por los contratiempos. Había sido el eslabón más débil durante todo el tiempo que había pasado caminando sin ganas bajo la lluvia. Ahora el momento exigía que se mostrase fuerte y Nox no pensaba fallar.

La oscuridad se desvaneció en cuanto atravesó la línea de árboles. Observó con mirada atónita el desagradable pandemonio de ruido y luces cegadoras.

Era un caos.

Ante ella no veía el alegre chisporroteo de un fuego de campamento, sino la iracunda amenaza de una tragedia. Las llamas carmesíes constituían la única fuente de luz en la noche encapotada. Las siluetas corrían de acá para allá y los gritos rabiosos inundaban el valle. Había un edificio —un magnífico edificio de piedra— en el claro. Recorrió la escena con la mirada en busca de pistas que le permitiesen saber dónde se encontraban. No era un pueblo y tampoco un hogar. El interior del edificio estaba en llamas y el fuego iluminaba a quienes se encontraban en el valle, como si un abismo se hubiese abierto en la tierra para dar paso a las iracundas luces rojas del inframundo.

Era un infierno.

Nox avanzó hacia el edificio palaciego en un trance de conmoción tan denso que no le permitía asimilar nada de lo que estaba viendo. Varios de los niños vestidos de norteños estaban repartidos en distintos montones de cuerpos cercenados y tela desgarrada. El agua tronaba al caer desde un barranco hasta alcanzar un estanque con un rugido. El clamor se unía a los gritos de los hombres, al crepitar del fuego y al estruendo del metal. Los álamos que delimitaban el claro montaban guardia en un círculo perfecto que dejaba aquella estampa de locura fuera del mundo que la rodeaba.

No veía a sus compañeros por ningún lado.

Nox era incapaz de apartar la mirada. No lograba detenerse. Sus pies la impulsaban hacia delante, la acercaban al caos y al fuego por puro instinto.

Antes de darse cuenta de lo que estaba haciendo, subió unos cuantos escalones de mármol; sentía los pies pesados al impactar con la pulida piedra blanca del edificio. Un alarido brotó del interior. El cuerpo destrozado de un niño se dejó caer contra uno de los pilares de mármol a la entrada del edificio. Bajo el cuerpo sin vida, se formó un charco de sangre que goteó por los escalones y creó un reguero carmesí que imitaba al río y su cascada. Nox se sentía tan confundida que se había sumido en un embotado estado de calma. El muro que amortiguaba su mente la protegía de toda emoción, le impedía reaccionar.

Entonces oyó a uno de los reevers.

—¡Detente! —La voz llegó acompañada del sonido metálico de una espada.

Nox alzó la mirada vidriosa y carente de emoción hasta el edificio de piedra, donde dos hombres luchaban. Vio a Ash, con el cabello pelirrojo pegado a la cara por el calor que emanaba del fuego a su espalda. Nox sabía que debía sentir algo. Debía sentir una sensación de urgencia, debía sentir miedo, pero no notaba nada.

Los ruidos sordos y los golpes se elevaron desde el interior del edificio. Nox reconoció al joven vestido con los colores norteños que avanzaba hacia Ash. Aunque podría haber sido por el sudor o la lluvia, daba la sensación de que el chico pecoso había estado llorando. Ash se estaba batiendo en duelo con Achard.

—No puedo —se limitó a decir Achard antes de lanzar un golpe con su espada.

La oscuridad envolvió a Nox como un manto protector, pero una voz más allá de las sombras se resistió a ella. «No —dijo la voz de su interior—. Lo que está ocurriendo es demasiado importante. Tienes que estar presente. Tienes que sentir».

Se encontraba ante un lugar sagrado; estaba segura de que era así. El mármol blanco brillaba con tonos dorados, imbuido de resplandor y magia. Los cuerpos y la fuerza vital de los niños que escapaba en charcos carmesíes cubrían el suelo sobre el que los amigos de Nox luchaban por su vida. Sabía que, aunque los reevers contaban con grandes habilidades de combate, el ingente número de aspirantes a soldado era suficiente para derrocar incluso al más curtido de los guerreros. Ash no paraba de gritar mientras luchaba. No trataba de matar o herir a su contrincante, sino que se limitaba a desviar cada estocada en una sucesión de medidas preventivas, lo cual dejaba muy claro que no quería acabar con la vida del otro joven.

—¡Te pido por favor que desistas!

Tras los dos hombres se había desatado un fuego tan intenso que iluminaba todo el valle. Tonos naranjas, rojos y amarillos devoraban un árbol descomunal. El fuego que consumía el tronco retorcido y sus ramas extendidas hacía que pareciesen tener vida propia. El calor era abrasador; Nox se sentía como si se hubiese metido de cabeza en una fragua y su cuerpo se estuviese cocinando bajo la capa empapada. Acababa de entrar por su propio pie en un horno.

—Por favor —graznó una mujer.

Nox se dio la vuelta al oír aquella palabra, la primera en sacarla del trance. Si el tiempo se había detenido a su alrededor, todos los segundos que había perdido al ralentizarse recuperaron el ritmo a toda velocidad. Una sensación de urgencia la embistió cuando recuperó el sentido.

Había una mujer en la entrada.

Nox se dejó caer de rodillas para tratar de ayudar torpemente a la desconocida. La mujer estaba cubierta de sangre; el color de su abdomen contrastaba con el tono plateado de su vestido y delataba el lugar donde la habían herido. Gracias al hábito y al edificio que había estado contemplando hasta hacía un momento, Nox comprendió que se encontraba ante una sacerdotisa. Eran dos mujeres en un horno, a la espera de que las incinerasen. El calor engulló todo el aire de la estancia.

—¿Qué…? —Nox se había quedado muda.

El tiempo seguía recuperando el ritmo; la comprensión luchaba por hacerse un hueco en su mente. Tenía que hacer algo. Se lo estaban pidiendo. No sabía dónde se encontraba o qué clase de tragedia acababa de tener lugar.

—Dime qué tengo que hacer —rogó.

La sacerdotisa miró a Nox desde el suelo mientras el humo negro se cernía sobre ellas como una espesa nube. Las llamas lamieron sus facciones y las iluminaron con su luz. Nox observó a la mujer herida y una idea vaga pero indiscutible le vino a la cabeza: solo las mujeres tenían permitido entrar en el templo de la Madre Universal. Los hombres habían profanado ese lugar sagrado y la fuerza de su destrucción había incendiado el Árbol de la Vida. Los hombres eran los culpables de todo.

Las manos de Nox vacilaron sobre el cuerpo de la mujer al no saber muy bien qué hacer. No tenía nociones de medicina. No contaba con el don de la sanación. Presionó sobre el abdomen de la mujer como si quisiese detener la hemorragia, pero, a medida que el mundo se desmoronaba a su alrededor, llegó a la conclusión de que actuaba en vano.

—¡Te sacaré de aquí! —Hizo intención de arrastrar a la mujer.

—No —jadeó la sacerdotisa con un gesto de dolor a causa del esfuerzo.

El sonoro gruñido de un chico que no tendría más de quince años atravesó el templo mientras corría hacia ellas, con la espada en ristre, como un niño que juega a ser caballero. Cargó contra Nox y la sacerdotisa, pero esta levantó una mano desde donde yacía. Apenas miró al niño cuando una luz, tan roja y colérica como las llamas que lamían el árbol, salió volando de entre sus dedos. La magia de la sacerdotisa atravesó al chico e hizo que se detuviese en seco. Su cuerpo vaciló durante un segundo, como si hubiese quedado atrapado por la inercia, antes de que empezara a brotar la sangre del corte que le había hecho a la altura del estómago; el fuego de la mujer lo había cortado en dos como una afiladísima espada. El brillo de sus entrañas al descubierto refractó la luz del fuego cuando el chico cayó al suelo, cauterizado como la carne asada al caer sobre un plato. La sacerdotisa dejó caer la mano extendida, pero no miró a Nox. La cabeza de la mujer cayó hacia un lado, de manera que su mejilla quedó apoyada sobre el abrasador suelo del templo. Había perdido demasiada sangre para mantenerse anclada al mundo. Empezaba a desvanecerse.

—¡Aguanta! Aguanta. ¡Te sacaré de aquí!

La sacerdotisa susurró una única palabra:

—Yggdrasil.

Nox siguió la mirada de la mujer hasta el árbol. Una mezcla de intensísimo bermellón, naranja y amarillo devoraba el tronco. El fuego hambriento se extendía por sus ramas. Nox jadeó en busca de aire a medida que el infierno se cernía sobre ella. Con cada respiración sentía que estuviese tragándose un auténtico sol ardiente. Cuando el humo inundó sus pulmones, comenzó a toser. La sacerdotisa cerró los ojos ante el calor y el rápido avance de la humareda.

—¿Qué debo hacer? ¡Dime qué hago ahora!

La sacerdotisa había cerrado los ojos por última vez y ya jamás volvería a abrirlos. Los labios resecos y ensangrentados de la mujer herida solo consiguieron pronunciar dos palabras. La luz de las llamas siguió iluminando su piel con una belleza mortal, la belleza del más allá.

—La manzana.

A Nox le ardían los ojos por culpa del humo que manaba del árbol en llamas. Notó la boca pastosa por las cenizas cuando separó los labios con intención de responder. Los chicos vestidos con los colores de Raascot permanecían en el templo; meros niños soldado que arrasaban todo aquello que Nox no alcanzaba a ver. Había otras estancias más allá de la enorme sala en la que ella se encontraba, pero Nox no se molestó en ir hasta allí. Estaban completamente destrozadas.

Todas las personas que estuviesen dentro de los muros de mármol del templo iban a morir calcinadas si no abandonaban el edificio de inmediato.

Nox bajó la vista para contemplar a la sacerdotisa. La mujer no volvió a abrir los ojos.

Entonces Nox devolvió su atención al árbol y estudió lo poco que quedaba de la madera bajo el chisporroteante fervor del fuego. Siguió con la mirada una de las ramas extendidas y vio que una única pieza de fruta colgaba del alargado dedo de una rama, aunque el fuego engullía dicha rama sin descanso. Para alcanzar la manzana, tendría prácticamente que atravesar las llamas. La delicada carne de la fruta no sobreviviría durante mucho más tiempo al calor. Si iba a recuperarla, debía hacerlo ya.

Reunió el coraje necesario para zambullirse en el fuego en un momento de locura, pero el incendio rugía, la abrasaba. Se sentía como si su piel se estuviese derritiendo, como si los músculos se le estuviesen separando de los huesos ante la ardiente intensidad del infierno que se había tragado el templo. Volvió a toser y tomó una bocanada de aire al tiempo que su mirada se clavaba en el objeto de las últimas palabras de la sacerdotisa. La piel de la manzana brillaba con tonos dorados y carmesíes al ritmo de la danza de las llamas que engullían los últimos restos del árbol milenario que la albergaba. El sonido del metal murió cuando el chisporroteo de las llamas y las toses inundaron el templo. Los soldados no estaban luchando con nadie. No había ningún enemigo. Habían acudido al templo con un único cometido: destruir todo cuanto se pusiese en su camino.

Tenía que hacerlo ya.

Nox se puso en pie, ignoró el baño de sangre, a los hombres y su destrucción y la locura en la que se había sumido ese lugar sagrado. La sacerdotisa le había encomendado su última voluntad. Notó como empezaban a salirle ampollas en la cara a medida que su piel se tostaba como la de un cerdo ensartado sobre una fogata. El hedor del pelo quemado y el humo negro se entremezcló con el tufo de los cadáveres carbonizados. No podía permitirse ver los cuerpos. No podía permitirse olerlos. Tenía que actuar con más rapidez, tenía que hacer lo que la sacerdotisa le había pedido.

Se presionó los párpados con la palma de las manos para calmar el picor de sus ojos enrojecidos por el humo.

Alguien la llamó, pero no hizo caso. No sabían que tenía una misión. No le daría tiempo a encontrar a los reevers. Tenía que alcanzar la manzana.

Nox se acercó más y más al árbol y oyó la agitación y el chisporroteo de las ramas al empezar a caer. Se protegió los ojos con la manga caliente y todavía húmeda de la capa. Saltaban chispas cada vez que una rama impactaba con el suelo. Oía cómo sus zapatos de piel siseaban al entrar en contacto con el mármol. Las ramas vetustas, arrugadas y nudosas del árbol ardían blancas y grises a causa de las llamas que devoraban la madera desde el interior, de manera que el árbol iba pareciéndose cada vez menos a un ser vivo y más a los restos calcinados de un cadáver.

La manzana. Tenía que alcanzarla. Si conseguía acercarse un poco más, si lograba adentrarse más en el fuego… La manzana aún pendía del extremo de una de las ramas del árbol. El tronco se sacudió y su fruto tembló y amenazó con caer al abrasador suelo de mármol, donde, sin duda alguna, acabaría asándose. Nox, que casi podía tocarla, entrecerró los párpados para evitar que se le deshiciesen los globos oculares como huevos poco hechos.

Volvió a oír su nombre, pero siguió adelante, poseída por la concentración característica de tener un único propósito.

Cuando extendió las manos hacia la manzana, un furioso dolor candente la atravesó. Si sus cabellos y su capa no hubiesen estado empapados tras haber pasado un día bajo la lluvia, sin duda habrían prendido fuego por lo mucho que se había acercado al origen de las llamas. El árbol volvió a estremecerse al perder otra rama. La que albergaba la manzana se sacudió y se inclinó ligeramente hacia el suelo cuando el tronco comenzó a doblarse sobre sí mismo. Nox extendió las manos de nuevo para coger la fruta, con los ojos clavados en el brillo metálico que emitía bajo la luz del fuego. Aunque los zapatos de piel húmedos la protegían del mármol candente, a la chica le ardían los pies.

Con un último temblor impulsado por la gravedad, la manzana quedó a su alcance y Nox envolvió los dedos alrededor de la fruta. La pieza estaba fresca al tacto, mucho más fría que cualquier otro objeto en aquel lugar. Se sintió completa al sostener la fruta entre las manos. Ahora que había cumplido su cometido, era terriblemente consciente de lo cerca que se encontraba del fuego. Un par de manos enfadadas tiraron de Nox hacia atrás.

Era Ash.

Nox tosió y se aferró a él mientras acunaba la manzana contra su cuerpo. Ya no se sentía entumecida. Se sentía viva, despierta y preparada para lo que viniese a continuación. Estaba haciendo lo que debía. La sangre que le corría por las venas hervía a fuego lento debido al creciente calor aderezado con el humo, el miedo y la adrenalina.

—¡El templo está destrozado! —gritó Ash por encima del rugido del fuego—. ¡Tienes que salir de aquí!

El mármol no iba a derretirse por el calor que manaba de las llamas del árbol calcinado, pero la piedra se calentaría hasta achicharrar a todos aquellos que permanecieran dentro de los muros del edificio. Le pitaban los oídos al ritmo de una melodía horrible a medida que el fuego comenzó a cocinarle el cerebro dentro del cráneo.

Una mancha oscura de noche reveló la salida del templo.

Nox se dio la vuelta para echar a correr y agarró a Ash allí donde Achard había caído.

—¿Dónde está Malik?

—Yo me encargo de encontrarlo —tosió Ash. Tenía la cara negra por el humo y la ropa pegada al cuerpo a causa del sudor. Reunió las últimas fuerzas que le quedaban para darle a Nox una última orden ahogada—: ¡Sal de aquí!

Ash corrió hacia la izquierda para avanzar pegado a los muros del templo.

No, Nox no iba a abandonarlo. No correría hacia la seguridad de la noche. Ash tendría que registrar demasiadas estancias él solo y acabaría uniéndose a los demás en lo que rápidamente se estaba convirtiendo en una fosa común. Sus pies la condujeron hasta las salas laterales del ala derecha del templo. El humo estaba atrapado dentro de las habitaciones más pequeñas al no tener a donde ir, confinado dentro de los espacios de mármol. Saltó por encima de un soldado caído y avanzó entre los cuerpos vestidos de uniforme norteño mientras buscaba al otro reever. Reconoció la singular y poderosa bisección que había dejado tras de sí la magia de la sacerdotisa en medio de la carnicería del resto de los cadáveres.

Nox registró una sala y, luego, otra; derrapó a toda velocidad al correr de estancia en estancia. Casi avanzaba en perpendicular al árbol candente cuando lo encontró. Nox se guardó la manzana en el bolsillo y sintió su peso fresco contra el cuerpo cuando se detuvo a agarrar a Malik. Aunque estaba cubierto de cenizas, no había perdido el conocimiento. Había estado tratando de tirar de un niño inconsciente que no tendría más de doce años.

—Se ha ido —dijo Nox, ahogada. No estaba segura de que hubiese alcanzado a oírla por encima del crepitar del fuego, pese al estrangulamiento que el humo ejercía sobre su garganta.

Malik resolló, desesperado por meter aire en los pulmones. Soltó al niño, pero no apartó la mirada de él. Se puso en pie y Nox se pasó uno de sus brazos por los hombros antes de arrastrarlo a toda prisa hasta la sala principal del templo. El árbol entero estaba en llamas; ni una sola rama o tallo se había librado de la ardiente destrucción que tenía lugar en el templo. Malik trató de respirar, pero profirió unos jadeos asfixiados al ser incapaz de encontrar una gota de oxígeno.

La altísima temperatura desintegró los zapatos de la chica mientras guiaba al reever, que pesaba más del doble que ella y le sacaba casi dos cabezas. Malik no retiró el brazo con el que rodeaba el cuello de Nox en ningún momento. En cuanto Ash los vio, se colocó bajo el brazo libre de Malik en un segundo. Los tres abandonaron el templo a toda prisa y bajaron los escalones de la entrada entre tropiezos justo cuando el Árbol de la Vida se transformaba en una pila de ascuas encendidas a su espalda y liberaba una única y poderosa explosión al colapsar. El estruendo de la combustión se pudo oír a kilómetros de distancia y la energía de las llamas les hizo perder el poco equilibrio que les quedaba con una embestida de calor tan intensa que casi tuvieron la sensación de que unos cuantos pares de manos los hubiesen empujado bruscamente por la espalda y los hubieran tirado escalera abajo. El humo que manaba del templo era tan denso que seguro que se podía ver desde cualquier pueblecito a menos de tres días de camino.

Ninguno de ellos se levantó de la hierba húmeda del valle donde habían aterrizado tras la explosión, presas de la tos y cubiertos de hollín, mientras el mundo se desmoronaba a su alrededor.

Había cadáveres de soldados de Farehold vestidos con uniformes de Raascot por todo el claro. Repartidos por los árboles, había estandartes hechos trizas que mostraban unas alas y un escudo. Un cuerpo vestido de bronce y negro flotaba en el estanque donde moría la cascada. Nox y Ash recurrieron a las partes feéricas de sí mismos que les habían ayudado a seguir respirando, a seguir adelante durante un minuto más sin desfallecer, a seguir conscientes. La naturaleza regenerativa de sus células los había mantenido a salvo y les había permitido salvar a su amigo humano del humo que casi lo asfixia.

Nox quería huir, poner horas, kilómetros, días y reinos de distancia entre sus amigos y ella y la pesadilla desatada a su espalda. En cambio, quedaron inmovilizados, clavados a la suave hierba azulada del valle mancillado, postrados entre los caídos, mientras las ascuas naranjas y amarillas volaban por el cielo nocturno como espíritus de fuego.

23

Fue una mañana que desearía olvidar.

Nox estaba viva, pero poco más podía decir.

Su mente estaba despierta, aunque trabajase con lentitud. No conseguía abrir los ojos. Ni mover el cuerpo.

Tenía tantos traumas que podría llenar numerosos volúmenes con sus historias. Había analizado, intelectualizado y aislado un momento de sufrimiento tras otro. No se permitía pensar en que sus padres la habían abandonado en un orfanato, puesto que sabía que el desconsuelo no era una emoción útil. Solo había recordado a Amaris de tal manera que alentara su sentido de la justicia y las ansias que tenía de reunirse con ella. La ira la había protegido de las avariciosas manos de los hombres y de la ponzoñosa maldad de Millicent.

Nox podría haber disfrutado de la misma fortaleza, salud y resiliencia sin haber experimentado tantas tragedias. En cambio, pensó en un jarrón roto. Había recogido los fragmentos de su ser y los había trabajado hasta transformarlos en metales preciosos, hasta recomponerse con una nueva fuerza que ella misma había forjado. Las fisuras metálicas de su cerámica no habían eliminado el dolor. Las líneas de oropel que atravesaban el jarrón de su vida no habían reescrito su historia ni tratado de ocultar que Nox había estado rota. La presencia de las grietas no implicaba que su dolor la hubiese hecho fuerte y tampoco trataba de hacer ver que el trauma la hacía hermosa.

Los fragmentos bañados en oro de su ser eran un mero retrato de su resistencia. Los cortes y cicatrices dorados que refractaban la luz de su camino no hacían sino darle voz a la verdad: «Puedes estar rota y, al mismo tiempo, reconstruida. Puedes sobrevivir al trauma y, en pleno sufrimiento, descubrir tu propia fuerza. Tus heridas no te definen; fuiste tú quien resurgió a pesar de ellas».

Los héroes y sus baladas exaltan el sufrimiento de una manera que a Nox siempre le había parecido insensible y desconectada del mundo. La glorificación del dolor no le interesaba en absoluto. Nox no era más fuerte gracias a sus cicatrices ni tampoco más tenaz por haber experimentado distintos horrores, pero el fuego había formado parte de su camino de igual manera, y había demostrado ser una superviviente, al igual que quienes vinieron antes que ella. Las heridas se habían convertido en un aspecto más de su ser y se aseguraría de hacer que sus partes rotas fuesen hermosas.

Permaneció con los ojos cerrados; todavía tenía la nariz llena de hollín, el cuerpo dolorido por las ampollas que lo cubrían y los pulmones recubiertos de humo tóxico. No sería más que otro recuerdo en una larga sucesión de cicatrices tan permanentes y crueles como las delgadas líneas que surcaban su espalda.

Los muertos repartidos por el templo de la Madre Universal no eran guerreros que hubiesen sacrificado su vida por su país ni soldados que hubiesen muerto por amor a su reina. Eran aldeanos reclutados por su pobreza. La sangre seca había teñido de marrón rojizo las ropas de color bronce. Las cimeras con el escudo, la brújula y las alas angélicas del reino norteño habían quedado destrozadas, convertidas en trozos de tela hecha jirones. El dinero tenía tanta culpa de esa atrocidad como Moirai. A los niños soldado les habían prometido una recompensa a cambio de saquear el templo vestidos con el uniforme de Raascot. Sus palabras cobraron sentido.

«La diosa lo entenderá».

La mente de Nox siguió trabajando a pesar de que la joven se consideraba muerta para el mundo. Sabía que estaba viva. Oía la cascada. Oía respiraciones entrecortadas junto a ella. Notaba la hierba contra la mejilla. Al igual que el templo se había llenado de humo espeso y negro como el alquitrán, sus pensamientos lo hicieron de estrategias y juegos de poder.

No estaba lista para enfrentarse al día. Todavía no.

En lugar de eso, imaginó a la reina de Farehold.

¿Había sabido Moirai que la sacerdotisa contaba con el poder suficiente como para derrotar a su ejército? Nox estaba lo suficientemente familiarizada con los embustes y la manipulación como para sospechar que sí, puesto que, de esa manera, Moirai se había quitado de encima un cabo suelto del que preocuparse. Las banderas, los estandartes y los cadáveres uniformados con los colores del norte quedarían repartidos por el valle; dos bandos vulnerables en oposición, enfrentados en una guerra que no era suya.

No era capaz de odiar a los niños por lo que habían hecho. Al fin y al cabo, solo aquellos que nunca han conocido el sufrimiento se reservan el cómodo lujo de juzgar a otros. Cualquiera que hubiese pasado hambre, que se hubiese visto marginado, que se hubiese encontrado bajo el yugo de quienes ostentaban el poder habría empatizado con las atrocidades que habían tenido lugar en el templo. En esta partida de ajedrez no había alfiles, torres, caballos o piezas con voluntad propia. En el tablero solo estaban la reina y sus peones. No eran personas. Solo un juego.

Nox no podía permanecer con los ojos cerrados para siempre. No se obsesionaría con esos pensamientos durante mucho más tiempo. No sabría decir cuánto rato llevaba despierta, sufriendo un violento dolor de cabeza. No había abierto los ojos. No estaba segura de poder hacerle frente a lo que vería al abrirlos. Lo que los había atrapado en el mundo de los sueños había sido la inconsciencia sibilante y jadeante de tres personas que se aferraban al mundo de los vivos.

Con la plomiza luz de la mañana, Ash había sido el primero en sentarse.

Nox lo oyó moverse a su lado. Casi alcanzaba a percibir su característico aroma otoñal sobre el hedor a fuego y humo que permeaba el valle.

Sin embargo, la chica permaneció en un estado semiconsciente; ni dormida ni despierta. Nunca se había sometido a un entrenamiento. Nunca había ejercitado sus extremidades; no había preparado el corazón ni los pulmones para resistir al sobreesfuerzo. Fue consciente de los movimientos de Ash mientras ayudaba a Malik y después sintió una presión brusca y repentina cuando colocó los dedos contra su yugular para comprobar que Nox tenía pulso.

Con los ojos todavía cerrados, la chica trató de decirle algo al reever, pero tenía la garganta cubierta de hollín. Apenas fue capaz de proferir un graznido.

—¿Estás despierta? —preguntó Ash, cuya voz sonaba amortiguada por los restos del humo.

—Sí —respondió, estrangulada.

—¿Estás bien?

Estaba muy lejos de estarlo. Nox abrió los ojos lentamente para adaptarse a la luz de la mañana nublada.

—Vuelvo enseguida.

Ash se alejó con torpeza y volvió un poco más tarde, aunque Nox no habría sabido decir cuánto tardó, con un odre de agua que debía de haber llenado en el estanque. Ash levantó la cabeza de Nox y le dejó caer sobre la lengua un par de gotas sanadoras para que descendieran por su garganta abrasada. Una vez que fue capaz de sostener el odre, Nox bebió con avidez. Ash la ayudó a sentarse y la dejó sola para ir a ayudar a su compañero humano.

Tan pronto como Malik dio señales de estar consciente, Ash se alejó para buscar a otros supervivientes. Nox lo siguió con la mirada mientras este se arrodillaba al lado de cada cuerpo y frunció el ceño, extrañada, cuando vio que le quitaba la camisa a un chico. No comprendió lo que estaba haciendo hasta que cargó con todos los uniformes de Raascot hasta los restos del incendio y los tiró al fuego. Ash continuó moviéndose por el valle para retirar las banderas caídas y reducir a cenizas y humo las pruebas de los inadmisibles esfuerzos de Moirai.

Ninguno de aquellos niños merecía morir.

La sacerdotisa había estado en su derecho de defenderse al igual que de proteger el templo. Su poder había sido una increíble llamarada capaz de rebanar lo que se le pusiese por delante. Esas hojas de fuego abrasador habían aniquilado a sus enemigos para proteger el Árbol de la Vida. Sin duda, había demostrado ser valiente al haberse mantenido firme frente a la horda que se había abalanzado sobre el Árbol de la Vida con las armas en ristre. El problema había sido que se había visto superada en número: cien niños con espadas frente a una.

Por su parte, los chicos también habían estado en todo su derecho de aceptar la misión que les había asignado la Corona, confiando en que salvarían a sus respectivas familias de una vida marcada por el hambre. Los soldados impostores habían seguido las órdenes que les había dado la reina.

La única culpable era la maldita reina Moirai. La Corona. La sociedad que la mantenía en el poder. Diez mil años de tradición que permitían que una sola mujer agitase la mano y aplastase a otras personas como si fuesen moscas.

Nox tenía el corazón encogido. Estaba horrorizada. Pero, ante todo, estaba enfadada.

Quizá por eso no dejaba de darle vueltas al tema una y otra y otra vez. No conseguía desviar su atención de la partida. ¿Cómo iba a plantarle alguien cara a la reina cuando ella disponía de todas las piezas sobre el tablero mientras que su oponente contaba con un único peón que tenía las manos atadas a la espalda y los ojos vendados? No era una partida real si estaba amañada para que el resultado final quedara asegurado mucho antes de que los jugadores se sentasen a la mesa.

No era justo.

Se guardó ese odio como una de las brasas aún candentes que había por el templo derrumbado para que se enconase en su interior mientras hacían lo que estuviese en su mano para acabar con el reinado de Moirai. En ese momento, la sed de venganza no le serviría de nada. Era hora de moverse.

Nox se palpó el cuerpo en busca de heridas. Se le habían hinchado las manos. Tenía el rostro y el cuello calientes al tacto, como si hubiese estado demasiado tiempo al sol y hubiese sufrido una quemadura muy fea. Seguía teniendo el pelo pegado a la cara, pero no por el agua de la tormenta del día anterior. El barro de la caída en el bosque y la sal del sudor le habían dejado el cabello rígido hasta formarle un cascarón endurecido alrededor de la cabeza. En gran medida, la había protegido del incendio.

Le llevó un largo rato ponerse de rodillas y, más tarde, en pie.

Le ardían los ojos por culpa de las cenizas y el hollín que tenía pegados a las zonas más recónditas de los párpados. Nox avanzó con paso inseguro, se tambaleó entre los cuerpos ensangrentados y llegó hasta el estanque, donde un solo cadáver flotaba boca abajo en sus aguas, como un árbol caído. No disponía de la entereza necesaria para fijarse en ningún detalle más cuando se arrodilló junto al estanque y comenzó a limpiarse el barro que le cubría el rostro y el pelo, refrescándose con el agua las manos llenas de ampollas en el proceso. El lodo embarró las aguas cristalinas del estanque a su alrededor a medida que fue soltándose de sus cabellos y de los puntos donde se había adherido a su piel. Metió toda la cabeza en el agua para refrescarse y pedirle al estanque que, junto al hollín, se llevase todos sus recuerdos. Quería quedar limpia de oscuridad. Quería que el agua se llevara todos aquellos horribles traumas. Sumergió la cara, con la esperanza de emerger bautizada, convertida en alguien nuevo.

Por desgracia, el paisaje de pesadilla seguía siendo el mismo cuando salió a la superficie.

La cascada no interrumpió su obstinada caída, indiferente a las idas y venidas de la humanidad y al paso del tiempo. El río que discurría más arriba continuó el mismo camino que llevaba mil años siguiendo y el mismo que seguiría recorriendo mil años más, sin importar qué árbol creciese o no en el templo ni tampoco qué sacerdotisa sirviese entre sus cuatro paredes. Los álamos, de un brillante verde azulado gracias a la lluvia que los había empapado el día anterior, delimitaban el valle. El oscuro cielo burbujeaba con nubes de tormenta de peltre y pizarra, pero estas no descargaron sus aguas como hicieron el día anterior.

Nox regresó con los reevers. Malik por fin se movía y mostraba reconfortantes señales de vida, aunque todavía no había recuperado las fuerzas. Ash volvió a su lado, sacudiendo la cabeza. Se movía de manera forzada, como si le pesara el cuerpo. No había encontrado supervivientes.

—Tenemos que hallar algún refugio donde descansar un poco.

Nox cerró los ojos enrojecidos e irritados. Parpadeó para ahuyentar el dolor, los recuerdos, el horror que todavía plagaba el valle.

—Yo sé de un sitio.

—¿La casa que visitaste en Priory? No podemos arriesgarnos a acercarnos tanto a la ciudad real.

—No, conozco un lugar donde estaremos a salvo, a un día de camino de aquí…, dos si vamos despacio. Solo tenemos que llegar hasta Henares.

✦

Los caballos salieron a su encuentro en la carretera principal.

Habían tenido que invertir hasta la última gota de energía que les quedaba para seguir el camino que marcaba el reloj de bolsillo, atravesar el bosque y encontrar la calzada que comunicaba ambos reinos. Nox paró al primer hombre que vio. Le dio las últimas monedas que le quedaban del saquito que se había llevado del despacho de Millicent y le suplicó que hablase con el duque de Henares para que fuese a buscarlos. Un único jinete no podría llevar a Nox y a los reevers, pero, si el duque les enviaba refuerzos, tendrían una oportunidad.

—¿Cómo sabes que no va a irse con el dinero para no volver nunca? —preguntó Ash.

—Subestimas el poder que ejerce sobre los hombres —intervino Malik con un suspiro y voz cautelosa.

Gracias a que se había limpiado en el estanque, se había librado del barro que le manchaba el rostro y el cabello. El desconocido había visto lo hermosa que era. Sí, el jinete podría haberse llevado el dinero de Nox sin consecuencias. Quizá lo habría hecho en otras circunstancias, pero existe un privilegio reservado para las personas hermosas que otras nunca llegan a conocer. Su belleza era una moneda de cambio tan valiosa como cualquier suma de dinero que pudiese ofrecer. Nox había tenido ese detalle en mente mientras observaba al hombre del caballo y había suavizado la mirada para transmitir inocencia. Cuando el jinete había contemplado el rostro, los brillantes cabellos, la piel perfecta y los enormes ojos negros de Nox, la chica supo que no la dejaría allí tirada. Pasaría del trote al medio galope y, de ahí, cabalgaría a toda velocidad hasta llegar a Henares.

A pie, había un día o dos de camino, pero, a caballo, podrían llegar a su destino al atardecer.

Agotados, los tres se dejaron caer junto a la carretera, muertos para el mundo que los rodeaba mientras esperaban. Nox se recostó contra Malik, puesto que necesitaba el consuelo de su presencia tanto como él requería el de ella. No hablaron. No durmieron. Se quedaron allí sentados, manteniendo a raya las pesadillas, y esperaron.

Al principio, oyeron un estruendo como el de una tormenta, como si las nubes que borboteaban sobre su cabeza hubiesen decidido empaparlos una vez más. Una atronadora cacofonía brotó de la distancia antes de que comprendiesen que lo que oían era el sonido de los cascos de unos caballos.

En cuanto le comunicaron el mensaje de Nox, el duque había enviado desde su finca carruajes, caballos, guardias armados, agua, zumos, vendas y tónicos tanto curativos como analgésicos. Habían llegado mucho más rápido de lo que habría imaginado; habían llevado a los caballos al límite solo para salvarla.

En lo más profundo de su ser, Nox había sabido que sobrevivirían si conseguían resistir lo suficiente para que los refuerzos del duque llegasen hasta ellos. A los reevers no les quedaban fuerzas para hacer preguntas cuando emprendieron el camino hacia la finca, montados en uno de los carruajes. A ninguno de los dos les importaba quién fuese a recibirlos o hacia dónde se dirigiesen. Habían agotado las pocas fuerzas que ni siquiera sabían que les quedaban en el mero empeño de mantenerse con vida. El humo que habían inhalado no solo les había inundado los pulmones, sino que también les había saturado los mismísimos tejidos corporales, de manera que los había debilitado por completo.

En vez de aceptar su destino e ir hacia la luz para encontrarse con la Madre Universal, Nox se vio rodeada de ayudantes esa misma noche. Las opulentas estancias de la finca del duque reemplazaron al frío bosque. El aroma de los baños de burbujas y las comidas deliciosas ahogaron el olor de las cenizas y la muerte. Los recuerdos terroríficos crearon un contraste con las sedas, las maderas y el oro de un hogar mucho más lujoso de lo que ningún hombre necesitaría jamás. Una sanadora posó las manos sobre Nox mientras el servicio la bañaba. Estaba demasiado débil para luchar contra las mujeres que le frotaban la piel o para protestar por lo caliente que estaba el agua. Los perfumes eran demasiado intensos, los paños exfoliantes eran demasiado ásperos para lo tremendamente frágil que se sentía. Le hicieron tragar demasiados tónicos curativos, seguidos de nuevo por otra ronda de analgésicos y de otros líquidos de misteriosa naturaleza. Había demasiada gente en la habitación.

—Puedo sola —dijo con brusquedad cuando intentaron ayudarla a salir de la bañera.

—Mi señora…

Se puso en pie con el pelo empapado, desnuda y cubierta de burbujas, y señaló la puerta con un dedo autoritario. Nox hizo acopio de sus fuerzas y les ordenó a las sanadoras y al servicio que fuesen a ayudar a Ash y Malik. El duque era el títere de Nox, así que lo más seguro era que no se estuviese preocupando demasiado por los dos hombres que la acompañaban. Aunque el encantamiento que lo controlaba hacía que el duque se centrase en sus necesidades, Nox tendría que hacerle un poco la pelota para asegurarse de que tratasen a sus amigos de una forma similar.

Estaba secándose el pelo húmedo con una toalla cuando el mismísimo diablo le hizo una visita. El duque de Henares entró en la estancia sin molestarse en llamar. Seguía siendo atractivo, supuso Nox, pero su encanto travieso hacía ya tiempo que se había esfumado. Su rostro, presa del mal de amores, lucía una expresión preocupada. Nox trató de recordarse que era una suerte contar con él, pero estaba demasiado cansada como para sentir algo que no fuese irritación.

—¡Nox! Te envié todo cuanto pude en cuanto recibí tu mensaje. No sabes cuánto me alegro de tenerte aquí. Te he echado tanto de men…

—Déjame tranquila —dijo ella agitando la mano para que el duque se alejase—. Y no molestes a mis compañeros.

—Claro, por supuesto —se apresuró a responder él sin pedirle más explicaciones.

Se hizo a un lado para que una empleada pudiese moverse a su alrededor y desapareció por el pasillo. Nox apretó los labios y se esforzó por no regodearse demasiado en la subordinación del duque.

El servicio entraba y salía con platos, vasos, jarras y todo tipo de sopas, desde un puré frío de calabaza hasta un aromático caldo de pollo con bolitas de masa hervida; vinos tintos y blancos de cada región de la costa al sur de Farehold; queso brie, de cabra y suave mozzarella; delgadas tiras de carne curada colocadas en forma de rosas; un inagotable desfile de frescas frutas exóticas y frutos del bosque, y panes. Todo tipo de panes. Pilas de pan de masa madre, rebanadas de pan blanco, panecillos dulces, pan de cebada, galletitas saladas, panecillos bañados en miel y hogazas tostadas. Intentó mordisquear un higo, pero se le revolvió el estómago del esfuerzo.

—No me traigáis más comida, por favor. Se va a desperdiciar y el dormitorio huele como un comedor. Necesito que saquéis todos estos alimentos de aquí. Salvo por esto. —Cogió uno de los panecillos dulces al concluir que seguramente se arrepintiese de haber tomado esa decisión un poco más tarde.

—Me temo que el cocinero sigue preparando platos. Tenemos que obedecer las órdenes del duque.

—¿Podríais llevárselo a alguien más entonces? ¿A mis amigos? Aseguraos de que la comida llega a sus respectivos dormitorios, por favor.

—Pero, señorita, el duque…

—El duque estará encantado de hacer lo que sea para verme feliz.

—¿Quiere que abra una ventana para que entre aire fresco?

—Diosa, sí, por favor.

Solo una sirvienta se había quedado con ella para ayudarla a ponerse un camisón limpio y peinarle los largos cabellos negros. La muchacha jadeó al ver las cicatrices que surcaban la espalda de Nox, pero esta estaba demasiado agotada como para reaccionar ante el sonido. La sanadora a la que habían enviado a su cuarto para absorber el humo que le envenenaba los pulmones y los músculos también le había curado todas las heridas y cardenales que tenía, pero no pudo hacer nada por las marcas de los latigazos que le habían desgarrado sin descanso la piel de su espalda indefensa hacía ya tantos años.

Las manos de la sanadora, los tónicos, los litros de agua que había bebido y el baño caliente habían dejado a Nox como nueva, si bien exhausta. Nox le dio las gracias a la diosa por haber recuperado las fuerzas, puesto que, cuando la sirvienta recogió las ropas embarradas y con olor a humo, algo cayó del montón con un golpe seco.

La mirada adormilada de Nox siguió el sonido hasta donde la manzana había rodado. Abrió los ojos, sorprendida. La sirvienta hizo intención de coger la fruta, pero Nox se vio invadida por una descarga de adrenalina que la puso en pie.

—¡No la toques!

La sirvienta se quedó paralizada con el brazo extendido. La mujer se irguió, presa, sin duda, de la confusión, pero aprovechó el extraño intercambio para salir del dormitorio con el montón de ropa sucia.

Nox no se molestó en pensar en la situación de las gentes de Henares durante los meses y meses que el duque había pasado hechizado. Quizá el aturdido señorito hubiese demostrado un poquito más de amabilidad después de haberlo despojado de su razón y haberlo dejado consumido por un amor exclusivo y sumiso. Ahora que el objeto de su cariño estaba bajo su techo, Nox apenas alcanzaba a imaginar el caos que debía de haber reinado en la finca.

Devolvió su atención a la pieza de fruta.

Nox recogió la manzana y la examinó con cuidado ahora que se encontraba en un lugar seguro e iluminado. Para el resto, no era más que una manzana normal y corriente que podría haber cogido de cualquier huerto. Cuando le dio un par de vueltas para verla bien a la luz, tuvo la sensación de que tenía un brillo dorado, como si albergase secretos valiosos cosidos bajo la piel.

Estaba convencida de que era especial. Si el último deseo de alguien era salvar algo, ese algo requería cierto cuidado y discreción. Recorrió la habitación en busca de un buen escondite y dejó su tesoro dentro de un cajón, bajo varios de los artículos que contenía, segura de que nadie la movería de allí.

Aunque su misión había sido rescatarla de las llamas que consumieron el árbol, la sacerdotisa no le había dicho qué hacer con ella. Ahora no sabía si debía plantarla para que creciese otro árbol en su lugar o si se suponía que debía guardarla, protegerla o hacer una tarta con ella.

Si se sentaba en la cama, no le cabía duda de que se quedaría dormida y nunca más volvería a levantarse. Si quería hablar con sus amigos, este era el momento.

Nox abrió la puerta de su dormitorio y avanzó de puntillas por el pasillo decorado con tapices, óleos, animados farolillos y divanes. Aunque sabía que no era una prisionera y que no estaba en la obligación de moverse con sigilo, no pudo reprimir el impulso.

Imaginó que, de querer pasearse por Henares como la nueva duquesa, la habrían aceptado con los brazos abiertos. En parte, la reconfortaba saber que tenía cierto poder en la finca, incluso aunque no quisiera.

No llamó cuando abrió la primera puerta. El servicio había bañado a Malik, que protestaba débilmente mientras una sanadora se alzaba junto a él. Se puso rojo como un tomate cuando vio a Nox en la puerta e hizo todo lo posible para cubrirse. La chica se llevó la mano a la boca para ahogar una risita de sorpresa y disculpa. Se sintió perpleja al descubrir la vergüenza que le daba haberlo pillado en un momento tan vulnerable.

—¡Lo siento! —exclamó al tiempo que apartaba la mirada—. ¡Vuelvo en un rato!

Cerró la puerta y luchó por reprimir las ganas de echarse a reír por la contradictoria naturaleza de Malik. Era imponente y dulce. Masculino e inocente. Atractivo y amable. Fuerte y tímido. Era un hombre, pero no lo odiaba en absoluto. Nox sacudió la cabeza y se obligó a borrar la sonrisa de los labios. Siguió avanzando por el pasillo y, esta vez, llamó antes de entrar en la otra habitación.

—Adelante.

Reconoció la voz de Ash y abrió la puerta. Tenía el pelo mojado y se había cambiado de ropa. Ash era mucho más fácil de entender. Era fuerte, servicial, honesto y predecible. Nox podía contar con que fuese coherente. Entró en el dormitorio y cerró la puerta tras de sí. Se sentía cómoda gracias a la familiaridad que le transmitía.

—No sé si preguntar de qué conoces al señor de la finca.

—¿Te refieres al duque de Henares? Somos viejos amigos. —Agitó la mano para quitarle importancia al asunto.

Los reevers no eran tontos. Estaba convencida de que sabían ya desde hacía un tiempo que viajaban con una criatura que se negaba a desvelar sus secretos. Además, la respetaban lo suficiente como para pedirle explicaciones que no estuviese dispuesta a dar por voluntad propia y eso era algo que agradecía de corazón.

Ash dejó escapar un suspiro.

—Gracias —dijo.

Abarcó el dormitorio, las ropas y el cuarto de baño que comunicaba con la estancia con un movimiento desganado de la mano. Seguro que a Ash la habitación le parecía un palacio. Era de por sí lujosa para cualquiera, así que no se podía imaginar cómo debía de verla un reever. La sanadora había cerrado las heridas de Ash y no había rastro del barro y la sangre en su cuerpo. Se había peinado el cabello pelirrojo hacia atrás con el agua purificadora del baño, de manera que se le había formado una mancha de humedad en la parte de atrás de la camisa limpia. No sabría decir si había llegado a verlo tan aseado antes.

Nox se sentó en la cama junto a él sin esperar a que la invitase a ello.

—¿Qué narices ha pasado?

Ash palideció. Sacudió la cabeza y bajó la voz. Era ese tipo de momento que se prestaba a las pausas apropiadas para la incredulidad, para el duelo, para la tragedia.

—Yo no soy creyente —comenzó Ash—. Nunca he ido a la iglesia; nunca he pagado el diezmo de la diosa. Como hombre, sabía que no era bienvenido en el templo de la Madre Universal, pero, cuando Amaris lo visitó...

Ash se detuvo por un segundo cuando Nox preguntó con voz estrangulada:

—¿Amaris estuvo allí?

El tono del reever cambió. Su rostro se suavizó un poco.

—Nox..., nunca te lo he preguntado. Nunca he insistido. E, incluso ahora, te lo voy a preguntar solo una vez y no lo volveré a hacer si no quieres contármelo. ¿Qué relación tienes con Amaris?

Nox no esperaba esa pregunta. Llevaban juntos desde hacía semanas y él nunca había sacado el tema. Esperaba que Ash le diese algún detalle acerca de lo ocurrido en el templo, pero el cambio drástico de tema la pilló por sorpresa. Ash y Malik habían estado presentes en la mazmorra y habían presenciado el abrazo de las dos chicas, las habían visto llorar a moco tendido y besarse entre los barrotes de hierro. A Nox le escocían los ojos, estaba al borde de las lágrimas por el recuerdo. Era fácil pensar en cómo se había sentido mientras estaba sola, pero, al decirlo en voz alta...

—No lo sé —respondió con sinceridad. Se sorprendió al notar que se le había escapado una lágrima antes de notar siquiera su presencia. Se la secó al susurrar—: Solo sé que la quiero desde hace muchísimo tiempo.

Ash se quedó muy quieto, sin atreverse a hablar. Nox permaneció sentada, rumiando sus emociones, mientras los ojos del reever estudiaban los cuadros estridentes que colgaban por encima del hombro de la chica para desviar la mirada por educación. Lo único que se oía era el crepitar del alegre fuego en su recinto perfectamente delimitado, tan seguro que casi parecía burlarse del incendio descontrolado que había consumido el mundo hacía tan solo una noche. La leña del hogar saltaba y chisporroteaba. Cuando hubo pasado un tiempo, Ash se atrevió a hacer otra pregunta.

—Crecisteis juntas. Estoy seguro de que erais amigas, que incluso erais la persona más importante en la vida de la otra, pero iba mucho más allá, ¿verdad?

Nox casi se echó a reír. Inclinó la cabeza hacia atrás como si tuviese la esperanza de que el movimiento evitase que las lágrimas traicioneras le corriesen por el rostro. Así, los párpados cazaron el agua e impidieron que respondiera al canto de sirena de la gravedad.

—¿Sí? ¿No? ¿Acaso importa?

—Claro que importa —respondió él con suavidad.

Nox sacudió la cabeza.

—El mundo es más sencillo cuando lo divides en sus dicotomías, ¿verdad? Si eres de Farehold, pensar que el sur es bueno y el norte es malo te dará tranquilidad. Si naces sin magia, te reconfortará creer en la maldad de los brujos y en la pureza de los humanos. Incluso como seres feéricos, tendemos a categorizarnos como seres oscuros o de luz. ¿No crees que hace que todo parezca más simple? ¿No es tentador?

Nox miró a Ash, pero su amigo era lo suficientemente inteligente como para saber que no esperaba obtener respuesta. El reever la observó mientras reflexionaba. Su mirada ambarina brillaba paciente, animándola a continuar. Nox rebosaba de antiguas ideas que nunca había llegado a expresar. Se estaba librando una batalla en su interior que la tenía dividida.

306

—Que sepas que vosotros dos tenéis mucha culpa de esto.

A Ash se le arrugó la frente al fruncir el ceño.

—¿Culpa de qué?

—Sentía cierta seguridad al considerar a los hombres mis enemigos. —Nox casi se ahoga al confesarlo—. El odio es un lujo. ¿Sabes a qué me refiero?

El reever sacudió la cabeza para dejar claro que no la entendía.

—El mundo es más sencillo cuando puedes dividirlo en dos. —Nox ya no estaba hablando con él. Le hablaba a la habitación, al fuego que crepitaba dentro de la seguridad del hogar y también se hablaba a sí misma—. La vida es mucho más dolorosa en tonos de gris.

Su intención había sido preguntarle qué había ocurrido en el templo, pero sabía que, si se quedaba en el dormitorio de Ash por un segundo más, se echaría a llorar y ya no solo derramaría una única y grácil lagrimita. Ash y sus respuestas seguirían estando ahí a la mañana siguiente. Ya le preguntaría entonces.

—Lo siento —dijo apresuradamente mientras se ponía de pie.

—No tienes de qué disculparte.

Fue agradable notar las suaves y mullidas fibras de una alfombra entre los dedos de los pies descalzos. Los meneó con suavidad y disfrutó del breve momento de paz. Nox no quería quedarse en esa habitación con sus pensamientos. Lo que le ocurría no era culpa de Ash y estaba segura de que el reever no se lo tendría en cuenta. Echó la vista atrás por encima del hombro, pero el chico se limitó a observarla. Abrió la puerta y la cerró tras ella sin mirar atrás.

✦

Dando por hecho que Malik habría terminado de bañarse y que la sanadora ya se habría marchado, Nox necesitaba comprobar cómo estaba su otro amigo. Había acabado muy malherido tras lo del templo y apenas había sido capaz de mantenerse consciente mientras estuvieron esperando a que llegase la caravana del duque. Nox se descubrió pensando en el estado de Malik más veces de las que le habría gustado.

Esta vez sí que llamó a la puerta antes de abrir y esperó más tiempo del necesario para que él la invitase a entrar con un tartamudeo. Nox agachó la cabeza al cruzar el umbral.

—Solo volvía a pedirte perdón. Debería haber llamado antes. Quería asegurarme de que te habían traído comida a la habitación, de que tenías algo para comer, de que la sanadora se hubiese pasado por aquí…, ya sabes, lo típico.

No sabría decir si el sonrojo no había llegado a abandonar nunca las mejillas de Malik o si había encontrado nuevas formas de ponerse colorado. Estaba recién bañado y se había puesto ropas cómodas y limpias. Aunque estaba completamente vestido, seguía moviéndose inquieto, con cierta timidez.

—No pasa nada. Y sí, estaba deliciosa —dijo señalando los dos platos vacíos en los que quedaban poco más que migajas para demostrar que había terminado de comer hacía apenas unos minutos—. Dale las gracias a tu amigo de mi parte.

—Solo quería ver qué tal estabas. Acabaste bastante mal.

Pareció sentirse frustrado.

—También acabé bastante mal después de lo de la araña. Creo que Ash y tú deberíais juntaros con alguien que tenga unas habilidades más acordes a las vuestras.

Nox rechazó lo absurdo de la afirmación con todo su ser. No había esperado que la conversación tomase ese rumbo. Arrugó el ceño.

—¿Cómo puedes decir eso, Malik?

Él sacudió la cabeza.

—Te juro que no me estoy autocompadeciendo. Soy un buen reever, lo sé. Pero siento que soy un lastre para esta misión. Es un honor para mí luchar junto a Ash y daba gusto ver a Amaris en el estadio de entrenamiento. Tú no estás entrenada para luchar con espadas, pero, al salir del templo, te recuperaste dos veces más rápido de lo que yo nunca podría. Ojalá cada región tuviese la suerte de contar con el dinero que tiene Henares a su disposición para que el duque se desviviese por nuestra causa y nos mandase sanadores desde cualquier punto del territorio.

A Nox le temblaron los labios.

—El duque es… un amigo. Me debe una.

Malik asintió.

—Me alegro. ¿Puedo preguntarte algo?

Nox frunció el ceño. Había algo en su tono de voz que la llevaba a creer que la pregunta no iba a gustarle. Se sentó con él en la cama.

—Adelante.

Su pregunta demostró lo inteligente que era. De alguna manera, por el peso de las palabras de Malik, Nox supo que era capaz de ver más allá de sus encantos.

—¿El duque es tu amigo… porque es humano?

Enseguida comprendió qué era lo que quería saber. Aunque desconociera los detalles, Malik era consciente de que al duque lo controlaba un poder que no podía desentrañar ni definir sin recurrir a una explicación relacionada con la magia.

Reflexionó acerca de lo mucho que distaban sus conocimientos de los de Malik.

Durante su infancia, Nox había oído hablar de los seres feéricos. Sabía que eran criaturas inmortales con orejas puntiagudas y facciones hermosas. Había oído hablar de los malvados seres feéricos alados del norte. Conocía la existencia de los brujos y sus conjuros. Los ciudadanos de Farehold no contaban con un conocimiento enciclopédico lo suficientemente amplio sobre criaturas como para que un término tan horrible como el de «súcubo» se hiciese un hueco en el imaginario colectivo, pero Malik era un reever. Él había estudiado a las bestias del continente. Se preguntaba cuánto habría adivinado sobre su naturaleza.

Nox había pasado meses odiándose a sí misma por su don. Había pasado noches enteras llorando por el destino de su alma inmortal. Entonces, un día como otro cualquiera, algo cambió en su interior. Había estado tomando notas, como tenía por costumbre, para organizar sus ideas. Había estado dibujando, escribiendo y elaborando diagramas con nombres, rostros y puntos en común. Por aquella época no había conseguido establecer ninguna conexión, pero ahora todo encajaba.

—¿Me creerías si te dijera que su encantamiento no funciona porque sea humano, sino porque es malvado?

Malik clavó sus ojos verdes en los de ella.

Ni siquiera la propia Nox sabía a dónde quería llegar, pero habló con el corazón en la mano mientras el reever la observaba.

—He conocido a muchos humanos a lo largo de mi vida, ¿sabes? He conocido a muchos más humanos que seres feéricos. Creo que solo una entre cada noventa y nueve personas no era humana. Digamos que he estado en bastante contacto con la humanidad. Ninguna de esas personas ha actuado como el duque actúa ahora. Nadie ha mostrado nunca semejantes niveles de servilismo, atención o sumisión. Esa obediencia no vino exigida por su humanidad, sino que es consecuencia de lo que él ha querido hacer con ella, así como de la forma en que esa decisión lo llevó hasta mí.

—¿Qué fue lo que hizo? —preguntó Malik sin aliento, sin saber si quería saber la respuesta.

No estaba segura de qué la llevó a hacerlo, pero acercó su mano a la mejilla de Malik. De lo que sí estaba segura era de que quería tranquilizarlo. No quería que le tuviese miedo. El reever le importaba. Las facciones de Malik se relajaron ante su suave caricia. Miles de interrogantes bailaban tras sus ojos verdes mientras esperaba, conteniendo el aliento.

—Se quedaba con todo. —Sostuvo la mirada del hombre por un momento—. Se creía con derecho a apropiarse de lo que no le pertenecía. Se lo hacía a su gente, a su reino, a sus amigos, a su familia, a las mujeres y, la última vez que le arrebató algo a alguien, me conoció a mí.

Malik se apoyó de manera casi imperceptible en la mano de Nox.

—Pero tú no te quedas con nada, Malik. Tú solo das.

—Suenas como un ángel vengador.

Nox relajó la mano y la apartó del rostro del reever. Qué palabras más bonitas. Malik encontró la palma extendida de la joven y le apretó la mano en señal de reconocimiento.

Nox había cumplido la tarea que se había propuesto llevar a cabo en el pasillo. Solo necesitaba asegurarse de que los reevers estaban bien, que sus amigos estaban vivos y recibiendo los cuidados que requerían. Dejó a Malik sentado en su cama y rodeado de comodidades de las que quizá no había podido disfrutar en su humilde pueblecito, en el reev o en los campamentos que levantaban en el suelo del bosque. Regresó a su dormitorio. Llamó a la sirvienta que la había atendido y le pidió a la mujer que se asegurara de que nadie la molestara durante la noche, sin importar quién pidiese verla. Le dejó muy claro que no quería que ningún sirviente, reever o duque llamase a su puerta hasta la mañana siguiente.

No podía arriesgarse a que nadie la interrumpiese con lo que estaba a punto de hacer.

Nox rebuscó en el cajón hasta que sus dedos encontraron la piel de la manzana, esa última ofrenda del Árbol de la Vida. Se sentó en la cama sin haber obtenido respuestas y sin contar con un manual que seguir. Se envolvió cómoda con las mantas. Bebió una buena cantidad del agua que le habían dejado ostentosamente en un hermoso cáliz junto a la cama. Y entonces mordió la manzana.

24

Surcar las nubes bajo los diez mil diamantes de un cielo estrellado con el cuerpo pegado al de Gadriel y envuelta entre sus cálidos brazos no estaba siendo, ni de lejos, la experiencia más terrible que Amaris hubiese experimentado nunca.

Viajar a pie era algo tedioso y desagradable. Cada vez que caminaba o corría, le salían ampollas, se movía despacio y llegaba a su destino con los pies doloridos. Viajar a caballo era más rápido, claro. Aunque le ardiesen las piernas y la montura tuviese que descansar, un caballo podía cubrir el triple de distancia, o más, en un mismo día. De verse obligada a elegir entre una de las dos opciones, siempre preferiría los viajes a caballo. Los carruajes protegían de las inclemencias de los elementos, pero también eran un problema para el viajero a la hora de cubrir terreno. Amaris nunca había subido a un barco, así que no podía hablar de la experiencia de viajar por mar. Rodeada de galaxias, llegó a la conclusión de que volar era la única manera de contemplar el luminoso reino de la diosa y experimentar una alegría, velocidad y asombro verdaderos.

Gadriel la había cogido en volandas y había volado durante casi cinco horas desde que huyeron de la universidad. A pesar de que le habría gustado seguir adelante, cargar con el peso de otra persona complicaba sus planes de viaje.

—Tendré que perder un par de kilitos —bromeó Amaris con los labios pálidos y los dientes castañeteando.

Aunque el cielo era una hermosa e infinita extensión por la que viajar sin restricciones, Amaris estaba convencida de que moriría congelada. Se había pegado a Gadriel en busca de calor, pero se le habían dormido los dedos y se había sentido como si su cuerpo se hubiese drenado de sangre antes de haber llegado muy lejos. No estaba muy segura de cómo había ocurrido, pero había recuperado el calor justo cuando se le habían empezado a poner los labios azules, como si se hubiese acurrucado junto a un brasero. Había considerado la posibilidad de que le estuviesen fallando las terminaciones nerviosas ante los primeros indicios de hipotermia, pero había sentido como se le relajaba el cuerpo ante el calor. Los temblores cesaron y Amaris se permitió disfrutar de la noche.

—Claro, así perderás toda la masa muscular y serás una mayor carga para mí.

—Siempre tienes una respuesta para todo.

La noche, iluminada solo por la luna creciente, era lo suficientemente oscura como para permitirles volar sin ser vistos. No descendieron hasta que alcanzaron las afueras de un pueblecito. Si tenían intención de continuar, deberían conseguir más provisiones que los pocos tónicos y vendajes que Amaris había metido en la funda de la almohada en su gran evasión. Ella necesitaba una capa y ambos tenían que conseguir comida y armas. Por desgracia, ninguno de los dos tenía dinero ni tampoco los contactos necesarios para reunir lo que precisaban.

—La Iglesia apoyaba a los reevers. Debería poder pedir...

—Ya es de noche y necesitamos armas tanto como la comida, el agua o las capas. Vamos a requerir una cantidad de dinero algo más sustancial de la que la Iglesia haya reunido para su brazo armado. Además, aunque te diesen un par de monedas de plata, no creo que fuese suficiente para comprar un arma. Y, desde luego, no les haría mucha gracia ayudar a tu ag'imni.

No era su intención ponerla en evidencia, pero, con frecuencia, a Amaris le irritaba oír hablar a Gadriel sobre sus conocimientos acerca del funcionamiento del mundo.

—¿De qué sirve entonces que la Iglesia apoye Uaimh Reev? ¿Y qué quieres decir con eso de mi ag'imni? Sí, yo también creo que te consideraban mi mascota, ¿verdad? —Esbozó una sonrisilla de suficiencia.

—Excelente pregunta y pésima observación. Trata de olvidar tanta información como puedas de lo que aprendiste en la universidad. Mientras meditas sobre ello, ve al pueblo e intenta averiguar dónde estamos. Tengo unos cuantos puestos de avanzada repartidos por varios pueblos y ciudades de Farehold, pero debemos recomponernos antes de salir en busca de otros o de recursos.

—Antes que nada, no me digas lo que he de hacer. Segundo, ya mencionaste el puesto de avanzada de Yelagin hace un tiempo. ¿Es allí hacia donde nos dirigimos?

Gadriel se rio y Amaris supuso que era por sus escasos conocimientos de geografía.

—Diosa mía, no. Hemos volado tan hacia el este como ha sido posible. Cuanto antes salgamos de Farehold, mejor. Yelagin está a varios días hacia el sur.

A lo mejor trataba de hacerla enfadar. Amaris desenterró la imagen mental de un mapa y trazó una línea hacia el este entre la universidad y la frontera.

—¡Podemos ir a Uaimh Reev a por provisiones! Nos pilla de camino.

Gadriel rechazó su propuesta con un rápido movimiento lateral de la cabeza.

—A vuelo de pájaro, estamos todavía a tres noches de camino de tus reevers. ¿Te crees capaz de resistir otros tres días y noches sin comida, agua o una capa? Ya vamos a tener que encender hoy un fuego para que entres en calor.

—A vuelo de pájaro —repitió Amaris secamente. Él le lanzó una mirada y, a pesar de estar temblando, la chica insistió—: Estoy bien.

Gadriel extendió un ala y le ofreció su calor corporal. Amaris dio un paso atrás y rechazó el gesto al poner una buena distancia entre ellos. Prefería frotarse los brazos ella misma para entrar en calor.

—¿Te importaría aclararme por qué no tienes problema en pegarte a mí para conseguir calor mientras volamos durante la noche, pero te parece que es pasarse de la raya en cuanto tocamos tierra? —Gadriel había empezado a hablar con tono burlón, pero, al final, fue incapaz de ocultar su frustración.

Al ostentar el cargo de general, Amaris sabía que sus hombres habían dependido de él, que habían luchado a su lado y le habían mostrado respeto. Al ser el primo del rey, sus gentes lo adoraban y confiaban en él. Por desgracia para Gadriel, le había tocado colaborar con la bruja más desagradecida y molesta a lo largo y ancho de los reinos.

Amaris hizo caso omiso de su comentario contrariado y decidió continuar luchando por ganar cierta fricción al frotar las manos con movimientos rápidos contra las mangas de su camisa. No conseguía liberar los músculos del frío y la rigidez que los atenazaba.

—Voy a ir al pueblo a probar suerte. Quédate aquí con aspecto amenazador o lo que sea que hagas normalmente.

—¿Tienes algo con lo que negociar? —gritó el ser feérico a su espalda cuando Amaris desapareció entre los pinos, pero ella se limitó a mover una mano por encima de la cabeza en un gesto indescifrable que bien podría haber significado «déjame tranquila».

Amaris no estaba del todo segura de qué utilizar como moneda de cambio. Intercambiar comida y un odre de agua por un tónico curativo sería un buen trueque, pero ¿cómo iba a conseguir espadas, dagas o capas? Gadriel solo quería que descubriese su paradero actual para determinar dónde se ocultaba el puesto de avanzada de Raascot más cercano, pero a la chica le rugía el estómago y le había dejado muy claro a Gadriel que no le gustaba recibir órdenes. Aunque fuese un general, ella no estaba bajo su mando.

Habían aterrizado relativamente cerca del pueblo. Allí los bosques eran diferentes de los robles y los arces que crecían como una maraña en Farleigh y se entrelazaban hasta crear un muro impenetrable alrededor del orfanato. El intenso aroma de los pinos inundaba estos bosques y el suelo estaba cubierto por un manto mullido de agujas rojizas. No era la primera vez que Amaris veía coníferas, puesto que las matronas solían cortar una para el solsticio de invierno, pero no eran típicas del lugar donde se crio. El reev había sido un lugar magnífico donde entrenarse, pero los muros de granito y las superficies de roca desnuda no daban demasiada cabida a la vegetación, salvo por un par de tenaces plantitas que se abrían camino entre las fisuras de las rocas. No sabía decir con exactitud qué tenía el fresco aroma de los árboles de hoja perenne, pero había algo mágico en los densos pinos que la rodeaban.

Había tardado menos de media hora en salir del bosque y adentrarse en el pueblo. Se le habían puesto las orejas rojas por el frío y apenas podía doblar los dedos por culpa del aire que le entumecía las manos. Habían cortado los árboles para que los habitantes tuviesen margen de sobra para ver llegar a los lobos o a cualquier visitante indeseado que apareciese de entre los árboles alpinos. Se sentía consecuentemente expuesta, justo como los habitantes del pueblo habían buscado que se sintiese todo aquel que saliera de los bosques. Avanzó hacia un edificio solitario, que todavía tenía las luces encendidas y emitía un brillo amarillo y anaranjado a través de las ventanas. Quizá hubiese otros edificios a la vuelta de ese primero o escondidos fuera de su vista, pero a Amaris no le interesaba descubrir los detalles del pueblo sin nombre. Las únicas personas despiertas a esas horas debían de ser el panadero, que se levantaba antes de que amaneciese para que la masa de sus panecillos creciese, así como los sórdidos fanáticos de las apuestas y los borrachos que moraban en la taberna. Desde detrás de las puertas cerradas de la posada, le llegaba el acogedor aroma del estofado, que reclamaba su atención frente al aroma fresco de los pinos.

Amaris se acercó a la entrada y se detuvo al experimentar una sensación de *déjà vu*. Se había sentido de lo más cohibida al entrar por primera vez en una taberna después de escapar de Farleigh, puesto que aquel había sido su primer contacto con el mundo exterior. Habían pasado años desde entonces, pero ¿se había aclimatado a la sociedad? Había estado mucho tiempo aislada en Uaimh Reev, y el tiempo que había pasado fuera de allí había estado acompañada de sus hermanos o de Gadriel.

La soledad de la ansiedad social no era una sensación agradable.

El típico alboroto del gentío viajó por el aire de la noche hasta ella como un suave rumor mientras avanzaba. Era demasiado tarde como para que los músicos estuviesen tocando alegres melodías de taberna, pero aquellos que seguían abrazados a sus pintas de cerveza eran ajenos al concepto del tiempo. Amaris envolvió la mano en torno al pomo de hierro de la posada para girarlo y abrir la puerta. Apenas podía moverse por el maldito frío. No había transcurrido tanto tiempo desde que había pasado aquella noche congelada en el bosque junto a la universidad, después de caerse del ag'drurath, y, en su viaje, no habían bajado más hacia el sur. La temperatura de la noche había descendido con cada segundo que pasaron en el aire y, en consecuencia, la sangre de Amaris se había enfriado notablemente.

No tenía motivos para tener tanto miedo a algo tan normal como una taberna desconocida. Lo más probable era que el establecimiento estuviese lleno de humanos. Si la situación se torcía, siempre podía decirles que la creyeran al asegurar que no había nada raro en ella y que deberían darle una bolsa llena de comida. Con toda probabilidad, podía contarles que, en realidad, era la persona más interesante, encantadora y normal que habían conocido nunca. Era una táctica moralmente cuestionable y no estaba segura de estar lista para cruzar esa línea en particular con su don.

De no haber sido por el frío, se habría quedado petrificada ante la puerta. Sin embargo, la necesidad de entrar en calor anulaba su miedo a equivocarse, al rechazo y a lo desconocido. En cierto modo, las personas nuevas y las situaciones sociales desconocidas eran mucho más aterradoras que el ag'drurath. Cuando abrió la puerta, se recordó a sí misma, con vacilantes palabras de ánimo, que había sobrevivido a un encuentro con un dragón demoniaco.

La oleada de calor que la embistió al abrir la puerta de la taberna fue magnífica. El pueblo al que había llegado era lo bastante grande como para contar, seguramente, con tres tabernas o más, pero, a juzgar por el efusivo alboroto, había escogido la que más clientes recibía…, aunque había acabado allí porque era la primera que había visto y tenía frío. El calor delicioso que emanaba del enorme hogar solo le calentó la capa más superficial de la piel. El frío le había calado hasta los huesos, así que no iba a ser capaz de librarse de él con soluciones rápidas y sencillas. Aun así, saboreó la sensación al cruzar el umbral y acercarse a la barra.

Las miradas que había atraído ya empezaban a incomodarla, a pesar de que sabía que eran inevitables. Lo más probable era que lo que les llamara la atención fuera su cabello blanco y su evidente cicatriz, pero una parte de ella le dijo que también era porque se le había congelado la piel hasta volverse azul. Consciente de todos los ojos que se habían posado en ella, se acercó al posadero.

Los presentes hicieron todo lo posible por continuar charlando educadamente mientras la observaban. El posadero, que hacía las veces de camarero entre, sin duda, muchas otras tareas, le ofreció a Amaris una acogedora, aunque precavida, sonrisa cuando se acercó a la barra.

La joven no se anduvo con rodeos.

—¿Estarías dispuesto a aceptar tónicos curativos a cambio de algo de comida apta para viajar? Pan, queso, carne curada, o algo por el estilo.

El hombre de mediana edad era corpulento y tenía poco pelo salvo por el par de mechones ralos que le crecían por encima de las orejas. Estaba limpiando un vaso con un trapo cuando Amaris entró en la taberna, pero lo dejó a un lado para dedicarle toda su atención. Su lenguaje corporal hablaba por sí solo. La torsión de sus labios le decía que no acostumbraba a hacer trueques y que sabía que los buenos tónicos curativos eran difíciles de encontrar. Su rostro era como un libro abierto y a Amaris le bastó eso para que el hombre le cayese bien.

Ante todo, el desconocido le gustó porque no cuestionó su presencia en la taberna como mujer ni quiso saber de dónde venía a semejantes horas de la noche. ¿Una joven pálida y llena de cicatrices con el pelo blanco y los ojos violetas? No le suponía problema alguno, siempre y cuando se hubiese presentado allí con un propósito. El hombre fue directo al grano:

—¿Son auténticos?

Amaris ahogó un suspiro aliviado.

—Así es. Vengo de la universidad. Estos frascos han salido del mismísimo edificio de Sanación.

—¿Te los llevaste de buena fe? —Redondeaba las vocales con un acento espeso y rural y acortaba las palabras, de manera que a Amaris le costaba un poco seguirle, aunque se las arregló igualmente.

No tenía más opción que mentir. Había entrado en la universidad con buena fe. El sanador la había tratado con buena fe.

Se había guardado los tónicos dentro de la funda de la almohada y se escabulló en la noche sin tener tan buena fe.

—Sí.

El posadero dejó el vaso y se acercó a ella.

—Déjamelos ver.

Aunque Gadriel y ella necesitaban comer, teniendo en cuenta lo propensos que eran a meterse en problemas, un buen tónico curativo podría marcarles la diferencia entre la vida y la muerte. Cuando había quedado herida fuera de Farleigh, un tónico le había cerrado los cortes, sin riesgo de infección, casi tres veces más rápido de lo que cualquier magulladura se habría curado en condiciones normales. Si se los hubieran ofrecido enseguida en vez de horas después de haber sufrido los cortes, quizá ni siquiera le hubiesen dejado cicatrices. Gadriel había estado tumbado sin moverse en la mesa del edificio de Sanación hasta que le administraron los tónicos. A los reevers nunca les dejaban marchar sin asegurarse de que llevaran encima un par de frasquitos marrones en caso de que los envenenasen, mordiesen o hiriesen. Un solo frasco auténtico de tónico valía, como mínimo, cinco monedas de plata.

Sacó solo una botellita.

—Me gustaría intercambiarlo por unas cuantas hogazas de pan, toda la carne seca que tengas y un poco de fruta deshidratada. ¿Qué puedes ofrecerme?

Torció la boca en una fina línea. Dejó vagar la mirada hacia arriba y hacia un lateral, como si estuviese leyendo un inventario.

—Tengo unos cuantos albaricoques secos y hemos preparado un buen montón de salchichas y tiras de carne de ciervo si te gusta el venado. También puedo prepararte un par de cuñas de cheddar blanco y un pedazo bastante grande de queso de oveja con tres años de curación, aunque se desmiga que es un gusto. Qué más... Tengo manzanas para aburrir y unas cuantas hogazas de cebada, horneadas esta mañana, y unos panecillos de masa madre que preparó mi esposa ayer. Por todo eso, te pediría dos frasquitos.

Amaris comprendía por qué los quería, pero también era consciente de su valor.

—Ya entiendo. Voy a ver qué me ofrece el otro posadero.

Se alejó de la barra y le ofreció una sonrisa amable cuando se giró hacia la puerta.

—¡Espera!

Su tono de voz hizo que se parara en seco. Se dio la vuelta para mirar al hombre con escepticismo, interpretando el papel de una viajera desinteresada. La clave para una buena negociación era ser capaz de hacer creer a la otra persona que estabas dispuesta a no cerrar el trato. Amaris no quería ir a ninguna otra posada. No quería tener que retomar la búsqueda. Con un ligero alivio, volvió a acercarse a la barra, aunque siguió moviéndose despacio, como si no estuviese del todo convencida de hacerle caso.

—¿Me prometes que es de verdad?

—Estaría dispuesta a cortarme las muñecas solo para demostrarte que funciona, pero creo que sería un desperdicio.

Podría haberlo obligado a hacer el trueque con ella. Podría haberlo persuadido para que le cediese las escrituras de la taberna si así lo hubiese querido. Pero ese no era el tipo de persona que Amaris quería ser. Él no era más que un hombre a cargo de un negocio; siempre y cuando la tratase justamente, lo último que Amaris querría sería no pagarle con la misma moneda. Le tranquilizaba saber que contaba con un poderosísimo as en la manga al que poder recurrir en caso de necesidad.

El posadero asintió y extendió una enorme mano para examinar el tónico. Amaris sabía que no podría sacar ninguna pega, pero le causaba curiosidad descubrir si el hombre trataría de recurrir a alguna táctica de negociación más. Siempre podría fingir encontrar alguna imperfección o hacer como si no estuviese seguro de querer quedarse el tónico para tener que darle menos comida.

Al final, el hombre preguntó:

—¿Tienes algún frasco más?

Amaris asintió.

—No te voy a mentir. Tengo algún par más, pero no estoy dispuesta a intercambiarlos. Necesito el pan, pero una hogaza no me servirá de nada si me encuentro con algún lobo por el camino.

El posadero frunció el ceño, pero Amaris sabía que no podía rebatir ese argumento.

—¿Quieres remolacha, huevos o pepinos en salmuera? Los tarros con sal y vinagre aguantan durante muchos meses.

Eran alimentos bastante duraderos, pero para cargar con tales exquisiteces tendrían que viajar con una caravana. Ni siquiera alcanzaba a imaginarse lo horrible que tenía que ser meter la mano en las provisiones y descubrir que un tarro de salmuera se había roto y había empapado la ropa, el pan y las armas. Además de acabar oliendo a vinagre y de estropear el resto de la comida, seguro que se cortaría con los cristales rotos impregnados en salmuera. Sacudió la cabeza. Lo único que podría llevarse sería las frutas secas, un par de manzanas, las tiras de venado secas, las hogazas de pan y ese trozo de queso de oveja con tantos años de curación que había mencionado el posadero.

Le volvió a rugir el estómago. Por fortuna, el parloteo de los clientes nocturnos de la posada ahogó el sonido. No quería que el posadero utilizase su evidente hambre como una excusa para timarla con la comida, a pesar de que el hombretón parecía bastante honesto. El hombre inclinó la cabeza y comenzó a llenar un saco de arpillera para tubérculos con todo tipo de comida. El posadero guardó pedazos de queso duro que no necesitaban mantenerse frescos y, aunque no eran de sus favoritas, las hogazas de pan negro y de centeno no perderían el sabor en caso de quedarse duras. Luchó contra un involuntario temblor en el labio al pensar en lo asqueroso que era el pan de centeno si no estaba recién hecho y preparado con cecina, crema agria y verduras encurtidas cortadas en tiras. En el reev preparaban unos sándwiches buenísimos. Si sus poderes de persuasión tuviesen un efecto en los seres feéricos, podría haber convencido a Gadriel para que se desviasen hacia Uaimh Reev solo para disfrutar de una de sus deliciosas comidas. Después de las verduras hervidas y las carnes cocidas de la universidad, combinadas con las aburridas comidas frías de viaje, se merecía un almuerzo en condiciones. Estaba segura de que Brel habría estado encantado de verla y, además, a él le encantaba trabajar en las cocinas. Echaba de menos a su hermanito casi reever más de lo que añoraba los sándwiches.

Ahora no era el momento de pensar en cosas tristes.

Otra emoción le tomó el relevo.

Amaris le dejó al posadero el tónico sobre la barra y se acercó al fuego.

—¡Guapa! —gruñó una voz ronca a su espalda.

Una intensa punzada de inquietud la atravesó. Amaris se contuvo antes de poner los ojos en blanco al girarse para hacerle frente al caballero.

—Espero que ese sea un apodo para su compañero de borrachera, porque no me cabría en la cabeza que tratase con tan poca educación a una desconocida. ¿Acaso me está confundiendo con alguna amiga suya que tiene la desgracia de llamarse así?

—¿Eh?

Quien le había ladrado no era el borracho cincuentón y desaliñado que ella había supuesto en un primer momento. Un hombre de unos treinta años con la barba cuidada y las mejillas sonrosadas y marcadas por el azote del viento la miraba de arriba abajo desde donde estaba sentado junto a otros dos compañeros. Los tres vestían y portaban armas como si ellos también fuesen viajeros. A juzgar por las armas, Amaris sospechó que eran mercenarios en distintos grados de embriaguez y descontrol. Era frecuente encontrarse matones a sueldo por las tabernas de casi cualquier punto del continente.

El treintañero sacudió la barbilla como para exigirle que se acercara, pero Amaris no se movió. No tenía energía para sus jueguecitos, así que respondió con un seco desinterés:

—Estoy segura de que sois encantadores, pero prefiero quedarme con el fuego. Gracias.

A lo mejor fue por el par de cervezas que llevaban en la barriga o por las ínfulas que se daban al llevar espadas, pero el hombre no tenía ningún interés en dar por zanjada la conversación, así que insistió:

—¿Qué hace un zorrito de las nieves como tú por aquí a estas horas de la noche?

Amaris se dio la vuelta del todo para hacerles frente y darle al fuego la oportunidad de calentarle la espalda. Sintió que se le derretía la zona lumbar cuando los músculos se le relajaron después de haber pasado horas agarrotados por el frío. Estudió a los hombres de la mesa, pero no le pareció que fuesen una amenaza, sino, más bien, un ligero incordio. Pensó distraída en cómo habría respondido Gadriel ante una situación como esa.

—Estoy viajando hacia el este y me entró hambre por el camino —respondió—. Se me ocurrió que sería más fácil comprar comida que cazarla yo misma. Al fin y al cabo, los caminos son un poco traicioneros últimamente. Ni os imagináis lo que campa por los bosques.

El hombre se rio.

—Nunca en mi vida he visto cazar a una mujer. ¿Qué es lo que de verdad estás haciendo por los caminos?

Amaris tenía serias dudas acerca de esa afirmación. En Gyrradin, las mujeres tenían casi tantas oportunidades de ser mercenarias como los hombres. Ni un solo punto del reino iluminado por la diosa podía permitirse el lujo de no contar con guerreros preparados para la batalla. Incluso la esposa de un granjero de ideas tradicionales sabría cazar una liebre o matar a un ciervo. Saber manejar un arma era tan necesario para la vida diaria del campo como para hacerle frente a la violencia que asolaba el continente, independientemente de quién las blandiera. Desde luego, resultaba mucho más fácil imaginar a las mujeres como damiselas indefensas si se quería reducir el mundo a un esquema binario, pero al viajero no le haría ningún bien subestimar a sus oponentes en función de su género.

Amaris disfrutó del reconfortante brillo del fuego que le calentaba los muslos, el trasero y los hombros, pero sabía que debería ir marchándose si quería evitar que el frío volviese a calarle tan hondo. Una idea llegó acompañada de un calor casi tan intenso como el del fuego del hogar.

—Te voy a decir una cosa —comenzó Amaris, sin quitarle ojo de encima al hombre—. Tengo frío y eres un maleducado. Me gustaría quedarme con tu capa.

El mercenario se carcajeó junto a sus compañeros, pero Amaris mantuvo una expresión que demostraba que hablaba en serio. Desde el otro extremo de la estancia, el posadero la llamó para que supiese que la bolsa de comida ya estaba preparada, pero la joven se limitó a responder con un seco asentimiento y una sonrisa. El posadero dejó que continuasen con la conversación, se guardó el frasquito de tónico en el bolsillo y retomó la tarea de limpiar los vasos con el trapo.

—Lo digo en serio —insistió Amaris—. Una pelea por la capa. Si yo gano, la capa es mía. ¿Tenemos un trato?

—¿Tres contra una? Te tumbaremos en un segundo, guapa.

—Me llamo Amaris —lo corrigió—. Y por la capa me enfrentaré a ti en un uno contra uno. Si os venzo a los tres, tendréis que ayudarme a derrotar al ag'imni que vive a las afueras del pueblo.

25

Aunque Amaris había pateado muchos traseros y había ajustado muchas cuentas en la vida, esta debía de estar entre las situaciones más satisfactorias. Además de que los tres alegres borrachos habían aceptado su humillante derrota con deportividad, ahora contaba con una capa nueva y con el ego herido de los tres amigos, que eran demasiado orgullosos como para retractarse de haber aceptado hacerle frente al demonio del bosque.

Después de la paliza ligeramente bochornosa, pero carente casi por completo de acritud, los mercenarios le pagaron la cuenta al posadero y dejaron atrás los reconfortantes muros de la taberna para seguir a Amaris, que los guio a través del bosque. La luna creciente ofrecía escasa luz en el claro despejado y desapareció tras las densas copas de los árboles una vez que dejaron atrás la seguridad del pueblo y se adentraron en la espesura de los pinos. Aunque Amaris nunca había sido tan tonta como para encender un fuego en plena noche, los mercenarios no seguían esa norma. Empaparon un trapo de aceite y prendieron una antorcha mientras la joven los guiaba. La capa de lana que había ganado le proporcionaba a Amaris un reconfortante calor y llevaba los bolsillos llenos de provisiones. Como los hombres estaban transportándole las armas directamente hasta su campamento, Amaris decidió que no les iba a quitar el gusto de recurrir, con desafortunada imprudencia, a la antorcha. No valía la pena discutir por ella.

Llevaban casi veinte minutos andando cuando la chica empezó a hablar demasiado alto para el gusto de los tres hombres.

—Ya estamos cerca. Fue más o menos por aquí donde vi al ag'imni —explicó.

Uno de los mercenarios la mandó callar, pero ella insistió en mantener la voz y el ánimo altos. Amaris sintió su palpable tensión por encima del hombro. Atrás había quedado el buen humor que habían mostrado tras la pelea. La alegría y la distancia que el alcohol los ayudaba a poner con la realidad se habían evaporado de su estómago. No había nada que quitase más rápido la borrachera que un paseíto por el bosque, ojo avizor al demonio. Tal vez la historia de Amaris les hubiera parecido una tontería al arropo del calor de la taberna, pero, tras descubrir las excepcionales habilidades de la chica, dejaron de dudar de que fuese capaz de espiar a un demonio, envuelta en la oscuridad de la noche. Los tres se tensaban ante el más mínimo ruido en la negrura opresiva del bosque.

—Estaba dormido cuando lo vi y no tenía ningún arma conmigo. Estoy segura de que sigue roncando —dijo haciendo como si quisiese tranquilizarlos.

El líder de la barba colocó una mano sobre el hombro de Amaris para que bajase el tono.

Ella asintió, como si se hubiese dado cuenta por primera vez de que quizá estaba hablando demasiado alto.

—Es verdad. No queremos que nos oiga —coincidió sin modificar el volumen de su voz.

El destello de la antorcha iluminó el rostro de los hombres, que no solo mostraba disgusto, sino también un verdadero pavor a que las palabras de Amaris hubiesen atraído a alguna criatura hasta ellos en medio del espeso bosque. Sin duda, todo conejo, ciervo, lobo y demonio habría oído sus parloteos, por lo que eran una presa de lo más fácil. No tenían dónde esconderse. La copa de las coníferas no permitía que nada creciese en el suelo del bosque, ni arbustos ni zarzas. Los rayos del sol no alcanzaban a bañar el lecho del bosque ni siquiera cuando la cálida luz estaba en su punto álgido. La única fuente de claridad era el amplio círculo que trazaba la antorcha, que se extendía tan lejos como podía, más allá de los troncos rígidos de los árboles cargados de savia, donde la esfera luminosa daba paso a la oscuridad que se cernía sobre ellos. Los pinos dibujaban unas sombras alargadas y siniestras allí donde la antorcha no llegaba.

—Estoy segurísima de que está justo al otro lado de esta explanada —dijo en uno de esos susurros reservados para el teatro. Estaba proyectando demasiado la voz. Los tres mercenarios se tensaron y abrieron mucho los ojos, con silenciosa desesperación, para pedirle que hablase más bajo—. Tan pronto como lleguemos a la cima del próximo cerro, lo veremos.

—¡Mujer! —siseó uno de los mercenarios, vencido por el miedo.

—Me llamo Amaris —lo corrigió ella.

Aminoraron el ritmo hasta casi ponerse a avanzar a gatas cuando el terreno del bosque se tornó más empinado. Les resbalaban los pies cada pocos pasos por culpa de las resbaladizas agujas que habían caído de los pinos. Uno de los mercenarios apagó la antorcha antes de alcanzar la cima del cerro para que no delatase su posición. Amaris los animó a seguir adelante pese a que los ojos de los tres hombres tardaron en ajustarse a la súbita oscuridad. La luna creciente no tenía nada que hacer contra un bosque tan denso. No se veía la luz de las estrellas, no había espacios entre los árboles ni una diferencia entre cada mancha negra y la siguiente. Amaris señaló hacia abajo, donde se abría un pequeño claro a los pies del cerro.

—¿Viste al demonio aquí? ¿Estás segura?

—Estaba caminando por esta colina cuando lo vi allí abajo —dijo en voz más alta de lo que era necesario—. Seguid buscando. Seguro que todavía está cerca.

Los hombres se pusieron a cuatro patas con los nervios a flor de piel para vigilar el claro desde arriba. Si no los hubiese calado enseguida, habría pensado que sus armas repiqueteaban al compás de sus temblores. Amaris luchó por no poner los ojos en blanco al recordar la bravuconería que habían tratado de demostrar en la taberna. Si una chica de dieciocho años era capaz de moverse por los bosques, entonces ellos no tendrían problema en acompañarla. En ese sentido, el orgullo de uno es su peor enemigo. Aun así, la aprensión los tenía tan tiesos como palos.

Los mercenarios no veían nada en el claro. Un bulto bien podría haber sido el demonio, pero, no..., al evaluarlo con más atención, llegaron a la conclusión de que no era más que una rama rota. Otro árbol recordaba a la silueta de un hombre, pero no, solo era la corteza, negra como el carbón, de un pino caído que algún rayo había dejado hueco y retorcido. Creyeron que un pedrusco era una bestia de la noche, pero, como no se movió, centraron su atención en seguir examinando el claro en busca del ag'imni.

Amaris oyó el batir de unas alas, un revoloteo, el chasquido de una rama rota justo antes de que ocurriera. Un estrépito atravesó el silencio cuando una roca surcó el aire y aterrizó justo detrás de ellos.

Gadriel, que había descendido desde los cielos, se dejó caer en el cerro con un aleteo. El ser feérico le lanzó a Amaris una mirada molesta y ella se esforzó por reprimir una sonrisa al ver como los hombres salían en desbandada. Se quedaron lívidos al instante. En su afán por ponerse en pie, levantaron una nube de agujas de pino. El olor de la orina se mezcló con el de los árboles, puesto que uno de los mercenarios se había meado en los pantalones. Un grito estrangulado de pavor incontrolable desgarró la garganta de uno de los otros dos.

—¡Soltad las armas! —ordenó Amaris mirándolos con los ojos muy abiertos. Recurrió a su poder de persuasión como si estuviese pidiéndoles, preocupada, que escapasen.

Los mercenarios tiraron las espadas al suelo con manos temblorosas.

—¡Corred! ¡Marchaos de aquí! —gritó; se movió como si tuviese intención de salir corriendo con ellos.

Los tres hombres pusieron pies en polvorosa a cuatro patas, se arañaron las manos y las rodillas y se clavaron las agujas de los pinos al huir por el bosque con la velocidad y el impulso desenfrenados reservados para los animales acorralados, provistos de un desesperado sentido de la supervivencia. El estruendo y el distintivo golpe sordo de un hombre que choca con un árbol, se cae al suelo y se pone en pie de nuevo a la carrera resonaron por el bosque. Amaris rio para sus adentros cuando las pisadas de los mercenarios se perdieron en la distancia.

Gadriel la fulminó con la mirada cuando los hombres se hubieron marchado.

—¿Ese era tu plan?

Ella se encogió de hombros, incapaz de ocultar una sonrisa maliciosa.

—He conseguido armas, ¿no?

La miró como si quisiese matarla con sus propias manos. Ahora los mercenarios estaban tan lejos que ya ni siquiera oía los sonidos metálicos de las armaduras o los gritos ahogados de pavor. El bosque casi estaba en completo silencio de nuevo. Amaris se agachó para recoger las armas que los otros habían dejado atrás. Gadriel cogió una con gesto serio para asegurarse de que a la chica le quedaba muy claro que no estaba de acuerdo con sus métodos.

—Si podías ordenarles que te diesen las armas, ¿para qué has montado tanto numerito?

Con fingida inocencia, Amaris se llevó una mano al pecho.

—¿Que he montado un numerito?

La voz de Gadriel rezumaba desaprobación.

—Ha sido cruel.

—Oye, me gané esas armas en un combate limpio. Además, las espadas pesan y fueron muy maleducados conmigo en la posada. Así conseguí que nos las trajeran hasta aquí. Mejor trabajar de manera eficaz que dejarse los cuernos.

—Entonces, además de ser una niñata, eres una vaga.

—No soy una niñata. Soy una bruja, ¿recuerdas?

—¿Te trataron mal? —Bajó un poco la voz—. ¿Qué te dijeron?

—No me hicieron daño. ¿Es que no me viste luchar contra un dragón? Soy prácticamente intocable. Se comportaron de forma desagradable, así que se lo tenían merecido.

—Tienes razón. —Gadriel arqueó una ceja en gesto crítico—. A veces la gente necesita recibir un escarmiento. Sobre todo, cuando lo que les hace falta es una lección de humildad.

Amaris cruzó los brazos.

—No me gusta cómo has dicho eso.

—Te vendría bien un poco de mano dura.

La chica no pudo evitar que la sorpresa hiciera que sus cejas se catapultaran hasta casi rozarle la línea del pelo.

—¿Cómo dice, general?

—¿Ves? —Los ojos de Gadriel centellearon cuando Amaris recurrió a la formalidad—. ¿Ves cómo no es tan difícil mostrar un poco de respeto?

—Eres insufrible.

—Claro —sonrió él—. Lo que tú digas.

—¿Qué quieres decir con eso?

La sonrisa traviesa de Gadriel apenas había tenido tiempo de hacer efecto cuando un nuevo sonido se propagó por el bosque e interrumpió la conversación. El triunfo había hecho que se relajaran y disfrutaban de un encantador tira y afloja entre un general contrariado y una subordinada desobediente cuando un malévolo estruendo los silenció.

El ambiente cambió en un segundo.

A Amaris se le heló la sangre; se quedó inmóvil, como un bloque de hielo sumergido en aceite.

Había hecho justo lo que los mercenarios temían. Esa era la razón por la que no se debían encender antorchas en mitad de la noche. Esa era la razón por la que era mejor hablar en voz baja, no gritar, confundirse con las sombras. El alboroto había llamado la atención de una criatura con la que nadie en el mundo iluminado por la diosa querría encontrarse.

Amaris nunca había oído un sonido tan terrible como el que había atravesado la noche. Aquel ruido se había retorcido como el humo al reptar por el oscuro suelo del bosque y enroscarse en sus oídos para caer, gota a gota, sobre su alma. Los dos permanecieron en guardia, paralizados, medio agazapados, y sostenía cada uno un arma robada. El sonido siguió arrastrándose por los bosques; se abrió camino hasta los pies de Amaris y Gadriel, subió por sus piernas y los envolvió hasta que por fin comprendieron lo que oían.

Era una sola palabra. Un nombre. El frío, cruel y aterrador sonido del nombre de ella.

—Amarisss —siseó la voz.

La chica dejó de respirar. La oscuridad del bosque frondoso era demasiado intensa como para ver nada con claridad, pero notaba que Gadriel todavía no había movido ni un solo músculo. ¿Cuánto tiempo llevaba sin tomar aire? Sentía las piernas rígidas. La sangre helada. El poco calor que había recuperado en la posada abandonó su cuerpo y se vio reemplazado por un pánico glacial.

Gadriel dio tres silenciosos pasos hacia un lado, en dirección al claro, y extendió una mano para que Amaris lo siguiera. La luna creciente les ofrecía poquísima luz, pero, si conseguían resguardarse bajo la protección de los árboles, podrían aprovecharse de la escasa iluminación que la apagada porción de luna pudiese proveer. El sonido se deslizaba por el aire, resbaladizo como la grasa. La criatura le estaba hablando.

Amaris no podía permanecer expuesta. Tenía que hacer algo.

Volvió a mirar a Gadriel y su mano extendida.

Reprodujo los movimientos del ser feérico, avanzando con precaución. Imitó cada uno de sus pasos, hasta descender, poco a poco, desde la cresta del cerro hasta el claro. El corazón le latía descoordinado, como si hubiese olvidado cómo hacer que la sangre le bombeara por las venas. Vacilaba y daba un vuelco cada vez que la voz aceitosa serpenteaba entre los árboles.

Amaris no tenía ni la más remota idea de qué era lo que se acercaba, pero la criatura la conocía. La llamaba por su nombre.

Luchó contra el impulso de huir. Correr solo la haría más visible. No sabía a qué se enfrentaba. Necesitaba ver a su oponente para saber cómo combatirlo. Cada fibra de su ser le pedía que se diese la vuelta y corriese para poner tanta distancia como fuese posible entre ella y la voz.

Se resistió.

Amaris miró a Gadriel con ojos desorbitados. En vez de que sus facciones estuviesen desencajadas por el miedo, el rostro de su compañero mostraba el firme estoicismo de quien entendía exactamente contra qué luchaba. Gadriel lo sabía. Amaris continuó moviéndose con silenciosas zancadas laterales por la colina, en dirección al claro. La suela de uno de sus zapatos aterrizó sobre un área cubierta de agujas de pino bastante sueltas, sintió cómo se le resbalaba un poco el pie y el sonido la sobresaltó. Aunque había hecho ruido, no pareció que la criatura fuese hacia ella. Estaba en todos lados y, al mismo tiempo, en ninguna parte. Si Gadriel le pedía que corriese, correría. Diosa, se moría por echar a correr. Siguió sin quitarle ojo de encima, a la espera de un gesto, a la espera de una señal.

Avanzaron hacia el valle, agazapados y aferrados cada uno a una de las espadas que los mercenarios habían dejado atrás.

Amaris volvió a oír su nombre, con la ese elongada hasta recordar al siseo de una serpiente. ¿Qué criatura horrible la llamaba? Había pronunciado su nombre en voz alta demasiadas veces tanto en el pueblo como cuando había recorrido el bosque seguida de los mercenarios. Solo le había faltado gritarle su verdadero nombre a la oscuridad.

Amaris trató de desterrar el pánico de su mente. Tenía conocimientos sobre las bestias. Había estudiado a los demonios. Aun así, se le quedó la mente en blanco. No recordaba nada de las lecciones que había recibido o de los libros que había leído. Lo único en lo que pensaba era en seguir adelante, en tomar aire y dejarlo ir. Sus recuerdos volaron hasta los invocadores del miedo que la Maestra de las Artes Mágicas había mencionado. Su mente pasó las páginas del bestiario que descansaba en una de las estanterías de Uaimh Reev. ¿Qué demonios hablaban? Acalló sus pensamientos una y otra vez para centrarse en respirar. Tenía que relajarse. Su vida dependía de ello. Si la criatura la pillaba con la guardia baja, el despiste podría costarle la vida.

Gadriel extendió la mano una vez más para que se acercara. Amaris solo estaba a unos pocos pasos de él en la profunda negrura de las impenetrables sombras. La chica dio un par de pasos hacia él.

Un sonido seco como el del aire al comprimirse retumbó a su espalda. Antes de que pudiese comprender qué estaba pasando, Gadriel se abalanzó sobre ella y sus alas, sus brazos, su pecho y la dura madera del tronco de un árbol impactaron contra el cuerpo de la chica. El ruido había llegado a sus oídos antes de que el firme cuerpo del ser feérico se apretara contra ella. Gadriel empujó el torso de Amaris contra la cáscara retorcida de un árbol al que le había alcanzado un rayo, obligándola hasta casi asfixiarla a meterse en el oscuro agujero. Su espalda impactó con un chasquido con la madera carbonizada del tronco mientras que las alas negras de Gadriel terminaron de llenar el refugio cuando las metió en la grieta del árbol. No había hueco para moverse. Amaris trató de retorcerse contra el cuerpo de Gadriel, pero este la inmovilizó aún más para que se estuviese quieta. Un imperceptible siseo escapó de los labios del ser feérico para mandarla callar y, por una vez, Amaris obedeció. Dadas las circunstancias, ese triste intento de escondite podía suponer la diferencia entre vivir o morir.

Llegó hasta ellos otro sonido similar al que hace al romperse la capa de hielo que cubre la superficie de un frágil lago a principios de invierno, al del soplido del viento invernal y al del reptar de las serpientes. Gadriel se metió más dentro del tronco, pegando bien su pecho al de Amaris. Ella ni siquiera había creído que hubiese ni un milímetro libre antes de ese último empujón. Cada curva de su cuerpo, cada músculo, cada recoveco del estómago, los huesos de la cadera, el pecho, incluso el espacio entre las piernas la obligaban a pegarse al tronco del árbol. Todo Gadriel se presionaba contra su pequeña figura. La sombra negra de sus alas oscuras los ocultaba de la bestia que se estuviese acercando. El siseo serpentino de su nombre alcanzó los oídos de Amaris una vez más. Sintió que se le ponía la piel de los brazos y de la nuca de gallina. Notaba el aliento cálido del hombre que se apretaba contra ella. La adrenalina y la confusión habían conseguido que el corazón de la chica tamborilease contra su jaula y se presionara contra Gadriel con un rápido aleteo.

—Gad...

—Sssh. —Ahogó el sonido con la barbilla inclinada en señal de alerta y Amaris se quedó acurrucada contra él.

Sentía las dos manos de Gadriel. Una sostenía una espada, plana contra el cuerpo de ella. Estaría notando el frío del metal contra la piel de no ser por la capa que acababa de adquirir. Con la mano libre, Gadriel había depositado todo el peso de su cuerpo sobre el de Amaris para obligarla a pegarse contra el tronco y evitar cualquier movimiento. Se acercó aún más a ella y le sacó el poco aire que le quedaba en los pulmones. Apenas había espacio entre sus cuerpos. Los labios de Gadriel se movieron contra el oído de Amaris.

—Es un ag'imni —informó en un apremiante susurro.

Aquella revelación terminó por robarle las reservas de aire que le quedaban en el cuerpo. El mareo reclamó su mente. Amaris había pasado tanto tiempo con los hombres de Raascot que había empezado a pensar que los ag'imni no eran más que un cuento. No eran más que un nombre que los sureños habían inventado para los seres feéricos oscuros que veían en la frontera. Mientras que las gentes de Farehold veían ag'imni cada vez que se encontraban con un norteño por casualidad, Amaris nunca había llegado a posar la vista en una de esas gárgolas de pesadilla. Nunca se había topado con uno de esos demonios de los que otros hablaban, con brazos demasiado largos, garras extendidas, dientes negros y aserrados y rostro de aspecto humanoide con enormes orificios hundidos. Siempre había visto a los hermosos e inteligentes seres feéricos en vez de las sombras, cuernos y membranas de los verdaderos demonios.

Los ag'imni no eran reales. Se había convencido de que no eran más que una mentira. Hasta donde Amaris sabía, los demonios formaban parte del folclore y nada más. Eran una maldición, una ilusión, una pesadilla, un malentendido. Eran los bellos seres feéricos inmortales de Raascot que tuvieron la mala fortuna de cruzar la frontera. No podía ser sino un calificativo que le otorgaban a aquellos que llegaban desde el reino del norte y sufrían los estragos de una maldición de la percepción. Los ag'imni de verdad —los demonios de verdad— no existían. No de esa forma.

De pronto, se vio incapaz de tomar una sola bocanada de aire, puesto que la confusión y el miedo le constreñían los pulmones. Estaba atrapada. Necesitaba salir del tronco. Trató de retorcerse para liberarse de Gadriel, pero este le ordenó quedarse quieta. Amaris se sacudió con más ferocidad y él le llevó el antebrazo a la garganta y apretó los muslos contra sus piernas con una inmovilizante decisión. La presionó con el antebrazo hacia arriba de tal forma que la obligó a ponerse de puntillas. Era lo único que podía hacer para mantener el contacto con el suelo, con la barbilla inclinada hacia arriba y la cabeza contra el tronco en busca de aire.

Surtió efecto.

Gadriel habló en una voz tan baja que solo la oía cuando sus labios le rozaban la oreja.

—Si queremos salir de aquí con vida, tendrás que escucharme. Asiente si entiendes lo que digo.

No era ni su amigo ni su compañero de viaje. Era un general centrado en hacer cumplir sus órdenes y sobrevivir. Estaban en plena batalla. Amaris intentó tragar saliva.

Movió la cabeza de arriba abajo casi imperceptiblemente contra la presión que ejercía el antebrazo de Gadriel.

—Esta es una conversación unilateral, Amaris. No hay debate que valga. —Solo recurría a su verdadero nombre cuando la situación era seria de verdad. Hablaba en voz tan baja que sus palabras no eran más que soplos de viento sobre las agujas de pino caídas; estaba tan pegado a su oreja que solo ella alcanzaba a oírlo—. Sé que eres fuerte y que sabes defenderte. Pero ahora mismo necesito que hagas lo que yo te diga.

Una sensación de pánico revoloteó en su pecho, como un pájaro enjaulado incapaz de posarse en ningún lado.

Amaris no sabía qué hacer, pero Gadriel sí. Él sí.

Quiso asentir con la cabeza, pero tomar aire era un reto. No podía respirar. Si no le daba oxígeno pronto, entraría en pánico otra vez. No tenía espacio suficiente. Se retorció y por poco profirió un gruñido de protesta. Sabía que Gadriel estaba sujetándola en una posición defensiva y de protección. Sus alas los cobijaban. Amaris buscó en su fuero interno alguna manera de tranquilizarse, pero no tuvo éxito.

—Respira —le dijo Gadriel al oído. Hablaba en una voz más suave y reconfortante de lo que Amaris conseguía registrar—. Relájate y respira.

—No puedo… —jadeó a través del sofoco y las lágrimas.

—Respira —repitió contra su oreja mientras bajaba el brazo para que los pies de la chica volviesen a tocar el suelo por completo. El alivio fue inmediato. Quizá lo había hecho a propósito. Quizá le había dado otra cosa que temer más fácil de solucionar para que, una vez que la amenazante presión que había ejercido sobre su garganta hubiese pasado, una fuerza calmada y estable acompañara a su recién encontrada paz.

Por encima del hombro de Gadriel, más allá de sus alas, otro sonido, similar al de unas garras al arañar una superficie de piedra, se abrió paso por el bosque. Cada vez sonaba más cerca. La criatura siseó el nombre de Amaris.

—Sabe mi nombre —fue lo primero que dijo, después de recobrar el control de la respiración, a pesar de que todavía estaba agarrotada por el miedo.

El demonio le estaba hablando directamente a ella a medida que avanzaba por la oscuridad. La madera carbonizada del tronco se le clavó en la espalda y las alas de Gadriel bloquearon cualquier esperanza de ver la luz. Estaba demasiado cerca. Su cuerpo irradiaba demasiado calor. Amaris sintió que le pitaban los oídos con los agudos tañidos de las campanas. Trató de tragar saliva una y otra vez.

La voz de Gadriel no albergaba miedo alguno.

—Conoces a los ag'imni, reever.

Nunca la llamaba Amaris y nunca se dirigía a ella como «reever». Aquel comentario estaba especialmente pensado para hacerle recordar su entrenamiento. La chica cerró los ojos cuando los labios de él comenzaron a moverse contra la piel de su oreja y su mejilla.

—Sabes que son mentirosos. Son siervos del miedo. Concéntrate. Vamos a salir de esta. Cuando yo te diga, nos separaremos en el valle como hicimos con el beseul. Asegúrate de mantener tanta distancia con la criatura como seas capaz, pero nunca le des la espalda. Cuando vaya a buscarte, prepárate para agarrarte a mí. Asiente si me entiendes.

Se esforzó por agachar la cabeza como había hecho antes. La batalla contra el beseul había sido todo un reto, pero no la había asustado más que cualquier otro digno oponente. Había sido consciente de que podría devorarla, de que podría hacerle mucho daño, pero entonces había estado preparada. Los reevers sabían que a los beseul les daba pánico la luz solar y que se les podía cortar la cabeza. Se esforzó por recordar lo que sabía acerca de los demonios. Sentía que, tras haber conocido a los seres feéricos oscuros, todo el conocimiento que tenía sobre las otras criaturas se había esfumado de su mente. Los demonios estaban emparentados con los ag'drurath; no conocían la muerte. El pavor que ahora la embargaba era como ningún otro que hubiese sentido. Sin embargo, una pregunta resonó en su interior: ¿cómo sabía el monstruo su nombre?

Ya sabía de dónde provenía el sonido que recordaba al aire comprimido. La criatura estaba batiendo las alas, volando en círculos a su alrededor. Eran las verdaderas alas de murciélago de un ag'imni, no las alas de ángel cubiertas de plumas de los seres feéricos de Raascot. El demonio se acercó más. Amaris se esforzó por imaginar qué aspecto debían de tener en la oscuridad y rezó para que las alas de Gadriel bastasen para confundirlos con el tronco hueco.

—Sal de donde estésss, Amarisss.

—Sabe mi nombre —le susurró a Gadriel de nuevo, ahogada por el pánico.

Él asintió de manera casi imperceptible. Por supuesto, oía todo lo que la criatura decía.

La voz grasienta del ag'imni serpenteó entre los árboles mientras la criatura los buscaba. Continuó hablando, sin preocuparse demasiado por encontrar el escondrijo de su presa.

—El general que te acompaña ahora mismo preferiría destruirte antes que salvarte, reever —dijo con una virulencia que helaba la sangre, elongando su rango con esa voz hecha de humo.

Amaris se puso rígida, pero Gadriel no se movió de allí donde la empujaba contra el árbol. Permaneció impasible ante los comentarios de la criatura.

El demonio continuó volando en círculos.

—Él sabe lo que eresss.

De nuevo, la última palabra recordó al alquitrán caliente que gotea poco a poco y estiró esa única afirmación hasta que ocupó todo el valle.

Amaris quería preguntarle de qué hablaba, qué quería decir, pero no era momento de entablar una conversación.

—¿Estás lista? —preguntó Gadriel en voz baja.

Oía el creciente batir de alas de la criatura al descender.

—¿Qué hago? —No fue su intención sonar tan ahogada. Ahora que había llegado el momento de correr, el aire había vuelto a abandonar sus pulmones.

—Una vez salgamos de este tronco, no abras la boca. ¿Entiendes lo que te digo?

Amaris sacudió la cabeza con languidez para confirmárselo y cerró los labios con fuerza para que los tentáculos vaporosos que manaban de la criatura no se le metiesen en la garganta.

—Da igual lo que diga, mantén la boca cerrada.

—¿Cómo lo venceremos? —Entreabrió los labios lo suficiente para hablar.

Gadriel sacudió la cabeza y sus cabellos rozaron el rostro de Amaris. Su calor la abrumaba, pero confiaba en él. Había vivido más vidas de las que podía contar y no dejaría que este fuese el fin de ninguno de los dos.

—No vamos a luchar contra él. Lo distraeremos para escapar.

Amaris trató de tragar saliva una última vez.

—¿Estás lista? —Ella asintió y Gadriel insistió—: Mantén la boca cerrada.

Gadriel dio un grito para que se pusiesen en movimiento y dio un salto hacia atrás. Se pusieron en marcha en cuanto se liberaron de la jaula del árbol hueco. Amaris inspiró por la nariz entrecortadamente e inhaló el pútrido hedor del sulfuro y la carne podrida. Corrió para ponerse al otro extremo de Gadriel.

El ag'imni parecía estar pasándoselo en grande. Batió las alas hacia abajo para ralentizar su descenso y posarse en el suelo. Amaris por poco abrió la boca al verlo. Una ola de náusea le recorrió el cuerpo, pero se obligó a mantener los labios bien cerrados. Las del monstruo no eran las alas fuertes y cubiertas de plumas de los seres feéricos oscuros. Las suyas eran las alas de telaraña llenas de agujeros de los no muertos. El rostro de la criatura no era el de una persona, sino que era un amasijo desencajado de carroña, putrefacción y sangre coagulada. Era cada pesadilla salpicada y cada miedo derramado desde una mente dormida al adentrarse en una consciencia retorcida y terrible. Era un demonio.

Sus labios se retrajeron para formar lo que debía ser una sonrisa mamífera. No dejó de batir las alas para no pisar el suelo del todo. El demonio no parecía estar muy interesado en Gadriel, puesto que tenía los ojos de obsidiana puestos en Amaris.

—Amarisss —siseó—, empezaba a preguntarme cuándo nos conoceríamosss.

La chica sostuvo el arma robada en posición defensiva, agradecida por contar con la espada del mercenario. Afianzó su agarre alrededor de la empuñadura, negándose a apartar la vista de la criatura. Le sobrevino el recuerdo de las membranas blancas que recomponían las extremidades del ag'drurath cada vez que Amaris había alcanzado a herirlo. Una espada no derrotaría a la bestia que tenía delante.

Las densas copas de los pinos apenas dejaban que la luz de la luna alcanzase a iluminar la silueta de la criatura. Su piel húmeda parecía estar desprendiéndose de los huesos. Amaris, que se negaba a abrir la boca, siguió respirando por la nariz el aire que apestaba a huevos podridos y descomposición. No comprendía muy bien la orden de Gadriel, pero no estaba dispuesta a correr el riesgo de desobedecer.

Reconocía la emoción casi humana en el rostro del ag'imni.

El demonio resplandecía de lo que parecía ser satisfacción. De alguna manera, al mismo tiempo, sus ojos estaban demasiado hundidos, eran demasiado negros y de un tamaño exagerado. Tenía la boca empapada y viscosa por la humedad negruzca que goteaba de sus labios flojos. Los brazos delgados acabados en unas afiladísimas garras parecían medirle lo mismo que el torso y las piernas juntos, demasiado largos para ser de este mundo. No se estaban enfrentando al inconsciente y babeante ataque de un beseul, sino a la calculada e inteligente caza de un depredador infernal.

El ag'imni batió las alas de nuevo y se movió ligeramente hacia un lado mientras la observaba.

—Las sombras me han hablado de ti durante añosss. Hay rumoresss sobre ti por todo el continente, hija de la luna. ¿Sssabes lo que eresss? —El monstruo saboreó cada una de sus sádicas palabras.

Sus palabras, escurridizas como el aceite, iban cargadas de un oscuro placer. El demonio siguió elongando cada comentario en una siniestra cadencia intimidante y pareció flexionar las garras mientras batía las alas de telaraña, sin que los múltiples orificios de las membranas se viesen afectados por el aire que los atravesaba.

El ser se movió con desinterés por el claro con unos pocos impulsos y se apartó a un lado con destreza sin quitarle ojo de encima a Amaris. No perdió ni un ápice de ese brillo infernal de profana alegría que mostró mientras hablaba. Amaris le lanzó una mirada rápida a Gadriel, a la espera de una señal, de un gesto que la animara a moverse, a correr, a hacer cualquier cosa.

—¿Te ha dicho el general que él sabe cómo vasss a morir? ¿O esss essse otro de los muchos secretos que guarda? —Unos dientes negros brillaron bajo la escasa luz de la luna.

Amaris sostuvo la espada en alto en una resuelta demostración de fuerza. No sabía a qué estaría jugando la criatura, si estaba tratando de provocarla para que respondiera o abriese la boca para hacer que tragase su humo.

Revoloteó hasta el otro lado del valle, dando una vuelta a su alrededor. ¿Qué estaba haciendo Gadriel? No alcanzaba a verlo al otro lado del claro. No había dicho que fueran a atacar a la bestia, solo que el plan era escapar. Si el ag'imni se parecía en algo al ag'drurath, también contaría con ese tejido membranoso y blanco que les cerraba las heridas y regeneraba sus extremidades. Amaris quería buscar a Gadriel con la mirada, pero no se atrevía a apartar los ojos del demonio. Le pitaban los oídos. No conseguía respirar bien. No alcanzaba a llenar los pulmones del todo. Se iba a desmayar. ¿Por qué le costaba tanto tomar aire?

Vio a Gadriel en cuanto habló.

—Vuelve a dirigirte a ella, ag'imni, y te rebanaré la cabeza. —Se mantuvo firme tras el monstruo.

Amaris se quedó de piedra. ¿Acaso no había sido su única orden la de mantener la boca cerrada?

El demonio giró el cuello con la velocidad de una víbora. Se dio la vuelta para dirigirse al ser feérico de Raascot.

—Una palabra másss y le contaré todo acerca de ti, general. —El demonio brilló con húmedo regocijo al saborear cada palabra con satisfacción.

Gadriel no necesitó más.

Se lanzó contra el ag'imni y este hizo lo propio, acompañando el envite con un alarido que sonó como las piedras de afilar y los huesos al romperse. El demonio alcanzó a Gadriel, pero el ataque del ser feérico había tenido la sola intención de distraerlo. Se había lanzado hacia la izquierda y, tan pronto como la criatura arremetió para interceptarlo, Gadriel rodó hacia la derecha. Con dos potentes batidas de alas, tomó a Amaris entre sus brazos. Subieron más y más y más alto, mientras que la criatura ganaba terreno con sus serpentinos movimientos. Se catapultaron contra el follaje, se abrieron camino entre los pinos y atravesaron las copas de los árboles con una explosión. Las ramitas de los pinos y las ramas espinosas le azotaron la cara a Amaris y le recordaron demasiado a lo que sintió cuando cayó junto a Gadriel por el aire hasta impactar con el suelo, donde quedaron inmóviles y ensangrentados.

No, esta vez era diferente.

Gadriel tenía sus alas. Llevaba ventaja. No estaban cayendo, sino volando.

El demonio les pisaba los talones, pero Gadriel se lanzó de cabeza hacia el bosque una vez más y atravesó las copas de los árboles en un descenso en picado hasta el suelo.

Amaris cerró los ojos con fuerza y apoyó el rostro contra Gadriel cuando alcanzaron la línea más baja de las ramas, preparada para estrellarse. Enterró la cara en su pecho en cuanto se dio cuenta de que iban directos al suelo.

—¡Está todo controlado! —le prometió él entre dientes.

Antes de que pudiese entregarse por completo a la caída, emprendieron el vuelo hacia el cielo una vez más. El demonio continuó descendiendo sin control hacia la tierra cubierta de agujas de pino. Gadriel se dirigió hacia el este, batiendo sus poderosas alas con cada gota de energía para llevarlos allí donde los rayos del sol comenzaban a adquirir el púrpura del crepúsculo.

El ag'imni se recuperó de la maniobra evasiva y salió de entre las copas de los árboles, pero Gadriel estaba ganando altura. Subía, subía y subía, cada vez más alto. Amaris habría jurado ver una centelleante capa de escarcha adherida a las alas de su compañero. Las estrellas resplandecían intensamente en el cielo nítido y despejado. Gadriel se elevó como si intentara tocar la luna creciente hasta que a Amaris le pitaron los oídos y sintió los dedos de los pies congelados. Otra sensación la hizo entrar en calor y la convenció de que su cerebro se moría, al igual que sus células, a medida que el frío se abría camino por su cuerpo. No había oxígeno suficiente para compensar la muerte de sus nervios y tejidos al combatir el frío. No podía respirar. El demonio los siguió en su ascenso hasta que Gadriel volvió a caer en picado. El repentino descenso hizo que a Amaris se le destaparan los oídos con dolorosa intensidad. Había visto recurrir a esa táctica a los pájaros que se perseguían por el cielo.

—¡Gad!

—¡Agárrate!

El violento sonido de sus oscuras alas de ángel atravesó las primeras luces del alba y Amaris sintió un rabioso escozor en la punta congelada de las orejas. Esta vez, cuando el ser feérico se precipitó hacia el suelo, no titubeó al atravesar el dosel de árboles y casi chocarse con el lecho rocoso de la tierra. Cambió la trayectoria justo a tiempo para esquivar los troncos de los imponentes pinos y zigzaguear entre ellos en una maniobra que seguramente habría conducido a cualquier otra persona a la muerte, sobre todo al cargar con el peso de otro cuerpo. Gadriel sostuvo a Amaris sin desfallecer ni por un momento, estrechándola entre sus brazos como si su vida dependiera de ello.

Gadriel se curvó como una flecha y voló entre los árboles del bosque a toda velocidad y con absoluta precisión. Cada vez que ascendía, el ag'imni también volaba hacia el cielo. Cuando descendía, el ag'imni se lanzaba hacia la tierra. Gadriel continuó su vertiginoso recorrido entre los árboles hasta que vio lo que había estado buscando.

—Ahí —dijo simplemente.

Amaris lo vio. Se aferró con más fuerza a la ropa de Gadriel y cerró los puños en un férreo agarre alrededor de la tela y el cuero, preparada para la maniobra.

La tierra desapareció bajo su cuerpo cuando el cerro dio paso a un valle. Gadriel se lanzó hacia las profundidades del cañón. Amaris sintió que el estómago se le subía a la garganta a medida que la gravedad hacía efecto sobre ella como una marea poderosa que le provocaba náuseas. En cuanto vio que el demonio descendía tras ellos, Gadriel se pegó contra la desnuda pared vertical de piedra. Había estado listo para abortar la maniobra y alejarse del cañón. El ag'imni, que se había entregado por completo a la caída, se estrelló contra la pared de roca del peñasco que había al otro lado del valle al tratar de ascender.

En cuanto lo oyeron chocar, supieron que habían ganado.

Amaris dejó escapar una risa ahogada. El alivio llegó estrangulado, en una mezcla entre un grito de alegría y un sollozo. La risita sorprendida y sin aliento de Gadriel le dijo a Amaris que se sentía tan aliviado como ella.

El plan había sido un éxito…, si bien de forma temporal. Esta era su única oportunidad para poner tanto terreno entre el monstruo y ellos como les fuese posible.

Gadriel no miró atrás. El demonio se recuperaría y, si no estaban ya muy lejos para entonces, continuaría con gusto la persecución. Tras atravesar las copas de los árboles, Gadriel no se desvió, sino que siguió batiendo sus poderosas alas desenfrenadamente mientras perseguía al sol naciente. Cuando atrajo a Amaris hacia su cuerpo, esta le devolvió el abrazo.

El vuelo ya no estaba definido por el miedo, sino por la determinación.

Gadriel no se atrevió a aminorar el ritmo hasta que los primeros rayos de sol comenzaron a dejarse ver allí donde el horizonte los había mantenido ocultos con una intensa explosión de tonos amarillos y naranjas. Aunque el ser feérico oscuro prefería no dejarse ver después de que empezara a amanecer, voló, voló y voló, y Amaris rezó para que desde el suelo pareciese un pájaro grande en contraste con el gradiente rosa del cielo de la mañana, hasta que el bosque comenzó a cambiar de forma. Los pinos fueron haciéndose cada vez más y más escasos. Las coníferas salpicaron el paisaje en pequeños grupitos alrededor de lo que Amaris suponía que fuesen estanques, arroyos o granjas. Árboles de hoja caduca, tronco retorcido y copas frondosas ocupaban la cima de los cerros o se alzaban solos en medio de los campos.

Amaris se atrevió a señalar lo agotadora que estaba siendo la interminable huida. Llevaban surcando el cielo a toda velocidad para escapar de la mismísima muerte durante lo que parecían horas.

—Gad, no podemos seguir avanzando. Tenemos que escondernos.

—Estoy buscando un lugar donde parar —rugió ante el viento que corría a su alrededor.

No habían vuelto a ver al ag'imni desde que chocó con el cañón, pero la perdición de los orgullosos estaba en dar por hecho ciertas cosas. No importaba que creyeran que la maniobra había sido efectiva, tenían que asegurarse bien de que el demonio no los seguía antes de parar.

A lo lejos vieron un edificio grisáceo y destartalado. Aunque los cimientos parecían estar hechos de piedra, la estructura antaño había sido un granero de madera. Tenía el aspecto de llevar abandonada bastante tiempo y a su alrededor contaba con unos cuantos árboles descuidados. No había más casas, pueblos o granjas a la vista. Gadriel enfiló el granero derrumbado y aminoró la marcha con un par de poderosos aleteos hacia atrás. Se detuvo justo cuando sus pies estaban a punto de tocar el suelo, pero siguió batiendo las alas con fuerza para no aterrizar con brusquedad antes de soltar a Amaris.

Aunque seguramente había querido dejarla ir con suavidad, la chica rodó y cayó sobre el revoltijo de piedra, musgo, vigas caídas y suciedad cuando Gadriel se desplomó. Amaris se retorció hasta detenerse y se puso de rodillas, cubierta de polvo.

Entonces vio a Gadriel y se llevó una sorpresa.

Sabía que su compañero había dado todo de sí, pero estaba completamente agotado. No aterrizó de pie, sino que se desplomó sobre las rodillas, exhausto y con los puños clavados en el suelo para mantenerse erguido. La huida se había cobrado un precio, tanto físico como mental, mucho más alto de lo que parecía. Gadriel clavó la mirada en el suelo, con las manos y las rodillas firmemente apoyadas en la tierra. Los rayos dorados del sol habían comenzado a colarse entre las grietas de la madera podrida justo cuando aterrizaron. El verdadero ag'imni no se arriesgaría a volar a plena luz del día. Estaban a salvo.

Amaris intentó tragar saliva, pero descubrió que se le había secado la boca por completo. Rebuscó en los bolsillos de la capa, encontró la bolsa de provisiones allí donde se la había atado y sacó el odre de agua. Bebió con avidez y las gotas de agua le resbalaron por la barbilla. Jadeó una vez que hubo tragado y le ofreció el odre a Gadriel, que extendió una mano para aceptarlo sin mirarla. Levantó la mano con la que se estaba apoyando en el suelo y quedó de rodillas para beber del odre con tanta avidez como Amaris. Se lo devolvió sin mirarla a los ojos. ¿Por qué la rehuía?

—Casi morimos, ¿verdad?

La pregunta fue poco más que un carraspeo.

Él asintió

—Gad. —Amaris esperó a que la mirara antes de continuar. El sudor le perlaba la frente como si fueran gotitas de luz solar—. El ag'imni…, ¿a qué se refería?

Entonces los ojos oscuros de Gadriel sostuvieron los penetrantes ojos púrpura de Amaris. La luz del sol incidió desde la frente hasta la mitad de la nariz del ser feérico, de manera que iluminó sus pupilas mientras se tomaba un par de segundos más de la cuenta para responder:

—¿De qué hablas?

El corazón de Amaris se detuvo.

Podría haber dicho algo.

Podría haber dicho cualquier cosa.

Podría haberle dado cualquier excusa y ella se la habría tragado entera. Sin embargo, el hecho de que evitara la pregunta le dio más información que cualquier otra respuesta que le hubiese dado. El ag'imni había lanzado una acusación tras otra contra el ser feérico oscuro en favor de Amaris. Gadriel sabía de sobra de qué hablaba. Los ag'imni eran expertos del engaño, eso lo tenía muy presente. Y las mentiras más efectivas eran como parásitos que se alimentaban de la sangre de una jugosa verdad. No sabía cómo ni por qué, pero estaba segura de que Gadriel le ocultaba algo.

26

Mal. Nox sabía que aquello estaba mal.

Ese no era el aspecto que tenía. No olía así. No había ni humo ni fuego ni gritos de rabia o miedo. El lugar le resultaba familiar, pero nada coincidía con la realidad. Ya había estado allí antes. Las texturas de los suelos y paredes relucientes, los olores de los arces y la cascada y el resplandor pulido del mármol no eran nuevos. Pero nunca lo había visto así.

¿Estaba soñando?

Nox rebuscó en su interior para recordar lo que sabía que era verdad. Se llamaba Nox. Tenía veintiún años. Se había criado en Farleigh. Ya no vivía ni trabajaba en el Selkie. Viajaba con dos reevers. Amaris se había ido. Estaba durmiendo en Henares. Le había dado un mordisco a una manzana. ¿Una manzana?

Pero esto…

Había estado allí justo el día anterior.

Era el templo de la Madre Universal, salvo que, cuando ella lo había visto, todo estaba ardiendo. Un grotesco remolino de cenizas y ascuas había consumido el árbol, con la corteza en llamas. El mármol blanco y dorado del templo se había convertido en un horno, de manera que cada roce con la piedra suponía una dolorosa quemadura. Había sangre, cadáveres y cenizas. El humo era más espeso que el aire. Los sonidos se correspondían con los de los hombres, el metal y el dolor. En el cielo, las nubes ocultaban la luna por lo densas que eran. Toda la luz que coloreaba su memoria era roja e iracunda. Hacía tanto, tantísimo calor...

Ahora, al evaluar los alrededores, sintió un alivio, no solo con respecto a la temperatura, sino también a la energía, a la luz de la luna, al suave susurro de las hojas turquesa de los árboles del valle en el que se encontraba el templo.

Observó la estancia desde arriba, como si se encontrase en algún lugar elevado del templo. Era un pájaro, un fantasma, una mosca en el techo. La habitación de mármol, donde reinaban la quietud y la paz absolutas, estaba bañada en los tonos plateados y negros de la noche en calma. Las motas doradas de la piedra blanca no solo reflejaban la luz de la intensa luna llena, sino también el brillo iridiscente del árbol que crecía en el medio de la estancia. El árbol —el centro de gravedad del templo— parecía estar tanto a sus pies como a su alrededor. Estaba sano, tenía el tronco retorcido, era ancestral y sabio y no había ni rastro de llamas, carbonilla u otros estragos. Del árbol, tan antiguo como el mismísimo tiempo, no colgaba ningún fruto. Una suave brisa agitó sus ramas, que silbaron con el viento como si se movieran al ritmo de una melodía. Nox tuvo la sensación de que el aire le acariciaba el pelo que le caía junto a la mejilla.

Entonces vio a alguien.

Reconoció a la sacerdotisa de Tarkhany de inmediato.

Nox la había visto el día anterior, durante uno de los momentos más horribles de su vida. La chica tardaría en olvidar el trágico estado en el que se había encontrado a la mujer derribada. Esta noche, la sacerdotisa del templo llevaba un rico vestido azul que se complementaba de maravilla con el oscuro color de su piel. Sus ropas parecían estar empapadas del celestial brillo de las estrellas. Centelleaba con cada uno de sus elegantes movimientos y la tela fluía a su espalda sin hacer el menor ruido, como si estuviese hecha de materiales tan delicados como el aire, el agua y los pensamientos. La mujer era una con las estrellas y resplandecía como un cuerpo celeste con vida propia. Unos alfileres plateados le sujetaban las trenzas de dos cabos, de manera que suponían otra fuente más de destellos en el tranquilo y grandioso templo.

La sacerdotisa había estado cuidando al árbol mientras rezaba. No pronunciaba oraciones en tono de conversación, sino que entonaba las melodías hermosas y conocidas que se les enseñaban a las personas devotas con una lenta y hechizante progresión. Era una canción tranquila pero intensa, cuyos acordes menores subían y bajaban a medida que las notas bailaban entre los muros de mármol del templo en una interpretación acústica y a capela. Los ecos de la plegaria reverberaban de tal manera que la voz de la sacerdotisa sonó como si viniese de todos lados al mismo tiempo.

Nox era muy consciente del fresco aroma de la vida. Le recordaba al olor del agua y a las florecillas que solo se abrían bajo la luna. El templo entero desprendía belleza y santidad. Debería estar boquiabierta; debería sentirse en paz. Pero no era así.

Algo le decía que no era un buen sueño.

Nox sintió un cambio evidente. No había nada fuera de lugar como tal y no percibía ningún olor extraño. No oía nada, pero su corazón titubeaba, daba vuelcos con ritmos irregulares. El miedo la embistió de esa forma reservada para el momento en que los sueños se transforman en pesadillas.

Pareció que la sacerdotisa también había notado algo.

Había dejado de rezar y las últimas notas de la canción reverberaron contra las paredes. El árbol quedó desprovisto de los suaves toques de la sacerdotisa cuando esta caminó descalza hacia el centro del templo, dejando vagar la vista más allá de las lisas columnas que sostenían la enorme estructura de mármol. Nox trató de preguntarle qué ocurría, pero descubrió que no podía hablar, así que observó a la sacerdotisa mientras inclinaba la cabeza para agudizar el oído. La posición ventajosa de Nox no estaba fija en un punto y su perspectiva parecía gravitar desde arriba para ver mejor lo que la sacerdotisa veía, como si sus ojos viajaran por las ramas principales del árbol imponente hasta alcanzar el punto donde colgaban las ramas más delgadas.

Entonces Nox lo oyó.

Era un sonido muy suave, pero estaba ahí.

Fuera cual fuese el sonido que la sacerdotisa hubiese captado, por fin había llegado a oídos de Nox. Eran susurros irregulares que llegaban desde la distancia, muy lejos del templo, como si un animal enorme se moviese por la maleza. No eran los ruidos enfadados y estruendosos de un ataque directo, sino los cuidadosos sonidos de un acercamiento progresivo. No había cosas rompiéndose. No era el sonido de carruajes o destacamentos. Lo que se acercaba al templo no tenía buenas intenciones, pero Nox vibraba, nerviosa, ante la anticipación. La sacerdotisa se acercó a la entrada del templo y permaneció en lo más alto de la escalera hasta que dio con lo que estaba buscando.

Nox forzó la vista, puesto que no podía acercarse más. No podía moverse, hablar o desplazarse por el sueño como había hecho en tantas otras ocasiones al pasar con lucidez entre personas, lugares e ideas mientras dormía. Este sueño era diferente.

La intranquilidad se apoderó de su cuerpo mientras Nox observaba la espalda desnuda de la mujer bajo la luz de la luna, así como el brillo de su vestido azul noche. Se quedó inmóvil como una estatua ante la entrada del templo durante un largo rato. Los sonidos continuaron acercándose, pero se acallaron a medida que la maleza daba paso a los espacios entre los arces más cercanos al valle. Lo único que perturbó el silencio fueron los pesados pasos que se acercaban al hundirse en el denso manto de hierba.

Por fin, Nox vio una silueta. Algo atravesó el ventanal sin puertas que daba al mundo exterior. Aunque permanecía clavada a la parte superior del templo, veía más allá de las columnas, de la extensión de hierba, allí donde los arces y los sauces delimitaban el valle sagrado.

Un caballo de pelaje claro emergió de entre los árboles, sacudiendo las crines y la cola grises en la noche. Cargaba con la silueta encorvada de un jinete.

El nerviosismo de Nox se disparó, como si su corazón supiese antes que su mente o sus ojos qué estaba a punto de ocurrir.

Un cuerpo cayó desde el lomo de la montura e impactó con la hierba turquesa con un suave golpe seco. El jinete había llegado hasta el templo desplomado sobre la silla de montar, sujetándose a duras penas, así que no había podido bajarse del caballo con la gracilidad reservada para quienes gozan de buena salud.

Nox tenía la sensación de que adentrarse en la hierba no era algo que la sacerdotisa hubiese acostumbrado a hacer. Embargada por la sensación de trascendencia que empapaba la noche, la mujer de Tarkhany se vio impulsada hacia delante. La sacerdotisa abandonó la seguridad del templo en favor de la suave hierba del claro. Se levantó un poco la falda del vestido con ambas manos mientras se apresuraba a llegar hasta la persona desplomada en el suelo. Las sombras envolvían a la figura caída, de manera que Nox no alcanzaba a ver su rostro. La sacerdotisa se encorvó y ayudó al jinete a subir la escalera del templo. Cada movimiento suponía todo un reto. Cada paso les resultaba trabajoso y se detuvieron cuando unas siluetas extrañas emergieron de entre los árboles.

Algo no iba bien. Nada de lo que estaba viendo parecía estar bien.

El pavor se extendió por las entrañas de Nox hasta alcanzarle la garganta y la punta de los dedos. No sabía qué otra amenaza podría haber. Habían saqueado el templo. Ya había sido testigo de lo peor. Había vivido un verdadero infierno en estos mismos terrenos. ¿Qué más podía pasar bajo la noche de luna plateada en un lugar tan tranquilo como aquel?

La sensación persistió como si tuviese el estómago lleno de piedras heladas y nauseabundas. Le entraron ganas de vomitar, pero su estómago revuelto no tenía de dónde sacar la bilis en aquel sueño incorpóreo. Así, se vio obligada a lidiar con un pánico virulento sin saber muy bien por qué.

Mientras que la sacerdotisa se había movido con el sigilo de un gato, la persona que la acompañaba apenas lograba mantenerse en pie. Parecía demasiado voluminosa, demasiado angulosa como para desenvolverse con soltura. Había algo terriblemente fuera de lugar en la escena que estaba presenciando. No le encontraba ningún sentido.

Cuando los pies de la figura desconocida tocaron los escalones de mármol, se oyeron unos sonidos húmedos y carnosos. Había algo raro en sus pisadas. Había algo raro en todo aquello, como si un espejo distorsionado reflejara las siluetas de otro mundo.

Nox se descubrió flotando más cerca de la sacerdotisa y su acompañante cuando el sueño la llevó hasta ellas. De haber podido proferir algún sonido, habría jadeado. Pero permaneció muda, puesto que no existía.

La situación empezó a cobrar sentido poco a poco, hasta que las piezas encajaron de golpe.

No estaba dentro de un sueño.

Era un recuerdo.

La sacerdotisa había acompañado a una mujer gravemente herida al interior del templo. Habló de forma precipitada mientras acercaba a la mujer más y más al árbol. Su brillo etéreo iluminó a la mujer, así como al extraño fardo con el que cargaba. Aunque tenía la cara hinchada y ensangrentada, Nox vio más allá de los cardenales, las zonas enrojecidas y arrugadas y el hilillo de sangre que brotaba desde la frente de la mujer. Nox reconoció aquel rostro de inmediato.

En realidad, no era alguien a quien ella hubiese conocido, pero Nox sabía quién era. Había visto ese rostro cada día durante diecisiete años y habría sido capaz de reconocerla en medio de una muchedumbre de más de diez mil personas. El retrato de esta mujer había estado colgado en una de las paredes de Farleigh, junto a los del resto de los miembros de la familia real, durante los diecisiete años que había vivido en el orfanato. Nox estaba mirando el maltratado rostro de la princesa Daphne.

El retrato de Farleigh mostraba a la hermosa y enérgica princesa, que portaba una tiara y posaba justo delante de sus padres, el difunto rey y la reina Moirai. Aunque la Madre Universal se había llevado a la joven monarca mucho antes de que Nox fuese lo suficientemente mayor como para que le hablasen de esas cosas, el retrato de la familia real había permanecido en el orfanato como un testamento de la lealtad de Farleigh para con la Corona.

El recuerdo era muy antiguo.

Y eso no la tranquilizaba en absoluto.

La princesa Daphne trastabilló por el mármol blanco a medida que se acercaba más y más al árbol. La sacerdotisa la sujetaba, pero no para detenerla, sino para ayudarla a llegar hasta su destino. Todos sus movimientos parecían forzados…, torpes. No era culpa del sueño, sino de lo mucho que le costaba andar, moverse, respirar. Cuando la princesa cayó de rodillas, la razón por la que tenía una silueta tan angular e incómoda se hizo evidente. Sus brazos revelaron lo que había estado sosteniendo. Dejó un bebé en el suelo y la princesa Daphne se arrodilló sobre él. Lloró sobre el diminuto bebé desmadejado. Le acarició los cabellos y lo arrulló con cariño, como si eso fuera a devolverlo a la vida.

La sacerdotisa le concedió una pausa para que llorara su pérdida, se dejó caer de rodillas junto a Daphne y apoyó una mano sobre la espalda de la princesa para consolarla en su duelo.

—Él lo sabe —gimoteó la princesa tanto como para quien la escuchara como para sí misma—. Lo sabe.

La calma de la sacerdotisa era equivalente al dolor de Daphne.

Parecía saber qué papel iba a desempeñar en aquel momento de la historia. Daphne había acudido al templo para que la escucharan y la sacerdotisa estaba preparada para ello. Habló con voz serena, pero implacable. Las palabras de la mujer estaban cargadas de la trascendencia del momento.

—La Madre Universal está preparada para oír sus plegarias, princesa.

Daphne tosió y una pequeña flema sanguinolenta abandonó sus labios.

Estaba herida.

Nox había estado tan centrada en el cuerpecito inerte del niño que no había sido consciente de la gravedad de las heridas de la princesa. Daphne trató de limpiarse la sangre con el dorso de la mano, pero solo consiguió extendérsela por el rostro. En el cuadro al óleo del orfanato, la princesa Daphne era bellísima. Tenía una melena dorada que le caía hasta la cintura, unos ojos del mismo color, que casi recordaba a la miel, mejillas rosadas y llenas de vida y una de esas sonrisas amables y sinceras que iluminan desde el interior. Algunos de sus rasgos recordaban a Moirai, como el color de sus cabellos o la forma de la barbilla, pero la reina regente nunca había sido tan bella como su hija. Entre la hinchazón, la sangre y los cardenales, era difícil discernir esos rasgos tan hermosos.

La princesa siguió mirando al pequeño sin vida.

—Sabe que no es hijo suyo.

Cada sollozo de la princesa desató un nuevo ataque de tos más terrible que el anterior. Diminutas gotitas de sangre mancharon el suelo de mármol. No era el momento de historias, explicaciones o pesadillas. No era el momento de revivir los horrores que le habían llevado hasta el templo esa noche. Todo cuanto pudo hacer fue repetir las mismas palabras estranguladas:

—Lo sabe.

La sacerdotisa continuó acariciando la espalda de la princesa.

—Cuéntaselo a la Madre Universal. Yo estoy aquí contigo, al igual que la diosa.

Daphne trató de asentir con la cabeza, pero solo consiguió provocarse otro ataque de tos, otra flema sanguinolenta. Esta vez, tras limpiarse el rostro, no bajó la mano al costado, sino que extendió los dedos manchados de sangre hacia la sacerdotisa.

La princesa luchó por tomar aire. Entre la sangre y la trabajosa respiración ahogada, Nox sintió con angustiosa certeza que aquella era la noche en que Daphne murió.

Sus manos permanecieron entrelazadas en silencio hasta que la princesa rota y ensangrentada estuvo lista.

Dentro del círculo de los verdaderos creyentes, todos conocían la tradición de las plegarias. Sabían qué hacer cuando se postraban ante la Madre Universal. Con un imperceptible asentimiento, las dos mujeres alzaron las manos al unísono. La princesa Daphne trató de hablar, pero cada palabra sonó como si estuviera bajo el agua. Fueran cuales fuesen las heridas que había recibido, su cuerpo mortal no las resistiría.

—Es demasiado tarde para mí —dijo la princesa, ahogada por el dolor.

Nox no oyó ni rastro de autocompasión en su voz. De haber requerido la presencia de un sanador o de haber tenido intención de ponerle remedio a sus heridas, Nox sabía que la princesa habría ido a la ciudad. La joven noble no había acudido al templo para buscar una cura milagrosa. No había acudido al templo para refugiarse; ni siquiera para buscar venganza. Había llegado allí consumida por una única voluntad. Nox prestó atención para descubrir cuál era el propósito que había llevado a la princesa Daphne a recurrir a la poca fuerza que le quedaba para alzar la barbilla y rogarle a la diosa.

—Me gustaría pedirle a la Madre Universal…

Daphne tosió de nuevo. Apoyó una mano en el suelo, prácticamente incapaz de mantenerse erguida mientras le goteaba sangre de los labios. Tardó unos segundos en poder continuar con la plegaria. Había cerrado los ojos con fuerza cuando levantó el rostro hacia el árbol.

—Me gustaría pedirle a la Madre Universal que tenga misericordia de la tierra y de mi bebé. Le suplico que no permita que el odio que consume a mi madre le deje ganar la batalla por nuestras tierras. Le pido a la diosa que cambie el curso de la situación. Por favor, Madre Universal, envíanos a alguien. Por favor, diosa, te lo ruego. —Un sollozo desgarrado le rompió la voz—. Por favor, envíanos a alguien.

La sacerdotisa se meció con un reverente fervor al tiempo que movía los labios con cada intercesión. Nox observó a las dos mujeres rezar ante el Árbol de la Vida, y una ráfaga de viento agitó sus ramas. A su alrededor, el brillo de Yggdrasil pareció intensificarse; primero fue algo casi imperceptible, pero, luego, vibró por la estancia. El templo palpitaba, cargado de energía. Otro sangriento ataque de tos borboteó entre los labios de la princesa, cuyas heridas internas la estaban ahogando. Nox percibió la vibración de energía como si también la estuviese consumiendo a ella. El zumbido de la vida y el poder acalló los sonidos de la tos, del dolor, de la lánguida muerte.

Daphne no había terminado. Ya no tenía fuerzas para limpiarse la sangre, que se le acumulaba en la barbilla y caía al suelo de mármol. Dejó caer la cabeza y contempló las raíces del árbol como si no fuese capaz de seguir manteniéndose erguida. La vida se le escapaba rápidamente entre los dedos mientras rezaba:

—Por favor, Madre Universal, ten piedad de este reino. No dejes que gane el odio. No dejes que su maldición nos consuma. Por favor, concédele tu gracia a nuestra tierra. Por favor, protege a mi bebé, te lo ruego.

Se produjo un cambio, una expansión, un pulso de vida y poder con el que Yggdrasil respondía.

Las manos de la sacerdotisa habían empezado a brillar con la misma luz que manaba del árbol a medida que la mujer rezaba sobre el cuerpecito maltrecho del niño. El resplandor consumía poco a poco su cuerpo y hacía que sus facciones reflejasen la luz del árbol. Los dedos de la princesa resbalaron de los de la sacerdotisa. Daphne volvió a toser y su rostro mutilado se desplomó sobre el suelo de mármol del templo. Sus plegarias se volvieron más apremiantes, cada vez más intensas y sonoras. Le estaba cantando al árbol, pero ahora parecía que el árbol le devolvía la melodía.

Una oleada de luz inundó el templo y se tragó al árbol, a la sacerdotisa, a la princesa y al niño. La luz quemaba, pero no era caliente y roja como el fuego, sino intensa, nítida y blanca como si las estrellas del cielo hubiesen invadido el templo, abrumadoras en todos los sentidos. Vibraba con una energía intensa. Estaba en todas partes. No había nada más.

Y entonces se esfumó.

Oscuridad. Silencio. Quietud.

Nox se sintió como si estuviese aguantando el aliento, pero no tenía pulmones con los que respirar.

Cuando la luz desapareció, el templo estaba vacío. Los cuerpos, tanto vivos como muertos, se habían ido. No había ni sacerdotisa, ni princesa, ni niño. Lo único que quedaba era el árbol y su extraño resplandor, que ahora se había apagado hasta volver a ser casi imperceptible. Nox tenía la sensación de que estaba pasando el tiempo, aunque no podía saber por los arces situados a la entrada del templo si las estaciones iban cambiando. Podrían haber pasado meses; podrían haber pasado años. De alguna forma, sentía más frío que antes, aunque no existía y no debería poder experimentar tal sensación.

Poco a poco, Nox cayó en la cuenta de a quién le pertenecían aquellos recuerdos. No estaba mirando a través de los ojos de la sacerdotisa o de la princesa caída en desgracia. No era el recuerdo de ningún ser humano o feérico. Provenía del árbol. Si había presenciado lo sucedido en el templo había sido gracias a las ramas que se extendían y se retorcían hasta ocupar toda la sagrada estancia, gracias a la consciencia del Árbol de la Vida, que veía y estaba al tanto de todo cuanto ocurría en su hogar.

Un sonido casi imperceptible atrajo la atención de Nox.

Miró a su alrededor con nerviosismo en busca del origen del ruido, escudriñando cada recoveco de la sala vacía. La angustia la invadió al saberse indefensa mientras esperaba a que la sacerdotisa fuese a ver de dónde provenía, pero la mujer no apareció. La urgente preocupación de Nox creció a cada momento. Era demasiado suave como para que alcanzase a distinguir algo, salvo por el hecho de que lo necesitaba. Era algo valioso. No podía ignorarlo. Alguien tenía que responder ante aquella perturbación. ¿Qué originaba ese sonido? ¿Qué era lo que oía?

Era importante. El sonido era muy muy importante.

Algo tiraba de ella hacia su fuente. Necesitaba verla, ir hacia ella, estar a su lado.

Luchó contra las limitaciones del árbol, desesperada por ver qué era lo que producía el sonido. La llamaba. La necesitaba. Exigía que estuviese presente. El sonido, ese sonido tan importante…

Una silueta se movió ante la entrada del templo. Nox no vio el vestido o los cabellos trenzados de la mujer de ónix como había esperado. El pavor que la había consumido mientras había contemplado a Daphne volvió a apoderarse de ella. Esta vez era más fuerte. Más intenso. Era una pesadilla. Un hombre se acercaba al templo; su silueta negra estaba encapsulada en la oscuridad de la noche. Los hombres no tenían permitido acceder al templo de la Madre Universal. ¿Qué estaba haciendo? ¿Por qué se atrevería a venir hasta aquí?

Nox quería aullar, decirle que estaba haciendo algo prohibido, gritar para que se marchase, pero no tenía boca. No tenía aliento. Estaba inmovilizada y no podía hacer nada, como un testigo cautivo de la pesadilla.

La figura encapuchada no entró. Se detuvo ante los escalones, atraído por el suave sonido que había llamado a Nox. La energía que tiraba de ella se estiró a medida que la chica se vio atraída por ella, con la esperanza de poder expulsar al hombre del templo. No quería que estuviese aquí. Quería ver a la sacerdotisa. Quería ir hacia el sonido. Sin embargo, una segunda perturbación captó su atención como la lluvia que empieza a caer. La húmeda resonancia de la tormenta ahogó cualquier otro sonido cuando el hombre se agachó para recoger algo en la entrada del templo. Se llevaba lo que estuviese profiriendo ese sonido. Se lo metió bajo la capa y se perdió en la noche.

Esto no debería estar pasando. Ese hombre no debería haberse marchado con algo que no le pertenecía. Había huido con algo que habían dejado para el árbol. ¿Qué había robado? ¿Qué era del árbol? Nox abrió la boca para llamarlo a gritos, pero no profirió sonido alguno. Llamó al hombre, pero el viento se llevó sus palabras. Gritaba para que el hombre regresara. Necesitaba ver qué se había llevado. Estaba desesperada por que lo devolviese. Lo llamó una y otra vez, pero no la oyó. Gritó con todas sus fuerzas, pero el árbol no tenía boca.

Nadie oiría sus gritos.

27

—¡Nox!

—¡Vuelve! —bramó la joven. Sus gritos atravesaron la casa del duque, reverberaron contra los sillares y llenaron cada espacio hasta que ninguna sombra estuvo a salvo. Tenía la garganta en carne viva por culpa de las despiadadas esquirlas de cristal que le desgarraban la piel—. ¡Vuelve! ¡Vuelve!

Se debatió contra las sábanas cuando salió corriendo tras el hombre y el fardo robado, intentando alcanzar el objeto, extendiendo la mano para detener al desconocido.

—¡Estás soñando, Nox! ¡Despierta! ¡Es un sueño!

—¡Vuelve! —El grito de Nox sonó ronco. Le hizo daño. Le dolía todo.

Nox tembló, cada centímetro de su cuerpo se sacudió con la violencia de sus sollozos. Trató de encontrarle el sentido al dolor, al ruido, a la oscuridad, puesto que ya no veía al hombre ni tampoco el templo o la lluvia. Alguien la estaba sujetando. Ya no estaba en el templo. Ya no era el árbol. Estaba en su habitación. Había gente en su habitación. Aquella conclusión fue calando en ella como si le lanzaran una cuerda salvavidas detrás de otra, pero no consiguió frenar su caída en picado. La desesperada necesidad de saber qué se había llevado el hombre la hacía temblar. Sabía que era algo de vital importancia. Necesitaba que lo devolviese. Como si alguien la obligase a ello, dejó escapar un último sollozo estrangulado y fue tranquilizándose al derramar sus lágrimas sobre el hombro de alguien.

—Vuelve.

—Es un sueño.

Los fuertes brazos que la rodeaban la acunaron con suavidad. Nox sintió como su cuerpo se retorcía ante el pánico. Soltó las almohadas y las mantas y le devolvió el abrazo a quien la sostenía. Dobló los brazos contra el pecho de él, apoyó los dedos sobre su torso desnudo. La tranquilizó y le acarició el pelo mientras ella lloraba.

—Estás a salvo, Nox. Solo ha sido un sueño.

Nox comprendió que había enterrado la cara en el hombro desnudo de Malik. Sus lágrimas ardían contra la piel del hombre. Nox parpadeó un par de veces y tomó unas cuantas bocanadas entrecortadas de aire, pero él no la dejó ir. El rostro de la chica fue adoptando distintas expresiones a medida que pasaba por diferentes estados de confusión al asimilar lo que veía. Ella siempre tenía sueños lúcidos…, nunca terrores nocturnos. Esto era algo que nunca le había pasado. Jamás había llorado mientras dormía. Nunca…

Trató de recuperar el aliento. Los sollozos amainaron y Nox le hizo frente a cada respiración entrecortada y llorosa con una pequeña inhalación, un hipido y un sonrojo avergonzado al descubrir que Malik y ella no estaban solos. Como era tarde, la habitación estaba a oscuras, pero distinguió las siluetas gracias a la luz del pasillo. Ash se encontraba ante el umbral de la puerta y sostenía un candelabro a modo de arma improvisada, listo para abalanzarse sobre quien hubiese atacado a Nox en mitad de la noche. El duque también parecía estar merodeando, preocupado, por el pasillo, con la mirada del descerebrado cachorrito loco de amor que acude corriendo cuando oye llorar a su dueña.

Nox tragó saliva y se secó los ojos. No sabía cómo explicar la vergüenza que la embargaba, salvo por el hecho de que se sentía tremendamente vulnerable al llorar ante los tres hombres.

Se preguntó cuánto habría gritado para que todos hubiesen ido corriendo a su habitación en plena noche. De haber sido otra persona, podría haberse sentido incómoda al llevar un camisón casi transparente y que le llegaba hasta la mitad del muslo. El duque ya la había visto desnuda en una ocasión, mientras todavía estaba en sus cabales, y había pasado el primer día en el bosque con los reevers con un vestido de seda hecho trizas, así que supuso que el camisón no podía ser peor. No, no era ni su ropa ni su cuerpo ni los varios grados de desnudez en los que se encontraban los tres hombres lo que hacía que se retorciese incómoda.

Era la crudeza, la sinceridad del momento lo que le hacía sentir débil.

Nunca había pedido ayuda en mitad de la noche, ni siquiera cuando era niña. Nox nunca gritaba. El silencio era su armadura. El estoicismo y el control eran su protección. Ahora era una mujer sin escudos, sin barreras, completamente indefensa ante un sueño. Ella era la que sostenía a otros. Ella era el pilar que había protegido a Amaris en Farleigh, quien había tranquilizado a las nuevas en el Selkie, quien nunca dejaba que el miedo la afectara, la sacudiese o le ganase la partida. Cuando algo la sobrepasaba, no derramaba ni una sola lágrima, sino que se sumía en el silencio.

Parpadeó para ayudarse a recobrar una aturdida lucidez. Controló la respiración y se secó las lágrimas.

—Lo siento —susurró.

Habló con voz entrecortada. Tenía la sensación de ser una niña otra vez. Había visto a infinidad de niños llorar hasta quedarse sin aliento, puesto que los huérfanos solían llorar hasta que la falta de aire pusiese fin a sus propias pataletas. Un hipido volvió a cortarle la respiración y se secó el agua salada que le empapaba el rostro con el dorso de la mano.

Poco a poco, Malik la dejó ir y se apartó ligeramente de ella para darle un poco más de espacio para respirar. Nox no se había parado a pensar en lo agradable que era el contacto humano hasta que el reever se alejó. No entendía por qué, pero quería tener a Malik cerca de nuevo. Deseaba que no la hubiese soltado.

Aunque le había parecido una eternidad, solo habían transcurrido un par de minutos insoportables.

Al comprender que no había un peligro inminente, Ash le dedicó un incómodo asentimiento a Nox y aprovechó para espantar al duque al salir del dormitorio. Tuvo que arrancar uno a uno los dedos del duque de Henares del marco de la puerta, pero, al final, Ash consiguió alejarlo de allí. El pestillo chasqueó cuando el reever cerró la puerta a su espalda.

Malik se quedó con ella.

—Pensé que te había ocurrido algo horrible —admitió.

De pronto, Nox fue muy consciente de que Malik había acudido a su dormitorio vestido solo con unos calzones. Él también pareció haberse percatado de ese mismo detalle, puesto que se cubrió, incómodo e inquieto al ser incapaz de pensar en ello.

—¿Quieres hablar de lo que ha pasado?

Nox se limpió la sal seca de las mejillas y se sorbió la nariz.

—No ha sido un sueño.

Malik frunció el ceño en un gesto comprensivo y apenado. Su rostro le dijo a Nox que no quería corregirla, pero que todo apuntaba a que se equivocaba. Quizá no era momento para la lógica o la razón. Si necesitaba desahogarse, el bueno de Malik la escucharía.

Al percibir la implicación del silencio del reever, Nox insistió:

—No ha sido un sueño, sino un recuerdo.

En ese momento, comprendió algo con una profunda claridad. Nox podía contar el número de personas a las que quería y en las que confiaba con, más o menos, dos dedos de una mano; Malik era una de esas personas. No importaba que la hubiese visto en su peor momento. Había sido un incordio bajo la lluvia, una listilla en el bosque y una aguafiestas cada vez que los reevers se emocionaban al elaborar un plan basado en aplastar cosas. Malik la había encontrado en la mazmorra con el corazón roto en un millón de pedazos ante la imagen de Amaris maniatada y amordazada. Aunque la avergonzaba haber despertado a toda la finca con sus gritos, no se sentía juzgada por el hombre que la había consolado durante su momento de vulnerabilidad tras la pesadilla. Una parte de ella sabía que, si confiaba en él, Malik la creería.

Así que eso hizo. Le contó todo.

Le explicó que, durante el saqueo del templo, la sacerdotisa le había pedido con su último aliento que salvase la manzana. Todo había ocurrido tan deprisa que, entre tener que salvar a los reevers de ese horno abrasador y sobrevivir a duras penas al haber inhalado tanto humo, no se acordó de la fruta en absoluto hasta después de haberse bañado, cuando estuvo lista para meterse en la cama en Henares. Le había dado un mordisco a la manzana al acostarse y se había sumido en los recuerdos del árbol.

Pese a la tenue luz de la vela que iluminaba la habitación, la reacción de Malik fue clara. Se quedó lívido.

—¿Has comido el fruto del Árbol de la Vida? ¿Sin decírselo a nadie? Nox… —Sacudió la cabeza—. ¡No tenemos forma de saber qué tipo de poder alberga! ¡Podría haber sido venenoso! ¿Por qué no nos avisaste antes de hacerlo? ¡A saber qué podría haber pasado! ¡La manzana podría haberte matado! Hasta donde sabemos, ¡podría haberte convertido en el próximo árbol! ¿Por qué la probaste?

Nox habría querido interrumpirlo, pero le dejó enumerar su lista de temores. A ella ya no le quedaba sal. No tenía más lágrimas que derramar. Seguía sorbiéndose la nariz a causa de los estragos residuales de la pena, pero estaba vacía. Todavía tenía la cara roja e hinchada. Le dolía la garganta, que seguía en carne viva. Malik tenía razón, por supuesto. La verdad era que Nox no sabía por qué lo había hecho. El reever estaba en todo su derecho de estar enfadado, preocupado o decepcionado. Había sido una auténtica irresponsable y seguro que ella se habría mostrado igual de molesta de haber descubierto una temeridad como esa por su parte. Le podría haber pasado cualquier cosa. Podría haber echado raíces, haberse enterrado en la tierra de Henares y haber atravesado el tejado como un imponente roble retorcido. No obstante, había confiado en su intuición. Nox había sentido en lo más profundo de su ser que tenía que probar la fruta.

La prueba estaba en que no había muerto. No se había envenenado ni había cambiado de forma, ni tampoco le habían salido ramas para sustituir al Árbol de la Vida, que ahora se había perdido. Nox había vivido un recuerdo.

—¿Qué has visto?

Nox desvió la mirada puesto que no quería hacerlo sentir más incómodo de lo que, seguramente, ya se sentía. El hombro de Malik brillaba allí donde había dejado prueba de sus lágrimas.

—Me siento mal por haberte despertado, Malik. Vuelve a la cama. Te lo contaré todo por la mañana.

Malik se rio y se puso de pie, pero no hizo ademán de marcharse. Solo se había dado más espacio para apoyarse contra el cabecero tallado de la cama.

—Mi instinto de supervivencia no me va a dejar dormir hasta dentro de una hora, como mínimo. ¿Por qué no me haces el favor de contarme un cuento?

Nox le dedicó una sonrisa y deseó, una vez más, que no se hubiese apartado de ella. Una idea similar reclamó su atención en el segundo que tardó en comprender lo que sentía, la emoción que le hacía desear tenerlo más cerca. Era la misma que se había repetido una y otra vez en su mente, casi como si un pájaro cantor hubiese entonado una melodía ante su ventana y fuese incapaz de sacársela de la cabeza. De nuevo, el mismo pensamiento: era completamente distinto al resto. Era la luz del sol, la amabilidad y la paciencia hechas persona. Le creyó cuando dijo que no tenía prisa por volver a la cama. Estaba segura de que no tenía ningún motivo o plan oculto para quedarse en su habitación a altas horas de la noche.

Malik le había pedido que le hablase de lo ocurrido, así que eso hizo. Describió el mármol, la luz de la luna, la temperatura, los colores, las texturas y los olores. Describió el caballo y la caída de su jinete, así como a la sacerdotisa que había acudido a ayudar a la desconocida. Le explicó que había visto a la princesa Daphne en el templo de la Madre Universal, casi vapuleada hasta la muerte. Le habló del niño sin vida, de la luz resplandeciente y del paso del tiempo. Le habló del último hombre y le explicó que había robado algo de vital importancia del templo.

El reever fruncía el ceño.

—Hay una cosa que no entiendo.

Nox se rio y se colocó un mechón de pelo que le dificultaba la visión tras la oreja.

—¿Solo una? He visto los recuerdos de un árbol. Yo sigo sin entender muchísimas cosas.

Él sacudió la cabeza, con las cejas doradas todavía fruncidas.

—Sí, claro, esa parte del misterio es mejor dejarla para otro día, pero hay algo sobre la plegaria de la princesa que no entiendo.

Nox ya no se sorbía la nariz. Volvía a respirar con normalidad. Una vez más, deseó que Malik hubiese seguido sosteniéndola entre sus brazos. Quería sentirse a salvo.

—Daphne le estaba pidiendo a la diosa que intercediera en contra de su madre.

—No —dijo él, todavía insatisfecho—. No es eso. Es por lo que dijo sobre su hijo. ¿Me puedes repetir esa parte?

Nox asintió.

—Fueron un par de cosas. Dijo: «Sabe que no es hijo suyo». ¿Crees que la princesa Daphne tenía un amante?

—Tendría sentido —consideró Malik—. Si el marido de Daphne era agresivo, quizá fue el hecho de descubrir que el niño no era su heredero biológico, que el bebé era el hijo del amante de Daphne, lo que le impulsó a matar. Si era un degenerado, y todo apunta a que lo era, enterarse de la infidelidad de su esposa podría haberlo vuelto loco o violento, pero esa no es la parte que me preocupa.

—¿No te preocupa que una madre y su hijo fueran brutalmente asesinados por el padre?

Malik le dedicó a Nox una mirada cansada. Era muy tarde y ambos estaban demasiado cansados para andarse con jueguecitos, por muy inteligentes que fueran.

—No es eso. Es que no entiendo por qué le pediría a la diosa que protegiese a su bebé si el niño ya estaba muerto.

—Quizá estaba rogándole al más allá. Quizá le pedía que garantizase la seguridad del bebé en su viaje para encontrarse con la Madre Universal.

El reever torció el gesto.

—No es que yo sea muy creyente, pero acompañaba a mi madre a la iglesia con cada solsticio. Nosotros nunca intercedíamos por quienes ya nos habían dejado. ¿Vosotros sí?

Nox se encogió de hombros. Aunque ya no estaba entre los brazos de Malik, este se había quedado lo suficientemente cerca como para que ella pudiese recostar la cabeza contra él. El contacto hizo que ambos se relajaran y Malik pasó el brazo por detrás de Nox, de manera que, con la mano apoyada sobre el colchón, conseguía que le sirviera de apoyo para la espalda. Esa parte del sueño no le había llamado tanto la atención como a él. Volvió a hablar contra su hombro:

—El orfanato no era una institución religiosa de verdad. No creo que esté muy cualificada para hablar sobre las enseñanzas de la Iglesia. Pero no, no rezábamos por los difuntos. De haber sido así, supongo que todos los huérfanos habríamos entonado plegarias por nuestros padres. Imagino que una persona más devota sería una mejor fuente de información para responder a este tipo de preguntas. A mí no me interesaba mucho la religión, pero ahora me pregunto cuánto me habré perdido…, si seré como el ciego con el dragón. ¿Te sabes esa historia?

—Cuéntamela.

—Es un proverbio en el que se dice que todos podemos estar en lo cierto y estar equivocados al mismo tiempo. Trata un poco sobre cómo podemos llevar la razón absoluta y meter la pata hasta el fondo. Esto son tres hombres que han perdido la vista y que se topan con un dragón. Uno de ellos le toca la cola y, al notar las escamas y la forma cilíndrica de esta, decide que el dragón debe de ser una serpiente. El segundo hombre, que está junto a una de las patas del dragón, nota su anchura y asume que es un árbol. El tercer hombre, que está a la altura de la boca de la bestia…

—¿El dragón se lo come?

—¡Chitón! Soy yo quien está contando la historia. En fin, que, al tocarle los cuernos y los dientes, se piensa que el dragón es un ciervo.

—Me parece a mí que ese hombre nunca ha visto un ciervo.

—A ver, es que es ciego.

—Eso explica por qué no sabe qué aspecto tienen.

Nox lo fulminó con la mirada.

—No he terminado. La cosa es que ninguno de ellos se equivocaba. El proverbio gira en torno a la perspectiva. Ninguno de ellos miente. Los tres son inteligentes. Recurren a la información que han recibido y la contrastan con todo cuanto tienen a su alcance para comprenderla. El problema es que no tienen un conocimiento completo. No entienden sus limitaciones porque no tienen un marco de referencia para aquello que les falta.

—¿Alguno de ellos llegó a tocarle las alas?

—Malik, la historia no trata de eso.

—¿Y no se reunieron para compartir lo que habían descubierto?

—Es un proverbio. No… —Nox apretó los puños, frustrada, antes de encontrar la mirada de Malik. Trataba de hacerla reír. Y funcionó—. Qué difícil me lo pones.

—Si te sientes como un ciego tocando a un dragón, siempre podemos conseguirte más textos teológicos para que estudies la palabra de la Madre Universal. Pero mejor lo dejamos para por la mañana, ¿no? Y, mientras tanto, intentaremos evitar comer frutas mágicas.

Nox suspiró, pero sintió que se había quitado un peso de encima.

—Creo que dejaré los estudios religiosos para mi próxima vida. Y, por suerte para nosotros, no tengo mucha hambre que digamos.

Malik le dio un apretón. Entonces se puso en pie y se encaminó hacia la puerta, con una manta todavía envuelta a su alrededor.

—Si tienes alguna otra pesadilla, puedes venir a buscarme, ¿vale?

Nox asintió, pero no sabía muy bien a qué se estaba prestando. No iba a ir a buscarlo —ni a él ni a nadie— si tenía una pesadilla. No quería cargar a otros con su sufrimiento. Tenía algo en la punta de la lengua. Estaba muy cerca de la respuesta. Si se volvía a dormir, sería responsabilidad suya, no de los reevers.

La manzana descansaba sobre la mesilla de noche, justo donde la había dejado. Todavía no había empezado a oxidarse o arrugarse como sospechaba que haría una fruta normal. No sabía si, al dar un segundo mordisco, conseguiría más recuerdos, pero decidió que no sería buena idea volver a intentarlo esa noche. Además, le había prometido a Malik que no lo haría y no le apetecía mentir. Así, cerró los ojos e intentó dormir, pero no fue capaz de dejar de pensar en el rostro hinchado y amoratado de la princesa Daphne, que una vez fue hermoso.

Durante los primeros diecisiete años de vida de Nox, la atractiva y angelical princesa Daphne había vigilado, junto a sus reales padres, a los niños de Farleigh desde su marco dorado sobre el balcón. El retrato al óleo que decoraba el orfanato desbordaba vitalidad. La princesa parecía agradable y refinada. Sus mejillas rosadas y su cara amable prácticamente exudaban bondad y alegría de vivir. Cuando Nox la había visto en el recuerdo del templo, no se parecía en nada al cuadro. No había ni rastro de sus cabellos dorados o de sus ojos resplandecientes.

Nox había conocido tanto a hombres como a monstruos, pero pensar que una persona tan poderosa e intocable como la princesa de Farehold pudiese haber sido víctima de semejantes atrocidades… Las pruebas habían estado ahí. Daphne le había apartado el pelo de la cara con una caricia al pequeño sin vida. Lo había acallado con un susurro reconfortante cargado de amor, a pesar de que llevaba un rato fallecido. Nox pensó en la mujer de la aldea, que le había acariciado el pelo y la había tranquilizado después de luchar contra la araña. Pensó en Amaris, que había acompañado a Nox, día tras día, después de los latigazos. También en Malik, que la había abrazado mientras lloraba. El mundo era un lugar terrible, pero había momentos de gracia que solo salían a la luz ante el contraste con el dolor. La misma gracia del sol al iluminar los contornos plateados de las nubes de tormenta destacaba la belleza del esplendor frente a la crueldad del sufrimiento.

Aunque pasó horas intentándolo, Nox fue incapaz de volver a conciliar el sueño.

28

Nox pasó la noche en un terrible intermedio, atrapada en un angustioso bucle de un estado de vigilia y esa inexplicable incapacidad para salir de la cama que los insomnes tan bien conocen. Sus aposentos en Henares le recordaban mucho a las sedas y recargados objetos decorativos del Selkie. No había corrido las cortinas antes de meterse en la cama la noche anterior y ahora el sol se colaba por la ventana mientras los colores del cielo pasaban del rosa pálido con nubes anaranjadas a la alegre y uniforme luz del día. Nox permaneció bajo las sábanas, con la vista clavada en la pared y abrazando una almohada que también sujetaba con las rodillas. Tuvo que recordarse que necesitaba parpadear de vez en cuando para calmar sus ojos irritados.

Oyó como la casa del duque volvía a la vida a primera hora de la mañana. Sabía que no tardaría mucho en alcanzar su pleno apogeo, pero, con todo y con eso, a Nox no le apetecía levantarse. No veía los muebles, el papel de pared o las baratijas del dormitorio en Henares. Lo único que bailaba ante su visión eran los recuerdos que el árbol le había revelado, así como la cara hinchada de la princesa moribunda.

La puerta de la habitación se abrió y Ash entró sin muchos miramientos. No había llamado, pero tampoco se disculpó por interrumpirla. Ash se caracterizaba por su irreverencia, lo cual era algo que Nox apreciaba. Parecía cargar con una bandejita de comida.

—Adivina con quién he desayunado —dijo.

Nox por fin se sentó para hacerle frente al día y se colocó dos almohadas a la espalda. Ash dejó la bandeja sobre la cama, al lado de la chica.

—Supongo que me lo vas a decir tú mismo —sopesó al tiempo que cogía una fresa.

—Con tu amado, por supuesto.

Nox reprimió el impulso de ponerse en guardia cuando su mente le recordó, avergonzada, cómo la había abrazado Malik. Pensó en Ash, que se había marchado para darles privacidad y que así su amigo, con el pecho descubierto, pudiese tener los brazos alrededor de ella un rato más. ¿Habrían hablado los reevers sobre esos detalles tan personales? ¿Se lo contarían todo entre ellos?

Ash siguió hablando:

—El duque de Henares bebe los vientos por ti, ¿sabes? No habla de otra cosa. ¿Sabías que ha escrito poemas acerca de tus pechos?

Nox se quedó lívida.

—Ah, sí, todos los que estábamos desayunando hemos tenido que soportar un fragmento de lo más explícito que él mismo escribió, donde rimaba la palabra «pezón» con…

—Por la diosa, te pido que pares.

Ash no podía ocultar lo mucho que le brillaban los ojos.

—La verdad es que yo siempre me había considerado un partidazo, pero nadie me ha acogido nunca en su casa, ni me ha escrito un poema, ni ha enviado caballos y guardias armados en mi ayuda y en la de mis variopintos amigos sin hacer ni una sola pregunta. Tendrás que darme algunos consejos para la próxima vez que me lleve a una muchacha a la cama.

Nox desestimó sus palabras con una carcajada, aunque su risa tenía un tono siniestro.

—Créeme, nunca conseguirías hacer lo que yo hago después de un revolcón de una noche.

Ash se hizo el ofendido.

—¿Es que acaso te crees inimitable o lo dices por tus poderes de bruja?

Nox sacudió la cabeza y tragó la comida que se había llevado a la boca.

—No serías capaz de hacerte con el control como yo lo he hecho. Tu problema es que mantenemos relaciones sexuales por dos razones totalmente opuestas.

—Venga, explícamelo.

—¿Mientras desayuno? Qué desvergonzado.

Él se encogió de hombros y se hizo con una de las magdalenas que le había traído a la chica.

Nox mordisqueó otra fresa y buscó su mirada.

—El sexo tiene dos objetivos posibles. Uno folla por pasión o por poder. Mientras le hagas el amor a las muchachas con la bondad de tu corazón, nunca tendrás la ventaja que yo tengo.

A juzgar por la sorpresa que arqueó las cejas de Ash, Nox supo que sus palabras habían sido más reveladoras de lo que él había esperado. No estaba muy segura de por qué se lo había contado. La chica siguió mordisqueando la comida y probó cada bocado sin comprometerse a terminar ningún pastelillo, fruta o pieza de carne. Ash había dejado entrever que no era ningún santo, pero la expresión de su rostro demostraba que aquel pequeño enigma le había dado más que pensar de lo que podría abarcar en una mañana.

—He venido por un motivo concreto, así que no te acostumbres a lo del servicio de desayuno.

Nox entrecerró los ojos, aunque su buen humor no decayó.

—¿Qué otros motivos ibas a tener mientras hablamos de sexo? ¿Es que quieres que intente matarte otra vez?

Él se rio.

—Le pedí al duque un favor entre sus poemitas picantes y estuvo más que encantado de ayudarme.

—¿Nos va a conseguir un cachorrito?

Ash juntó las manos con una palmada.

—¿Te vas a pasar el día en camisón o quieres ver qué es lo que te he conseguido? —Nox frunció el ceño y apartó la tartaleta que había estado royendo, así que Ash insistió—: No, no. Eso es mucho mejor que un desayuno. Vístete, cuervecillo. Te va a encantar.

Salió de la habitación sin decir nada más.

Nox se puso las ropas que le habían preparado sus ayudantes. Bajó por las escaleras y salió al exterior, donde el cielo estaba despejado y brillante, para descubrir que Ash había estado en lo cierto: le encantaba lo que había encontrado para ella.

Un indescriptible estallido de alegría la embargó al contemplar el regalo. Sus grititos eran tan sonoros y desenfrenados como los que había proferido durante los terrores nocturnos. Estrechó a Ash entre sus brazos con tanta fuerza que el reever se comportó como si fuese un gato atrapado que intentara escapar de la muestra de afecto a zarpazos. Cuando consiguió liberarse, tardó un segundo en recolocarse la ropa y comprender que él también debería sentirse ligeramente agradecido con Nox.

Esbozó una mueca educada y recobró la compostura.

—Venga. ¿Te vas a quedar ahí haciendo el bobo o quieres que te enseñe a usarla?

Se quedaron tras los establos del duque, en una amplia parcela de hierba que parecía ser un campo de tiro con arco. El cielo estaba mucho más despejado y claro tras la tormenta purificadora que había empapado las regiones del sur durante días. Ash sostenía el precioso mango de madera barnizada de un hacha plateada y reluciente. El arma no era el utensilio que un campesino emplearía para cortar madera, sino que contaba con el filo amenazador de un objeto forjado para la batalla. Nox extendió ambas manos ante ella y abrió y cerró los puños como una niña emocionada en pleno solsticio de invierno.

Ash sonreía de oreja a oreja.

—Tuviste mucha suerte con la araña. Si quieres tener la oportunidad de acertar con otro golpe como aquel, tendrás que practicar tu puntería. Dado que esta arma es mucho más pesada que la que cogiste en la aldea, tendrás que usar las dos manos para lanzarla. Ven aquí.

Nox avanzó hacia él dando saltitos.

—Estate quieta.

—¡Pero es que estoy emocionada!

Ash presionó una mano firme sobre la espalda de la chica y la animó a que se acercase más a la diana y alineara el cuerpo con su objetivo. Intentó, sin mucho éxito, que dejase de botar.

—Vale, ahora coloca una mano sobre la otra y asegúrate de dejar los pulgares orientados hacia arriba. No la sujetes con demasiada fuerza porque, si no, cuando la sueltes, te costará trazar la trayectoria y acabarás plantándola en el suelo. Apoya bien los pies. Perfecto. Cuando la sueltes, no te preocupes por mover las muñecas o por la rotación. Al avanzar, el hacha va por encima de la cabeza… Eso, así, muy bien… Y, ahora, da un paso adelante y lánzala. ¿Estás lista?

Nox contempló su objetivo. Comprobó que tenía las manos bien colocadas; mantuvo la izquierda en el extremo inferior del mango y la derecha justo encima. Se aseguró de dejar los pulgares rectos y practicó el movimiento de avanzar y levantar el hacha un par de veces antes de estar preparada para lanzarla. Con la mirada clavada en la diana, Nox dio un paso adelante y lanzó el hacha desde donde se encontraba. Aunque dio en el extremo del blanco, el arma no alcanzó a clavarse en la madera, sino que la golpeó con un ruido metálico y cayó al suelo.

Ash trotó para recogerla de la hierba frente a la diana y regresó con Nox, que aceptó el hacha con el rostro contorsionado por una ligera frustración.

—¡Buen intento! —la animó Ash.

Nox entrecerró los ojos para protegerse del sol mientras estudiaba a su compañero. Sin querer, se había autoconvencido de que contaba con un talento natural oculto para el lanzamiento de hacha y fue toda una decepción descubrir que el arma que ahora blandía no estaba al tanto de su habilidad secreta.

—Lo que acaba de pasar es que has forzado el tiro, cuando lo que tienes que hacer es confiar en el propio impulso del hacha. No recurras a tu fuerza para lanzarla. Limítate a levantarla por encima de la cabeza y soltarla cuando des el paso adelante. Confía en que el hacha sabe a dónde va. No fuerces el movimiento.

La chica contempló el arma.

—¿Lo sabe?

Ash asintió.

—Las hachas se diseñan con el objetivo de aprovechar al máximo la ventaja gravitacional. Hará todo el trabajo por ti si confías en ella. Lo único que necesita es que mantengas la vista en el objetivo, des un paso adelante y la lances. El arma hará el resto.

—¿Ash?

—Dime.

—¿Por qué haces esto? —Él la miró, confuso, y Nox añadió—: Lo del hacha, lo de enseñarme a usarla, lo de ayudarme... ¿Es por Amaris?

La expresión confusa de Ash se intensificó.

—¿Qué pasa con Amaris?

—Ah. —Nox cambió el peso de un pie a otro con creciente incomodidad al tiempo que modificaba la posición de las manos alrededor del mango del hacha—. ¿Es por..., es por otra cosa?

Ash pareció comprender lo que la chica trataba de insinuar, como si le hubiese caído un jarro de agua fría sobre la cabeza.

—¡Por la diosa, no! ¡Eres mi amiga, Nox! Joder, mujer, no sé qué clase de amigos habrás tenido en el pasado, pero me alegro de que hayas encontrado unos nuevos. —Se sacudió como si necesitara deshacerse físicamente de lo que implicaban sus palabras—. En realidad, la forma en que ves el mundo es un tema que daría para largo, pero creo que eso mejor lo dejamos para otro día. ¿Quieres aprender a lanzar el hacha o continuamos hablando del enfoque más pesimista que se haya oído nunca?

Nox entreabrió los labios y parpadeó rápidamente. Aunque había tenido una absoluta falta de tacto, Ash tenía razón. Nunca había tenido amigos de verdad. Nunca había conocido a alguien que no quisiera algo de ella. En el mejor de los casos que había sido capaz de imaginar, Ash había sido bueno con ella porque sabía que Amaris y ella se tenían cariño. Suponía que se habían hecho amigos, pero cada nuevo giro que daba su relación se convertía en un terreno completamente nuevo e inexplorado para ella. ¿Sabía Nox tan siquiera ser amiga de alguien?

—Lo… siento.

—No, por la diosa, soy yo quien siente que hayas tenido que vivir una vida que te haya llevado a… Da igual. Ahora no es el momento de hablar de esto. En fin, que no te disculpes. Coloca las manos una sobre la otra. Venga. Apoya bien los pies como te he enseñado. Ya casi lo tenemos.

—¿Por qué hablas en plural?

El reever se encogió de hombros ligeramente.

—No estás tan sola como crees.

Nox volvió a apoyar los pies y, de nuevo, practicó el movimiento de levantar el hacha y dar un paso al frente sin soltarla. Torció los labios en señal de concentración, con la vista clavada en el blanco. Repitió los movimientos una y otra vez, sin llegar a completar el tiro.

Ash la supervisó mientras repasaba el movimiento un poco más antes de pararla.

—Aprecio lo exhaustiva que estás siendo, pero lanzar un hacha no se parece en nada al manejo de la espada ni tampoco al tiro con arco. Con las espadas te pueden desarmar, pero también sirven para defenderse, desviar los golpes y mil cosas más. Hay que tener en cuenta una infinidad de pasos y movimientos complejos con ellas. Los arcos requieren fuerza, premeditación, un pulso firme y un buen control de la respiración. No estamos utilizando ninguna de esas dos armas ahora mismo. Esta pequeña obra maestra necesita que actúes sin pensar demasiado. Está bien que marques los pasos y practiques los movimientos, pero te estás complicando más de la cuenta. Solo tienes que avanzar, soltar y confiar.

La confianza no era uno de los puntos fuertes de Nox.

Se mordisqueó el labio inferior y estudió el arma que tenía en las manos. El hacha era una verdadera preciosidad. A diferencia de la pequeña hacha oxidada del campesino, este era un instrumento diseñado para el combate. El mango estaba tallado a partir de un bloque sólido de madera marrón rojiza y tenía runas grabadas en la superficie. Nox no sabía leer la inscripción ni tampoco quién la habría decorado así, pero apostaría a que quien hubiese forjado el hacha era de la vieja escuela. La cabeza también contaba con una hermosa runa grabada en el acero. La empuñadura estaba envuelta, muy acertadamente, en cuero para asegurar un mejor agarre y protección, pero no era obra de las torpes manos de alguien que se dedicaba a cortar leña. No, la pieza nunca había catado la madera para leña; estaba destinada para devorar carne, músculos y huesos. El detalle más bonito del hacha era que la punta de la hoja se curvaba en ambos extremos hasta formar una especie de anzuelos, de manera que creaba un impresionante efecto curvo que casi hacía que el hacha pareciese estar sonriendo. Nox pasó un dedo por el filo del hacha y dejó escapar un suave sonido cuando se hizo sangre. Era toda una belleza.

—Eres mía —le dijo al arma con solemne apreciación.

Nox tomó aliento y se olvidó de Ash. Dejó atrás el mundo que la rodeaba y solo se permitió mirar a su objetivo, salvo porque no era la diana lo que le devolvía la mirada, sino el rostro retorcido en una mueca de la mujer araña. Nox dio un paso adelante y soltó el mango del hacha cuando alcanzó el punto más alto sobre su cabeza. El arma voló por el aire y quedó encajada en el centro de la diana.

Un torbellino de alegría, gratitud y regocijo inundó la mente de la chica. Al final sí que tenía razón. Contaba con una habilidad secreta fantástica. Tenía un don innato. Un talento espectacular para el manejo del hacha. ¡Era perfecto y le hacía sentir poderosa! Se sentía la reina del mundo.

Ash profirió un grito emocionado a su izquierda y, al girarse hacia su derecha, Nox vio que, deleitado, el duque de Henares estaba prácticamente bailando y dando palmas como si nunca hubiese visto nada tan espectacular en este mundo iluminado por la buena diosa. Sentado en el suelo junto al duque estaba Malik, que sonreía e hizo un gesto alentador con el pulgar. Nox había estado tan ensimismada mirando su preciosa hacha que no se había dado cuenta de que había reunido un público.

Por desgracia, la herramienta le recordó en más de una ocasión mientras practicaba que no, que pese a las mentiras que quería contarse a sí misma, no tenía un don innato para el manejo del hacha. A veces esta mordía la tierra y la hierba. Otras chocaba con la madera de la diana antes de desplomarse en el suelo. En alguna ocasión, Nox la lanzó demasiado lejos y Ash tuvo que trotar hasta más allá de la diana para recuperarla mientras ella rabiaba de frustración. La joven experimentó todo un abanico de emociones, desde pensar que era la diosa de las hachas hasta creer que el arma la detestaba, pasando por convencerse de que la habilidad no era más que un juego de azar, que requería más suerte que maña.

Odiaba que hiciese buen tiempo cuando se sentía frustrada. La frustración, la irritación y la pena exigían cielos nublados. Era un incordio ver que el desvergonzado sol seguía brillando tan contento en mitad de un cielo azul y despejado, pero culpar al sol de su estado de ánimo tampoco iba a ayudarla a sentirse mejor.

Ash estaba teniendo paciencia, su público la apoyaba y ella era demasiado orgullosa como para tirar la toalla.

Confianza. Tenía que seguir los pasos, relajarse y confiar.

El mundo se desdibujó al centrarse en esa sola palabra, en ese pensamiento, en la meditación que la separaba del éxito.

Funcionó.

Nox repitió el movimiento una y otra vez y dio en el blanco con cada intento. Las primeras veces, por supuesto, bailó, gritó y agitó el puño en el aire para celebrar la ocasión como merecía, pero, a medida que fue replicando la hazaña con más frecuencia, ganó confianza. Confiaba en el hacha y esta no le fallaba.

Nox estuvo practicando durante, al menos, dos horas, hasta que Ash la obligó a descansar para que no le saliesen ampollas en las manos. El reever le habló de las piedras para afilar la hoja y le enseñó a limpiar y cuidar el hacha como era debido. Nox le ordenó al duque con palabras vagas que mandase hacer una vaina de cuero para que pudiese llevar el poderoso objeto siempre con ella y el señor corrió a cumplir sus deseos con la máxima urgencia.

Aquella noche, Malik, Ash y Nox cenaron juntos en el comedor del duque. El aristócrata seguía supervisando la meticulosa tarea de confeccionar una vaina de cuero para Nox, así que, por suerte para ellos, estuvo ausente durante la cena. Los sirvientes revolotearon a su alrededor mientras servían carnes asadas que iban desde el tierno cordero al pescado salado; toda una variedad de hortalizas verdes, púrpuras y naranjas fritas, al vapor o a la parrilla; suculentos hojaldres, y zumo de manzana para acompañarlo todo en caso de que no les apeteciese tomar un buen vino de reserva. Se lo sirvieron todo en platos y vasos decorados con detalles dorados. Nox se daba cuenta de que los reevers querían centrarse en comer, pero se veía incapaz de dejar de hablar de su hacha.

—¡Solo tuve que soltarla! ¡Me imaginé a la araña, di un paso adelante y confié en el hacha! ¡Justo como Ash me dijo!

—Ya lo sé. Estaba allí.

—¿Viste cómo se clavó en el blanco? ¡Habría matado a la araña otra vez!

—Técnicamente, fui yo quien la mató —la corrigió Ash.

—Os equivocáis los dos —dijo Malik con la boca llena—. La araña está neutralizada, desmembrada y enterrada, pero los demonios no mueren.

—¿Y eso te hace sentir mejor? —se burló Ash.

—Ya, bueno, pero yo ayudé —farfulló Nox que masticaba un bocado de pastel de carne y había ignorado por completo el comentario de Malik.

Los reevers le prometieron que practicarían un par de ataques y técnicas a bocajarro al día siguiente. Todavía tenía consigo la daga que Malik le había dado la primera noche que montaron campamento y, aunque no había llegado a usarla, siempre la llevaba encima y a buen recaudo allá donde iba. Sabía exactamente qué agarre adoptar y qué movimiento hacer para asestar un golpe mortal con ella.

—En realidad, las hachas no están hechas para el combate cuerpo a cuerpo, así que solo practicaremos un par de movimientos. Si algún enemigo se acerca lo suficiente como para no poder lanzar el hacha, tendrás que pasar a defenderte con la daga. En cualquier caso, la práctica te resultará útil.

—¿Has pensado en darle un nombre? —preguntó Malik.

La chica pareció no caber en sí de gozo.

—¿Puedo ponerle nombre?

Los hombres asintieron con la cabeza y le dijeron que ellos le habían puesto nombre a su espada de reever —las mismas armas que seguían secuestradas en el castillo de Aubade— y que las armas buenas siempre tenían uno.

Nox reflexionó por un momento, pero se le ocurrió un nombre casi de inmediato.

—¿Qué os parece Chandra?

Ambos fruncieron el ceño.

Ash fue el primero en hablar:

—¿Por qué lo has elegido?

—Es una palabra del dialecto de Tarkhany —explicó encogiéndose de hombros—. No hablo su lengua, pero uno de mis clientes me dejó un libro en el Selkie. Era uno de mis favoritos, así que lo transcribí entero después de... —Se detuvo antes de informarles de que había matado a quien le había narrado la historia—. En fin, ¡era un cuentito precioso en el que el héroe necesitaba llevarle la luna a su amada! Decidió cazarla cuando estaba llena, así que la persiguió noche tras noche, escalando las montañas más altas del mundo hasta cobrarse su premio. Para cuando la alcanzó, apenas quedaba un delgado fragmento que llevarle a su amor. Entre lo pronunciada que es la curva del filo y esos espacios abiertos en cada extremo, casi parece dibujar una sonrisa o una luna creciente. El héroe de la historia apodó Chandra a su amada, en honor al primer reto que esta le había encomendado para que le demostrara su amor. Me ha parecido apropiado darle el mismo nombre.

—¿Porque tiene forma de medialuna? —preguntó Malik, cuya mirada voló desde Nox hasta Ash.

—¿Vas a llamarla luna? —inquirió Ash con el ceño aún más fruncido.

29

—Tiene razón, ¿sabes? Me refiero a la maestra Fehu. Me apoyo en unos poderes que descubrí por accidente.

Las pesadillas habían plagado la mente de Amaris día y noche desde que escaparon.

Aunque habían mantenido conversaciones triviales, Gadriel no había insistido en que hablara con él, lo cual era habitual. Por supuesto, eso no había hecho más que avivar su desconfianza. Más concretamente, las fatídicas amenazas del demonio habían hecho que Amaris no dejase de pensar en lo que la Maestra de las Artes Mágicas le había dicho. Al explorar los límites personales de forma consciente, se podían desbloquear nuevos poderes.

Amaris tenía muy pocos conocimientos sobre los seres feéricos y la magia. No solo estaba pensando en sí misma cuando estudiaba a la amenaza desconocida que tenía ante ella. ¿Conocía de verdad al hombre con el que estaba viajando?

—¿Es eso lo que quieres? ¿Comprobar si albergas algún otro poder en tu interior? —Gadriel se sentó sobre un tronco caído a cierta distancia y habló en voz baja mientras partía una manzana.

A Amaris no le serviría de nada que Gadriel descubriese que sospechaba de él.

—¿No te parece importante? —se limitó a responder—. ¿No debería ser capaz de acceder conscientemente a mis poderes?

Él masticó una rodaja de manzana y se le desenfocó la vista, como si se hubiese sumergido en un recuerdo.

—En Rascoot, nos sometíamos a unas pruebas bastante intensas para conseguir que nuestros poderes se manifestasen. Al menos, eso es lo que hacíamos quienes nos alistábamos en el ejército. No sé cómo sería para mis amigos civiles, pero no todos se comprometían a hacer el esfuerzo de descubrir a qué habilidades tendrían acceso. Muchos seres feéricos viven una vida larga y plena sin molestarse en averiguarlo.

Habían dormido hasta bien entrada la última hora de la tarde bajo un refugio improvisado. Amaris había estado ajustando su horario de sueño para que coincidiese con la nocturnidad de Gadriel, y la difícil transición le estaba costando un valioso descanso. El sol había demostrado ser un compañero de cama de lo más cruel. El tono rosado de la última hora de la tarde iluminó los rasgos de Gadriel. Amaris lo observó, adormilada, mientras él se comía la pieza de fruta.

—¿La falta de sueño es una de las pruebas? Tenemos una buena parte del camino hecho.

—Come algo —dijo Gadriel sin levantar la vista.

—No tengo hambre.

Él le tiró una manzana a la cara y Amaris la interceptó en el aire.

—No se te da muy bien eso de aceptar un «no» por respuesta.

—Eso es algo que se me da de maravilla, pero solo con las personas que me lo dicen en serio. A ti, bruja, te gusta ser una obstinada solo porque sí y estoy seguro de que muchas personas lo encuentran un detalle tremendamente encantador. Yo no voy a dejar que te mueras de hambre solo porque te apetezca llevarme la contraria.

Amaris le dio un mordisco a la manzana y enseguida se arrepintió. Gadriel se mostró demasiado satisfecho al ver que la chica obedecía. Le habría gustado quitarle la sonrisa de la cara de un bofetón. El desagradable sabor ácido de la manzana no hizo sino asentar el mal humor que le había provocado haber hecho caso a Gadriel.

En el bosque hacía una temperatura agradable gracias a los últimos rayos de sol y el ser feérico solo llevaba alrededor de una hora despierto. Al estar recién levantado, no estaba demasiado hablador. Una vez que hubiese caído la noche por completo, retomarían su camino hacia el reino del norte.

Cuando por fin contestó a su pregunta, Gadriel habló con tono pragmático:

—Muchos de los ejercicios recurren al dolor o al miedo. La magia que albergamos está bien cubierta por una parte básica de nuestro ser. En esos momentos extremos, nuestras habilidades salen a la luz como un recurso de supervivencia. Es difícil descubrirlas, pero más aún dominarlas.

A Amaris eso no le preocupó.

—El entrenamiento para convertirse en reever también es todo un reto. Si pude pasar años subiendo y bajando montañas y peleando contra hombres que me doblaban el peso y me sacaban una buena cabeza de altura, creo que podré manejar las pruebas necesarias para descubrir si tengo acceso al resto de mis dones.

Gadriel se terminó la manzana y limpió el cuchillo con el que la había estado cortando contra la camisa.

—Si de verdad quieres hacerlo, podemos intentarlo, pero no creo que te resulte agradable.

—Tampoco disfruté de subir corriendo la montaña, pero me vino bien. La medicina pocas veces sabe bien.

Gadriel adoptó una expresión inescrutable, lo cual no era propio de él.

—Mírame un segundo, Amaris.

La chica nunca comprendía sus cambios de humor. Un momento estaba mordisqueando un ácido desayuno y hablando del entrenamiento militar y, al siguiente, el ambiente era solemne y estaba cargado con una pregunta oculta.

—¿Qué?

—¿Quieres hacerlo?

—¿El qué?

Los ojos oscuros de Gadriel permanecieron imperturbables.

—¿Quieres someterte a una prueba para descubrir si cuentas con algún poder oculto?

Amaris se movió, incómoda. Ella fue la primera en apartar la mirada para quitarle hierro a la lúgubre actitud de Gadriel.

—Es lo más inteligente, ¿no?

En la sobriedad de su energía no había ni rastro de la ligereza burlona con la que el ser feérico solía contar.

—Si esto es lo que quieres, debes decírmelo.

—Qué intenso te pones a veces. Haces que se me pongan los pelos de punta.

—Ya me lo habían dicho alguna vez. Responde a mi pregunta.

Amaris cruzó los brazos sobre el pecho como si quisiese protegerse de la incomodidad del momento.

—¿Por qué te estás comportando de una forma tan rara? Sí, claro que quiero descubrir si tengo algún otro don. ¿Quién no querría saberlo?

—Lo único que necesito es que entiendas en lo que te estás metiendo. El entrenamiento no es una… tarea agradable. Tienes que prestarte a ello siendo consciente de lo que implica.

—Tú no estabas bajo presión cuando abriste la puerta de la torre. ¿Cómo descubriste esa habilidad?

Gadriel sonrió y el estoicismo desapareció de su rostro. No tenía rival a la hora de pasar de una emoción a otra.

—En ese caso me pasó algo muy parecido a ti: la descubrí por accidente hace un tiempo. Resulta que tengo mano para las cerraduras. Mi madre nunca pudo guardar los dulces bajo llave. Muchos nos topamos con nuestros dones por accidente, igual que tú.

Amaris tenía una suave sonrisa en los labios.

—Nunca hablas de tu familia. ¿Tus padres siguen con vida?

Gadriel asintió; volvía a comportarse como siempre.

—Sí, están vivos, pero ya no residen en Raascot. Se marcharon hace casi dos siglos, cuando yo ya era adulto y estaba a punto de convertirme en el general de Ceres. Se fueron a vivir con otros seres feéricos a las montañas Sulgrave. El viaje es todo un desafío, pero mis padres no son de los que tiran la toalla solo porque algo sea difícil. Creo que heredé de ellos mi perseverancia y mi gusto por un buen reto.

—¿Hay alguna manera de saber si llegaron a su destino? —Amaris se arrepintió de haber formulado la pregunta en cuanto las palabras abandonaron sus labios. ¿Por qué había animado a Gadriel a pensar en la posibilidad de que sus padres hubiesen muerto en el estrecho Helado?

—Muy pocos han completado el viaje con éxito, aunque será mejor que dejemos la clase de geografía para otro momento. Hace mucho tiempo que no veo a mi madre y a mi padre.

—¿Estabais muy unidos?

Gadriel sonrió.

—Son buenas personas y buenos padres. Sin embargo, al fin y al cabo, eran mis progenitores. Eran mis maestros, mentores y figuras de autoridad, pero no mis amigos. Siento un respeto por ellos y echo de menos la deliciosa tarta de manzana de mi madre, pero no, no teníamos una relación demasiado estrecha. No como tú piensas.

Su lenguaje corporal le decía a Amaris que Gadriel no quería seguir hablando acerca de sus padres, así que cambió de tema. La chica siempre respetaba la decisión de no hablar sobre la familia con la esperanza de que los demás hiciesen lo mismo por ella.

—Además de volar y forzar cerraduras, ¿tienes alguna otra habilidad que te diferencie de un murciélago y una rata callejera?

Gadriel frunció el ceño en ademán burlón y Amaris hizo lo propio. Se sentía aliviada al ver que su compañero había abandonado esa actitud tan firme y estaba mucho más cómoda con las miradas asesinas. Amaris era demasiado orgullosa como para echarse atrás solo por llevarle la contraria.

Después de que el ag'imni hubiese pronunciado aquellas amenazas alquitranadas en el bosque, el corazón de Amaris no había tenido un verdadero descanso. Ya se sentía molesta de por sí con Gadriel por haberle quitado importancia a su amistad en la universidad, pero pensaba que esa herida ya se había cerrado. Cada vez que conseguían poner un parche en su relación, otra fuga se abría por otro lado. Ahora, además de tener que tragarse el dolor que le había provocado su comentario, también debía lidiar con la desconfianza.

La irritación era una emoción más cómoda, más deseable. La prefería con creces antes que el dolor o el recelo. Desearía que las cosas volviesen a ser como antes de haberse enfrentado al ag'drurath, cuando el mayor defecto de Gadriel era que la sacaba de quicio. Habría sustituido cada una de las emociones que sentía en ese preciso instante por la irritación sin pensárselo dos veces.

Aunque tenía sentido que Gadriel considerase su capacidad para ver más allá de los encantamientos como una herramienta de la que hacer uso, a Amaris todavía le dolía ser consciente de la forma en que él la percibía. Los líderes utilizaban a sus hombres como peones. Los ejércitos se desmoronarían si los comandantes tuviesen que reconocer a los soldados a su cargo como seres humanos. Racionalmente, su mente comprendía por qué Gadriel no era su amigo y nunca podría serlo. Era un presuntuoso y un metomentodo, pero no lo había considerado nunca un enemigo en potencia hasta el encuentro con el ag'imni.

—Muéstrame qué es lo que puedes hacer entonces —incitó al ser feérico oscuro.

Amaris había llegado a aceptar que Gadriel no era su amigo. Sin embargo, si de verdad era un enemigo, tenía que ser consciente de a quién o a qué se estaba enfrentando.

Los ojos de la joven volaron hasta su arma mientras reflexionaba acerca de cómo sería enfrentarse a él en un combate cuerpo a cuerpo. La espada que se había agenciado cuando los mercenarios dejaron todas sus armas atrás descansaba sobre el mismo árbol, pero la información era un recurso mucho más valioso que el acero.

Gadriel la observó con escepticismo.

—No creo que quieras.

—Te puedo asegurar que sí —replicó Amaris para atajar la indecisión de este.

El rostro de Gadriel se contorsionó en una mueca. Su expresión daba a entender que estaba en conflicto, como si se encontrase librando una batalla interna. Su compañero, fornido e intimidante, guardó el cuchillo que había utilizado para cortar la manzana y metió toda la comida en la bolsa correspondiente.

—¿Qué sabes de los seres feéricos del norte? ¿Has oído hablar de sus habilidades?

A Amaris siempre le había gustado leer, en especial disfrutaba de los libros de no ficción. Los libros habían sido una vía de escape para ella mientras estaba en el orfanato o en la fortaleza del reev. No era ninguna experta, pero sabía lo suficiente.

—Sé que quienes se encontraban al norte de la frontera se habían visto obligados a trasladarse allí desde algún otro punto del continente mucho tiempo atrás porque sus dones estaban ligados a los poderes de la oscuridad. Incluso los humanos nacidos en el norte suelen tener una mayor predisposición a contar con pequeños poderes oscuros, como la capacidad de imitar la voz de otras personas, de comunicarse con los muertos o de dominar la proyección astral, entre otras cosas. Los libros dan a entender que los seres feéricos oscuros no solo se diferencian del resto por tener alas, sino también por ser un imán para los poderes oscuros. Los seres oscuros hacen que el poder se canalice por todo el continente; sin embargo, en los norteños, este tiende a manifestarse de formas más horribles.

Confundida, Amaris descubrió que su respuesta pareció entristecer a Gadriel. No estaba segura de qué había esperado oír, pero su explicación coincidía palabra por palabra con lo que todos los ciudadanos de Farehold llevaban diciéndose a sí mismos desde hacía siglos.

—¿Crees que tu reina es una buena dirigente?

Amaris se sorprendió ante el giro que había dado la conversación.

—¿Moirai? —respondió, pasmada—. No, claro que no.

—Porque nuestro rey es un buen monarca…, o lo era. Tiene sus problemas, pero Ceres es un buen hombre, tiene buen corazón. Me habría mantenido a su lado durante diez mil años. Es un hombre extremadamente poderoso y posee múltiples dones, pero siempre los ha usado para el bien de su pueblo, así como para ayudar a otros cuando estuviese en su mano. —El rostro de Gadriel se fue suavizando a medida que hablaba—. El rey Ceres puede comunicarse con los animales. Imagina lo terrorífico que sería un rey capaz de reclutar a todos los osos, zorros, halcones y bestias de la tierra para hacer lo que les ordenase. A pesar de eso, los lobos de nuestros bosques lo adoran y han protegido a nuestros ciudadanos durante los cientos de años que Ceres ha estado en el trono.

—¿De verdad puede controlar a los animales? ¿Puede invocar a los demonios?

Gadriel sacudió la cabeza.

—No, los demonios no son animales. Su sangre es negra en vez de roja. En cualquier caso, tiene un don mucho más extraordinario… Al menos, a nosotros siempre nos ha resultado algo excepcional.

—¿Más que hacer que un oso te obedezca? Cuesta creerlo.

—Ceres es un caminante onírico.

Amaris alzó la vista para contemplar a Gadriel, sin comprender bien a qué se refería o qué tenía de extraordinario ese don.

—Es un poder muy raro, pero tremendamente útil —explicó él—. Puede visitar a otros en sueños. Mientras los sureños se inventaban cuentos de terror que giran en torno a asesinatos y pesadillas acerca de quienes pueden matarte mientras duermes, nuestro rey recurría a los sueños para celebrar consejos y compartir su sabiduría con su pueblo, sin importar dónde se encontrase cada ciudadano. Se reunía con sus consejeros, calmaba los miedos y se citaba con sus comandantes en el campo de batalla mientras dormían. Siempre ha sido un inmenso alivio y un recurso de lo más útil para las gentes de Raascot. ¿A ti te parece que es un don maligno?

—Supongo que no —dijo mirándose los pies. Después, frunció el ceño—. ¿Tú has podido reunirte con Ceres durante tu misión en el sur? Es decir, ¿te ha visitado alguna vez?

Gadriel sacudió la cabeza.

—Centrémonos en el tema de la moralidad, reever. Esto es importante, sobre todo para alguien en tu situación. No podrás servir como una verdadera guerrera neutral para Uaimh Reev mientras sigas pensando de esa manera, mientras continúes hablando así. ¿Crees que todos los humanos que has conocido en Farehold eran buenas personas?

Amaris se encogió al oírlo referirse a ella por su rango. La llamaba de una manera u otra —ya fuese por su verdadero nombre, por su posición o por su irritante apodo—, de manera consciente, dependiendo del mensaje que quisiese transmitir. La imagen de las malvadas matronas humanas de Farleigh le vino de inmediato a la cabeza.

—No. Ya sé que no lo son.

Los pensamientos de Gadriel brotaron de sus labios como si hubiesen atormentado su conciencia durante años.

—La bondad y la maldad están presentes a ambos lados de la frontera, pero solo uno de los dos bandos se define con confianza como héroes de la historia, mientras que tachan al resto como villanos. Insiste en ello pese a que todo apunta a lo contrario. Párate a pensar en eso de los dones de luz, ¿quieres? Incluso los poderes mágicos que se consideran buenos pueden emplearse para hacer el mal. Pongamos que naces con el don de la sanación, ¿qué pasaría si utilizaras tus poderes para rejuvenecer a un monarca malvado una y otra vez para que pudiera abusar de su reinado del terror durante cientos de años? ¿Y si nacieras con el poder de hacer crecer las cosas, pero hicieras que tus enredaderas se colaran por la garganta de quienes te contrariaran o que tus setas envenenaran a quienes las tocasen para así robarles lo que te viniese en gana? ¿Por qué se considera que esos son los poderes de luz, mientras que los nuestros son de oscuridad?

Amaris no se sentía cómoda ante esas preguntas. Gadriel había convertido una pregunta muy sencilla sobre sus habilidades en una lección sobre la escala de grises de la moralidad.

—¿Estás intentando evitar contarme qué puedes hacer?

Gadriel suspiró.

La joven se sintió un poco avergonzada de cómo había manejado la conversación.

—Lo siento —dijo con sinceridad—. Tienes razón. No es justo para tu gente.

—La vida rara vez es justa.

Amaris esperó durante tanto tiempo como fue capaz antes de insistir una vez más:

—Gadriel, ¿estás evitando de manera intencionada contestar mi pregunta sobre tus dones?

Su expresión la informó de que estaba empezando a sacarle de quicio. Todavía estaba por ver que eso fuera una buena o mala señal. Gadriel volvió a evaluarla, casi como si buscara en su rostro la respuesta a una pregunta que no había llegado a formular. Por fin, comenzó a hablar:

—Sí que sabes que los seres feéricos sanan más rápido, son más fuertes y ágiles y cuentan con una mayor resistencia, ¿no? —Amaris asintió con la cabeza—. ¿Y qué me dices de los poderes primarios y secundarios y todo eso?

Ella entornó los ojos y frunció el ceño.

—Creo que no sé a qué te refieres.

Gadriel se frotó la barbilla y reflexionó sobre lo que había dicho.

—Qué fácil me olvido de lo reducido que es tu conocimiento sobre los seres feéricos. Y no lo digo como un insulto. No es culpa tuya. En Raascot damos tantas cosas por hecho que nunca me había imaginado que tendría que explicar algo así.

Aunque no hubiese sido su intención insultarla, Amaris lo había sentido como tal. Luchó contra el deseo de cruzarse de brazos, puesto que sospechaba que la opinión que tenía Gadriel de ella se resentiría todavía más si se comportaba de forma inmadura. La Matrona Gris se había esforzado por evitar hablar en clase sobre la magia y las historias sobre los seres feéricos.

—Los poderes primarios son aquellos que se manifiestan de forma natural —comenzó a decir Gadriel con delicadeza—. No consumen la energía de quien los usa. Igual que no tenemos que preocuparnos por hacer que nos lata el corazón o que los pulmones tomen y expulsen el aire, hay algunos dones innatos que otorgan energía en vez de consumirla. Es casi como si el cuerpo del ser feérico que lo domina fuese un conductor natural para ese poder en concreto.

—¿Y eso a ti te pasa con las cerraduras?

Gadriel se rio entre dientes y sus carcajadas sonaron sinceras. Amaris casi nunca le había visto reír de una forma tan encantadora, mostrando todos los dientes.

—Como ya te he dicho, lo de abrir puertas es un truco, no un don.

—Eso cuéntaselo a un cerrajero.

Le arrancó otra cálida carcajada.

—A lo mejor tienes razón. Muchos contamos con truquitos así en la manga, pero los poderes primarios son aquellos que estamos destinados a usar desde que nacemos. Los poderes secundarios son aquellos a los que los seres feéricos podemos acceder, aunque suelen conllevar un considerable riesgo personal.

—¿Y qué hay de lo de volar? ¿Eso no es un poder primario?

—Para llevar tres días sin apenas dirigirme la palabra, estás haciendo muchas preguntas.

—Y tú siempre pareces querer tener la razón en todo, así que ha llegado el momento de que me enseñes todo lo que sabes mientras estoy dispuesta a escuchar. Aprovecha para recuperar el tiempo perdido. Ilumíname, oh, gran maestro.

—Hay otras muchas cosas que preferiría hacer contigo antes de educarte —musitó Gadriel.

—¿Qué has dicho?

—Volar. Estábamos hablando de lo de volar. —Extendió las alas y el precioso material que las reforzaba brilló con las últimas luces del día para darle énfasis al movimiento—. Heredamos nuestras alas, como el color de pelo o la altura. Hemos tenido la suerte de que las alas se convirtieran en una característica muy común entre los norteños si ambos padres son seres feéricos de Raascot. Las alas son rasgo dominante.

—¿Vosotros por qué no os llamáis seres feéricos oscuros?

—Porque es un término racista, bruja.

Amaris retrocedió ante su respuesta. La oscuridad había sido un atributo ligado a los norteños desde hacía siglos. Era algo normal. Lo había aceptado como una realidad. Nunca se había parado a considerar cómo se habrían sentido los seres feéricos que recibían semejante calificativo. Lo miró con ojos desorbitados. Entreabrió los labios, aunque estaba demasiado impactada como para decidir si debería disculparse.

Gadriel no parecía tener intención de seguir haciendo hincapié en el tema. Le quitó importancia y continuó:

—Ahora ya sabes más acerca de mis alas y acerca de mi práctica aunque accidental mano para las cerraduras. ¿Estás segura de que quieres ver lo que puedo hacer?

—¿Quieres dejar de marearme? Sí, ya te lo he dicho mil veces… —Se mordió la lengua antes de llamarlo «demonio». Después de que Gadriel le hubiese informado con total naturalidad de que lo de «seres feéricos oscuros» tenía otras connotaciones, ahora el mote que usaba para él le parecía de mal gusto.

—Tú te lo has buscado, bruja —suspiró al tiempo que se ponía de pie—. ¿Te queda algún tónico curativo?

Amaris lo miró con expresión confundida, pero se descubrió asintiendo lentamente con la cabeza.

—¿Necesitas uno?

—Todavía no, pero tú pronto lo necesitarás.

La joven se puso rígida.

—¿Por qué? ¿Me vas a hacer daño?

La mirada del ser feérico adquirió un brillo travieso.

—Tócame.

—¿Cómo dices? —Amaris se vio embargada por la duda.

—Sí, dado que eso es lo que quieres, voy a hacerte daño. Eso sí, será rápido y te ayudaré en cuanto acabe. Venga, agárrame —le ordenó. Su voz no daba pie a discusiones.

Oírlo admitir que tenía intención de hacerle daño fue algo estremecedor. Amaris parpadeó un par de veces y se preguntó por qué estaba considerando tan siquiera la posibilidad de acceder a ello. Por la diosa, le acababa de decir que iba a hacerle daño y aun así…

—¿Solo tengo que tocarte? —Bajó la voz hasta convertirla en un susurro.

Gadriel se cruzó de brazos. Los últimos rayos de sol se colaron entre las ramas que pendían sobre sus cabezas como haces rojos y naranjas mientras Amaris miraba a su compañero. No sabría decir si aquella imagen era lúgubre o poética. Infligirle dolor a alguien al atardecer le recordaba a la cicatriz que lucía en la palma de la mano tras el juramento de los reevers. Pronto sería hora de retomar la marcha. Amaris seguía estando confusa y sus emociones bailaban en su pecho, pero extendió una mano, dudosa a la par que obediente, para tocarle la piel desnuda del antebrazo.

Enseguida retiró la mano con un grito al notar como la piel le ardía. Era como si hubiese tocado un hierro de marcar al rojo vivo. Como si hubiese metido una mano en el fuego, como si la hubiese hundido en un estofado hirviendo o como si hubiese cogido un puñado de ascuas candentes. Un segundo alarido horrorizado escapó de los labios de Amaris mientras se agarraba la muñeca y sostenía la mano hinchada lejos de su cuerpo, como si fuera una serpiente venenosa.

Gadriel se alejó de donde estaba y sacó un frasquito de tónico de la bolsa de provisiones. Hizo intención de cogerle el brazo a Amaris, pero esta se encogió para alejarse de él al no estar dispuesta a que volviese a tocarla. Sin ningún pudor o paciencia, Gadriel la agarró firmemente de la muñeca. Tiró de ella hacia sí y le aplicó un poco de tónico en la mano, que no dejaba de hincharse, con más delicadeza de la que Amaris habría esperado. La joven se estremeció, pero el cuerpo de Gadriel ya no quemaba.

La sensación del tónico fue maravillosa. Aunque odiaba admitirlo, la lenta caricia de los dedos del ser feérico era igual de agradable. Dejó de resistirse a él mientras le curaba la mano.

—Me has hecho daño —dijo Amaris, que sonó tan herida como su mano.

—Te lo avisé.

La chica abrió los ojos para ver como Gadriel le aplicaba el tónico en la palma.

—¿Ardes?

—Como el sol —respondió él con el fantasma de una sonrisa—. Viene muy bien durante las noches frías, aunque admitiré que alguna vez he acabado reduciendo las sábanas de la cama a cenizas tras una pesadilla. Los dones siempre tienen ventajas y desventajas. Ya lo había usado contigo, ¿sabes? Un par de veces, además.

—¿En serio?

Amaris sospechó que Gadriel empezaría a creer que era dura de oído si no dejaba de obligarlo constantemente a repetir lo que le decía, pero no pudo ocultar mostrarse confundida.

—¿Te acuerdas del frío que pasaste en el ag'drurath o mientras viajábamos? Cada vez que subimos al cielo, te empiezan a castañetear los dientes y me da pena que sufras…, por lo menos de esa manera. No iba a dejar que te congelases después de escapar luchando de un coliseo. La altitud es una amante gélida.

Amaris sí que se acordaba de aquellos momentos, pero había asumido que había perdido toda la sensibilidad por el frío. No sabía que Gadriel era capaz de compadecerse de ella. Su mente voló a toda velocidad.

—Ese don debe de hacerte prácticamente invencible en el combate cuerpo a cuerpo. Nadie puede agarrarte.

—Ni te lo imaginas.

Gadriel se rio con suavidad para sus adentros mientras terminaba de aplicar el tónico curativo en la palma de Amaris. La hinchazón empezaba a reducirse y las ampollas casi habían desaparecido. La mirada de la joven siguió los movimientos circulares del pulgar de él sobre su palma. Podría estar imaginándoselo, pero Gadriel parecía mover el dedo con ociosa lentitud mientras le acariciaba la muñeca. A Amaris empezó a hormiguearle la mano. La sensación trepó por su brazo, le atravesó el hombro y le puso la piel de gallina a lo largo de la columna vertebral. Retomó la conversación con apresurado nerviosismo.

—Por eso te lo pregunto. Preferiría no tener que imaginármelo.

Gadriel dejó escapar el aire por la nariz, resignado ante la insistencia de la joven.

—¿Sabes por qué me nombraron general?

—Sí, porque el rey Ceres es tu primo y el nepotismo está en auge en Gyrradin.

Él profirió una carcajada sombría.

—Estoy seguro de que mi parentesco ayudó, pero no, no fue por eso. Tampoco fue porque sea el más resistente, fuerte y apuesto. Aunque creo que deberían ser unas características decisivas a la hora de escoger a un general. Aquí es donde mis poderes secundarios entran en juego. Y, esta vez, sí que voy a necesitar que tengas un tónico a mano, aunque ahora será para mí.

Gadriel esperó a que Amaris sonriera, pero ella no picó el anzuelo. Embargada por un destello de vulnerable pudor, se dio cuenta de que el ser feérico no la había soltado y seguía trazando círculos en su piel.

—Amaris, de verdad no creo que quieras…

—Deja de dar por hecho qué es lo que quiero o dejo de querer.

—Tienes razón. —Sorprendió a la joven con un encogimiento de hombros—. No soy quién para decidir por ti. Vale… —Dejó escapar todo el aire de los pulmones mientras contemplaba como Amaris retiraba la mano—. Te voy a pedir que hagas algo y necesito que obedezcas sin hacer preguntas.

—Ni lo sueñes.

—Entonces no voy a poder mostrarte nada.

Amaris lo fulminó con la mirada.

—Odio la palabra «obedecer». Va en contra de mi naturaleza.

—Créeme, soy consciente de ello. —Un brillo que ella no llegó a entender iluminó los ojos de Gadriel.

Amaris enseguida se arrepintió de haberle pedido una demostración.

—No soy una tropa a la que puedas dar órdenes, Gad. Te permití decirme qué hacer con el ag'imni, pero yo no sigo órdenes a ciegas. Entre los reevers no hay una jerarquía como la vuestra. Nosotros somos todos iguales.

—Pero ahora no estás con los reevers, ¿verdad? Necesito que pongas un poco de tu parte y dejes de ser una malcriada el tiempo necesario para escuchar lo que tengo que decirte.

—No me gusta el camino que está tomando la situación. Además, nadie me ha llamado eso nunca.

—¿Nadie te había llamado malcriada? Bueno, que nadie se haya referido a ti como te corresponde no significa que yo no tenga razón. Quieres ver lo que puedo hacer, ¿no? ¿No me lo habías exigido?

—Gad, yo…

—Tenemos más tónicos curativos, ¿verdad?

—Gad…

—Rómpeme el cuello —ordenó con gélida calma.

Gadriel movió los dedos para pedirle que se acercara, para azuzarla a avanzar hacia él. De haber sido por el extraño tono juguetón de sus palabras y el movimiento de sus manos, Amaris habría creído que bromeaba, pero la situación en la que se encontraban no tenía nada de ligera.

Los ojos de la chica se abrieron como platos. Extendió los dedos en un involuntario ademán protector. No entendía el sentido del humor de Gadriel y no le hacía nada de gracia.

—¿Estás loco?

—¿Es que acaso no eres lo suficientemente valiente para enfrentarte a un general? —la provocó.

Amaris permaneció rígida.

—Mira, me encantaría matarte, pero…

—Pues hazlo. Es tu oportunidad.

—Has perdido el juicio. —Hizo una mueca al ser incapaz de ocultar su descontento.

—No haber insistido tanto, bruja. Fuiste tú quien no quiso dejarlo estar. ¿Quieres que te provoque hasta que lo hagas? Porque nada me gustaría más. Venga, reever. ¿Acaso no has estado esperando el momento perfecto para darle rienda suelta a toda esa agresividad? Sé que has pensado en romperme el cuello más de una vez.

Tenía razón. De no haber sido por la forma tan deliberada en la que había hablado, no le habría dado mayor importancia. Como la había llamado por su rango y su apodo, Amaris sabía que quería hacerla pensar en su entrenamiento mientras la hostigaba.

Amaris dio medio paso hacia atrás mientras que una confusa inquietud alzaba una barrera contra Gadriel.

—Buen intento, pero no te va a servir de nada. No importa lo satisfactorio que resultase ser yo quien pusiese fin a tu vida.

Gadriel no le dio la oportunidad de retirarse. Amaris trató de alejarse de él, pero el ser feérico la agarró con una fuerza desmedida. Los ojos de la chica volaron entre el punto donde los dedos de él se habían enterrado en su brazo y su brillante mirada. Gadriel se lo estaba pasando en grande.

—Podemos seguir así todo el día. Vas a acabar haciéndolo de una forma u otra.

—No.

—Dijiste que accedías a ello.

—¡Quiero que me expliques cuál es tu don! Merezco que seas sincero conmigo. Merezco estar informada. No deberías tener que confiar ciegamente en alguien que oculta algo tan esencial como que, literalmente, tiene poderes. Pero esto…

—¿Quieres saberlo?

—¡Sí! Pero… —Amaris intentó zafarse de él, pero Gadriel afianzó su agarre. La adrenalina corrió por sus venas al verse embargada por la clara sensación de ser como un conejillo que miraba a un lobo a los ojos. Aunque este lobo en particular ya la tenía atrapada entre sus fauces—. Me haces daño.

—Pues párame.

Gadriel avanzó hacia ella y la sujetó mejor para que no pudiese darse la vuelta. Cuando Amaris trató de alejarse de él con una sacudida, él lanzó un puñetazo directo hacia ella. La joven se agachó y consiguió esquivar el golpe, además de zafarse de su agarre con un giro bien ejecutado. Sorprendida, Amaris se tropezó hacia atrás. Gadriel, por su parte, echó las piernas hacia atrás y levantó los puños en una típica posición de combate. Volvió a lanzarle otro puñetazo y, esta vez, cuando Amaris se agachó para esquivarlo, el ser feérico estuvo listo para contraatacar. Anticipó el movimiento de la reever y le asestó una patada que la tiró al suelo. Enseguida se puso de pie.

—Joder, ¿en serio? —dijo, boquiabierta.

—¿Ves que me esté riendo?

—¿Te crees que no puedo contigo? —preguntó Amaris; le empezaba a hervir la sangre. La adrenalina burbujeó hasta convertirse en furia y, haciendo hincapié en el rango del ser feérico, añadió—: He vencido a todos los reevers de la fortaleza, general.

—Bien.

Una vez más, Amaris fue muy consciente de lo grande que era Gadriel. Los cálidos tonos rojos y anaranjados del atardecer se habían desvanecido. En la púrpura luz del día que apresuradamente daba paso a la noche, el ser feérico parecía enorme. Tenía las alas extendidas a su espalda para ocultar cualquier otra cosa que pudiese entrar en el campo de visión de la chica. Se sentía tensa y confundida. No sabía si debería salir corriendo o lanzarse a por un arma, así que alzó los puños mientras buscaba algún plan de defensa y ataque. Escaneó los alrededores en busca de las mejores vías de escape.

Por segunda vez, Gadriel dobló los dedos dos veces para invitarla a que se acercara a él, pero Amaris no se movió. Con un encogimiento de hombros, el ser feérico se lanzó a por ella con los puños en ristre mientras batía las alas para desestabilizar a Amaris cuando ambos entraron en contacto. Aunque a la reever se le daba de maravilla combatir en el estadio de entrenamiento, la única vez que luchó con el viento como un enemigo más fue cuando se enfrentó a las alas batientes del dragón de la reina. Gadriel dio un poderoso empujón con las alas hacia atrás y la tiró al suelo justo como había hecho la otra bestia. Aunque hubiese tenido oportunidad de recuperarse, él fue más rápido. Amaris se desplomó en el suelo cuando el puño de Gadriel impactó contra su pómulo. La visión de la chica se llenó de estrellas; intensos puntitos de luz que le impidieron ver las sombras de los árboles grises y violetas que los rodeaban. Jadeó, pero su cuerpo se debatió entre luchar o huir. Al final, su entrenamiento como reever ganó la batalla.

Estaba lista para luchar.

—¿Te crees que no soy capaz de hacerte papilla aquí mismo? —rugió.

—Por fin me escuchas.

Esta vez, cuando Gadriel lanzó un puñetazo, Amaris le agarró la mano y utilizó su brazo para hacer palanca. Tenía que aprovechar el impulso de su golpe para retorcerle la muñeca al tiempo que tiraba del brazo hacia abajo y echaba su propio cuerpo hacia arriba en lo que, de haber estado siendo testigo de la pelea, la diosa habría definido como una voltereta con anclaje. Amaris describió una trayectoria circular casi perfecta para que sus piernas encontrasen la cabeza de Gadriel. Le rodeó el cuello con los muslos en una llave de tijera, sin dejar de hacer presión cuando ambos cayeron al suelo. Entonces Amaris orientó el cuerpo hacia arriba para que Gadriel asumiese todo el golpe y ella pudiese liberarse de él con el impacto. Su intención era girarse para ponerse encima del ser feérico otra vez, pero este rodó hasta quedar de espaldas y la agarró del pie cuando Amaris se disponía a pisarle la garganta.

Gadriel le retorció la pierna en mitad del pisotón para protegerse la garganta, pero ella acompañó el giro con el resto del cuerpo. Oponer resistencia era la manera más fácil de romperse un hueso. Así, la empujó hacia atrás hasta caer de espaldas. Se quedó sin aire y, antes de que pudiese levantarse, Gadriel se colocó encima de ella. La sujetó contra el suelo, le inmovilizó las manos a cada lado y apoyó todo el peso del cuerpo sobre Amaris, aplastándola.

—¿Estás enfadada ya? Venga. Déjate llevar.

—No creo que pudieses conmigo —gruñó ella.

—Me muero de ganas de verte enfadada, créeme —dijo Gadriel, que prácticamente resplandecía.

Amaris metió la rodilla en el diminuto espacio que los separaba y la giró para hacer palanca. Se dio impulso con la otra pierna, le hizo una llave en la muñeca opuesta y rodó hacia un lado. Respiraba con más dificultad de la cuenta. El cansancio se había comido la mitad de su energía. Pero el resto lo había devorado el desequilibrio que le provocaba la situación demencial en la que se encontraban.

Él profirió una carcajada, como si estuviese disfrutando como nunca. Volvió a mover los dedos para que Amaris fuese a por él, lo cual no hizo sino enfadarla más. Aceptó el reto y convirtió el paso adelante en una patada lateral.

Gadriel le agarró la pierna y se la retorció para hacerla girar y lanzarla lejos de él.

Cuando Amaris recuperó el equilibrio, fue incapaz de reprimir un grito de cólera.

—Buen intento, bruja —gruñó Gadriel al tiempo que giraba—. Pero vas a tener que hacerlo mejor.

Gracias a la memoria muscular, Amaris estaba entrenada para fluir con la batalla como si esta fuese un río. Sus oponentes y sus respectivos ataques no eran más que troncos y piedras que debía rodear, sin abrirse camino a la fuerza ni arriesgarse a que interrumpiesen su camino. Las alas le dieron a Gadriel una ventaja injusta cuando Amaris saltó para asestarle un golpe incapacitante en la garganta, puesto que volvió a hacerle perder el equilibrio al batirlas con fuerza hacia atrás. La joven por poco se estampó de espaldas contra un árbol. La intensidad del impacto la habría dejado totalmente sin aliento.

En cambio, derrapó al lado del imponente tronco y se tropezó con una de las raíces que sobresalían del suelo. Amaris resbaló con las agujas de pino y la tierra, pero no perdió ni un segundo en ponerse en pie sin dejar de jadear.

—Uno de los dos va a morder el polvo —rugió Gadriel, que mostró los dientes en una malévola sonrisa—. ¿Quién será?

Desearía darle una patada en la boca solo por borrarle la puta alegría de la cara. Ahora tendría que matarlo por puro resentimiento. Amaris nunca lo había visto comportarse de una forma tan primitiva. Gadriel era más bestia que hombre, el poderoso espíritu de un felino de las cavernas listo para abalanzarse sobre ella. Parecía una criatura salvaje, sedienta de sangre y deleitada. El brillo hambriento en su mirada era aterrador.

Amenazada de verdad, Amaris sintió que un escalofrío le recorría el cuerpo.

No le parecía que estuviesen entrenando. El brillo de depredador en la mirada de Gadriel hacía que la adrenalina le corriese por las venas. Su instinto no sabía qué decirle; estaba dividida entre la confusión y el miedo a encontrarse ante un verdadero peligro. Gadriel avanzó hacia ella una vez más, así que Amaris aprovechó el apoyo de un árbol para lanzar los pies hacia atrás contra el tronco e impulsarse, de manera que la altura y la fuerza del salto la ayudasen a volar por encima del ser feérico y esquivarlo antes de que la agarrase. Cayó de pie, pero el movimiento la puso en desventaja al aterrizar de espaldas a su contrincante. Como Amaris no reaccionó con la suficiente rapidez, Gadriel se giró y la rodeó por detrás con ambos brazos. La sujetó con fuerza, pero, en vez de intentar retorcerse para escapar de su férreo agarre, ella se dejó caer como un peso muerto para hundirse en el espacio entre las piernas de Gadriel y así conseguir que ambos volcaran. Al moverse hacia abajo, Amaris rotó los hombros para que el ser feérico rodase lejos de ella, vencido por el propio peso de su cuerpo musculado al perder el equilibrio y resbalar con las agujas de pino. Los gruñidos de Gadriel sonaban como los de un animal y tenían un inconfundible tono complacido. La joven boqueó en busca de aire mientras sus pulmones gritaban por el esfuerzo.

—¡Gad!

—Vamos a seguir hasta que te canses.

No dio pie a discusiones.

La ira, la angustia, el miedo y el espíritu de lucha corrieron por las venas de Amaris.

Estuvo lista cuando Gadriel se dio la vuelta y, cuando, una vez más, cargó contra ella, aprovechó el momento para cerrar el espacio entre ellos. Se impulsó con ambos pies y saltó hacia él. Iba a aprovechar el tamaño de Gadriel en su contra. Al ser lo suficientemente pequeña y ágil como para recorrer una buena distancia en el aire, Amaris envolvió fuerte las piernas alrededor de la cintura del ser feérico para apretarse contra el pecho de él. Los labios de Gadriel estaban a centímetros de los suyos. Amaris apretó los muslos con cada fibra de su ser y se pegó tanto contra él que este fue incapaz de soltarla. Sin dejar de moverse, Amaris aprovechó ese mínimo segundo de ventaja para colocar la palma de la mano derecha bajo el mentón de Gadriel, de manera que le abarcaba toda la parte inferior del rostro, y apoyarle la izquierda en la base de la cabeza. Con una rápida sacudida, le empujó la barbilla hacia arriba y de lado hasta que oyó un sonoro y desagradable crujido.

Comprendió lo que acababa de hacer cuando ya era demasiado tarde.

El cuerpo de Gadriel se desplomó. Amaris apenas tuvo tiempo de desenredar las piernas y liberarle el torso para alejarse de él y caer de pie. Se tambaleó hacia atrás con la mandíbula desencajada por el horror. Era incapaz de pestañear o de respirar al ver caer a su compañero. Estaba tan conmocionada que no lograba moverse. El cuello y la cabeza de Gadriel habían quedado colocados en un ángulo imposible.

Entonces Amaris oyó el golpe seco.

Cuando el ser feérico se derrumbó, supo que lo había matado.

Tenía ganas de vomitar.

El mundo le daba vueltas. La visión se le llenó de puntitos de luz, los árboles comenzaron a tambalearse y el suelo se onduló como si fuese la superficie de un estanque. Extendió una mano para apoyarse contra un árbol, pero falló, incapaz de encontrar algo que la ayudase a estabilizarse antes de inclinarse contra la corteza.

Lo había matado. Había asesinado al general. Le había roto el cuello a Gadriel.

Una palabra retumbó por su mente.

Mierda, mierda, ¡mierda!

No tenía ni idea de qué se suponía que debía hacer. Lo miró boquiabierta mientras su equilibrio fluctuaba.

Amaris no apartó la mirada de Gadriel. No sabía qué hacer. Él la había obligado a hacerlo, pero ahora era ella quien cargaba con la responsabilidad de haberlo matado. Tenía las manos manchadas con la sangre de Gadriel. La misión estaba en peligro por culpa del retorcido ataque psicótico del general enajenado de Raascot. No podía pensar en la tarea que le habían encomendado. No podía pensar en la maldición, en el rey Ceres o en cómo se las iba a arreglar para llegar al norte.

Una única palabra escapó de la garganta de Gadriel en un quejido:

—Coño.

Amaris boqueó como un pez sin dejar de contemplarlo, embobada. La sorpresa de oírlo hablar reverberó por todo su ser.

Gadriel no permaneció en el suelo durante mucho tiempo después de eso. Aunque se movía despacio y con malestar, levantó las manos y se las llevó a la barbilla y la nuca para contrarrestar el ataque de Amaris. Su cuello regresó a su posición natural. Gadriel volvió a gemir; el sudor le empapaba la frente como un claro indicador del dolor que estaba experimentando.

—Uno de esos tónicos ahora me vendría genial —graznó.

La mirada perdida de Amaris voló entre su compañero tirado en el suelo y el lugar donde Gadriel había dejado las botellitas de cristal marrón después de que le curase las ampollas.

—Por favor. —El general se esforzó por mantener un tono educado.

Su piel, por lo general broncínea, había adoptado una palidez calcárea. El sudor se le acumuló en la frente como consistentes perlas cuando alzó débilmente una mano. En su rostro solo había dolor, enfermedad y muerte.

Amaris no supo decir qué la impulsó hacia delante. Entumecida y casi a ciegas, se apartó del lado del cadáver, avanzó hasta donde descansaban las medicinas y regresó a donde estaba. Le dejó una botellita en la mano de Gadriel y se alejó como si fuera una araña. Él tuvo que forcejear un poco con el frasquito por culpa del pegajoso sudor que se le acumulaba en el labio superior y del velo que había comenzado a nublarle la vista. Amaris observó con creciente pavor cómo el ser feérico entreabrió los labios y vació el contenido del recipiente de un trago.

Era imposible.

Gadriel se movió con una fantasmal lentitud y se irguió hasta apoyarse contra un árbol. Trató de sonreír, pero no consiguió esbozar el gesto cálido y alegre que le había dedicado cuando habían estado hablando de su habilidad con los cerrojos. Se chascó el cuello al rotarlo de un lado a otro y dejó escapar un suspiro de alivio cuando se le recolocó la columna.

Seguía teniendo un aspecto terrible, lo cual era lógico, puesto que lo había visto morir.

—Vamos, mujer. Se suponía que iba a ser divertido. ¿No estabas deseando matarme desde hacía tiempo?

—¿Cómo? —preguntó Amaris, horrorizada, en un susurro ronco.

Gadriel se encogió de hombros con falsa indiferencia pese al sudor frío que lo agarrotaba y que le empapaba la camisa hasta pegársela al cuerpo. Debía de ser consciente de la imagen que daba su habilidad. Trató de aunar toda la tranquilidad del mundo en la voz cuando habló, arqueando una ceja:

—¿Te había dicho alguna vez que peleas de maravilla? Eres una fuerza de la naturaleza, bruja. No tuve oportunidad de apreciar tus habilidades como era debido en el coliseo. Ahora que te he visto en acción, no dudaría en ponerte a cargo de un estadio de entrenamiento.

Amaris no se había dado cuenta del tiempo que había pasado con la boca abierta. Se le había secado la lengua. No recordaba cuándo había parpadeado por última vez. Le zumbaban los oídos como si le hubiesen colocado un avispero en la cabeza y el airado aleteo de las avispas le impidiese oír bien lo que Gadriel le decía.

—Estabas muerto.

Gadriel había desatado en ella una emoción que no sabía definir. Había peleado y, después, había entrado en pánico. No se había dado cuenta de lo que había estado ocurriendo hasta que se descubrió luchando por su vida. Gadriel era un muerto viviente. El mundo lo veía como un demonio porque eso era exactamente lo que era.

—No soy indestructible, si eso es lo que te estás preguntando —explicó con otro quejido; todavía estaba pálido—. Habría estado inconsciente durante mucho más tiempo si no hubieses tenido el tónico preparado. Recuérdame que te cuente algún día cómo pasé cuatro días tirado en el campo de batalla antes de tener fuerzas para moverme. —Tragó saliva, tan divertido como dolorido, al recordarlo—. Este don no tiene nada que ver con mi habilidad para calentarme. Eso es algo que hago sin esfuerzo. En este caso, soy invulnerable, pero tiene un precio. —Trató de encogerse de hombros, pero el movimiento pareció afectarle al cuello—. Aparte de ser un gran estratega y asesor militar, entre el calor que puedo generar y mi habilidad de recomponerme en caso de que me derriben, soy un valioso general. Independientemente de las veces que me maten, puedo recuperarme y continuar con mis hombres. Claro que siempre tengo cuidado de que no me maten. Yo me las arreglo bastante bien en combate, pero, madre mía, eres un hueso duro de roer.

Amaris no podía moverse. No podía hablar.

—Has seguido una táctica magnífica, reever. —Se mantuvo sereno e intentó por todos los medios mantener la conversación a flote. Quizá trataba de volver a la normalidad—. Eres una fierecilla sedienta de sangre, lo cual me ayuda a hacerme una idea de lo difícil que va a ser entrenarte cuando queramos sacar a la luz los poderes que guardas en ese cuerpecillo lleno de rabia. He subestimado tus habilidades para el combate y, por eso, te pido perdón. —Se frotó el cuello y se estremeció.

Era evidente que Gadriel estaba dolorido. Parecía estar recuperándose de un resfriado normal y corriente. Más allá de eso, sonaba contento. Hablaba con ordinaria comodidad, como si estuviesen charlando sobre los paseos que daban por la mañana o como si debatiesen acerca de la mejor manera de podar los rododendros. Amaris estaba segura de que la palidez de su piel iría desapareciendo a medida que el tónico curativo hacía efecto, pero, por el momento, Gadriel se las arreglaba para conversar como si fuese un muerto viviente.

—El entrenamiento de los reevers te curtió a la hora de lidiar con ese tipo de tácticas, lo cual es perfecto para una guerrera, pero te pone trabas a la hora de enfrentarte a la magia. Tendré que decirle a Samael la próxima vez que lo vea que no ha perdido facultades. Estaría orgulloso de ti.

Amaris permaneció clavada al suelo. Era consciente de que Gadriel estaba hablando, pero hacía un rato que ya no escuchaba sus serenas palabras. No oía nada de lo que le decía. ¿Cómo era capaz de actuar como si no hubiese pasado nada?

—Cierra la boca, bruja, que te van a entrar moscas. Si quieres escoger una palabra de seguridad antes de nuestra próxima pelea, dímelo.

Apenas lograba respirar y tampoco alcanzaba a comprender cómo hablaba con tanta tranquilidad. Consiguió oír la última parte de la frase y la repitió una y otra vez en su cabeza para tratar de encontrarle el sentido.

—¿Una palabra de seguridad?

Gadriel recorrió los cabellos y el rostro de Amaris con la mirada, como si estuviese examinando esos rasgos que ya había visto miles de veces antes.

—¿Qué te parece «nival»? Esa será nuestra palabra de seguridad. En fin, como casi todo en este mundo, si me cortan la cabeza, moriré. Por eso, si algún día te cabreo de verdad, yo que tú utilizaría una espada. También puedes marcharte después de romperme el cuello para que me lleve más tiempo curarme si te sientes menos indulgente. Eso lo puedes hacer cuando quieras matarme, pero no estés lo suficientemente cabreada como para rematarme.

—¿Estás..., estás bien?

Con un tremendo esfuerzo, Gadriel se levantó y recogió el frasquito de cristal marrón que había utilizado para curarle la palma a Amaris.

Bajó la voz hasta que pareció que estuviese hablando con un gatito asustado.

—Ven aquí.

La joven no se podía mover.

Gadriel cerró el espacio que los separaba; todavía tenía una postura demasiado relajada. Ella estaba petrificada. Sabía que el miedo desencadenaba el instinto de pelear o huir, pero no podía moverse. Gadriel se untó el dedo con el tónico y se lo aplicó a Amaris en la mejilla donde la había golpeado, mientras que con la otra mano le sujetaba el rostro con una ternura que rozaba la crueldad en contraste con lo que ella acababa de hacer y presenciar.

—Siento lo de antes —musitó Gadriel, que pasaba el pulgar por la pequeña herida de Amaris a medida que se le iba cerrando bajo la piel blanquecina.

Sus caricias la confundían inmensamente. Hacían que le bajaran por la espalda escalofríos de alivio y miedo a partes iguales y le ponían la piel de gallina.

—Te maté —escupió ella por fin. Sentía como si su voz no saliese de su cuerpo. Era la voz de otra persona completamente distinta.

Gadriel reconoció sus palabras con un encogimiento de hombros.

—Estuviste a punto de hacerlo, no te lo voy a negar. —Su rostro se había suavizado en buena medida—. Así habrías acabado con casi cualquier hombre, ser feérico o incluso bestia. Es una historia bastante curiosa. Este don en particular lo descubrí por accidente. Mi comandante me tiró desde un precipicio con las alas atadas para ver si manifestaba algún poder. Cuando llegué al suelo, mi columna absorbió todo el impacto.

Pese a lo profundamente entumecida que se sentía, Amaris se las arregló para encontrar otra manera de verse embargada por el espanto.

—¿Te despeñaste?

—¿Tengo pinta de estar muerto?

Gadriel apartó la mano del rostro de Amaris y guardó lo que quedaba de tónico en la bolsa.

Amaris tragó saliva con dificultad.

—Dijiste que tenías otras habilidades, ¿no? ¿Cuáles son?

—Me temo que las demostraciones han acabado por hoy —dijo guiñándole un ojo.

—¿También vas a intentar matarme? —Amaris habló en voz tan baja que no estaba segura de que su compañero la hubiese oído.

Las cejas de Gadriel se encontraron al fruncir este el ceño, genuinamente consternado por la pregunta.

—En los campos de entrenamiento de Raascot nunca llevamos a cabo tareas tan violentas como esa salvo que tengamos sanadores y medicinas a mano. No voy a tirarte desde un precipicio para ver qué dones se manifiestan en ti… Aunque no prometo nada. —Esbozó una fugaz sonrisa para ver si Amaris mordía el anzuelo, pero ella no le siguió el juego—. Dijiste que querías descubrir tus poderes. ¿Sigues pensando igual después de esto?

Amaris observó a Gadriel a modo de respuesta y, por lo que aparentaba, era incapaz de hablar.

—¿Eso es un sí o un no? —insistió Gadriel.

—Yo… ¿Me lo preguntas a mí?

—Pues claro que te lo pregunto a ti. No soy un monstruo, pese a que puede que no te dé esa sensación mientras estemos entrenando. Como te dije y como has podido comprobar, no va a ser una tarea agradable. ¿Me permitirás ayudarte a descubrir tus dones?

Gadriel le ofreció otra sonrisa torcida, pero Amaris no se la devolvió. Su tono jocoso le sonaba hueco, así que levantó un solo hombro con poca convicción y sin prestarse a mirarlo a los ojos. Seguía muda por todo lo que estaba sucediendo entre ellos.

—Necesito que me respondas con palabras.

Amaris permaneció allí, conmocionada, mientras las estrellas comenzaban a plagar el cielo. Era difícil saber cuánto tiempo pasó antes de que fuese capaz de encontrar su voz.

—Sí —dijo al fin; su mente y su cuerpo daban vueltas a kilómetros de distancia—. Supongo que me vendrán bien si me permiten recuperarme de un cuello roto y me convierten en una muerta viviente. Pero, Gad, es un poder horrible y te equivocas: sí que eres un monstruo. No te di expresamente permiso cuando me dijiste que me ibas a echar las manos al cuello.

—Eso fue porque no tenía ninguna intención de hacerte daño.

—¿Qué forma tenía yo de saber eso?

—Ninguna, pero soy muy buen actor.

—¿Se supone que saber que mentir se te da de miedo debería hacerme sentir mejor?

—Amaris…

—Nunca me llamas por mi nombre cuando vas a decir algo bueno.

Su rostro se sumió en una expresión disgustada.

—Mira, solo trataba de provocarte porque insististe en que te mostrara mis dones. No es un poder cómodo y no lo uso a la ligera. ¿Me habrías creído si te hubiese dicho que puedo recuperarme tras un intento de asesinato? ¿Que partirme la columna no tiene ningún efecto en mí? ¿Habrías confiado en mi palabra?

Ella consideró sus preguntas antes de contestar. Su confianza en él iba y venía, quizá porque era distinto a cualquier otra persona que hubiese conocido en su vida. Cada vez que dudaba de él, Gadriel le demostraba que era un hombre de fiar. Amaris no entendía a los seres feéricos de Raascot, la vida militar o la mitad de las decisiones que tomaba Gadriel, pero todavía no la había defraudado nunca.

Amaris recordaba como si fuera ayer la sinceridad con la que el ser feérico la había mirado al ofrecerle la mano en la Torre de Artes Mágicas.

«Salta y confía en que yo te cogeré».

Había puesto su vida en manos de Gadriel y él no le había fallado.

Aun así, las palabras del ag'imni habían despertado en ella una incertidumbre que la reconcomía por dentro. Sentía el escepticismo a flor de piel desde que se toparon con él.

—Ningún otro ser feérico tiene ese don —terminó por decir.

—Yo sí. Y tú hiciste justo lo que debías. A ver, entiendo que no eras del todo consciente de lo que estabas pidiendo, pero exigiste saberlo. Repetidas veces. No tenía ninguna intención de hacerte daño, pero supuse que no le darías a mi cuello el empujoncito necesario sin estar dispuesta a pelear.

—¿Me dejaste ganar?

—Sí y no. Desde luego, no me rendí sin luchar. Me gusta enfrentarme a un buen reto de vez en cuando.

—Estás como una puta cabra.

Él sonrió con suficiencia.

—No eres la primera en pensarlo. Además, tengo razones de sobra para no ir hablándole a todo el mundo de mi don. Me ha salvado el cuello un par de veces. —Su mirada centelleó ante el chiste macabro.

Cuando Gadriel se rio para sus adentros, complacido por su propio humor, Amaris vio el destello de sus dientes y se fijó con especial atención en la discreta punta de sus colmillos.

—No tiene gracia.

—Discrepo.

Por lo que habían hablado, Amaris sabía que, a menudo, Gadriel sentía sobre sus hombros el peso de la razón por la que los reinos habían obligado a los suyos a desplazarse más allá de las fronteras. Los poderes oscuros como el suyo eran justo lo que los habitantes de Farehold temían. Estaba convencida de que una parte de él desearía no haberle mostrado su don, pero ya no había vuelta atrás.

—¿Y en la universidad? ¿Con el ag'drurath? —Gadriel la miró sin comprender la pregunta fragmentada de Amaris—. ¿Te habrías recuperado? Cuando nos caímos del ag'drurath, ¿saltaste a sabiendas de que te pondrías bien?

El rostro de él adoptó una expresión reflexiva.

—No, creo que no habría salido ileso. Desde luego, no salté con esa posibilidad en mente, aunque quizá podríamos haber tenido suerte. En ese caso, el problema fue que había perdido demasiada sangre y solo la diosa sabe si tuve alguna hemorragia interna. Era algo mucho más grave que un par de huesos o tejidos rotos. Lo creas o no, te debo la vida por salvarme aquella vez. Aunque supongo que, ahora que me acabas de matar, ya estamos en paz. En fin, ¿salimos ya?

—¿Vamos a hacer como si no hubiese pasado nada?

—¿Qué? ¿Prefieres olvidar que puedo darte calor en el aire o que he demostrado que nunca te haría nada sin la posibilidad de curarte inmediatamente después?

Una vez dicho eso, Gadriel cogió a Amaris en brazos antes de que tuviese oportunidad de contestar y la sujetó por la espalda y la parte de atrás de las rodillas al prepararse para echar a volar. Teniendo en cuenta la distancia a la que se encontraban las montañas, ese sería su penúltimo día de viaje por Farehold.

—Recuerda, brujilla: «nival». Pronuncia esa palabra y pararemos sí o sí.

Gadriel despegó y se sumergió en la noche con las alas desplegadas, como un enorme pájaro negro, en dirección al este, rumbo a Raascot.

30

Gadriel no quería bajar a tierra. Se debatió contra lo que fuera que lo obligaba a mantenerse en el aire. No era propio de él retrasar lo inevitable, pero la reticencia a detenerse lo ataba al cielo como si constituyeran unos grilletes.

Nada estaba saliendo tal y como él había esperado, pero, pensándolo fríamente, era algo lógico.

El azote del viento apenas le permitía comunicarse con Amaris y el silencio era un alivio que agradecían después de lo ocurrido. El aire hacía que el pelo de Amaris se le metiese en la cara de vez en cuando, pero tampoco le importó demasiado. Siempre que eso ocurría, se veía embargado por el mismo aroma que había percibido cada vez que habían volado juntos. Gadriel se preguntó si alguien le había dicho a la joven en alguna ocasión que olía a enebro. Era una fragancia que le recordaba al invierno en los bosques que se extendían más allá de Gwydir. Era el aroma de su hogar.

La noche despejada estaba decorada con estrellas blancas y brillantes, pero fue incapaz de disfrutar de la imagen del cielo. Nada le resultaba sencillo en aquella situación. Con frecuencia, Amaris se mostraba disgustada con él y era muy probable que la joven no fuese consciente de que Gadriel se merecía ese trato mucho más de lo que ella pensaba. No era lo que él querría, pero la reacción de la chica estaba justificada. Estaba seguro de que la situación empeoraría antes de remontar.

En cuanto a Amaris le empezaron a castañetear los dientes, Gadriel aumentó su temperatura corporal con la luz que ardía en su interior. Era complicado encontrar el punto medio entre calentarla y abrasarla, pero Amaris dejó de temblar al poco tiempo. Después de todo lo que habían hablado, ahora estaba seguro de que la chica sabía de sobra a quién debía darle las gracias por el calor.

A medida que en el cielo empezaron a aparecer los primeros tonos de gris, la silueta de unas escarpadas montañas se recortó en el horizonte. No había nada como la sensación de regresar a casa tras un largo viaje. Ver la cordillera Raasay era como aplicar una capa de ungüento sobre una herida. Sin embargó, a pesar de lo emocionado que estaba por regresar a su reino, un molesto temor lo atenazaba. Solo necesitaron una noche más de viaje para llegar a la frontera con Raascot. Gadriel ya no tenía que vivir con el miedo de que lo considerasen un ag'imni.

Tenía que descender. Se estaba haciendo de día y ya llevaba demasiado tiempo en el aire. No podía seguir retrasándolo. Encontró un lugar entre los árboles con suficiente espacio para que pudiese maniobrar con cuidado hasta tocar el suelo del bosque.

Disimuló una mueca afligida y se esforzó por mantener una expresión neutral mientras batía las alas con rapidez hasta posar los pies en el suelo. Amaris no acostumbraba a remolonear una vez que tocaban tierra. Siempre lo apartaba con un empujoncito para poner distancia entre ellos tan pronto como podía. No se mostraba particularmente agradecida por volar o mantener el calor, pero, al fin y al cabo, ella no había pedido acabar en semejante situación. Samael le había encargado a Amaris que consiguiese una audiencia con Moirai, no que se uniese a Raascot en la batalla contra el sur. Comprender el miedo y la frustración de la chica no le ponía las cosas más fáciles. En fin, pensó. Si Amaris ya lo odiaba de por sí, su opinión sobre él no podría ir demasiado a peor.

Aun así, no le apetecía nada lo que estaba a punto de hacer. Bueno, quizá un poco sí.

Una pequeña y vengativa parte de él disfrutaría del espectáculo. Al fin y al cabo, Amaris le había roto el cuello. Se las arreglaría de sobra ella sola. Joder, incluso cabía la posibilidad de que odiase y disfrutase la experiencia a partes iguales. Desde luego, todo sería más entretenido si la reever mostraba ciertas inclinaciones. Era un monstruito de lo más peculiar. De hecho, hubo veces en que creyó que...

Amaris ya estaba de espaldas a él. Se había ceñido la capa bien al cuerpo pese a que no hacía demasiado frío. Se había enroscado sobre sí misma hasta hacerse un pequeño ovillo después de rechazar la comida que le había ofrecido Gadriel, al preferir echarse a dormir cuanto antes. Le frustraba pensar en la cantidad de veces que ella había preferido no comer por pura cabezonería. Si él no se la hubiera ofrecido, seguro que ella habría cogido una hogaza de pan sin decir nada. Pero era demasiado obstinada y orgullosa como para aceptar la mano que le daba de comer... literalmente.

Gadriel entornó los ojos ligeramente antes de devolver el pan a la bolsa. De acuerdo, quizá lo disfrutaría un poco más de lo que debería.

Como ya casi era de día, le dijo a Amaris que, si ella se iba a dormir, él montaría la primera guardia. Era consciente de que la chica no había estado durmiendo bien durante el día. Viajar de noche y dormir con el calor del día no era plato de buen gusto, sobre todo para quienes no estaban acostumbrados a ello. Él había tenido siglos de práctica. Amaris aceptó sin pronunciar palabra y puso tanto espacio entre ellos como le fue posible antes de acostarse. Gadriel se apoyó contra un árbol y contempló el amanecer, apreciando los rayos dorados que recorrían el bosque.

La cálida luz solar inundó los alrededores y tiñó el cielo de un bonito color azul. Pese a que el sol brillaba con alegría, se encontraban lo suficientemente al norte como para que el suelo no llegase a calentarse tanto como en el sur del reino. El sueño pronto vencería a Amaris. Se suponía que Gadriel debía vigilar el bosque, pero centró toda su atención en el pequeño bulto que había rodado hasta tumbarse de costado. Unos mechones plateados tan finos como el hilo se le habían escapado de la capucha con la que se cubría la cabeza. El cuerpo de Amaris se movía de forma casi imperceptible cada vez que su pecho subía y bajaba con cada respiración. Parecía diminuta, demasiado vulnerable para la tarea que el mundo le había encomendado.

El momento había llegado. Se había quedado dormida.

Le parecía cruel que la Madre Universal hubiese escogido a una persona tan pequeña para que llevase a cabo una misión tan grande. Aunque destacase en el campo de combate, Amaris necesitaría disponer de hasta la última gota de su fuerza. Por el bien de todos, esperaba con ahínco que albergase otras habilidades dentro de ese diminuto recipiente iluminado por la luna.

Algunas cosas eran inevitables. Si querían alcanzar Raascot al día siguiente, no había tiempo que perder.

Gadriel se despojó despacio de sus armas y, sin hacer ruido, las dejó en el suelo, al lado de donde estaba sentado. Sin perder un segundo, se puso de pie en absoluto silencio. Paso a paso, se fue acercando a hurtadillas a la joven. Amaris no se despertó; estaba tan profundamente dormida que yacía muerta para el mundo. El día era alegre y apacible. Los pájaros trinaban en la lejanía, pero no cantaban tan alto como para despertarla del tan necesitado periodo de inconsciencia. El viento no soplaba entre los árboles y el sol no calentaba lo suficiente como para perturbar su sueño, puesto que se había quedado dormida a la sombra, bajo las copas de los árboles.

Gadriel había dado cada paso con deliberación; se movía tan sigiloso como un gato. Amaris tenía que permanecer dormida hasta que fuese demasiado tarde. El ser feérico levantó un pie con cuidado y lo apoyó al otro lado del cuerpo de la joven, para que su cuerpo dormido quedase atrapado debajo del suyo.

Las suaves líneas marfileñas del perfil de Amaris se asomaron bajo la capucha. Gadriel veía la delicada curva de su frente allí donde daba paso al puente de su nariz y la siguió con la mirada hasta alcanzar sus labios rosados y la cumbre de su barbilla. Era consciente de la blancura de sus facciones, pero siempre se sorprendía al fijarse en lo espesas que eran sus níveas pestañas, ya fuese cuando le gritaba desde el otro lado de una habitación o cuando intentaba romperle el cuello en el bosque. Tratando de moverse sin hacer el menor ruido, Gadriel extendió las manos y se preparó para estrangularla.

31

Pánico.

Una avalancha había embestido a Amaris.

El dolor le atravesó el cuerpo y el pánico la atenazó. Cada célula, cada tendón, cada hueso, cada una de las yemas de los dedos, cada dedo del pie, cada articulación, cada músculo y cada fibra de su ser se despertaron con un sobresalto. La estaban aplastando. La estaban ahogando. Estaba atrapada. Amaris pataleaba, se sacudía, presa de la confusión. Abrió los ojos de golpe mientras buscaba la pesadilla que la tenía presa. Al no comprender lo que sucedía, estaba tan desencajada, tan desatada, que se debatió con uñas y dientes contra los grilletes que le constreñían el cuello mucho antes de comprender lo que estaba sucediendo.

Una descarga de adrenalina la embargó con semejante intensidad que casi podía saborearla en la lengua, como el cobre al rojo vivo. Amaris le clavó las uñas en la piel y dibujó surcos sanguinolentos en sus antebrazos en un intento por alcanzarle el rostro. Luchó por arañarle los ojos, las orejas, cualquier punto débil.

No, no, estaba tardando demasiado.

No había tiempo de elaborar ningún plan. No había tiempo de pensar. Solo le quedaba defenderse.

Gadriel... Era Gadriel.

Estaba colocado sobre ella y, habiéndole rodeado el cuello firmemente con las manos de piel oscura, le presionaba la yugular, de manera que la sangre no le llegase al cerebro. Cerró aún más los dedos alrededor de su cuello y le comprimió la tráquea. Amaris se asfixiaba. Jadeó en busca de aire, pero fue en vano. Golpeó a Gadriel con pies y manos sin un objetivo fijo; trató de asestarle puñetazos, patadas y arañazos mientras se revolvía como un animal con una pata en una trampa. Sentía tanto miedo que era incapaz de recordar su entrenamiento; estaba demasiado aterrada como para acordarse de nada. No contaba con ninguna maniobra de defensa. No disponía de ningún recurso. No tenía nada. Iba a morir mientras contemplaba el alma fría y oscura del general.

¿Cómo podría desarmarlo? ¿Cómo podría liberarse? ¿Cómo? ¡¿Cómo?!

Se le salieron los ojos de las órbitas a causa de la extenuación mientras le arañaba las manos a Gadriel, desesperada por respirar. No conseguía golpearlo con la rodilla. Sus pies no lo alcanzaban. Trató de retorcerse, trató de defenderse, pero notaba la sangre bombeándole en la cabeza y el cuello, sin tener a dónde ir. Se había quedado sin oxígeno. Se había quedado sin riego sanguíneo. Había perdido el acceso a las palabras o a la capacidad de gritar.

El terror era todo cuanto conocía.

Amaris iba a morir.

Un gruñido grave escapó de los labios de Gadriel a medida que la agarraba con más fuerza.

Había llegado el momento.

Amaris retiró las uñas de los brazos del general y trazó unas líneas sangrientas por su rostro al hundirle las garras en la mejilla. Le clavó los dedos en los ojos, le tiró de las orejas con lo que esperaba que fuese la fuerza suficiente como para arrancárselas de la cabeza al pillarlo con la guardia baja. De alguna manera, sentía que habían pasado escasos segundos, pero también días, semanas y meses de golpe. Lanzó patadas al aire una vez más, pero fue incapaz de dar con el delicado espacio que se abría entre las piernas del ser feérico. No iba a terminar nunca. Así abandonaría esta tierra. En sus últimos momentos, se sentiría dolorida, asustada, traicionada y sofocada por la conmoción.

En un hercúleo arrebato de fuerza y desesperación, Amaris apretó los puños y descargó sendos puñetazos a ambos lados de su cuerpo con la esperanza de impulsarse para adoptar una nueva postura.

Se desató una explosión.

El mundo se sacudió bajo su cuerpo.

Un estallido sónico atravesó el bosque cuando los puños de la chica impactaron contra el suelo. La fuerza invisible compuesta por viento, sonido y arietes colisionó con el pecho de su enemigo alado y lo lanzó lejos de ella, arrastrado como si no fuera más que un trozo de madera en medio de un maremoto. Los mismísimos troncos del bosque se inclinaron en respuesta a ese poder desmedido, de manera que la corteza, las ramas y la tierra se agitaron alrededor del epicentro en que Amaris se había convertido. La onda expansiva seguía sacudiendo los árboles que los rodeaban; las hojas temblaron y las ramas entrechocaron a raíz del impacto.

Los pájaros echaron a volar entre graznidos y protestas, atravesaron las copas de los árboles y buscaron la seguridad de los cielos en una densa nube de gorriones, arrendajos azules, cuervos y petirrojos. Los conejos, las ardillas y todas las criaturas del bosque salieron corriendo de sus madrigueras y de sus escondites en los troncos huecos para escapar de la terrible catástrofe desconocida que se había producido en el centro del bosque.

Aparte de los sobresaltados graznidos de los pájaros, el único sonido que se había oído había sido el golpe seco que acompañó a Gadriel al salir despedido hacia atrás, chocar con el tronco de un roble cercano y quedarse allí, desplomado.

Amaris se incorporó y gateó de espaldas, desesperada por poner tanta distancia entre ella y el villano como fuese capaz.

Buscó su espada sin mirar mientras trataba de llenarse los pulmones de aire. Tenía la garganta muy dolorida. Sentía el pecho vacío. Extendió la mano sin moverse del sitio y notó el tacto del acero. Cerró los dedos alrededor de la empuñadura de la espada y la atrajo hacia sí para seguir luchado por su vida. Sabía que tenía que ponerse en pie, echar a correr, pero necesitaba recuperar el aliento. Necesitaba un plan.

Gadriel se sentó a duras penas contra el tronco con el que había chocado. No se movió, pero apoyó los codos sobre las rodillas y sonrió de oreja a oreja con orgullo.

—¡Has estado espectacular!

Amaris permaneció en posición defensiva. El miedo y la furia le irritaron los brazos allí donde los dedos de la muerte, como líquidos zarcillos de humo, la agarraban.

Gadriel estaba entusiasmado.

—¡Es la primera vez que veo una onda expansiva! ¡Nunca había oído hablar de este don! Es impresionante, muy impresionante, Amaris. Apuesto a que no sabías que podías hacer eso.

A medida que él hablaba, Amaris fue aflojando los dedos con los que sostenía la empuñadura de la espada. Notó como la bilis abandonaba su estómago y trazaba un ardiente camino por su dolorida garganta. Se dio la vuelta y vomitó los pocos restos de comida que le quedaban en el estómago, a pesar de que el ácido que cayó sobre el suelo del bosque se conformaba principalmente de líquido y bilis. Sintió que el acre sabor amargo del vómito le quemaba la garganta magullada. Le dolía todo el cuerpo a medida que se le contraía el abdomen.

Gadriel, que hasta ese momento había estado recuperándose del impacto, se levantó y se acercó a Amaris para ofrecerle el odre de agua, pero ella se arrastró lejos de él, como un animal herido que se agazapa en una esquina de su jaula.

—Tranquila, reever. ¿Estás bien? —Sus cejas adoptaron una expresión mucho más preocupada de lo que Amaris alcanzaba a comprender.

El día anterior, Gadriel le había demostrado que nadie podía arrebatarle la vida. Ahora, le había dejado claro que era él quien se la arrebataría a los demás.

—Para —trató de decir Amaris. Extendió el brazo con la palma de la mano en vertical ante ella. Sus palabras sonaron como un graznido y apenas alcanzaron a abandonar sus labios.

Gadriel sacudió el odre con un movimiento un poco más insistente y sin dejar de ofrecérselo. Su rostro se crispó con lo que parecía ser nerviosismo mientras la miraba.

—Válgame la diosa, ¿en serio? ¡Nival, bruja! ¡Nival! ¡Ni siquiera has intentado decir la palabra de seguridad! Además, ayer me diste tu consentimiento expreso incluso antes de considerar qué ejercicios te ayudarían a desbloquear tus poderes. Si quieres parar, tienes que decirlo.

Amaris parpadeó desde su posición en el suelo, medio apoyada sobre los codos allí donde había retrocedido. Era consciente de que Gadriel le estaba hablando, pero tenía la sensación de tener las orejas llenas de algodón. Pelear contra Gadriel no se parecía en nada a los entrenamientos con los reevers, donde sabía que todos se consideraban iguales. Tampoco era como luchar contra el ag'drurath, puesto que este no era malvado, sino una criatura que se comportaba de la única forma que sabía. Convivir con Gadriel y pelear con él no tenía nada que ver con las situaciones para las que su entrenamiento la había preparado. Amaris no entendía al ser feérico y tampoco sabía si debería confiar en él.

Gadriel le ofreció una media sonrisa torcida a modo de disculpa.

—Toma. Límpiate la boca.

La chica rechazó su oferta y tuvo la sensación de estar hecha de hielo y granito.

Él agachó la cabeza como para hacerle saber que aceptaba su decisión y dejó el odre en el suelo antes de dar unos cuantos pasos hacia atrás, con las palmas extendidas para demostrar que no tenía intención de hacerle daño. Amaris permaneció con la mirada desencajada mientras trataba de recuperar el aliento a duras penas entre jadeos erráticos. Hacía un día demasiado bueno, demasiado despejado, espléndido y brillante para la atrocidad que acababa de tener lugar. Amaris se llevó la mano a la garganta para palpar las zonas doloridas que le había dejado Gadriel tras intentar asfixiarla; él, por su parte, sacó un frasquito marrón de la bolsa.

—Voy a acercarme a ti.

Amaris sacudió la cabeza mientras lo miraba desde el suelo, y se hizo daño al moverse.

Gadriel suspiró e ignoró las silenciosas protestas de la chica para ir a ayudarla, lo quisiese o no.

—Para. No pienso dejarte ahí sufriendo solo porque seas demasiado orgullosa como para aceptar mi ayuda —murmuró más para sus adentros que para Amaris—. Los cardenales desaparecerán enseguida. Tenemos tónico de sobra.

Amaris ni siquiera pudo protestar. Era incapaz de creer lo que Gadriel le había hecho. Nunca había sido su amigo. Una cosa era que pudiese haber estado aprovechándose de ella para favorecer los planes secretos del norte, pero ¿tratar de asesinarla mientras dormía? A Amaris le dolían todos y cada uno de los músculos de la espalda y los hombros por estar en tensión; se negaba a relajarse. El corazón le latía como si palpitase al ritmo de un tambor descontrolado.

—Oye, al menos no te tiré desde un precipicio.

Justo entonces, el algodón desapareció de sus oídos. Entreabrió los labios al comprender por fin de qué estaba hablando Gadriel.

—¿Ha sido una prueba? ¿Estabas…? ¿El ataque ha sido… un ejercicio de entrenamiento? —Amaris trató de hablar, pero tenía la garganta tan magullada, tan dolorida, que apenas consiguió proferir más que un carraspeo.

Gadriel se estremeció al oír lo ronca que tenía la voz. Amaris estaba demasiado conmocionada como para resistirse cuando el ser feérico la ayudó a sentarse.

—Estoy tratando de ayudarte, Amaris —musitó—. Nunca he dejado de hacerlo. Ahora, estate quieta.

Se mostró extremadamente delicado pese a que sujetaba a Amaris con la fuerza necesaria para que no se debatiera. Le acunó la nuca con una de sus enormes manos para sostenerle la cabeza con cuidado y verterle un poco de agua en la boca. Amaris se estremeció ante el dolor que le produjo el esfuerzo de tragar. Después, Gadriel le acercó el tónico a los labios y la obligó a beber la mitad del contenido del frasco. Le quemó la garganta a su paso, pero sintió el efecto sanador de la medicina a medida que la reconstruía por dentro con sus aguas terapéuticas. El tónico alivió la inflamación que había amenazado con obstruirle las vías respiratorias por completo.

Amaris volvió a tragar saliva y descubrió que, esta vez, fluía con más facilidad por su garganta. Volvió a intentar alejarse, pero Gadriel no apartó la mano, amable y tranquilizadora, de su nuca. La sonrisa orgullosa había abandonado los labios del ser feérico, pero habló con tono compasivo al entender cómo se sentía Amaris:

—No era mi intención hacerte daño, bruja —explicó en voz baja tratando de tranquilizarla—. Hice lo que un general haría para entrenar a sus tropas... Creía que habías accedido a ello. Si hubieses sido capaz de recobrar la calma y haber mantenido el miedo a raya, podrías haberme parado con la palabra de seguridad, incluso aunque la hubieses articulado sin proferir sonido alguno. No puedes permitir que el miedo te consuma en el momento menos oportuno, Amaris; de lo contrario, no importará de qué dones dispongas.

Amaris lo miró boquiabierta durante unos buenos instantes y sintió como el odio explotaba allí donde hubiese estado contenido en su interior.

—Yo no soy uno de tus soldados, demonio.

A pesar de que no había demasiado espacio entre ellos, Amaris se las arregló para levantar la mano y trazar el rápido y punzante arco de una única y poderosa bofetada.

Le dejó una marca roja con la forma de su mano en la mejilla. El sonoro y nítido sonido del impacto pendió entre ellos.

Una densa tensión que repiqueteó como una campana acompañó al eco del golpe. Amaris no sabría decir si había empeorado considerablemente la situación al provocar al monstruo. Gadriel le dedicó un sutil gesto de advertencia cuando la miró a los ojos. Una vez pasado el momento, quedó claro que Amaris no iba a sufrir represalias.

Con cuidado, Gadriel le soltó la nuca y dio un par de pasos hacia atrás hasta alcanzar el extremo opuesto del campamento. Amaris se alejó todavía más y se sintió aliviada cuando Gadriel respetó que necesitara espacio. Era evidente que no estaba nada contento con la forma en que Amaris había reaccionado. Le había dicho expresamente que quería aprender. Había aceptado entrenarse. Contaba con una palabra mágica con la que pararlo todo. Lo que más parecía molestarle a Gadriel era que Amaris no hubiese intentado utilizar la palabra, como si ella no creyera que él fuese a parar, como si ella no confiara en él en absoluto.

—Ódiame todo lo que quieras, pero entenderás mis motivos con el tiempo. No volveré a tocarte.

—Eres un sádico.

—Cierto, pero eso no tiene nada que ver con lo que acaba de ocurrir.

—¿Cómo puedes decir eso?

—Después de la conversación de ayer, creía que estábamos de acuerdo. —Gadriel sonó tan confundido como decepcionado—. El miedo puede llegar a ser una herramienta de lo más útil a la hora de revelar nuevos dones y, desde luego, ha surtido un clarísimo efecto contigo hoy. Así es como todos los seres feéricos aprenden en el norte. El factor sorpresa es un arma incomparable.

Amaris permaneció en completo silencio.

Una imperceptible expresión afligida cruzó el rostro de Gadriel, que bajó la voz como si estuviese hablando con un animal herido.

—¿Qué necesitas?

Ahora que el tónico le había calmado la garganta, fue capaz de sacudir la cabeza de nuevo.

—¿Cómo que qué necesito?

—Quiero decir de mí. ¿Qué tengo que hacer para que te sientas a salvo?

—¿Cómo puedes preguntar eso? Acabas de intentar matarme.

Era evidente que Gadriel empezaba a sentirse frustrado.

—No fue así. Te ayudé a acceder a una fuente de poder..., a *tu* poder. Pero eso fue antes y, ahora que estamos aquí, me miras como si temieses que fuese a abrirte en canal en cuanto bajes la guardia. Ahora, para actuar como es debido, te lo voy a preguntar: ¿qué te haría sentirte más segura en este instante? ¿Quieres que deje las armas en otro lado? ¿Quieres que te explique el entrenamiento paso a paso? ¿Quieres que acampe en otro sitio?

—No me puedo creer que me estés preguntado todo eso. Nada. No quiero saber nada de ti. No puedes hacer nada para remediar la situación.

El rostro de Gadriel se suavizó hasta adoptar una expresión dulce que Amaris nunca había visto en él. El ser feérico habló con voz queda:

—Lo siento. Tengo la sensación de que últimamente no paro de meter la pata contigo. Es preferible que la tropa odie a su general a que muera en la batalla porque su superior les ha mimado y ha sido blando con el entrenamiento.

—Yo no formo parte de tu tropa —replicó ella en un gélido susurro.

Sus palabras pusieron un rotundo punto final a la conversación.

Tras un largo e ininterrumpido silencio, Gadriel le dio a Amaris el espacio y la tranquilidad que ella quería. Se fue a apagar el fuego y, después de un rato, se tumbó sobre el costado, dándole la espalda tanto al humo de las brasas como a la chica.

Amaris se quedó sentada donde estaba, sosteniendo el arma con holgura. Al palparse el cuello, ya no notó el dolor de las lesiones que había sentido hacía apenas unos momentos. La traición de Gadriel hizo que se encendiera, que un fuego ardiese en lo más profundo de su ser. Recordó lo mucho que había confiado en él en la torre, cómo había dejado su vida en manos del ser feérico. Pensó en la forma en que Gadriel la había mirado cuando se cernió sobre ella, con las manos alrededor de su delgado cuello, a un ligero apretón de arrebatarle su último aliento.

Entonces la mente de Amaris se desvió hacia la onda expansiva que había hecho que Gadriel saliese despedido. Su poder fue tan desmedido que hizo que los árboles se sacudieran a su paso por el bosque. La onda expansiva y su correspondiente potencia habían brotado de su interior. Formaban parte de ella. Amaris poseía la habilidad necesaria para sacudir la mismísima superficie del mundo. Había convertido el aire que la rodeaba en un arma y había lanzado a Gadriel lejos de ella.

Tenía el poder de doblegar los terremotos.

Si Amaris se odiaba a sí misma por algo, era por la incomodidad que la carcomía ante la terrible sensación que le nacía en el impúdico lugar donde sus muslos se encontraban. Pensó en lo petulante que se había mostrado Gadriel al quitarle hierro al asunto, como si todo se redujese a que Amaris no había pronunciado la palabra de seguridad. Recordó la forma en que Gadriel le había acunado la cabeza mientras vertía el tónico curativo entre sus labios. Todavía sentía los lánguidos círculos que había trazado sobre su palma, sobre su muñeca, sobre su rostro. No importaba cuántas veces la hiriera, siempre se aseguraba de cuidarla después. Fue incapaz de frenar el calor que la inundaba al pensar en su fuerza, en lo imponente que se había mostrado al cernirse sobre ella y en la sensación que la había invadido cuando Gadriel le había rodeado el delicado cuello con los dedos y su vida había dependido, literalmente, de él. Y, en lo más profundo de su ser, sabía con certeza que quería que volviese a ocurrir… Eso era lo que más rechazo le provocaba.

✦

Las nubes decoraban el cielo en las últimas horas de luz. No había una bonita puesta de sol dorada cuando Gadriel se despertó. En cuanto Amaris lo miró, supo que él apenas había descansado. Tenía los ojos rojos y los párpados amoratados por la falta de sueño. Amaris se preguntó si se habría limitado a quedarse allí tumbado, dándole la espalda, durante casi ocho horas.

Amaris se las había arreglado para quedarse dormida, aunque había tardado un rato en conseguirlo. La conmoción, la ira y el odio habían consumido gran parte de su energía. Una vez que la cólera había remitido, el instinto de supervivencia que albergaba en su interior le había recordado que, independientemente de lo que le hubiese dicho a Gadriel, ella estaría bien. El agotamiento la había arrullado hasta hacer que cayese dormida.

Gadriel había empezado a atarse las armas al cuerpo cuando Amaris sacó dos hogazas integrales y le ofreció una. Él aceptó la ofrenda de pan duro con el ceño fruncido y le dio unas cuantas vueltas en las manos.

—En cuanto a lo de antes…

Amaris lo interrumpió.

—Me estabas entrenando. Tú mismo lo dijiste: había aceptado tu oferta explícitamente.

—Lo sé, pero… —La voz de Gadriel estaba cargada de una emoción que Amaris no supo descifrar—. Quienes nos criamos en Raascot somos muy conscientes de lo que nos espera cuando llegamos a los campos de entrenamiento. No sabemos todos los detalles sobre cómo se desarrollará nuestra educación de manera individual, claro, pero todos nuestros primos, hermanos, padres y amigos nos cuentan que les lanzaron cuchillos a escasos centímetros de la cabeza, que les obligaron a permanecer sumergidos en agua helada hasta que creyeron estar a punto de ahogarse o que los encerraron en una habitación con un barril lleno de serpientes venenosas. Tú no has crecido con esas anécdotas. Ni siquiera estuviste en contacto con los seres feéricos, la magia o cualquier aspecto de nuestra cultura cuando eras pequeña. Mi intención era asustarte y pillarte con la guardia baja y eso fue exactamente lo que conseguí. Tú, por tu parte, debías luchar por tu vida y así lo hiciste. Sin embargo, sé que para ti no es lo mismo.

Amaris cerró los ojos. Aquel fue el mismo razonamiento que había aflorado en su mente cuando la ira se mitigó. Era consciente de lo que conllevaba entrenar. Había estado dispuesta a aceptar las exigencias del ejercicio. Había terminado por asumir que, para progresar, había que rendirse ante el sufrimiento.

—Es lo mismo.

—No, no lo es. No debería haberte hecho sentirte en peligro estando conmigo. De haber estado con uno de mis hombres, habría dado igual qué medidas hubiese tomado o hasta qué extremos hubiese llevado el entrenamiento, puesto que, independientemente del miedo que hubiesen sentido o de la gravedad de la situación, él habría sabido que yo soy un aliado…, no un enemigo. Debes comprender que tú eres quien tiene el verdadero control sobre el entrenamiento. Puedes pedirme que pare en cualquier momento.

—Lo sé, Gad, y yo quiero seguir adelante. Quería… Quiero que me entrenes. —Amaris se negó a considerar las otras razones mucho más confusas por las que no quería parar. No alcanzaba a comprender por qué Gadriel se esforzaba tanto en asegurarse de que Amaris se sentía a salvo y tranquila con él. Valoraba lo protector que se mostraba con ella. Adoraba y detestaba la fortaleza de Gadriel a partes iguales. Quizá eran esas emociones tan complejas las que debía reprimir, al igual que hacía con todas aquellas sensaciones que le resultaban demasiado incómodas como para detenerse a valorarlas. Por el momento, el principal objetivo era acceder a sus dones.

—Amaris… —Gadriel pronunció su nombre con lentitud—, me pregunto desde el día en que nos conocimos si eres consciente de que no soy tu enemigo.

Ahí estaba otra vez. Su nombre. Amaris se mordió el labio y arrancó cachitos de corteza dura de su hogaza de pan, lo que le ofreció una cierta distracción.

—Sé que yo no soy tu enemiga. Solo alguien con quien luchaste en Aubade.

Las cejas de Gadriel se encontraron mientras la miraba. Sus ojos se ensombrecieron mientras empujaban a Amaris a explicarle lo que quería decir. Su mirada pareció moverse como si leyese un texto mientras trataba de hacer memoria. Amaris identificó el momento exacto en que encontró el recuerdo que andaba buscando.

—¿Te refieres a lo de los maestros? ¿En el edificio de Sanación?

Ella siguió jugueteando con la corteza del pan.

—Cuando te preguntaron qué relación tenías conmigo, dijiste que yo era alguien con quien luchaste en Aubade.

Gadriel asintió lentamente y dio un indeciso paso adelante. Amaris no rehuyó de él. Se había visto afectada por aquel recuerdo, así como por lo tonta que se había sentido ante la reacción que su comentario había despertado en ella. Su mente le había recordado cómo se había acurrucado al lado del ser feérico en el bosque. Recordó la desesperación con la que le había rogado al sanador que lo salvase y al resto de los maestros que lo liberasen. Entonces pensó en la forma en que Gadriel la había engañado para obligarla a vivir la pesadilla de tener que romperle el cuello para que luego él le devolviese el favor estrangulándola.

—Ya sé lo que yo significo para ti y lo entiendo. En serio. Estaba enfadada... Incluso, por un instante, mientras asimilaba todo lo ocurrido, llegué a estar asustada. Fue frustrante. Pero he terminado por aceptar la realidad y lo entiendo. Soy un recurso increíblemente valioso para Raascot. Ya no te guardo rencor por hacer lo que debías para ayudar a tu pueblo.

Amaris habló con intención de demostrar que empatizaba con su situación. Había asumido la realidad.

Volvió a intentarlo:

—También entiendo por qué es importante que consiga acceder a mis poderes. Si la idea es que os ayude tanto a ti como a tu rey, necesitas que alcance mi verdadero potencial. Quiero que repitamos lo de antes. O sea, quiero que me ayudes a entrenar —se corrigió.

El rostro de Gadriel demostraba que se había quedado sin palabras. Se pasó una mano por el pelo mientras sacudía la cabeza con suavidad, pero no fue capaz de responder. Solo consiguió pronunciar su nombre, «Amaris», como si con eso bastase para rebatir las palabras de la joven y dejarle clara su posición, aunque no podría estar más lejos de la realidad. Una vez que se hizo evidente que ninguno de los dos iba a añadir nada más, Gadriel la tomó entre sus brazos para partir hacia las montañas, pero, antes de alzar el vuelo, dijo:

—Eres mucho más que alguien con quien luché en Aubade.

32

Nox se estaba ahogando en oro, joyas y sedas. Le costaba respirar por culpa de las sofocantes nubes de perfume y arreglos florales. Tras la cena, varios miembros del personal acudieron a su dormitorio con regalos entre los que había vestidos hechos a mano, artículos de joyería a medida y un ramo de flores cuyo aroma le revolvió el estómago. Este último iba acompañado de una carta de amor de tres páginas que giraba en torno a sus pechos, aunque había incluido un par de menciones especiales a sus cabellos, sus ojos y los dedos de sus pies. Nox les había dado las gracias a los empleados del duque, pero les informó de que no podría viajar con tales lujos cuando sus amigos y ella se marchasen de Henares. No obstante, si el duque estaba tan dispuesto a gastarse su dinero en ella, Nox no se negaría a aceptar un par de camisas nuevas y unos pantalones de montar a medida. En menos de una hora, le enviaron a una modista para que le tomara las medidas. También pidió que preparase unas cuantas camisas y pantalones para los reevers. La mujer, que, sin duda, tenía órdenes de hacer todo cuanto Nox le pidiera, se prestó enseguida a cumplir con sus exigencias.

—¡Espera! —le pidió Nox a la modista.

—¿Sí? —La mujer se dio la vuelta, con el rostro teñido de preocupación.

—Llévate un par de cosas. ¿Te ha gustado algo? ¿Los collares? ¿Los vestidos?

—No podría aceptar, señorita…

—No hace falta que me trates con tanta formalidad, pero si no sales de esta habitación con tres objetos, como mínimo, me lo tomaré como un insulto personal. Necesito deshacerme de todo esto. Haz correr la voz entre tus amistades.

Tuvo que insistir un poco más para persuadirla, pero, al final, la modista se fue con un chal de cachemira, un anillo de esmeralda y tres frascos de perfume. Que se llevara esos tres últimos no tuvo tanto que ver con lo que la mujer habría elegido como con lo mucho que Nox necesitaba deshacerse de la abrumadora mezcla de aromas. Abrió las ventanas de par en par, desesperada por escapar de los vapores asfixiantes que desprendían las nocivas muestras de afecto del duque. Otros miembros del servicio continuaron saliendo y entrando de la estancia; algunos traían nuevos regalos y otros retiraban cachivaches de su dormitorio cuando ella se lo pedía.

Mientras los empleados del duque revoloteaban por la habitación, Nox se fijó en que la manzana seguía sobre la mesilla de noche, sin arrugas ni manchas marrones. Dio un calculado paso hacia la mesita para ocultarla tras su cuerpo y sonrió a los miembros del servicio que salían del cuarto. Desearía poder hablar con alguien acerca de lo que pasaba por su mente, pero sabía de sobra qué le dirían Ash y Malik. El duque era tonto como un zapato. No tenía ningún otro amigo o una persona con la que desahogarse. Le vendría de perlas contar con la imparcialidad de un completo desconocido.

Nox se sentó un rato ante el escritorio de su habitación y tamborileó con los dedos sobre la madera. Echaba de menos la música. Lo único que añoraba del Selkie eran las dulces melodías del laudista que flotaban hasta sus oídos desde el salón noche tras noche. Nox no se sentía cómoda al tener al silencio como compañero, puesto que la dejaba a solas con sus pensamientos y ella nunca había sido muy dada a disfrutar de la compañía de su propia mente.

Le vino una idea a la cabeza, aunque no sabía decir hasta qué punto era una tontería o una genialidad. Se mordisqueó el labio y movió un pie de arriba abajo mientras consideraba las posibles consecuencias. No había vuelto a tocar ninguno de los objetos encantados desde que el reloj de bolsillo los había devuelto con éxito al camino principal desde el templo de la Madre Universal. Tomó una honda bocanada de aire y decidió lanzarse a escribir a su amigo por correspondencia fantasma.

Nox sacó la intrincada pluma negra de su bolsa y colocó un trozo de pergamino sobre el escritorio, donde habían dispuesto un precioso frasquito de cristal lleno de tinta fresca para quien lo necesitase. El servicio del duque también le había dejado otra pluma mucho más típica, pero había escogido la que traía consigo específicamente por la magia que albergaba.

Dio unos rítmicos golpecitos nerviosos con la pluma sobre el papel antes de escribir una única palabra.

«¿Hola?».

Contempló la hoja durante un rato, pero ninguna respuesta mística acudió a su llamada. Nox no se caracterizaba por ser una persona paciente. Se levantó y dio vueltas por el dormitorio, comprobando el papel cada vez que pasaba por delante del escritorio. Como estuviese mucho más tiempo en esa habitación, la impaciencia y el perfume la asfixiarían.

Se quitó la ropa y pidió que le prepararan un baño.

Nox se sumergió en una nube de burbujas, se frotó el cuerpo hasta quitarse todo rastro del día de encima y se enjabonó y perfumó el cabello con suaves aromas. Necesitaba desintoxicarse de olores florales y almizcles, así que escogió una pastilla de jabón con un sutil aroma a nata y almendras. Su intención había sido descansar en la bañera durante mucho más tiempo, pero, después de haber estado menos de diez minutos a remojo, la curiosidad la obligó a salir del agua.

Pasó del cuarto de baño al dormitorio empapándolo todo a su paso y dejando diminutos lagos de agua jabonosa con cada pisada. Le caía agua del pelo, de los brazos y las piernas, de las puntas de los dedos, pero descubrió que se había acercado al escritorio para nada.

No había ningún mensaje.

Nox se secó con una toalla y se cepilló la larga melena empapada. Se puso uno de los muchos camisones reveladores que el duque le había dejado sin quitarle ojo al pergamino. Siguió observándolo y llegó a comprender por qué tantos clientes del Selkie se abrían en canal con las mujeres que trabajaban en el salón; les hablaban de sus gustos y manías, les ofrecían sus opiniones más controvertidas y les contaban su vida entera. En general, era mucho más sencillo hablar con desconocidos.

Cuando siguió sin obtener respuesta, Nox decidió volver a escribir:

«No sé quién eres, pero me gustaría hablar contigo».

Pasó una eternidad antes de que Nox se diese por vencida, abrumada por una infinidad de excusas cargadas de frustración y una variedad de teorías que iban desde que la pluma gemela se había roto a que su dueño había muerto. Quizá se lo había imaginado la primera vez que hablaron. Quizá aquello nunca ocurrió.

Con un ademán inquieto, escondió lo que quedaba de la manzana en el mismo cajón donde la había guardado la noche en que llegó a Henares. Se arrastró bajo las sábanas y se dispuso a pasar otra mala noche. Ya tenía de por sí un sueño muy ligero, que no hizo sino agravarse por la curiosidad que la reconcomía y no la dejaba tranquila. Se despertó unas cuantas veces a lo largo de la noche y contempló el cielo estrellado a través de la ventana de su dormitorio. Como había luna llena, no tenía forma de saber cuánto tiempo había transcurrido.

Pese a que estaba acostumbrada al insomnio y solía acostarse tarde y despertarse aún más tarde, los cacareos de un gallo la despertaron al amanecer. En una situación normal, Nox habría hecho caso omiso al no considerarlo más que un agradable recordatorio de que todavía le quedaban cinco horas más de sueño, pero, esta vez, los nervios tiraron de ella como si tuviese una cuerda atada al ombligo. Se sentó en la cama y echó un vistazo al escritorio, donde vio que una respuesta había aparecido en el papel con una cuidada caligrafía:

«Llevo cuarenta años sin cambiar de manos y cien años más sin moverme de esta casa. Quien no te conoce a ti soy yo».

Nox se bajó de la cama de un salto y se tropezó con la maraña de mantas que se le habían enredado en las piernas, de manera que chocó con el escritorio movida por la euforia. El estrépito que provocó su frente al impactar con la madera de la mesa fue uno de los únicos sonidos que se oyeron en los silenciosos terrenos de la finca. Ante el dolor agudo del golpe, masculló una grosería y se llevó una mano a lo que seguramente se convertiría en un buen chichón morado sobre la ceja, pero el dolor no acaparó su atención durante mucho tiempo. Solo el gallo y ella estaban despiertos a esas horas. Nox se sentó en la silla y respondió a toda prisa:

«Entonces ¿podemos hablar sobre un tema concreto al arropo del anonimato?».

Contempló el papel con nerviosismo. No sabía cuándo habría escrito el mensaje la otra persona, pero no tenía paciencia como para esperar a que pasase otra hora entera de sueño. Entre lo mal que había dormido y el golpe que se había dado ella sola, notaba cómo un dolor sordo comenzaba a taladrarle la cabeza. Para su tremendo alivio, unas letras negras empezaron a dibujarse en la hoja que tenía ante ella.

«¿De qué quieres hablar?».

Nox casi se atraganta de la emoción. ¿Por dónde podría empezar? Hacía rato que había dejado de valorar si sería prudente confiarle a esa otra persona cualquier dato personal o relevante. Nox quería hablar con alguien y le importaban bien poco las consecuencias.

«Me gustaría plantearte un caso hipotético para que me des tu opinión libre de prejuicios, como un juez imparcial».

La otra persona no dijo nada.

Tras una pausa, Nox continuó escribiendo en el espacio libre tras el mensaje que acababa de dejar:

«Si estuvieses en posesión de una fuente de conocimiento, pero no comprendieses los riesgos asociados a dicho objeto, ¿intentarías obtener respuestas sin que te importara el precio que deberías pagar?».

La tinta empapó el pergamino a medida que aparecía una nueva respuesta:

«Y, en ese hipotético caso, ¿por qué necesitaría obtener respuestas?».

Nox lo sopesó. No le apetecía nada tener que contarle su vida de principio a fin. No consideraba que fuese necesario describir ni su infancia en el orfanato ni los años que pasó en el burdel. No quería mencionar la misión, el templo de la Madre Universal, la manzana o a la maltrecha princesa. ¿Cómo iba a pedirle consejo a esa persona sin que se le escapase ninguno de esos detalles? Un movimiento nervioso se adueñó, como era costumbre, de sus extremidades e hizo que moviese una rodilla de arriba abajo y que golpease rápidamente el papel con la pluma. Se preguntó si las manchas que había dejado por culpa de las prisas y la irresponsabilidad se manifestarían en el pergamino sobre el que escribía la pluma gemela. Al final, Nox se decidió por escribir dos explicaciones seguidas de una pregunta:

«Tengo una misión, pero carezco de ciertos detalles de vital importancia para comprender la tarea que se me ha encomendado. No sé si este objeto albergará la información concreta que necesito. ¿Merece la pena intentarlo?».

Se sintió tonta al formular la pregunta así. ¿Cómo se le ocurría pedirle consejo si apenas podía concretar ningún detalle acerca de la tarea en cuestión? La otra persona no concebiría más que una hipótesis totalmente vacía si Nox no se sinceraba. Se estaba sacando de quicio a sí misma. Esbozó una mueca al sentirse incapaz de transmitir lo que de verdad necesitaba preguntar.

El papel reveló un mensaje:

«He llegado a la conclusión de que hay secretos que es mejor no desenterrar. Merece la pena abandonar ciertas misiones».

Nox comprendió que había un fallo fundamental en la conversación. Aunque a ella la aliviaba hablar con una persona anónima, no tenía forma de saber si esta albergaba buenas o malas intenciones. Además, no se le ocurría ninguna manera tan clara de dividir el mundo como para diferenciar amigos de enemigos.

El gallo cacareó de nuevo con las primeras luces del alba y la arrancó de sus reflexiones. Quizá la cuestión no fuese tanto que la persona resultase ser buena o mala, pensó, sino que la visión del mundo de quien estaba en posición de la otra pluma se alinease con la suya.

«Me gustaría saber tu opinión acerca de tres cosas».

«Dime».

No estaba del todo segura de por qué había escogido esa cantidad, salvo porque el número tres solía tener cierto significado en los cuentos de hadas. Torció los labios en una tensa mueca torcida y escribió:

«Hombres. Dinero. Integridad moral».

Nox no le dio más detalles. Fuera lo que fuese lo que la persona en posesión de la pluma gemela encantada tuviese que decir acerca de esos tres temas, así como la forma en que decidiese interpretar lo lacónico de su pregunta, le daría información más que de sobra. Tras unos instantes de ilusionada anticipación, el papel no reveló ningún mensaje más. A Nox le hormigueaba la piel de pura impaciencia mientras se esforzaba —sin mucho éxito— por mantenerse a la espera. Recordó que una vez le habían dicho que una tetera no silba cuando se siente observada, pero siempre le había parecido un refrán muy manido y carente de sentido. Por supuesto que la tetera seguiría cogiendo calor. El agua acabaría alcanzando la temperatura de ebullición independientemente de que alguien la estuviera mirando o no. Mientras contemplaba el pergamino, decidió que el refrán debería decir lo siguiente: «Quien vigila una tetera pierde la cabeza antes de que el agua hierva».

Nox se levantó y se dispuso a vestirse. Se sujetó el cabello en una larga trenza que le caía por la espalda. Tan rápido como se la trenzó, se la deshizo y probó toda una variedad de productos de maquillaje, accesorios para el pelo y cremas de manos para distraerse.

En cuanto vio que el color brotaba en el pergamino, Nox abandonó su intento por pintarse con lápiz de ojos y carmín y regresó corriendo al escritorio.

«Nunca le he encontrado la utilidad a los hombres, a diferencia del dinero. Quizá la riqueza nuble mi concepto de la integridad moral, pero hace tiempo que sospecho que quienes causan los problemas que hay en el continente son aquellos que tratan de dividir el mundo creando una batalla del bien contra el mal».

Una lenta sonrisilla de apreciación se extendió por el rostro de Nox.

Ahí lo tenía.

Estaba hablando con una persona misándrica de moral ambigua que no idealizaba ni a la Iglesia ni al continente. De haber sido creyente, su posición con respeto a la integridad moral habría sido inequívoca. De estar hablando con alguien que le jurase lealtad a la Corona, no habría aprovechado la oportunidad para criticar la situación del continente. Sonrió al leer el mensaje por segunda y tercera vez. A lo mejor podían llegar a forjar una amistad. Nox escribió una respuesta compasiva:

«Yo he llegado a la conclusión de que lo único que tienen los hombres de útil es su dinero».

Nox se sintió como si estuviese estrechando lazos con otra de las cortesanas del Selkie en el salón mientras compartían una copa de vino junto a las insoportables anécdotas de los insensatos clientes. Dada la naturaleza de su respuesta, Nox estaba casi segura de que debía de ser una mujer. Mientras se congratulaba por lo inteligente que había sonado su respuesta, la chica se preguntó si seguiría pensando lo mismo.

Antes del encuentro que le cambió la vida en las mazmorras del coliseo, habría dicho que sí, que sin duda.

Durante años, su visión acerca de los hombres se había filtrado a través de una lente muy concreta. En el orfanato, se había criado detestando al obispo. Los chicos de Farleigh habían odiado a Nox y a Amaris porque ellos habían tenido todo en contra, mientras que las dos chicas habían gozado de privilegios y ventajas que nunca habían estado al alcance de los demás. En cuanto a los clientes del Selkie, eran casi todos aborrecibles.

No comenzó a considerar la humanidad de los hombres que la rodeaban hasta que el destino la reunió con Ash y Malik. Los reevers eran personas… plenas.

Los ejemplos de los que disponía para saber con absoluta certeza que los hombres eran criaturas despreciables no habían conformado más que una parte muy concreta de la humanidad. Nox tan solo había estado expuesta a los hombres que la habían despreciado o que habían buscado aprovecharse de ella; ya fuesen clérigos, compañeros del orfanato o clientes. Los reevers le estaban demostrando que, en el pasado, quizá había tenido la mala suerte de toparse con el mismo hombre una y otra y otra vez, aunque hubiese tenido distintos nombres, distintos orígenes y distintos rostros. El desdén que sentía por los hombres y su disposición a alimentarse de ellos habían tenido cabida en ella a raíz de esa verdad inamovible a la que se había aferrado con ahínco.

Nox leyó la frase un par de veces más y decidió que no necesitaba corregirla ante la desconocida; con enmendarla en su propio corazón sería suficiente. Ash y Malik no tenían dinero, pero valían más que su peso en coronas.

Si los dos reevers eran honestos y amables, no le cabía la menor duda de que tenía que haber otros como ellos.

En el papel comenzaron a brotar los oscuros trazos de otro mensaje:

«Si vamos a continuar hablando, necesito que me digas algo y, si no contestas con sinceridad, pondré fin a la conversación».

A Nox se le aceleró el pulso.

«¿Sí?».

Tras varios latidos cargados de tensión, la respuesta de la desconocida se hizo legible.

«¿Cómo te llamas?».

La pregunta era demasiado íntima, demasiado personal. Había esperado que quisiera preguntarle por su opinión sobre la Corona o la religión o que quisiera saber cómo había acabado el objeto encantado en sus manos. Nox estuvo a punto de dejar la pluma a un lado y olvidarse de que había jugado con baratijas hechizadas. Se mordió el labio mientras consideraba las posibles consecuencias de responder. ¿Acaso tenían los nombres algún poder?

Si solo le daba su nombre, no tendría forma de localizarla, no podría adivinar dónde residían sus simpatías o qué intenciones tenía; tampoco averiguaría nunca cuál era su misión. Nox había tenido una reputación como cortesana en Priory que se había extendido hasta Aubade, pero si la amiga por correspondencia fantasma era una mujer, era casi imposible que se moviese por los mismos círculos que los cotillas que cuchicheaban acerca de la belleza de Nox y su pericia en la cama.

Si no le revelaba su verdadero nombre, ¿cómo se iba a enterar? Podría escribir cualquier nombre y la otra persona no lo sabría nunca. Podría ser Anna, Fae o Theresa y estaba convencida de que la mujer con quien hablaba aceptaría cualquier nombre que le diese. Aun así, si esperaba recibir respuestas genuinas por parte de la persona que sostenía la gemela de su pluma, ¿no debería predicar con el ejemplo?

El gallo volvió a cacarear, como si la urgiera a tomar una decisión.

No estaban jugando. No había respuestas correctas o incorrectas. Las únicas opciones eran seguir adelante o no. Sin una causa justificada, Nox decidió mostrarse sincera.

«Me llamo Nox».

«Hola, Nox. Es un placer hablar contigo».

Su corazón dio un vuelco y temió haber estado jugando con fuego durante demasiado rato. Tras la apresurada presentación, escribió un mensaje rápido para decirle a la desconocida que tenía que irse a desayunar, pero que volvería a escribirle a la noche. Era mentira. Podría haber estado hablando con ella desde las primeras luces del alba hasta bien entrada la madrugada si así lo hubiese querido.

Era incapaz de deshacerse de la sensación de vulnerabilidad que le decía que había cometido una terrible estupidez. Arrugó los papeles que contenían las pruebas de su correspondencia y quemó la conversación en el fuego que chisporroteaba en el hogar. Las hojas en sí no estaban encantadas; en caso de que cualquier curioso las hubiese visto, seguramente habría creído que había estado conversando consigo misma. Nox escondió la pluma en la bolsa, tomó unas cuantas bocanadas de aire para tranquilizarse y bajó a desayunar.

Todavía tenía la sensación de que el corazón se le iba a salir del pecho cuando entró en el comedor, donde descubrió a un único comensal masticando una tostada cubierta de mermelada. A juzgar por las cejas arqueadas de Malik, el chico se había sorprendido al verla despierta tan temprano. Nox lo entendía, puesto que él solía ser el primero en levantarse, seguido de Ash y el duque y, por último, horas después, de Nox. La invitó a sentarse con un movimiento de la mano, como si la finca fuese su casa. Malik todavía no se había terminado el té del desayuno y no parecía tener demasiadas ganas de charlar, pero siempre conseguía sacar una sonrisa para Nox.

Después de un par de bocados, la chica decidió preguntar por su hacha.

—¿Me ayudarás a practicar el combate cuerpo a cuerpo hoy?

Malik se despertó al oírla.

—¿Quieres que te acompañe?

—¡Pues claro que sí! —Y lo decía en serio.

El reever se ruborizó un poco y Nox se preguntó si se habría mostrado demasiado entusiasta. Aunque ya sabía unas cuantas cosas de las que estaba totalmente segura, había otras tantas que se le escapaban. Lo primero que tenía claro era que, sin importar cuánto tiempo pasara, Nox siempre adoraría a los reevers con locura y ellos, a su vez, cuidarían de ella. Lo segundo era que Malik, quizá por ser del todo humano, mientras que ella tenía sangre de súcubo en las venas, sentía un cariño por ella que iba más allá de la amistad que compartía con Ash. Lo tercero era que le gustaba lo que Malik despertaba en ella. Lo que no alcanzaba a comprender era de dónde venía esa sensación. No estaba preparada para examinar con demasiada atención lo que sentía respecto al tema. Al fin y al cabo, Nox tampoco se había terminado todavía el té del desayuno.

Jugar con Chandra hizo que la mañana pasara en un abrir y cerrar de ojos.

Nox estaba encantada de que Ash y Malik se hubiesen unido a ella en el campo de tiro cubierto de hierba, vistiendo lo que parecían ser camisas nuevas. Lo que ya no le gustó tanto fue descubrir que el duque acechaba tras ellos, pero lo ignoró para evaluar las ropas de los reevers. Juntó las manos con una palmadita emocionada.

—¿Os gustan?

—La de Ash es negra. ¿Por qué la mía no? —farfulló Malik al tiempo que tiraba de la tela de su camisa.

—El color verde bosque es muy bonito y, además, hace juego con tus ojos.

—Aun así, quiero una negra.

Nox le prometió que se encargaría de que les enviaran camisas de todos los colores del arcoíris a sus respectivas habitaciones.

Los reevers miraron al duque, como si tuviesen intención de darle las gracias por su infinita generosidad, pero sus afectuosos balbuceos dejaron más que claro que no era consciente de su propia alma filantrópica. Estaba demasiado ocupado mirando a Nox con enormes ojos de cachorrito como para molestarse en prestar atención a Ash o a Malik. Nox lo ignoró deliberadamente para así disfrutar al máximo del entrenamiento con el hacha.

A Nox le agradaba que no dejaran de mencionar a Amaris mientras practicaban las maniobras de combate, pero también le partía el corazón en mil pedazos. Descubrió más detalles acerca de su amada de pelo blanco en el tiempo que pasaron en ese campo de tiro que en muchos años. No se había atrevido nunca a hablar de Amaris, puesto que no sabía qué acabaría diciendo sobre ella si lo hacía. Le contaron que Amaris era la reever más ágil y tenaz de Uaimh Reev y que era su asesina más formidable, seguramente por todo lo que tenía que demostrar. No le restaron importancia a los meses de conflicto, fracasos e indulgencia. Hablaron de cada apuesta que habían hecho en contra de la chica; que se rendiría, moriría o huiría en mitad de la noche. Los reevers resplandecieron, orgullosos, cuando sus anécdotas tomaron un nuevo rumbo para hablar con un poético entusiasmo de su hermana favorita. Coincidieron plenamente en que Nox había demostrado más gracilidad y destreza en un par de días que Amaris en sus primeros seis meses de entrenamiento.

Nox sonrió de oreja a oreja, encantada por recibir tantos cumplidos. Con los años, se había acostumbrado a nutrirse de una buena dosis diaria de validación externa y ya empezaba a notar esa falta de sustento. Ganarse más elogios por destacar en el combate no haría más que motivarla a trabajar más duro. Además, adoraba el hacha con toda su alma.

Practicaron un par de movimientos con Chandra, pero los reevers insistieron en que, si alguien se le acercaba demasiado, tendría que pasarse a la daga. Cuando repasaron un par de maniobras defensivas más, Nox fue muy consciente de las veces que Malik la tocaba al corregirla, ya fuese para colocarle mejor las manos, para extenderle el brazo o para separarle las piernas con el objetivo de que adoptase una posición más estable. Pasadas unas horas, los reevers dejaron sola a Nox para que practicase con Chandra los lanzamientos por encima de la cabeza mientras ellos iban a hacer otras cosas por la finca. Todavía quedaba mucho día por delante para meterse en líos.

Nox se mantuvo ocupada con su mortal mejor amiga durante un rato y la limpió minuciosamente al terminar. Hacía mucho tiempo que no pasaba una tarde tan agradable. El buen humor la hizo flotar hasta la residencia del duque con una sonrisa dibujada en el rostro. Subió sin ninguna prisa hasta sus aposentos, con los brazos cansados de tanto entrenar y con el corazón henchido de éxito.

Acababa de llegar al último peldaño cuando oyó una conversación. Desde el descansillo, los susurros conspiradores que salían de la habitación de Malik eran ininteligibles.

Nox había empezado a perder la sonrisa cuando se detuvo en mitad del pasillo. Su felicidad era la triste llama de una vela atrapada en una brisa que amenazaba con apagarla. Como sus voces no eran más que murmullos, no conseguía descubrir de qué estaban hablando. No había tenido intención de escuchar a escondidas, pero la curiosidad tiró de ella hacia delante. Se acercó de puntillas hasta la puerta y se debatió entre interrumpirlos o no. Si no les avisaba de que estaba allí, estaría espiándolos y no se sentiría cómoda en esa situación. Nox dio un golpecito en el marco y se asomó por la puerta, obligándose a sonreír una vez más, pese a que era poco más que una sombra de la amplia sonrisa que había lucido escasos momentos antes.

—Hola. —Dejó que su mirada volara entre ambos reevers—. Os he oído hablar.

Ash y Malik se tensaron.

—Ah, ¿sí?

Nox perdió la sonrisa, pero se esforzó todo cuanto pudo por mantener a raya la complicada emoción que tiraba de su corazón hacia abajo al ejercer una fuerza gravitacional sobre él. Esto no era propio de ellos. Nox recurrió a los años que había pasado interpretando un papel para evitar fruncir el ceño y resistir el impulso de cruzar los brazos como si quisiera protegerse el corazón contra un daño físico.

—No sé de qué estabais hablando. Solo he oído vuestras voces. ¿Es que estabais hablando de mí?

Los reevers intercambiaron una mirada.

—Espero que solo estuvieseis diciendo cosas buenas —insistió con una punzada de nerviosismo.

Ash se levantó y dio una palmada. Se marchó de la habitación con la excusa de que tenía que estrechar lazos con su buen amigo el duque. No fue nada sutil. Pasó junto a Nox, pero evitó mirarla a los ojos al salir.

—¿Va todo bien?

Nox clavó la mirada en el espacio vacío del pasillo que había dejado Ash y luego miró a Malik.

Se movió, inquieta, ante el umbral de la puerta antes de que Malik la invitara a pasar a su dormitorio. Hizo un gesto con la mano para que entrase a hablar con él. No había una tensión agradable en el ambiente. Nox se sentía como si se hubiese metido en un lío o como si estuviesen a punto de echarla del grupo. Pese a los años de fanfarronería y confianza en sí misma, se vio embestida por una intensa inseguridad.

Se obligó a mostrarse presente y mantener la calma. Necesitaba oír lo que Malik tuviese que decirle. Quizá eran imaginaciones suyas. Quizá no había ningún problema. Quizá todo iba bien. Quizá.

—Tengo que hablar contigo —dijo Malik con suavidad.

33

Malik rehuyó su mirada. Un malestar familiar volvió a correr por las venas de Nox. No sabía cómo definir la forma en que los reevers la estaban tratando…, pero nunca se habían mostrado así con ella.

Nadie recurría a esas palabras para introducir una conversación agradable. Nox dio un par de pasos para adentrarse en el dormitorio y decidió sentarse en la silla del escritorio antes de girarla para quedar cara a cara con Malik, que estaba sentado al borde de la cama. Nox intentó tragar el nudo que se le había formado en la garganta.

Clavó la vista en el reever para que su mirada preocupada lo empujase a hablar.

—¿Pasa algo malo? —preguntó mientras se retorcía las manos sobre el regazo.

Malik arqueó las cejas mientras sacudía la cabeza y, por primera vez desde que Nox había entrado, buscó su mirada con los ojos bien abiertos. El contacto visual fue todo un alivio en comparación con el tiempo que Malik había pasado evitándola, pero no la ayudó a comprender mejor la situación. El reever habló demasiado deprisa, incapaz de darle el volumen o la cadencia adecuados. Al principio habló en voz demasiado alta. Después, en voz demasiado baja.

—¡No! No, no pasa nada. He sido yo quien ha metido la pata.

La respuesta pilló a Nox tan desprevenida que por un momento creyó haberle entendido mal. La sorpresa transformó el rostro de Nox al llevarla a fruncir el ceño, lo cual obligó a Malik a desviar la mirada una vez más.

Aunque Nox sabía que había ciertas ocasiones en las que el reever se veía embargado por la timidez, esta siempre había venido acompañada de un encantador sonrojo. A pesar de que lo dudaba mucho, Nox rezó para que el problema fuese que Malik detestaba la camisa verde. Si ese resultaba ser el caso, se aseguraría de conseguirle una camisa negra cuanto antes.

—Me gustas mucho —dijo el reever. Alzó los ojos verdes como las hojas de nenúfar para encontrar los de ella y después los cerró con fuerza, como si se sintiera humillado al pronunciar esas tres palabras.

Nox curvó las comisuras de los labios hacia arriba, sin saber muy bien cómo hacerlo sentir mejor. En el hogar, el fuego lamió la sonrisa tranquilizadora que trató de ofrecerle con sus tonos naranjas y amarillos.

—Tú también me caes muy bien, Malik.

Él dejó escapar el aire por la nariz y apretó los labios hasta formar una fina línea. Sacudió la cabeza.

—No, lo que quiero decir es que me gustas más de lo que se consideraría apropiado. Quiero… No, necesito pedirte perdón. Te debo una disculpa.

Un incómodo calorcillo trepó por el cuello de Nox. Una batalla de emociones discordantes se desató en su interior y sus sentimientos salieron a la luz cuando la sangre le coloreó el pecho y las mejillas. En parte, Nox se sentía como si hubiese recibido una patada en el estómago, aunque no lograba dar con el motivo. Se miró las manos y siguió retorciéndoselas.

—No tienes por qué disculparte —dijo en voz baja.

—No, debo hacerlo —insistió él—. ¿Cuánto tiempo llevas con nosotros, Nox? Has viajado a nuestro lado, has dormido con nosotros, hemos vivido un auténtico infierno los tres juntos.

Ash y yo creemos en ti y tú confías en nosotros para que siempre te protejamos. Y eso es lo que vamos a hacer… Te lo prometo. No deberías preocuparte porque alberguemos otras intenciones o te consideremos algo más que una camarada.

Nox frunció más el ceño y dejó al descubierto la maraña de emociones y confusión que albergaba en su interior.

—¿Es que acaso los reevers habéis jurado manteneros célibes o algo así?

Su pregunta pilló a Malik por sorpresa.

—¡No! No. No es por eso. —Malik se aclaró la garganta y trató de recuperar la compostura—. No soy virgen. —Se sonrojó al pronunciar esa palabra y casi dio la sensación de que se sentía un mentiroso al afirmar aquello. Aun así, su honor lo obligó a continuar—: En cualquier caso, si quisiera cortejar a alguien, dejaría bien claras mis intenciones desde el principio. Querría que la chica aceptara mis muestras de afecto siendo consciente de la situación. No me parecería nada honorable esperar algo más de ti, Nox. —Hizo hincapié en sus convicciones—. Tú confías en nosotros y nosotros creemos en ti. Ash y yo nos preocupamos por ti. Yo… me preocupo por ti.

Nox siempre se había considerado una persona con una gran inteligencia emocional, pero, por lo general, solo tenía que aplicarla para interpretar el ambiente de una estancia y para comprender lo que sentían quienes la rodeaban. Se vio sumida en una especie de epifanía al descubrir lo mal que se le daba aplicar esa inteligencia emocional de forma introspectiva. En aquel preciso momento, la tormenta que se había desatado en su interior la había dejado perpleja. Tenía el corazón en un puño y, aunque no sabía decir exactamente por qué se sentía así, empezaba a tener una ligera sospecha. Nox quería que Malik dejase de hablar, de darle explicaciones, de disculparse o de hacer lo que se suponía que estuviese haciendo. Quería rebatir sus argumentos, pero no sabía cómo hacerlo. Estaba casi segura de que se le caería el mundo encima si Malik le arrebataba esa fuente de cariño que le había estado ofreciendo.

—Y otra cosa —añadió Malik en un susurro. Se había esforzado por mirarla a los ojos durante tanto tiempo como pudo, pero acabó bajando la vista hasta el regazo mientras continuaba ofreciéndole a Nox su humilde disculpa—: Ash es un buen amigo para los dos e hizo bien en llamarme la atención. Es un buen hombre. Yo también estaba en la mazmorra cuando te encontraste con Amaris. Os oí hablar y fui testigo del momento que compartisteis. No voy a interponerme en la relación que tengas con ella. Amaris es una reever, pero también es mucho más que eso. Forma parte de nuestra familia.

Nox notó que le escocían los ojos a causa de la tan conocida sensación que precedía a las lágrimas. De pronto, tuvo la sensación de que hacía más calor. Se sentía terriblemente incómoda. No había oxígeno suficiente en la habitación.

—Es todo tan complicado, Malik…

El reever esbozó una sonrisa que no alcanzó sus ojos. Al responder, habló con voz amable y tierna, aunque cargada de tristeza.

—No tiene por qué serlo. Me gustas, Nox, y seguiré apreciándote por tu valor…, no por motivos egoístas.

Sus palabras no terminaron de calar en ella. Estaba mal. Era consciente de que el mensaje destilaba honradez. Su sacrificio la conmovía. Era un gesto noble. Se sintió agradecida, enfadada, perdida y… algo más.

—Malik —pronunció su nombre de nuevo y lo saboreó, en un intento por que la mirara.

Sus ojos de color esmeralda se encontraron con la mirada de la joven, oscura y cautelosa. La duda era perturbadora. El ambiente del dormitorio recordaba al peso de una manta empapada por la lluvia que pedía a gritos que alguien la escurriera. Nox no estaba segura de poder sacar hasta la última gota de agua de la tela extendida entre ellos, pero tenía que intentarlo.

—¿Puedo decirte algo?

—Por supuesto —respondió él de forma automática, tan incómodo como se había mostrado con el resto de la conversación.

—Ni siquiera Amaris sabe de verdad lo que yo siento por ella. Aquellas dos palabras que le grité en la mazmorra fueron las únicas que hemos intercambiado nunca acerca de ese tema. Pasé quince años a su lado y nunca llegamos a hablar como estamos hablando nosotros ahora; al menos, no con tanta sinceridad ni con las condiciones necesarias para mostrarme tan vulnerable como te estás mostrando tú en este momento. —Nox lo miro con cariño y agradeció que el reever le devolviese la mirada—. Es posible que mi opinión acerca del amor y la vida estén distorsionadas por culpa de mi… «profesión»…, pero la única certeza que he llegado a tener en relación con el amor es que nunca es un recurso limitado. Por lo que parece, como mejor se entiende ese concepto es en el escenario de una familia típica: el amor de una madre no se divide en porciones más pequeñas a medida que va teniendo más hijos e hijas y tampoco se diluye. Su amor se expande hasta el infinito, ¿no? Sin embargo, cuando las personas piensan en el afecto romántico, de pronto pierden la capacidad de comprender que el amor puede llegar a ser una fuente inagotable. El tiempo es finito, así que cada persona recibirá una cantidad muy concreta de horas, minutos y segundos. Como los recursos son limitados, hay que valorar a quién decides regalárselo, con quién prefieres perderlo y a quién deseas ofrecérselo. Sin embargo, en lo que respecta a los asuntos del corazón, ¿por qué habrían de ser menos mi amor y mi consecuente capacidad para amar?

La expresión de Malik le dijo que no tenía ni la más remota idea de a dónde quería llegar a parar con el tema o con lo que estaba diciendo. Y, siendo sincera, ella tampoco lo sabía.

—Sientes una atracción romántica por las mujeres —dijo Malik, precavido, insistiendo en lo que había comentado antes. No la juzgaba, sino que se limitaba a exponer una realidad con cautela.

Nox tenía la sensación de que ambos estaban conteniendo el aliento.

—Así es —afirmó—. Me gustan las mujeres y quiero a Amaris. Dicho esto, he estado tanto con hombres como con mujeres, con mayor o menor grado de satisfacción. —Nox dejó escapar una carcajada sarcástica ante el chiste retorcido que solo ella entendía antes de continuar—: Siempre la querré, independientemente de que ella me corresponda o no. A lo mejor ni siquiera necesito que ella sienta algo por mí para quererla. Al fin y al cabo, las personas a las que amamos no son nuestras posesiones.

Malik inclinó la cabeza hacia un lado, incapaz de completar la sacudida que, evidentemente, quería dar.

—Creo que no te entiendo.

Nox casi se echó a reír.

—¿Y qué hay de malo en eso?

Él la miró, a la espera de que le diese alguna explicación más. Una parte de la incomodidad abandonó el dormitorio para dejarle espacio a otra tensión muy distinta. Se estaban adentrando en terreno desconocido, pero no estaban solos.

—¿Por qué necesitas entenderlo todo? —se atrevió a decir Nox. Dejó de retorcerse las manos e inclinó la cabeza sin dejar de mirar al reever a los ojos antes de añadir—: La verdad es que yo no creo en las dicotomías. Sé que el mundo es muy cómodo al estar dividido en pares, pero creo que lo mejor de esta vida reside en los tonos de gris.

Nox llevaba mucho rato hablando. Se mordió la lengua para no seguir divagando. No sabría decir de dónde salía todo aquello, puesto que, en realidad, no había expresado las convicciones que bullían en su interior. Aunque creía en todo lo que había dicho y suponía que había hablado a grandes rasgos de esa filosofía con la encantadora Emily mientras estaban envueltas en las arrugadas sábanas de seda del Selkie, no tenía por costumbre expresar aquellas ideas en voz alta.

Los ojos de Malik resplandecían en su intento por descifrar el mensaje de Nox. En cuanto la chica sintió el impulso de cerrar el espacio entre ellos, cedió ante él. Se levantó de la silla y cruzó la estancia para sentarse al lado de Malik en la cama. El reever no se alejó cuando se sentó a escasos centímetros de distancia. Nox colocó una mano sobre la suya y se la estrechó con dulzura. Su expresión se suavizó y bajó la voz para suplicarle que la escuchara:

—Tengo una cosa muy clara: sea lo que sea lo que intentas decir o hacer para comportarte como un caballero, sea cual sea el objetivo que tenía esta conversación en un principio, no me interesa.

Nox siguió sosteniendo la mano de Malik con suavidad. Sintió cómo su pulso comenzaba a acelerarse. Había escuchado todo cuanto el chico tenía que decir y había rechazado su disculpa. Se había acercado más a él. Se había abierto en canal. Sabía que, si quería algo, tendría que ser ella quien diese el paso. Si la caballerosidad de Malik no le permitía profesar el afecto que sentía por ella cuando lo consideraba inapropiado, no la tocaría sin permiso ni en un millón de años. Era demasiado cortés como para tirar de ella hacia sí cuando los límites estaban tan desdibujados. El respeto, los límites y la decencia no le permitirían tomar la iniciativa. Tendría que ser ella quien dirigiese el baile.

Nox se inclinó hacia él lo suficiente como si quisiera sentir el calor que irradiaba su cuerpo, sin pensar en las consecuencias. La razón no tenía cabida en esa situación. Las etiquetas, las identidades y el mundo que giraba a su alrededor no parecían ser tan importantes como la persona que estaba ante ella.

Oyó a Malik tragar saliva en un intento por mantener los nervios a raya. Había pasado de mostrarse humilde mientras se disculpaba a irradiar afecto en cuestión de escasos minutos cuando el ambiente de la habitación cambió. La electricidad circulaba entre ellos y, al sentir su zumbido, Nox estuvo segura de que Malik la percibía con la fuerza de una tormenta. Tenía el rostro prácticamente pegado al del reever. Podría acortar la distancia que los separaba. Podría acercarse más.

—Tengo que advertirte una cosa. —La voz de Nox se había convertido en poco más que un susurro y sus labios estaban a milímetros de los de él. Bajó los párpados y dejó que Malik sintiera el calor de su aliento, que disfrutase del sabor a ciruelas y especias en los labios—. No sobrevivirías a una noche conmigo..., y no lo digo en sentido figurado. Aun así, ¿por ahora? ¿Entre tú y yo? Olvidémonos del blanco y negro.

Malik respondió en voz tan baja que casi no podía considerarse ni un susurro y sus labios casi rozaron los de Nox al hablar. El deseo por cerrar el diminuto espacio que los separaba hizo que sonara ronco al decir:

—Bueno, en ese caso, respeto tu derecho a defender los tonos de gris.

Nox tomó una última bocanada del aire caliente que circulaba entre sus labios antes de terminar de cerrar la brecha entre ellos.

La boca de Malik acarició la suya y sus labios se entreabrieron al entrar en contacto. No se pareció en nada al boca a boca tras el ataque de la araña. El beso no era superficial; nada tenía que ver con el trabajo, el dinero o el poder. El beso nació de dos personas que compartían la química prohibida de un instante único.

La energía creció como una vela que estalla hasta convertirse en una hoguera. La pasión pulsó entre ellos cuando Malik colocó una mano en la nuca de Nox y la otra en la parte baja de la espalda para mantenerla cerca de él. Ya no había ni rastro de la galantería que había demostrado hacía un instante. Ambos habían ansiado esto.

Malik presionó el cuerpo de Nox contra el suyo. Ella envolvió los brazos alrededor de su cuello y lo besó profundamente, de manera que su lengua bebió de la amabilidad del reever, se deslizó por sus palabras, por su cariño y saboreó su compasión con cada movimiento. Nox lo besó con una intensidad y un fervor que nunca había podido permitirse sentir con un hombre. Aunque había estrechado a Amaris entre sus brazos con todo el amor que albergaba en su corazón, no había sabido si la joven al otro lado de los barrotes de hierro sentía lo mismo por ella o si se había limitado a devolverle el beso por haberse reunido con ella por fin o por haber temido a la muerte.

Pero ahora no era momento de pensar en Amaris.

Lo que sentía era una necesidad que en nada se parecía a la sed que tan íntimamente había llegado a conocer.

En ese momento, Nox se movió con Malik siendo plenamente consciente de que él la deseaba tanto como ella lo deseaba a él. Los complejos sabores del anhelo, las ciruelas y la confusión fluyeron entre ellos; los intercambiaron con cada respiración, cada caricia, cada apretón de sus manos en la piel. Nox se estrechó contra Malik por completo y se deleitó al sentir los firmes contornos de sus músculos bajo los dedos. Sus bocas, sus labios, sus lenguas, sus manos se enredaron y bailaron durante unos ardientes segundos, y los jadeos burbujearon entre ellos hasta que Nox se apartó.

Empezaba a sentir hambre.

Malik estaba aturdido. Aprovechó para recuperar el aliento mientras Nox hacía el esfuerzo de recobrar la compostura por una razón completamente distinta.

«Mierda. Joder».

Nox no estaba hambrienta. El deseo le empezó a nublar la visión y reconoció la sensación que la embargaba gracias a las veces que bebió más de la cuenta en el burdel. Malik seguía teniendo una mirada cristalina y perfectamente nítida. El anhelo que inundaba sus ojos verdes no había quedado saciado. En todo caso, no había hecho más que abrirle el apetito. Como había sido Nox quien había interrumpido el beso, Malik esperó con ansias a que diese el próximo paso.

No podían continuar por muchas razones.

Había tantas cosas que preferiría no tener que contarle. No quería despojarlo de la bondad que había en él y que la tenía en tan alta estima. No podría soportar ver la forma en que su mirada se apagaría, en que sus hombros caerían cuando comprendiese lo que Nox era. Aunque pudiera, no estaba segura de estar lista para considerar cómo se las había arreglado para meterse en un precioso embrollo casi romántico como este con un hombre.

A Nox no le caían bien los hombres. De hecho, los odiaba.

Pero Malik era la excepción.

Nox apoyó la frente contra la del reever y colocó una mano sobre su rostro con intención de hacer que ambos se calmaran. Quería volver a besarlo. Quería hacer que levantara esos fuertes brazos por encima de la cabeza para quitarle la camisa. Se le nubló la mente al imaginar lo agradable que sería recorrer con los dedos las ondulaciones de sus pectorales y abdominales, de besar la cuenca que marcaba el centro de su estómago. Casi pudo saborear el calor y la sal de la piel de Malik cuando la salvaje quemazón del deseo le pidió a gritos que recorriese las curvas de su cuerpo con la boca. Se le crisparon los dedos en un intento por reprimir la necesidad de sentir el contraste de sus manos callosas cuando la desnudara y rozara su piel suave, de sentir su boca en el cuello y sus manos en el pelo. Sería sencillo, lo recibiría con los brazos abiertos, lo deseaba con ansia. Le palpitaba todo el cuerpo a raíz de la tentación. Estaba cegada por la imagen de sus ropas tiradas en el suelo, del cuerpo de Malik atrapado entre sus piernas al sentarse a horcajadas sobre él, de la forma en que el joven la miraría al sentirla con cada centímetro de su ser. El deseo de introducirlo en su interior ya había hecho que Nox estuviese empapada. Deseaba, por primera vez en la vida, desear al hombre con el que compartía la cama.

Santa diosa, estaba muerta de hambre.

Nox se obligó a pensar en cosas más mundanas. Desterró la idea de entrelazar sus cuerpos desnudos, de arquear la espalda, de encoger los dedos de los pies de placer, de jadear, gemir y gruñir, para imaginar fregaderos, cubos de fregar, caballos, nubes y verduras. Se obligó a dejar de pensar en lo que sentiría si Malik le acariciase los pechos con los labios y se esforzó por recordar el roce áspero de la arpillera, el frío de caminar descalza hasta el cuarto de baño en plena noche, el sabor del repollo cocido. Tenía que pensar en otra cosa, en lo que fuese.

Nox dejó escapar un aliento entrecortado y se agarró con más fuerza al cuello de la camisa de Malik. Fue un intento por tranquilizarse, una forma de negarse a sí misma. Tenía que asegurarse de que él estaba bien, de preguntarle cómo se encontraba, de hablar con él, pero Nox seguía tratando de contenerse. A Malik no pareció importarle tomarse un momento para saborear la palpitante satisfacción del beso que acababan de compartir, por lo que Nox pudo centrarse en librar su batalla interna.

Podría acostarse con él si así lo deseaba. Sabía que podría tomarlo.

De ceder, Malik dejaría de ser el de siempre una vez que lo soltara. Ya no sería el hombre inteligente, encantador y dulce al que, para su sorpresa, tanto cariño había cogido. No pelearía, no pensaría, no amaría ni crecería ni viviría. Se convertiría en otro cascarón, otra criatura hueca como el duque, que pululaba por su propia finca mientras escribía poemas sobre sus tetas, le enviaba vestidos y la cubría de regalos. De acostarse con él, Nox sería la única responsable de su partida de defunción.

Nox se preguntó si debería contárselo, si le debía una explicación sobre la razón por la que nunca podrían consumar la chispa que había saltado entre ellos. La verdad era que sí prefería a las mujeres. Adoraba a las mujeres. Le encantaba la suavidad de los cuerpos femeninos, la delicadeza de sus curvas, sus respiraciones entrecortadas y el sabor de su dulzura en la lengua. Le encantaba poder dar rienda suelta a la pasión con las mujeres, sabiendo que su pareja estaría a salvo, que sus poderes oscuros no le arrebatarían la vida a la mujer con la que se acostase. Todo eso era cierto, pero no tenía nada que ver con lo que sintiera o dejara de sentir por Malik en este momento.

Nox sintió que el reever apretaba en un puño la mano con la que le sujetaba la parte baja de la espalda para, después, relajarla. Había sido un movimiento involuntario al tratar de controlarse, pero, diosa bendita, había sido de lo más atractivo. Su cuerpo respondió de una infinidad de maneras. Arqueó las caderas de forma involuntaria. Se le entrecortó la respiración. Su camisa dejó al descubierto la cima de sus pechos. La situación se repitió cuando la mano con la que le sujetaba la nuca repitió el movimiento mientras seguían frente contra frente. Unos escalofríos le recorrieron la columna desde el nacimiento del pelo, donde se encontraban los dedos de Malik, hasta la parte baja de la espalda. La sensación de saberse deseada era deliciosa. El impulso de ceder ante el deseo...

«Para», se maldijo una y otra vez.

No quería tener que revelar su verdadera naturaleza. Aunque Nox no quería que ninguno de los dos reevers se enteraran, Malik era al que menos se lo quería contar. En cualquier caso, él se había esforzado por ser sincero con ella, a pesar de que por poco se le había partido el corazón. Ella debería intentar hacer lo mismo..., al menos, hasta donde fuese capaz.

—Quiero que sepas que tú también me gustas y... —Nox tragó saliva para asegurarse de que le insuflaba el peso que merecían a las cuatro palabras que estaba a punto de pronunciar mientras le pasaba una mano por el pecho—. Yo también te deseo. Y esto. Quiero esto. Y… —Tuvo que detenerse otra vez al sentir como los dedos callosos de Malik le acariciaban el cuello, el pelo y la parte baja de la espalda mientras ella le confesaba sus deseos—. Y quiero que lo tengas en cuenta cuando oigas lo que estoy a punto de decirte. —Nox apartó la frente de la del reever, donde se había apoyado mientras habían aprovechado para tranquilizarse y recuperar el aliento. Cuando sus ojos volvieron a encontrarse, fue con una mirada reconfortante, cariñosa y cargada de un insaciable anhelo—. Tengo ciertas habilidades, pero, por favor, no me pidas más detalles.

Malik entreabrió los labios para formular una pregunta al tiempo que fruncía el dorado ceño, pero terminó por guardar silencio.

Nox continuó:

—Solo la diosa sabe si es un don o una maldición.

—Me salvaste, Nox. La araña…

—Por favor. —Lo detuvo y volvió a cerrar los puños alrededor de la tela de su camisa.

Sí, los reevers la habían visto usar esa parte de su don, desconocida incluso para ella misma. Nox les había arrebatado el alma a numerosos hombres. Después de un año entero teniendo que lidiar con cadáveres y carroña, había descubierto que podía devolverles una fracción de su esencia vital, de manera que le había dado a Malik lo que le había robado a Eramus, el hálito de vida que necesitaba para salir adelante.

—Mis dones me convierten en una magnífica cortesana. Y también son la razón por la que nunca podremos estar juntos, Malik. No me avergüenzo de quien soy o de la vida que he llevado, pero de lo que soy… Bueno, créeme cuando te digo que no podemos hacer todo cuanto nos gustaría…, cuando te digo que no puedo pasar la noche en tu cama, que no podemos quitarnos la ropa, que no puedo presionar mi cuerpo contra el tuyo, que no puedo catarte o sentirte dentro de mí o…

—Por favor, para. —Malik cerró los ojos e inspiró hondo por la nariz para mantenerse anclado a la realidad.

—Claro, lo siento. Me he dejado llevar por la imaginación. Es que… no te digo esto porque no quiera acostarme contigo. En realidad, es justo por el motivo contrario. Te aprecio tanto que no permitiré que te conviertas en la muda de serpiente en que se ha transformado el duque. ¿Te has dado cuenta de lo hueco que está por dentro? Yo fui quien lo dejó así. Fue culpa mía. No quiero que a ti te ocurra lo mismo.

Malik intentó tragar saliva.

—Pero Amaris…

Aquel no era un impedimento lógico que estuviese dispuesta a defender, así que lo interrumpió sin perder un segundo:

—Nada de lo que hago, de lo que haya compartido contigo o de lo que hayamos hecho juntos le quita valor al amor que también siento por Amaris. Este momento no tiene nada que ver con ella. Ahora estamos hablando de ti, de mí, de lo que ambos sentimos y de lo que estoy dispuesta a hacer para mantenerte con vida.

Los dedos de Malik se tensaron alrededor del delicado punto donde todavía seguía sosteniendo la nuca de Nox. La sujetó con más fuerza y tiró de ella hasta casi robarle otro beso.

Sus labios estaban a punto de rozarse. Sus bocas anhelaban volver a encontrarse. Malik permitió que saltasen chispas entre ellos al resistir la tentación de cerrar el espacio que los separaba.

El reever le dejó un mensaje muy claro: la deseaba con locura.

«Maldita sea la diosa».

La mínima distancia que Malik había dejado entre ellos buscaba ser una pausa para que Nox le diese su permiso. Resistirse a la tentación era mucho mejor, pero, al mismo tiempo, también era peor. Agitar la fruta prohibida ante las narices del otro era un método de tortura delicioso. Una vez más, dar el último paso estaba en manos de Nox si eso era lo que quería. Una vez más, Malik permitió que la chica llevase la voz cantante, pero le dejó sus propios deseos tan claros como el agua al seguir enterrando los dedos en su piel. El aire circuló entre ellos, caliente y húmedo sobre los labios de ambos. Nox sintió el deseo arañándole las entrañas. Sintió como esa ansia crecía hasta alcanzar su punto álgido en sus pechos y en sus partes más íntimas, allí donde sus muslos se encontraban. La súcubo que había en ella se debatió contra su jaula y aulló para que la dejara salir. La arañó y le clavó las garras hasta que le dejó las entrañas ensangrentadas. Si Malik tan solo fuese consciente de lo que Nox se estaba negando para mantenerlo con vida...

«No».

Nox no era un monstruo ni una adicta incurable.

Batió los pesados párpados entrecerrados un par de veces y se alejó de Malik. Para ello tuvo que contenerse como el tiburón que se obliga a alejarse de la sangre en el agua. Se debatió por recuperar las riendas de su propio autocontrol, convencida de que su lado humano luchaba contra su lado feérico, recurriendo a toda la bondad y decencia que albergase en su interior. Se imaginó a su mitad demoniaca con alas, colmillos y garras, pero su mitad humana se defendía con el poder de la responsabilidad, el amor y el consentimiento.

Nox deshizo el abrazo y Malik la liberó de su agarre.

El deseo de la propia joven se había acumulado entre la cara interior de sus muslos. Contaba con menos de un minuto de autocontrol. Tardó unos segundos en ponerse en pie; le dio vueltas la cabeza mientras la sangre le bombeaba en lo más profundo de su bajo vientre.

Se atusó el cabello y la ropa con un resoplido de frustración.

Malik la contempló con la mirada medio aturdida de un hombre profundamente embelesado. Nox se quedó de pie, tambaleándose durante unos instantes antes de que el joven consiguiese hablar:

—¿Qué le digo a Ash?

La chica por poco se echó a reír ante el abrupto choque de realidad. Sonó tan normal. Tan humano. Era una pregunta sincera y apropiada para el momento. Nox esbozó una sonrisa. Dejó escapar una carcajada suave al alcanzar la puerta y mirar a Malik por encima del hombro.

—Dile que aprecio que se preocupe por mí y que sea tan buen amigo de Amaris, pero que recuerde que la vida es complicada y que se meta en sus putos asuntos.

Nox consiguió llegar hasta su dormitorio y cerró la puerta con llave tras ella. Tenía prisa por disfrutar del alivio que tan desesperada estaba por encontrar. Con un par de tirones, se liberó de las ropas que la constreñían para subirse desnuda a la cama, sola con el agua que la saturaba, hambrienta por la saciante sensación de la oxitocina. Si de verdad tenía intención de mantener a Malik con vida, el único lugar donde podrían estar juntos sería aquí, con su mano, tumbada en la cama, a solas con la seguridad de su mente, donde dejaría que el reever la tocara y la saboreara y se permitiría sentir todo aquello que deseaba, pero que nunca podría tener de verdad.

34

Nox había echado una agradable y cómoda cabezadita sobre las sábanas. Para cuando se despertó y descubrió que todavía estaba completamente desnuda, ya casi era hora de cenar. Volvió a vestirse, avergonzada al recordar la complicada tarde que había vivido. ¡Un hombre! Un hombre humano. No podía imaginar una situación más ridícula. Se cepilló el cabello y se dispuso a trenzárselo de nuevo, puesto que unos dedos fuertes y callosos le habían deshecho el peinado hacía apenas unas horas. Estaba haciéndose la trenza con dedos ágiles por la nuca cuando se fijó en que habían comenzado a aparecer marcas de tinta negra en una hoja de pergamino en blanco.

«¿Has tomado ya una decisión acerca de tu búsqueda de conocimiento, Nox?».

Ahora ya no era el momento de pensar en el sexo o el deseo. Ya se había saciado, aunque el colofón no hubiese sido demasiado satisfactorio. Tendría que conformarse. Nox se aclaró la garganta para serenarse. Entre el atolondramiento que la embargaba por acabar de despertarse y la complicada situación que había vivido con el reever, no tenía la cabeza lo suficientemente despejada como para responder al espectro.

Tenía que centrarse en la amiga por correspondencia fantasma. En la pregunta. En el problema.

Se sentó ante el escritorio y contempló el papel. No había tenido tiempo de considerar si debería volver a probar la manzana y arriesgarse a soñar de nuevo. La verdad era que la pluma mágica y la misteriosa fruta ni siquiera se le habían pasado por la cabeza en las últimas horas. Sintió un pinchazo de incomodidad al ver que la desconocida la llamaba por su nombre.

Reflexionó sobre el dilema con la manzana y la necesidad de obtener respuestas. Pensó en la dueña de la pluma gemela y en cómo podría conseguir que la ayudara sin contarle nada acerca del árbol, de lo que había presenciado o de su misión. Decidió ofrecerle un dato más en forma de pregunta:

«¿Qué sabes de la princesa?».

El papel no reveló ninguna respuesta más.

La probabilidad de que la cena fuese terriblemente incómoda era altísima. El hecho de que Malik pareciera pasar toda la velada sin decidirse entre posar los ojos en la comida, en sus amigos o en su copa tampoco facilitó las cosas. Tenía un corazón tan puro que ni siquiera gozaba de la habilidad de ocultar sus emociones. Por fortuna, el duque los acompañó durante la cena, junto a unos cuantos músicos, e intentó darle una serenata a Nox mientras ella comía patatas. Ash estaba demasiado ocupado partiéndose de risa como para darse cuenta de que su amigo se sonrojaba cada vez que Nox lo miraba. Los músicos se esforzaron por mantener una actitud profesional, pero era evidente que estaba siendo uno de los trabajos más incómodos para los que los habían contratado en la vida. Nox esperaba que al menos recibiesen una buena suma de dinero por tener que soportar semejante tortura. Mordisqueó un trozo de verdura asada mientras se planteaba la posibilidad de alterar el curso de las finanzas del duque de una manera más directa. Podría asegurarse de que los músicos recibieran un salario digno, de que los miembros del servicio tuvieran unas buenas condiciones de trabajo, de que las gentes de Henares no tuviesen que pagar tantos impuestos injustos… Sí, quizá no debía utilizar sus poderes para hacer el mal. Se aseguraría de mejorar un par de aspectos en Henares antes de que su estancia aquí llegase a su fin.

Tras la cena, el duque le ofreció a Nox no una, sino tres intrincadas vainas de piel para llevar a Chandra, además de sus cuchillos, siempre consigo. Podría quedarse con una y regalarle las restantes a los reevers, dado que las vainas eran ajustables y contaban con una serie de hebillas que les permitirían adaptar las cinchas alrededor de sus amplios hombros y espaldas. En vez de seguir usando las espadas robadas de los centinelas, el duque les había abierto las puertas de su arsenal privado y les había dado permiso para quedarse con las armas que les placieran. Tanto Malik como Ash escogieron unos hermosos y bien equilibrados mandobles, toda una colección de cuchillos y arcos de caza reforzados con sus correspondientes aljabas llenas de flechas.

Nox declaró distraídamente lo mucho que le impresionaba el tiro con arco, pero perdió todo el interés cuando su comentario desembocó en una competición de tiro. Malik había asegurado que podría dar en el blanco incluso a oscuras. Ash había subido la apuesta diciendo que podría hacer lo mismo y, encima, partir su flecha a la mitad. El duque les había dicho que eran libres de utilizar los campos de tiro y entretenerse cada tarde como ellos quisieran.

Después de un rato, cada uno de los tres compañeros recibió un caballo de los amplios establos del duque y equiparon a cada una de las monturas con alforjas llenas de provisiones para el viaje, entre las que se incluían mantas, piedras de afilar, odres de agua y todo un saco reservado para sus nuevas ropas hechas a medida. Aunque descansar en Henares había sido esencial para recobrar fuerzas y hacer acopio de provisiones, su tiempo en la finca estaba llegando a su fin. Se permitirían dormir bien una noche más en camas cómodas con almohadas de plumas y sábanas de seda antes de regresar a la vida de las alimañas del bosque.

Nox regresó a su dormitorio y se dispuso a envolver con un pañuelo lo que quedaba de la manzana para guardarla en su morral. Fue en ese momento cuando se percató de que el espectro había dejado cuatro palabras a modo de respuesta:

«¿De qué princesa hablas?».

Nox parpadeó un par de veces ante la pregunta.

—¿Cómo? —susurró.

Trató de recordar lo que sabía sobre la situación política global. La reina Moirai dirigía Farehold ella sola, con el príncipe heredero como sucesor al trono, aunque, si lo que decían los reevers era verdad, este no existía. En el norte, el trono de Gwydir era del rey Ceres. En las islas Etal, se decía que una misma emperatriz feérica llevaba siglos reinando con benevolencia y no habían llegado noticias al continente de que tuviese herederos. Por lo que había oído, más allá del estrecho Helado, Sulgrave estaba dividido en siete territorios individuales dirigidos por un conde cada uno. No se le ocurría a qué otra princesa podría estar refiriéndose aparte de Daphne.

¿Cómo podría sonsacarle esa información al espectro sin demostrar su ignorancia? Se mordió el labio y trató de encontrar algo que inventarse para conseguir alguna explicación más. Al final, escribió lo siguiente:

«De cualquiera de las dos».

Su respuesta fue casi instantánea.

«Entonces lo sabes».

A Nox se le aceleró el pulso. Se sentía como si estuviese al borde de un precipicio, pero no sabía qué le esperaba abajo. Había dado en el clavo. Cerró los ojos, inspiró por la nariz y dejó escapar el aire por la boca antes de redactar, por fin, su respuesta:

«Cuéntamelo todo».

Intentó tragar saliva, pero descubrió que tenía la boca demasiado seca como para aliviar los nervios que sentía. Todavía no tenía forma de saber si estaba hablando con una valiosa amiga o una peligrosa enemiga, pero había un detalle que no alcanzaba a recordar, pese a tenerlo al alcance de los dedos. La información era demasiado escurridiza, era como una mancha de aceite que no conseguía atrapar. El Árbol de la Vida había querido que Nox viese lo que le había ocurrido a la princesa Daphne y que oyese su última plegaria antes de desplomarse en el suelo del templo. La manzana le había ofrecido una estampa de la que solo Daphne, la sacerdotisa y el árbol habían sido testigos. Aquella información ahora descansaba en su interior como una piedra y sus jugos gástricos actuaban a su alrededor mientras Nox se esforzaba por comprender lo que el árbol había tratado de decirle.

En algún lugar del mundo, la persona que sostenía la pluma gemela escribió una respuesta y Nox supo exactamente lo que tenía que hacer.

«Te esperaré con las respuestas que buscas allí donde comenzó tu viaje».

Justo en ese momento, cerró los dedos alrededor del escurridizo recuerdo. Fuera cual fuese la palabra que había tenido en la punta de la lengua por fin encajó donde correspondía. Todo cobró absoluto sentido cuando recordó que había visto una pluma negra tan elaborada como la que ahora sostenía mientras deambulaba por un despacho.

Epifanía. Comprensión. Incredulidad. Conmoción. Pavor.

Nox salió de la habitación de inmediato y llamó a la puerta de los reevers para que saliesen al pasillo. Tenía los ojos desorbitados. Habló con solemnidad.

—Tenemos que marcharnos en cuanto amanezca.

Ambos asintieron sin dudarlo, preocupados por la expresión en el rostro de la chica.

—¿Volvemos a Aubade?

Nox sacudió la cabeza.

—No, vamos a ir al norte. A Farleigh.

35

Si iba a darle otro mordisco a la manzana, ahora era el momento. Se encontraba en un lugar seguro y caliente, lejos de los horrores del bosque y de la amenaza de los enemigos que había más allá de estas cuatro paredes. Si iba a partir hacia el orfanato por la mañana, lo mejor sería armarse con toda la información que estuviese en su mano antes de salir. Quizá el árbol ya le hubiese transmitido todo cuanto tenía para ofrecerle y Nox pasase una noche tranquila y sin sueños. Quizá le mostrase algún recuerdo interesante pero carente de importancia relacionado con el momento en que lo plantaron o con su crecimiento a lo largo de los milenios. Quizá no pasase nada. Quizá muriese al darle otro mordisco.

Ash había regresado a su habitación, pero Nox había agarrado suavemente a Malik del brazo antes de que se diese la vuelta.

—¿Te importa venir conmigo a la cama?

La miró como si lo hubiese golpeado en la cara con la parte plana de la hoja de una espada.

Nox casi se atraganta con su propia saliva al corregirse atropelladamente:

—Perdóname, eso ha sonado con segundas. Diosa, lo siento. Estoy a punto de cometer lo que tal vez sea una insensatez, pero estoy decidida a seguir adelante con ello y me ayudaría mucho tener a alguien al lado en caso de que deje de respirar.

Como era de esperar, sus palabras no reconfortaron nada a Malik.

—¿De qué hablas?

—Ven conmigo. —Tiró del reever para que la acompañara hasta su dormitorio y cerró la puerta—. Voy a darle otro mordisco a la manzana.

El chico palideció.

—¿Todavía la tienes? ¿Por qué vas a hacer eso? La última vez te afectó tanto que despertaste a toda la finca con tus gritos.

Tenía razón.

—Lo sé, pero, si cabe la posibilidad de que descubra algo más, creo que tengo que intentarlo. Si te da la sensación de que algo va mal o de que estoy en problemas, solo sacúdeme y despiértame.

—Nox...

No había discusión posible. Iba a morder la manzana, se quedase con ella o no.

Nox se metió en el cuarto de baño para ponerse un camisón, mientras que Malik permaneció vestido. Lo miró con desaprobación.

—Sabes que no voy a intentar devorarte en mitad de la noche, ¿no?

El reever se movió, incómodo.

—Creo que me voy a quedar un rato despierto mientras tú duermes.

—Tú también deberías aprovechar para descansar un poco —dijo ella con el ceño fruncido—. No quiero que mañana emprendas el viaje agotado.

Él se encogió de hombros.

—No voy a ser capaz de conciliar el sueño sabiendo que hay una posibilidad de que mueras en plena noche. —Se subió a la cama, se sentó sobre el edredón y dio unas palmaditas en el espacio libre a su lado.

—No. No podré dormir si te comportas como un rarito y te quedas ahí mirándome, vestido de pies a cabeza. ¿No puedes intentar hacer como si fuera una noche cualquiera? Prepárate para irte a dormir. Túmbate a mi lado… y ya está.

Malik abrió la boca para protestar, pero no se le ocurrió nada que decir.

—Si me quedo dormido, no podré ayudarte. ¿No crees que es mejor que me mantenga alerta?

—No creo que las espadas o el uniforme de reever vayan a ser muy útiles contra lo que sea que me espere al probar la manzana. De lo que sí estoy segura es que me va a costar conciliar el sueño y, si te quedas ahí mirándome, solo vas a empeorar las cosas. Además, suelo descansar mejor si tengo a alguien en quien confío durmiendo plácidamente a mi lado.

De nuevo, Malik abrió la boca y la volvió a cerrar. Nox estaba de pie ante el umbral de la puerta del cuarto de baño, vestida con un camisón de seda que le llegaba a la altura de la parte superior de los muslos y apenas dejaba nada a la imaginación. El duque casi no le había dejado ningún atuendo recatado, pero Nox lo prefería así. Para ella, lo mejor sería dormir desnuda, pero temía provocarle un infarto a Malik si se quedaba como la diosa la trajo al mundo. Aunque plantarse delante de él con un salto de cama tan fino como el papel tampoco era un gesto mucho más considerado.

Al final, el reever se levantó de la cama y se disculpó para ir a asearse y ponerse unos pantalones para dormir. Cuando regresó del cuarto de baño, Nox ya se había metido bajo las sábanas con un paquetito en la mano. Esta vez, fue su turno de dar unas palmaditas sobre el colchón.

—Solo para que conste, sigo creyendo que esto es una mala idea —dijo mientras se metía en la cama junto a ella.

Los ojos oscuros de la chica recorrieron los hombros y el pecho de Malik, pero se detuvieron antes de seguir viajando por su vientre. Que dejase volar su imaginación no les haría ningún favor. Nox no era, en absoluto, una maestra del auto-control.

La chica inclinó la cabeza.

—¿Te sirve de algo si te digo que me siento a salvo contigo?

Malik dejó escapar un suspiro derrotado. Lo único que consiguió Nox con su comentario fue apaciguarlo, puesto que le resultaba imposible protestar ante un sentimiento tan bonito.

Nox retiró el pañuelo con el que había envuelto lo que quedaba de la manzana.

—A ver qué pasa —dijo antes de dar un bocado.

Supuso que había apoyado la cabeza en la almohada. Supuso que se había acurrucado entre las sábanas. La presencia de Malik sin duda debía de haberla reconfortado antes de sumergirse en sus sueños. Sin embargo, fue incapaz de recordar nada. En cuanto el ácido dulzor de la manzana había rozado su lengua, Nox se había transportado a otro lugar.

No recordaba haberse quedado dormida. No sabía cuándo había cerrado los ojos ni cómo Malik había recogido la manzana de la cama al escapársele de entre los dedos. No tenía forma de saber cuánto tiempo había pasado o no desde que se le empezaron a mover los ojos a toda velocidad tras los párpados cerrados. No sabía que Malik no se había tumbado, sino que permanecía sentado junto a ella, vigilándola con atención.

Volvía a ser el árbol.

Cuando Nox había visitado el templo por primera vez, el mundo estaba en llamas.

Durante el primer sueño, se respiraba la paz y la sacerdotisa había cuidado del árbol hasta que Daphne había llegado al templo a caballo.

Esta vez era diferente. La energía, la gente, las frenéticas y confusas palabras de aquellos que se encontraban más cerca de las raíces estaban cargadas de una novedosa expectación. Nox contempló desde las alturas como un círculo de mujeres se reunía en el suelo del templo. El mármol, que por lo general estaba limpio y despejado, estaba cubierto de fragantes flores de luna y suaves almohadones de seda. Las mujeres rodeaban a una figura central, que aullaba de dolor. La noche pulsaba cargada de magia. Esta vez, no sentía el malestar de una pesadilla, pese al sufrimiento de la mujer que gritaba. En el ambiente se respiraban la trascendencia y la emoción del momento. El poder que fluía por aquella estampa era abrumador.

Las demás mujeres llevaban largos vestidos y brazaletes, como las sacerdotisas que había visto tanto en persona como en su sueño anterior. El instinto le decía que aquellas mujeres, tanto humanas como feéricas, debían de servir en los templos que se repartían por todo el continente. A Nox se le pusieron los pelos de punta al verse embestida por la cacofonía de música y gritos que proferían. No tenía los conocimientos teológicos necesarios para saber con exactitud por qué había tantas sacerdotisas reunidas en un mismo templo.

El edificio brillaba gracias a la luz blanca como la leche que la luna llena derramaba sobre el lujoso espacio. El árbol vibraba con una mágica incandescencia. Las sombras y los relucientes reflejos plateados, que se ondulaban y se refractaban por la estancia como un etéreo océano, transformaban a las sacerdotisas en criaturas insólitas, casi divinas.

La mujer que había en el centro del círculo era alguien a quien Nox ya había visto antes. Era la hermosa sacerdotisa de ónix que había hecho frente al saqueo del templo. La había visto la noche en que las dos mujeres le rogaron al Árbol de la Vida que cumpliera la plegaria de Daphne. Había sido testigo del momento en que sus manos comenzaron a brillar y el templo se inundó de luz. Ahora la sacerdotisa estaba acostada en el suelo, al igual que la noche del incendio, y sus alaridos de dolor se unían a los cánticos de las mujeres que se habían congregado a su alrededor. Una de ellas le frotaba la espalda. Otras se habían dispuesto a cada lado de su cuerpo. Una estaba arrodillada ante ella. Todas aquellas criaturas espirituales entonaban sus plegarias al tiempo que tranquilizaban y apoyaban a la sacerdotisa con sus melodías.

Otro intenso grito de agonía brotó de entre sus labios. Era el dolor agudo y divino de algo sagrado. Nox comprendía lo que ocurría ante ella. La sacerdotisa estaba dando a luz.

—¡Diosa, concédele tu fuerza! —gritó una de las mujeres, que se había inclinado ante el árbol.

Otra se echó a llorar; las lágrimas le surcaron las mejillas y formaron cálidos surcos en su resplandeciente vestido.

—La Madre Universal te ha elegido —anunció la sacerdotisa de más edad que se alzaba a la espalda de la parturienta; su voz sonaba apresurada—: Y la Madre Universal te ayudará a superar esto. ¡Recurre a su apoyo!

La sacerdotisa volvió a gritar cuando una contracción le atravesó el cuerpo. El alboroto resonó por el mármol del templo y los ecos de los alaridos reverberaron al entremezclarse con las inquietantes melodías de las plegarias. El cuerpo de la mujer se relajó en cuanto el dolor remitió, consumida por el agotamiento. Cuando habló, lo hizo a través de sollozos rotos y desgarradores.

—Te he sido fiel toda mi vida —gimoteó—. Por favor, diosa mía, ayúdame.

Nox habría querido dejar escapar un jadeo. Habría querido apartar la mirada. Las mujeres del Selkie habían tomado todo tipo de medidas drásticas para evitar quedarse encintas y la aversión de la joven por los hombres había hecho que el miedo que sentía por los embarazos calara en lo más hondo de su mente. No quería tener que presenciar un parto, pero aquel momento era importante. Estaba ocurriendo ante el Árbol de la Vida.

—¡Empuja! —la animó la mujer que le sujetaba la espalda, y la sacerdotisa gritó de dolor.

—¡Ya veo la cabeza! —exclamó la mujer arrodillada ante la parturienta.

—¡Concéntrate! ¡Trae la bendición de la Madre Universal al mundo! ¡Tienes que empujar!

Desde las alturas, donde Nox contemplaba la escena, veía la capa de sudor que cubría la piel de la sacerdotisa y que empapaba lo que quedaba de su vestido, puesto que casi toda la tela estaba recogida a la altura de su vientre para que la mujer que estaba de rodillas pudiese ayudarla durante el parto. Nox no tenía ojos ni párpados que cerrar. Era Bodhi, Génesis e Yggdrasil. Estaba hecha de las ramas, las hojas, la vida y la memoria que residía en el corazón del templo. Estaba allí para presenciarlo todo.

Nox no pudo ver al bebé desde la posición del árbol, puesto que la mujer que estaba ante la sacerdotisa le tapaba la vista. Se sentía como si los espeluznantes cánticos le estuviesen echando un cubo tras otro de agua de lluvia encima. Se ahogaba en sus melodías; se sentía abrumada por el caos de gritos de dolor y plegarias.

—¡Ya casi lo tienes! ¡Empuja! —ordenó con una urgencia casi palpable.

La sacerdotisa acompañó un último empujón con un alarido antes de desplomarse sobre el suelo del templo. La mitad de las mujeres que la rodeaban corrieron a ayudarla, le humedecieron la frente y la tranquilizaron. La mujer mayor que estaba colocada a su espalda la preparaba para que hiciese un esfuerzo más y expulsase la placenta. La que se arrodillaba ante ella ahora sostenía un bulto chiquitín y ensangrentado. Desde las ramas, hasta que el recién nacido no se hubo echado a llorar, Nox pensó que casi parecía como si un pegote del relleno de una tartaleta de fresa hubiese cobrado vida entre los brazos de la mujer. Alguien cortó el cordón.

El aliviado suspiro de alegría y celebración que inundó la estancia fue contagioso. Nox lo sintió en los nervios, los huesos, las ramas, las ramitas y los brotes.

Una mujer lavó al bebé en una jofaina mientras este seguía llorando y lo envolvió en telas limpias y delicadas.

—¿Y ahora qué hago? —Su pregunta apenas fue inteligible por culpa del agotamiento.

Nox quería ver mejor la escena. Se asomó entre las ramas y se preguntó si habría algún otro ángulo desde el que tener una perspectiva mejor. No, hasta que la sacerdotisa no se girase, se perdería todo lo que ocurriese.

La mujer de mayor edad estaba tranquilizando a la que acababa de dar a luz:

—Tu trabajo ya está hecho, querida. Tu fe te ha permitido servir de recipiente para albergar la bendición de la Madre Universal.

Dejaron al bebé ya limpio en brazos de la cansada sacerdotisa.

—¿Se quedará conmigo?

—Su vida le pertenece al mundo entero y a nadie en particular, querida. Nosotras nos encargaremos de que reciba los cuidados, alimentación y atenciones que requiera aquí en el templo hasta que la diosa determine dónde debe ir para que cumpla con su destino. Esta personita encarnará las plegarias de los fieles.

Cuando Nox por fin pudo ver bien al bebé, se vio embestida por una nueva ola de confusión. La preciosa piel de la sacerdotisa tenía el mismo tono obsidiana que el de las gentes de Tarkhany. El bebé nacarado destacaba tanto entre sus brazos como la luna plateada en el cielo.

Nox no comprendía lo que estaba viendo. ¿Cómo era posible que la sacerdotisa fuese la madre de ese bebé? Recordó cómo la luz de la diosa había engullido a la sacerdotisa mientras rezaba junto a Daphne en sus últimos momentos. La princesa le había rogado a la diosa que enviase a alguien capaz de romper la maldición que asolaba su reino.

—Parece una criaturita tan humana… —murmuró la exhausta sacerdotisa mientras sostenía al bebé; estaba a punto de quedarse dormida. El sudor le perlaba la frente cuando se le empezaron a cerrar los ojos.

—Porque lo es y no lo es.

—¿Le contaremos lo que es? —preguntó otra mujer.

—¿Quiénes somos nosotras para interferir en los designios del destino al modificar su curso? La Madre Universal le dio vida a la última voluntad de Daphne y será la diosa quien la guiará.

El bebé había dejado de llorar y Nox se unió a las sacerdotisas que contemplaban la diminuta criaturita hecha de nieve.

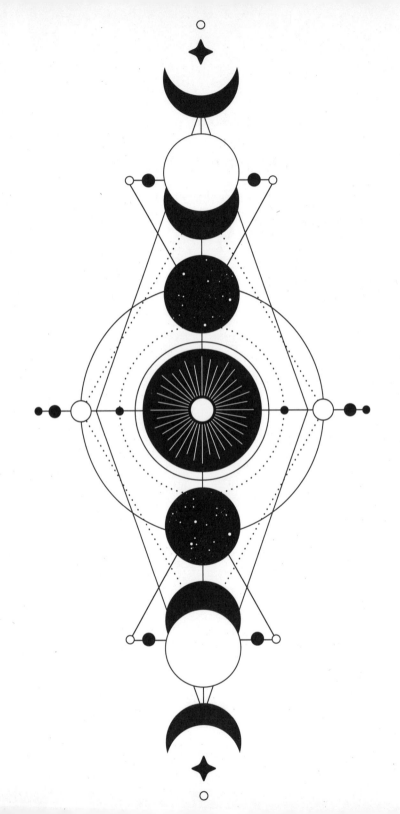

TERCERA PARTE

Todo lo que siempre has deseado

36

Fue como si Gadriel hubiese muerto y regresado a la vida después de haber cruzado la frontera. Una buena parte de su mal humor se desprendió de sus hombros en cuanto pusieron un pie en territorio norteño, como la pesada capa de nieve que cae de un tejado. Sonrió en cuanto dejó a Amaris en el suelo. Se sentía libre.

—Bienvenida a Raascot, bruja. —Hizo un amplio movimiento para abarcar los árboles que los rodeaban. El bosque transmitía una sensación distinta. Se respiraba el fresco aire de las montañas. Cada bocanada tenía el intenso regusto de los pinos. Entre el tono índigo del cielo y los árboles perennes que se cernían sobre sus cabezas, la región montañosa de Raascot tenía un claro toque mágico.

—No soy una bruja —refunfuñó Amaris de buen humor, puesto que ella también había dejado la irritación en Farehold.

Sacó las últimas raciones de salazón y le pasó un trozo a Gadriel.

—Eso lo dirás tú —bromeó con tono despreocupado.

A Gadriel ya no le importaba que se les acabaran las provisiones, puesto que, por fin, la gente vería su verdadera forma y podría acercarse a la primera aldea que encontraran en el territorio norteño.

—¿Cuánto falta para llegar a Gwydir?

—Solo un par de días. —Sonriendo, añadió—: Raascot es un reino más pequeño que Farehold, pero seguiremos viajando directos hacia el este, a vuelo de pájaro, ya sabes.

—¿Esos chistes suelen funcionarte?

—Pues sí.

El plan era abandonar la vida nocturna para volver a viajar de día, pero ese era un cambio que deberían hacer de forma gradual. Era la primera mañana que pasaban en Raascot y lo único que les quedaba por hacer era montar un campamento y darle a Gadriel el tiempo que necesitase para recobrar fuerzas.

Amaris miró de reojo al ser feérico, que se encontraba al otro lado de su campamento improvisado. Esa energía tan despreocupada era contagiosa. Lo que Gadriel tenía de pretencioso y agresivo, Amaris lo tenía de arisca con tendencias asesinas. Continuó estudiándolo y evaluando la sensación de camaradería que había crecido entre ellos mientras él le daba la espalda y recogía leña con las alas plegadas con comodidad sobre sus amplios músculos. Amaris era incapaz de entender la mitad de sus reacciones o justificaciones; aun así, que para ella no fuesen lógicas no impedía que comprendiese de dónde salían. Nunca había tenido contacto con el mundo militar hasta que lo conoció a él. Era consciente de que el entrenamiento de élite que se llevaba a cabo en Uaimh Reev no tenía nada que ver con las jerarquías, el secretismo o la obediencia ciega que requerían las tropas del reino al estar bajo el mando de un superior. Estaba segura de que era tan complicada para Gadriel como él lo era para ella. Quizá era eso lo que, en múltiples aspectos, los convertía en el dúo perfecto.

Todavía estaban asentándose, encendiendo un fuego y quitándose las armas de los mercenarios cuando oyeron un chasquido. La mirada de Gadriel voló hasta el punto donde la oscuridad que precedía al amanecer coloreaba el bosque. Habían sufrido a manos de demasiados demonios. Ya no les sorprendía en absoluto que su momento de felicidad fuera a verse truncado en cuanto hubieron cruzado la frontera con Raascot.

—¿Gad? —preguntó una voz vacilante entre los árboles.

El alivio y el entusiasmo que bañaron las facciones de Gadriel bien podrían haber sido un jarro de agua. El ser feérico resplandeció de emoción al gritar en dirección a la voz:

—¿Yaz?

La joven que emergió de entre los árboles apareció como un borrón de rizos cobrizos y alas negras antes de lanzarse a los brazos de Gadriel. Él la abrazó y le dio una vuelta.

La mal disimulada reacción de Amaris fue inmediata, visceral y casi animal. Una territorial punzada de celos tiró de las comisuras de sus labios hacia abajo cuando los dos seres feéricos alados se abrazaron. La posesividad era una emoción desconocida para ella y no tenía ni la más remota idea de cómo lidiar con ella. La reprimió y la metió en el compartimento donde todas las emociones desagradables acababan almacenadas. Por suerte, Gadriel y su amiga estaban tan absortos que no se fijaron en su expresión. De hecho, casi se olvidaron por completo de ella hasta que Gadriel liberó a la mujer alada del abrazo y se dio la vuelta, emocionado, para mirar a Amaris.

—¡Amaris, esta es Yazlyn! Es una de mis mejores comandantes. Yaz, esta es una bruja amargada que nos ayudará a salvar Raascot.

Amaris parpadeó ante el rostro sorprendido de la mujer, que era demasiado hermosa e iba vestida con un ajustado uniforme de cuero. Las plumas negras y angelicales de sus alas tenían un brillo lustroso y era evidente que no habían sufrido a manos de la tragedia. Su rostro era de lo más expresivo y estaba lleno de vida. Sus enormes ojos mostraban una intrincada combinación de intensos tonos castaños. Era preciosa y Amaris, sin saber muy bien por qué, consideró esa belleza exasperante.

Yazlyn no se molestó en tenderle la mano para cumplir con las formalidades, sino que envolvió a Amaris en un abrazo cargado de calidez, como si fueran parientes lejanas que llevaban mucho tiempo sin verse.

—¡Es un verdadero placer conocerte! —La mujer miró a Gadriel, abrió un poco los ojos y devolvió su atención a Amaris, a quien seguía estrechando entre sus brazos—. ¡Hostia puta! Ay, diosa mía, ¡esto es genial!

—Encantada de conocerte —tosió Amaris bajo una nube de cabellos cobrizos.

La mujer olía de maravilla, a nueces y moras. Era tan simpática que resultaba casi imposible odiarla, pese a que los celos que sentía Amaris no habían remitido del todo.

Yazlyn se dio la vuelta, con las manos apoyadas despreocupadamente en los brazos de la otra joven.

—¿Qué coño haces en la frontera, general? —Recurrió a su rango con afecto.

Él sonrió.

—Escapar con vida por los pelos de Farehold, eso es lo que estoy haciendo aquí. Tenemos que llegar a Gwydir para hablar con Ceres cuanto antes, pero recuérdame que te cuente algún día como esta de aquí me metió en una pelea con un ag'drurath.

Amaris levantó una mano y mató dos pájaros de un tiro. Consiguió interrumpir el discursito arrogante de Gadriel y poner un poco de espacio entre Yazlyn y ella.

—Creo que lo que querías decir es que esta de aquí te sacó de una pelea con un ag'drurath.

Yazlyn se quedó boquiabierta.

—¿Un ag'drurath? ¿Me estáis tomando el puto pelo? Joder, eso no se lo cree ni la diosa. Cuéntamelo todo ya.

A Amaris le temblaron los labios en su intento por reprimir una sonrisa. Hacía tan solo tres minutos que conocía a la mujer feérica y ya era la persona más malhablada con la que se había topado en la vida. Trató de ir contando todas las groserías que habían salido por su boca, pero no creía que fuese a tener dedos suficientes.

Yazlyn se sentó y, tras azuzar a Gadriel, este le contó una versión bastante adornada de lo ocurrido en la que el general se pintó mucho más inteligente y fuerte de lo que Amaris recordaba. Después, Gadriel presumió de sus alas iridiscentes y le explicó sin entrar en demasiados detalles lo ocurrido en la universidad, con lo que terminó de poner al día a su nueva compañera. Parecía estar omitiendo de una forma muy conveniente las partes en las que había hecho que Amaris le partiese el cuello o en las que había tratado de matarla mientras dormía para desatar sus poderes.

—¿Y tú qué haces en la frontera? ¿No quedan las tareas de vigía muy por debajo de tu rango? ¿O es que acaso te has estado metiendo en líos en mi ausencia y has perdido todos tus galones? —Gadriel exigió saber toda aquella información con la voz bañada en un tono divertido.

Yazlyn se encogió de hombros y le devolvió la sonrisa.

—Joder, ya me gustaría haber tenido la oportunidad de meterme en líos. No, ya no podemos dejarles las tareas de vigilancia a los putos inútiles de los soldados rasos. Al haber enviado a nuestros mejores hombres a la misión de Farehold, aquí se ha tenido que reestructurar todo. Hay miembros del segundo ejército por toda la frontera. Ahora no solo debemos asegurarnos de que no entre nadie, sino que también…

—Entiendo.

Ambos sacudieron la cabeza en silencio, decepcionados por los delirios del rey. Amaris dio por hecho que la fantasiosa creencia popular decía que el hijo del monarca vendría a Raascot para intentar encontrar a su padre.

A Yazlyn se le iluminó la mirada al preguntar:

—¿Y qué hay de los demonios? ¿Habéis visto algo suelto por ahí? ¿También están apareciendo por el sur?

Gadriel asintió con la cabeza.

—Ya solo desde que conocí a la bruja, me he enfrentado a un beseul y a un ag'imni. El dragón estaba en manos de la reina, así que supongo que no cuenta como una de las criaturas que plagan los bosques.

—¿Un ag'imni? —Miró a Gadriel y, luego, a Amaris mientras palidecía—. ¿Os...?

—Hemos descubierto que saben hablar.

—Me habló a mí —aclaró Amaris—. En concreto, me habló de Gadriel. Dijo cosas de él y de mí.

—Vaya. —Yazlyn se puso más pálida—. Qué... siniestro. Se me ponen los pelos de punta solo de imaginar cómo intentaría desestabilizaros —comentó con tirantez—. A esos cabrones se les da de maravilla manipular e infligir dolor. ¿Qué os dijo?

—Nada que sea digno de mención —respondió Gadriel.

Amaris apretó los labios hasta formar una delgada línea.

—Bueno. —Gadriel volvió a centrarse en Yazlyn—. ¿Qué pasa con los demonios, Yaz? ¿Han entrado en Raascot? ¿Han conseguido llegar a Gwydir?

El color regresó a las mejillas de la mujer feérica. Se estremeció al darle una dolorosa respuesta:

—Están por todas partes, Gad. Como tantos os fuisteis al sur y el rey ha perdido la puta cabeza tratando de encontrar y rescatar a... —Sus ojos volaron hasta Amaris, como si siquiera comprobar cómo reaccionaba al hecho de que hablase mal del rey—. Ceres no tiene a nadie que mantenga a raya a las criaturas que entran en el territorio. Nadie entiende qué está haciendo que salgan de las montañas.

Gadriel dejó escapar un sonido molesto entre dientes.

—¿Has estado en contacto con el reever?

Amaris reaccionó ante la pregunta. Debían de estar hablando del padre de Ash, Elil.

—Lo último que sé es que otros dos se habían unido a él en Gwydir. La ciudad está hecha un nido de reevers últimamente.

Gadriel señaló a Amaris.

—Pronto serán tres más.

A Yazlyn se le volvió a iluminar el rostro. Tenía una boca hecha para sonreír y soltar groserías a partes iguales.

—¿Eres una reever? ¡La madre que me parió! —Se quedó mirando a Amaris hasta que se le hizo incómodo y, tras evaluar sus cabellos, sus cicatrices, sus ojos, sus músculos y sus armas, por fin, preguntó—: ¿Por qué no deja de llamarte bruja?

Amaris hizo un mohín y fulminó a Gadriel con la mirada.

—Eso, Gad, ¿por qué no dejas de llamarme bruja? —Amaris le devolvió la mirada a Yazlyn con tanta educación como pudo—. Sí, soy una reever. Samael fue quien me entrenó. ¿Está Odrin en Gwydir ahora?

Amaris habló con voz esperanzada al pensar en su padre adoptivo.

Yazlyn sacudió sus amplios rizos.

—Llevo demasiado tiempo en la frontera, así que no los he visto. Si me he enterado de ello ha sido gracias a los rumores que corren entre nuestras filas. Creemos que están reuniendo fuerzas para defendernos contra las bestias. Cada vez que pensamos que la situación no puede ir a peor, va y nos sorprende. —Miró a Gadriel—. Sea lo que sea lo que estás pensando, multiplícalo por diez, por veinte o por cincuenta. Os lo digo en serio, no sé qué alcance tendrá vuestra imaginación, así que quizá la multiplicación no sea la mejor estrategia. Pero no pinta bien, Gad.

Él asintió.

—Si Ceres no va a hacer nada por resolver la inestabilidad a la que se enfrenta el reino, ahí es cuando los reevers entran en juego. —Gadriel se dirigió a Amaris—: Quizá deberíais considerar la posibilidad de reclutar a más reevers.

—Veré qué puedo hacer.

Amaris sintió una chispa de orgullo en su interior. Recordó que había llamado asesino a Odrin cuando se conocieron y él se había reído de ella. Los intereses de los reevers tenían una relación más estrecha con los de la Madre Universal que con los de cualquier mercenario. Eran el brazo de la diosa que empuñaba las armas; su objetivo consistía en ayudar a mantener el equilibrio en el continente.

Movido, quizá, por la emoción que lo había embargado al encontrarse con Yazlyn, Gadriel había decidido que se ahorraría la noche de descanso y continuarían volando durante el día si la mujer feérica podía cargar con Amaris. No veía inconveniente en volar durante veinticuatro horas seguidas, pero no estaba seguro de poder hacerlo llevando una pasajera. Yazlyn había flexionado los músculos con una sonrisa fanfarrona ante la idea. El miedo que pudiesen haber tenido a quedarse sin provisiones se esfumó en cuanto descubrieron que su nueva compañera contaba con un buen alijo de galletas saladas y comida seca. Si volaban durante todo el día, tendrían oportunidad de recuperar horas de sueño en un pueblecito de montaña en el extremo más alejado del bosque Raasay.

Yazlyn estuvo encantada de apretar a Amaris contra su cuerpo y echar a volar. La sargento era amable, irreverente e indiscutiblemente graciosa, lo cual Amaris encontraba de lo más exasperante.

Había esperado sentirse incómoda en brazos de la sargento, pero Yazlyn tenía un don para hacer que el ambiente fuese agradable. Intentó charlar con Amaris durante el vuelo, pero el viento y el aire imposibilitaron casi por completo cualquier conversación. Aun así, la mujer feérica le daba un suave apretón en el brazo cada vez que quería enseñarle una cordillera hermosa, los rápidos de un sinuoso río o un pájaro de grandes dimensiones que considerase digno de ver. Volar a plena luz del día era una experiencia totalmente distinta y Amaris nunca la olvidaría.

Al volar con Yazlyn, el viaje fue mucho más frío en todos los sentidos pese a que era de día. Pese a que el sol del verano brillaba sobre ellas. Amaris no se dio cuenta de lo poco que había valorado el don de Gadriel hasta que sus dedos no hubieron adquirido un intenso tono rosado al entrar en contacto con el aire glacial de las alturas. Yazlyn pareció advertir la situación de Amaris y la apretó más contra su cuerpo. La sargento también estaba helada y había empezado a presentar los mismos tonos de rojo que ella en la nariz y la punta de las orejas. Pese a todo, las vistas eran increíbles. Amaris tenía la sensación de haberse caído dentro de una de las ilustraciones de los libros de cuentos de hadas que había en Farleigh. Las escarpadas montañas estaban coronadas de nieve. Los pinos arañaban el cielo. El ambiente no era espeso y neblinoso como el de la universidad, sino que el aire de la montaña era fresco y limpio, familiar a la vez que distinto del de su vida en el reev. Todo era más verde, más intenso y nuevo de una forma fascinante.

Continuaron volando hasta primera hora de la tarde. Una vez que hubieron llegado al pueblo de montaña más cercano, hicieron una parada en una posada y con el dinero de Yazlyn alquilaron tres habitaciones sencillas para pasar la noche en una cama cómoda. El posadero era un humano, pero había estado más que encantado de acoger a los soldados y su acompañante bajo su techo. No se molestó en ocultar el descaro con el que estudió los cabellos blancos, la piel pálida y los ojos violetas de Amaris, pero no era ninguna novedad. Siempre destacaba por su peculiar aspecto allí donde iba. La chica había temido estar demasiado nerviosa como para descansar en condiciones después de todo lo que habían vivido, pero, en cuanto tocó el colchón, se quedó dormida como un tronco.

La cama podría haber estado rellena de zapatos o de cinturones de cuero y le habría dado igual; cayó rendida como si el colchón hubiese estado hecho del más mullido plumón. El agotamiento la había consumido y la había arrastrado hasta sus más oscuras profundidades.

Tuvo un buen sueño.

Hacía tiempo que no soñaba con las suaves curvas de Nox o con la forma en que sus labios se entreabrían. Su inconfundible aroma impregnó el aire, como si la chica estuviese hecha a base de las mismas frutas púrpuras y especias en cada encuentro. La delicada presión contorneada de sus cuerpos había supuesto un sueño recurrente. Amaris sabía cómo las manos de su preciosa amiga le recorrerían los costados y pondrían a prueba sus nervios. Sabía que los ojos de Nox se clavarían en los suyos hasta que tuviese que ceder, abrumada por la intensidad de su mirada. Era consciente de la poderosa fuerza que contenía la energía que circulaba entre ellas mientras se apretaban la una contra la otra en un enrevesado caos de esperanza y anhelo. Sabía que, en ese sueño recurrente, sus labios nunca llegaban a rozarse. Se lo sabía de memoria. Cuán bello y constante era su deseo, cuán insaciable era su sed. El deseo las encerraba en ese momento suspendido para siempre en el tiempo que precede a un beso prometido, de manera que quedaban atrapadas entre el impulso de cerrar el espacio que las separaba y la duda o la negación que las mantenía alejadas.

Ya sabía cómo acababa el sueño.

Echaba de menos a Nox.

Amaris tragó saliva para deshacerse del dolor; odiaba que sus sueños no respetasen el concienzudo empeño que ponía en mantener en pie el compartimento de su interior. Los sueños sacaban al exterior sus emociones, las dejaban vagar libres por su mente y las permitían bailar, jugar y explorar más allá de la jaula que tanto se había esforzado por mantener cerrada.

Tras despertarse, lo primero que hizo fue reunir sus emociones como si fueran ovejas descarriadas para devolverlas a su redil y cerrar de un portazo una vez que estuviesen todas dentro.

Una vez que se hubo recuperado de las heridas que le habían dejado los sueños, se dio cuenta de que se había quedado dormida con la ropa puesta, de manera que había manchado toda la cama con la suciedad que se le había ido acumulando en las prendas durante el viaje. No sabría decir qué hora era, pero la luz de la mañana ya mostraba una cima nevada tan impresionante que hacía que su ventana casi pareciese un cuadro al óleo. Amaris se levantó y avanzó sigilosamente por un silencioso pasillo hasta llegar al cuarto de baño compartido de la posada. Se dio el gusto de permitirse un largo baño caliente mientras el resto de los huéspedes dormían. Estaba a punto de secarse y volver a ponerse sus ropas de viaje sucias cuando oyó que alguien llamaba a la puerta con suavidad.

Era la voz de Yazlyn:

—¿Amaris? —pronunció su nombre a través de la puerta en voz baja para respetar a los demás en esas horas tan tempranas—. Te oí levantarte y pensé que querrías cambiarte de ropa. ¿Puedo dejarte un par de cosas ahí dentro?

Amaris abrió la puerta del cuarto de baño unos milímetros, sin soltar la toalla que sostenía delante de su cuerpo.

—Siento que todas mis camisas tengan agujeros en la espalda, pero no tengo nada más para prestarte.

—Intentaré hacer que me crezcan un par de alas y me reuniré contigo abajo. —Amaris esbozó una sonrisa somnolienta ante la broma tonta. Se dejó el cabello plateado en húmedos tirabuzones sueltos que le empaparon los hombros de la camisa. Una vez que se hubo puesto la ropa limpia, bajó a la sala común de la posada. Los cálidos y acogedores aromas del desayuno fueron de lo más reconfortantes al compararlos con los días que habían pasado acampando y viajando.

Yazlyn estaba sentada ante un plato particularmente repleto de hojaldres y carne en una mesa junto a una ventana iluminada por la luz lavanda de la mañana. El paisaje que se veía por las ventanas de la posada era impresionante, rebosante de vegetación y montañas por igual. La mujer feérica no se había percatado de que Amaris había entrado en la sala, puesto que siguió comiendo con la mirada perdida en la cadena montañosa de indulgente hermosura que se veía a través de la ventana.

—¿Te vas a comer todo eso? —preguntó Amaris al acercarse.

Yazlyn dio un respingo y se giró para mirarla.

—Sí, pero estoy dispuesta a compartir porque me caracterizo por tener un alma caritativa.

Amaris se sentó a la mesa y probó un hojaldre de chocolate que se deshacía en la boca y sintió que se le cerraban los ojos de placer.

—Está de muerte, ¿verdad? Joder, nadie hace el chocolate tan bien como la gente que vive en las montañas.

—¿Tú no eres de aquí?

Yazlyn sonrió.

—No, no. Gad y yo somos de Gwydir… Bueno, en realidad, yo soy de Gwydir. Él vivía a las afueras.

A Amaris no le hacía ninguna gracia la familiaridad con la que Yazlyn pronunciaba el nombre de Gadriel. Sintió el mismo pellizco desagradable que el día anterior y se preguntó cuál sería su pasado compartido. La sargento era demasiado guapa como para que Amaris quisiera imaginarse a los dos seres feéricos pasando juntos más tiempo del estrictamente necesario.

Con la boca llena, Yazlyn empezó a hacerle preguntas a Amaris sobre su vida. Le preguntó de dónde era, cómo había sido su infancia, cómo había conocido a Gadriel y qué planes tenía para el futuro. Un genuino interés brillaba en sus ojos castaños. Solo el color de sus iris era ya de por sí una razón para maravillarse ante la mujer feérica, puesto que los oscuros anillos exteriores de color se mezclaban con toda una gama de dorados y verdes antes de encontrarse con sus pupilas. Yazlyn era un pozo sin fondo de preguntas entusiastas. Su espíritu era contagioso.

—¿Y qué hay de ti? —preguntó Amaris—. ¿Cuál es tu historia?

Yazlyn asintió y se dispuso a hablar sin tragar el bocado que se había llevado a la boca, de manera que continuó comiendo y masticando a medida que se explicaba. Levantó una mano en un desganado intento por cubrirse la boca para evitar escupir trocitos de hojaldre:

—Nací y crecí en la capital con mis encantadores padres, que trabajaban y todavía trabajan para el ejército. ¡Empecé a entrenarme en cuanto fui capaz de sostener una puta espada! Ahí fue cuando conocí a Gad. Bueno, más o menos. Nos conocimos en una taberna cuando acababa de alistarme.

—Puede que esto que te voy a preguntar sea de mala educación, pero conozco a muy pocos seres feéricos. ¿Te importaría decirme qué edad tienes?

Yazlyn sonrió.

—¡No! Para los estándares feéricos, soy un bebé. Solo tengo sesenta y tres años; creo que equivale, más o menos, a tu edad en años humanos.

Amaris frunció el ceño.

—Creo que no soy del todo humana.

Yazlyn se mostró de acuerdo.

—No, supongo que no. —Dejó vagar la mirada hasta que Amaris empezó a sentirse incómoda antes de corregirse—: Desde luego, no te pareces a ningún humano que haya conocido. Eres de lo más curiosa.

Amaris torció el gesto al formular su siguiente pregunta:

—¿Y Gadriel y tú…?

La mujer casi se atraganta con el hojaldre. Se le desencajó la mirada, conmocionada por la pregunta, como si fuese la cosa más absurda que hubiese oído nunca. Pasó un buen rato tosiendo para tratar de desatascarse las vías respiratorias.

—¡¿Qué?! —Se dio un golpe en el pecho como si fuese incapaz de asimilar esa idea—. Diosa bendita, no. Preferiría mil veces acostarme con un beseul antes que con un hombre. Gad es prácticamente de mi familia. Es mi jefe, mi amigo, mi compañero de borracheras y la persona que escogería para que me cubriese las espaldas en una batalla. Incluso fue él quien me presentó a mi primera pareja.

Amaris abrió los ojos al oírla, aunque trató de disimular la sorpresa para que no fuese demasiado evidente. No sabía si lo de hablar con tanta naturalidad acerca de su sexualidad era algo típico de los norteños o si estaba ligado al hecho de que Yazlyn fuese tan charlatana. Dado que la mujer feérica le había hecho a Amaris una buena cantidad de preguntas, consideró que ella podría hacer lo propio:

—Como hablas de una primera pareja, asumo que...

La voz de Yazlyn sonó, en cierta manera, como un suspiro nostálgico. Se había terminado el hojaldre y jugueteaba con las miguitas que había dejado como si fuera una vidente perdida en la profecía de unas hojas de té. Sin embargo, no era más que una mujer que se había sumido en el silencio por culpa de la nostalgia y que todavía no se había recuperado de las heridas que le habían dejado los recuerdos que la asolaban.

—El amor no siempre es eterno, ¿sabes? Ella era un pájaro al que no se podía enjaular. Le había entregado su alma a los viajes y la búsqueda de conocimiento por encima de todo.

Cogió un panecillo hojaldrado con mantequilla. Cada recuerdo apesadumbrado se vio interrumpido por un bocado de migas, hojaldre y nostalgia. Yazlyn miró a Amaris tantas veces como a la pila de comida, a la chimenea y a las montañas que se veían más allá de las ventanas.

—Ella quería ver el mundo. Yo tenía que ir a donde Ceres me enviase y ella necesitaba ver a las sirenas y tritones de las islas Etal, a las serpientes de arena de Tarkhany y a las criaturas peludas y blancas como la nieve que viven más allá del estrecho Helado. No nos guardamos ningún rencor. No todo tiene que acabar en una tragedia…, pero eso no quita que sea triste. —Yazlyn escogió un tercer dulce, una pegajosa espiral de canela, y la partió en cachitos con los dedos—. ¿Qué hay de ti? ¿Tienes alguna persona especial por ahí?

En todos sus años de vida, Amaris nunca había conocido a una persona tan sincera y directa como la mujer feérica de rizos sueltos que no dejaba de zampar ante ella. Yazlyn se dio cuenta de que Amaris se sentía incómoda.

—Ay, perdona. No debería ser tan entrometida.

Amaris sacudió la cabeza a modo de disculpa.

—No es por ti, es que es complicado. Supongo que ni siquiera yo comprendo la respuesta a esa pregunta.

Yazlyn sonrió ante su contestación.

—¿Qué necesitas entender? No tienes que dar ninguna explicación acerca de tus preferencias. Si te sirve de algo, me da la sensación de que tienes loquito a Gad, pero no le cuentes que te lo he dicho.

Amaris luchó contra la involuntaria respuesta de su cuerpo ante lo que implicaban sus palabras. Se regañó en silencio por sentirse como una niña tonta e irracional. No sabía muy bien cómo responder y, pese a esforzarse por guardar silencio, dijo:

—¿Así es como se comporta alguien si le gustas?

Yazlyn se rio e inclinó la cabeza ligeramente hacia un lado, de modo que sus rizos cayeron hacia abajo.

—¿En el caso de Gadriel? —Dejó escapar una carcajada triste—. Me temo que sí. Aunque si necesitas que alguien te tire los tejos con más claridad… ¿Cuándo fue la última vez que te dijeron que tienes unos ojos violetas preciosos?

Amaris se ruborizó hasta tal punto que estuvo segura de que debía de haberse puesto roja como un tomate y ese no era un color que pudiese disimular. Clavó la vista en el plato de bollería, pero, con el rabillo del ojo, vio que los ojos de la mujer alada seguían brillando, divertidos, bajo los párpados entrecerrados en gesto coqueto. Por suerte para Amaris, algo atrajo la atención de Yazlyn al otro lado de la estancia.

—¡Está vivo! —exclamó la mujer feérica, que alzó la cabeza de golpe con una expresión radiante.

Amaris había pensado que Gadriel había parecido un hombre nuevo al pisar Raascot, pero eso fue antes de verlo recién bañado después de haber descansado como era debido en una cama lo bastante grande como para albergar sus alas. La chica siempre lo había considerado un hombre tan apuesto que dejaba a cualquiera sin aliento, pero el aspecto que tenía esa mañana era, directamente, un atentado contra su sentido del decoro.

Gadriel engulló el doble de comida de la que Yazlyn había cogido para desayunar, sin dejar de charlar sobre lo mágico que era estar de vuelta en su país, con su gente y de lo feliz que estaba de haberse encontrado con una buena amiga. Rechazó una segunda taza de té y se dirigió a Amaris:

—¿Nos vamos ya, bruja?

Yazlyn rio y su mirada inquisitiva voló entre los dos.

—¿Ya estás otra vez con lo de llamarla «bruja»? ¿No hemos dejado ya atrás nuestras rencillas con Uaimh Reev? ¿Bruja? ¿De verdad has escogido ese apodo para este tesorito iluminado por la luna?

Gadriel esbozó una sonrisa indecente y dijo:

—Tú no has visto de lo que es capaz.

Amaris ignoró a ambos deliberadamente. Tenía asuntos más importantes por los que preocuparse que seguir la danza que los seres feéricos de Raascot interpretaran alrededor de lo que de verdad era pertinente.

—¿Próxima parada: el rey Ceres?

Los de Raascot intercambiaron miradas de reojo. Gadriel habló en voz baja y con tono de advertencia:

—Próxima parada: Gwydir. No estoy muy seguro de que Ceres vaya a alegrarse al vernos. ¿Estás lista?

—¿Me das diez minutos?

Tal vez fuese porque la alegría de los seres feéricos era contagiosa o porque se encontraba en un reino nuevo del que solo había oído hablar entre cuchicheos ahogados, pero estaba emocionada. También era posible que tuviese ganas de seguir descubriendo esa faceta más alegre de Gadriel.

Amaris recogió sus escasas pertenencias y se encontró con sus compañeros en el exterior mientras le daba vueltas al comentario de Gadriel respecto a su rey. Echaron a volar, rozaron las montañas y tomaron altura sobre el bosque Raasay. Cada vez que Amaris empezaba a temblar, Gadriel se calentaba hasta que sentía que la chica se relajaba contra su cuerpo. Era la primera vez que volaban juntos de día y el paisaje que se extendía a sus pies era una joya digna de admiración.

Gracias a su calidez, Amaris pudo apreciar de verdad las vistas. Raascot hacía gala de una salvaje belleza natural, muy distinta a la que había visto hasta ese momento. Habría jurado que Gadriel esbozaba una amplia sonrisa cuando la oyó jadear al pasar por encima de la bruma que cubría como un velo de novia una cascada de particular esplendor.

Por lo general, el cielo negro había estado vacío mientras volaban, pero fue bajo la luz anaranjada de la última hora de la tarde cuando Amaris distinguió la silueta de Gwydir recortada en el horizonte. Todavía habían tenido que seguir volando durante dos horas más antes de tocar tierra a las afueras de la ciudad. Amaris estiró los brazos y las piernas, agarrotados por el viaje, mientras evaluaba sus alrededores. No parecía que fuesen a parar en una posada y no sabría decir dónde se habían detenido o por qué habían acabado a las afueras.

En lo más profundo de su ser, Amaris se sentía como un pez fuera del agua ahora que los seres feéricos del aire encabezaban la marcha, como si ella no fuese más que una pasajera que se hubiese unido a su misión. Atravesaron un amplio patio hasta alcanzar una casa de tamaño medio situada en el límite de la ciudad, ante la que había dos monturas que le resultaron vagamente familiares; aun así, no se detuvo demasiado a observar a los caballos antes de seguir a los seres feéricos hasta la casa. Lo primero en lo que se fijó fue en el fuego que crepitaba en el hogar al abrir la puerta. Lo segundo fue el rostro sorprendido y exultante de Odrin al abrir los brazos para recibirla.

37

Cuando Malik se despertó, notó las cálidas y suaves curvas de la joven que tenía a su lado, notó la luz de la mañana que se colaba por las ventanas, notó el sutil aroma femenino que le recordaba a la tarta de ciruela y notó casi de inmediato que algo iba mal. La esperanza que tuviera de encontrar una sonrisa somnolienta y feliz se esfumó cuando se dio la vuelta y vio que Nox estaba sentada en la cama, mirando a la pared con apatía mientras se abrazaba las rodillas contra el pecho. Malik le había acariciado la espalda una vez, sin saber qué quería o qué necesitaba e incapaz de conseguir que le diese una respuesta.

—¿Nox? ¿Estás bien?

El muro inamovible que se había alzado en su mirada fue cuanto necesitó, puesto que sugería que el hecho de que Nox respondiese a su pregunta acarrearía consecuencias.

—¿Puedo ayudarte de alguna manera? —preguntó.

Ella sacudió la cabeza, aunque no se dirigió a él directamente. Malik se sintió más y más inquieto mientras la contemplaba. Evitó insistir en pedirle respuestas. Se dijo que sería egoísta obligarla a hablar, puesto que lo que buscaba era calmar sus propios nervios y no hacer lo que era mejor para ella.

Una vez que hubo tomado la decisión de dejarla tranquila, se vistió, la observó y esperó.

Malik le contó entre susurros a Ash lo poco que pudo antes de marchar. Los reevers se esforzaron por respetar la distancia intencionada que Nox puso entre ellos cuando por fin salieron de Henares.

Sin duda, volvería en sí tras unas horas.

Sin duda, hablaría antes de que acabase el día.

Sin duda, dos días en silencio serían suficientes.

—¿Se encuentra mal? —preguntó Ash en un susurro estresado.

Malik no sabía cómo contestar. Ya había visto esa expresión antes. El sastre de su aldea regresaba del mercado de una ciudad cercana cuando un vageth le tendió una emboscada a su caravana. El hombre consiguió sobrevivir, pero su mujer y sus hijos no. De no haber sido por los aldeanos que lo habían encontrado paralizado bajo la lona de su caravana en medio de la carretera, nadie se habría enterado de lo ocurrido. El hombre se había convertido en un mero cascarón y, pese a que reabrió su tienda, se relacionaba con la gente y sacó adelante su vida en ruinas, nunca volvió a ser el mismo. Ser testigo de los estragos de los demonios impíos por el continente había sido el motivo que había llevado a Malik a convertirse en reever.

Había pasado toda la noche junto a Nox. La chica no se había topado con un vageth, pero fuera lo que fuese lo que había encontrado en sueños la había dejado tremendamente conmocionada. Solo le quedaba pedirle a Ash que tuviese paciencia.

Continuaron hacia el nordeste en un silencio escalofriante, siguiendo la carretera que comunicaba Aubade con Gwydir desde hacía siglos. Cabalgaban a lomos de los caballos que una vez pertenecieron al duque, vestían camisas y pantalones que les habían confeccionado sus sastres y blandían las armas que sus herreros habían forjado. Un par de pasos por detrás de los reevers, Nox montaba sobre un caballo pardo y lucía a la espalda el hacha que tantas alegrías le había dado.

Los dos hombres se habían sentido inquietos tras el primer día de silencio y preocupados tras el segundo. Habían pasado tres días viajando con esta versión abatida de la Nox ocurrente de siempre antes de que Malik le contase a Ash lo que había ocurrido durante su última noche en Henares. Ash se mostró molesto porque lo hubiesen dejado fuera del plan en un primer momento, pero su irritación se transformó en preocupación cuando ninguno de los dos consiguió hacer hablar a Nox.

—Venga, Nox —le suplicó Malik. Ella lo miró, pero estaba ausente. Su mirada encontró la del reever y luego vagó lejos—. Por favor, dime algo. Lo que sea. Háblame de tu color favorito o de la comida que más odias. Háblame del duque de Henares, de Priory o de Amaris…

Los ojos de Nox volvieron a posarse en los suyos cuando mencionó a la chica.

—¿Amaris? ¿Quieres hablar de ella?

Malik captó un destello de atención que le ensombreció la mirada y desapareció tan pronto como llegó. Fue consciente del error que había cometido y no volvió a pronunciar el nombre de la reever. Aunque no comprendía ni cómo ni por qué, sospechaba que Amaris tenía algo que ver con el abatimiento que Nox arrastraba consigo como un cuarto miembro del equipo.

Tras una semana viajando a caballo, los reevers estaban fuera de sí.

Malik dejó que los nervios lo carcomieran como una infección; se movía inquieto de un lado a otro y respiraba como si estuviera reprimiendo el impulso insoportable de rascarse una invisible picazón. No sabía cómo devolver a Nox a la vida después de lo que hubiese visto o experimentado al comer la manzana y, por mucho que lo intentara, no conseguía que la joven abriese la boca para decirle cómo ayudarla. El reever se odió por haber dejado que Nox mordiese aquella fruta y se odió aún más por quedarse dormido a su lado en vez de vigilarla para interrumpir su sueño. Si hubiese mantenido los ojos abiertos, quizá podría haberla despertado para ahorrarle lo que fuese que había presenciado.

Malik se sentó frente al fuego y contempló a Nox, cuya atención flotaba por el vacío como una mota de polvo en la noche hasta que Ash rompió el silencio.

—¡Nos quedan dos putas semanas de viaje hasta la frontera, Malik! ¡Dos semanas y todavía no nos ha dicho por qué vamos a Farleigh! ¿Desde cuándo aceptamos órdenes de una desconocida? ¿Desde cuándo…?

—Fue una orden del templo, Ash. Nox no tiene nada que ver con esto. No fue ella quien decidió ir hasta allí. Fue el templo de la Madre Universal quien le reveló esa información. Estábamos allí cuando Amaris entró en el templo. Estábamos allí cuando los demonios, o lo que sea que fuesen, nos dijeron que el templo albergaba en su interior un saber al que los hombres no tenemos acceso. Nox recibió esa información. Nox se hizo con lo que tú y yo no pudimos conseguir. La manzana le reveló sus secretos y ella nos comunicó que teníamos que ir a Farleigh.

—¿Te parece que eso tenga algún sentido? ¿Obtuvo conocimientos prohibidos y da la casualidad de que debemos regresar al orfanato en el que creció?

Malik se volvió hacia su amigo.

—Ay, perdona. ¿Es que me he perdido el momento en que fuiste tú quien probó la manzana? ¿No estabas tú también interesado en encontrar esa información? ¿No es esta misión tan tuya como mía?

Los hombres guardaron silencio, incómodos y malhumorados.

Le habían ofrecido comida a Nox y se habían asegurado de que bebiese agua cada noche. Malik no le había quitado ojo cuando había picoteado con desgana la comida, dando mordisquitos aquí y allá mientras contemplaba el fuego. Malik había estado durmiendo cerca de ella, preocupado por si ocurría algo durante la noche, ya que no la oirían si necesitaba ayuda. Ash, en su impotencia, también demostraba sentirse intranquilo, aunque esa emoción parecía nacer tanto de la preocupación que sentía por Nox como por la forma en que la situación estaba afectando a Malik. No paraban de repetirse que la conmoción de Nox acabaría remitiendo, pero las noches daban paso a los días y ella seguía tan ausente como si hubiese perdido la cabeza por completo. El duque de Henares se había convertido en un cascarón vacío, ebrio de amor por Nox. Y ella no sería más que un espectro en el cuerpo de una mujer mientras permaneciera sumida en sus pensamientos.

Llevaban una semana viajando cuando la tensión que crecía entre los dos reevers por fin había estallado. Nox se había abrazado a sus rodillas mientras ellos peleaban en la distancia, ya fuese porque era ajena a lo que ocurría o porque no le interesaba lo más mínimo.

—¡Tenemos que hacer algo!

—¿Y qué quieres que haga? ¡Le hemos dado de comer y hemos intentado hablar con ella! ¿Quieres que le dé un bofetón a ver si reacciona?

Malik se mostró horrorizado ante lo dispuesto que estaba Ash de tomar medidas físicas.

—¡No! Por supuesto que no.

—Has dicho que le dio un mordisco a la manzana, ¿no? ¿El fruto del Árbol de la Vida? ¿Y si la ha envenenado?

Malik dejó caer la cabeza entre las manos.

—No parece que sea por eso. Tengo la sensación de que vio algo que la sumió en una fuerte conmoción de la que no ha logrado salir. La primera vez que probó la manzana… Bueno, ya la viste. ¡Ya sabes el efecto que tuvo en ella la pesadilla! Esta vez…, no sé cómo ayudarla. No sé qué hacer.

—Tiene un ritmo cardiaco adecuado. Come y bebe sin problema, aunque sea en pequeñas cantidades. No hay riesgo de que muera.

—¡Pero no es la de siempre!

—No es algo físico, Malik.

El reever parecía estar a punto de estallar.

—No sé qué quieres decir con eso, pero que sea una condición psicológica no hace que el problema sea menos real.

Ash lo miró apenado.

—Soy consciente de que sientes algo por ella. Ya lo hemos hablado y pensaba que coincidíamos en nuestras opiniones.

Malik se levantó y volvió a caminar de un lado para otro. Nox estaba a pocos pasos de ellos, ajena a la conversación, como si ni siquiera estuviese presente.

—Lo de ahora no tiene nada que ver con eso. Ahora lo importante es actuar como es debido. Porque sigue siendo nuestra amiga. Nuestra responsabilidad es ayudarla.

—Ya la estamos ayudando —dijo Ash con frustrada impotencia—. Lo último que dijo fue que la llevásemos a Farleigh. Cada día, Nox se monta en su caballo y sigue adelante. Come. Duerme. Sigue estando ahí dentro. Sigue con nosotros.

—¿Eso crees?

Ash apoyó la barbilla sobre los puños.

—No se me ocurre nada más, Malik. Si no me dejas darle una bofetada o tirarla al río, yo voto por que continuemos avanzando hacia Farleigh y que le demos espacio. Está activa. Es solo que… está lidiando con lo que ocurrió en el sueño. Tú quieres obligarla a que gestione lo ocurrido según tus propios tiempos. Quizá solo necesita eso…, tiempo.

—Nox es fuerte, Ash. Ambos lo sabemos. Las cosas que ha visto, hecho y experimentado… No es una persona frágil que… —Su voz alcanzó una nota aguda al mirar a la silenciosa cáscara que los acompañaba—. Un sueño no debería poder con ella.

Ash sacudió el cabello cobrizo que llevaba atado en la parte posterior de la cabeza.

—Pero tú no estabas ahí, ¿no?

—¿Cómo? —preguntó Malik, preparado si hacía falta para discutir.

—No sabes qué puede hacer que una persona se rompa y qué no. Es imposible saber cuánta violencia toleraría antes de colapsar. Podría estar hecha de acero, Malik. Podría ser la persona más fuerte del mundo. Pero no puedes estar seguro de lo que dices si no has visto lo que ella vio. E incluso en ese caso, no sabrías hasta qué punto podría soportar aquello capaz de destrozarla, porque tú no eres ella. Fue Nox quien lo vivió. Es la única que sabe qué puede manejar o no.

Ash tenía razón y Malik lo sabía. Desde el momento en que se había despertado a su lado, Malik había sido consciente de que no podrían hacer mucho más por ella que tener paciencia y mostrar empatía. Debería haber agradecido que Ash por fin volviese a ser la voz de la razón, pero únicamente sintió impotencia.

Aquella no fue más que una de sus muchas conversaciones desagradables y noches de tensión.

✦

Más allá de la fogata, Nox era vagamente consciente de que los reevers estaban hablando. Los oía. Sabía que estaban ahí. Sabía que se preocupaban por ella y que lo estaban dando todo de sí mismos. Sabía que cabalgaban cada día, que comían cada día y que dormían cada día. Confiaba en que Malik se aseguraría de que tuviese una manta con la que cubrirse y de que se hubiese soltado la vaina de los cuchillos y el hacha para dormir. Nox se subía a su caballo pardo y seguía a los reevers durante horas y horas hasta que el calor de la luz del sol iba disminuyendo y el frío lo reemplazaba. Recorrían carreteras concurridas, subían por colinas verdes, atravesaban densos bosques y pasaban por delante de modestas aldeas con techos de paja. Después se bajaba del caballo y repetía el mismo proceso día tras día.

Nox pasaba las horas mirando, desde el lugar que había ocupado en el recuerdo del árbol, la carita escarchada de un bebé tan blanco como la nieve. Había reconocido ese rostro. Había dejado escapar un jadeo fascinado la primera vez que lo había visto en los escalones empapados de lluvia a la entrada de Farleigh. Lo había adorado durante años.

Los días que Nox había pasado sin hablar se convirtieron casi en dos semanas.

Malik apoyó una rodilla en el suelo y colocó una mano sobre la mejilla de la chica.

—Necesito que me mires, Nox.

Ella no se movió. No fue porque no pudiera. Nox sabía dónde estaba. Era consciente de quién la acompañaba. No había estado tan desconectada de la realidad como los reevers sospechaban, aunque la forma en que comprendía el mundo había cambiado. Tal vez era algo difícil de captar para quien nunca hubiese necesitado contar con la verdadera seguridad que ofrecía disponer de un cascarón en el interior del cuerpo. No esperaba que Malik fuese a entenderlo. Mientras permaneciera a salvo y en silencio, podría evadir la necesidad de asimilar el hecho de que la información que había recibido alteraría la mismísima composición de su ser. Nox no encontró la mirada de Malik y tampoco dejó que sus ojos vagaran por el bosque cada vez más envuelto en sombras que había a su espalda, sino que se centró en el recuerdo del Árbol de la Vida cuando este había visto a la sacerdotisa dar a luz a un diminuto milagro encarnado.

—Escúchame —insistió Malik—. Mírame, Nox.

Ella inclinó el mentón hacia el reever. Estaba consciente. Lo estaba escuchando. Aunque, al mismo tiempo, no lo oía.

—Nox, vamos a llegar al orfanato mañana. Tú querías que fuésemos a Farleigh, ¿no? A tu orfanato. Los aldeanos nos han dicho que estamos a un día de camino de allí hacia el este. ¿Estás lista para ver a quien sea que vayas a buscar?

Los ojos de Nox viajaron desde el espacio que se abría más allá de Malik hasta un punto a su espalda, pero se deslizaron por encima del reever sin detenerse. Hizo otro intento. Le costó posar la mirada sobre la de él, como si su línea de visión estuviese compuesta de meras gotas de agua sobre el cristal de una ventana.

—¿Farleigh?

Ash se puso rígido allí donde había estado ocupándose de las armas al otro lado de la fogata. Nox se dio cuenta de que a ambos se les entrecortó la respiración a causa de la sorpresa y de la emoción que sintieron al oírla hablar y eso le dio otro empujoncito para regresar al presente.

A Malik, que seguía con una rodilla clavada en el suelo frente a ella, se le iluminó el rostro.

—Así es, Nox. Casi hemos llegado. ¿Estás lista?

—¿Estamos en Farleigh?

El reever asintió, quizá con un ligero exceso de entusiasmo. El color de las hojas que había a su alrededor hacía juego con el verde de sus ojos. A Nox le gustaban esos ojos. Eran amables. Eran bondadosos.

—Llegaremos allí mañana, Nox. La noche en que nos marchamos de Henares insististe mucho en que teníamos que ir hasta el orfanato. ¿Te importaría decirnos qué tenemos que hacer cuando estemos allí?

Nox estaba teniendo problemas para mantener el contacto visual con Malik. Hacía demasiado tiempo que no se obligaba a permanecer atada al presente. Nunca había pasado un periodo tan largo sumida en la oscuridad. El sueño le nublaba por completo la mente. Nox era un árbol. La princesa Daphne había muerto ante ella. Había nacido una niña iluminada por la luna. Una plegaria. Un fardo. Un objeto robado de gran importancia. Un bebé hecho de nieve. Una princesa y su niño desplomado en el suelo. Un árbol, una sacerdotisa, un templo. Su cerebro volvió a ponerse en funcio-

515

namiento, aunque se le habían oxidado los engranajes a causa del desuso.

Malik pareció darse cuenta de que la mente de Nox volvía a estar en marcha y la agarró de los brazos con gentileza.

—Nox, ¿qué hay en Farleigh?

La chica parpadeó y señaló su bolso de terciopelo con un vago movimiento de la mano. Nox veía a los dos hombres. Veía el fuego, los árboles y el bolso. También veía el templo, la princesa y los recuerdos del árbol.

Ash cogió el bolso y se lo acercó. Sacó el reloj de bolsillo, pero Nox no reaccionó. Le enseñó la vela y, de nuevo, no respondió. Cuando sacó la pluma negra del bolso, la chica cerró los ojos.

—Nos van a hablar de la princesa.

—¿Estamos yendo a Farleigh para obtener información sobre la princesa Daphne?

Nox sintió que su alma regresaba por completo a su cuerpo por primera vez en dos semanas. Había vuelto. Estaba en el bosque, junto al fuego, con los reevers. Se había permitido disfrutar de la paz del aislamiento. No había tenido vino con el que ahogar sus pensamientos o a alguien con quien acostarse para abstraerse. Había tenido que lidiar sola con lo que había presenciado. Había visto a la sacerdotisa dar a luz a un bebé que no era suyo. Las mujeres la habían comparado con un recipiente..., un vientre donde albergar lo que fuera que hubiese estado creciendo en su interior. Una plegaria.

Nox movió lentamente la cabeza hacia un lado, como si tuviese la esperanza de poder apartar la mirada de ese recuerdo. Vio a la sacerdotisa sujetando al bebé mientras le preguntaba a las demás qué deberían hacer con la criatura o qué educación le darían. Las mujeres habían dicho que no interferirían en los designios del destino. Había sido la diosa quien había conducido a aquella alma hasta su nacimiento gracias a las plegarias de su fiel seguidora y sería la diosa quien guiaría su destino cuando la criatura llegase al mundo. Aquel bebé nacido gracias a la inmaculada concepción motivada por el resplandor del Árbol de la Vida y la última voluntad de una princesa.

Nox había oído a otros niños, como a Emily y su hermana pequeña, decir que sus padres los habían abandonado al necesitar comida o dinero. Sabía que varios de los huérfanos de Farleigh habían sido abandonados ante la puerta del orfanato y nunca habían llegado a descubrir de dónde procedían. Nox había escuchado aquellos golpes secos ante la puerta principal de Farleigh en mitad de la noche cuando solo era una niña. Ese era uno de sus primeros recuerdos.

El sueño del árbol se disolvió en su mente ante el recuerdo de aquella noche.

Su primer recuerdo.

Los aullidos de la tormenta habían volado por el aire de la noche y Nox no había sido capaz de conciliar el sueño. Había estado demasiado emocionada por culpa del viento, de los truenos y los árboles. Se había quedado despierta mientras la lluvia golpeaba contra la ventana de su dormitorio. Otros niños se habían despertado al oír que alguien había llamado a la puerta de la mansión, pero ella había sido la única en abandonar el calor de las sábanas para recorrer los pasillos del orfanato. La Matrona Gris la había pillado y la había regañado, pero Nox se había limitado a seguirla en la oscuridad. Aquella noche, fue la curiosidad la que la impulsó a seguir avanzando.

Recordaba lo que había sentido al arrodillarse entre las sombras, oculta tras la cortina de su propio cabello negro mientras los escuchaba hablar sobre el fardo secreto.

«Nadie va a venir a buscarla».

Eso había sido lo que el hombre le había dicho a Agnes cuando se había cobrado sus cincuenta coronas. La matrona no lo cuestionó y, casi dos décadas después, Nox por fin comprendió el motivo. No habían arrebatado a Amaris del seno de una cariñosa familia. No la habían sacado de su cuna ni se la

517

habían arrancado de los brazos a una niñera. Aquel hombre había sido quien se había llevado el fardo del templo. Nadie iba a percatarse de la ausencia de un bebé al que habían dejado solo, sin padres, en el templo de la Madre Universal.

—Quédate conmigo —dijo la voz de Malik en la distancia.

Se había dado cuenta de que los ojos de Nox habían comenzado a desenfocarse al sumirse en los recuerdos.

—Es Amaris.

Ash se acercó a donde los otros dos se encontraban y se unió a Malik en el suelo. Cuando habló, a Nox no se le escapó que su voz estaba cargada de una frustración que apenas era capaz de contener:

—¿Qué es Amaris?

Amaris era la chica a la que había amado, protegido y defendido. Había matado, manipulado, robado y cambiado por ella. Había aceptado un trabajo en el Selkie, había conseguido refuerzos y había urdido un plan para viajar al norte. Había bebido del cáliz de infinidad de almas. Había recibido palizas, la habían vendido como mercancía al mejor postor y había hecho, pensado y soportado cosas horribles por el amor que ardía en su corazón con más intensidad que la luz del sol. Eso era Amaris.

—El bebé.

Los reevers fruncieron el ceño al unísono.

—¿Qué bebé?

Nox parpadeó un par de veces y pareció darse cuenta de que tenía la boca sequísima.

—¿Tenéis agua?

Uno de ellos se levantó a toda prisa para traerle uno de los odres de agua. Nox bebió con avidez hasta que el agua le resbaló por la barbilla. Se limpió con el dorso de las manos y comenzó a hablar. Contó despacio su historia, gran parte de la cual daba la sensación de estar desestructurada o no tener sentido alguno. Nox les explicó que había visto a la sacerdotisa dar a luz al bebé de la diosa y que alguien se había llevado a la criatura del templo para vendérsela al orfanato. Esa niña había crecido hasta convertirse en la mujer a la que amaba y en la reever con la que ellos habían peleado codo con codo.

—Pero ¿de qué estás hablando? —Las facciones de Ash estaban decoradas con más líneas y arrugas de las que Nox nunca había visto en el atractivo rostro del medio humano.

Nox apenas fue capaz de encogerse de hombros. Había pasado tantos días sin moverse o hablar que el gesto se le antojó extraño.

—Amaris fue la respuesta a las plegarias de la princesa Daphne. La princesa le rezó a la diosa para que rompiese la maldición de su reino y la Madre Universal la escuchó y le envió a la niña. No es… —Nox fue incapaz de terminar la frase.

¿Amaris no era una persona? ¿No era un ser feérico? ¿Qué era?

—Eso no tiene ningún sentido.

Nox no se molestó en sacudir la cabeza.

—No tiene por qué tenerlo. La princesa pronunció una plegaria en su lecho de muerte y la Madre Universal respondió.

Malik le apretó la mano con fuerza, desesperado por evitar que Nox volviese a perderse en sus pensamientos ahora que la habían recuperado.

—Descubrir eso puso tu mundo patas arriba, Nox. ¿Por qué?

Ella trató de sonreírle.

Los ojos verdes y amables de Malik imploraron respuestas.

—No lo entenderíais.

—Inténtalo —insistió él con delicadeza.

Otro silencio cayó entre ellos.

—Es porque la quiero.

No fue capaz de decir nada más.

Malik le dedicó una sonrisa.

—Nosotros también la queremos. Y, si esta información nos sirve de ayuda, vamos a aprovecharla para descubrir todo lo que necesitemos saber. ¿Estás lista para ver a la persona de Farleigh con la que necesites hablar sobre la princesa Daphne mañana, Nox?

—Sobre ambas princesas.

—¿Cómo?

—Vamos a Farleigh para que nos hablen de otra princesa. —Nox volvió a mirar el bolso antes de centrarse en los dos reevers, arrepentida por no habérselo contado todo antes—. Esta pluma que guardaba en mi bolso está encantada. Cuando escribo con ella sobre el pergamino, el mensaje le llega a quien esté en posesión de su gemela. La otra pluma, es decir, la persona que me ha estado escribiendo, está en Farleigh.

Los reevers tenían una infinidad de preguntas y a Nox no le apetecía en absoluto resistirse a contestarlas. Querían saber cómo había conseguido un objeto así, cuándo le había escrito a ese fantasma por correspondencia y, lo que era más importante, por qué no se lo había comentado a ninguno de los dos. Siendo objetiva, Nox era consciente de que los reevers estaban haciendo un esfuerzo por morderse la lengua para no asustarla y evitar que volviese a encerrarse en sí misma.

Ash y Malik examinaron la situación tan bien como pudieron entre susurros y donde Nox no pudiera oírlos mientras la luz daba paso a la oscuridad sobre el campamento. Ninguno de los tres durmió bien durante aquella última noche. Al día siguiente, alrededor del mediodía, llegarían al orfanato que Nox había considerado su hogar durante diecisiete años.

38

Fue como volver a ponerse unos zapatos que se hubiesen empapado con la lluvia y, una vez secos, hubiesen perdido la forma que los amoldaba a tus pies. Nox sabía que su cuerpo encajaba, pero no terminaba de sentirse a gusto en él. Volver a la realidad fue un proceso de lo más incómodo. La oscuridad había cumplido con su cometido. Le había ofrecido un escudo de protección cuando ella se sentía demasiado débil como para defenderse. La oscuridad no era su enemiga. Abstraerse no era algo malo, incorrecto o inmoral. Era seguro. Era amable. Suponía una armadura contra la cruel y afilada realidad.

Estaba convencida de que no había nada equivocado en protegerse a una misma, pero, en ciertas ocasiones, también había que hacerle frente al terrible filo aserrado de la vida.

—¿Hasta qué punto quieres que intervengamos? —preguntó Malik.

Nox sacudió la cabeza.

—Creo que deberíais quedaros en el vestíbulo —dijo. Todavía no era del todo la de siempre, pero lo estaba intentando—. Entretened a los niños con las historias del mundo que hay más allá de estas cuatro paredes. Recuerdo que no había nada más emocionante que tener a un asesino (perdón, un reever) durmiendo en el orfanato.

—¿Nos ahorramos la parte de los monstruos? —preguntó Ash.

—No, aseguraos de que ese sea el único tema de conversación. Traumatizadlos. —Nox puso los ojos en blanco cuando se acercaron a la puerta.

El animado alivio que iluminó el rostro de los reevers al oír su tono sarcástico no le pasó desapercibido. Debían de haber recibido el cambio de actitud en ella con los brazos abiertos después del tiempo que había pasado abatida. Los tres cruzaron el patio y dejaron atrás la zona donde Nox había tenido que arrodillarse para que le diesen latigazos bajo la atenta mirada del obispo. La joven llamó a la puerta principal de la mansión con tres golpes y los reevers a su espalda.

Llamó con tanta fuerza que se le quedaron los nudillos doloridos y entonces alguien abrió la puerta.

Por lo que parecía, la vuelta a la realidad no sería un proceso cómodo y gradual.

Fue la matrona Agnes quien salió a recibirlos. A juzgar por su expresión, no estaba sorprendida de verlos. Mantuvo la expresión estoica y poco impresionada de siempre cuando arrastró la mirada desde Nox a los reevers armados que la flanqueaban.

—Me preguntaba cuánto tardarías en llegar.

Ese no era exactamente el recibimiento que había esperado, pero debería habérselo visto venir, puesto que Agnes nunca había sido una mujer cariñosa. Se dio la vuelta y regresó al interior de la mansión.

Nox miró a los reevers de reojo y les ofreció un encogimiento de hombros poco entusiasta. Ash y Malik cruzaron el umbral y se detuvieron sobre la alfombra que había cerca de la puerta mientras Nox seguía a Agnes escaleras arriba.

—Pórtate bien —articuló con los labios. Malik no tendría ningún problema en tratar con cariño a los huérfanos, pero una parte de ella estaba convencida de que Ash estaba a punto de aterrorizar a un atajo de jóvenes mentes impresionables.

Una mezcla de miedo y nostalgia bulló en su interior. Las alfombras eran las mismas. El retrato desactualizado de la reina Moirai, su difunto esposo y el rostro angelical de la fallecida princesa Daphne no había cambiado. El alboroto de los niños repartidos por los dormitorios le resultaba familiar, pese a que las voces que oía no eran las de siempre. Estaba segura de que, si bajaba por la escalera de atrás hasta la cocina, encontraría a la matrona Mable amasando pan, cubierta por una fina capa de harina. El sutil aroma a pan recién hecho confirmó sus sospechas.

Agnes sacó una llave y abrió la puerta de su despacho. Nox la siguió.

Había estado allí dentro en numerosas ocasiones. Aunque se daba cuenta de que habían pasado poco menos de cuatro años, se sentía como si hubiesen sido décadas. Había salido de Farleigh siendo virgen e ingenua y sintiéndose muerta de miedo, escasas horas después de haber estado sosteniendo a Amaris entre sus brazos. Ahora había regresado como una criatura de la noche, fortalecida, una mujer plena cuya sombra cubría la entrada del orfanato. Había vencido a hombres y a demonios. Tenía títulos y propiedades a sus pies. Había hecho, visto y conquistado más cosas de las que la matrona fuese capaz de imaginar.

Nox inclinó la cabeza ligeramente y sintió que sus cabellos caían como una cascada hacia un lado mientras evaluaba a la mujer. Agnes siempre había parecido más grande y mucho más poderosa. Ahora Nox se daba cuenta de que era un buen par de centímetros más alta que ella y tenía una postura mucho más recta. Agnes estaba un poco cheposa y llevaba el cabello entrecano recogido en el mismo moño de siempre.

—Siéntate, siéntate. —Agnes señaló una silla para que Nox se acomodara, como si fuese una clienta más o una compradora en potencia que hubiese venido a negociar las condiciones de alguna venta.

Nox se dejó caer lentamente sobre la silla. El despacho estaba más o menos como siempre, abarrotado de estanterías, armarios y baratijas. Le recordó tanto al despacho de Millicent, que cayó en la cuenta de que ambas mujeres parecían acumular sus tesoros de puertas para adentro, como malvados dragones que se sientan encima de sus montones de joyas y oro. Una retorcida parte de ella consideró con nuevos ojos si los niños formarían parte de ese alijo que la dragona guardaba en Farleigh. Quizá las posesiones materiales no eran lo único de lo que la Matrona Gris había ido haciendo acopio.

Agnes lucía el cansancio y los nervios en las profundas líneas que le marcaban el rostro; ya no se parecía en nada al pilar de intimidación y fuerza que Nox recordaba. Amoratadas medialunas nacidas de la edad y la falta de sueño destacaban bajo sus ojos. Mientras tanto, grandes señores caían rendidos a los pies de Nox. Había doblegado a infinidad de hombres. Estaba segura de que reinos enteros se postrarían ante ella si se lo proponía. Esta matrona no ejercía ningún poder sobre ella.

—¿Cómo te enteraste? —Agnes rompió el silencio.

Nox había llegado demasiado lejos como para rectificar.

—¿Tú qué crees?

Agnes sacudió la cabeza.

—Pensaba que ella, su criada y yo éramos las tres únicas personas en el reino que lo sabían. Su secreto murió con ella y el mío nunca ha abandonado mis labios.

Nox se atrevió a preguntar:

—Cuando hablas de «ella», por supuesto, te refieres a la princesa Daphne, ¿no?

Agnes entrecerró los ojos en una casi imperceptible mirada evaluativa. En ese momento, se detuvo a estudiar a Nox..., a estudiarla de verdad. La chica casi podía verse a través de los ojos de la matrona; vio los brillantes cabellos negros que le caían en rizos sueltos alrededor del rostro, el brillo de su piel y la profundidad de su mirada. Ya no era la jovencita que se marchó de Farleigh.

—Eres astuta —dijo Agnes por fin. Nox se negó a reaccionar. Permaneció impasible y la matrona añadió—: No lo digo como un insulto. Mereces saberlo.

De nuevo, Nox mantuvo el rostro inmóvil. Nada se le daba mejor que controlar sus expresiones faciales para conseguir respuestas.

Agnes suspiró.

—Supongo que seré yo quien acabe aireando la historia después de tantos años de silencio. ¿Cuántos años tienes ahora, Nox? ¿Veintiuno?

Se le movieron los labios como si quisiese fruncirlos, pero se resistió.

—Así es.

—El siete y el tres son ambos números mágicos, ¿lo sabías? —Agnes se detuvo por un segundo, sin dejar de examinarla—. Resulta oportuno que vengas a descubrir tu destino llegado el resultado de su multiplicación.

Agnes parecía estar hablando para sus adentros. Suspiró con el hastío de una mujer que ha hecho y ha visto demasiadas cosas.

La matrona se levantó de su escritorio y cruzó el despacho hasta un armarito revestido de vidrio esmerilado. Abrió las puertas y retiró una pequeña joya de la cabeza de un busto de terciopelo. Nox se vio embestida por el recuerdo del momento en que Amaris y ella habían registrado el despacho y se habían reído de la tiara como si fuese un delicado tesoro que Agnes se pusiese una vez que los niños se metían en la cama. La matrona regresó a su escritorio, se sentó y le ofreció la tiara a Nox.

La joven frunció el ceño ante la pieza.

—Cógela.

Su expresión se intensificó al aceptar la pequeña corona de gemas negras y dio vueltas al disco metálico entre las manos. Aunque lo estudió con atención, no entendió nada. Respondió con un confundido:

—¿Gracias?

Agnes sacudió la cabeza e ignoró la pregunta de Nox.

—Hace veintiún años, alguien llamó a mi puerta. Era una noche oscura y tormentosa. No era invierno. No ocurrió nada digno de mención, drástico o especial, salvo... —La matrona dejó que las palabras murieran en sus labios—. Le había abierto las puertas de Farleigh a campesinos, ladrones y rameras durante años, pero nunca había visto a una princesa.

Todo el aire del despacho desapareció.

—No sabes lo fuerte que te abrazaba. He visto a infinidad de almas ante ese umbral. He atendido a personas pobres, necesitadas, enfermas, afligidas. Yo era una mujer implacable. No había hueco en mi corazón para las emociones. La compasión nunca me había servido de nada. Pero aquello..., aquello me rompió el corazón. No se parecía en nada a la mujer del retrato después de que él le hubiese puesto las manos encima, pero supe que era ella. Y Daphne..., bueno, ella sabía que, si su marido te veía, con la piel cobriza y el cabello negro, lo más seguro era que te matase. Así que vino aquí, preguntando por un niño que tuviese los mismos tonos que el hombre.

«No».

La estaba entendiendo mal. Agnes estaba equivocada. Mentiras. Errores. Era imposible. Por un ínfimo momento, Nox sintió que perdía el control de sí misma antes de conjurar una mano invisible para darse un bofetón que la devolviese a la realidad. Le cerró la puerta a la oscuridad y reprimió el pitido que le zumbaba en los oídos.

—Tu nombre debía estar ligado a la noche, dijo, para que siempre sintieses una conexión con el norte. Te dejó la corona que te pertenece por derecho.

Nox levantó la vista de la tiara sobre la que había clavado la mirada mientras Agnes hablaba.

—¿Daphne?

Nunca había visto una expresión amable en el rostro de la matrona. La máscara de dureza que siempre llevaba cayó, aunque solo fuese por un instante. Sus facciones se suavizaron al mirar a Nox a los ojos.

—Sí. Tu madre te dio tu nombre y tu corona y te trajo tan al norte como pudo.

Nox mantuvo la vista clavada en la matrona que la había criado. Pensó en los diecisiete años de trato preferente y favoritismo. Recordó que la había mantenido alejada del mercado y que, en teoría, su tarea había sido esconder a Amaris cada vez que el obispo había ido de visita.

—No era a Amaris a quien ocultabas, ¿verdad? —Nox habló en voz tan baja que apenas alcanzó a ser un susurro.

Agnes se encogió de hombros, esforzándose al máximo por recuperar el aura de amarga indiferencia que había pasado años perfeccionando.

—Dos pájaros de un tiro, querida. Amaris sabía que estaba a la venta. Lo mejor para todos era que creyeses que solo la estabas ayudando, en vez de que cuestionases el motivo por el que te apartábamos.

Nox había pasado tantos días presa de la conmoción que ahora ya no conseguía sentirla. No pudo hacer otra cosa que mirar a Agnes.

—¿Has sabido quién era mi madre durante todo este tiempo?

—Sí.

—¿Y no me lo contaste?

La matrona resopló. No tenía tiempo para contemplaciones.

—¿Te habría mantenido a salvo saberlo? ¿Cómo le habría guardado el secreto a la princesa si lo hubieras sabido? Si los niños se hubiesen enterado, si el resto de las matronas y los aldeanos lo hubiesen descubierto... o, lo que es peor, si hubiese llegado a oídos del desgraciado tipejo casado con tu madre...

—He vivido años pensando que nadie me quería. He pasado veintiún años creyendo que me habían abandonado.

Agnes había pasado años y años interpretando el papel de la matrona estricta, de la madre cruel, de la directora despiadada. Por una vez, su rostro no parecía malvado.

—Lo único que la princesa Daphne sabía era que Farleigh era el orfanato más cercano a la frontera con el norte. Creo que una parte de ella había albergado la esperanza de que tu padre te encontrase.

—¿Mi padre?

Nox no conseguía recuperarse de la falta de aire que hacía que le diese vueltas la cabeza.

Agnes asintió.

—Si hubieses sido la primogénita de la princesa y el bruto de su marido, ¿qué necesidad habría tenido tu madre de cambiarte por un niño idéntico a ti? Apenas conozco los detalles acerca de tu concepción, niña, pero mírate. Tienes el rostro de una norteña y la princesa Daphne era una mujer del sur de pies a cabeza.

Nox estaba haciendo todo lo posible por respirar con normalidad. Los colores, las joyas y los cuadros del despacho inundaban su visión mientras se esforzaba por mantener la concentración.

—Cuando me preguntaste de qué princesa hablaba, te referías a mi madre y a mí.

No era una pregunta.

—Eres la heredera legítima al trono de Farehold. La reina Moirai tuvo una hija y esa hija te tuvo a ti. La reina cree que el príncipe heredero...

—No hay ningún príncipe.

Agnes la miró con escepticismo y Nox se limitó a sacudir la cabeza. No podía permitirse entrar en detalles en ese momento. Había visto el cuerpo desmadejado y sin vida del niño cuando Daphne había dejado su cuerpo junto al árbol.

«Sabe que no es hijo suyo».

—¿Lo dices porque es tu sustituto? Sí, lo compré... —Agnes se aclaró la garganta—. Lo acogí yo misma. He vivido más de veinte años sabiendo que el príncipe no era más que un niño famélico de baja cuna de una aldea cercana. Hice tantas cosas antes de que la princesa acudiese a mí..., antes de que tú llegaras. Después de que Daphne se presentase ante mi puerta, las cosas cambiaron, Nox. Lo dejé todo. Mi vida...

—Aun así, compraste a Amaris.

Agnes exhaló por la nariz.

—Sí. Amaris era... un caso excepcional.

La princesa Daphne había dedicado su último aliento a explicar que su engaño no había funcionado. No había conseguido hacer pasar al bebé por su primogénito. Los reevers le habían dicho que Amaris había asegurado a voz en grito que no había ningún príncipe en la sala del trono y ahora todo tenía sentido para Nox. La reina había estado destinando su energía a mantener la ilusión para que nadie supiera que su propio padre lo había asesinado en cuanto lo había descubierto.

Años atrás, cuando Nox era pequeña, los niños se lo habían pasado en grande difundiendo rumores sobre una princesa y su reemplazo. Todos habían disfrutado pensando en ese cuento y en la posibilidad de que, algún día, alguien los sacase del orfanato, los rescatase de la pobreza y los incluyese en la familia real. Ninguno se había tomado en serio ese rumor. Y, de haberlo hecho, jamás se les habría pasado por la cabeza considerar el precio que le habría conllevado a la princesa dejar a su primogénita al cuidado de aquellas mujeres a las que consideraba devotas y llevarse a un bebé de cabellos castaños a Aubade.

Nox consiguió encontrar su voz.

—Dejaste que Millicent me llevara con ella.

Agnes se desanimó. Se puso a la defensiva y demostró su derrota en un solo movimiento.

—La idea nunca fue que se quedara contigo, Nox. Ni en un millón de años habría podido prever lo que ocurrió aquella mañana. Millicent había dejado una fianza por la chica de cabello plateado. Se suponía que tú debías quedarte con las matronas. Te había estado preparando para que te convirtieses en una de nosotras lo antes posible, de manera que pudiésemos mantenerte a salvo, bien escondida. Cuando llegó el día en que Millicent vendría a recogerla y resultó que Amaris había escapado, no supe cómo decirle que a ti no podía llevarte sin revelar el secreto.

—He sido una cortesana durante los últimos tres años, Agnes. —La matrona rehuyó su mirada—. No tienes ni la más remota idea de en qué me he convertido.

Agnes encontró su fuerza y su rabia en aquellas palabras. Dio la sensación de que la mujer hubiese triplicado su tamaño. Su energía creció para igualarse con la pasión que sentía. Esta sí era la matrona que Nox recordaba. No conocía la debilidad. El sufrimiento, las tragedias o las verdades de la vida no la afectaban. Era el muro de carga de moral flexible que mantenía en pie el orfanato. Había mantenido a Nox toda su vida resguardada de una verdad que debía permanecer oculta.

—¿Y qué me quieres decir con eso? ¿Quién no se ha visto obligada a hacer cosas innombrables? Créeme cuando te digo que los secretos más oscuros son los de la persona con la fachada más piadosa. Tu exterior es menos puro para que tu interior no sea un nido de mentiras. Tú cargas con tus circunstancias con sinceridad. Si tuviese que evaluar dos almas, escogería a la puta sincera frente al obispo mentiroso sin pensármelo dos veces, y te lo dice alguien que se labró una carrera en su imperio a base de negociar con vidas humanas. Soy consciente del destino que le espera a mi alma cuando mi cuerpo esté a dos metros bajo tierra. Pero ahora no estamos hablando de mí o de cualquier otra persona que no seas tú. No importa lo que hayas estado haciendo hasta este momento, sino la mujer en quien te convertirás. Ahora ya lo sabes todo. ¿Qué vas a hacer con esta información?

Nox se sacó ella sola de la espiral en la que se había sumido como si cazara un palo dando vueltas en el aire. La matrona le había dado demasiada información. Le había contado más detalles, había descubierto más secretos y había ganado más conocimientos de los que era capaz de asimilar.

Al despedirse, no perdieron el tiempo en formalidades. Nox tenía una corona, un título y nueva información. Agnes se levantó con brusquedad y señaló la salida.

—¿Y ya está? —preguntó Nox.

La matrona le ofreció una mirada poco impresionada.

—Ya no te queda nada por hacer aquí y lo sabes. Márchate. Es tu vida. Ha llegado la hora de que decidas qué quieres hacer con tu destino.

39

Los reevers seguían esperando junto a la puerta cuando Nox bajó por la escalera. Reconoció vagamente el rostro de algunos niños. Otros de los que se habían congregado a su alrededor con expresión emocionada no le sonaban de nada; el tiempo y la distancia habían cambiado esos rostros. Malik tenía un niño de unos dos años sobre la cadera y otros tres lo rodeaban allí donde había apoyado una rodilla en el suelo para hablar con ellos. Ash parecía mucho más incómodo al verse rodeado por el diminuto ejército de pequeños curiosos que se cernían sobre él. Los huérfanos se asomaban desde la barandilla del rellano del piso superior y se agarraban al marco de las puertas para espiar embobados a los reevers. Nox no les prestó ninguna atención al llegar al vestíbulo y pasó por delante de Ash y Malik sin detenerse en la alfombra junto a ellos. Seguía aferrando con fuerza la tiara de gemas negras cuando cruzó la cancela de Farleigh y prometió no regresar nunca.

Volvió a verse invadida por aquellos horribles sueños. Esta vez, no iban acompañados de la amenaza de la oscuridad, sino del intenso y furioso pinchazo de la comprensión.

«Por favor, protege a nuestro bebé —había suplicado Daphne—. Por favor, envíanos a alguien».

La princesa le había pedido a la Madre Universal que enviara a Amaris para que ayudase a… Nox.

Nox oyó a Malik despedirse de los pequeños a toda prisa cuando salió detrás de ella.

Para cuando los reevers llegaron a la altura de sus caballos, ella ya se había montado en el suyo.

—Nox, ¿qué ha pasado? —gritó Malik al tiempo que se agarraba a su silla para subirse de un salto a su montura.

—Nos vamos a Gwydir.

—¿Quieres ir más al norte? —Ambos la miraron boquiabiertos—. ¡Pero si ya estamos casi en la frontera de Farehold!

—Tengo que ir al norte.

Nox se guardó la corona en su alforja y espoleó a su caballo para que avanzara, primero al trote para que entrase en calor, luego a medio galope y, por último, a galope tendido. Solo estaban a un día de camino del bosque Raasay si hacían caso omiso de los caminos y avanzaban todo recto en dirección nordeste y a dos días si seguían por la carretera principal hasta Raascot. Alternó momentos de llevar a su caballo al extremo con periodos más relajados para que este pudiese recuperar el aliento y calmar los pulmones antes de retomar el galope. Condujo a su montura parda hacia la moribunda luz del atardecer mientras avanzaban hacia el norte. A pesar de que ya llevaban dos semanas de viaje, Nox todavía estaba muy lejos del lugar donde obtendría respuestas.

✦

Los reevers azuzaron a los caballos para llevarlos al límite de su velocidad, desesperados por alcanzar a Nox cuando esta se convirtió en poco más que un puntito en el horizonte. El sol ya empezaba a ponerse a su izquierda cuando la chica se adentró en las zonas más oscuras y profundas de tonos azules y violetas, en dirección al reino de la noche. Cuando Nox aflojó la marcha para darle un respiro a su caballo, Malik obligó al suyo a lanzarse al galope para detenerlo con un derrape y cortarle el paso a su compañera. El reever alzó una mano y proyectó su voz desde el diafragma:

—¡Detente!

Ella tiró de las riendas y su caballo pardo se alzó sobre las patas traseras ante la brusca parada. Nox entreabrió los labios en un jadeo enfadado. Fulminó con la mirada al hombre que se alzaba entre ella y el reino del norte.

Ash cerró la distancia que le separaba de los otros dos y le arrebató a Nox las riendas de las manos mientras Malik seguía cortándole el paso.

—Nox, no eres una reever. Te queremos, pero nos enviaron a cumplir una misión en el sur. No puedes llevarnos más lejos de lo que ya lo has hecho, sobre todo si no te comunicas con nosotros.

—¡Pues dejadme sola!

Trató de recuperar las riendas que Ash le había quitado para dar media vuelta a su caballo, pero el medio humano se mantuvo firme. Las horas más calurosas del día ya habían pasado y las nubes comenzaban a cubrir el cielo con el gris amenazador de la lluvia que se avecinaba.

—¡Habla con nosotros, Nox!

Los reevers estaban entrenados para muchas cosas. Estaban entrenados para enfrentarse a un sustron o contener a un djinn antes de que la persona que lo controlase pidiera su último deseo. Sabían cómo acabar con un portador de magia y valerse del férreo deseo por salvaguardar el equilibrio entre los reinos que los impulsaba para instaurar la paz. Habían aprendido a blandir espadas, a disparar flechas y a combatir cuerpo a cuerpo. Se habían visto obligados a asistir a clases de pociones, tónicos, sanación y otras técnicas. Samael insistía en informarlos sobre la situación política de vez en cuando. Entre las pocas prácticas que habían tenido que aprender por su cuenta estaba la de instruirse en la naturaleza de las mujeres.

Una vez más, Nox trató de liberar las riendas de las manos de Ash, pero las dos semanas que había pasado en obstinado silencio los habían llevado al límite. Malik desmontó y sujetó al caballo de Nox por el otro lado.

—Baja.

—¡No! —gritó ella.

Espoleó al caballo para que siguiera adelante y, aunque el animal reaccionó, entre que Ash sostenía las riendas y que Malik había agarrado la silla con firmeza, no tuvo a dónde ir.

—¿Quieres que vayamos contigo al norte? —preguntó Malik desde donde se encontraba.

—Podéis hacer lo que queráis. A mí me da igual. Yo me voy a Gwydir.

El reever la contempló con tanta frustración que creyó estar a punto de echarse a llorar.

—Dinos por qué quieres ir allí.

Nox cerró los ojos para poner distancia con la realidad. Su rostro estaba iluminado por los coloridos tonos del atardecer que brillaba a un lado del cielo mientras las nubes y la oscuridad ensombrecían el otro.

—No sé por dónde empezar.

Sintió su comentario como una victoria, por muy pequeña que fuera. Malik era como un montañero que hubiese descubierto un diminuto saliente en una escarpada fachada de roca. Confió en la fuerza de sus manos cuando se agarró a la piedra y se impulsó hacia arriba.

—¿Por qué no empiezas por el principio?

—No puedo. —Se le atascaron las palabras en la garganta.

Malik sintió que se detenía en la pared de roca para buscar otro saliente y seguir subiendo.

—Inténtalo, Nox. Estamos aquí para escucharte.

La tensión se desmoronó como una fila de piezas de dominó. Primero, el rostro de Nox se suavizó. Por un brevísimo instante, estuvo seguro de que habían conseguido romper su coraza. Fue consciente de su error un segundo después. Nox actuó tan pronto como el reever bajó la guardia. Espoleó a su caballo y esquivó a los reevers. Ash casi se quema las manos al tratar de sujetar las riendas mientras estas se le escapaban entre los dedos. Malik apenas tuvo tiempo de apartarse de un salto del camino del caballo para evitar que lo arrollara. Se miraron el uno al otro, boquiabiertos, durante el valioso momento que Nox tardó en quitárselos de encima.

—¡Vamos! —Malik se dispuso a montarse en su caballo.

—Espera. —Ash habló con una autoritaria voz gélida y Malik lo miró con ojos desorbitados—. No puedes dejar que lo que sientes por ella te nuble el juicio, Malik. ¿Sería sensato seguir a esa belleza hasta el reino norteño? ¿Tiene alguna relación con la misión que se nos había encomendado?

El rostro de Malik estaba cargado de emoción.

—Me parece que ya has decidido cuál es la respuesta a esa pregunta.

—No nos enviaron a Raascot.

—No —gruñó Malik; tenía una postura impaciente a lomos de su caballo—. Nos enviaron a descubrir los planes de la reina. ¿Y si resulta que en el sur no obtenemos respuestas? Parece que Nox ha conseguido más información del Árbol de la Vida que de la que tuviésemos nosotros y parece que las respuestas que necesitamos no están en Farehold. Tuvimos una audiencia con Moirai. Ya tratamos de entrar en el castillo por la fuerza para exigir explicaciones. ¿Te acuerdas de lo bien que nos funcionó ese método la última vez?

Ash parecía desesperado.

—No podemos andar yendo detrás de ella solo porque sea una cara bonita.

Malik le habría asestado un puñetazo.

—Que Nox sea atractiva es lo de menos, Ash. Nos rescató de las mazmorras de Aubade. Me salvó de la araña. Ha arriesgado la vida por nosotros en más de una ocasión. Nos consiguió refugio en Henares, nos ha ayudado a encontrar respuestas y es la persona más importante del mundo para Amaris. Parte de los conocimientos de los que dispone se los ha confiado la mismísima Madre Universal. No voy a perder la confianza en ella solo porque últimamente le cueste más comunicarse. Si Nox está segura de que las respuestas que necesitamos están en el norte, yo la creo.

Malik retó a Ash con una mirada ardiente.

El estruendo de los cascos de la montura de Nox hacía ya rato que se había apagado entre las nubes salpicadas en la distancia cuando la joven había cargado hacia el noroeste por el bosque. El único sonido que se oía en ese momento era el zumbido que emitía su intenso duelo de miradas. Al fin, Ash habló:

—Entonces vamos al norte.

—Entonces vamos al norte —repitió Malik con solemne seriedad.

Y eso hicieron.

40

—¡A maris!

Oír la voz profunda de Odrin pronunciar su nombre fue el sonido más maravilloso del mundo. Fue como las cuatro estaciones fusionadas en una y como el té caliente de cada mañana. Era como el cálido fuego en invierno, el pan recién hecho en otoño, la hierba en primavera y los rayos del sol en el calor del verano. Solo la diosa sabía cuánto lo había echado de menos.

—¡Odrin!

Le rodeó el cuello con los brazos y él, que aceptó el abrazo de buena gana, la estrechó con tanta fuerza que casi le parte la espalda. La respuesta de Amaris fue un agudo gritito de alegría desmedida.

—¡Eres la última persona con la que habría esperado toparme en este lugar! —Odrin arrugó el rostro de felicidad contra el cabello de la chica.

Amaris se había dejado llevar por ese abrazo paternal hasta el punto de que casi se olvidó de lo cansada que estaba tras el viaje. El reever se había despedido de ella con cierta incomodidad cuando se separaron hacía ya tantas lunas, pero en su reencuentro no había cabida para el decoro. Odrin la abrazaba con la misma fuerza que habría empleado si fuese su hija biológica, emocionado por verla después de pasar tanto tiempo separados. Estaba tal y como lo recordaba, con esa barba recortada y esa altura descomunal, como si no hubiese pasado el tiempo.

—¿Y a quién tenemos aquí? —Odrin se dio la vuelta para observar a los seres feéricos que la habían acompañado hasta allí.

—Ah, sí. Este es el que tiene toda la culpa de que haya acabado en el norte. —Sacudió el pulgar en dirección a sus compañeros—. Este es Gadriel, el general de Ceres. Y esta es Yazlyn, su… ¿sargento?

—Uno de ellos —confirmó la joven feérica.

—Gad, Yaz, este es Odrin. ¡Él es la razón por la que me hice reever! —Amaris miró al hombre con cariño—. Casi todas las cosas buenas que me han pasado han sido gracias a él. Oye, ¿dónde está Grem? ¿Ha venido contigo?

Grem estaba bajando por la escalera cuando lo vio. Se unió a la multitud de la planta principal de la casa, que servía como comedor, salón y cocina al mismo tiempo.

Gadriel le estrechó la mano a Grem y a Odrin con un respeto que a Amaris le resultó extraño al considerar todo lo que había vivido con todos ellos por separado.

Amaris sintió que una sensación peculiar le recorría el cuerpo; quizá solo eran nervios. Estudió el rostro de Odrin cuando este aceptó la mano del general y evaluó su expresión para ver si el ser feérico le había causado buena impresión a su mentor. No sabría decir por qué, pero una parte de ella estaba segura de que la opinión que Odrin tuviese de Gadriel era importante.

Tardaron unos minutos en empezar a ponerse al día, pero Amaris enseguida descubrió que Gadriel y Yazlyn la habían traído a la casa designada para los reevers, la misma en la que Elil había estado viviendo en la última década. Este solía pasar el día en el bosque, hasta la hora de la cena, pero debería estar al caer, de manera que Amaris por fin tendría la oportunidad de conocer al padre de Ash. Amaris estaba tan agradecida de haber podido reunirse con su familia que ya no le importaba no haber ido directamente al castillo. Ya tendrían tiempo de obtener respuestas.

Esta vez, fue Amaris quien habló sobre lo ocurrido en el sur y Yazlyn pareció quedarse tan embelesada como cuando Gadriel le había contado esa misma historia. Los reevers se paralizaron al descubrir que Amaris contaba con el don de la persuasión, pero, a medida que hablaba, incluso Grem soltó un grito ahogado cuando les explicó que sus poderes no habían surtido efecto en la reina Moirai. Amaris describió el miedo que había sentido cuando la habían sacado a rastras del salón del trono junto a los demás y le habían asestado un golpe en la cabeza con la empuñadura de una espada para dejarla inconsciente.

Tanto Odrin como Yazlyn se inclinaron hacia delante, con el rostro iluminado por la luz del fuego, cuando Amaris bajó la voz para describir cómo había despertado maniatada y amordazada en las mazmorras de la reina y que habían encerrado a los otros reevers en una celda distinta a la suya. Yazlyn se llevó una delgada mano a la boca cuando Amaris aseguró que Nox, su mejor amiga de la infancia, había ido a buscarla y la había liberado de sus ataduras. Se saltó las partes más personales y pasó a hablarles directamente de la intensa luz que los había cegado cuando uno de los muros de la celda se había movido para revelar el ardiente sol del coliseo.

Elil regresó del bosque e interrumpió la historia durante el tiempo que tardó en presentarse y unirse a los demás junto a la chimenea para escuchar a Amaris.

—¡Elil! —dijo Odrin apresuradamente—. ¡Estamos llegando a la parte donde arrastraron a Amaris al coliseo del castillo de Aubade! ¡Sigue, sigue!

Gadriel se había sentado frente a Amaris y ella le tocó el brazo para darle énfasis a la historia cuando explicó cómo la reina Moirai había pintado a los reevers como simpatizantes de los demonios y había aprovechado la oportunidad de poner al sur en contra del norte. Yazlyn le dio un puñetazo a Gadriel en el hombro al descubrir que había estado dispuesto a dar la vida por la causa, horrorizada al imaginar a su general arrodillado en la arena. Los ojos de Gadriel encontraron los de Amaris cuando esta llegó al momento en que se había negado a matarlo, prefiriendo enfrentarse al dragón antes que cortarle la cabeza a él. Ella lo miró a los ojos y sintió un cambio en la forma en que sus miradas se habían entrelazado. Los labios de Amaris se curvaron en una sonrisa cuando siguió adelante. Aunque iba posando la vista en todos los presentes, sus ojos siempre acababan encontrando los de Gadriel. A Grem casi se le salen los ojos al oír lo del ag'drurath. Gadriel fue incapaz de mantenerse en silencio y, emocionados, se turnaron para relatar sus respectivas partes de la batalla con el dragón, incluyendo el impactante momento en que el capitán de la guardia salió a golpear la pata encadenada del ag'drurath con la espada.

—Siempre supe que tenías alma de guerrera. Desde el día en que escapaste del orfanato daga en mano y me sobornaste con mi propio dinero —dijo Odrin con orgullo—. Mi pequeña osezna contra el mundo.

Amaris le dedicó una brillante sonrisa. Lo cierto era que había estado dando lo mejor de sí cada día. No había una melodía más dulce para sus oídos que la de saber que Odrin estaba orgulloso de ella.

Todos y cada uno de los presentes contuvieron el aliento mientras Gadriel y Amaris hablaban del orbe y la maldición que habían visto en su interior. Elil sacudió la cabeza ante aquellas noticias, sobre todo al enterarse de que el rey Ceres se había arrodillado ante la reina Moirai cuando esta maldijo la frontera con su hechizo de percepción. Ninguno había puesto nunca un pie en la legendaria universidad. Oírlos hablar de los maestros y de sus respectivos poderes los había impactado tanto como descubrir que había un verdadero ag'imni deambulando por sus bosques.

—¿Un ag'imni de verdad? —insistió Elil.

Amaris asintió con la cabeza para darle más énfasis a sus palabras.

—¡Fue horrible! Todos los demonios huelen igual, es un hedor como a...

—¿Como a huevos podridos? —ofreció Yazlyn.

—¡Exacto! —coincidió Amaris enérgicamente—. ¡Como a carne pasada y sulfuro! Pero resulta que los ag'imni tienen como una especie de humo que emana de ellos...

—Lo he visto con mis propios ojos —intervino Odrin—. ¿Pudiste sentirlo?

Ella asintió.

—¡No sabía que hay que evitar inhalarlo! Menos mal que Gadriel me avisó de mantener la boca cerrada... Tendré que decirle a Samael que añada una nota en los bestiarios.

—¿La boca? —preguntó Odrin, que frunció el ceño ligeramente.

Gadriel le apoyó la mano a Amaris en el centro de la espalda y se la calentó.

—Preferiría enfrentarme a cien ag'imni antes que tener que ver a Moirai otra vez, ya sea en persona o en una maldición.

Amaris notó que el tacto de la palma de Gadriel se propagaba desde su espalda hasta su vientre.

—Y por eso hemos venido —concluyó Amaris—. La única explicación lógica para que la reina Moirai mirase a Ceres a los ojos y condenara a todo el reino es que la amante del rey fuese su hija. Tenemos que averiguar si fue así.

La historia los había dejado tan absortos que perdieron la noción del tiempo y se deshicieron en murmullos y aclaraciones enfáticas.

—Hemos vivido un infierno juntos, ¿eh? —dijo Gadriel con voz queda.

Algunos de los que estaban a la mesa oyeron el comentario, pero se dieron cuenta enseguida de que solo se dirigía a Amaris.

La joven era muy consciente de que Gadriel llevaba ya un buen rato sin quitarle ojo de encima. Sin saber muy bien por qué, ella le sostuvo la mirada. Ahí estaba otra vez. Esa carga. Esa evidente electricidad estática, como la del rayo que está a punto de caer, que tantas formas había tomado —rabia, aversión, preocupación, confianza, pánico, miedo y esperanza— en su incesante metamorfosis.

Odrin, que veía el comentario de Gadriel como el mayor de los elogios, dio una palmadita en el hombro de Amaris para responder:

—Menuda joya de socia te has ido a echar, ¿eh? Tiene el corazón de una guerrera. Siempre lo ha tenido.

Amaris habría jurado que nunca había visto a Odrin tan contento.

—Es mucho más que una socia —respondió Gadriel mientras trazaba un arco con el pulgar en la espalda de la chica antes de dejar caer la mano.

Odrin asintió alegremente y retomó la conversación que estuviese teniendo con Grem.

Yazlyn había ido frunciendo el ceño a medida que oía cómo se desarrollaba el intercambio entre los dos hombres. Quizá ella tenía más oído que Odrin para captar el mensaje que subyacía en las palabras de Gadriel.

Elil no solo se parecía a su hijo medio humano, sino que también sonaba como él; pese a que el ser feérico no tenía sangre humana y contaba con unos rasgos mucho más afilados que Ash, el parecido era indiscutible.

—El rey ha enviado a todos sus hombres a buscar a un niño sin darles la información necesaria para completar la tarea. Está tan desesperado por encontrar a su hijo que ha dejado su reino a merced absoluta de las bestias que llegan desde las montañas. Los demonios son el verdadero enemigo y, como Ceres siga sin prestar atención a Sulgrave para descubrir el motivo por el que las criaturas nos están invadiendo, llevará al reino a la ruina.

Amaris frunció el ceño.

—Ese tema me preocupa, Elil. A lo mejor el rey Ceres está tan convencido de que tiene un hijo por culpa de los rumores que corren por el reino y que aseguran que la princesa Daphne había tenido un bebé. Si ese es el caso…, la reina Moirai está utilizando su don de la ilusión para crear un príncipe. No creo que haya ningún heredero.

Todos se desanimaron al oír aquello.

—¿Cómo se lo vamos a contar a Ceres si eso es cierto? —preguntó Grem—. ¿Cómo le vamos a decir que ha desperdiciado veintitantos años de su vida en una ilusión?

Gadriel y Yazlyn agacharon la mirada. Fue una de las primeras veces en que el ser feérico había apartado los ojos de ella y Amaris descubrió que echaba de menos la intensa sensación de saberse el centro de su mirada. Se preguntó cuánto tiempo llevarían cargando con el peso de saber que una enfermiza obsesión estaba consumiendo al rey que antaño había sido un magnífico dirigente. Esa era la razón por la que Ash llevaba sin ver a su padre desde que era un niño, desde que su madre falleció. La tarea que descansaba sobre los hombros de Elil consistía en derrotar y contener a los monstruos que llegaban desde las montañas y sacarle las castañas del fuego al rey mientras este estaba ocupado con sus asuntos.

—¿Cuánto tiempo creéis que lleva muerto el príncipe heredero? —preguntó Odrin.

Todos sacudieron la cabeza. Podría haber sido un año, podrían haber sido diez o quizá nunca hubiera habido un niño. Si se confirmaba que Daphne era la amante de Ceres, el rey se habría negado a escuchar cualquier alternativa acerca de la suerte de su hijo. El niño había sido la última conexión que ligaba a Ceres al amor que lo había corroído por dentro, que había pasado de ser algo hermoso a convertirse en una enfermedad que se había propagado hasta envolver a Ceres por completo. Era posible que, cuando sus espías no habían sido capaces de localizar al príncipe en Aubade, hubiese asumido que habían ocultado al niño en algún otro punto del reino. ¿Cómo iba a imaginar que la razón por la que no daban con el príncipe en las misiones de reconocimiento era porque el muchacho no era más que una ilusión?

Elil suspiró.

—El pueblo ansía encontrar al príncipe tan desesperadamente como el rey, aunque por distintas razones. Si hubiese un heredero al trono, tal vez pudiesen dejar atrás el delirio de Ceres. Raascot necesita un cambio urgente.

Amaris entendía el motivo por el que los seres feéricos alados permanecían en silencio. Gadriel adoraba a su primo y Yazlyn permanecía fiel a su nación. Ceres era su rey y, pese al periodo de locura por el que estaba pasando, no lo abandonarían.

Los reevers y los seres feéricos compartieron una copiosa cena de carne al horno tan tierna que se les deshacía en la boca, patatitas cocinadas sobre el fuego con sal y mantequilla y una cantidad excesiva de jarras de cerveza. Intercambiaron historias y anécdotas graciosas, bromearon entre sí y acordaron un desafío para ver quién conseguía clavar más cuchillos en el árbol que había junto a la casa. Pasadas unas horas, se repartieron entre las numerosas habitaciones de la enorme vivienda. Hacía ya tiempo que Elil se había ganado un puesto de honor como protector del equilibrio mágico y el mismísimo rey le había regalado aquellas dependencias en agradecimiento por salvaguardar la paz en el norte. Grem y Odrin habían expresado sin tapujos la envidia que sentían por no haber recibido una asignación tan cómoda por sus últimos diez años de servicio, pero el desequilibrio de la magia parecía estar atrayendo cada vez más y más reevers al norte. Las piezas iban ocupando sus posiciones en el tablero a medida que la partida tomaba forma. Tal vez todos acabaran teniendo una casa en Raascot antes de que se diesen cuenta.

41

Gadriel apenas había tenido tiempo de ponerse cómodo en su dormitorio cuando Amaris llamó a la puerta. El fantasma de una sonrisa burlona bailó por las facciones de la chica cuando esta repitió la única revelación importante de la noche:

—Hemos vivido un infierno juntos, ¿eh?

A juzgar por la expresión en el rostro de Gadriel, pese a que le devolvió la sonrisa, Amaris supo que estaba sorprendido de verla en su habitación.

—Somos pocos los que podemos alardear de haber sobrevivido a un encuentro con un ag'drurath.

Amaris cerró la puerta a su espalda y se apoyó contra ella. Gadriel arqueó una ceja.

—¿Qué te trae a mi habitación, bruja?

—Conque soy una joyita de socia, ¿eh?

—Creo que dije que eras más que una socia —respondió con un brillo en la mirada.

—Hum. —Amaris asintió lentamente—. Eso es lo que me había parecido oír.

—¿Y ahora has venido aquí a regodearte?

Gadriel no bajó la ceja arqueada y mantuvo la mirada clavada en ella, igual que cuando habían intercambiado anécdotas. Ahí estaba. Esa carga eléctrica. Esa energía palpable que se ocultaba tras múltiples máscaras al abrirse paso por su cuerpo. Habían hecho cientos de cosas juntos. Habían visto miles de cosas. Se habían salvado la vida mutuamente una y otra vez. Y luego estaba eso que Gadriel le había hecho en el bosque y la curiosa sensación que había desencadenado en lo más profundo de su ser.

Amaris inclinó la cabeza hacia un lado y sintió el traicionero avance del sonrojo por sus mejillas al escoger las palabras con cuidado:

—Creo que no hemos tenido oportunidad de celebrar como es debido que hayamos sobrevivido.

Gadriel dejó lo que estaba haciendo y la estudió con atención, inmóvil como una estatua.

—Y —comenzó con voz pausada— ¿con eso estás queriendo decir que tenemos que celebrarlo?

Había acertado. Amaris quería añadir otro recuerdo más a la lista de experiencias que habían compartido. Una nueva emoción exigía ser explorada y, tras haberle contado al mundo el viaje que habían compartido, Amaris se había visto obligada a apreciar de verdad lo interconectadas que estaban sus vidas. Habían quedado ligados gracias a las adversidades, la curiosidad, la tenacidad, el deber, el coraje y…, tal vez, algo más.

Amaris se mordió el labio mientras lo miraba. Pocas veces había podido permitirse la oportunidad de ceder ante sus deseos. En Farleigh, se había visto reducida a la suma de dinero por la que pudiesen venderla. En Uaimh Reev, lo importante era entrenar. Desde entonces, había viajado, había sufrido y había sobrevivido. Ahora que estaba a salvo en Gwydir, en un hogar acogedor, por fin se sentía capaz de respirar de verdad. Lo peor ya había pasado, así que se merecía disfrutar un poco.

No se movió de la puerta. Gadriel dio medio paso hacia ella. Por norma general, era seguro de sí mismo, un engreído. Justo en ese momento, su expresión albergaba una única y cautelosa pregunta. Gadriel le había parecido hermoso desde el primer momento en que lo vio. También le había parecido arrogante, mandón, molesto y dominante. Una parte de ella se sentía tremendamente atraída por la potencia bruta de su cuerpo y lo bien que la manejaba. No había dejado de pensar en el ímpetu con el que se había pegado contra ella cuando la había metido a la fuerza en el tronco donde la protegió del ag'imni. Todavía sentía el punto de la palma de la mano donde le había aplicado el tónico. Su mejilla recordaba dónde le había curado el cardenal. Sintió una oleada de calor por todo el cuerpo al acordarse de lo que había sentido al perder un combate contra alguien en quien confiaba.

—Verás, demonio. —Amaris permitió que se le iluminara la mirada al pensar en los problemas que podía buscarse al utilizar esa palabra—. He desconfiado de ti durante mucho tiempo. Pero entonces hemos contado nuestra historia... He visto todo por lo que hemos pasado juntos. Tú y yo. Dudo que ninguno de los dos hubiésemos llegado vivos a Gwydir viajando solos.

—¿Y por eso has venido? ¿Para darme las gracias por haberte dado esa ventaja que tan poco has valorado? Pero qué considerada eres, bruja. No conocía esa faceta tuya. —Sonrió con suficiencia ante su respuesta mordaz, pero su rostro todavía mostraba una pregunta.

—Con respecto a eso... —Vaciló, tanteándose. Se le desbocó el corazón al combatir un miedo más intenso que el que le había provocado cualquier dragón, demonio u orbe—. Has mencionado un par de veces que me vendría bien un poco de mano dura.

El cambio en la expresión del rostro de Gadriel habría sido imperceptible para cualquiera menos para ella, puesto que lo conocía lo suficiente como para notar el fuego que había estallado en su mirada.

Se sintió acalorada al recordar cómo le había preguntado una y otra vez si de verdad quería que la entrenase, cómo había insistido en que necesitaba que se lo confirmase con palabras para contar con su permiso. Una cálida sensación se enroscó en la parte inferior de su vientre y le hizo cosquillas ante el recuerdo de su poder autoritario. Volvió a mirarlo sin dejar de juguetear con el labio inferior entre los dientes hasta que Gadriel comprendió por fin el motivo por el que la chica había ido a su habitación.

—He estado pensando en una cosa...

—¿En qué?

—Me gustó... —No sabía cómo decirlo. Tragó saliva y apartó la mirada—. Cuando estábamos en el bosque, cuando tú me...

Gadriel se lo estaba pasando mucho mejor de lo que debería. Las afiladas puntas de sus dientes reflejaron la luz de la chimenea cuando retrajo los labios para esbozar una sonrisa traviesa. Ver cómo Amaris se retorcía al sentirse incapaz de hablar con claridad parecía estar proporcionándole una buena dosis de placer sádico.

—¿Qué te gustó?

Amaris se ruborizó aún más.

—No me obligues a decirlo.

No necesitó más invitación.

Gadriel cerró el espacio que los separaba, deteniéndose a cada paso. Con una provocadora lentitud, apoyó la mano derecha en la puerta, junto a la cabeza de Amaris. Dejó caer su poderoso cuerpo sobre ella hasta que apenas quedó espacio entre ellos. Esa era la energía que nunca habían llegado a reconocer abiertamente. Amaris sabía que era poderosa, que era fuerte, pero sintió una retorcida y sensual excitación al notar la fuerza bruta del ser feérico y al comprender que, pese a ella, se sentía a salvo por completo. Cuando Gadriel se inclinó para acercarse más a ella, Amaris permitió que su olor a cuero, pimienta y cerezas negras se le metiese bajo la piel. La casa seguía plagada del estruendo de las carcajadas, la música y las personas que cenaban en el piso de abajo.

Nadie oiría los sonidos que profiriera la reever de cabellos blancos.

—Mírame —ordenó Gadriel en voz baja pero firme y con la mano todavía apoyada en la puerta junto a la cabeza de Amaris.

Ella se esforzó por hacerle caso, pese a que la vergüenza que le daba admitir sus deseos coloreaba cada centímetro de su cuerpo.

—No sé si voy a ser capaz —admitió; le ardía la cara.

Gadriel utilizó el pulgar y el índice para levantarle la barbilla hasta que sus miradas se encontraron. Amaris se quedó sin aliento. La cabeza le daba vueltas. La adrenalina corría por sus venas.

—Porque no sabes hacer lo que se te dice.

Amaris se retorció y tomó un poco de aire.

—¿Es esto lo que quieres? —insistió Gadriel.

Le había hecho una pregunta similar hacía muchas noches en el bosque, cuando Amaris había hablado sobre la posibilidad de desbloquear sus poderes. Había algo brutal y hermoso en su fuerza, pero permanecía contenido tras las puertas de lo que albergaba en su interior mientras no le diera el permiso explícito de actuar. El rostro de Gadriel estaba terriblemente cerca del suyo.

Amaris se estremeció. Un escalofrío de anticipación le recorrió la columna.

La chica alzó un poco el mentón y redujo el espacio entre sus bocas. Los labios de Amaris permanecían entreabiertos. Gadriel no se movió. Entre ellos zumbaba un pulso de sensaciones, profundo y sordo.

—Yo...

Su mano fue lo primero que sintió cuando Gadriel la deslizó por su cuerpo hasta apoyarla sobre su garganta y comprimirle la yugular entre el pulgar y el índice para restringirle el riego sanguíneo.

—¿O acaso te referías a esto?

Amaris cerró los ojos y se dejó llevar por una ola de deseo que hizo que le diera vueltas la cabeza. Cuando los dedos callosos del general le apretaron el cuello con firmeza, sintió que la humedad empapaba las partes más íntimas de su ser. Dejó escapar un pequeño gemido involuntario, pero no fue más que una vibración bajo la mano de Gadriel.

Su enorme palma derecha seguía apoyada en la puerta, pero la otra fue al encuentro de la cadera de Amaris con languidez. Dejó caer su peso sobre el cuerpo de ella, quien por poco se deshizo en otro gemido ante la mera presión. Gadriel repitió la pregunta:

—¿Es esto lo que quieres?

—¿Lo quieres tú? —Amaris tragó saliva—. ¿Quieres esto? ¿Me quieres a mí?

Se presionó más contra ella y le rozó la oreja con los labios.

—Llevo semanas sin ser capaz de pensar en otra cosa. Pero, a diferencia de otras, yo soy un ejemplo de autocontrol.

—¡Oye!

Amaris trató de zafarse de Gadriel, pero este se mantuvo firme.

Sus palabras habían desatado un torrente de húmedo placer entre sus piernas. Arqueó las caderas de forma involuntaria contra él. Lo ansiaba tantísimo que creyó estar a punto de ahogarse en el deseo. Lo ansiaba más que al aire que respiraba. Nunca había hecho algo así con nadie, por lo que todo era aún más emocionante. El miedo a lo desconocido era tan intenso como la excitación que desataba en ella el poder del hombre que tenía delante. Sentía su calor, la presión de su cuerpo. Pudo saber exactamente cuánto la deseaba al sentir lo mucho que había crecido su miembro cuando se presionó contra ella; aun así, Gadriel no hizo nada. Amaris quería que le arrancase la ropa y la tirase en la cama. Quería sentir la demoledora potencia que había sentido en el bosque, donde, por una vez, se había encontrado bajo el control total de otra persona. Adoraba la deliciosa tentación de someterse por completo. Trató de asentir con la cabeza, pero un tímido tirón semejante a la vergüenza la obligó a bajar la mirada. La mano de Gadriel abandonó su cadera. Le levantó la barbilla con los nudillos para encontrar su mirada.

—Dilo.

A Amaris le dio un vuelco el corazón. Respiró por la nariz y sintió que se tensaba.

—¿Cómo?

—Quiero oírte decirlo.

Ella asintió débilmente.

—No es suficiente.

—Esto es lo que quiero —dijo apenas en un jadeo.

Una sonrisa tiró de las comisuras de la boca de Gadriel, pero Amaris no pudo verla durante mucho tiempo. Apartó la mano de su barbilla para acunarle el cuello lentamente, en el punto justo debajo de la mandíbula. Gadriel se detuvo durante uno, dos latidos de anticipación.

Había llegado el momento.

El beso que Amaris tanto había anhelado. El momento en que conectarían, en que se encontrarían, saborearían, explorarían y experimentarían el uno al otro de una forma totalmente nueva. El primer beso que Gadriel le dio fue lento y, cuando Amaris respondió, movieron los labios y la lengua al unísono durante un dulce y delicioso momento.

Se le entrecortó la respiración cuando Gadriel se alejó sin apartarle la mano del cuello.

—¿Sabes qué? —comenzó Gadriel a media voz—. Los humanos, los seres feéricos, los brujos..., todos tenemos algo en común. Solo vivimos durante dos minutos. —Cerró la mano en torno al cuello de Amaris y ella sintió que el mundo se desdibujaba bajo su agarre. Su respiración, su vida misma, ambas pendían de la presión de la mano de Gadriel cuando dijo—: Cada vez que tomamos aire, el tiempo se reinicia.

Amaris dejó escapar un débil sonido apenas comprensible cuando empujó las caderas contra él.

—¿Recuerdas la palabra de seguridad?

Gadriel redujo parte de la presión para que Amaris recuperara el riego sanguíneo y contestara la pregunta.

La chica bebió del aire que la rodeaba y sus labios se entreabrieron en una silenciosa plegaria. Trató de presionarse contra el cuerpo de él y extendió las manos para agarrarlo de la espalda y atraerlo hacia sí.

Gadriel chasqueó la lengua suavemente.

—Dímelo bien.

Amaris apenas podía respirar. Deseaba sentirlo con tanta desesperación que el anhelo la estaba consumiendo. Sus caderas se sacudieron contra la puerta y se elevaron para encontrar el cuerpo de Gadriel.

—Nival.

—Buena chica.

Amaris clavó los dedos en el pecho de Gadriel a través de la camisa. El ritmo de sus caricias cambió por completo. Gadriel estrelló los labios contra los de ella. Este no era el beso tierno y cariñoso de los cuentos de hadas, sino el beso posesivo y exigente del control. A Amaris le fallaron las rodillas al sentirse diminuta bajo el cuerpo del ser feérico. La boca de Gadriel le separó los labios y su lengua se movió en círculos alrededor de la suya. La chica se quedó sin aliento cuando las manos de él se aventuraron bajo su camisa y se apretaron contra su vientre.

Trató de agarrarlo, pero él gruñó en respuesta y le sujetó las muñecas por encima de la cabeza con una de sus enormes manos. Amaris inspiró hondo y levantó la barbilla para dejar el cuello expuesto ante Gadriel, que la consumía y la quemaba allí donde la acariciaba con la boca o con las manos. Quería que le tocara los pechos. Quería que le quitara los pantalones. Quería estar tumbada, atrapada bajo su cuerpo, que depositara todo su peso sobre ella.

—Por favor —rogó con voz estrangulada, desesperada por hacer que las manos de Gadriel, apoyadas sobre su vientre, gravitaran hacia el norte o hacia el sur.

Quería sentirlo tan dentro de su sexo como fuera posible.

—Vaya, mira quién está aprendiendo modales —dijo Gadriel mientras continuaba explorando su garganta con la boca, saboreando su piel.

Amaris se dejó llevar por completo; todo cuanto quería en aquel momento era entregarse a él en cuerpo y alma. Gadriel le acarició un pecho, le masajeó el pezón con movimientos circulares y profirió sonidos de satisfacción cada vez que a ella se le entrecortaba la respiración.

—Sé lo que quiero.

—¿Estás preparada?

Le soltó las muñecas con la intención de llevarla hasta la cama.

—Sí.

Lo detuvo al dejarse caer de rodillas con decisión. El brillo de sorpresa que iluminó el rostro de Gadriel hizo que un perverso placer embargara a Amaris. Gadriel se había detenido en seco y la contemplaba desde arriba mientras ella le devolvía la mirada, arrodillada en posición sumisa y con los ojos resplandecientes.

—Te quiero a ti —repitió.

Lo quería todo. Quería que se abalanzara sobre ella, que sus manos recorrieran cada centímetro de su cuerpo. Una parte diabólica de Amaris quería tener tanto control como el que él empleaba para dominarla a ella. No sabría decir si Gadriel se sentía tan débil cuando Amaris posaba la mirada en él como cuando se invertían los papeles, pero decidió que quizá era hora de darle un empujoncito.

Él trató de oponerse con un murmullo, pero Amaris tomó las riendas y se preparó para servirlo con la fuerza que empleó al hincarse de rodillas. Se deleitó al ver la forma en que la reacción de Gadriel se manifestaba en su rostro, en su cuerpo, en el placer evidenciado en sus pantalones. Pese a su posición sumisa, Amaris seguía negándose a aceptar órdenes. Si de verdad era una bruja, concluyó que bien podría hacer honor a su apodo.

Despacio, pasó un dedo con suavidad por la costura superior de la cinturilla de los pantalones de Gadriel y lo estudió cuando este entreabrió los labios. Amaris disfrutó de la conmoción que le impedía apartar la mirada de ella. A juzgar por la forma en que la estudiaba, era evidente que no estaba acostumbrado a que la otra persona tomase el control. Él era quien tenía que llevar la voz cantante. Sabía cuáles eran los pasos que debía seguir. Aun así...

Gadriel tenía una mirada hambrienta. Amaris le soltó los pantalones con movimientos lentos y deliberados, triunfal al oír los gruñidos graves que le arrancó al hacerlo, y lo liberó de su prisión de tela, dejando escapar un murmullo de admiración al comparar el tamaño de su miembro con el de sus propias manos. Lo acarició cuan largo era con un gesto de apreciación. El estudio de la anatomía masculina no había formado exactamente parte de su educación, pero los compañeros de armas sin pelos en la lengua con los que había convivido en el reev le habían dado —si bien de manera inintencionada— unas lecciones extremadamente gráficas sobre el tema en cuestión. Amaris había almacenado toda esa información a sabiendas de que, algún día, todas esas anécdotas y bromas obscenas que le habían contado entre cerveza y cerveza le resultarían útiles.

Las manos de Gadriel encontraron la parte de atrás de la cabeza de Amaris y la agarraron del cabello con fuerza. Le pasó los dedos por los mechones plateados y se los apartó de la cara. Al tener su melena entre las manos, Gadriel no hizo sino prolongar su confusa lucha por hacerse con el control. Él le sujetaba la cabeza, pero había actuado en favor de la decisión que ella había tomado. Su boca era diminuta comparada con el tamaño de Gadriel.

—Empieza con la lengua.

Aquella indicación borró de un plumazo la incertidumbre que la frenaba. Hizo lo que le pedía y lo acarició con los labios húmedos y la lengua. Gadriel le dio su aprobación con un gemido y ella no le dio oportunidad de decir nada más antes de metérselo en la boca hasta donde fue capaz. Alzó la vista durante el tiempo justo para verlo inclinar el mentón hacia el techo con los ojos cerrados.

Si estuvieran compitiendo, Amaris estaba bastante segura de ir ganando.

Gadriel era demasiado grande como para abarcarlo entero con la boca. Trató de metérselo más adentro y notó que se atragantaba al preferir saborear su miembro antes que respirar. Disfrutó de la reacción de Gadriel más de lo que habría esperado. Ya no había vuelta atrás.

—Relaja la garganta.

Habló en un susurro, entre dientes, como si se estuviese esforzando por mantener el control. Soltó el cabello de Amaris y se apoyó contra la puerta, como si no fuese capaz de permanecer derecho. Todavía arrodillada, Amaris alzó la vista y Gadriel solo tuvo ojos para ella. Aunque estaba ahogada, el ser feérico no se detuvo. Amaris respiró por la nariz y obedeció, de manera que consiguió empujarlo más al fondo de su boca. Se deleitó al oír los ruidos que hacía Gadriel, alborozada ante su propio poder.

—Buena chica.

La lujuria, el orgullo y la emoción de la victoria hicieron que Amaris se estremeciera. Lo deseaba tanto que todo su cuerpo vibraba. Era una melodía. Era vino, dulces pasteles y felicidad. Aquellas dos palabras albergaban un mayor poder que todo cuanto hubiera experimentado hasta el momento.

—Vamos a...

—No —gruñó ella con la boca llena.

No estaba preparada para pasar a otra cosa. Fuera lo que fuese lo que quería hacer podía esperar. Gadriel sostenía la cabeza de Amaris de tal forma que dejó claro que abandonaba todas sus expectativas. Notaba la presión, el empuje y el entusiasmo que guiaba su mano al permitir que fuese ella quien marcase el ritmo de la danza.

—Como no pares, me voy a correr en tu boca.

—Bien —se atragantó Amaris; la palabra quedó amortiguada al no haber dejado de moverse de adelante atrás, y los sonidos líquidos de la boca y las manos de ella se unieron a los intentos de él por reprimir los gemidos de placer.

Gadriel se tensó contra la puerta al depositar todo el peso sobre la mano con la que le sujetaba la cabeza a Amaris en actitud dominante y la obligó a continuar moviendo la boca alrededor de su polla hasta que ella sintió la palpable inevitabilidad del clímax.

—Amaris —jadeó Gadriel antes de apretar los dientes y dar prácticamente un puñetazo contra la puerta con la mano libre.

Estaba a punto de correrse. Le bastaba con los textos de anatomía básica y con la forma en que su propio cuerpo respondía al placer como para comprender lo inevitable. Lo sentía en la tensión de su palpitante miembro y en la manera en que cerró el puño y la agarró de las raíces del cabello. Ese doloroso tirón de pelo fue electrizante. Le encantaba haberle arrancado semejante reacción a Gadriel. Amaris tenía un efecto increíble, vigoroso y cautivador. Era mejor que la persuasión, mejor que las habilidades de combate, mejor que las ondas expansivas. Se sentía poderosa.

—Voy a... —Gadriel tomó aire bruscamente.

Parecía que su intención había sido avisarla de que iba a correrse, aunque fue incapaz de terminar la frase antes de inundarle la boca con su sabor.

La chica fue implacable y aceptó su semilla hasta que estuvo segura de haber consumido hasta la última gota.

Gadriel se tensó de pies a cabeza al verse arrollado por el orgasmo y sujetó la boca de ella contra la base de su pene mientras eyaculaba. Amaris tragó sin apartar la mirada del rostro de él y sonrió de oreja a oreja al descubrir lo poderosa que se sentía al contar con la habilidad de convertir al imponente general en una sombra de lo que era.

Amaris había ganado.

Aunque agradecía las numerosas noches de borrachera plagadas de anécdotas escabrosas que la habían preparado sin pretenderlo para lo que tenía que hacer y para saber qué expectativas crearse, haberlo vivido en primera persona era una victoria completamente distinta en sí misma. Por lo que sabía acerca de la disciplina de Gadriel frente a la de los reevers, Amaris estaba, además, casi del todo segura de que él no era el tipo de hombre que alardeaba de sus conquistas tras haberse tomado un par de cervezas.

Poco a poco, Gadriel desenredó la mano de sus cabellos. Amaris lo contempló con los ojos dulces y violetas como el crepúsculo de un cervatillo, a la espera de que la elogiara.

—¿Te ha gustado? —le preguntó.

La sorpresa en el rostro de Gadriel fue evidente al oírla pronunciar una pregunta como esa. Le acercó el pulgar a la boca y le limpió una diminuta gotita que se le había quedado en el labio. A juzgar por la forma en que la miraba, Amaris supo que elogiarla sería solo una de las muchas cosas que tenía pensado hacer.

Antes de que Amaris tuviese tiempo de asimilar su expresión, Gadriel la levantó de donde se encontraba arrodillada, la apartó de la puerta y la llevó hasta la cama, como si no pesara nada. Amaris volvió a jadear y se agarró a él con fuerza cuando la tumbó sobre el colchón. El juego no había terminado. Quería más. Se dispuso a quitarse la camisa cuando Gadriel volvió a detenerla.

—¿Te he dado permiso para que te muevas?

Amaris sintió una oleada de excitación y sorpresa al descubrir que Gadriel no había quedado agotado, sino que el clímax había duplicado sus fuerzas.

Por poco dejó escapar un grito de placer al oír el gruñido grave que profirió el ser feérico. Luchó contra el deseo de desprenderse de la camisa, pero no logró resistirse a la tentación de moverse. Volvió a posar las manos sobre el cuerpo de Gadriel, lo cual no hizo más que incitarlo. Sus manos de piel dorada volaron hasta las de ella y le atraparon las delgadas muñecas.

—¿Me vas a hacer caso o voy a tener que obligarte a obedecer?

Amaris arqueó la espalda hasta levantarla de la cama. No alcanzaba a comprender cómo Gadriel conseguía mantener un control tan firme sobre su cuerpo mientras ella tenía la sensación de estar perdiendo todo uso de razón. La respuesta a su pregunta era evidente:

—Oblígame —lo retó.

El brillo de su sonrisa le dijo a Amaris que esa era precisamente la contestación que él había esperado. Gadriel la movió para que descansara la cabeza sobre la almohada. Cuando ella trató de incorporarse, él le rodeó el cuello con la mano. Esa era la sensación que la había conducido hasta ese momento. Esa era la mano áspera y callosa que había despertado algo primitivo en su interior al asfixiarla. Habían sido esas mismas manos las que le habían permitido acceder al poder que tan estrechamente había estado ligado a su instinto de supervivencia. Amaris dejó que otro pequeño jadeo abandonase sus labios y Gadriel sonrió.

—Tengo curiosidad por saber cuánto puedo hacerte gritar, bruja.

Ella gimió y dirigió las manos hacia abajo para tratar de quitarse los pantalones.

Gadriel rio en voz baja y ronca.

—Santa diosa, eres una impertinente.

—Pero tú eso ya lo sabías. —Amaris sonrió pese a la mano que le rodeaba el cuello.

Gadriel le devolvió el gesto y esbozó una sonrisa traviesa. Extendió un poco las alas a su espalda y la envolvió en una amplia demostración de dominación.

Amaris intentó tocarlo de nuevo y profirió otro gemido de placer cuando Gadriel la inmovilizó una vez más.

—¿Eres así de insolente con todas tus conquistas?

El silencio que se extendió entre ellos cuando no pudo contestar hizo que Gadriel aflojara ligeramente la mano con la que le rodeaba el cuello a la chica. No llegó a mostrar una expresión confundida, pero tampoco siguió adelante. Gadriel vaciló y estudió el rostro de Amaris para intentar dar con el motivo que le había impedido contestar.

«Mierda».

Amaris no había tenido razones para mantener su virginidad intacta. No se había autoimpuesto un voto de castidad. Había tratado incluso de acostarse con Ash después del ataque de aquel beseul, aunque lo único que hubiese buscado hubiese sido un sentimiento de cercanía. La cuestión era que nunca se le había presentado la oportunidad. Amaris no sentía esa conexión emocional o espiritual con la mentalidad que se solía inculcar en torno al tema de la pérdida de la virginidad, pero había acabado siendo esa pausa la que había ahogado el fuego que había prendido entre ellos.

Gadriel le soltó el cuello y utilizó un nudillo para obligar a Amaris a mirarlo. Aunque los ojos de ella todavía brillaban de deseo, la intensidad de dicho anhelo se había atenuado.

—Tu primera vez debería ser una experiencia más amable de la que yo puedo ofrecerte, bruja. Los límites son cosa de dos.

Amaris sacudió la cabeza ante el pánico que crecía en su interior, puesto que notaba que la conexión que habían establecido comenzaba a disiparse.

—No quiero que te andes con delicadezas.

Gadriel arqueó una ceja, pero no dijo nada. Amaris adoraba la expresividad de su mirada.

—Aun así, tengo que devolverte el favor —dijo.

—Espero que no me desees solo porque te sientas en deuda conmigo —replicó ella.

—Te deseo porque te deseo y punto —prometió en un susurro, casi como si prestase juramento.

Amaris entrecerró un poco los ojos.

—Bien. Y si se te pasa por la cabeza sobrevalorarme o infravalorarme por ser virgen, entonces tu opinión sobre las mujeres es peor de lo que pensaba.

La mirada pícara regresó a los ojos de Gadriel.

—Eres una verdadera niñata.

—Qué va. No soy una niñata. Soy una bruja.

Trató de envolver las piernas alrededor de la cintura de Gadriel y acercarlo a ella para exigirle que continuara.

—Amaris, yo…

—Quiero que sigas.

Fue tanto un ruego como una orden.

—Como desees.

Gadriel le besó el cuello y le rozó las zonas más sensibles de la piel con los dientes. Bajó un poco el ritmo a medida que fue avanzando y se movió con suavidad sobre su vientre al tiempo que le masajeó los pequeños pechos marfileños con ambas manos. Amaris volvió a jadear cuando siguió bajando y le acarició sus partes más íntimas.

Alzó las manos por encima de la cabeza para que Gadriel le quitase la camisa y sus pezones se erizaron de excitación.

Después, levantó las caderas del colchón cuando él le bajó los pantalones. Cuando Amaris trató de hacer lo propio con Gadriel, este se limitó a sonreír, encantado de contenerla. Se deshizo él mismo de su camisa, pero se dejó los pantalones puestos una vez que se hubo cubierto de nuevo con cuidado, pese a que la tela se tensó ante la protuberancia de su miembro, que aún palpitaba entre ellos. Irradiaba un calor muy agradable. Su cuerpo, sus alas, su boca, sus dientes, sus manos…, Gadriel la envolvía con todo su ser.

La hizo rodar hasta quedar de costado sin quitarle la mano del cuello para que Amaris no se moviera. Ella le agarró del antebrazo, igual que había hecho en el bosque, pero esta vez su objetivo era hacer que apretase más fuerte.

Amaris se quedó totalmente sin aliento y casi tuvo la sensación de estar ahogándose. Se sentía como si la hubieran arrastrado hasta las profundidades del mar, pero ella disfrutara asfixiándose bajo las olas. Si eso era lo que se sentía al morir, era la experiencia más hermosa del mundo.

Gadriel se lamió los dedos y dibujó con ellos un camino descendente desde el ombligo de Amaris hasta encontrar sus partes más sensibles. Las únicas manos que la habían tocado ahí habían sido las suyas propias. Quería extender las manos hacia atrás y sentirlo a él también, pero Gadriel seguía sujetándole las muñecas con una mano mientras que la otra había abandonado el cuello de la joven para explorar cada centímetro de su cuerpo y atormentarla. Sus labios no se apartaron ni por un segundo de la piel de ella; le besó el cuello y le mordió el hombro justo cuando su mano libre encontraba el punto que la hacía jadear. En cuanto la acarició, los dedos de Gadriel quedaron inmediatamente empapados. Él gruñó ante su propio placer y movió las caderas contra el trasero de Amaris cuando esta se apretó contra su cuerpo. Utilizó una pierna para mantener las de ella cerradas y atraparla contra él.

Una vez que hubo encontrado el lugar que la hacía tensarse, el punto que la dejaba rígida de placer, se centró en pulir su técnica. Gadriel prestó atención al movimiento de sus caderas, a la intensidad de su pulso en el cuello, a la fuerza con la que cerraba los ojos. Aumentó el ritmo poco a poco, al igual que haría al componer una melodía. Amaris era un violín y él pulsaba sus cuerdas con una precisión experta, sintiendo como se iba tensando más y más a medida que los músculos de la chica se contraían; cada momento se convertía en una nueva sensación que crecía en el interior de Amaris cuando alguien tocaba su música. La melodía de su cuerpo se intensificó y cada nota se hizo más alta, y más intensa, y más poderosa hasta que la canción alcanzó su clímax.

El acorde pendió en el aire mientras la música crecía y crecía hasta llegar a su punto álgido, donde se mantuvo al borde del éxtasis y repitió su nota final hasta que la melodía se hizo añicos.

Amaris gritó al alcanzar el orgasmo.

Amaris no solo era una melodía. Era una sinfonía y Gadriel era su compositor.

Sus caderas se sacudieron, se estremeció ante ese estallido de sensaciones cuando la canción alcanzó su clímax una y otra vez. Gadriel la observó mientras le arrancaba unas últimas notas antes de permitir que la melodía se desvaneciera por completo.

Aunque dejó de mover la mano, no la apartó del lugar donde sus dedos habían quedado empapados. Le depositó un beso en el cuello desde atrás. Los párpados de Amaris comenzaron a caer, pesados ante la oleada de agotamiento que acompañaba al previo torrente de endorfinas. Amaris sintió los dientes de Gadriel cuando este sonrió contra su piel y la besó de nuevo. Pese a que había acudido a su dormitorio para sentir a Gadriel por completo, notó que el sueño la arrastraba al dejarse llevar por el calor del cuerpo de él. Nunca se había sentido tan relajada.

Cada fibra de su ser se había derretido sobre las sábanas como la mantequilla sobre una tostada caliente.

—Joder —susurró contra la almohada.

Gadriel le pasó los dedos húmedos por los labios y, cuando ella se los metió en la boca, Amaris habría estado dispuesta a jurar que notó como el alma del ser feérico abandonaba su cuerpo.

—¿Estás seguro de que no quieres follarme?

Él dejó escapar una suave carcajada.

—Ni te imaginas todo lo que me gustaría hacerte. Pero no tengo ninguna prisa, bruja. Eres mía.

El corazón de Amaris aleteó y su cuerpo palpitó ante sus palabras.

«Eres mía».

Permitió que esa afirmación la inundara mientras la paz, el placer y el cansancio consumían la energía que le quedaba.

Gadriel cubrió la figura pálida y desnuda de Amaris con las mantas, pero mantuvo un brazo alrededor de su cuerpo. Los meses de viaje habían llegado a su fin con la mejor de las recompensas y ahora Amaris por fin podría descansar al haber dado rienda suelta a su deseo. Mientras se quedaba dormida, habría jurado que Gadriel seguía sonriendo.

42

Un sonido la sacó de las infinitas profundidades de su perfecto descanso libre de sueños. Nunca había dormido tan bien. Al percatarse de que había abandonado las cálidas y acogedoras trincheras de las reparadoras profundidades del mundo de los sueños y fijarse en el brazo que todavía la rodeaba, Amaris sonrió. La había abrazado durante toda la noche. El peso del brazo de Gadriel la hacía sentir inmensamente segura.

Lo odiaba, lo deseaba, lo respetaba, le guardaba rencor y haría cualquier cosa por mantener ese exasperante tira y afloja entre su corazón, su mente y su cuerpo. Era complicado, delicioso y frustrante y quería que se repitiera una y otra y otra vez.

Las palabras de Gadriel reverberaron por su cabeza igual que lo habían hecho en la Torre de Artes Mágicas.

«Salta y confía en que yo te cogeré».

Entonces se había alzado literalmente ante el borde de un precipicio, pero ahora volvía a estar ante esa misma encrucijada. Amaris había saltado, y él no la había dejado caer.

Terminó de abrir los ojos cuando alguien llamó a la puerta del dormitorio. Los golpes, rápidos e imprevistos, la ayudaron a despertar del todo. Había estado muy cómoda al verse envuelta en el calor del cuerpo de Gadriel, que había colocado una de sus alas sobre ellos como una manta divina. Él también se despertó al oír los golpes. Si la persona que los reclamaba se marchaba, tal vez pudieran terminar lo que habían empezado la noche anterior. Ya solo el peso de su cuerpo contra el suyo y el recuerdo de la forma en que la había sujetado por las muñecas para inmovilizarla hacían que estuviese preparada para una segunda ronda mucho más espectacular. Había mucho por hacer, por tocar, por saborear, por explorar. Rodeó el brazo de Gadriel con los dedos como para suplicarle que no fuese a abrir la puerta.

Trató de incorporarse, pero él la detuvo con un beso en la nuca. Amaris se sonrojó y se contoneó, presa de una adormilada felicidad. Gadriel se levantó de la cama donde había dormido con los pantalones puestos, pese a que había pasado toda la noche con los tersos músculos de sus hombros, sus pectorales y su abdomen pegados al cuerpo de Amaris. Cuando abrió la puerta para recibir a quien había llamado, extendió las alas como para ocultar a Amaris de la mirada curiosa de quien estuviese en el pasillo.

—Ha llegado un cuervo esta mañana —dijo la voz de Yazlyn—. Han encontrado a otros dos reevers en la frontera y acompañan a una viajera.

Amaris se incorporó de golpe; cualquier rastro de somnolencia se evaporó de un plumazo. Aunque solo alcanzaba a ver la parte de atrás de la cabeza de Gadriel, casi pudo oírlo fruncir el ceño.

—Con eso habría seis reevers en el norte —murmuró. Continuó casi como si estuviese a punto de soltar alguna grosería—: Nunca ha habido tantos a la vez en el reino.

—Tengo un mal presentimiento, Gad.

Él asintió.

—Intercede. Envíales un mensaje para que vengan aquí. Que no vayan al castillo.

—Gadriel, sabes que la misión…

—No te lo pido como un favor, Yaz. Te lo ordeno como tu general. No dejes que acudan a Ceres. Tráelos aquí.

Cerró la puerta a su espalda antes de que Yazlyn tuviese oportunidad de decir nada más.

Amaris, que seguía desnuda tras la noche anterior, se cubrió el pecho con la sábana.

—¿Ha dicho que vienen más reevers?

Gadriel asintió con la cabeza y regresó a la cama. Había algo en su mirada que delató la deliciosa ansia que albergaba en su interior. Devolvió toda su atención a Amaris, puesto que el mensaje de Yazlyn no había ahogado el deseo.

—Así es.

Amaris no se inclinó hacia él como la noche anterior. Levantó una mano y la apoyó contra su pecho para que se detuviera.

—¿Ha dicho que iban acompañados de otra persona?

En respuesta a las señales de la chica, Gadriel cesó sus avances de inmediato. Se había colocado de tal manera que había estado listo para cernirse sobre ella y, tal vez, reavivar el fuego que habían encendido horas antes. Gadriel asintió.

—¿Cuándo llegarán aquí? —insistió Amaris.

Él se puso de rodillas sobre la cama. El momento en que su rostro pasó de ser el de un amante al de un general fue tan claro como si hubiese pasado la página de un libro.

—Teniendo en cuenta lo que tarda en llegar un cuervo desde la frontera, como mínimo deben de llevar viajando ya dos días desde allí, aunque puede que sean tres. Asumo que han venido a caballo, aunque, si nuestros hombres los están acompañando hasta aquí, quizá los traigan volando. Dependiendo de dónde hayan cruzado la frontera, podrían llegar aquí esta misma noche o mañana como muy tarde.

—Esta noche. —Amaris por poco se atragantó al repetir sus palabras.

Se había levantado de la cama para recuperar sus ropas antes de que Gadriel hubiese terminado de hablar. No se le pasó por alto la preocupación que nublaba la mirada del ser feérico ante su búsqueda. La ayudó a encontrar su camisa y le agarró la mano para que se detuviese.

—¿Va todo bien?

—A lo mejor vienen con Nox —dijo ella tragando saliva.

La expresión de Gadriel se suavizó.

—Nox, ¿tu amiga de la infancia? ¿La que te encontró en la mazmorra?

Amaris no supo cómo corregirlo. No supo qué decirle. Sí, Nox, la persona que había pasado años protegiéndola, queriéndola, siendo su única compañía en el mundo. Nox, la chica a la que había abandonado al huir a Uaimh Reev. Nox, quien la había liberado y salvado de las mazmorras de Aubade. Nox, quien la había besado y sostenido entre sus brazos. Nox, quien le había dicho que la amaba. ¿Y qué había hecho Amaris ante aquella declaración? Le había pedido a Nox que salvase a sus hermanos. Había fallado a Nox una y otra vez. Nunca había hecho lo suficiente por Nox, nunca le había dicho lo suficiente, nunca había sido suficiente para ella.

Amaris se vio embargada por la retorcida sensación de estar traicionándola cuando el recuerdo de la chica de cabellos negros como la noche coloreó su visión. Lo único que tenía claro en ese momento era que tenía que salir de la cama de Gadriel.

Él se estaba esforzando al máximo por mantener una actitud relajada, como si tuviese todo bajo control.

—Amaris, no estás obligada a quedarte aquí. Aunque me gustaría saber cómo te sientes antes de que te marches. Si estás teniendo un conflicto interno, me lo puedes decir. Incluso si te arrepientes de…

—¡No! —lo interrumpió al recuperar la lucidez de inmediato. Se puso recta y encontró la mirada de Gadriel, que la evaluaba con sinceridad—. No me arrepiento de nada.

—No pasa nada si es así. Sea lo que sea lo que estás sintiendo…

Amaris se unió a él en la cama y lo miró a los ojos con gesto serio durante un momento. Gadriel era enorme y fuerte y una parte de él también ansiaba el cariño y la seguridad que ella misma había necesitado.

—No cambiaría nada de lo que ha ocurrido entre nosotros, Gad. La verdad es que tenía la esperanza de que me follases hasta perder el conocimiento, pero, si todo va bien, todavía tienes tiempo —dijo Amaris, y Gadriel esbozó una pequeña sonrisa—. Si Nox está de camino, no voy a poder pensar en nada más. No tiene nada que ver contigo. Si estoy así es por ella.

Gadriel le pasó una de sus enormes manos por los mechones de la nuca y le besó la coronilla. Ella fue incapaz de disfrutarlo tanto como le habría gustado. Había sido un beso cariñoso y tranquilizador. Amaris terminó de vestirse y salió del dormitorio de Gadriel para ir directamente al cuarto de baño contiguo a su habitación. Se lavó, frotándose todo el cuerpo, sin saber muy bien por qué sentía la necesidad de deshacerse del olor de Gadriel. No se arrepentía de nada de lo que había ocurrido entre ellos, pero tampoco conseguía explicar las emociones que bullían en su interior al pensar en que Nox podría haber cruzado la frontera con Raascot y estar a tan solo un día de camino de ella. No estaba borrando el recuerdo de Gadriel, sino que se estaba preparando para algo sobre lo que había estado pensando durante semanas.

Aunque no conseguía definir lo que sentía, aunque admitía estar muerta de nervios.

Amaris se sumergió en el agua caliente y metió la cabeza bajo las ondas y las burbujas de la superficie hasta que las olitas que se habían formado en la bañera se calmaron. Abrió los ojos bajo la calidez del agua y miró hacia el techo a través de una borrosa neblina. Su mente estaba de todo menos en calma.

Cuando Nox la había besado en la prisión, Amaris había sentido como si algo que hubiese pasado meses —si no años—

cuestionándose por fin hubiese cobrado sentido. A Amaris le atraían los hombres. Le atraía su aspecto, su aroma, el tamaño de sus manos comparadas con las de ella y el hecho de que el cuerpo masculino fuese mucho más pesado que el suyo. Disfrutaba de la idea de cederle las riendas a otra persona en un mundo que tantas veces parecía estar fuera de control. De esa forma era exactamente como se había sentido al estar con Nox.

Amaris salió a la superficie y jadeó en busca de aire mientras trataba de dominar sus pensamientos.

Nox era una figura de autoridad fiera, casi divina, que ni los hombres ni los seres feéricos podrían doblegar jamás. Siempre sabía qué hacer, a dónde ir y qué decir. Aunque Gadriel era dominante, la fortaleza de Nox no tenía rival. Mientras que los hombres empleaban su tamaño para intimidar a otros, Nox se comportaba como una fuerza de la naturaleza independientemente de sus dimensiones. Estaba hecha de una pasta que los dioses habían reservado solo para ella. Los hombres olían a armas, a sudor y a acero. Nox siempre había olido a especias y ciruelas. Sus cabellos siempre habían sido como la tinta, la noche y la luz de las estrellas. Jamás había encontrado a un ser humano o feérico que tuviese un brillo en la mirada tan intenso como el de los pozos de oscuridad de Nox. A Amaris le gustaban los hombres por sus anchas espaldas y la firmeza de sus abdominales, pero, al mismo tiempo y en la misma medida, lo que hacía a Nox una criatura tan formidable como ellos eran la suavidad de sus curvas y lo mullidos que eran sus pechos. La sonrisa de Gadriel era poderosa y aterradora. La sonrisa de Nox había hecho que muchas personas cayesen de rodillas ante ella, pero Amaris sabía que la suavizaba y la hacía más amable solo para ella.

Gadriel era capaz de dejar a un lado su sexualidad para interpretar el papel de un general centrado en salvar reinos. Nox conseguía hacer lo mismo con las muestras románticas de su relación para centrarse en ser su más vieja y querida amiga.

Pero ¿qué era lo que Amaris quería?

Como reever, Amaris había aprendido a examinar su propio cuerpo y su feminidad.

Una vez que hubo quedado libre de las ataduras del orfanato y pudo permitirse conocer su poder, Amaris descubrió un vasto territorio inexplorado bajo la superficie de sus emociones. Le atraían los hombres, pero amaba a Nox. La idea de volver a verla esa noche —después de su fatídica despedida en las mazmorras— consumía cada uno de sus pensamientos. Nunca se le pasaría por la cabeza arrepentirse de las caricias de Gadriel, puesto que todavía las anhelaba. Quería que Gadriel estuviese con ella en la bañera, que le acariciara la piel resbaladiza por el jabón, incluso a pesar de que se estaba preparando para ver a Nox. Quería sentir la boca de Gadriel en el cuello mientras ella se trenzaba los cabellos. Quería que sus manos le impidieran ponerse la camisa mientras se vestía con ropa limpia. Sus deseos y sus necesidades luchaban unas contra otras en una confusa batalla interna que se cobraba víctimas de ambos bandos.

Amaris permaneció recluida en su dormitorio, a solas con sus pensamientos, durante la mayor parte del día. La habitación no se parecía en nada ni a la enorme suite donde se había alojado en el castillo de la reina Moirai ni al cuarto médico puramente funcional del edificio de Sanación. El dormitorio estaba decorado con sencillez; era lo bastante cómodo como para dormir en él, pero tan aburrido como para no suponer distracción alguna.

Trató de bajar a comer con los demás, pero, cuando descubrió que casi todos los inquilinos —desde Odrin y Elil hasta Yazlyn y Gadriel— estaban en el comedor, Amaris se excusó diciendo que tenía el estómago un poco revuelto y se llevó un plato a su dormitorio.

Más tarde, Amaris estaba tan mareada que ni siquiera intentó cenar. Odrin subió a comprobar si seguía encontrándose mal y le dejó un poco de comida blanda que su estómago pudiese tolerar sin causarle más problemas. Amaris adoraba con todo su corazón al reever, no solo por haberla salvado de Farleigh, sino también por ser una constante de resiliencia, educación y esperanza en su vida. El rostro de Odrin se había contorsionado en una mueca cariñosa al dejarle el plato sobre el escritorio antes de regresar con el resto para retomar la conversación en la que hubiesen estado inmersos en el comedor; al reever siempre le había resultado un poco incómodo hablar de sus emociones con sinceridad.

Amaris continuó esperando en su habitación y, aunque se preguntó si Gadriel se dejaría caer por allí, se alegró de que no lo hiciera. No era que no quisiese verlo. Juró explicárselo todo bien más adelante. Le contaría todo cuanto necesitase saber. Sin embargo, la situación en la que Amaris se encontraba no tenía nada que ver con él y Gadriel parecía ser lo suficientemente inteligente como para comprenderlo.

La mente de la chica se bamboleaba como un barquito en un mar embravecido. Ni sucesos, ni personas, ni futuros, ni pasados la acompañaban. Olas de emociones descarnadas e incomprensibles la salpicaban una detrás de otra. Fue el día más largo de su corta vida.

El sol estival se mantuvo en el cielo durante más tiempo del que a Amaris le habría gustado. Tuvo la sensación de que permaneció en lo alto del horizonte durante más tiempo del necesario, abusando de la generosidad del norte. Recordaba las largas tardes de mediados de verano en Farleigh, pero Gwydir parecía tomarse libertades con las horas robadas, de manera que cada día se hacía interminable. El sol apenas comenzó a ponerse con la campana de las nueve, cuando coloreó el cielo de rojo mientras Amaris daba vueltas por su dormitorio. La noche no era un momento que se definiera por la tonalidad del cielo, pero el sol mantuvo a toda la casa en pie. Pasada la campanada de las diez, se oyó un alboroto en el pasillo.

Debía de haber llegado el momento.

Amaris salió de su habitación solo para verse atrapada tras los demás. Todos habían salido de sus respectivos dormitorios y se dirigían hacia la escalera para ver de dónde provenía el ruido. Oyó las voces masculinas de quienes se saludaban con abrazos amistosos y le resultaron familiares. Se sentía como si los seres feéricos que tenía delante se moviesen más despacio solo para molestarla. Cerró los puños al luchar contra el deseo de empujarlos, a sabiendas de que lo más seguro era que Gadriel la detuviese antes de llegar a tocarlo siquiera.

Sus enormes y estúpidas alas prácticamente eran como un papel de pared entre ella y la escena que tenía que ver. Entonces reconoció la primera voz. Era la de Ash. Malik estaba hablando. Los nervios se intensificaron en su interior a medida que la intensa necesidad de llegar al piso inferior le recorría todo el cuerpo. Quiso apartar a Gadriel de su camino de un empellón, aunque sabía que sería una terrible falta de educación y una decisión totalmente irracional. La iridiscente cortina de sus alas continuó bloqueándole la vista a medida que otras voces inundaron el comedor y el vestíbulo de esa casa que era tan amplia y cómoda como cualquier taberna.

Tras haber pasado un día desaparecida, quitar a los seres feéricos de su camino, presa de la rabia, no le haría ningún favor.

Posó una mano sobre el hombro de Gadriel para abrirse camino con cuidado entre él y Yazlyn.

—A esa me la pido yo. —Le oyó susurrar a la mujer feérica.

Supo a quién se refería antes de que sus miradas se encontrasen.

Amaris había escuchado canciones sobre momentos así. Le habían contado historias y había leído novelas que narraban precisamente lo mismo que había ocurrido en la casa cuando un par de ojos violetas se encontraron con otro par de enormes ojos más negros que el carbón al otro lado de la estancia. Los sonidos se amortiguaron a su alrededor hasta convertirse en apenas el zumbido de las abejas. Los colores, los rostros y las demás personas se convirtieron en una mancha borrosa, como un pegote de pintura en un lienzo, de manera que fue incapaz de distinguir quién era quién. Los atronadores latidos de su corazón eran todo cuanto oía. El rostro de Amaris pasó de ser una máscara pálida y de ojos desorbitados a mostrar una felicidad sincera y sin adulterar.

Era ella. Nox estaba aquí. Era real.

Sus cabellos caían en ondas sueltas a un lado de su cuerpo y la túnica negra y los pantalones de cuero que llevaba eran tan negros como sus ojos de medianoche. De alguna manera, pese a la intensidad de esos tonos carbón que la envolvían, Nox era la única fuente de luz en la estancia. Los labios de la chica se entreabrieron en una especie de saludo, en un intento de murmurar un «hola» sin aliento al fijar la mirada en Amaris.

Fue casi como un sueño, una canción, un poema. Era demasiado bueno para ser cierto. Era una fantasía, un producto de la imaginación, un invento, una mentira. Los pies de Amaris permanecieron pegados al último escalón durante dos segundos y, luego, tres.

Algo en su interior se partió al ver cómo el pecho de Nox subía y bajaba, consciente de que ella también se sentía demasiado abrumada como para moverse. Amaris sintió que su alma abandonaba su cuerpo cuando sus pies la impulsaron hacia delante. Rodeó con ambos brazos a su otra mitad, esa de la que tanto tiempo había pasado alejada, y ambas dejaron escapar sollozos entrecortados, sonidos desconocidos para la humanidad o la naturaleza. Las dos respiraron el aroma de la otra, enebro y especias e invierno y ciruelas. La tela y los cabellos quedaron enredados entre sus dedos; se agarraron y se presionaron la una contra la otra a medida que las lágrimas cálidas les empapaban las mejillas, la camisa y el mismísimo aire que las rodeaba mientras se abrazaban. Aunque los sonidos de aquella casa en Gwydir se habían amortiguado antes de ese momento, Amaris era vagamente consciente de que los demás se habían quedado aún más en silencio mientras ellas se estrechaban.

No era una reunión tras un largo viaje. No era una muestra de amistad, de sororidad o de añoranza tras haber pasado un tiempo sin ver a alguien. Era el núcleo de magma en el centro del planeta. Era el vínculo que había forjado el universo. Era algo sagrado. Juntas, estaban completas.

Amaris apenas estuvo presente en espíritu durante las presentaciones, puesto que la sorpresa la había dejado demasiado entumecida como para fijarse en que los otros se estaban estrechando las manos.

Ambas eran relativamente conscientes de que las palabras abandonaban sus labios al hacer las correspondientes presentaciones y no se soltaron la una a la otra ni por un segundo. Los seres feéricos saludaron a los recién llegados y Nox se esforzó por decirle hola a todos los presentes en la estancia. Demasiados nombres. Grem, y Odrin, y Elil, y Gadriel, y Yazlyn. Amaris se dio cuenta de que salían por una de las orejas de Nox tan pronto como le entraban por la otra, como si no hubiese estado delante durante las presentaciones. Amaris agarraba a Nox del brazo como si tuviese miedo de que fuese a desaparecer en la noche si la soltaba.

Aunque no hacía falta decir que había echado de menos a sus hermanos, solo por no soltar la mano a Nox, Amaris pasó un único brazo alrededor de Malik y de Ash para devolverles con cariño el estrecho abrazo que los reevers le dieron al reencontrarse con ella. Siguió aferrándose a la otra chica cuando la preciosa joven aceptó la mano extendida de Gadriel y dejó sus dedos blancos como la escarcha entrelazados con los dorados dedos de Nox cuando ella y Yazlyn, boquiabierta, se presentaron. Sabiendo que Yazlyn sentía atracción por las mujeres,

Amaris supuso con ironía que debía de haberse sentido como si hubiese conocido a una diosa.

Al fin y al cabo, eso era precisamente Nox. Era una diosa. No se equivocaban al considerarla como tal.

Amaris buscó la mirada de Gadriel una única vez y lo que vio tras sus ojos oscuros e inquisitivos la dejó intrigada. No estaba enfadado, decepcionado o celoso. No tenía un aspecto irrespetuoso, dubitativo o perplejo. Solo vio reconocimiento. Gadriel era consciente de lo que veía y lo comprendía bien. Amaris supo, con una sola mirada, que Gadriel había identificado el vínculo que compartía con Nox como algo más que una amistad. Tenía intención de contárselo. Se lo aclararía todo en cuanto se le ocurriese una explicación sólida que ofrecerle. Primero, debía hablar con Nox. Antes de eso, necesitaba admitírselo a sí misma.

Estuvieron un largo rato en la sala común. Amaris adoraba a los reevers, pero había pasado ya muchos años a su lado. Estaban a salvo. Estaban bien. No la necesitaban en ese preciso momento. Tenían toda una vida para ponerse al día. Ahora que por fin habían cumplido con los designios de las normas sociales, Amaris necesitaba quedarse a solas con Nox.

—¿Preparada para salir de aquí? —le preguntó.

—Santa diosa, sí, por favor —susurró Nox en respuesta.

El encuentro continuaría sin ellas en el piso de abajo hasta bien entrada la noche. Sin duda, los reevers y los seres feéricos tendrían muchas anécdotas de guerra que intercambiar, monstruos que comparar y opiniones que compartir sobre reyes, reinas y maldiciones. Tenían cerveza, comida y leña de sobra para mantenerse bien ocupados hasta la madrugada si así lo deseaban.

Amaris condujo a Nox escaleras arriba y la metió en su habitación. No echó un vistazo por encima del hombro para comprobar quién las había visto escabullirse. Quizá nadie se fijó en ellas. Quizá solo las vio Gadriel. Quizá habían atraído todas las miradas, curiosas e indiscretas, intrigadas por descubrir qué chismorreos nacerían aquella noche. No importaba. El paso de la sala común a la escalera y del pasillo a su dormitorio transcurrió como una nebulosa.

Amaris cerró la puerta a su espalda. Por lo general, era Nox la que tomaba la iniciativa de las dos, pero este era el cuarto de Amaris. Era ella quien conocía al resto de los inquilinos. Era ella quien conocía aquellas tierras. Era ella quien conocía la casa y, en ese momento, era ella quien sabía lo que quería. En cuanto los ruidos del exterior se apagaron tras oír el sonido del pestillo al cerrarse, todas y cada una de las emociones que habían permanecido a la espera pacientemente salieron a la superficie como un alud.

Los dedos de Nox acariciaron la mandíbula de Amaris, ejercieron una presión bajo su oreja, le sujetaron la nuca y acabaron en sus cabellos.

—No me puedo creer que seas real.

Amaris cogió la mano que la otra había dejado sobre su cuello y la apretó contra ella. Cerró los ojos e inclinó la cabeza para apoyarse en sus dedos. Con una punzada, unas lágrimas cálidas amenazaron con derramarse por sus mejillas.

—He soñado contigo todo el puto tiempo.

Nox dejó escapar una risita.

—¿Qué pasa?

—Es que… creo que no te había oído nunca decir una palabrota.

Amaris se rio.

—Diosa santa, han cambiado muchas cosas.

Se contemplaron la una a la otra durante un largo instante.

—Y otras se han mantenido exactamente iguales.

El momento se desmoronó; las dos entrelazaron las manos, los brazos y los rostros como si fueran una estrella moribunda, arrastradas por completo hacia el campo gravitacional de la otra. No derramarían ni una sola lágrima al aferrarse la una a la otra, puesto que apenas alcanzaban a respirar con normalidad. Amaris se relajó al saberse libre de los ojos curiosos que las habían rodeado hasta hacía unos minutos. No tenían que rendir cuentas ante nadie más. Ya tendrían tiempo de demostrarse el cariño que sentían la una por la otra y para declararse sus sentimientos. Tendrían tiempo de hablar sobre lo que había ocurrido entre ellas. Tendrían tiempo de relatar lo que habían descubierto y lo que había sucedido desde que se habían visto en la celda. Amaris le hablaría de la maldición del orbe y, con suerte, Nox encontraría un hueco para contarle todo lo que había vivido en su viaje con los reevers. Por ahora, se limitaron a abrazarse como si temiesen que la otra saliese flotando de la habitación. No era el momento de ceder ante la urgencia apasionada de la avaricia ni de buscar cualquier tipo de interacción remotamente platónica.

—¿Necesitas algo? —preguntó Amaris sin apartar el rostro de la nube de cabellos que la envolvía.

—¿Cómo dices? —Nox se apartó lo justo para estudiar el rostro de la otra.

Amaris le devolvió la mirada inquisitiva.

—¿Comida? ¿Agua? ¿Un baño? Te lo digo porque no quiero dejarte ir, así que, si necesitas algo, dímelo ahora. Ve a buscar lo que necesites ahora. Hazlo todo ahora. Una vez que acabes, no creo que vaya a ser capaz de soltarte.

—No necesito nada. Solo estar aquí contigo.

Y así fue.

Los ojos de Amaris volaron hasta la cama antes de volver a posarse sobre Nox. Juntó las cejas para formular una pregunta silenciosa, para expresar un deseo.

Una vez más, la mano de Nox trazó un camino sobre la mandíbula de Amaris, aunque se movió mucho más despacio. Dibujó una línea pausada por su barbilla, le acarició el cuello, el lóbulo de la oreja y se detuvo justo en el límite entre sus cabellos y su cuello. Amaris se dejó caer contra la puerta y Nox la siguió al tiempo que inclinaba la frente hacia abajo para apoyarla contra la de la otra.

A Amaris le dio un vuelco el corazón ante su proximidad y su mente revoloteó en la nebulosa de un deseo que no alcanzaba a definir mientras rezaba para que Nox no se detuviese. Se presionaron la una contra la otra, permitiendo que la pregunta pendiese entre ellas. Era una combinación de indecisión, curiosidad, deseo e incertidumbre. Había un patrón que habían experimentado en sueños. Amaris conocía cada uno de los pasos que conducían a ese momento. Una y otra vez, justo antes de despertar, sus labios se acercaban tanto que Amaris y Nox compartían un mismo aliento. Calor, sabor y tentación mientras ambas se preguntaban si la otra cerraría el espacio que las separaba.

Ya lo habían hecho antes. Se habían abrazado entre los barrotes de hierro. Sus bocas se habían encontrado; sus besos habían sabido a la sal de las lágrimas. Nox había declarado sus sentimientos a voz en grito por las arenas del coliseo, antes de que las hubiesen separado a la fuerza. Amaris se preguntó si Nox sentiría la intensidad con la que su corazón latía a causa de la adrenalina. Se preguntó si el húmedo y esperanzado torrente del deseo era mutuo. Esperó y rezó y, justo cuando movió las caderas para suplicar por la unión absoluta de sus cuerpos, comprendió que Nox ya había dicho todo lo que necesitaba decir. Si Amaris quería seguir adelante, estaba en sus manos dar el siguiente paso.

Ese instante se extendió entre ellas con la pegajosa morosidad de la melaza quemada.

El beso desesperado que compartieron en las mazmorras había sido fruto del amor, el pánico y la desesperación, pero ahora no había mazmorras, reinas o dragones. La tensión que sentían en aquella casa no dependía de las prisas, las amenazas o el miedo, sino de descubrir si ambas querían lo mismo.

Cuando sus labios por fin se tocaron, desataron la descarga eléctrica de un rayo. El océano fluyó entre ellas. El fuego prendió, la nieve cayó y el viento aulló en el movimiento de labios, lenguas, manos y cabellos. Nox se dejó llevar por la intensidad del beso, como si la declaración silenciosa de Amaris hubiese sido todo cuanto había necesitado para dar rienda suelta a su deseo. La espalda y la cabeza de Amaris golpearon contra la puerta al rendirse por completo ante Nox. Se mantuvo pegada a la puerta y atrajo a la chica hacia sí con más urgencia; su anhelo, su deseo, su aceptación eran abrumadores. Su cuerpo respondió por puro instinto; cada parte de sí misma pedía más. Quería los suaves labios de Nox en el cuello. Quería que sus ropas acabasen en el suelo. Quería saber qué sentiría al notar como sus labios exploraban zonas de su cuerpo por las que solo la habían tocado con las manos.

Levantó una pierna para acercar a Nox más a ella y, en respuesta, sintió una dolorosa oleada de deseo.

Era amor.

Las manos de Nox no se enredaron en su pelo con actitud posesiva. Sus movimientos no eran agresivos, exigentes o furiosos, pero tampoco transmitían un excesivo cariño o suavidad. Sentía la intensidad de una sed que llevaban años necesitando calmar detrás de cada beso, cada toque, cada roce de sus caderas, cada degustación, cada desesperado deseo frustrado que había pendido entre ellas.

Nox fue quien rompió el beso. Apoyó la frente contra la de Amaris una vez más, casi ahogada ante lo que sonó como un intento de reprimir un sollozo. Una sonrisa se dibujó en su rostro mientras los ojos se le anegaban de lágrimas.

—Nox...

Amaris recuperó el aliento mientras se esforzaba por comprender la cornucopia de emociones en la que se había transformado el rostro de Nox. Parpadeó para deshacerse del velo de pasión que le nublaba la vista, pero sabía que no sería capaz de percibir nada importante mientras estuviese contra la puerta, con esos pechos perfectos pegados a ella, con ese cálido vientre rozándole el suyo y con una pierna enredada en torno al muslo de Nox.

La cama era tan grande como para albergar a cuatro personas, puesto que seguramente estuviese pensada para las enormes alas de un ser feérico de Raascot. Amaris apartó a Nox de la puerta y tiró de ella para llevarla al lecho. Se acurrucaron en el centro del colchón, rodeadas de almohadas, edredones de plumas y mantas. Sus emociones iban mucho más allá del anhelo. Iban más allá de la atracción sexual, del deseo, de la carne, y los dedos, y las lenguas, y el intercambio de cuerpos, y el placer que pudiesen compartir. Por el momento, lo único que necesitaban era estar juntas. Se quedaron abrazadas en la cama, con los cabellos del color de la luz de las estrellas de Amaris esparcidos sobre el estómago de la otra. Nox le acarició el pelo y Amaris posó la mirada en sus ojos oscuros.

Sintió como la energía de Nox la abandonaba.

—Tengo tanto que contarte —dijo Nox con voz distante.

—Y yo a ti —coincidió la otra. Habían pasado muchas cosas. Continuó estudiando el rostro de Nox, tumbada a su lado—. ¿Podemos disfrutar de este momento? ¿Aunque sea solo por ahora?

A Nox se le atragantaron las lágrimas al reír y dejó escapar un sonido a caballo entre un sollozo y una risita, como si el peso del mensaje de Amaris fuese más del que pudiese manejar.

—Nada me gustaría más. Lo único que quiero es estar aquí contigo. Todo lo demás puede esperar a mañana.

Nunca habían tenido oportunidad de pasar tiempo así. La pequeña diferencia de edad entre ellas había sido suficiente para que tuviesen que dormir en distintos dormitorios durante más de la mitad de los años que pasaron en Farleigh, de manera que la suya había sido una amistad forzada a existir solo a la luz del día. Incluso aunque hubiesen tenido la misma edad, nunca las habrían dejado quedarse dormidas en brazos de la otra. Les habían robado todos los momentos compartidos, incluso los puramente amistosos. Nunca les habían permitido explorar quiénes eran, qué eran o qué podrían llegar a ser.

Estar juntas en este momento, sobre esta cama, era algo espiritual. Era como si hubiesen emergido de sus sueños compartidos y se abrazasen de la única manera que les había permitido el subconsciente. Se negaban a dejar de tocarse, así que se turnaron para trazar caminos increíbles por los brazos, la cintura y las curvas del cuerpo de la otra hasta que las caricias las sumieron en un hipnótico trance de relajación. Entre el alivio con el que el amor bañaba la habitación y lo reconfortadas que se sentían al haberse reencontrado, se quedaron dormidas, ebrias ante su mutua presencia.

Ninguna de las dos había estado dispuesta a romper el hechizo de la noche con la situación del mundo que las rodeaba. Sus suaves e incansables caricias habían sido la prueba necesaria para confirmar una realidad de la que ellas ya eran conscientes. Amaris y Nox eran mucho más que amigas, familia o compañeras. Cada una lo era todo para la otra.

Distinguir los sueños de la realidad había supuesto todo un reto, puesto que se habían abrazado con fuerza incluso mientras dormían y el sueño que se había repetido noche tras noche en la mente de ambas chicas había terminado por encontrar un nuevo final más dulce cuando sus labios por fin se encontraron.

Cuando amaneció, a Amaris se le aceleró el corazón al darse cuenta de que no había sido ningún sueño. No se había movido de donde se había quedado dormida, boca abajo, y notaba las marcas rosadas que sin duda la ropa le habría dejado en el rostro. Nox seguía dormida entre sus brazos y su brillante melena se agitaba suavemente con cada respiración que escapaba de entre sus bonitos labios carnosos. Amaris se creyó capaz de derretirse ante la intensidad de su propia sonrisa cuando su corazón tiró de la comisura de sus labios hacia arriba. Amaris se acurrucó contra el costado de Nox hasta que esta se despertó. La luz tenía una temprana aura onírica. El brillo tenue del alba estaba lejos del intenso resplandor del sol. Todo estaba bañado por la suave luz carente de sombras de primera hora de la mañana.

—No me puedo creer que seas real.

Ese sentimiento era un eco que se repetía una y otra vez.

Amaris acercó más el rostro al cuerpo de Nox; le acarició el suave vientre y le rozó el pecho con la mejilla. Un sonido diminuto escapó de la garganta de Nox y sus manos volvieron a encontrar los cabellos de Amaris para pasar los dedos por los suaves mechones plateados con dedos delicados y cargados de incredulidad. Hacía muchos años que se habían abrazado. Habían entrelazado las manos, se habían tocado, habían pasado mucho tiempo juntas sin estar seguras de los sentimientos de la otra y sin darle nunca un nombre a lo que ocurría entre ellas. Ahora la situación era completamente diferente y tremendamente hermosa. El beso de la mazmorra había sido producto del pánico. Ya no les cabía ninguna duda. Habían abierto una puerta y habían cruzado un umbral sin retorno.

—Pensé que nunca volvería a verte —Amaris habló en un susurro para mantener las emociones a raya en su voz.

Ninguna de las dos se atrevía a hacer ruido por miedo a romper la preciosa magia que había envuelto el dormitorio.

Nox sonrió y tiró a Amaris de la barbilla para que la mirase, justo igual que había hecho en sueños. Amaris adoraba ese movimiento tan familiar, aunque solo lo hubiese vivido mientras dormía. Se le encogió el corazón ante la confianza que Nox había demostrado en esa sencilla orden silenciosa. Sabía que ella era la causante de que Amaris hubiese desarrollado un implacable gusto por las muestras de autoridad. La confianza y la seguridad que había sentido cada vez que Nox se había hecho con las riendas de la situación y la había salvado de un monstruo tras otro —ya fuese una matrona, un abusón, la reina de Farehold o su dragón— había creado en el interior de Amaris un hueco que solo se llenaba cuando sabía que podía confiar en las manos que la sostenían. En vez de infundirle pavor, aquellos momentos en garras del obispo o en el mercado habían dado lugar a algo maravilloso, algo más fuerte. Amaris había aprendido a apoyarse en el valor de confiar en otras personas, así como la hermosa sumisión ligada a él. Ese sentimiento había nacido de la amistad y la fe para convertirse en algo que la anclaba, algo que le daba forma.

—Yo también te quiero —susurró Amaris en una firme declaración.

Estaba respondiendo a las palabras que Nox había pronunciado hacía ya tanto tiempo, cuando habían arrastrado a Amaris hasta la arena terrosa del coliseo. En lo más profundo de su alma, sabía que decía la verdad. No tenía ninguna duda. Estaba segura de ello. Pasaría el resto de sus días al lado de Nox si el destino se lo permitía. Nunca volverían a separarse.

Por las historias que había oído, Amaris sabía que algunas relaciones eran como el aguacero que termina por desencadenar una inundación. Al verse arrastrada por las aguas, una podía llegar a ahogarse. La riada era salvaje y lo arrasaba todo. Quizá era así con Gadriel. La lluvia del ser feérico se la llevaba por delante al sumergirse en ella, la empapaba y la consumía. Las inundaciones se desataban sin previo aviso, eran rápidas y poderosas. No eran un fenómeno que debiera tomarse a la ligera, puesto que eran dañinos, intensos y violentos. Sin embargo, Nox era como un río que se abría paso a través de un cañón y que les daba forma a los contornos de la tierra. Su camino no tenía ni principio ni fin. Cuando las aguas que había entre ellas se desbordaban, el mundo entero se rendía ante ellas.

Amaris había pasado los años suficientes estudiando el rostro de Nox como para saber que algo no iba bien. Había fruncido el ceño casi imperceptiblemente, de una forma que habría resultado muy poco atractiva en cualquier otro rostro, pero que, en Nox, incluso presa de la preocupación y a pesar de estar recién levantada, era una expresión absolutamente arrebatadora. Amaris no recordaba que Nox tuviese ese aspecto tan efervescente. ¿Había sido siempre tan hermosa?

—Amaris… —comenzó Nox, pese a que la otra chica no necesitaba oír las excusas o preocupaciones que la frenaban.

Podrían hablar de lo que fuera que le rondara la cabeza, puesto que, sin duda, Amaris también había experimentado una infinidad de emociones en los últimos tres años que no habían tenido oportunidad de considerar. Nada importaba. Nox le había mostrado sus cartas cuando los barrotes de hierro las habían mantenido separadas.

Amaris levantó la cabeza del cuerpo de Nox, sobre el que había estado apoyada toda la noche, y depositó un beso en la piel desnuda del hombro de la chica. Nox dejó caer los párpados en cuanto su boca la rozó. Amaris se incorporó un poco más y cerró también los ojos cuando recorrió suavemente la clavícula de Nox con los dientes, a la espera de que la otra dejase escapar una alentadora muestra de consentimiento. Otro pequeño jadeo de Nox animó a Amaris a continuar y cerrar los últimos milímetros que las separaban. Se dejó caer hasta que sus cuerpos entraron en contacto y su boca cubrió los labios gruesos y entreabiertos de Nox. El beso empezó siendo lento y creció rítmicamente en intensidad después de que Nox se aferrase a Amaris. Era un baile dulce y cálido que se mezclaba con los entrecortados sonidos de su respiración. Amaris lo estaba disfrutando. No solo disfrutaba del sexo, ni tampoco de la intimidad, sino de todo ello.

A Nox se le entrecortó la respiración como si estuviese a punto de llorar y se apartó de Amaris.

—Tengo que contarte algo.

Amaris no sabía si Nox se había sentido abrumada tras la culminación de años de sentimientos en un solo momento o si era por algo más. Podría haberse debido a infinidad de cosas. Teniendo en cuenta todos los años que había pasado en Uaimh Reev y el giro drástico que había dado su vida, Amaris no era capaz de imaginar todo lo que se tendrían que contar. Quizá Nox quería hablarle de las personas a las que hubiese amado, de las vidas que hubiese vivido o del camino que se hubiese forjado.

Nada importaba.

Descubrirían juntas a las nuevas versiones de sí mismas, independientemente de la persona en que se hubieran convertido.

Nox apartó la mirada y sostuvo a Amaris entre sus brazos con más fuerza que antes. Amaris se acurrucó contra ella. El olor a ciruelas era de lo más dulce. La suavidad del cuerpo de Nox la envolvió. Fuera lo que fuese lo que tuviese que decir, no importaba.

—Puede esperar.

Nox rodeó a Amaris con los brazos, apretándola contra sí. Enredó una de sus manos en los cabellos de Amaris y la otra la presionó contra su espalda, para sostenerla tan cerca de ella como pudiese.

—Te he echado muchísimo de menos —sus palabras estaban cargadas de emoción—, pero lo que te tengo que contar…

—Ahora estamos juntas —respondió Amaris. No se le ocurrió nada más inteligente que decir; ni promesas ni disculpas ni nada que fuera a cambiarles la vida, así que repitió—: Ahora estamos juntas.

—Es algo gordo —insistió Nox, apenada—. Es muy importante. Hice algo. Vi algo y…, Amaris, no sabes la cantidad de cosas que tengo que contarte.

—Yo también tengo mucho que contarte, pero tenemos todo el tiempo del mundo.

Si Amaris hubiese tenido la oportunidad de rememorar la mañana y la maravillosa noche que habían pasado juntas, se habría dado cuenta de su error. Esas seis últimas palabras habían sido las responsables de desgarrar el mismísimo tejido del tiempo. Esas seis palabras bien podrían haber formado parte de la maldición de una bruja, del engaño de un djinn o del mal de ojo de un invocador.

Hay ciertas expresiones en este mundo pensadas para molestar a las deidades, tanto antiguas como modernas. Algunos planes están hechos para hacer reír a la muerte y otros para enfadar al destino y atraer una serie de consecuencias como si fueran imanes.

Aquellas seis palabras habían sido su perdición.

43

«Tenemos todo el tiempo del mundo».

Aquella frase había llevado a la Madre Universal a aplicar la medida correctora más cruel de la historia. La afirmación de Amaris había desatado una avalancha en las cumbres más nevadas de Raascot, que cayó sobre el mundo perfecto de las chicas y enterró ese remanso seguro que habían construido entre las dos. Amaris concluyó esa frase inocente en cuanto otra comenzó a formarse en sus labios; una se desvaneció al tiempo que otra daba comienzo. Al principio, no comprendieron lo que oían y el ruido resultó demasiado confuso como para hacerles abandonar los brazos de la otra. A lo mejor pasaba y resultaba ser algo del todo irrelevante. A lo mejor alguien se había tropezado en la cocina. A lo mejor los reevers se estaban peleando.

No, Amaris comprendió. Algo iba mal.

No habría necesitado recurrir a su entrenamiento de combate para saber que algo raro estaba ocurriendo. A medida que los ruidos se multiplicaron y se acercaron y las voces se unieron a la conmoción, Amaris y Nox se sentaron, tensas, en la cama. Algo iba terriblemente mal en la casa. Los sonidos crecieron hasta que los oyeron en la escalera.

Amaris se levantó con torpeza de la cama y arrastró a Nox con ella para que no las pillasen con la guardia baja. Había comenzado a comprobar las ventanas cuando la puerta se abrió de par en par e impactó de golpe contra una de las paredes del dormitorio. Quienes habían irrumpido en la casa ocuparon todo el pasillo y varios hombres armados entraron en la estancia.

Amaris apenas había conseguido abrir una ventana antes de que los intrusos llegasen hasta ella. Dejó inconsciente al primer hombre, aunque era un ser feérico. Un rápido codazo hacia arriba lo había tumbado. Amaris le dio una patada a otro de los asaltantes mientras un tercero se abalanzaba sobre ella por un lateral. Todos apartaron a Nox de su camino para llegar hasta a Amaris. No sabía por qué, pero ella era su objetivo. Ya se había enfrentado a tres hombres a la vez antes. Podía hasta con cuatro. Pero ahora había cinco, seis…, habían entrado demasiados. Amaris se tiró al suelo y trazó un arco con una pierna para hacer que uno de ellos perdiese el equilibrio. Le partió la nariz a otro al momento con la base de la mano. La superaban en número, así que de poco importó a cuántos hombres desarmara. No eran los mercenarios borrachos de un pueblecito cualquiera. Estos hombres eran soldados armados del ejército de Raascot.

—¡Quitadme las manos de encima! —les gritó sin dejar de desarmar a un hombre tras otro.

No tenía armas. No tenía escapatoria. Si pudiese llegar a la ventana, tal vez…

Nox profirió unas cuantas amenazas ininteligibles, pero los soldados no le hicieron ningún caso. Amaris se había tirado al suelo para barrer a otro soldado con la pierna, pero se abalanzaron contra ella y la agarraron del brazo mientras estaba arrodillada. Siguió dando patadas, gritando y empleando hasta la última gota de su fuerza. Sus poderes de persuasión no tenían nada que hacer contra los seres feéricos alados que la sujetaban. La habían vencido. Sus órdenes no servían de nada.

—Como no dejes de resistirte, tendremos que atarte —dijo uno de ellos.

—¡Que ni se os pase por la puta cabeza! —Se oyó la voz de otro hombre desde el pasillo; era la de Gadriel. Había salido de golpe de su dormitorio, a medio vestir.

Amaris apenas era consciente del caos que se había desatado a su alrededor. Nox se había quedado en medio de la hecatombe. Gadriel continuó abriéndose camino entre los hombres pese a no estar presentable. Trató de ordenar que la soltaran mientras la arrastraban escaleras abajo. Recurrió a la autoridad de su rango. Gritó varios nombres. Les exigió que se retirasen. La voz de Gadriel sonó por encima de la de Nox mientras la chica bajaba con torpeza tras ellos.

Todos salieron de sus respectivos dormitorios. Había demasiados cuerpos, demasiada gente, demasiados seres feéricos. Todo era demasiado. El ruido, el contacto de las manos, la confusión, la dolorosa fuerza con la que la inmovilizaban, la sangre que seguía manando de la nariz rota del guardia, las ordenes infructuosas del general, los crecientes gritos de Nox.

Amaris no sabía de qué le podía servir su entrenamiento en una situación como esta. No tenía nada a lo que recurrir. Solo podía comparar aquella coyuntura con el momento en que los guardias de la reina Moirai la habían derribado. Indefensa. Completamente inútil.

Había aprendido de los hombres, de los guardias, de los humanos. Sabía que debería prestar atención y concentrarse en las personas que tenía delante…, pero eran seres feéricos. Sus poderes de persuasión no le servirían de nada. No tenía nada… Amaris era un cero a la izquierda.

Habían sido tres contra el mundo en Aubade. Ahora tenía un reducido ejército de reevers. Tenía a Gadriel. Tenía a Nox, a Yazlyn, a Odrin y a todas las personas que le importaban. No estaba sola.

Entonces oyó una voz. El padre que nunca había tenido. El hombre que la había adoptado, que la había salvado, que la había entrenado, educado y querido. No tenía ningún poder en Raascot que lo permitiera imponerse o que fuese a surtir más efecto que la orden ineficaz de Gadriel, pero la voz de Odrin retumbó en la sala. Todo estaba pasando demasiado rápido. Todo era demasiado confuso, había demasiadas manos, demasiados apretones contundentes, demasiado ruido, mucho ruido, color, pánico y dolor.

Amaris se centró en Odrin. Iba a salvarla. Estaba persiguiendo a los hombres. Captó el arañazo metálico de su espada al desenvainarla y oyó cómo ladraba exigencias con su característica voz grave y poderosa. Odrin hablaba con la misma desesperación que Amaris sentía al ver como se llevaban a la niña a la que consideraba su hija y la sacaban a rastras de la casa.

Amaris logró retorcerse lo suficiente como para ver su rostro; lo miró con los ojos violetas desencajados. No quería preocuparlo. Una parte de ella se obligó a evitar llamarlo a gritos. No quería que Odrin entrase en pánico. Amaris era una reever. Podría manejar la situación. No quería que saliese herido. La forma en que sus miradas se entrelazaron le dijo que era demasiado tarde. La preocupación no era más que una de las muchas emociones que le nublaban el juicio. Odrin había perdido los papeles en su esfuerzo por liberarla. Amaris apenas había sido capaz de comprender el alcance de su desatada reacción antes de que los otros reevers tuviesen que intervenir. Odrin había estado a punto de cometer crímenes contra Raascot. Grem y Elil lo contuvieron y le impidieron amenazar con su espada a los guardias mientras trataban de razonar con ellos, aunque apenas lograron contener la agresividad de su barbudo compañero.

Gadriel, que todavía iba con el torso descubierto, voló por encima de los reevers que se debatían para llegar hasta sus hombres.

Amaris reconoció el rostro apenado del amable hombre alado que los esperaba junto al caballo.

—¿Zaccai? —jadeó Amaris; la confusión que sintió al ver al comandante hizo que sonase ronca.

La culpabilidad y el dolor se filtraron por el rostro del ser feérico para colorearle la voz.

—Amaris, lo siento muchísimo. Yo...

Gadriel se colocó firmemente entre ellos y alzó una mano para detener a los soldados que la sujetaban por los brazos.

Amaris giró la cabeza para observarlo. Sus miradas se encontraron por un brevísimo instante antes de que Gadriel centrase su atención en sus hombres. Aterrizó con un estruendo y volvió a alzar la mano para pararlos. Amaris lo miró con impotencia, desconcertada al ver que había extendido las alas por completo. Nunca lo había visto así de furioso.

—No sé qué cojones creéis que estáis haciendo, pero, como vuestro general, os ordeno que la soltéis. —Su voz destilaba la ira de las ascuas al rojo vivo y el odio.

Su poder autoritario voló por la entrada de la casa en cuanto se posó sobre el césped que la cubría.

Los hombres intercambiaron un par de miradas.

—Perdónanos, Gadriel —se disculpó uno de ellos con evidente sinceridad al tiempo que se inclinaba ante el general—. Acatamos órdenes directas del rey.

—Gad...

Amaris encontró la mirada de Gadriel con un gesto de confusión. No le estaba pidiendo nada. Su rostro no reflejaba miedo ni súplica ni ninguna de las desagradables emociones que alguien esperaría ver en una prisionera. La confusión que la embargaba la estaba sacando de quicio. Esto no estaba bien. No tenía ninguna lógica. No tenía sentido. Eran los hombres de Gadriel. Deberían acatar sus órdenes.

—Yo me encargo, Amaris. —Gadriel frunció el ceño durante un brevísimo segundo y, al volver a centrarse en sus hombres, una furia ardiente volvió a adueñarse de sus facciones.

—No me…

—Que no te llame por tu nombre. ¡Ahora no es el momento de pensar en esas cosas, bruja! —Dio un paso atrás para poner más espacio entre los soldados y él cuando estos avanzaron y agitó las alas para detenerlos. Seguía sin mirar a Amaris—. ¡Sé lo que Ceres os ha dicho! Soy su general, soy su primo y su mano derecha. Os digo que…

Zaccai le puso una mano en el hombro y lo obligó a darse la vuelta para mirar a su segundo al mando.

—Gad, el rey les advirtió específicamente de que tú desafiarías su decisión. No es culpa de nuestros hombres. Tienen órdenes de ignorar tus intervenciones.

—No. —Gadriel sacudió la cabeza. Su rostro se retorció en una mueca enfadada al mirar a Zaccai—. ¿Cómo has podido?

—No fui yo, Gad.

La expresión de Zaccai le habría roto el corazón a Amaris si su vida no hubiese estado en la cuerda floja.

Gadriel se giró hacia Amaris; le suplicó que le escuchase, que mantuviese la calma.

—Voy a sacarte de esta. —Después, miró a Zaccai y añadió—: Prométeme que te asegurarás de que esté a salvo.

—Eso no… —Lo más seguro era que Zaccai estuviese a punto de decir que eso no dependía de él.

—Como alguien la toque, Cai… Como alguien le haga daño… —Gadriel dejó su amenaza en el aire.

El rostro de Zaccai dijo todo lo que su boca fue incapaz de pronunciar. Tenía las manos atadas. No era más que otro peón sobre el tablero, al igual que todos los que estaban a su alrededor; eran aquellos quienes estaban en el poder quienes movían sus hilos. Lo habían despojado de su autonomía. Solo asintió y le hizo una promesa que no podía cumplir.

—¡Zaccai! —exclamó Gadriel, casi en tono de súplica, pese a cargar de fiereza el nombre de su comandante.

—Te lo prometo —dijo Zaccai, aunque ambos eran conscientes de que era una promesa vacía.

Gadriel se quedó sin fuerzas como si alguien lo hubiese empapado de improviso. Dejó que sus alas colgaran a su espalda, de manera que los soldados pudieron sortearlo y seguir avanzando con Amaris.

Ella se vio invadida por la cólera. Había quedado tan conmocionada por la sorpresa y el miedo después de que la hubiesen arrancado de los brazos de Nox que era incapaz de recordar su entrenamiento o de encontrar una manera de defenderse. Le había roto la nariz a un hombre y a otro lo había dejado inconsciente. ¿A cuántos más podría dejar fuera de combate si ni siquiera iban a hacerle caso a su general? ¿Cómo iba a enfrentarse a ellos si ni siquiera los reevers ante su puerta la estaban ayudando?

Volvió a mirar por encima del hombro con los ojos violetas desorbitados y vio que Odrin corría tras ellos. Sacudió la cabeza como pudo y le dedicó una mirada tranquilizadora, una que ni ella misma se creyó. Gadriel contempló la escena con impotencia. Nox salió de la casa precipitadamente, acompañada de la sargento alada que trataba de retenerla mientras ella amenazaba con arrancarles los ojos a los hombres que se llevaban a Amaris. Nox hablaba en voz alta y aguda por la ira; sus amenazas incendiaban el aire. Yazlyn se esforzó tanto como pudo por contener la cólera de Nox, pero, incluso desde la lejanía, Amaris vio que Nox estaba debatiéndose con uñas y dientes contra ella.

—¿A dónde me lleváis? —Amaris se dirigió a Zaccai.

Trató de contar cuántos hombres la rodeaban, pero el número de escoltas que Ceres había enviado era una pura exageración. A lo mejor había tomado esa decisión porque sabía que Gadriel estaría con ella. La desventaja era de doce contra una y eso si calculaba a la baja. Su voz adoptó un tono más agudo y atemorizado al volver a estudiar a los guardias y lanzó la pregunta al aire para que cualquiera de ellos la respondiese:

—¡¿A dónde me lleváis?!

—Yo me encargo —dijo Zaccai, que extendió una mano y la agarró del brazo con mucha más delicadeza que los hombres que la habían estado arrastrando hasta ese momento—. Vamos al castillo. Y créeme cuando te digo, de corazón, que ninguno queremos hacerte daño. Si viajas conmigo, ¿me prometes que no harás ninguna tontería?

Amaris se quedó absolutamente perpleja.

—¿Que no haga ninguna tontería? ¿Qué pensáis que voy a hacer? ¡Me habéis sacado a rastras de la casa y no me dais ninguna explicación! Nadie me ha dicho nad...

—Estamos yendo a ver al rey Ceres porque quiere hablar contigo.

Le dio un vuelco el corazón. Había venido a Raascot a ver al rey, pero no era así como había imaginado que sucedería.

—Por favor, confía en mí, Amaris —le pidió Zaccai con voz rota—. Nadie quiere hacerte daño. Yo no quiero hacerte daño. No me apartaré de tu lado.

Amaris echó la vista atrás; todavía se oía la conmoción y los enfrentamientos que brotaban de la casa. Oyó sus gritos. Oyó el pánico, la ira y los alaridos. Aunque no la veía, los sonidos que demostraban que Nox estaba debatiéndose contra las personas que la rodeaban al tratar de salir detrás de Amaris volaban por el césped. Unas voces masculinas se unieron a la cacofonía cuando Gadriel se puso a hablar con Odrin, pero Amaris no pudo descifrar lo que decía. No dejaba de lanzar miradas iracundas y desesperadas en dirección a Amaris mientras utilizaba los brazos y las alas para detener a quien intentase ir tras ella.

Zaccai no necesitaba una montura. Podía volar. Dada la naturaleza de su misión, tanto guardias feéricos como humanos se habían unido para llevarla a cabo. A lo mejor no se fiaban de que un único comandante pudiese llevar a la prisionera hasta el castillo en solitario. Tal vez esa fuera la razón por la que Zaccai había subido a la silla de montar y le había ofrecido la mano. Tal vez esa fuera la razón por la que Amaris la aceptó y se sentó, entumecida, sobre un enorme caballo negro. Tal vez esa fuera la razón por la que una veintena de hombres o más se mantuvieron en estrecha formación mientras seguían adelante con la misión. El alma de Amaris permaneció a sus pies al ver como los inquilinos de la casa de los reevers se hacían más y más pequeños a medida que se alejaban en dirección al castillo de Gwydir.

44

Gadriel regresó a la casa; su mente estaba cargada de energía estática, cargada de relámpagos. Lo habían entrenado para crear orden a partir del caos. Tenía que haber alguna solución y él se encargaría de encontrarla. Tan solo tenía que...

Gadriel oyó un grito enfadado.

—¡No!

Centró su atención en la mujer que había conocido la noche anterior y todo lo que vio fue rabia. Nox parecía estar dispuesta a sacarle los ojos a la primera persona que abriese la boca. Se comportaba con ferocidad, estaba desbocada y curvaba los dedos a ambos lados de su cuerpo como si fuesen garras.

—¡Otra vez no! ¡¿Cómo ha podido volver a pasar?! ¡¿A dónde se la han llevado?! ¡¿A dónde se dirigen?! —Nox no esperaba respuesta. Solo quería dejar claro lo furiosa que se sentía.

Los reevers flanquearon a la chica por detrás y Gadriel trató de descifrar qué relación tenían. No sabía quién era Nox para ellos, pero los recién llegados no ocultaron dónde residía su lealtad. La mirada de Gadriel voló hasta la fugaz imagen de unas alas al ver a su sargento en una esquina de la estancia.

La tensión en la casa era palpable. Los nervios, la angustia y el rencor ante la traición podrían haberse cortado con un cuchillo; las emociones inundaban el aire como una espesa niebla. El grupo se había dividido de tal manera que los seres feéricos ahora se veían drásticamente superados en número. Gadriel alzó un brazo ante Yazlyn cuando ambos se enfrentaron al ejército de reevers. Nox se colocó más o menos en medio, como si le diese igual en qué bando acabara con tal de recuperar a Amaris.

Gadriel trató de instaurar el orden al dirigirse a todos los presentes:

—Ceres quiere verla...

—¿Cómo sabía vuestro rey para empezar que estaba aquí? —bramó Odrin.

El efecto que su voz tuvo sobre los demás le dijo a Gadriel que el reever era un hombre que no solía gritar. Amaris había reaccionado al verlo como si se hubiese reunido con su padre y era esa misma aura paternal lo que ahora cargaba el ambiente.

Gadriel era lo suficientemente inteligente como para saber que no debía reaccionar antes de haber recopilado toda la información que necesitase. Evaluó la postura de los reevers, que parecían estar listos para el combate, así como el rostro cargado de ira de cada uno de ellos. Gadriel rebuscó entre sus recuerdos para tratar de descubrir si había dicho o compartido algo con Zaccai o sus hombres. Se puso rígido al recordar la terrible noticia que su segundo al mando le había dado: el rey había decidido anular las ordenes que Gadriel diese como general.

Casi se podía saborear el nerviosismo en el aire que respiraban y la tensión que acompañaba a cada uno de sus latidos.

Cuando Yazlyn por fin rompió el silencio, habló en un susurro:

—Fui yo quien dio el aviso.

Todos se giraron para mirarla para que fuera consciente de que sus siguientes palabras serían decisivas para decidir si le permitirían vivir o la matarían. Gadriel retrajo los labios y le mostró los dientes en un gruñido.

Yazlyn solo miró a su general.

—Tuve que hacerlo, Gad. Si Amaris, la promesa de la diosa, es la única persona capaz de detener este puto derramamiento de sangre sin sentido, si es lo único en este mundo de mierda que…, si hace que Ceres deje de enviarnos a morir…

El rostro de Gadriel se desencajó por completo, hasta adoptar una expresión salvaje. Dejó escapar una ácida carcajada vacía, se llevó las manos a la cabeza y se agarró del pelo.

—¡No va a parar nunca, Yaz! ¡Ceres ha perdido el juicio! Nunca habrá un sacrificio lo suficientemente grande como para ahogar las llamas que han ardido en su interior desde que empezó a buscar a su hijo hace ya veinte años. ¿Cómo se te ha ocurrido pensar que enviarle a Amaris resolvería algo?

Yazlyn, que claramente no tenía miedo a enfrentarse a Gadriel, respondió con el mismo ímpetu. Se dobló por la cintura y apretó los puños a cada lado de su cuerpo.

—¿Cuántas más personas tienen que morir? ¿Cuántos más de tus hombres necesitas ver morir, Gadriel? ¡Decenas de soldados han muerto en vano! ¡Por culpa de un niño que no existe! Después de toda la gente que hemos perdido, no iba a quedarme de brazos cruzados. No quiero que le pase nada a Amaris, pero si es por el bien común…

Gadriel pocas veces perdía la paciencia.

—¡No hay ningún bien común! ¡Eres una ingenua si piensas que esto lo detendrá!

—Pero tú fuiste quien la trajo hasta aquí. Tú la trajiste a Raascot. —La voz de Yazlyn estaba cargada de significado.

Los demás miraron a Gadriel, pero él se estaba esforzando por recobrar la compostura.

—La promesa de la diosa… —dijo Nox, prácticamente atragantada antes de que los demás ahogaran su comentario.

La voz de Odrin se abrió paso entre los dos seres feéricos. Habló en nombre de todos al exigir que Gadriel les diese una explicación. Los reevers habían perdido la paciencia y la irritación los tenía agarrados del cuello.

—¿De qué está hablando? ¿Qué quiere Ceres de Amaris?

Gadriel se frotó los ojos con la base de las manos y, cuando Yazlyn respondió por él, todas las miradas se clavaron en ella.

—Hace casi un año…

—Yaz, no.

—¿Qué? —gritó la sargento sin dejar de mirar a los demás—. ¿Qué pasa? ¿Ahora no quieres mentirles? ¿Se supone que tengo que seguir callándomelo? ¡¿Qué tal te ha ido a ti con esa táctica?! ¡Ha sido un desastre para todos! Tuviste semanas, ¡meses!, para contárselo a Amaris. ¿Prefieres no decírselo a los reevers? ¡Se acabó, Gadriel! ¡Ya está bien! Lo que hice fue de todo menos honorable…

—¡No te atrevas a hablarme del honor, sargento! —escupió el título de Yazlyn como si fuese una maldición.

Ash no había dicho nada hasta ese momento. Gadriel sabía que el reever semifeérico solo había tenido contacto con los seres feéricos de Raascot mientras tenían forma de ag'imni y, pese a que técnicamente había coincidido con él en más de una ocasión en Farehold, nunca habían llegado a hablar. Ash miró a Odrin, luego a Yazlyn y, por último, a Gadriel.

—¿De qué está hablando?

—¡Cuéntaselo! —exigió Yazlyn.

Cuando Gadriel sacudió la cabeza, añadió:

—¡Yo no soy la villana de esta historia, Gadriel!

—Sí —respondió él en un susurro—. Sí que lo eres.

Yazlyn le lanzó una mirada fulminante a su general, con los puños apretados con tanta fuerza que casi se hizo sangre en las palmas allí donde se clavó las uñas. Primero miró a Ash y, después, al resto de los reevers.

—Nuestra misión dio un giro hace casi un año. Ceres buscó a su hijo durante veinte años, pero, al año siguiente..., alguien capturó a una sacerdotisa durante una misión de reconocimiento.

Ya era demasiado tarde para impedirle a la sargento que compartiese los secretos del ejército. Gadriel se obligó a hacerle frente a la realidad y contempló a los reevers mientras ella les contaba la historia. No se le pasó por alto la forma en que Nox se fue poniendo más y más rígida mientras Yazlyn hablaba.

—La sacerdotisa le contó todo al soldado. Le contó que la amante de Ceres había muerto y que había llevado a su hijo con ella hasta el templo. La mujer vio el cuerpo sin vida del pequeño. Hace un año que Ceres descubrió que su hijo estaba muerto. No solo eso, sino que, con su última plegaria, su amada le había pedido a la diosa que enviase a alguien que llevase a cabo su venganza. Moirai tal vez hubiese lanzado una maldición sobre el reino, pero Daphne no tenía sus recursos y contratacó con una maldición que, por lo que se dice, era igual de potente.

Y aunque Yazlyn siempre había sido una excelente soldado, llevaba años siendo su amiga y, en ese momento, no había dicho nada más que la verdad, Gadriel seguía estando convencido de querer matarla.

✦

Nox sacudió la cabeza en silencio. Había visto ese recuerdo. Conocía esa plegaria. Se habían equivocado. Nada de lo que había dicho Yazlyn era correcto. Nadie la vio entreabrir los labios, presa de una silenciosa consternación, y nadie se percató del imperceptible roce de sus cabellos contra los hombros al sacudir la cabeza.

—Esperad —continuó Yazlyn, que movió las manos para tranquilizar a los reevers furiosos que ya estaban preparados para lanzarse a la batalla—. ¡Nunca le dimos más importancia! ¡Ceres solo hace locuras! —Yazlyn miró a su general—. No voy a disculparme por ese comentario porque es la verdad. Ceres ha perdido el juicio. ¿Por qué iba a ser esa puta nueva misión distinta del resto? No era más que otra excusa para ir al sur. No era más que otro motivo por el que nuestros hermanos, nuestros amigos y nuestros soldados diesen la vida. Pero entonces tú la encontraste.

Gadriel habló con un rugido:

—Y te creíste más lista que yo, ¿eh, Yaz? ¡Tú conociste a Amaris hace solo tres días! ¡Yo llevo meses a su lado! ¿Cómo se te ocurrió creerte capacitada para tomar una decisión así?

Los rizos castaños de Yazlyn se sacudieron de rabia.

—¡Soy más lista que tú porque yo no estoy cegada por Amaris! ¡Yo no voy por ahí pensando con la polla!

—Déjalo ya, sargento.

—¡Amaris coincide con la descripción, Gad!

Aunque Nox odiaba a Yazlyn con toda su alma, coincidía con ella en que el momento de acatar la orden de guardar silencio hacía un rato que había quedado atrás.

Yazlyn contraatacó con la conciencia tranquila de quien sabe que su general se ha visto despojado de su autoridad.

—¡Esa tiene que ser la razón por la que la trajiste a Gwydir! Solo tuve que pasar un día con vosotros dos para saber que estabas demasiado implicado como para dictar órdenes con imparcialidad. Cualquiera se habría dado cuenta. Pasaste demasiado tiempo con ella. No eres capaz de ver lo que tienes delante de las narices. No ves lo que tu pueblo necesita que hagas, pero, aun así, la trajiste hasta Raascot. La condujiste hasta el norte porque sabías que era tu misión. Sabías que tendría que terminarla yo por ti, porque tú no te veías capaz de hacer lo que debías. Lo que he hecho ha sido por ti, por todos nosotros, para que no pesase sobre tu conciencia, Gadriel.

Un absoluto silencio estranguló a todos los presentes. Nox les lanzó una mirada a los demás y sintió un innegable arrebato de solidaridad. No se atrevería a decir con seguridad si lo que querían era asesinar a Yazlyn o colgar y despedazar a Gadriel.

—Es una persona, Yaz. —La mirada de Gadriel destiló odio al clavarla en los ojos de su sargento.

La mujer feérica cuadró los hombros.

—¡Por supuesto que lo es! ¡Es una persona, como yo, como tú y como todos los seres feéricos que Ceres envió a morir! ¿Cuántos de tus hombres tendrán que perder la vida? ¿A cuántos norteños tendremos que enviar al matadero? ¿No es mejor perder una vida que ver morir a cientos?

La pregunta sacudió a la otra mitad de los presentes y los sacó del silencio conmocionado en el que se habían sumido. Los seres feéricos de Raascot habían pasado ya un buen rato haciéndose pedazos, de manera que apenas habían necesitado ayuda por parte de Nox o los reevers. Si los dejaban solos, era muy probable que los dos terminasen matándose mutuamente antes de que acabase el día.

Nox habló en voz baja, pero su tono no fue suave. Ardía con la rabia controlada del fuego que crepita en el interior de un horno, listo para que alguien le abra la puerta.

—¿Habéis enviado a Amaris a morir?

Yazlyn alzó una mano como si quisiera prepararse para el inminente brote de ira que sentía a punto de estallar.

—No. Nadie ha dicho que vayan a hacerle daño. El rey Ceres ha dejado clara su intención de mantenerla con vida. Desde que descubrió que su hijo había muerto…

No quedaba ni rastro de paciencia en la voz de Odrin cuando intervino al lado de la sargento. Exigía respuestas.

—¿Qué sabéis sobre el niño?

Gadriel los interrumpió a ambos en un intento —fallido— por volver a hacerse con el control de la sala. Exhaló con frustrada irritación, como un hombre torturado por el secretismo ligado al deber y la realidad de la crisis que estaban viviendo.

Miró a Nox por un instante, luego a los reevers y, por último, depositó toda su atención en Odrin antes de responder:

—Apresaron a una sacerdotisa en Farehold. No solemos proceder de esa manera. No fue cosa ni de mis hombres ni mía. Pero la mujer tenía mucha información que compartir con Ceres. Nos dijo todo lo que sabía. Le contó al rey lo que la sacerdotisa del templo de la Madre Universal le había confiado: que Daphne había llevado el cadáver de su hijo hasta el templo y que ambos recibieron sepultura allí.

Malik sacudió la cabeza.

—¿Estáis reteniendo a una sacerdotisa? Eso es inadmisible. Es…

—Yo no tuve nada que ver con eso —insistió Gadriel—. Hay muchísimos puestos de avanzada en Farehold. Nuestros hombres estaban desesperados. Llevan décadas de misión sin obtener respuestas. No sé por qué creerían que la Iglesia se las concedería, pero… —Sacudió la cabeza por segunda vez—. La mujer de la que os hablo lleva en prisión casi un año. No se la está tratando mal, pero no guardó su secreto como debería. Casi parecía que quisiese gritarlo todo a los cuatro vientos. La sacerdotisa que Ceres tiene prisionera le contó todo acerca del bebé que la diosa envió para que rompiese la maldición. Con esa plegaria final, Daphne buscaba venganza y, ahora que Ceres sabe que no va a poder encontrar a su hijo, se obsesionó con vengar a su amada a raíz de su último deseo. Cuando conocí a Amaris, coincidía con la descripción que la sacerdotisa nos había dado. Nació siendo tan blanca como la nieve y con los ojos violetas. Cuando descubrimos que nos veía tal y como éramos, supe que ella era la enviada de la diosa que rompería la maldición. Lo que no sabía era que…

Nox se esforzó por escuchar a los combativos seres feéricos mientras estos gritaban para hacerse oír por encima del otro. En un mismo segundo, apreció a Gadriel por no haberle entregado a Amaris al rey y lo detestó por no romper el voto de silencio que lo ataba incluso en ese preciso momento. Al siguiente, odió y valoró a Yazlyn por haber traicionado a Amaris y haber sido sincera después. El odio de Nox dependía enteramente de lo que dijeran a continuación.

Yazlyn interrumpió las cavilaciones asesinas de Nox al interceder:

—Lo que no sabías es que sería una compañera atractiva, inteligente, fuerte y maravillosa, ¿no? ¡Eres un general de pacotilla, Gadriel! ¡Por supuesto que no sabías que sería guapa! ¿Y qué habría pasado si hubiese sido un cardo con el cerebro de mosquito? ¿Su vida valdría menos si no te sintieses atraído por ella? ¿Y si hubiese sido una pobre chica fea? ¿Habrías luchado por ella? Todas las vidas son valiosas, Gad. ¡Todas! ¡Las vidas de tus hombres son importantes! ¡Raascot es importante! ¡Mi vida es importante! No puedes cargarte la misión solo porque sea buena o divertida. No puedes dejar que se te nuble el juicio solo porque te sientas atraído por ella o porque hayáis entablado una relación, sea cual sea…

—Deberías haber confiado en mí. Tengo un plan.

—¿Y cuál es tu puto plan?

Nox luchó contra el deseo de sujetarse la cabeza para protegerse del iracundo alboroto de voces que retumbaba por la estancia. Era casi imposible distinguir a unos de otros. Los gritos eran las espadas que se entrechocaban en un duelo de voces. Ash y Malik se habían quedado callados junto a Nox, embargados por la información que solo ellos tres compartían después de que la chica hubiese salido de Farleigh. No necesitaron mirarse para comprender el peso que aquella revelación había depositado sobre sus hombros.

El fuego seguía crepitando, feliz y ajeno al revuelo que se estaba desarrollando en la sala que tenía delante. Chasqueaba y chisporroteaba con la leña en la boca; al devorar la madera que tenían entre las fauces con avidez, las llamas iban acompañadas de los alegres sonidos del hogar. Hubo algo en ese chasquido despreocupado y familiar que ayudó a Nox a centrarse.

No podía guardarse la información de la que disponía.

—Disculpad. —Pocas veces se sentía cohibida, pero le estaba costando oír otra cosa que no fuese el crepitar del fuego.

Recordaba el cuerpo sin vida del bebé al que habían hecho pasar por el príncipe heredero. Vio su silueta laxa mientras Daphne explicaba que su marido sabía que el niño no era suyo…, porque tampoco era de la princesa. Era un huérfano al que habían llevado a palacio para sustituir a Nox.

Los reevers y los seres feéricos a su alrededor continuaron peleándose y las voces iracundas de Odrin, Gadriel y Yazlyn se pisaron las unas a las otras en una lucha por hacerse oír.

—¿Perdonad? —Intentó llamar su atención en voz un poco más alta, pero no miraba a ninguno de los presentes.

Pocas veces se mostraba tan educada. Estaba enfadada. Se sentía confundida. Todo era nuevo para ella. La situación. Las emociones. El sonido de sus palabras. La erupción de sonidos que ahogaban su voz pese a saber que tenía que compartir un detalle clave. Miraba fijamente al frente, pero no veía la casa. En su visión solo estaban el templo y los sueños que le había mostrado la manzana. La madera de la sala, las paredes de la casa, los gritos de los hombres, las alas extendidas de los seres feéricos que discutían, todo era ajeno a Nox y al diminuto rescoldo de información que brillaba en su interior.

Molesto, Malik dio un paso al frente y dejó escapar una única palabra como un bramido desde lo más profundo del diafragma.

—¡Escuchad!

Todos se quedaron petrificados al instante, congelados en mitad de la discusión. Todas las miradas agitadas se volvieron hacia él y Malik señaló a Nox para que recibiese la atención que merecía.

—¿Habéis dicho que el amante de la princesa Daphne era el rey Ceres?

Le dedicaron una mirada que mezclaba la inquietud con la emoción que los estuviese estrangulando desde que los hubieran interrumpido en plena discusión.

Hacía ya varios días que Nox sabía que Daphne era su madre. También sabía que el príncipe sustituto no tenía ni una sola gota de sangre real y que por eso había acabado siendo asesinado. No supo quién la había engendrado hasta que presenció la iracunda pelea de los seres feéricos alados. Su padre. El rey.

El pensamiento se reprodujo de nuevo en su mente, pero ya no la desestabilizó. Malik le colocó una mano en la espalda por un instante para animarla a seguir adelante con un tranquilizador gesto de apoyo. Apartó la mano casi de inmediato. Nox no necesitaba su ayuda. Podía hacerlo sola. Se sorprendió al percibir la inseguridad totalmente desconocida que amenazaba con hacer que se desmoronase. Nox nunca había dudado de sí misma, pero aquella revelación había puesto su mundo patas arriba. Miró a los seres feéricos.

—¿Quién era el amante de la princesa Daphne? —exigió saber una vez que hubo recuperado la confianza.

Gadriel y Yazlyn fruncieron el ceño. Nox supo reconocer las miradas inquisitivas que lanzaron a los demás al no conseguir comprender qué relevancia tenía Nox o su pregunta.

Malik se movió de forma casi imperceptible para colocarse detrás de Nox, de manera que, cuando la mirasen, comprendiesen que la chica contaba con el apoyo de los reevers que tenía a su lado.

Al final fue Ash quien habló y su padre, en el medio de la estancia, levantó una mano para acallar al resto. Habló con gélida rotundidad, de manera que no dio pie a discusiones.

—Nox es la hija de la princesa Daphne y tiene pruebas de ello. Responded a su pregunta.

El tiempo se detuvo. El fuego dejó de bailar en el hogar. Nadie se movió. La escena se congeló.

Los dos seres feéricos languidecieron al unísono. Dejaron caer las alas a su espalda. Se quedaron lívidos. Miraron a Nox como si hubiesen inhalado alguna especie de anestésico que hubiese hecho que todos los músculos de su cuerpo se relajasen. Lo que tuvieran que decir, así como la ira que albergasen en su interior, había liberado sus agarrotados tendones y había salido por el punto donde sus pies los anclaban al suelo.

El general pareció ser el primero en pararse a estudiarla de verdad. Dejó de mirarla con el rabillo del ojo para taladrarla con la mirada sin ningún reparo. Examinó de pies a cabeza a la mujer de cabellos oscuros que tenía ante él. Estudió sus facciones broncíneas, sus ojos insondables, su pelo negro. Cada vez que la recorría con la mirada, daba la sensación de que veía los familiares rasgos del rey Ceres.

Nox se sintió más desnuda y expuesta que cuando trabajaba en el burdel. A pesar de estar vestida y rodeada de amigos, Gadriel la estaba evaluando como si todo su valor dependiera de lo que el general viera en sus rasgos. Salvo por los días que sucedieron al sueño del árbol y la estremecedora revelación acerca de la extraña y terrorífica ascendencia de Amaris, Nox nunca había perdido la voz. Pero, ahora, tras los sucesos de la mañana, después de que le arrancaran a Amaris de entre los brazos y un par de desconocidos se enzarzasen en una airada discusión sobre la mujer que había llegado a conocer como su madre, descubrió que no le quedaba ni una sola gota de fuerza para hablar. Nox alzó un dedo para pedirles paciencia.

—Es verdad que tengo pruebas.

Se disculpó y cruzó la estancia corriendo para subir al piso de arriba.

Casi ni se atrevieron a respirar en su ausencia. Para cuando volvió a aparecer, nadie había movido ni un músculo.

Regresó con una pequeña tiara en la mano.

—Me dijeron que mi madre me cambió por un bebé humano para esconderme cuando descubrió que tenía rasgos norteños. —Le pasó la corona a Gadriel—. Por lo que tengo entendido, solo tres personas en el mundo conocían el secreto de Daphne: la princesa, su dama de compañía y la Matrona Gris de Farleigh, que es quien me acogió. La matrona me dijo que Daphne escogió a un niño humano de origen humilde que se pareciese a su marido humano. Si me dejó en un orfanato tan cerca de la frontera con Raascot fue porque tenía la esperanza de que quien fuera mi padre me encontrase. Al menos, eso fue lo que me dijo la matrona. Daphne no le dijo quién me engendró. No creo que la princesa confiase en nadie lo suficiente como para compartir ese secreto. Esa es mi teoría. La Matrona Gris hizo todo cuanto estuvo en su mano para protegerme y asegurarse de que mi procedencia continuaba siendo un secreto. Yo no sabía nada. Solo ella tenía esa información. Las únicas pistas que me dejó fueron mi nombre y esa corona.

—Nox —repitió Gadriel para sus adentros al tiempo que examinaba la tiara que tenía entre las manos desde todos los ángulos.

La chica comprendía por qué tuvo que darle vueltas a su nombre en la cabeza. La palabra significaba «noche»; era la representación de quienes llevaban siglos siendo considerados seres feéricos oscuros, desterrados a las sombras del norte por sus poderes. Daphne la había escondido a plena vista. Nox estudió la mirada cauta de Gadriel, que contemplaba la tiara y las gemas negras que brillaban a la luz del fuego; las mismas que decoraban la corona de Ceres en el retrato que colgaba sobre la chimenea.

—Si eso es verdad, entonces… —comenzó Gadriel.

—Entonces eres la heredera al trono de Raascot —lo interrumpió Yazlyn con tono ensimismado.

—No —les corrigió Malik con voz suave—. Nox es la única heredera viva de todo el continente.

45

Amaris no había sufrido ningún daño físico, pero el viaje la había maltratado de otras maneras. Los hombres que la habían obligado a recorrer la distancia entre las afueras de Gwydir y el castillo no eran agresivos o crueles como los guardias de Moirai, pero también habían tenido que trabajar el doble para conseguir que se estuviese quieta. En Aubade, la habían dejado inconsciente, maniatada y amordazada. Estaba segura de que, de no haber sido porque era Zaccai quien cargaba con ella, habrían compartido un destino sangriento.

Amaris había estado en tres edificios que ella habría definido como castillos. La fortaleza de Uaimh Reev estaba hecha de granito de un color gris claro, tallada a partir de la misma montaña, y había sido su primer contacto con una estructura que podría considerarse un castillo. El de Aubade estaba construido con los ladrillos redondeados de tonos crema y caramelo típicos de la costa y se alzaba como la descomunal sede del reino del sur. Los labios de Amaris se entreabrieron en una mueca horrorizada al descubrir los sillares oscuros y fríos del norte. Los altos techos estaban flanqueados por pilares de madera que daban la sensación de ser más una demostración de fuerza que un soporte estructural. Hacía ya un tiempo, al entrar en el castillo de Aubade, se había maravillado ante la calidez y el amplio espectro de colores de la luz que se filtraba por las vidrieras. Ahora, al entrar en la fortaleza de Gwydir, Amaris se encogió ante las sombras y el peso de sus piedras azules como la medianoche.

—¿Qué se supone que tengo que hacer? —le susurró al comandante.

Zaccai no era su enemigo, pero tampoco llegaba a contarlo como un amigo.

—No lo sé —respondió con sinceridad y voz queda—. Lo único que sé es que Ceres te quiere a su lado. Yo estaré contigo en la sala del trono en todo momento.

La intención del comandante había sido tranquilizarla, pero no sirvió de mucho. Le dolía saber que, incluso en caso de necesitar ayuda, Zaccai no podría hacer nada.

Amaris sospechaba que si continuaba sujetándola suavemente del brazo era para demostrar que la apoyaba, no para contenerla. Quizá ese consuelo físico era lo único que podría ofrecerle. No sabría decir si la ayudaba o solo empeoraba las cosas. Sería una partida sin vencedores.

No se detuvieron hasta llegar directamente a la sala del trono del rey Ceres. Los enormes pilares de madera daban la impresión de estar fuera de lugar en la descomunal estancia. Esas estructuras habrían encajado más con las ornamentadas proas esculpidas de los barcos norteños o en las alturas de sus mástiles tallados. No tenían cabida como soporte de los oscuros sillares, de un negro azulado tan intenso que, al incidir la luz sobre ellos, parecían brillar como la legendaria aurora boreal de la labradorita que albergaban en su interior.

Gwydir no estaba muy lejos del mar del nordeste. Era posible que Amaris hubiese visto barcos en el oscuro río que atravesaba la capital de Raascot. A lo mejor la bahía que se extendía justo al otro lado de los acantilados alpinos estaba plagada de gigantescas embarcaciones, con cascos pensados para albergar numerosas mercancías y velas enormes hechas de lona. Por alguna razón, lo dudaba. La sala del trono transmitía la energía de una sala que llevaba miles de años existiendo.

Quizá fueron un reino marítimo en algún momento; quizá se dedicaron a explorar las frías aguas del norte mucho antes de que la capacidad de volar se convirtiese en su principal característica. No sabría decirlo. Tampoco le importaba. Todo daba igual.

Había acudido a la sala del trono de Moirai como invitada del castillo y embajadora de Uaimh Reev, recién aseada y bien vestida. Había entrado con confianza, consciente de que Moirai era humana y sus poderes de persuasión tendrían un efecto inmediato, pero el encuentro había acabado en tragedia.

La habían llevado hasta Ceres como prisionera, sin darle ninguna explicación.

La reina Moirai había estado sentada sobre un trono dorado, mientras que el rey Ceres contaba con un intrincado trono de madera sólida que combinaba con la madera de los pilares de estilo naval. No parecía tener ningún ensamblaje, como si el árbol a partir del cual se hubiese tallado fuese tan alto e infinito como el propio tiempo. El trono era tan ancho como alto y cada uno de los radios de madera tallados en forma de los zarcillos de las raíces de un árbol estaba decorado con intrincadas runas. El monarca que se sentaba en ese trono no mostraba la expresión cruel y orgullosa de Moirai. El hombre podría haber sido apuesto. Si hubiese podido sonreír, si hubiese podido relajar los hombros y encontrar una chispa de alegría, quizá podría haber sido atractivo.

Amaris se estremeció al fijarse en lo familiares que le resultaban sus facciones en muchos sentidos. Esos ojos oscuros y la curva de su mandíbula eran los mismos que había visto al pasar una noche tras otra junto a su primo durante semanas. Gadriel estaba cansado por el viaje y cargaba con el peso de un general que se preocupaba por sus hombres, pero no tenía ni punto de comparación con la fatiga existencial del rostro que ahora tenía ante ella. El rey Ceres cargaba con el peso de todo un reino, no solo sobre los hombros, sino en las hundidas medialunas que enmarcaban su mirada vidriosa, así como en los enrojecidos capilares de sus propios ojos inyectados en sangre. No parecía ser un hombre iracundo o sádico cuando sus soldados presentaron a Amaris ante él. Su actitud era distante, casi como si no estuviese presente en absoluto.

—¿Así que esta es ella? —preguntó.

Zaccai retiró la mano del brazo de Amaris en cuanto llegaron a la base del pedestal. El comandante asintió, pero no dijo nada. Amaris sostuvo los brazos ligeramente doblados, confundida ante la repentina libertad de movimientos. Una parte de ella la instó a que saliese corriendo, pero otra la obligó a escuchar lo que el rey tuviese que decir. Se preguntó cuánto tiempo habría pasado desde que la habían arrastrado lejos de la suave comodidad del vientre de Nox hasta que la habían dejado ante Ceres en la fría sala del trono. Daba la sensación de que el rey de Raascot llevaba una eternidad esperando, precisamente, a que llegase este momento.

—¿Cómo te llamas? —preguntó el rey.

Amaris parpadeó.

—¿Es que no me conoce?

No era su intención que la pregunta sonase jocosa. Le causaba una genuina confusión no saber por qué el rey Ceres la había sacado de su dormitorio sin previo aviso y la había alejado de sus seres queridos, sobre todo si no sabía quién era ella.

El rey la examinó con mirada amable. Casi parecía comprender el motivo exacto por el que Amaris había hecho esa pregunta. El intercambio estaba siendo tan extraño, tan fuera de lugar, que se sentía como si estuviese viviendo una pesadilla.

—Acercádmela —le indicó Ceres a uno de sus guardias al tiempo que agitaba una mano.

Nada la mantenía sujeta al lugar que ocupaba con postura rígida en medio de la sala del trono. Amaris examinó al bello y agotado rey medio loco de alas córvidas. Se acomodó en el enorme trono de madera que parecía estar tallado exclusivamente para amoldarse a su cuerpo. Amaris recorrió la estancia con la mirada en busca de una salida, de un plan, de información. Estudió el rostro de los guardias apostados por todo el perímetro de la sala; había tanto seres feéricos como humanos y todos vestían los uniformes broncíneos y negros de su reino. Aunque su rey era un ser feérico, no se veía una clara distinción entre sus empleados y todos parecían mostrar la misma lealtad por su dirigente. Componían una multitud completamente distinta del homogéneo y pálido grupo de humanos presentes en Aubade.

Nadie se rio ni la amenazó con la mirada como había ocurrido en la corte de Moirai. La banalidad brillaba por su ausencia, al igual que la desagradable aura de la condescendencia. Esta sala del trono parecía destilar una evidente tristeza. No sabía si era esa emoción, esa sensación que le calaba el alma, lo que impedía que despertase en ella su vena luchadora. La empapaba y hacía que se mantuviera con los pies plantados en el suelo y los brazos a ambos lados del cuerpo mientras observaba al rey, a la espera.

—¿Por qué me ha traído hasta aquí, majestad?

Ceres exhaló lentamente por la nariz. Iba vestido con ropas de color azul medianoche que parecían emitir el mismo brillo intenso e iridiscente que las auroras boreales de los sillares. Ese color hacía juego con la energía que lo rodeaba, como si sus venas se hubiesen abierto y estuviesen derramando su miseria sobre la tela. Su corona no era ostentosa, sino que era una sencilla diadema de oro blanco con gemas negras engastadas. Amaris sintió una punzada de reconocimiento al verla, pero no consiguió recordar dónde había visto una pieza similar a esa antes. Aunque el recuerdo parecía importante, estaba demasiado lejos como para alcanzarlo, como un sueño al despertar.

—¿A quién estamos esperando? —preguntó Amaris, que intentó, una vez más, hacer que el rey se comunicara con ella.

No sabría decir si hablar había sido un error, pero los seres feéricos vivían una vida muy larga y Ceres quizá tenía intención de quedarse ahí en silencio hasta que las hojas cambiaran de color, el río se congelara y la nieve los cubriera.

Se mostró vagamente sorprendido al oírla hablar de nuevo, pero no pareció molesto. Ni el rey ni el resto de los presentes en la sala del trono hablaron mientras esperaban. El silencio hizo que fuese más fácil oír las idas y venidas de otros por los lejanos pasillos. El abrir y cerrar de puertas. Los sonidos de las pisadas contra la piedra.

Por fin, Ceres mostró una emoción que Amaris pudo reconocer. Melancolía. Un helado y empalagoso regusto a arrepentimiento, dolor y desgracia le cubrió la lengua. Entonces vio el desencadenante de la tristeza que embargaba al rey. Amaris se puso rígida, preparada para correr hasta la mujer. No era joven, pero tampoco mayor. Iba ataviada con lo que sin duda había sido un hermoso vestido plateado que había quedado asqueroso con el paso del tiempo y la suciedad, como si no hubiese tomado un baño o se hubiese cambiado de ropa en meses. Llevaba una espesa capa de lana con los colores norteños sobre los hombros para mantener el calor. No daba la sensación de estar hambrienta o maltrecha, pero estaba muy muy sucia. Si bien no parecía sufrir ninguna dolencia física, sus ojos contaban una historia totalmente distinta. El paso del tiempo, el aislamiento y el trauma eran otras formas de tortura igual de efectivas. La manera en que la mirada vaga y vidriosa de la mujer voló a la deriva entre el rey y Amaris dio a entender que había perdido la razón.

Ceres se dirigió a la extraña mujer:

—¿Es ella?

La desconocida trató de ver a Amaris, pero su mirada se perdió en la distancia. Era incapaz de centrarse. De sus labios solo salía una retahíla de sinsentidos.

—La diosa nos dio un bebé hecho de nieve.

El rey se esforzó por mantener a raya la impaciencia. Amaris vio como su rostro se crispaba al luchar contra la irritación, cerrando los ojos con fuerza hasta tranquilizarse. Estaba segura de que Ceres no era un hombre que se comportara de forma cruel intencionadamente, pero tampoco era amable. Mantuvo los ojos cerrados y movió una mano para señalar a Amaris con vaguedad.

—¿Es este el bebé de nieve?

La mujer miró hacia donde la chica se encontraba, pero sus ojos no la vieron.

—La diosa respondió a la plegaria que le facilitamos. No nos correspondía intervenir.

El rey Ceres se masajeó las sienes como si sufriese un dolor de cabeza que nunca desaparecía del todo.

—Al describirla dijiste que tenía la piel, el pelo y las pestañas blancas. Que los ojos del bebé eran violetas. ¿Me puedes confirmar que esta joven es el bebé de la Madre Universal?

—La Madre Universal escuchó las plegarias de sus fieles seguidoras —murmuró la mujer—. Nosotras participamos en el nacimiento del milagro y el destino se encargó del resto.

Ceres lanzó una orden que sonó como si mandase a la mujer a ver a un sanador y a tomar un baño. Amaris estaba enfadada. Le daba pena la mujer, pero tampoco sentía que el rey que tenía ante ella fuese malvado. Gadriel adoraba a su primo. Hablaba con cariño de él. Gadriel creía en este hombre, así que tal vez ella podría hacer lo mismo. Tal vez todavía existía la posibilidad de convertirse en aliados.

Amaris volvió a encontrar la voz y se dirigió al rey con la esperanza de tener razón.

—¿Me permite decir algo, majestad?

El monarca abrió los ojos y la miró. Tenía esos rasgos feéricos que bien podrían ser de una persona de veinticinco años o de dos mil. Su aspecto atemporal era tan hermoso como exasperante e intimidante. Tenía los mismos cabellos negros como la noche que Gadriel. Los mismos cabellos oscuros y brillantes en los que ella había enterrado la cara hacía apenas un día y se preguntó cuántas personas con sangre de Raascot habría repartidas por el continente ajenas a la locura de su rey. Gadriel había asegurado que Ceres era un buen hombre. Yazlyn hablaba como si también lo creyese de verdad. Si eso era cierto, tal vez escuchase lo que Amaris tenía que decir.

—Me llamo Amaris, majestad. Me entrené como reever en Uaimh Reev. Me enviaron en una misión al sur para descubrir el motivo por el que la reina Moirai había ordenado asesinar a los ciudadanos del norte que se atreviesen a poner un pie en sus tierras.

—Amaris —repitió el rey saboreando su nombre.

Aunque el rey Ceres prestaba atención, también estaba como ausente. Estaba despierto y dormido a la vez. La sala del trono parecía inmensa y oscura ante la ausencia de su voz. Amaris no sentía que la hubiese ignorado, pero tampoco tenía la sensación de que la hubiese escuchado de verdad.

—Estaba con Moirai en su sala del trono cuando descubrí que el príncipe heredero no era más que una ilusión creada por la reina —continuó Amaris—. Por eso dio la orden de que me mataran.

Había esperado obtener una reacción mayor, pero el rey se limitó a parpadear, como para hacerle saber que estaba escuchándola. Su rostro apenas mostró emoción alguna.

—Luché contra un ag'drurath junto a su primo Gadriel.

De nuevo, Ceres permaneció impertérrito.

Amaris se debatió contra la incomodidad que la carcomía por dentro. Había estado segura de que reaccionaría ante la mención del dragón demoniaco o de su general. La joven, al igual que el resto del continente, sabía que el rey Ceres se había vuelto loco. Había esperado encontrar a un lunático delirante. Se había preparado para enfrentarse a gritos, acusaciones y un comportamiento errático y peculiar. Sin embargo, su locura mostraba una cara completamente distinta.

—Majestad —dijo sin dejar de luchar contra su incipiente tensión—, mi misión buscaba colaborar con su causa, ayudarlo a frenar el derramamiento de sangre norteña. Tras descubrir lo de la maldición, Gadriel y yo fuimos a la universidad y presenciamos la maldición que la reina del sur lanzó sobre el reino. Lo vimos en el recuerdo de la maldición, majestad. Moirai lanzó un hechizo de percepción para maldecir al norte mientras usted protegía a alguien. Es posible que tengamos un objetivo común, majestad. He venido a Raascot para preguntarle por su amada. ¿La mujer que estaba con usted era la princesa Daphne? ¿Es esa la razón por la que Moirai maldijo al norte?

La voz de Amaris perdió fuerza al final de su intervención. Habló lo suficientemente alto como para que tanto el rey como los hombres que estaban más cerca de él la oyesen. Ceres no sonrió. No se movió. Sus cejas se encontraron al fruncir el ceño. Daba la sensación de que la imagen que Amaris había pintado había teñido el interior de los párpados del rey, de manera que lo había obligado a recordar la forma en que había protegido a Daphne con sus alas de la ira de su madre y del estallido de su magia. Para sorpresa de Amaris, el monarca respondió.

—Nunca pudo volver a verme.

Amaris levantó la cabeza con intención de animarlo a continuar. Apretó y relajó los puños a cada lado del cuerpo para mantener cierta calma. Estaba desesperada por captar la atención de la mente distraída del rey. Si pudiese establecer una conexión con él, si pudiese hacerlo volver a la realidad, quizá consiguiesen encontrar una solución.

—La visitaba tan a menudo… —El rey no miró a Amaris mientras los dolorosos recuerdos se reproducían en su cabeza.

Ella quería mirar a los guardias, mirar a Zaccai para comprobar si ese comportamiento era normal, pero concluyó que eso no le haría ningún favor. Se concentró en el rey mientras este contaba su historia:

—Traté de verla una y otra vez, pero, para ella, yo era un demonio. No me oía y tampoco me veía. Ni siquiera soñaba conmigo. Incluso mis sueños... —Esbozó una de esas sonrisas tristes y rotas que preceden a las lágrimas. El hombre tardó un momento en recomponerse antes de poder continuar—: De no haber cambiado de táctica y haber encontrado a la sacerdotisa... Bueno, hasta hace un año, ni siquiera estuve seguro de que Daphne hubiese sido consciente de que había sido la maldición de su madre la que nos había separado.

—¿Hace un año? —preguntó Amaris al atreverse a encauzar la conversación.

El rey Ceres por poco se echó a reír, aunque el sonido que dejó escapar transmitía de todo menos diversión. Señaló el espacio vacío que la extraña mujer mugrienta había ocupado. Su recuerdo ahora era una sombra sobre las piedras de color negro azulado del castillo.

—Mis hombres empezaban a sentirse tan desesperados como yo. Yo nunca les habría ordenado que entraran en un lugar sagrado, pero...

Amaris recordó el momento en que había entrado en el claro verde azulado, iluminado por la luz de la luna, con Ash, Malik, Gadriel y Zaccai. Todavía oía la cascada y sentía las diminutas gotitas de agua arrastradas por la brisa que le salpicaban el rostro. Habían encontrado a una sacerdotisa ante la entrada del templo y la mujer la había recibido como si hubiese pasado toda la vida esperándola. Las dos habían caminado alrededor del Árbol de la Vida con paso lento y paciente.

—¿Esa mujer era una sacerdotisa?

Ceres no tenía ni el tiempo ni la energía para lidiar con las emociones de Amaris.

—Ella estuvo presente cuando tú naciste. Le habían hablado del último deseo de la princesa Daphne y, una vez que mis hombres la interrogaron, no tardó en compartir todos sus secretos. Se elevó una plegaria y esta obtuvo respuesta. La diosa envió su venganza en forma de una niña blanca como la luna.

Amaris sacudió la cabeza sin comprender.

—Eres un arma —dijo el rey con énfasis, como si debiese significar algo para ella.

—Lo siento, pero creo que no… —Miró a su alrededor y encontró por un segundo la mirada de Zaccai antes de volver a centrarse en el monarca—. No entiendo qué es lo que queréis decir.

Ceres suspiró.

—Sé lo suficiente sobre tu nacimiento y tu infancia como para saber que nadie te contó nada y que tampoco eres consciente del papel que representarás en la batalla que se avecina. No es culpa tuya, niña de nieve. Y no me preocupa que no sepas nada. Hasta hace un año, yo creía que mi hijo seguía con vida. No lo descubrí hasta que la sacerdotisa me contó que Daphne había acudido al templo con su cuerpo sin vida… —Se le rompió la voz por el dolor.

Amaris lo observó sin comprender nada. Ceres no estaba enfadado. No era un bárbaro malvado y detestable. Tenía el corazón roto. La pena le había nublado el juicio. Por fin, el rey recuperó la voz y retomó su explicación. Aunque tenía la voz de un hombre de unos veinte años, transmitía la rotundidad de alguien mucho mayor.

—Sé que Daphne le rogó a la diosa que enviase a alguien y que ella respondió a su plegaria. Tú eres la respuesta de la Madre Universal. Eres lo último que Daphne me dejó. Su regalo de despedida.

Amaris sacudió la cabeza. No conseguía asimilar nada de lo que decía. Sus palabras no tenían sentido.

—Lo… lo has mencionado antes. ¿Cómo has dicho que te llamas?

Ella lo repitió despacio.

—Amaris, eso es. —Ceres asintió, saboreó el nombre una vez más y le dio vueltas en la boca hasta que algo encajó en su mente. Entonces sonrió—. Es un nombre precioso, tanto para la Madre Universal como para el reino de la noche. ¿Sabes lo que significa?

Amaris sintió que se le formaba un nudo en la garganta.

—Los reevers me dijeron que significa «hija de la luna», pero supongo que usted ya lo sabe.

El rey Ceres sonrió. Era una sonrisa sincera, encantadora, como si de verdad estuviese disfrutando un poco de la conversación.

—¡Eso es! ¿No te parece una expresión preciosa para provenir del reino de la noche? ¿Conoces el otro significado que tiene? Es encantador, en mi opinión. «Promesa de la diosa». ¿No crees que te va como anillo al dedo? Estás hecha para Raascot en muchos sentidos, Amaris.

La chica fue incapaz de tragar saliva. Lo intentó una y otra vez, pero se le había obstruido la garganta. Sentía una extraña sequedad en los ojos. Sí, eso era lo que las matronas habían dicho. Era lo que le habían enseñado a creer. La habían llamado como si fuese un regalo de la diosa, un tesoro único que les llenaría los bolsillos de coronas y les permitiría mantener el monedero bien provistos durante años.

—Amaris —repitió el rey una vez más—. Estás asustada y es normal. Estoy seguro de que tienes muchas preguntas. En cierta manera, tú eres mi hija. Lo último que Daphne me dejó fue un arma. Te asignaron la tarea de cumplir el último deseo de Daphne y llevar a cabo su venganza. La Madre Universal propició tu nacimiento como muestra de su cólera, para vengar a mi amada. La diosa te envió para que fueses mi campeona.

Por fin apareció. La legendaria locura del rey. Amaris dio un paso atrás y, luego, otro. Nadie se había movido en la sala del trono hasta que ella comenzó a retroceder. Amaris se chocó con el pecho enfundado en cuero de un ser feérico que podría ser tanto amigo como enemigo. Una mueca de disculpa transformó las facciones de Zaccai cuando este la cogió por los brazos con manos firmes pero amables.

—Lo siento —susurró, y Amaris supo que lo decía de corazón.

Su voz estaba cargada de melancolía cuando le impidió seguir avanzando hacia atrás. Los presentes llevaban sin experimentar la alegría o la sensación de victoria desde hacía mucho mucho tiempo. Raascot era un reino de personas hechas polvo.

Amaris miró a Zaccai para pedirle ayuda, pero él solo sacudió la cabeza para pedirle que se estuviese quieta.

El rey volvió a hablar.

—Amaris, hija de la luna, promesa de la diosa, ¿estás preparada para ayudarme a llevar a cabo la venganza de Daphne contra el sur?

Amaris se encogió ante sus palabras.

—Soy una reever —respondió—. Nos entrenan para mantener el equilibrio. Nosotros no luchamos en favor de ningún reino.

Ceres se masajeó las sienes como había hecho hacía un rato. El rey sufría un intenso dolor de cabeza que nunca había terminado de desvanecerse; llevaba años devorándole el cerebro. Se clavó más los dedos y cerró los ojos.

El corazón de Amaris dio un vuelco y el miedo burbujeó en su interior. Antes había estado nerviosa. Ahora estaba aterrorizada. ¿Qué venganza? ¿Qué arma? ¿Qué delirio había llevado a ese loco a…?

Un estruendo interrumpió la conversación e hizo que Amaris perdiese el hilo de sus pensamientos mientras su mente trataba de encontrarle un sentido a la conversación. Giró la cabeza con brusquedad en busca de la fuente del ruido.

Las puertas de madera tallada de la sala del trono se abrieron con un sonido metálico y todos los que estaban allí levantaron la cabeza para ver entrar a Gadriel. Amaris miró a Zaccai, que había dejado caer los hombros en cuanto su general cruzó la puerta. Gadriel hizo un brusco amago de reverencia ante su primo, el rey.

—Gad...

Pasó por delante de Amaris y le lanzó una rápida mirada suplicante antes de dirigirse a su primo.

—Cometes un error, Ceres.

El rey dio una palmada y su rostro se iluminó con una mueca burlona de emoción.

—¡Gadriel! Me alegra que hayas podido unirte a nosotros. Gracias por traerla hasta Gwydir.

Amaris entrecerró los ojos y taladró la parte de atrás de la cabeza del general. La confusión que sentía se transformó en ira.

—¿Tú has tenido algo que ver con esto? —le exigió saber a Gadriel.

Vio que se le tensaban los músculos del cuello y la espada al oír la pregunta, pero sus ojos permanecieron clavados en su primo.

Ceres continuó hablando, con la voz teñida de amargura.

—Han pasado meses desde que nos avisaste de que habías encontrado a una chica tan blanca como la nieve y que podía ver a través del hechizo. ¡Se te da de maravilla eso de darle esquinazo a tu rey! Dado que tu segundo al mando estaba apostado a las afueras de Aubade y vio salir volando al ag'drurath, me incliné por darte el beneficio de la duda. Si tu sargento no hubiese encontrado un cuervo hace un par de días, habría pensado que la chica y tú os habíais esfumado o habría desconfiado de ti, primo.

Gadriel inspiró hondo para mantener la calma. Alzó una mano y mostró la palma para defenderse de lo que implicaban las palabras del monarca.

—No es lo que crees.

A Amaris se le atragantó aquella revelación. Ignoró al rey por completo y avanzó hacia Gadriel, pero Zaccai posó una mano sobre su brazo y la detuvo.

—¿Tenías pensado traerme aquí para esto?

Los ojos de Gadriel volaron entre ella y el rey. Le suplicó que lo escuchara en voz baja y le lanzó una intensa mirada, cargada con la misma desesperación silenciosa para que confiara en él.

—Amaris, por favor, déjame hablar con él.

Ella sacudió la cabeza en un gesto horrorizado e incrédulo. Odiaba cómo sonaba su nombre en los labios del general. Lo miró, afectada por el dolor.

—¿Lo sabías aquella noche? ¿Sabías que debías traerme ante tu rey para esto cuando me encontraste en el claro? —Bajó de nuevo la voz—. El ag'imni... Incluso los demonios eran conscientes de que me estabas traicionando. Todo el mundo lo sabía.

—Amaris...

La reever dio otro paso atrás; la mano de Zaccai fue lo único que le impidió alejarse más cuando, horrorizada, dijo:

—No querías que hablase con la criatura. —Sus palabras rezumaban indignación—. Me dijiste que no abriese la boca porque no querías que hablase con el ag'imni. Porque iba a delatarte.

La frustración y la desesperación nublaron el rostro de Gadriel. Habló rápidamente y trató de tranquilizarla mientras el rey, como una inminente amenaza, esperaba entre las raíces petrificadas del raquítico trono.

—Sé lo que parece, pero, por favor, tienes que escucharme. La sacerdotisa nos habló de una mítica chica iluminada por la luz de la luna hace un año, Amaris. Nadie se lo tomó en serio. Iban a seguir mandándonos a morir, primero para encontrar al heredero y, después, para dar con un arma imaginaria, una especie de herramienta con la que cobrarse venganza. Yo no me lo creí, pero entonces nos conocimos. —Le dio la espalda a Amaris para enfrentarse a su primo—. Ceres, tengo algo que...

—Ya basta, Gadriel —lo interrumpió el rey.

Gadriel hizo caso omiso; cuadró los hombros y miró al monarca a los ojos:

—Tengo noticias sobre tu descendencia.

—Sí, sí. —El rey siguió frotándose las sienes—. Ya he aceptado que mi hijo está muerto.

—Te equivocas. Sigue con vida.

Gadriel habló con confianza, pero Amaris solo oyó la mentira en su voz. Era un mentiroso. La había estado engañando durante meses. Nunca había mencionado nada sobre un heredero. Incluso Zaccai clavó la mirada en su general, con el ceño fruncido en señal de incredulidad.

Amaris se sentía absolutamente sobrepasada por la disgustada sorpresa que la había embargado al descubrir que Gadriel la había traído hasta Gwydir para enfrentarse a este destino de forma consciente. Le tembló la barbilla cuando retrajo las comisuras de los labios como si hubiese comido algo en mal estado. Se había tragado sus mentiras, su encanto, su mismísima puta esencia en la cama. Aquello fue muchísimo peor que acabar en el coliseo después de que los centuriones la arrastraran hasta allí. Era mucho peor que Moirai, que el obispo o que la amenaza de acabar en el burdel. Gadriel había sabido desde la primera noche que pasaron juntos que acabaría arrastrándola hasta esta misma sala del trono para cumplir con los retorcidos planes de Raascot.

—¿Por eso me has llamado siempre bruja? —le preguntó sin aliento pese a que él seguía dándole la espalda—. ¿Porque creías que no soy un ser feérico? Porque crees que soy... ¿qué? Y pensar que yo confié en ti... Y pensar que...

—Amaris...

—Ni te atrevas a pronunciar mi nombre.

Un músculo de la mandíbula del general se contrajo. Con los dientes apretados, volvió a darle la espalda a Amaris, con un único objetivo en mente. Tenía los tendones de los antebrazos y las manos flexionados al plantarle cara a su primo.

—Ceres, he encontrado a tu...

Ceres se rio para interrumpir a Gadriel, pero la carcajada sonó hueca. Sus ojos eran como pedazos de carbón, opacos y sin vida.

—¡Por supuesto que tienes noticias! Tu sargento me ha comentado que sientes algo por esta arma de cabellos blancos. Me lo comentó como un argumento para excusarte, para que te perdonase, pero permíteme decirte que me siento tremendamente decepcionado. Justo ahora que tengo a tu nuevo juguetito ante mí, de pronto tienes noticias de mi difunto hijo por primera vez en veinte años. ¡Qué encantadora coincidencia, primo! ¡Nunca habría esperado un comportamiento tan rastrero por tu parte!

Gadriel sacudió la cabeza y dio medio paso hacia delante.

—No tuviste un hijo...

Amaris creyó que iba a vomitar. No solo era por los momentos en el claro o por haber luchado contra el beseul. No solo era porque Gadriel había ido a buscarla al castillo o la había ayudado en el coliseo. El problema era cada momento que habían compartido desde entonces: desde que ella lo había acunado en el bosque hasta que él la había conducido a Raascot, donde la había abrazado, desnuda y vulnerable, mientras le pedía que confiara en él. El ag'imni le había dicho en el bosque que Gadriel sabía lo que ella era. El demonio le había dicho que sabía cómo iba a morir.

Era consciente de que Ceres y Gadriel habían seguido hablando, pero no pudo reprimir las palabras que manaron de ella como bilis desde su garganta. Pensó en el mensaje del ag'imni y supo cómo el rey Ceres tenía planeado llevarla hasta el sur como su campeona.

—Me vais a matar.

—Amaris, no…

—¡Me has traído aquí a morir!

Amaris se debatió para alcanzar a Gadriel, lista para arrancarle los ojos.

Zaccai ya no pudo permitirse el lujo de tratarla con delicadeza. Volvió a agarrarla y se esforzó todo cuanto pudo por evitar hacerle daño mientras la retenía. A Amaris no le importaba el comandante. Le asestó un codazo en el centro del pecho para que aflojase su agarre y lo dejó sin aliento para lanzarse a por el general. El rostro de Gadriel estaba contraído por la desesperación. La hostilidad ardía en la boca del estómago de Amaris, como el ácido, la bilis y el dolor combinados en una mirada decepcionada cargada de odio. Una oleada de pena la bañó para levantar un muro impenetrable entre ella y Gadriel. Él le devolvió la mirada con el corazón roto en mil pedazos.

Gadriel no había hecho intención de defenderse, pero Zaccai se había recuperado más rápido de lo que Amaris había esperado. El comandante la rodeó con sus dos enormes brazos y la inmovilizó contra su pecho para que no pudiese hacerle daño a ninguno de los presentes. Amaris pataleó y se debatió contra Zaccai mientras permitía que el peso de su desprecio calara en Gadriel.

—¡Guardias! —Ceres agitó una mano en una orden vaga, pero estos no fueron a por Amaris—. No te guardo ningún rencor, primo. Eres un buen hombre y, una vez que hayas tenido oportunidad de descansar un poco para que se te pase el encaprichamiento, tal vez…

Gadriel apartó la mirada suplicante de Amaris cuando los guardias fueron hacia él e imploró al rey que lo escuchara:

—¡Daphne tuvo una niña!

Ceres no mostró el más mínimo interés por Gadriel mientras se lo llevaban; el sonido de sus pisadas y de la refriega quedó ahogado cuando se vio sobrepasado por el desproporcionado número de hombres armados que se lanzaron contra él. Casi hicieron falta seis guardias para contenerlo.

Gadriel batió las alas para plantarles cara a los guardias y gritó:

—¡Tu hija está viva! ¡Está aquí, Ceres! ¡Está aquí!

La mirada del rey atravesó la atmósfera glacial de la sala del trono, ya que solo tenía ojos para Amaris.

—¿Estás lista para luchar como mi campeona contra el sur? —preguntó, claramente cansado de la conversación con Gadriel.

Amaris quería que se la tragase la tierra. Quería escupir. Entre la traición de Gadriel y la desagradable forma en que el rey quería usarla, se había hartado.

—Ya se lo he dicho: soy una reever. No luchamos en favor de los intereses de ningún rey.

Ceres lanzó las manos al aire.

—¡Eres una reever porque no sabían cuál era tu destino! Pero qué oportuno fue que la diosa te guiara en tu camino para que te entrenaras como asesina. La Madre Universal no dejaría que un arma tan valiosa como tú llevase una vida como jardinera, panadera o escriba. Te envió a Uaimh Reev para que estuvieses preparada para tu cometido. ¡Todo apunta a que esa fue su voluntad! Naciste para la venganza. ¡La diosa te creó para este preciso momento!

Aquella fue la primera vez que Ceres se comportaba como si hubiese perdido por completo la cabeza. La observó con un brillo enajenado en la mirada, desligado de la pequeñísima esperanza de encontrar a su hijo, que era la única cosa que lo ataba a este mundo.

Amaris sacudió la cabeza, desafiante, y clavó la mirada en el espacio vacío que había quedado después de que se llevaran a Gadriel. La cólera ardía en su interior, combinada con una dolorosa y desesperada herida. Ni siquiera supo por qué se molestó en preguntar.

—¿Qué vais a hacer con él?

Ceres arrugó el rostro.

—Te daré una contestación cuando tú respondas mi pregunta, ¿te parece? Naciste para cumplir con este cometido, hija de la luna, promesa de la diosa. El último deseo de Daphne te dio la vida. Oí esa afirmación salir de los labios de la mismísima sacerdotisa. Esta es la razón de tu existencia, Amaris. Esta es la razón por la que estás en este continente. ¡La venganza es lo que te trajo al mundo!

El rey había perdido la cabeza. Era evidente.

Retroceder no era una opción mientras Zaccai continuase comportándose como un muro de contención y soporte.

—No tengo ni la menor idea de lo que estás hablando —gruñó.

Ceres se puso en pie con impaciencia; Amaris lo hizo estallar de ira.

—¡No hay tiempo de que veas el hilo que te ata a tu destino! Fuiste creada para cumplir con este cometido. ¡Naciste para este momento y ha llegado la hora de que pasemos a la acción!

Las oscuras piedras del castillo devolvieron el eco de su voz. Los guardias permanecieron inmóviles mientras su rey vociferaba.

Amaris alcanzaba a apreciar las líneas que la locura dibujaba en el rostro del monarca. Tenía los ojos rojos por haber pasado incontables noches sin dormir. Las medialunas malvas bajo sus ojos no solo evidenciaban la falta de sueño, sino los estragos de la enajenación.

Ceres profirió un último grito sin dirigirse a nadie en particular.

—¡Mañana partiremos hacia el sur!

Zaccai había aflojado un poco su agarre, pero dejó una mano apoyada sobre ambos brazos de Amaris. Ella permaneció con la espalda apoyada contra su pecho, puesto que el comandante seguía sin dejarla retroceder. Amaris se moría por asestarle un puñetazo a ese ser feérico a quien había considerado tan bueno y amable, pero solo gritó al psicótico sentado en el trono.

—¡Ya he estado en el sur, majestad! ¡He hablado con la reina Moirai! No hay nada que yo pueda hacer. ¡Ya lo he intentado! ¡Los reevers me enviaron allí con esa misma misión!

Él se negó a escucharla.

—Te lo preguntaré una vez más. Solo una vez más o tendré que tomar una decisión. No tendrás más oportunidades después de esta. ¿Serás la campeona del norte, tal y como la diosa lo quiso al engendrarte?

Amaris sintió rechazo ante la instancia de Ceres en que sus destinos estaban entrelazados. Su cólera reverberó por los sillares azulados de la enorme y gélida sala del trono.

—¡No! ¡Ni en broma! ¡No alimentaré sus delirios! —Ceres se rio de ella y Amaris, mostrando los dientes, insistió—: No soy quien usted cree. No le acompañaré al sur ni participaré en esa insensata misión de venganza que tiene preparada para mí.

—Soy un rey, Amaris —declaró categóricamente—. Cuando hablas con un rey, no tienes ningún poder de decisión sobre lo que vas o no vas a hacer.

—He prometido no servir a ningún rey. Si está al corriente de lo que implica ser un reever, entonces sabrá que un juramento de sangre me prohíbe implicarme en los intereses de los reinos.

Ceres se dejó caer contra el trono de madera, de manera que las espirales que una vez fueron imponentes raíces lo rodearon como un halo de locura. La ira que lo había abrumado menguó hasta transformarse en el cansancio que lo asolaba desde hacía años. Cuando volvió a hablar, sonó agotado. Sus palabras parecían cargadas de verdadero dolor y arrepentimiento.

—No soy un hombre cruel. Te dije que te lo preguntaría solo una vez más, pero aquí estoy. —Había bajado la voz hasta adoptar un tono apesadumbrado y dolido—. Solo te lo puedo preguntar una vez más, Amaris. Accederás a hacer exactamente lo que la Madre Universal te envió a hacer o sufrirás las consecuencias que acarrea desobedecer a tu destino.

Amaris no sabría decir qué la llevó a llenarse de tantísimo veneno, pero su amenaza la abrumó de tal manera que prendió una llama tan intensa en su pecho como ninguna que hubiese experimentado hasta el momento. Lanzó su airado desafío al rey como una piedra candente.

—No sé quién coño te crees que eres para exigirle a una reever que actúe como la campeona de tu reino, pero no pienso hacer nada por ti.

Ceres había alcanzado el límite de la paciencia que hubiese albergado en su interior hasta el momento. Sacudió los dedos de la mano izquierda hacia delante, aunque continuó sosteniéndose la cabeza con la derecha y su mirada permaneció enterrada en uno de los brazos tallados de su trono. Estaba demasiado enfrascado en sus pensamientos como para ser testigo de una pesadilla más desgarradora de lo que su mente embotada podría imaginar cuando las puertas se abrieron de par en par y los guardias presentaron a un reever a rastras ante el rey.

46

Unos gritos graves y airados inundaron la sala del trono.
«No».

Amaris se sintió desfallecer cuando su corazón dio un vuelco que lo catapultó a las profundidades de la tierra. Se retorció para mirar por encima del muro que conformaban las alas de Zaccai para ver al hombre que cruzaba el suelo de labradorita, sin dejar de protestar ni por un segundo. Su iracunda diatriba retumbó por las paredes. Sus gritos eran mucho más maduros y graves que los del rey o que los de ninguno de sus hombres. No demostraba miedo, sino indignación. Exigía una explicación. Ninguna corona podía tratar así a los reevers.

Odrin llamó a Amaris, pero no con intención de pedirle ayuda. La llamó para denunciar la injusticia. Nunca lo había oído gritar, nunca lo había visto expresar su enfado en voz alta. La escarcha le recubrió las venas, la dejó congelada cuando el miedo le recorrió todo el cuerpo. Su mirada voló entre Odrin y el rey mientras su errático corazón era incapaz de encontrar una posición cómoda en el pecho.

La voz de Amaris se agudizó hasta rozar el histerismo cuando comenzó a suplicar:

—¡Ceres, no! ¡Escúchame, Ceres! Ceres…

El monarca ignoró sus ruegos desesperados. Ni siquiera la miró.

Colocaron a Odrin delante de Amaris y ella se dejó caer de rodillas para continuar con sus súplicas:

—¡Ceres! ¡Ceres, por favor!

Habían colocado a Odrin a la fuerza entre ella y el rey Ceres. Aunque seguía enfadado por la flagrante falta de respeto, no se esforzó en plantarles cara a los hombres que lo rodeaban. Amaris quería pedirle a gritos que espabilara, que corriera, que se pusiese a lanzar puñetazos, que huyera.

Zaccai la sujetó con más fuerza por los brazos, mientras que otros tantos soldados se colocaron a ambos lados del reever que tenía ante ella. Zaccai no dejaba de murmurar sin descanso lo que sonaba como una agónica disculpa amortiguada. Sus palabras eran ininteligibles y le estaba clavando los dedos en la piel. Amaris abrió los ojos desmesuradamente. Abrió la boca para proferir el grito más estruendoso que albergase en su interior. La desgarró por dentro al abrirse paso desde lo más profundo de su ser, al recurrir al sonido más agudo que pudiese manar de sus pulmones. El grito anegó la estancia.

Las atronadoras protestas de Odrin cesaron en cuanto lo obligaron a ponerse de rodillas.

Un pitido agudo inundó los oídos de Amaris al comprender exactamente qué era lo que el rey tenía intención de hacer. Fue como si todo el aire hubiese abandonado la sala del trono.

—¡Ceres! —gritó Amaris. Las lágrimas le corrían por el rostro mientras daba codazos, pataleaba y chillaba. Apenas conseguía escupir las palabras entre alarido y alarido—: ¡No! ¡Ceres, no! ¡Escúchame! ¡Lucharé! ¡No!

Amaris le aseguró que haría lo que él le pidiera. Le dijo entre gritos que se encargaría de llevar a cabo su venganza, que mataría a Moirai, que haría lo que quisiera, que sería lo que le pidiera. Sus súplicas desesperadas resonaron por los sillares. Sus ruegos se transformaron en balbuceos sin sentido, en promesas y juramentos empapados en lágrimas y en los desgarrados gimoteos de quien ha perdido la esperanza. No era sino una mujer gritándole a la parca.

Amaris comprendió lo que ocurría antes que Odrin. Recurrió a su entrenamiento y empleó las técnicas que le habían grabado a fuego en la memoria: retorcerse, tirarse al suelo y liberarse de las manos de Zaccai. Mataría al comandante si era necesario. Ya le daba igual. Tenía que llegar hasta Odrin.

Amaris se las arregló para que el ser feérico le soltara un brazo y aprovechó esa pequeña victoria para agarrar la empuñadura de la espada que Zaccai llevaba envainada. Se impulsó con las piernas para saltar y debatirse contra el comandante que se esforzaba por inmovilizarla, pese a que él estaba tratando de debatirse contra las lágrimas silenciosas que le caían por las mejillas mientras le pedía perdón a Amaris entre dientes. La desesperación no era la única fuente de energía de Amaris; también estaba motivada por el profundo amor que sentía por el hombre al que consideraba su padre. El tono de su voz osciló entre notas altas y bajas, animales y humanas, al colarse por cada recoveco de la sala, al empapar el alma de cada cuerpo, tanto feérico como humano, cuando dieron la orden. Amaris tenía la garganta en carne viva de tanto gritar.

Si Odrin no había sabido qué era lo que estaba ocurriendo cuando lo habían arrastrado hasta la sala del trono, la caída de sus hombros demostró que la desenfrenada consternación en la voz de Amaris le había dicho todo cuanto tenía que saber. Continuó dándole la espalda a la chica cuando inclinó la cabeza con decisión.

Odrin no fue capaz de mirarla a los ojos cuando le dio un último mensaje con voz ronca a su hija. Entre lágrimas. Amaris oyó dos palabras:

—Sé fuerte.

Ni siquiera había visto la hoja.

Levantaron la espada y la dejaron caer con un movimiento rápido y seco.

No se oyó ningún crujido. No se oyó ningún sonido húmedo, ningún sonido asociado a los músculos, los huesos o la sangre. Solo se oyó un golpe sordo acompañado de un último alarido feroz que retumbó por las paredes de la sala del trono y dio paso a la presión de su silencio.

El sonido de la piel al deslizarse por la piedra fue demasiado para ella. Amaris cerró los ojos con fuerza para no presenciar aquella pesadilla. Zaccai se derrumbó junto a ella y la sostuvo en un pobre y vacío intento por reconfortarla cuando Amaris cayó de rodillas de nuevo y se rindió ante las náuseas y arcadas que la hicieron retorcerse.

El sonido de un horrible animal salvaje bañó los techos abovedados y retumbó de pared a pared. El crudo dolor lacerante de su garganta hizo que Amaris se diese cuenta de que el sonido provenía de su interior. Con los dientes expuestos en una mueca, extendió una mano y liberó una onda devastadora que sacudió todo a su alrededor. Aunque tenía los ojos firmemente cerrados, notó que Zaccai la soltó al salir despedido desde detrás de ella hasta chocar con un pilar. Un estrépito acompañó al trono real cuando este se volcó y Ceres, después de caer de entre las grandes raíces del trono, solo consiguió mantenerse en pie gracias al apoyo de sus alas. Los pilares de madera se estremecieron ante el poder que Amaris había desatado como si no fueran más que árboles en medio de un bosque. El polvo cayó como la nieve sobre los presentes cuando los sillares chocaron los unos contra los otros. Ya nadie quedaba en pie para cuando la onda expansiva amainó; a su paso solo dejó jadeos de sorpresa y el estruendo de las alas, las armas y los cuerpos al desplomarse sobre el suelo.

Todo se calmó tan pronto como se había desatado el caos.

Amaris corrió desde el epicentro de la onda expansiva hasta el cuerpo de Odrin.

Los guardias se apresuraron a reducirla, pero Amaris ya estaba de rodillas junto al torso desmadejado del reever. No tenía ningún control sobre su poder. Si pudiese haberlo invocado antes de que la espada hubiese caído, Odrin seguiría vivo. Si pudiese haber recurrido al don que había regresado enseguida a su inútil estado latente, quizá podría haberlo salvado. Ceres levantó una mano para detener el avance de sus hombres cuando los sollozos de Amaris fueron los únicos sonidos en la estancia. El olor metálico de la sangre le invadió las fosas nasales cuando el cálido líquido le empapó la tela de los pantalones allí donde se había arrodillado; el lago creado a partir de la vida de Odrin los rodeaba a los dos.

Tras ponerse en pie, Zaccai les dedicó un gesto tranquilizador a los desconcertados guardias y les ordenó que no actuasen. Incluso la mirada del comandante había quedado desencajada tras la demostración de poder de Amaris. Sin saber qué hacer o cómo ayudarla, Zaccai se arrodilló junto a Amaris, que seguía abrazada al torso de Odrin.

El rey Ceres no miró a nadie. Amaris clavó su mirada iracunda y cargada de odio en él por un brevísimo instante, pero el monarca tenía la vista perdida en algún punto alejado de la sala, como si no hubiese presenciado nada de lo ocurrido.

—Es cierto que eres la hija de la diosa. Tu demostración de poder prueba que eres el arma que nos prometió la Madre Universal —dijo Ceres.

Sus palabras no hicieron sino acrecentar la tristeza de Amaris.

Zaccai no se atrevió a tocarla mientras lloraba. Dejaron que profiriera los sollozos cargados de angustia de quien se lamenta por una pérdida. Los guardias que quedaban en la estancia no se regocijaron ante su dolor, aunque parecían divididos entre la pena y el miedo tras haber presenciado lo que Amaris era capaz de hacer con el salvaje don que los había derribado. Todos apretaron los labios en una mueca de compasión y cerraron los ojos para no verla llorar.

El rey no le hizo caso cuando ella se derrumbó. Si Gadriel había dicho la verdad, el rey Ceres conocía la pena y la pérdida mejor que nadie en el reino. Tal vez por eso sabía exactamente lo efectivo que podía llegar a ser un corazón roto. Tal vez creía que, si él se veía obligado a sufrir, todos tendrían que sentir lo propio. Ni siquiera cuando habló posó sus ojos en ella:

—Hay muchos más, hija de la luna. —Se colocó al lado del trono volcado y dejó volar la mirada perdida por el vacío—. Derramar sangre no me produce ningún placer, pero no me impedirá cumplir con mi deber. En este preciso momento, hay cuatro reevers más encerrados en las mazmorras del castillo y también los acompaña tu amiga de la infancia. No quiero tener que quitarle la vida a mi general, puesto que es como un hermano para mí, Amaris, pero la diosa no entiende de lazos familiares a la hora de hacer cumplir su voluntad. No disfruto de traer la muerte y el sufrimiento a este lugar.

El sufrimiento de Amaris se transformó en los hipidos secos de un dolor nacido en lo más profundo de su alma. Sus pulmones se negaron a llenarse de aire. El agua de sus lágrimas saladas se negaba a derramarse. No podía vomitar. Estaba atrapada en un horrible y sofocante estado intermedio.

Cuatro reevers más, había dicho. Cuatro más de sus hombres. Ash y Malik estaban en las mazmorras del rey junto a Grem y Elil. El enajenado monarca había atrapado a Nox. Tenía a Nox. Estaba dispuesto a hacerle daño. Estaba dispuesto a matarla. Mataría incluso a su propio primo.

Amaris no sabía cómo hablar. Había perdido la capacidad de expresarse con palabras.

—Amaris —susurró Zaccai, que intentaba ayudarla a ponerse en pie.

—¡No me toques! —jadeó ella al tiempo que se intentaba zafar sin éxito de las manos del comandante.

Los guardias intercambiaron miradas patéticas y se negaron a tocarla. Amaris envolvió con todo su cuerpo lo que quedaba del cadáver de Odrin. No le importaba ya cómo sonara. No le importaba qué aspecto tuviese.

El rostro del rey Ceres mostraba una mueca de dolor que solo consiguió enfadar más a Amaris. Tenía el ceño fruncido y los labios apretados en una tensa línea. El monarca enterró más el rostro entre las manos como si la muerte del reever también le causase dolor a él.

Amaris odiaba su poder. Odiaba haber visto los demonios en el claro. Odiaba que la onda expansiva que había generado no hubiese derribado los muros que los rodeaban y no los hubiese enterrado vivos en la justicia que merecían.

Se aferró a la espalda de Odrin y enterró el rostro en lo que quedaba de sus hombros sin vida. Sus sollozos se habían apagado hasta que solo se sacudió en silencio.

Ceres se llevó la mano de la frente a la boca, como si quisiese evitar expresar la emoción que estaba reprimiendo en ese momento.

—Comprendo el dolor, pero he hecho lo que tenía que hacer para que la Madre Universal imparta justicia en la tierra. Este es el precio que tenemos que pagar por las acciones de Moirai. La culpa es suya.

—Yo solo veo a un asesino aquí y no es Moirai —replicó ella con los dientes apretados.

—Amaris. —Pronunció su nombre con los ojos cerrados y la mano sobre la boca, recostado contra su trono de madera.

El rey feérico le causaba un enorme rechazo. Ya no había ni rastro de belleza o cordura en él.

Amaris no podía soltar a Odrin. Se aferró inútilmente a su espalda mientras los guardias la iban rodeando, sin atreverse a tocarla.

—Amaris —repitió Ceres—, no permitas que muera más gente.

La joven dejó de llorar por un momento para mirar al monarca. Se armó de toda la maldad que fue capaz de reunir en su interior. En lo más profundo de su ser, sabía que sus ojos, que por lo general tenían el suave color de las lilas en primavera, ardían con el tono oscuro del anochecer amatista. Se le había pegado el cabello a la cara por culpa de las lágrimas. Nunca había odiado a nadie tanto como al rey. Cada fibra de su ser estaba desbordada por el intenso desprecio que sentía por el lunático que se sentaba en el trono de Gwydir.

—Amaris. —El rey insistió de nuevo y la joven sintió que la bilis le subía por la garganta. Su nombre sonaba como un veneno en boca de Ceres. No quería volverlo a oír salir nunca de sus labios—. No dejes que le ocurra lo mismo a tus reevers. No dejes que le ocurra lo mismo a tu amiga de pelo oscuro.

Amaris inspiró hondo como si estuviese tragando guturales esquirlas de cristal en vez de aire. El dolor de cabeza la consumió y tronó contra su cráneo. Se mareaba solo de imaginar a Nox, Ash y Malik tirados entre los cadáveres. La cólera venció a la tristeza.

—Ni se te ocurra ponerles la mano encima —sollozó una orden seca e iracunda.

—Dime que cumplirás con tu destino y nadie más tiene por qué salir herido.

—Solo si me prometes que no tocarás a ninguno de ellos. Los reevers, Nox y Gadriel tienen que quedar libres.

Amaris miró al rey a los ojos y buscó la chispa de lucidez que quedaba en su interior cuando este le devolvió la mirada.

—Te lo prometo.

Amaris apenas consiguió reunir la fuerza necesaria para apartarse de la espalda de Odrin. Zaccai la ayudó a ponerse en pie. Intentó consolarla sin mucha convicción; aunque fue en vano, trató de sostener la cabeza de la chica con una mano contra su pecho, como haría con una amiga, como si fuera a proporcionarle algún consuelo. Amaris lo odiaba. Los odiaba a todos. Ninguno de ellos eran sus amigos. Eran los culpables de todo.

Cerró los ojos y se apartó de Zaccai para plantarle cara al rey. Tenía los pantalones empapados y empezaban a picarle las piernas por la sangre que se le había pegado a la piel. Apretaba los puños a ambos lados del cuerpo. Aunque inclinó la cabeza ante Ceres, no lo hizo en señal de respeto.

—Déjalos marchar y lucharé en tu nombre.

—Te prometo que los soltaré sin que sufran ningún daño.

—Ahora. Suéltalos ahora.

—En cuanto partamos hacia Farehold, les encargaré a mis guardias que los liberen. Una vez que hayamos salido de Gwydir, saldrán de aquí sin un solo rasguño.

No dio pie a más discusiones.

Ceres indicó a sus hombres que se llevaran a Amaris con un movimiento de la mano. Zaccai permaneció al lado de la chica, la sacó de la sala del trono y la guio por varios pisos para adentrarse más en el castillo. Amaris se movía como si avanzara por el tiempo y el espacio, ajena a los sonidos, las estancias o los pasillos que recorrían. Parpadeó sin ser consciente de que se había desplazado por distintas habitaciones, plantas y corredores hasta acabar en un lugar totalmente distinto.

—Dormirás aquí esta noche —le dijo Zaccai.

Amaris no lo miró.

—Lo siento muchísimo…

—Ahórrate las disculpas.

Él asintió. Amaris tenía razón y ambos lo sabían. Era lógico que estuviese enfadada, que se sintiese traicionada y que odiase a cada uno de los presentes. Todos los habitantes de Raascot se merecían hasta la última gota del veneno que Amaris albergaba en su interior. Antes de marcharse, el comandante le dijo que volvería a recogerla por la mañana. La voz del hombre estaba cargada del dolor reprimido que le habían enseñado a ocultar, aunque fuese a duras penas.

Amaris encontró el rincón más pequeño y oculto entre las sombras y se sentó allí, con las rodillas ensangrentadas contra el pecho. Se fue plegando sobre sí misma cada vez más y más, pero no sirvió de escapatoria. No consiguió dormir. No iba a encontrar alivio. Dudaba de que pudiese volver a descansar jamás. No estaba segura de poder encontrar alegría, consuelo o paz en lo que le quedaba de vida. Lo único que sabía era que, aunque fuese por el momento, sus amigos seguían vivos. Nadie más moriría decapitado por su culpa en el suelo del rey loco.

No, se corrigió. Habría una decapitación más.

Aunque fuese lo último que hiciera, se aseguraría de cortarle la cabeza al rey de Raascot para que sufriera el mismo destino que Odrin. Esa fue su plegaria mientras se aferraba las rodillas. Aunque fuese su último acto en vida, se encargaría de utilizar los poderes que albergase en su interior o haría los pactos que hiciesen falta con la diosa para asegurarse de que los monarcas del continente pagaran por los crímenes que habían cometido contra los reinos con su último e indigno aliento.

Epílogo

—¡Dijiste que lo solucionarías! ¡Dijiste que la sacarías de allí! —A Nox le daba igual que estuviese haciéndose más daño a sí misma del que le había hecho Gadriel. Siguió dando rienda suelta a su furia hasta agotar toda la que albergaba en su interior—. ¿Y ahora nos dices que han salido de la ciudad? No puedo volver a pasar por esto —gritó; tenía el rostro empapado de lágrimas—. ¡Otra vez no!

Era la segunda vez en veinticuatro horas que se encaraba con Gadriel. Se lo había merecido en la casa de los reevers igual que se lo merecía ahora.

Gadriel le lanzó una sola mirada cargada de dolor antes de que sus ojos se ensombrecieran al posarse sobre Yazlyn. La sargento los había estado esperando en las inmediaciones del castillo, puesto que sabía que iban a soltar a los prisioneros. Tenía los ojos enrojecidos por la culpa contra la que se debatía. Se pasó las manos por el cabello con ademán desesperado.

—¿Qué haces aquí? —rugió su general.

—Gadriel, necesito que me escuches —rogó Yazlyn.

Nox no estaba segura de que confiar en Gadriel fuese una buena idea, pero le caía muchísimo mejor que Yazlyn. Los ojos empapados de lágrimas de la sargento no tuvieron ningún efecto sobre Nox mientras le suplicaba al general. Tuvo que concederle a Gadriel que parecía estar tan enfadado como la propia Nox.

—Deberías estar yendo al sur con Ceres, sargento. Aquí no te necesitamos y tampoco eres bienvenida.

—Estaba pensando en el reino, Gad. ¡Buscaba ayudar a nuestros hombres!

—Eres una idiota, Yaz —pronunció cada palabra con un gruñido cortante—. Yo no te entrené para que fueses tan ingenua.

Nox caminó hacia atrás hasta que sintió a Malik a su lado. Agradeció contar con su apoyo mientras fulminaba con la mirada a la sargento.

—¡Dime que tú no habrías hecho lo mismo si hubieses estado en mi lugar! —Yazlyn estaba al borde de un ataque de nervios—. ¡Imagina que se hubiesen invertido los papeles! ¡Dime que no habrías hecho lo mismo en cuanto hubieses posado la mirada en la chica y hubieses creído que podría salvar a nuestros hombres de morir después de lo que nos contó la sacerdotisa! Cuando descubrió que su hijo estaba muerto…

—¡Su hija no está muerta! —Gadriel levantó la mano para darle un iracundo énfasis a sus palabras.

Nox sabía lo suficiente acerca de los hombres como para reconocer el significado de la férrea mirada de Yazlyn. Desde sus ojos desafiantes hasta su postura dejaban claro que sabía que Gadriel no iba a pegarle. Estaba enfadado. Era aterrador. Pero no perdería el control con uno de sus soldados ni estando en su peor momento. Yazlyn estaba gritando a los cuatro vientos que era consciente de ello gracias a su actitud resuelta.

Gadriel bajó la mano y abrió y cerró el puño un par de veces. Su voz estaba cargada de aversión cuando señaló a Nox:

—Mira a su hija muerta, Yaz.

Nox dejó caer la cabeza entre las manos; ya no le quedaba energía para prestar atención a la discusión entre los dos seres feéricos. Una cortina de cabellos negros cayó a su alrededor cuando se meció al tiempo que sollozaba en silencio.

—Por eso estoy aquí —dijo Yazlyn al final.

Nox se obligó a levantar la vista justo cuando Gadriel sacudía la cabeza.

Yazlyn continuó:

—Si es nuestra princesa, entonces me debo a ella. Sé que no puedo enmendar mi error, pero...

Nox abrió mucho los ojos; el odio le arañaba las entrañas.

—¿Has venido a ayudarme a mí? ¿Tú, que enviaste a Amaris a morir? ¿De verdad crees que voy a estar dispuesta a aceptar tu ayuda?

El rostro de Yazlyn se crispó.

—No tienes por qué aceptarla. Estará a tu disposición de igual manera. Eres la hija de Ceres. Lo cual te convierte en mi...

—No soy nada tuyo. —Nox cogió la ofrenda de paz de la sargento y la hizo trizas.

Ash y Malik habían permanecido al lado de Nox, pero sus respectivas expresiones y posturas indicaban que no sabían cómo tranquilizarla. Aunque parecían estar tan sorprendidos y furiosos como el resto, rendirse ante la impotencia no les serviría de nada.

Elil se había quedado cerca de Grem; ambos estaban apartados, presa del desaliento. Ash y Malik le habían enseñado a Nox lo suficiente como para saber que tanto el reino del norte como el del sur llevaban todo un milenio venerando a los reevers. Uaimh Reev había contado con la financiación de la Iglesia, con el respeto de los civiles y con una protección global. Ahora el sur aseguraba que los de Uaimh Reev eran enemigos de Farehold y los norteños habían matado a un reever a sangre fría y habían secuestrado a otra. La vida de todos ellos había cambiado por completo de un momento a otro.

—¿Dices que puedes ayudar? —murmuró Malik desde atrás.

Se volvió a mover; le temblaban las manos como si quisiera extenderlas para abrazar a Nox, pero se le flexionaron los tendones de los brazos como si fuese una esponja y estuviese absorbiendo su propio dolor. La tristeza y la rabia de Nox se hicieron eco a través de la voz del reever cuando preguntó:

—¿Y qué hacemos nosotros?

Grem fue el primero en hablar:

—Hacemos lo que haría cualquier reever: buscar el equilibrio. Averiguamos dónde está la alteración y los poderes antinaturales que la causan e intervenimos. Ahora mismo, el sur está utilizando una maldición para forzar la magia en su favor y el norte va a utilizar una creación de la diosa para defenderse. El continente no está en equilibrio.

Nox apretó los labios y observó la escena con cautela mientras ambos bandos convergían.

Gadriel asintió.

—Ni el rey de Raascot ni la reina de Farehold respetan la armonía. Ambos blanden poderes que no tienen cabida en el continente. Los dos han perdido el juicio. Es hora de que nos enfrentemos a las consecuencias. Yo tengo intención de hacer mucho más que ayudar.

Yazlyn estaba atónita.

—Gadriel, si estás diciendo lo que yo creo, estás dando a entender un acto de traición.

Él sacudió la cabeza.

—En absoluto —dijo, resuelto—. Los dos tronos comparten una misma heredera. El rey ha dedicado los últimos veinte años de su vida a defender el derecho al trono de su retoño. Lo que ha hecho con el reino, con su pueblo… Ceres ya no es nuestro rey. Me niego a reconocerlo como tal. Nosotros servimos a Raascot. Tenemos la solución que se les encomendó encontrar a los reevers para recuperar el equilibrio.

Nox los observó con el corazón en un puño, pero era como si Yazlyn se hubiese olvidado de que la chica estaba presente. Dejó caer las alas al palidecer.

—¡No somos reevers! —exclamó al borde de un ataque de nervios—. Hemos jurado servir al rey...

Gadriel se giró para enfrentarse a su sargento y se quedó a escasos centímetros de ella. Al cernirse sobre la mujer feérica, no hubo duda de quién estaba al mando.

—Tienes razón. Hemos servido al rey y él nos ha estado enviando en misiones suicidas durante los últimos veinte años. Entonces tú recurriste al último recurso, ese que debería haber prevenido más derramamientos de sangre, y le entregaste a Amaris a Ceres en bandeja. ¿Crees que ha puesto fin a la masacre, sargento? Dime.

Gadriel mantuvo un aura amenazante hasta que Nox intervino:

—¿Cuánto tiempo?

Cualquier rastro de incertidumbre se había esfumado cuando Nox exigió obtener una respuesta.

Gadriel apartó su mirada fulminante del rostro inmóvil y desafiante de Yazlyn solo para sacudir la cabeza.

—¡¿Cuánto tiempo, Gadriel?! —gritó Nox, furiosa—. ¡¿Cuánto tiempo tardaréis en arreglar lo que habéis hecho?! ¡¿Cuánto tardaremos en recuperarla?! ¡¿Cuánto?!

—Tres días —respondió con gélida seguridad—. Han partido esta mañana, así que solo llevan un día de ventaja. Esperaremos hasta que lleguen al cuello de botella de la hondonada. Estaremos con Amaris antes de que crucen la frontera.

—Y entonces ¿qué? ¡Ceres seguirá siendo una amenaza! ¿Vamos a esperar a que tu rey se la vuelva a llevar? ¿Para que todos los putos monarcas de este continente me la arranquen de entre los brazos?

—Ahora tú eres la reina, Nox —dijo él con tal convicción que hizo que un escalofrío recorriese a Nox—. No dejaré que esto vuelva a ocurrir. Nunca más.

Yazlyn sacudió la cabeza y alzó la voz por encima del intercambio mientras dejaba volar la mirada entre Nox y el general.

—Pero ¿te estás escuchando, Gadriel? Párate un momento a considerarlo. Te juzgarán. Te…

—Santa diosa. —Acorraló a su sargento de nuevo como solo una figura de autoridad podría—. Más vale que la próxima vez que abras la puta boca sea para arreglar el lío en que tú nos has metido, Yazlyn. ¿De verdad te crees que estás aquí para ayudar a la princesa? ¿Quieres cuidar a la heredera de Ceres? Entonces ponte a trabajar, porque la primera orden de tu nueva princesa es recuperar a Amaris. Yo voy a ir a rescatarla, así que decide de qué lado vas a estar.

Yazlyn no retrocedió, aunque le tembló la mandíbula. Tenía las manos apretadas en dos tensos puños y se negaba a pestañear ante el peso de la mirada fija de Gadriel.

Nox se clavó las uñas en las palmas mientras esperaba con impaciencia una de las respuestas más importantes que recibiría en la vida.

Gadriel no esperó a que su sargento contestara:

—¿Quieres seguir tu propio camino, Yaz? Morirán más personas que nunca cuando Ceres declare la guerra a Moirai. Cuando nuestras tropas abandonen Raascot, no solo los soldados bien entrenados participarán en la batalla, sino que cualquier ciudadano de Farehold luchará contra el ejército de condenados que cruzará la frontera. Le has dado a Ceres la última llave que necesitaba para abrirle la puerta al genocidio.

Yazlyn no se movió. No podía respirar.

Nox miró a todos ellos. Se limpió las mejillas surcadas de lágrimas y recorrió los rostros de los reevers y los seres feéricos. Su siguiente pregunta estaba impregnada de dolor:

—¿Qué hacemos?

Gadriel relajó la postura y se alejó de Yazlyn para contemplar a Nox y a los reevers.

—Tres cosas. Primero, haremos todo cuanto esté en nuestras manos para interceptar a Ceres y Amaris antes de que lleguen a la frontera. Para eso tenemos tres días. Segundo, te mantendremos con vida, Nox, porque, si los tronos se quedan sin una heredera, el continente se sumirá en la anarquía.

La barbilla de Yazlyn tembló, desafiante, cuando se atrevió a preguntar:

—¿Y tercero?

Gadriel asintió.

—Y tercero: le conseguiremos su trono a la princesa.

No era momento de jugar con hombres en el Selkie o de bombardear a soldados con preguntas para obtener información. Nox entendía de estrategia. Sabía que estaban haciendo una apuesta arriesgada. La vida era un tablero de juego y cada movimiento estratégico los dejaba un recuadro blanco o negro más cerca de ganar o perder. Los jugadores habían cambiado, pero las piezas eran las mismas. Esta misión requeriría hasta la última gota de ingenio, hasta la última lección que hubiese aprendido, todo lo que había necesitado para declarar el jaque mate una y otra vez. La partida de ajedrez se desarrolló ante ella mientras se preparaba para lo que tendría que hacer. Su rostro adoptó una expresión fría cuando vio los peones, los alfiles, el rey y la reina. Con una única y sombría exhalación, declaró:

—Bien. Que comience la partida.

Agradecimientos

Quiero dar las gracias a las mujeres que apoyan a otras cuando cometen errores: Kelley, Grace, Allison, Claire, Bela, Lucy, Meg, Tracy, Christa, Jada y a cualquiera que me haya acompañado durante el viaje que ha supuesto transformar estos libros en su mejor versión.

Gracias a mis duendecillos del caos, descendientes de la señora Piper Jareth, Reina de los Duendes (una autora, una chica y una tiktoker dormilona que adora *Dentro del laberinto* de una forma para nada obsesiva), por acompañarme en este viaje entre el folclore y la fantasía y por confiar en que, incluso si he tomado alguna decisión muy cruel, triste o malvada en este segundo volumen porque objetivamente era algo que tenía que pasar, volveré con un tercero cargado de amor, magia y aventuras para recompensároslo.

Gracias a la comunidad LGTBQIA+, a quienes se pusieron en contacto conmigo para darme su apoyo, a todas aquellas personas que se hayan sentido representadas en *La noche y su luna* y a quienes se hayan sumergido en *El sol y su sombra* siendo conscientes de que nuestra identidad es nuestra y de nadie más, que no se define por la identidad de género de nuestras parejas. El borrado de las personas bisexuales no tiene cabida en Gyrradin. Os veo, soy una más y todos los habitantes de Gyrradin defienden que cada uno somos quienes somos sin importar a quienes amemos.

Sobre la autora

Piper C. J., la autora de la saga de fantasía bisexual *La noche y su luna*, es fotógrafa, lingüista en sus ratos libres y fanática de las patatas fritas. Tiene un máster en Folclore y un grado en Comunicación, al cual dio uso en el pasado, cuando trabajaba de chica del tiempo en un programa matutino, de locutora en un pódcast sobre hockey y de colaboradora en un documental radiofónico. Ahora, cuando no está jugando con sus perros, Arrow y Applesauce, graba tiktoks, estudia cuentos de hadas y escribe obras de fantasía muy muy rápido.